요시카와 에이지 평역

三國志

※ **일러두기**

1. 이 작품은 나관중의 《삼국지연의》와 고난 분산湖南文山의 《통속삼국지》 등을 저본으로 삼아 저자가 나름대로 살을 덧붙이고 해설을 가미하여 평역한 것이다.

2. 삼국지 시대의 길이를 나타내는 척尺(자)과 무게를 나타내는 근斤은 현재의 도량형 기준과 다르다. 즉, 삼국지 시대의 1척(자)은 23.1센티미터이고 1근은 220그램이다. 이에 준해서 본문에 묘사된 등장인물의 신장과 사물의 높이, 깊이, 거리 그리고 무게를 가늠하는 것이 합당하리라 본다.

3. 본문의 날짜 표기는 모두 태음력을 기준으로 했다.

4. 본문 내 인물과 지명, 관직명의 한자 병기는 처음 나올 때만 하는 것을 기준으로 했고, 자주 등장하지 않는 인물과 지명, 관직명은 그때그때 병기했다. 또 한자를 병기했을 때 뜻이 명확해지는 단어나 동음이의어에도 그 뜻을 분명히 전달하기 위해 병기했다.

5. 본문 내 연도 표기는 나라별 연호와 연도를 먼저 표기하고 (   ) 안에 서기 연도를 표기하여 독자들의 이해를 도왔다.

6. 본문에 나오는 한자성어와 관직명은 (   )를 붙여 그 뜻을 간략히 설명하였으나 독자들의 이해를 돕기 위해 1권 끝에 부록을 마련하여 본문 내의 부족한 설명을 보충했다.

三國志

1

도원
·
군성

it BOOK 잇북

서문

《삼국지》가 비록 1800년도 더 된 옛 이야기라지만, 그 속에서 활약한 인물들은 지금도 중국 대륙 곳곳에 살아 있는 듯하다. 중국에서 다양한 서민들과 인사들을 만나 친하게 지내다 보면《삼국지》에 등장하는 인물과 닮은 사람이 꼭 한두 명은 있다. 또 비슷하게 느껴지는 경우도 종종 있다.

그러므로 현대 중국에는 삼국 시대의 치란흥망治亂興亡이 여전히 존재하고, 문화나 모습이야 조금 달라졌지만 작중 인물 또한 오늘날까지 살아 있다고 해도 과언이 아니다.

《삼국지》에는 시가 있다.

단순히 방대한 치란흥망을 기술한 전기군담戰記軍談이 아니다. 《삼국지》에는 동양인의 피를 끓게 하는 일종의 가락과 음악, 그리고 색채가 있다.

《삼국지》에서 시를 제외하면 세계적이라고 일컬어지는 큰 구상의 가치도 상당히 무미건조해질 것이다.

그러므로《삼국지》는 억지로 간략화하거나 일부만 추려서 번역하면 중요한 시적 정취를 잃게 되고, 그보다 더 중요한 사람의 마음 깊은 곳을 움직이는 정서를 잃을 우려가 있다.

그래서 나는 이 작품을 간략하게 줄이거나 일부만 추려 쓰지 않고 장편으로 쓰기에 적합한 신문소설로 쓰는 것을 시도했다. 그리고 유현덕이나 조조, 관우나 장비, 그 외 주요 인물에 대해 나의 해석이나 창의도 덧붙여서 썼다. 원서에 없는 문장이나 구절, 대화 등도 내 나름의 묘사다.

《삼국지》는 중국의 역사에서 그 소재를 취하고 있지만 정사正史는 아니다. 하지만 역사 속 인물을 교묘하게 끌고 와 자유롭게 활약시키며 후한의 제12대 영제靈帝 시대(서기 168년경)부터 무제武帝가 오吳나라를 멸망시키는 태강太康 원년(280)까지의 대략 112년 동안의 긴 시간에 걸친 치란이 적혀 있다.

웅대한 구상과 광활한 무대는 전 세계 고전 소설 중에서도 견줄만한 작품이 없다고 한다. 등장인물만 해도 일일이 세어보면 수천수만 명에 달할 것이다. 게다가 중국 특유의 화려하고 웅장한 취향과 가련하고 애절한 정, 비분강개한 말투와 크고 그윽한 풍취, 주먹으로 책상을 치고 탄성을 지르는 열정을 가득 품고 자세하게 서술되어 있기에, 이 한 권의 책은 읽는 이로 하여금 100년 동안 지상에 존재했다가 사라진 여러 모습의 인간과 문화의 흥망성쇠를 떠올리게 하고, 깊은 감개에 젖게 하는 매력이 있다.

이 책은 하나의 민속 소설로도 볼 수 있다. 이 책에 드러난 인간의 애욕·도덕·종교·생활 그리고 주제라고도 할 수 있는 전쟁 행위와 군웅할거群雄割據의 모습은 그대로 채색된 민속화이기도 하고, 또 생생하게 움직이는 모습은 천지를 무대로 삼고 장대한 음악을 배경으로 연출된 거대한 인류의 드라마로도 볼 수 있다.

현재의 지명과 원서의 지명은 당연히 시대에 따라 차이가 나므로 필자가 아는 지명은 괄호 안에 현재 지명을 병기했다. 잘 모르는 옛 이름도 꽤 많다. 등장인물의 작위, 관직 등 한자로 내용을 추측할 수 있을 만한 것은 한자 그대로 표기했다. 현대어로 다 바꿔 버리면 한자가 가지는 특유의 색채나 맛을 잃기 때문이다.

원서로는 《통속삼국지》와 《삼국지연의》 등등이 있지만, 나는 그중 어느 하나를 골라 직역하지 않고 수시로 장점을 택해 내 방식대로 썼다. 이것을 쓰면서 생각난 것은 소년 시절 새벽 서너 시까지 등잔불 밑에 쭈그리고 앉아 구보 덴즈이久保天隨의《연의삼국지》를 열독하다가 아버지께 그만 자라고 꾸지람을 들은 일이다.

　본래《삼국지》의 참맛을 알기 위해서는 원서를 읽는 것이 가장 좋지만, 오늘날의 독자에게 그 어려움은 감당하기 힘들 테고, 또 일반인이 추구하는 목적과 의의도 크게 다를 것이기에 감히 서점가의 바람을 핑계 삼아 평역하여 출판하기로 했다.

요시카와 에이지

7

차
례

二 ——— 군성

群星

삼국지 지도

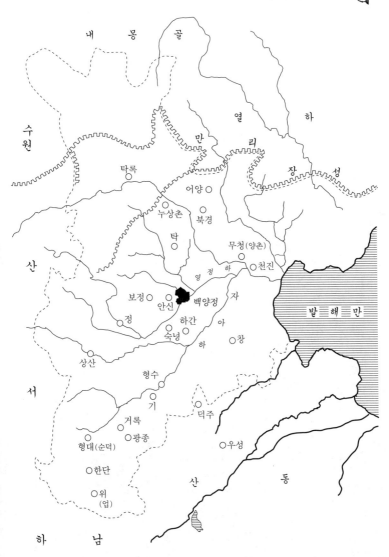

하북성 지도

내 몽 골

수원

열

하

리

만

장

성

탁록

어양

누상촌

북경

탁

무청(양촌)

천진

영정하

산

보정

안신

백양정

자

발해만

정

하간

아

숙녕

하

창

상산

형수

기

거록

덕주

형대(순덕)

광종

우성

한단

위
(업)

산

동

서

하

남

一 도원

황건적

||| 一 |||

지금으로부터 약 1850여 년 전, 후한後漢 건녕建寧 원년(168)의 일이다.

허리에 검 한 자루를 찬 것 외엔 몹시 초라한 행색이지만 수려한 용모의 한 나그네가 있었다. 짙은 눈썹에 붉은 입술, 특히 초롱초롱한 눈과 포동포동한 볼은 항상 미소를 머금고 있는 얼굴과 잘 어울렸다. 전체적으로 천박해 보이는 모습은 아니었다.

나이는 스물넷이나 다섯 정도. 풀숲에 오도카니 앉아 무릎을 끌어안고 있었다.

강물은 유유히 흐르고, 미풍이 시원하게 살쩍을 어루만진다. 시원한 8월(음력 8월 중추)의 가을이다.

그곳은 황하 가장자리의 낮은 황토층 절벽이다.

"어이."

누군가가 강에서 불렀다.

"거기 젊은 양반, 뭘 보고 계신가? 아무리 기다려봐야 그곳은 배가 서지 않는다네."

작은 고깃배에서 어부가 말했다. 젊은이는 미소를 보내고 가볍게 고개를 숙이면서 말했다.

"고맙습니다."

고깃배는 하류 쪽으로 사라졌다. 하지만 젊은이는 여전히 같은 곳에서 같은 자세로 앉아 있었다. 무릎을 끌어안은 채 먼 곳을 바라보는 눈이 꼼짝도 하지 않는다.

"어이, 이보게, 나그네 양반."

이번엔 등 뒤에서 지나가던 사람이 불렀다. 근방에 사는 농부들로 보인다. 한 사람은 닭발을 들고 있었고, 다른 한 사람은 농기구를 메고 있었다.

"아침부터 그런 곳에서 뭘 그렇게 기다리시나? 요즘엔 황건적인지 뭔지 하는 놈들이 돌아다니고 있어서 잘못하면 관리들의 의심을 산다네."

젊은이는 뒤를 돌아보고 가볍게 인사하며 말했다.

"예, 감사합니다."

그러나 여전히 일어설 생각은 없어 보였다. 그리고 수천만 년을 이렇게 흐르고 있는 황하를 끈질기게 바라보았다.

'이 강물은 왜 이렇게 누럴까?'

물가의 물을 자세히 살펴보니 물 자체가 누런 것이 아니라 숫돌을 가루로 빻은 듯한 누런 모래알이 물에 섞여 출렁이고 있었기 때문에 탁해 보이는 것이었다.

"아아…… 이 흙도."

젊은이는 대지의 흙을 한 줌 움켜쥐었다. 그리고 눈을 멀리 서북쪽 하늘로 던진다.

중국의 대지를 만든 것도, 황하의 물을 누렇게 만든 것도, 모두이 모래알이다. 그리고 이 모래는 중앙아시아의 사막에서 날아온 것이다. 인류의 삶이 시작되기 전인 수만 년 전의 오랜 옛날부터 끊임없이 날아와서 쌓이고 또 쌓여 이 넓은 황토와 황하의 강물을 이루었다.

'조상님들도 이 강을 따라……'

그는 지금 자신의 몸에 흐르는 피가 어디에서 왔는지, 그 먼 근원을 생각하고 있었다.

중국을 연 한민족漢民族도 이 모래가 넘어오는 아시아의 산맥을 넘어왔다. 그리고 황하를 따라 살면서 점점 늘어나 묘족苗族이라는 미개인을 쫓아내고, 농사를 짓기 시작하고, 산업을 일으키고, 이곳에 수천 년의 문화를 심어온 것이다.

"조상님, 한번 지켜봐주십시오. 아니, 이 유비劉備에게 가르침을 주시옵소서. 저는 반드시 한민족을 일으키겠습니다. 한민족의 피와 평화를 수호하겠습니다."

하늘을 향해 기도하듯이 유비는 허공에 대고 간절히 빌었다. 그런데 그때, 뒤쪽에서 누군가 우뚝 멈춰 서더니 그의 머리 위에서 호통을 쳤다.

"수상한 놈이다. 네 이놈, 황건적과 한패더냐?"

||| 二 |||

유비는 깜짝 놀라 뒤를 돌아보았다. 소리친 자는 유비의 멱살을 사정없이 움켜쥐고는 다시 한번 소리치듯 말했다.

"어디서 온 놈이냐?"

"……?"

관리였다. 가슴에 현縣에서 발급하는 관리 표식을 달고 있다. 근래 들어 세상이 어지러워지자 지방의 하급 관리들까지 평소 무장하고 다녔다. 두 사람 중 한 명은 철궁鐵弓을 들고 있고, 다른 한 명은 반월창을 움켜쥐고 있다.

"탁현涿縣에서 왔습니다."

유비가 대답하자 곧바로 다그쳐 묻는다.

"탁현 어디?"

"예. 탁현의 누상촌樓桑村 태생으로, 지금은 어머니와 함께 누상촌에서 살고 있습니다."

"직업은?"

"멍석을 짜거나, 발을 만들어 내다 팔고 있습니다."

"그럼, 행상인가?"

"그런 셈이죠."

"그런데……."

관리는 황급히 더러운 것에서 비켜나듯 움켜쥐고 있던 멱살을 놓고 유비가 허리에 차고 있는 검을 내려다보았다.

"이 검에는 황금 고리에 진주 구슬이 달려 있구나. 멍석 장수에겐 과분한 검이다. 어디서 훔쳤느냐?"

"이건 저희 아버님의 유품입니다. 훔친 것이 아닙니다."

솔직하고 당당한 답변이었다. 관리는 유비의 눈을 보고는 급히 시선을 돌리며 말했다.

"그런데 말이다, 이런 곳에서 한나절이나 우두커니 앉아서 도대체 뭘 보고 있는 것이냐? 의심을 사는 것도 무리가 아니다. 공교롭게도 엊저녁엔 이웃 마을에 황건적이 출몰해서 약탈하고 달아났다. 겉보기에 순박한 것이 도적으론 보이지 않지만, 그래도 일단 의심은 해봐야 하겠지."

"지당하신 말씀입니다. ……실은 제가 기다리고 있는 것은 오늘쯤 이 강을 지나간다고 들은 낙양선洛陽船입니다."

"허허, 그 배에 네 친척이라도 타고 오느냐?"

"아닙니다. 차를 사려고 기다리고 있습니다."

"차?"

관리의 눈이 휘둥그레졌다.

그들은 아직 차 맛을 몰랐다. 차는 빈사 상태의 환자나 여간한 귀인이 아니면 마실 수 없는 물건이었다. 그만큼 비싸기도 하거니와 귀한 것이기도 했다.

"누가 마실 것이냐? 중환자라도 있느냐?"

"환자는 아니지만, 옛날부터 저희 어머님께선 차를 좋아하셨습니다. 가난한 살림에 자주 사드릴 수는 없지만, 한두 해 벌어놓은 게 좀 있어서 이번 여행길에 사 가지고 가려는 것입니다."

"흠. 참으로 효성이 지극하군. 내게도 자식이 있지만, 아비한테 차를 사다 주기는커녕…… 늘 그 모양이니."

두 관리는 얼굴을 마주 보며 그렇게 말하고, 유비에게 가졌던 의심을 푼 듯 뭐라고 이야기를 주고받으면서 멀어져갔다.

해는 서쪽으로 지고 있었다. 붉게 물든 저녁 하늘과 붉은 황하를 바라본 채 유비는 또다시 침묵에 잠겼다.

그때였다.

"아아, 배의 깃발이 보인다. 낙양선이 확실해."

그는 그제야 자리에서 일어났다. 그리고 손을 이마에 얹고 상류쪽을 바라보았다.

느릿느릿 강을 따라 내려오는 배는 저녁 해를 등지고 천천히 눈 앞으로 다가왔다. 다른 여객선이나 화물선과는 달리 낙양선은 한 눈에 알아볼 수 있다. 무수히 많은 붉은 용설기龍舌旗를 돛대에 달 고, 망루는 다섯 가지 색으로 칠해져 있다.

"어이!"

유비는 손을 흔들었다.

그러나 배는 그를 거들떠보지도 않았다. 천천히 키를 돌리고 스르르 돛을 내리면서 강물을 따라 내려가다가 유비가 있는 곳에서 훨씬 아래 쪽 물가에 닻을 내렸다. 그곳은 100호 남짓한 작은 어촌이다.

오늘 낙양선을 기다리고 있는 이는 유비뿐만이 아니었다. 강가 에는 많은 사람이 모여 왁자지껄했다. 당나귀를 끄는 거간꾼 무 리, 계거鷄車라고 불리는 손수레에 토산품인 실과 솜을 실은 농부 들, 짐승의 고기와 과일을 바구니에 담아 기다리는 장사치들……

그곳엔 이미 낙양선을 맞이하여 장이 설 판이었다.

어쨌든 황하 상류에 있는 낙양에는 지금 후한의 제12대 제왕인 영제靈帝가 거주하는 성이 있고, 온갖 진귀한 토산품과 문화의 정 수가 거의 그곳에서 나서 중국 전역으로 퍼져 나갔다.

몇 달에 한 번씩, 문명의 산물을 실은 낙양선이 여기까지 내려 왔다. 그리고 강변의 작은 도시나 마을, 부락 등 장이 서는 곳마다 배를 대고 교역을 했다.

여기서도 물론 마찬가지. 저녁때가 되자 시끌벅적해지면서 분 주하게 거래가 시작되었다.

유비는 그 소란스러운 인파 속에서 갈피를 못 잡고 있었다. 그는 자신이 구하려고 하는 차가 거간꾼들의 손에 먼저 들어갈까 봐 전전긍긍하고 있었다. 일단 거간꾼의 손에 넘어가면 값이 껑충 뛰어서 자신의 빈약한 주머니 사정으로는 살 수 없기 때문이었다.

거래는 순식간에 끝났다. 거간꾼도 농부도 장사치들도 삼삼오오 저녁 어둠 속으로 흩어졌다.

유비는 배의 상인으로 보이는 사내를 발견하고는 서둘러 곁으로 다가갔다.

"차를 좀 파십시오. 차를 사고 싶은데요."

"뭐? 차?"

낙양의 상인은 거만하게 그를 돌아보았다.

"미안하지만 댁한테 나눠줄 만한 싸구려 차는 없소이다. 배에는 한 잎에 몇 냥씩 하는 비싼 차밖에 없어요."

"괜찮습니다. 많이는 필요 없습니다."

"댁은 차를 마셔본 적이나 있소? 지방에선 무슨 잎인가를 끓여서 마신다는데 그건 차가 아니오."

"네, 그러니까 그 진짜 차를 좀 파십시오."

그의 목소리는 간절했다.

차가 얼마나 귀중하고 비싼지, 또 지방에는 아직 없는 물건이라는 것은 그도 잘 알고 있었다.

그 씨앗은 멀리 열대 지방의 타국에서 소량만 들여와서 주周나라 때 겨우 궁중에서만 비밀리에 애용되었다. 한漢나라 시대가 되어서도 후궁의 다원에서 조금 따는 것과 민간의 몇몇 귀인의 사유지에서 드물게 재배되는 것이 전부라는 것도 알고 있다.

또 다른 설로는 하루에 100가지의 풀을 맛보면서 사람들에게

먹을 수 있는 식물을 가르쳐준 신농씨神農氏(고대 중국의 전설 속의 신으로 의약과 농업의 창시자)는 종종 독초에 감염되었지만, 차를 구한 뒤 그것을 씹자 금방 해독이 되었기 때문에 이후 암암리에 널리 애용되었다고 한다.

어쨌든 유비의 미천한 신분으로 차를 구하려고 하는 것이 얼마나 무모한지는 그도 잘 알고 있었다. 하지만 그의 간절한 표정과 진심으로 애원하는 태도를 보자 낙양의 상인도 조금은 마음이 움직인 모양이다.

"그럼, 조금 나눠주리다. 그런데 실례지만 값을 치를 만한 돈은 가지고 있소?"

||| 四 |||

"가지고 있습니다."

유비는 품속의 가죽 주머니를 꺼내 은과 사금을 섞어서 상인의 두 손에 아낌없이 모두 주었다.

"음……."

낙양의 상인은 손바닥 위에 놓인 돈의 무게를 가늠하면서 말했다.

"있긴 있군. 하지만 은이 대부분이지 않은가. 이걸로는 좋은 차는 얼마 줄 수 없는데."

"조금이라도 주십시오."

"그렇게도 사고 싶소?"

"어머님이 눈가에 미소를 지으며 기뻐하시는 모습을 보고 싶어서요."

"직업이 뭐요?"

"멍석과 짚신 따위를 짜서 팔고 있습니다."

"그럼, 실례지만 이만한 은을 모으려면 고생깨나 했겠소?"

"2년 걸렸습니다. 먹고 싶은 것, 입고 싶은 것 아껴가면서 말이지요."

"그리 말하니 거절하기가 어렵군. 하지만 이 정도의 은과 바꾸면 밑지는 장산데 뭐 다른 건 없소?"

"이걸 더 드리지요."

유비는 칼끝에 달린 진주 구슬을 풀어서 주었다. 낙양의 상인은 진주 따위는 흔해 빠졌다는 듯 시큰둥한 표정으로 보고 있다가 말했다.

"좋소. 당신의 효심을 봐서 차와 바꾸도록 하지."

그는 선실에서 작은 주석 단지 하나를 가지고 와서 유비에게 주었다.

황하에는 어둠이 깔리기 시작했다. 서남쪽에 고양이 눈 같은 커다란 별이 반짝이고 있었다. 그 별빛을 유심히 보니 무지갯빛 무리가 희미하게 에워싸고 있었다.

'세상이 마침내 어지러워지려는 흉조야.'라며 요즘 사람들이 두려워하는 별이다.

"고맙습니다."

유비는 작은 주석 단지를 양손에 들고 이윽고 강변을 떠나는 배를 향해 고개를 숙였다. 눈에는 이미 어머니의 기뻐하는 모습이 아른거렸다.

그러나 여기에서 고향인 탁현 누상촌까지는 100리가 넘는 거리다. 몇 밤은 자야 돌아갈 수 있다.

'오늘 밤은 여기서 자자.'

맞은편을 보니 어촌 마을의 불빛이 두세 개 반짝이고 있었다. 그는 마을의 싸구려 여인숙에서 잤다. 그런데 한밤중에 여인숙 주인이 황급히 깨우러 왔다. 눈을 떠 보니 문밖이 시뻘겋다. 후끈거리는 열기 속에서 어디선가 탁탁 불에 타는 소리가 들렸다.

"앗, 불이 났습니까?"

"황건적이 쳐들어왔습니다, 손님. 낙양선과 거래한 거간꾼들이 오늘 밤 여기에서 묵는 걸 노리고……."

"도적이요?"

"손님도 거래하지 않았습니까? 놈들이 제일 먼저 노리는 것은 거간꾼들입니다. 다음이 우리 차례인데…… 어서 뒷문으로 도망치세요."

유비는 바로 허리에 검을 찼다.

뒷문으로 나와서 보니 사방이 이미 불바다였다. 가축들은 괴상한 신음을 내고, 여자들은 불길 속에서 비명을 지르며 도망 다니고 있었다.

주위가 대낮처럼 환했다.

가만히 보니 야차 같은 사람들의 그림자가 창과 쇠몽둥이 따위를 휘두르며 도망가는 여행객과 마을 사람들을 닥치는 대로 도륙하고 있었다. 눈 뜨고는 차마 볼 수 없는 지옥이 그려지고 있었다. 낮이라면 눈에라도 보일 것이다. 그 악귀들은 모두 상투 튼 머리 위로 누런 두건을 두르고 있었다. 황건적이라는 이름은 그 모습에서 유래한 것이다. 본래는 중국의, 이 나라의 가장 존귀한 색깔이어야 할 황토의 국색國色이 지금은 선량한 백성들을 공포에 떨게 하는 악귀의 상징이 되고 말았다.

"아아, 참혹하기 그지없구나."

유비는 중얼거렸다.

"마침 내가 여기서 묵게 된 것은 하늘이 나에게 하늘을 대신하여 이 가엾은 사람들을 구하라는 뜻인지도 모른다. ……이 악귀 같은 놈들."

유비는 검을 잡으면서 대문을 박차고 뛰어나가려다가 '아니, 잠깐만.' 하고 생각을 고쳐먹었다.

'어머니가 계시지. 나에게는 나를 의지하고 사는 유일한 사람인 어머니가 계셔.'

누런 두건을 두른 난적들은 여기에만 있는 것이 아니다. 메뚜기처럼 세상 곳곳에서 떼를 지어 날뛰고 있다. 칼 한 자루의 용기로 100명의 도적을 베기는 어렵다. 설사 100명의 도적을 베어도 세상을 구할 수는 없다. 어머니를 슬프게 하면서까지 도적 100명의 목숨을 자신의 목숨과 바꾼들 무슨 소용이 있겠는가.

'그래. ……난 오늘도 황하의 기슭에서 하늘에 맹세하지 않았던가.'

유비는 얼굴을 가리고 뒷문으로 도망쳤다.

그는 어둠 속을 달리고 또 달려서 겨우 마을에서 떨어진 산길에 도착했다.

'이젠 됐겠지.'

땀을 닦으면서 돌아보자 불길에 휩싸인 마을은 광야의 작은 불꽃으로밖에 보이지 않았다. 하늘을 우러러 흰 무지개와 같은 성운을 드리운 우주와 비교해 보니 이 세상의 산악의 크기도, 황하의 길이도, 중국 대륙의 어마어마한 넓이도 그저 작고 초라한 존재에 지나지 않았다.

'하물며 인간이란, 나라는 일개 존재 따위야.'

유비는 자신의 무력함을 탄식했다.

"아니야! 아니야! 인간이 존재해야 우주다. 인간이 없는 우주는 단순한 공허가 아닌가. 인간은 우주보다 위대해!"

유비는 하늘을 향해 미친 듯이 소리쳤다. 그때 뒤에서 "당연하지, 당연해."라며 누군가 말하는 소리가 들린 듯했다.

유비가 돌아보았지만, 사람의 그림자조차 보이지 않았다. 다만 나무 그늘 아래에 오래된 공자의 사당이 보였다.

유비는 사당으로 다가가서 엎드려 절했다.

"그래, 공자님은 지금으로부터 700년 전에 노魯나라(산동성山東省)에서 태어나 세상의 혼돈을 바로잡고 오늘에 이르기까지 사람들의 마음속에 살아남아서 영혼을 구원하고 있다. 인간의 위대함을 증명하신 분이야. 공자님은 문文으로 세상에 우뚝 섰지만, 나는 무武로 사람들을 구원하리라. 지금처럼 황마귀축黃魔鬼畜들이 설치고 다니는 암흑의 세상에서는 문을 펼치기 전에 무로 이 땅 위에 평화를 세울 수밖에 없다."

감수성이 풍부한 유비는 주위에 사람이 없는 줄로만 알고 공자의 사당을 향해 맹세하듯 저도 모르게 열정적인 목소리로 말했다.

그런데 갑자기 사당 안에서 큰 소리로 웃는 자가 있었다.

"와하하하."

"아하하하."

유비가 깜짝 놀라서 일어서려고 하자 갑자기 사당 문을 박차고 표범처럼 뛰어나온 사내가 소리를 지르며 유비의 목덜미를 잡았다.

"어이, 잠깐만."

동시에 덩치가 큰 다른 사내가 사당 안에서 공자의 목상木像을 유비의 눈앞으로 걷어차면서 욕을 했다.

"바보 같은 놈. 이런 물건이 너는 고마우냐? 대체 어디가 위대하단 말이냐?"

공자의 목상은 목이 부러져서 몸통과 따로 나뒹굴었다.

||| 六 |||

유비는 두려웠다. 영락없이 나쁜 놈들을 만났다고 생각했다.

두 명의 덩치 큰 사내들을 보니 상투 튼 머리를 누런 두건으로 싸고 있고, 몸통에는 철갑을 두르고, 발에는 짐승 가죽으로 만든 신을 신고, 허리에는 큰 칼을 차고 있었다. 두말할 필요도 없이 황건적 패거리였다. 게다가 그들 중 우두머리인 자는 상판과 복장만으로도 금방 알 수 있었다.

"대방, 이놈을 어떻게 할까요?"

유비의 목덜미를 움켜쥔 자가 다른 자를 향해 묻자 공자의 목상을 걷어찬 자가 말했다.

"놔줘도 된다. 도망치면 당장 모가지를 잘라버릴 테니까. 내가 이렇게 보고 있는데 감히 어떻게 도망가겠어?"

그러고는 사당 앞에 있는 알돌에 느릿느릿 앉았다.

대방大方, 중방中方, 소방小方이라는 것은 방사方師(술사, 기도사)의 칭호이자 그 위계位階도 나타냈다. 황건적들 사이에서는 두령

급을 가리켜 모두 그렇게 불렀다.

하지만 총대장인 장각張角은 그렇게 부르지 않았다. 장각과 그의 두 동생만 대현량사大賢良師 장각, 천공장군天公將軍 장량張梁, 지공장군地公將軍 장보張寶라고 부르며 특별히 존칭했다.

그 아래로 대방, 중방이라는 직책을 두어 조직을 구성했다. 지금 유비 앞에 앉아 있는 사내는 장각의 수하인 마원의馬元義라는 황건적의 두령이다.

"어이, 감홍甘洪."

마원의는 수하인 감홍이 아직도 경계하고 있는 모습을 보고 턱짓을 하며 큰 소리로 말했다.

"그놈을 이리로 좀 더 끌고 와라. 그래, 내 앞으로."

유비는 목덜미가 잡힌 채 마원의의 발 앞으로 끌려갔다.

"어이, 이봐."

마원의는 유비를 흘겨보았다.

"넌 방금 공자의 사당을 향해 엄청난 맹세를 하던데 네놈이 대체 제정신인 게냐, 미친 것이냐?"

"네."

"네? 황마귀축을 없애겠다느니 어쩌겠다느니 씨불이던데 황마란 누구이며 귀축이란 무얼 두고 한 말이냐?"

"특별한 의미는 없습니다."

"의미도 없는 소리를 혼자 지껄이는 얼빠진 놈이 어디 있어?"

"산길이 너무나 쓸쓸하여 무서움을 달래려고 나오는 대로 지껄이면서 걸어왔으니까요."

"틀림이 없겠지?"

"네."

"그럼, 이 한밤중에 어디까지 가는 길이냐?"

"탁현으로 돌아가는 길입니다."

"그럼 아직도 갈 길이 멀군. 우리도 날이 밝는 대로 북쪽 마을까지 갈 생각인데 네놈 때문에 잠이 깨버렸다. 다시 자기도 글렀고. 마침 짐 때문에 곤란하던 참이었는데, 내 짐을 지고 따라오너라. 어이, 감홍."

"옙!"

"짐은 이놈한테 주고 넌 내 반월창을 들어라."

"벌써 출발입니까?"

"고개를 내려가면 날이 새겠지. 그동안 다른 녀석들도 오늘 밤 일을 마치고 뒤따라올 것이고."

"그러면 가면서 지나가는 표시를 남겨두고 가지요."

감홍은 말하면서 사당 벽에 뭐라고 썼고, 반 리쯤 가자 다시 길가의 나뭇가지에 누런 헝겊을 묶어놓고 갔다.

대방인 마원의는 당나귀를 타고 유유히 앞장서서 가고 있었다.

유행하는 동요

||| 一 |||

당나귀는 북쪽을 향해 가고 있었다. 안장 위의 마원의는 이따금 남쪽을 돌아보며 중얼거렸다.

"다른 녀석들이 아직 뒤따라오지 않는데, 어떻게 된 일이지?"

그의 반월창을 들고 당나귀 뒤를 따라가던 감홍이 대답했다.

"어디선가 길을 잘못 들었는지도 모릅니다. 아무튼 기주冀州(하북성河北省 보정保定의 남쪽)에 가면 만나겠지요."

아무래도 다른 동료들에 대해 이야기하고 있는가 보다고 유비는 헤아렸다. 그렇다면 자신이 도망쳐온 황하의 어촌을 습격한 그 패거리를 기다리고 있을지도 모른다고 생각했다.

'어쨌든 고분고분 따르는 척하는 것이 좋겠어. 그러다 보면 도망칠 기회가 생기겠지.'

유비는 도적의 짐을 지고 말없이 당나귀와 반월창 사이에 끼어서 걸어갔다. 언덕과 강과 벌판뿐인 길을 나흘이나 쉬지 않고 걸었다.

다행히 비가 오지 않는 날이 계속되었다. 사방이 온통 푸른, 구름 한 점 없는 가을이었다. 껑충한 수수 이삭에 이따금 당나귀도 사람도 묻히고 만다.

"아~함."

따분한 여행에 지친 마원의는 크게 하품을 했다. 감홍도 나른한 듯 꾸벅꾸벅 졸면서 발만 움직이고 있었다.

그때 유비는 문득 충동에 사로잡혔다.

'지금이다!'

몇 번이나 검에 손을 가져가려고 했지만, 만약 실수라도 하게 되면, 하고 어머니를 생각하는 한편 자신이 품은 큰 뜻을 생각하며 꾹 참았다.

"어이, 감홍."

"네."

"밥을 먹을 수 있겠다. 시원한 물도 마실 수 있고. 봐라, 저기 절이 있다."

"절이요?"

감홍이 수수 사이로 까치발을 해서 보더니 말했다.

"살았습니다. 대방, 술도 반드시 있을 겁니다. 중들은 술을 좋아하니까요."

밤엔 제법 쌀쌀했지만, 낮엔 타는 듯이 더웠다. 물이라는 소리를 듣고 유비도 무심코 발돋움을 했다.

맞은편에 낮은 언덕이 보였다. 한 무더기의 나무와 연못이 언덕에 안겨 있었고, 연못에는 붉고 흰 연꽃이 잔뜩 피어 있었다.

돌다리를 건너 황폐한 절 문 앞에서 마원의가 당나귀에서 내렸다. 문은 한 짝이 부서지고 다른 한 짝은 형태만 남아 있었다. 그 문에 누런 종이가 붙어 있었는데, 다음과 같은 글귀가 쓰여 있었다.

창천이 사蒼天已死 (푸른 하늘이 이미 죽었으니)

황부당립黃夫當立 (황건을 두른 사내들이여 마땅히 일어서라)

세 재 갑 자歲在甲子 (갑자의 해에)

천 하 대 길天下大吉 (천하가 크게 길하리라)

대 현 량 사 장 각

"대방, 보십시오. 여기에도 우리 당의 맹부盟符가 붙어 있습니다. 이 절도 황건의 손에 떨어진 듯합니다."

"누가 있느냐?"

"그런데 아무리 불러봐도 아무도 나오지 않습니다."

"다시 한번 소리쳐봐."

"여봐라, 아무도 없느냐!"

그는 소리를 지르면서 어두침침한 법당 안을 들여다보았다. 아무도 없는 법당 한복판에 놓인 곡록曲彔(승려가 쓰는 의자)에 뼈와 가죽만 남은 앙상한 노승이 앉아 있었다. 그런데 노승은 자고 있는지 아니면 죽었는지 미라처럼 공허한 눈을 대들보로 향한 채 고요히 움직이지 않고 아무 대답도 없다.

||| 二 |||

"어이, 늙은이."

감홍은 반월창 자루로 노승의 정강이를 후려쳤다.

노승은 게슴츠레한 눈을 힘겹게 뜨고 눈앞에 있는 감홍과 마원의, 유비를 둘러보았다.

"먹을 거 있지? 우린 여기서 배를 채워야겠다. 어서 내와."

"……없어."

노승은 밀랍처럼 창백한 얼굴을 힘없이 가로저었다.

"없어? 이만한 절에 먹을 것이 없을 리가 없다. 우리가 누군 줄 몰라? 머리에 두른 황건을 봐. 대현량사 장각 님의 방장方將 마원의라는 분이시다. 만약에 뒤져서 먹을 것이 나오면 목을 베도 되겠느냐?"

"……좋을 대로."

노승은 고개를 끄덕였다.

마원의는 감홍을 돌아보며 말했다.

"정말 없을지도 모른다. 너무 침착한 것이 께름칙해."

그러자 노승은 곡록에 기대고 있던 죽은 나뭇가지 같은 팔꿈치를 들고 뒤쪽의 제단과 벽 등 사방을 일일이 가리키며 말했다.

"없다! 없어, 없어! 불상조차 없다. 여기엔 아무것도 없어!"

금방이라도 울 것 같은 목소리였다. 그리고 게슴츠레한 눈으로 원망스럽게 쳐다보며 다시 말했다.

"모두 당신네 패거리가 가지고 갔다고. 메뚜기 떼가 훑고 지나간 뒤의 밭처럼 되었단 말이다, 여긴……."

"그래도 뭐라도 좀 있겠지. 뭐 먹을 거라도."

"없다니까!"

"그럼, 냉수라도 떠와."

"우물엔 독을 타서 마시면 죽는다."

"누가 그런 짓을 했지?"

"그것도 황건을 두른 당신네 패거리가 한 짓이다. 일전에 고을 수령과 싸웠을 때 잔당이 숨지 못하도록 모두 독약을 풀어 넣고 갔단 말이다.”

“그렇다면 샘물이 있겠구나. 저렇게 아름다운 연꽃이 핀 연못이 있는 걸 보면 어딘가에서 맑은 물이 솟아 나오고 있을 거야.”

“저 연꽃이 뭐가 아름답다는 것이냐? 내 눈에는 홍련도 백련도 무수한 백성의 넋으로만 보이는데. 꽃 한 송이, 한 송이가 저주와 원망으로 흐느껴 울고 있는 것 같구나.”

“이 늙은이가 횡설수설 헛소리를 지껄이는군······.”

“거짓말 같으면 연못을 한번 들여다봐라. 홍련 아래에도, 백련의 뿌리 근처에도 썩은 인간의 시체들로 그득하니까. 당신네 패거리가 죽인 선량한 농민과 여자들의 시체란 말이다. 또 황건당에 들어가지 않았다고 목 졸라 죽인 지방 수령과 그의 아내, 싸우다 죽은 관리들의 시체가 수백이나······.”

“당연하지. 대현량사 장각 님을 거역하는 놈들은 모두 천벌을 받아 그렇게 되는 것이다.”

“······.”

“아니, 쓸데없는 말은 이제 그만하고······. 먹을 것도 없고 물도 없고, 그렇다면 도대체 네놈은 뭘 먹고 사는 것이냐?”

“내가 먹는 것이라면······.”

노승은 말하면서 자신의 신발 언저리를 가리켰다.

“여기 있다.”

마원의는 무심코 땅바닥을 둘러보았다. 땅바닥에는 뿌리를 씹다 만 풀, 벌레의 다리, 쥐의 뼈 따위가 널려 있었다.

“여긴 글렀군. 향응은 다음에 받기로 하지. 어이, 유비, 감홍, 가자.”

그들은 법당에서 나가려고 발길을 돌렸다.

그러자 그때 비로소 도적 패들과 어울려 다니는 유비의 존재를 알아차린 노승은 유비의 얼굴을 뚫어져라 쳐다보다가 갑자기 뒤통수라도 맞은 것처럼 "앗!" 하고 외마디 비명을 지르더니 곡록에서 벌떡 일어났다.

||| 三 |||

노승의 움푹 들어간 눈은 놀라서 휘둥그레진 채 유비의 얼굴을 바라보며 깜빡이지도 않았다.

이윽고 혼자서 "으음." 하고 신음하더니 무슨 생각을 했는지 "아아! 당신이야."라고 말하고는 무릎을 꿇고 땅바닥에 앉아 마치 현세의 문수미륵文殊彌勒이라도 본 것처럼 계속해서 절하면서 멈출 줄을 몰랐다.

유비는 당황해서 노승의 손을 잡으며 말했다.

"노스님, 왜 이러십니까?"

노승은 그의 손이 닿자 금방이라도 고마움의 눈물을 흘리기라도 할 것처럼 몸을 떨면서 이마에 손을 가져가며 말했다.

"젊은이, 정말 오랫동안 기다리고 있었네. 내가 기다리던 사람이 바로 자네야. 자네야말로 미쳐 날뛰고 있는 무리를 물리쳐서 암흑의 나라에 낙토樂土를 세우고, 난마亂麻의 세상에 길을 제시하여 도탄의 구렁텅이에서 백성들을 구할 이가 틀림없네."

"당치도 않습니다. 저는 탁현 촌구석에서 그냥저냥 사는 가난한 멍석 장수일 뿐입니다. 노스님, 놓아주십시오."

"아니야. 자네의 인상이며 풍채에 똑똑히 드러나 있어. 젊은이, 말해주게. 자네의 조상은 황제의 후손이거나 왕후의 피를 받았을 것이네."

"아닙니다."

유비는 고개를 가로저었다.

"저의 부친도 조부도 누상촌의 가난한 농부였습니다."

"더 윗대는……?"

"모릅니다."

"모른다면 내 말을 믿어도 되네. 자네가 차고 있는 검은 누구한테 받았나?"

"돌아가신 아버님의 유품입니다."

"더 오래 전부터 자네 집에 있었을 게야. 낡아서 볼품은 없지만 그건 평범한 사람이 찰 수 있는 검이 아니네. 낭간琅玕(짙은 녹색이나 청백색의 옥돌) 구슬이 달려 있지 않은가? 알옥戞玉이라고 부르는 구슬이지. 검대劍帶(칼을 차기 위해 허리에 두르는 가죽 띠)에 가죽이나 비단 허리띠도 붙어 있을 걸세. 그것을 왕의 패검이라고 부르네. 어쨌든 칼날도 둘도 없는 명검임이 틀림없어. 써본 적이 있나?"

"……?"

먼저 법당 밖으로 나갔던 마원의와 감홍은 유비가 따라 나오지 않자 발길을 멈추고 노승이 중얼거리는 말에 귀를 기울이면서 돌아보고 있었다. 그러나 이윽고 인내심이 한계에 이르렀는지 버럭 소리를 질렀다.

"야, 이놈 유비야! 언제까지 그러고 꾸물댈 거야? 어서 짐을 지고 따라와!"

노승은 여전히 무슨 말인가를 계속 하다가 마원의의 고함에 위축되어 입을 다물었다. 유비는 그 틈에 법당 밖으로 나왔다.

유비가 당나귀를 매어둔 문밖으로 나오자 마원의는 당나귀의 고삐를 푸는 감홍에게 멈추라고 손짓했다.

"유비, 거기에 앉아라."

마원의는 말하면서 나무뿌리를 가리키고 자기도 돌계단에 앉았다.

"듣자 하니 너는 장차 훌륭한 사람이 될 상이라던데, 설마 왕후 王侯나 장군이 될 리는 만무하겠지만 나도 실은 네놈을 장래성이 있는 놈이라 보고 있었다. 어떠냐, 내 부하가 되어 황건당에 들어오지 않겠느냐?"

그의 말에 유비는 한껏 순진함을 가장해서 말했다.

"네, 말씀은 고맙지만 저에게는 고향에 어머님이 홀로 계셔서 황건당에는 들어갈 수 없습니다."

"어머니가 있어도 상관없다. 먹을 것만 보내드리면 되지."

"하지만 제가 이렇게 여행을 떠나 있는 동안에도 수척해질 정도로 자식 걱정만 하고 계시는 어머님이셔서."

"그도 그럴 터. 늘 가난하게 사니까 그런 거다. 황건당에 들어와서 배만 부르게 해드리면 어린애도 아닌데 자식 걱정을 하겠느냐?"

||| 四 |||

마원의는 공명심에 쉽게 유혹되는 청년의 마음을 부추길 생각으로 당시 황건당의 세력이라든지 세상의 앞날 따위를 장황하게 설명하기 시작했다.

"좁은 눈으로 보고 있는 놈들은 우리가 양민들을 들들 볶는 줄로만 알지만, 우리 총대장 장각 님을 신처럼 떠받들고 있는 고을

도 꽤 있다."

그렇게 전제하고 나서 먼저 황건당의 기원을 설명하는 것이었다.

지금으로부터 10년쯤 전이다. 거록군鉅鹿郡(하북성) 사람으로 장각이라는 무명의 선비가 있었다. 고향에서는 장각이 세상에 드문 수재라고 알려져 있었다. 그 장각이 하루는 산속으로 약초를 캐러 갔다가 기이한 도사를 만났다. 명아주 지팡이를 짚고 있는 도사가 "너를 기다린 지 오래다."라며 부르기에 따라가 보았더니 흰 구름이 자욱한 동굴로 데리고 가서는 장각에게 세 권의 책을 내주면서 말했다.

"이것은《태평요술太平要術》이라는 책이다. 이 책을 잘 받들어 도탄에 빠진 세상을 구하고 도道를 펴서 선善을 베풀어라. 만일 자신의 영화榮華를 높이는 데에 취해 못된 생각을 품는 날에는 당장 천벌이 내려 죽음을 면치 못하리라."

장각은 두 번 절하고 도사의 이름을 물었다.

"나는 남화노선南華老仙이다."

대답과 동시에 그는 한 조각 구름이 되어 날아갔다.

장각은 산을 내려온 후 마을 사람들에게 그 이야기를 했다.

순진한 마을 사람들은 "우리 고장의 수재에게 신선이 깃들었다."라며 곧이곧대로 믿고 당장 장각을 세상을 구할 방사方師로 모시고 소문을 퍼뜨렸다.

장각은 문을 닫아건 채 도의道衣를 입고 부정한 것을 멀리하면서 항상 남화노선의 책을 지니고 밤낮없이 도를 닦았는데, 어느 해 역병이 유행하여 마을에서 매일 많은 사람이 죽어 나갔다.

'지금이야말로 신께서 나에게 세상으로 나가라고 명하신 때다.'

장각은 사립문을 엄숙히 열고 병자를 구하러 나갔는데, 그때 이미 그의 문전에는 500명에 달하는 사람들이 모여 제자로 삼아달라고 땅바닥에 엎드려 애원하고 있었다.

500명의 제자는 그의 명령에 따라 금선단金仙丹, 은선단銀仙丹, 적신단赤神丹이라는 비약秘藥을 지니고 각자 역병이 유행하는 지역을 돌아다녔다. 그리고 장각 방사의 공덕을 들려준 후에 남자에게는 금선단을, 여자에게는 은선단을, 어린이에게는 적신단을 주니 신약의 효험이 좋아 모두 며칠도 안 되어 씻은 듯이 나았다.

그래도 낫지 않은 자는 장각이 직접 가서 큰 소리로 주문을 외며 병마病魔를 집에서 쫓아낸다고 부수符水(부적과 정화수. 또는 부적을 태운 물로 치료하는 술법)라는 비법을 베풀었다. 이 방법으로 일어나지 못하는 병자는 거의 없었다.

몸에 병이 든 사람뿐만 아니라 마음에 병이 있는 자도 몰려들어 장각 앞에 참회했다. 가난한 자도 왔다. 부자도 왔다. 미인도 왔다. 힘이 센 자와 무술하는 자도 왔다. 그들은 모두 장각의 유막帷幕(기밀을 의논하는 곳)에 참여하거나, 부엌에서 일하거나, 그의 곁에서 시중을 들거나, 또 많은 제자 속에 섞여 제자가 된 것을 자랑하곤 했다.

장각의 세력은 잠깐 사이에 여러 주州로 급속하게 퍼졌다.

장각은 36방方을 세워 제자들의 계급을 만들고 대소大小로 나누어 두령 되는 자에게는 군사軍師의 이름을 허락하고 또 방사方師라는 칭호를 주었다. 대방에 임명된 자 1만여 명, 소방에 임명된 자 6,000~7,000명. 그 부部 안에 부장과 방병이 있고, 자신의 형제인 장량과 장보 두 사람을 천공장군, 지공장군이라 부르게 하여 가장

큰 권세를 주었다. 또 자신은 그 위에 군림하며 대현량사 장각이
라고 자칭했다.

이것이 대략적인 황건당의 기원이다. 처음에 장각은 언제나 상
투 튼 머리를 누런 두건으로 싸고 있었는데 그 방식이 전군에 퍼
져 어느덧 당원의 표식이 되었다.

||| 五 |||

또 황건당은 전군의 깃발도 모두 황색을 사용했는데, 큰 깃발에
는 다음과 같은 선언문을 썼다.

> 창천이사
> 황부당립
> 세재갑자
> 천하대길

당의 악요부樂謠部는 이 선언문에 동요풍의 쉬운 곡조를 붙여
당병들에게 노래를 부르게 하니 부락과 마을의 지방에서부터 군
郡, 현縣, 시市, 도都로 열병처럼 유행했다.

대현량사 장각!

대현량사 장각!

지금은 세 살짜리 어린아이까지 그 이름을 모르는 사람이 없
었다.

"푸른 하늘이 이미 죽었으니 황건을 두른 사내들이여 마땅히 일
어서라."

이렇게 노래하고 나서 장각의 이름을 칭송하며 당장이라도 천상의 낙원이 지상에서 실현될 것 같은 기대감을 민중에게 안겨주었다.

하지만 황건당이 날뛰면 날뛸수록 낙토는커녕 백성들은 하루도 편할 날이 없었다.

장각은 자기 세력에 복종하는 우민愚民들에게는 "태평한 세상을 마음껏 즐겨라."라며 쾌락을 허락하고 "우리 세상을 구가하자."라며 암암리에 약탈을 장려했다.

그 대신 거역하는 자는 가차 없이 처벌했는데, 인명을 살상하고 재물을 빼앗는 일이 당의 일과였다.

지방의 수령과 관리 들도 이들을 막을 방도가 없어서 중앙 정부인 낙양의 왕성으로 급히 파병을 요청하는 일이 빈번했지만, 지금 후한 왕조의 궁중은 퇴폐와 내분으로 극도로 혼란한 상태였기 때문에 지방으로 군사를 보낼 처지가 못 되었다.

천하 통일의 대업을 완성하며 후한 왕조를 일으킨 광무제光武帝 이후 지금까지 200여 년이 지나 궁중의 안팎에서는 또다시 부란腐爛(썩어 문드러짐)과 붕괴의 조짐이 나타나기 시작했다.

11대 황제 환제桓帝가 세상을 떠나고 12대 황제의 자리에 오른 영제는 아직 열두세 살밖에 안 된 어린아이였다. 그를 보필하는 중신은 어린 황제를 깔보며 조정의 기강을 엉망으로 만들었고, 간신들이 권력을 휘어잡고 충성스러운 인재는 모조리 초야로 쫓겨난 상태였다.

뜻있는 사람들은 남몰래 '세상이 어떻게 되어가는 건가?'라며 걱정하던 차에 지방에서 봉기한 황건적의 입에서 '푸른 하늘이 이미 죽었으니'라는 동요가 유행하기 시작했고, 후한의 말세를 암시하는 목소리는 낙양의 성시에서까지 울려 퍼졌다.

그런 와중에 민심을 더욱 불안하게 만든 사건이 일어났다.

어느 해.

어린 황제가 온덕전溫德殿에 나갔는데 갑자기 광풍이 일며 길이가 두 길(길은 장丈과 같은 말로 길이의 단위이다. 1길은 약 2.3미터)이 넘는 청색 뱀이 대들보에서 황제의 의자 옆으로 툭 떨어졌다. 소스라치게 놀란 황제는 바닥에 쓰러져 정신을 잃었다. 궁궐 안에 일대 소동이 일어난 것은 물론이거니와 활과 창을 든 금문禁門의 무사들이 달려와 청색 뱀을 막으려고 했지만, 갑자기 우박이 섞인 큰바람이 왕성을 휩쓸더니 청색 뱀은 구름이 되어 하늘로 날아갔다. 그날부터 사흘 밤 사흘 낮 동안 큰비가 땅이 꺼질 정도로 쏟아져서 낙양의 민가 2만 호가 침수되었고, 천 몇백 호는 붕괴되었으며, 익사하거나 다친 사람을 헤아릴 수 없을 정도로 큰 재해가 일어났다.

또 근년에 들어서는 붉은 혜성이 나타나거나 바람 한 점 없는 대낮에 난데없이 검은 회오리바람이 불어서 왕성 지붕의 망루를 날려버리기도 하고, 오원산五原山의 산사태로 수십 개의 부락이 하룻밤 사이에 땅속에 매몰되어버리는 등의 흉사가 해마다 일어났다.

||| 六 |||

그런 흉사가 일어날 때마다 황건적의 '푸른 하늘이 이미 죽었으니'라는 노래는 맹목적으로 퍼져 나갔다. 또 황건당에 입당하여

약탈과 횡포, 살육을 자유롭게 할 수 있는 "우리 당의 태평을 즐기자."는 사람들이 날로 늘어만 갔다.

사상의 악화, 조직의 혼란, 도덕의 퇴폐. 이러한 분위기를 어떻게 해볼 도리가 없는 후한 말기였다.

요원의 불길처럼 마수를 뻗친 황건적 세력은 지금 청주靑州, 유주幽州, 서주徐州, 기주冀州, 형주荊州, 양주揚州, 연주兗州, 예주豫州 등 여러 지방에 이르고 있었다. 각 주의 제후들을 비롯하여 군郡, 현縣, 시市, 부部의 장들과 관리들은 뿔뿔이 흩어져서 도망치기도 하고, 항복하여 도적이 되기도 하고, 시체로 쌓이는 자들, 불에 타 죽는 자들도 헤아릴 수 없을 정도였다.

부호들은 모두 재물을 바치며 목숨을 구걸했고, 사원과 민가에서는 집마다 대현량사 장각이라고 쓴 노란 종이를 문에 붙이고 절대복종을 맹세하며 마치 귀신을 모시듯 우러르며 두려워했다. 그러한 실정이었다.

하여간…….

마원의는 이러한 실정과 황건적의 발흥 따위를 자랑스럽다는 듯이 장황하게 늘어놓았다.

"유비."

대방 마원의는 앉아 있는 돌계단에서 절 문을 턱으로 가리켰다.

"저기서도 누런 종이를 보았을 것이다. 쓰여 있는 글귀도 읽었을 테고. 이 지방도 다 우리 황건당의 손안에 있다."

"……"

유비는 마원의가 말하는 동안 말없이 듣고만 있었다.

"아니, 이 지방과 10개 주, 20개 주가 다 뭐야. 천하는 곧 황건당의 수중에 들어올 것이다. 후한 왕조는 멸망하고 새로운 시대가 열릴 것이야."

유비는 그제야 비로소 물었다.

"그럼, 장각 양사는 후한을 멸망시킨 후에 본인이 제위에 오를 생각입니까?"

"아니, 장각 양사께서는 그럴 생각이 없으시다."

"그럼, 누가 다음 제왕이 된다는 말입니까?"

"그건 말할 수 없다. ……하지만 유비, 네가 내 부하가 된다고 약속하면 말해주겠다."

"부하가 되겠습니다."

"정말이냐?"

"어머님이 허락하시면 말입니다."

"그럼, 내 시원하게 말해주지. 제왕 문제는 지금의 한 왕조를 멸망시키고 난 후의 중대한 의논 거리가 될 것이다. 흉노匈奴(몽골족)쪽과도 협의해야 할 사안이니까."

"네? ……왜죠? 중국의 제왕을 정하는 데 옛날부터 진秦, 조趙, 연燕 등의 국경을 침범하며 우리 한민족을 괴롭혀온 오랑캐 따위와 협의할 필요가 있습니까?"

"있고말고."

마원의는 당연하다는 듯 말했다.

"아무리 우리가 날고 긴다고 해도 우리의 등 뒤에서 군비나 병장기를 척척 대주는 흑막이 없고서야 이렇게 단시일 내에 후한의 천하를 교란시킬 수는 없었을 테니까."

"네? 그럼 황건적 뒤에 오랑캐인 흉노가 있다는 말입니까?"

"그렇기 때문에 우린 절대로 질 리가 없다. 어떠냐 유비, 내가 이렇게 권하는 까닭은 너의 출세를 위해서다. 부하가 되어라. 여기서 당장 황건적에 가담하지 않겠느냐?"

"고마운 말씀입니다. 어머니도 들으시면 기뻐할 것입니다. 하지만 부모와 자식 간에도 지켜야 할 도리가 있으니 일단 어머님께도 말씀드린 후에 대답을……."

유비가 말하고 있는데 마원의가 갑자기 일어났다.

"앗, 저기 온다."

그러고는 이마에 손그늘을 만들고 멀리 벌판 쪽을 바라보았다.

가인 부용

||| 一 |||

한 50명쯤 되는 소규모의 도적떼였다. 그중에 당나귀를 타고 있는 두세 명의 우두머리가 쇠 채찍으로 가리키며 무슨 말인가를 하는가 싶더니 이윽고 마원의를 보았는지 절 쪽으로 쏜살같이 달려왔다.

"어이, 이주범李朱氾. 너무 늦은 거 아닌가?"

마원의가 돌계단에서 일어나며 말했다.

"이야, 대방. 여기 있었나?"

이주범이라 불린 사내와 그 밖의 일행들도 줄줄이 당나귀에서 내렸다.

"고개에 있는 공자의 사당에서 기다리고 있겠다고 해서 그쪽으로 갔더니 아무도 없어서 우리만 골탕 먹었는데 늦긴 뭐가 늦었다는 거야?"

그는 땀을 닦으면서 오히려 마원의에게 불평을 늘어놓았지만, 자기들끼리의 농담인 듯 핀잔을 들은 마원의도 낄낄거리며 그저 웃을 뿐이었다.

"그런데 간밤의 수확은 어땠나? 낙양선 때문에 각지의 장사치들이 꽤 많이 묵었을 텐데."

"대단치는 않지만, 한 마을을 태워 없앨 만큼은 되더군. 그 재물은 모조리 말에 실어 전처럼 우리 병영의 창고로 보냈네."

"요즘엔 백성들도 돈을 묻어서 숨기는 방법을 알게 되었고, 장사치들도 무리를 지어서 우리가 습격하기 전에 도망가 버리니 앞으로는 이전처럼 수월치가 않을 거야."

"흠, 그리고 보니 간밤에도 아까운 놈을 하나 놓쳤네."

"아까운 놈? 고가의 보석이라도 갖고 있었나?"

"사금이나 보석은 아니지만 낙양선에서 차를 산 놈이 있었네. 알다시피 장각 님께서 차라면 눈에 불을 켜지 않나? 그걸 꼭 빼앗아서 대현량사께 바치려고 그놈이 묵고 있는 여인숙도 알아두었네만, 그 근방부터 불을 지르면서 들어가 보았는데 어느새 달아나고 보이지가 않더군. 그 녀석을 놓친 것이 간만의 실수였네."

이주범은 유비가 바로 옆에 있는데 큰 소리로 이렇게 말하는 것이었다.

유비는 깜짝 놀랐다. 그리고 무심코 품속에 감추고 있는 작은 주석 단지를 슬쩍 만져보았다. 그러자 마원의는 아쉽다는 듯 신음을 내면서 뒤에 있는 유비를 돌아보았다가 다시 이주범을 보며 물었다.

"그자가 몇 살쯤 된 것 같나?"

"글쎄, 나도 직접 보진 못했지만, 정보를 알아낸 수하의 말로는 아직 젊고 초라한 풍채지만 어딘지 모르게 기품이 느껴지는 게 방심할 수 없는 놈일지도 모른다더군."

"그럼, 혹시 이자 아닌가?"

마원의는 바로 옆에 있는 유비를 가리키며 물었다.

"뭐?"

이주범은 의외라는 표정을 지었지만, 마원의로부터 자세한 설명을 듣더니 갑자기 의심이 들었다.

"그놈일지도 모르겠군. 어이, 정봉丁峰, 정봉!"

그는 연못가에서 쉬고 있는 부하들을 향해 소리쳤다.

부하인 정봉은 자기 이름이 불리자 무리 속에서 달려나왔다. 이주범은 황하에서 차를 산 젊은이가 이 사내냐고 유비의 얼굴을 가리키며 물었다.

정봉은 유비를 보더니 주저 없이 바로 대답했다.

"아, 이 사내입니다. 이자가 틀림없습니다."

"좋아."

이주범은 정봉을 밀치고 마원의와 함께 갑자기 유비의 양팔을 좌우에서 비틀어 올렸다.

||| 二 |||

"이봐, 네놈이 차를 감추고 있는 것을 다 안다. 그 차 단지를 이리 내놔."

마원의가 다그치자 이주범도 함께 유비의 팔을 비틀면서 위협했다.

"내놓지 않으면 목을 베겠다. 방금 전에도 말했듯이 장각 양사께서 좋아하시는 물건인데, 양사의 위세로도 쉽게 손에 넣을 수 없는 귀한 물건이다. 너 같은 천한 것이 차를 가지고 있어봐야 무슨 소용이 있겠느냐? 우리 손을 거쳐 양사께 바치거라."

유비는 말해봐야 소용이 없다는 것을 일찌감치 깨달았다. 하지만 고향에서 기다리고 있을 어머니를 생각하니 목숨을 잃는 것보다 더 괴로웠다.

'이 자리를 피할 묘수가 뭐 없을까?'

여전히 미련을 갖고 두 팔에 가해지는 통증을 꾹 참고 있는데 이주범이 조급하게 유비의 허리를 걷어차며 소리쳤다.

"벙어리냐? 귀머거리야?"

그리고 비틀거리는 유비의 멱살을 잡으며 눈을 부릅뜨고 위협적으로 말했다.

"저기 피에 굶주린 쉰 명의 부하가 이쪽을 보며 먹잇감을 노리고 있는 것이 보이지 않느냐? 대답해!"

유비는 두 사람의 흙발 앞에 넙죽 엎드린 채 또다시 어머니의 기쁨을 팔아서 이 자리를 모면하고 싶은 마음은 들지 않았지만, 문득 고개를 들어 보니 절 문 그늘에 서서 이쪽을 바라보고 있던 아까 그 노승이 '물건 따위를 아까워하지 마라. 원하는 것은 뭐든 줘버려, 줘버리라고.'라고 말하듯 손짓하며 그에게 지혜롭게 대처하라고 촉구하고 있었다.

유비도 곧 생각을 고쳐먹었다.

'그래. 이 몸이 다치면 어머님께도 큰 불효가 된다.'

그러나 아직 품속의 차 단지는 꺼내지 않았다. 대신 허리에 차고 있는 검을 풀고 애원했다.

"이건 아버지의 유품으로 제 목숨 다음가는 것입니다. 이 검을 바치겠으니 차만은 눈감아주십시오."

그러자 마원의는 검을 빼앗아 들고는 차는 내 알 바 아니라는 듯 시치미를 떼며 말했다.

"그래, 그 검은 내가 아까부터 눈독을 들이던 것이었다. 주는 것이니 받아주지."

이주범은 전보다 더 화를 내면서 누구는 검을 주고 나에게는 왜 차 단지를 주지 않느냐며 따졌다.

유비는 어쩔 수 없이 품속에 고이 간직하고 있던 작은 주석 단지까지 내놓고 말았다. 이주범은 보물이라도 얻은 듯 두 팔을 들고 좋아했다.

"이거야, 이거. 낙양의 명차가 틀림없어. 필시 양사께서 크게 기뻐하시겠구면."

도적 부대는 먼저 출발할 예정이었는지 채비를 했다. 그런데 이때 정찰병이 달려와서 여기서 10리쯤 앞의 강가에 관군 약 500명이 진을 치고 자기들을 찾고 있는 것 같다고 보고했다.

"그럼 오늘 밤은 여기서 묵자."

약 50명의 황건적은 절을 숙소로 삼고 휴대하고 다니는 식량 주머니를 풀기 시작했다. 저녁을 준비하는 어수선한 틈을 타서 유비는 지금이야말로 도망치기에 좋은 기회라고 생각하고 황혼의 문을 몰래 빠져나가려고 했다.

"어이, 어디 가나?"

파수병이 그를 발견하고 소리를 지르자 순식간에 여러 명이 그를 둘러쌌고, 즉시 안에 있는 마원의와 이주범에게도 보고가 들어갔다.

||| 三 |||

유비는 결박되어 재당齋堂(절의 식당)의 둥근 기둥에 묶였다. 바닥에 기와가 깔려 있고, 둥근 기둥과 작은 창문밖에 없는 석실石室이었다.

"이봐 유비. 네놈이 내 눈을 속이고 도망치려고 했다지? 아마 네놈은 관아의 끄나풀일 것이다. 아니 틀림없어. 현군縣軍의 첩자가 분명해. 오늘 밤 10리 앞에까지 현군이 와서 진을 치고 있다니까 그곳에 첩보를 전하기 위해 탈출하려고 한 거지?"

마원의와 이주범은 번갈아가며 와서 그를 고문했다.

"어쩐지 네놈 면상이 범상치가 않다 했더니. 현군의 첩자가 아니라면 낙양에서 보낸 간자일 터. 어쨌든 넌 관인官人일 것이다. 자, 바른대로 털어놓아라. 말하지 않으면 고통만 따를 뿐이다."

마침내 마원의와 이주범은 유비를 걷어차고 욕을 퍼부었다.

그러나 유비는 한마디도 하지 않았다. 이렇게 된 이상 천명에 맡기자고 단념한 듯했다.

"이놈, 평범한 방법으로는 입을 열지 않을 것 같군."

이주범은 여의치 않자 마원의에게 이렇게 제안했다.

"어쨌든 난 내일 이른 새벽에 여길 출발해서 장각 양사가 계신 총사령부로 들어가 차 단지도 바칠 겸 양사께 문안 인사를 드릴 생각이네. 그때 이놈도 끌고 가서 대방군 본부의 군법회의에 부치면 어떨까? 생각지도 못한 수확이 있을지도 모르지."

마원의도 좋다고 동의했다.

재당 문은 굳게 닫혔다. 밤이 이슥해지자 단 하나뿐인 높은 창문을 통해 오늘도 별들이 반짝이는 가을 하늘이 보였다. 하지만 도저히 여기서 빠져나갈 방법이 없었다.

어디선가 말 울음소리가 들렸다.

'관군이 쳐들어온다면 좋을 텐데.'

유비는 희망을 버리지 않았지만, 순찰을 돌고 돌아오는 도적들인지 금방 조용해지면서 아무 소리도 나지 않았다.

"어머님께 효도하려다 도리어 큰 불효를 저지르게 되었구나. 목숨이야 아깝지 않지만 노모의 여생에 슬픔만 안겨드리고, 불효막심한 이 몸은 들판에 내던져지게 되었으니……."

유비는 별을 올려다보며 탄식했다. 그리고 효도하려고 분에 넘치는 바람을 가진 것이 잘못이었다고 후회했다.

도적들의 본부로 끌려가 사람들 앞에서 수치를 당하며 죽임을 당하느니 차라리 여기서 죽어버리자고 생각했다. 그러나 죽으려고 해도 칼이 없었다. 기둥에 머리를 박고 죽을까? 혀를 깨물고 별이 뜬 하늘을 노려보면서 죽을까?

유비는 괴로워하며 망설였다.

그런데 그때 그의 눈앞에 난데없이 밧줄 하나가 내려왔다. 그것은 하늘의 뜻에 따라 내려오는 것처럼 높은 창문에서 돌벽을 타고 주르륵 내려왔다.

"……응?"

사람이라곤 그림자조차 보이지 않았다. 그저 네모진 밤하늘만 보일 뿐이었다.

유비는 몸을 일으키려고 했다. 그러나 곧 쓸데없는 짓이라는 것을 깨달았다. 몸은 결박되어 있다. 이 결박을 풀지 못하는 한 도움의 손길이 와도 매달릴 방법이 없었다.

"……아아, 누구지?"

누군가 창문 아래로 자신을 구하러 왔다. 밖에서 자신을 기다려주는 사람이 있다. 유비는 더욱더 심하게 몸부림쳤다.

그러자 그의 행동이 느리니 빨리하라고 재촉하듯이 높은 창문에서 늘어져 있는 밧줄이 좌우로 흔들렸다. 그리고 밧줄 끝에 묶여 있던 단검이 흰 물고기처럼 딸깍딸깍 돌바닥을 때리며 춤췄다.

||| 四 |||

유비는 발끝으로 단검을 끌어당겼다. 그리고 마침내 단검을 손에 넣고 자신을 묶은 밧줄을 끊은 유비는 창문 아래에 섰다.

"빨리, 빨리."라고 말하듯 무언의 밧줄은 밖에서 뜻을 전하며 흔들리고 있었다.

유비는 밧줄을 잡았다. 돌벽에 발을 디디고 창밖을 내다보았다.

"……아아."

밖에는 낮에 홀로 곡록에 앉아 있던 그 노승이 서 있었다. 뼈와 가죽만 남은 듯한 그의 앙상한 그림자였다.

"지금이네."

그 손이 불렀다.

유비는 창밖으로 곧장 뛰어내렸다. 기다리고 있던 노승은 그의 몸을 부축하고 아무 말도 없이 달리기 시작했다.

절 뒤에는 성긴 숲이 있었다. 나무 사이로 난 샛길조차 가을 별빛에 환하다.

"노스님, 노스님. 도대체 어디로 도망가는 겁니까?"

"아직 도망가는 게 아니네."

"그럼, 어쩌시려는 겁니까?"

"저 탑까지 따라오게."

노승은 뛰면서 손가락으로 가리켰다. 노승이 가리키는 쪽을 보니 과연 성긴 숲 안쪽에 나무보다 더 높이 솟아 있는 오래된 탑이 있었다. 노승은 황급히 고탑古塔의 문을 열고 안으로 숨었다. 그리고 그렇게 서둘러놓고 좀처럼 나오지 않았다.

"무슨 일이지?"

유비는 조마조마했다. 그리고 혹시 도적이 쫓아오지나 않을까 사방을 두리번거렸다.

"이보게, 젊은이."

노승이 작은 목소리로 부르면서 탑 안에서 무언가를 끌고 나왔다.

"어?"

유비는 눈이 휘둥그레졌다. 노승이 잡아끄는 것은 말 고삐였다. 은색 털처럼 아름다운 백마가 끌려 나오고 있었다.

'아니, 이런.'

백마의 가지런하게 손질된 아름다운 털과 화려한 안장은 뭐라고 표현하기가 어려울 정도였다. 그 말에 이어 뒤에서 걸음걸이도 단아하게 속세의 바람조차 두렵다는 듯이 청초한 자태를 지닌 여인이 나타났다. 수려한 눈썹, 하얀 귀, 그리고 눈동자에 가득한 수심 등, 별빛이 비친 탓인지 이 세상 사람이라고는 생각할 수 없을 정도로 아름다운 여인이었다.

"젊은이, 내가 자네를 도와준 것을 은혜로 생각한다면 도망가는 길에 이 처자를 데리고 가주게. 여기서 10리쯤 북쪽으로 가면 강가에 진을 치고 있는 관군을 만날 수 있을 것이네. 그곳까지 데려다주지 않겠나? 고작 10리 길이니 이 백마를 타고 달리면…….'"

노승의 말에 유비는 가타부타 따지지 않고 예! 하고 즉시 대답
해야 했지만, 그 임무보다도 여인의 눈부신 아름다움에 저도 모르
게 망설였다.

노승은 그가 망설이는 것을 어떻게 해석했는지 이렇게 말했다.

"그래, 근본도 모르는 여인이라고 의심이 들겠지만 걱정하지 말
게. 이분은 얼마 전까지 이 지방의 현성을 지키던 영주님의 따님이
네. 황건적이 난입하여 현성은 불에 타고 영주님이 살해되자 부하
들이 뿔뿔이 흩어졌지. 이 절마저 꼴이 이렇게 되었지만, 그 난군
속에서 헤매던 아가씨를 실은 내가 이 탑에 몰래 숨겨주었네."

노승의 눈이 고탑의 꼭대기로 향했을 때 성긴 숲을 가로지르는
가을바람 외에 갑자기 사람들의 발소리와 말 울음소리가 들리기
시작했다.

||| **五** |||

유비가 주위를 살피자 노승이 그의 소매를 잡았다.

"아니, 움직이지 않는 게 좋겠네. 잠시 동안은 오히려 여기에 가
만히 있는 게……."

그리고 이런 위급한 와중에도 이야기를 계속했다.

성주의 딸은 이름이 부용芙蓉이라 하고 성은 홍鴻이라 했다. 또
오늘 밤 근처 강가에 와서 진을 치고 있는 관군은 먼저 몸을 피했
던 성주의 부하가 잔병을 모아서 황건적에 보복하려고 하는 것이
틀림없다고 했다.

그러니 부용을 거기까지 데려다주기만 하면 그 후에는 옛 가신
들이 보호해줄 테니 두 사람이 백마를 타고 지름길로 단숨에 도망

치라고 간절히 말하는 것이었다.

"알았습니다."

유비는 용기를 내어 말했다.

"그런데 스님은 어떻게 하시겠습니까?"

"나 말인가?"

"네. 저희를 도망치게 한 것을 도적들이 알면 스님을 그냥 봐두지는 않을 것입니다."

"걱정할 것 없네. 살아 있어봐야 앞으로 얼마나 더 살겠나? 하물며 지난 10여 일은 풀뿌리와 벌레 따위를 잡아먹으며 모진 목숨을 부지해온 가련한 신세. 그것도 홍씨 댁 따님을 구해드리고 싶은 일념만으로 살아왔는데, 이제는 그 일도 믿을 만한 사람에게 맡길 수 있게 되었고……. 자네라는 사람을 이 세상에서 만났으니 죽어도 여한이 없네."

노승은 그 말을 끝으로 바람처럼 탑 속으로 사라졌다.

부용은 그런 노승을 따라 쫓아가려고 했지만, 탑 문이 안에서 순식간에 닫히고 말았다.

"스님, 스님!"

부용은 자애로운 아비라도 잃은 것처럼 문을 두드리며 울부짖었다. 그때 높은 탑 꼭대기에서 다시 노승의 목소리가 들렸다.

"젊은이, 내 손가락을 보게. 내 손가락이 가리키는 쪽을 봐. 이 숲에서 서북쪽이네. 북두성이 반짝이는 곳을 목표로 계속 도망쳐. 남쪽도 동쪽도 연못가도 절 근처에도 도적들이 길을 막고 있네. 도망칠 길은 서북쪽밖에 없어. 그것도 지금뿐이니 어서 백마에 채찍질을 하게."

"네!"

유비가 대답하면서 올려다보니 노승의 그림자는 탑 위의 돌난간에 서서 한쪽을 가리키고 있었다.

"아가씨, 어서 타시지요. 울고 있을 때가 아니오."

유비는 그녀의 가녀린 허리를 안아 백마의 안장에 앉혔다.

부용의 몸은 무척 가벼웠다. 그리고 은은하게 고귀한 향기를 풍기고 있었다. 그녀의 손은 유비의 어깨에 감겼고, 유비의 볼은 그녀의 검은 머리카락에 닿았다.

유비도 목석이 아니다. 일찍이 몰랐던 두근거림에 피가 뜨거워졌다. 하지만 그것은 땅 위에서 안장 위까지 그녀의 몸을 안아 올리는 잠깐의 순간뿐이었다.

"실례하리다."

유비도 뛰어올라 같은 안장에 앉았다. 그리고 한 손으로 그녀의 허리를 감싸고 다른 한 손으로 고삐를 잡고 노승이 가리킨 방향으로 말 머리를 돌렸다.

탑 위의 노승은 그것을 내려다보더니 자기 일은 끝났다는 듯 갑자기 환성을 질렀다.

"보아라, 보아라. 흉한 구름이 물러가고 밝은 별이 뜬다. 백마는 달리고 황색 먼지가 사라진다. 젊은이여, 어서 가시게. 안녕히."

말을 마치자 노승은 스스로 혀를 깨물고 탑 위의 돌난간에서 백척 아래의 땅으로 몸을 날려 온몸의 뼈를 스스로 부숴버렸다.

졸병 장비

||| 一 |||

백마는 서북쪽을 향해 성긴 숲의 샛길을 곧장 달려갔다. 가을바람에 춤을 추는 나뭇잎이 안장 위의 유비와 부용의 그림자를 쏜살같이 스치고 지나갔다.

이윽고 넓은 벌판으로 나왔다. 벌판으로 나와도 또다시 허공을 가르는 소리가 두 사람의 몸을 스치고 지나갔다. 이번 것은 나뭇잎이 아니라 날카로운 촉이 달린 철궁의 화살이었다.

"앗, 저기 간다."

"여자를 태우고 있어."

"그럼 아닌가?"

"아니야, 유비가 틀림없어."

"아무려면 어때. 놓치지 마라. 여자도 놓치지 마."

도적들의 목소리였다.

숲에서 나오자마자 황건적 무리에게 발각된 것이다. 짐승 떼의 목소리가 떠들썩하게 들리면서 백마를 쫓아왔다.

유비는 뒤를 돌아보고 저도 모르게 중얼거렸다.

"큰일났다."

그와 백마의 다리만을 유일하게 의지하고 있던 부용은 꺼져 들어가는 소리로 신음하며 바들바들 떨었다.

"아아, 이제……."

어쩌면 살아남지 못할 수도 있다고 생각하면서도 유비는 부용을 다독이며 채찍질했다.

"괜찮소, 괜찮아. 다만 떨어지지 않게 말갈기와 제 허리띠를 단단히 붙잡고 계세요."

부용은 이제 대답도 하지 않는다. 말갈기에 얼굴을 깊숙이 파묻고 있다. 그녀의 하얀 얼굴은 부들부들 떠는 흰 연꽃 그 자체였다.

"강가까지 가면. 관군이 있는 강가까지만 가면……!"

유비가 휘두르던 생나무 채찍은 껍질이 벗겨져서 흰 나무가 되어 있었다.

야트막한 흙 언덕을 뛰어넘었다. 멀리 띠 모양의 물줄기가 보이기 시작했다.

'이제 됐다!'

유비는 다시 용기를 내서 강가까지 왔지만, 그곳엔 아무런 흔적도 없었다. 초저녁에 진을 치고 있었다던 관군도 도적의 위세에 겁을 먹었는지 군영을 거두고 어딘가로 사라져버린 것 같았다.

"게 섰거라!"

당나귀를 탄 날래고 사나운 도적들 대여섯이 그때 이미 그의 앞뒤를 포위하기 시작했다. 말할 필요도 없이 황건적의 소방(소두령)들이다.

당나귀를 타지 않은 졸병들은 당나귀의 다리를 따라오지 못하고 도중에 지쳐버린 듯했지만, 이주범을 비롯한 기마 소방들 7, 8기는 금방 쫓아와서 소리를 질러댔다.

"멈춰라."

"쏴라."

철궁의 시위를 떠난 화살이 백마의 목덜미에 박혔다.

목에 화살을 맞은 백마는 뒷발로 벌떡 일어나 외마디 소리를 지르더니 풀썩 고꾸라졌다. 부용의 몸과 유비의 몸도 동시에 땅바닥에 내동댕이쳐졌다.

부용은 쓰러진 채 꼼짝도 하지 않았지만, 유비는 일어나서 소리를 질렀다.

"무슨 짓이냐!"

그는 지금 이 순간까지 자신의 목소리가 이렇게 큰 줄 몰랐다. 온갖 짐승들이 겁에 질릴 정도로 들판을 가로지르는 듯한 우렁찬 고함이 입술 사이로 저도 모르게 튀어나왔던 것이다.

도적들은 움찔하며 유비의 커다란 눈동자에서 뿜어져 나오는 광채에 깜짝 놀랐고, 당나귀들은 그의 고함에 걸음을 우뚝 멈췄다.

하지만 그것은 그 순간뿐이었다.

"뭐야, 이 애송이가!"

"싸우겠다는 것이냐?"

나귀에서 뛰어내린 도적들은 철궁을 내던지고 칼을 빼 드는 자가 있는가 하면 창을 휘두르며 유비에게 득달같이 달려드는 자도 있었다.

‖‖ 二 ‖‖

아무리 재수가 없는 날이라고 어떻게 나쁜 방향으로만 찾아갈 수 있을까?

어촌의 여인숙에서 여기까지 오는 동안 유비는 몇 번이나 사선을 넘나들었는지 모른다. 이래도 버틸 수 있겠냐고 시험이라도 하듯 온갖 고난이 모양만 달리해가며 줄줄이 기다리고 있는 것 같았다.

'이제 이렇게까지.'

유비도 결국 체념했다. 도적들의 견고한 포위망을 뚫고 나갈 방법이 보이지 않았다. 유비는 자결하려고 결심했다.

하지만 몸에는 작은 날붙이 하나 지니고 있지 않았다. 소년 시절부터 잠시도 몸에서 떼어놓지 않고 지니고 있던 아버지의 유품인 검도 앞서 도적의 우두머리인 마원의에게 빼앗기고 말았다.

유비는 그러나 이대로 죽을 수는 없다고 생각하고 돌멩이를 줍자마자 다가오는 도적의 얼굴을 향해 힘껏 던졌다.

"앗!"

유비를 우습게 보고 다가오던 도적 중 한 명이 불의의 습격을 받고 콧등을 손바닥으로 누르며 비명을 질렀다. 유비는 이때다 하고 그에게 달려들어서 창을 빼앗았다. 그리고 큰 소리로 외치며 자세를 취했다.

"백성들을 괴롭히는 해충들, 더는 용서치 않겠다. 탁현의 유현덕劉玄德이 본때를 보여주마."

도적의 소방인 이주범은 쓴웃음을 짓고 반월창을 휘두르며 달려들었다.

"이 촌놈이!"

원래 유비는 무예가 뛰어난 편이 아니다. 시골인 누상촌에서 약간의 무예를 연마한 적은 있지만 그래 봐야 뻔한 실력이다. 무예를 연마하여 입신하는 것보다 멍석을 짜서 어머니를 모시는 것이 그에게는 항상 더 급한 일이었다.

　그래도 죽을힘을 다해서 싸우며 일곱 명의 도적을 상대로 잠깐은 목숨을 부지할 수 있었다. 그러나 이윽고 창을 떨어뜨리고 비틀거리며 쓰러지자 이주범이 그를 깔고 앉아 칼로 가슴팍을 겨누었다.

　"어이!"

　그때, ……아니 아까부터 멀리서 그 소리가 났지만, 창칼이 부딪치는 소리에 아무도 듣지 못한 소리가 들렸다.

　저편 멀리 벌판 끝에서 그 소리가 점점 다가왔다.

　"어이, 기다리시오!"

　야수처럼 무시무시한 목소리에 도적들은 저도 모르게 고개를 돌렸다.

　양손을 휘저으며 이쪽으로 쏜살같이 달려오는 한 사내가 보였다. 그 빠르기가 마치 나뭇잎이 질풍을 타고 날아오는 것만 같았다. 하지만 순식간에 다가온 그를 보니 나뭇잎은커녕 8척尺(당시 중국의 1척은 약 23.1센티미터) 장신의 거한이었다.

　"앗, 장비張飛가 아닌가?"

　"그렇소. 얼마 전 졸병으로 들어온 말단 장비요."

　도적들은 의아한 표정으로 서로 마주 보았다. 자기들의 부하 중 한 명인 장비 때문이었다. 다른 부하들 대부분은 당나귀를 타고 온 자기들을 따라오지 못하고 모두 도중에 뒤처졌는데, 장비만이 설령 한발 늦었다 해도 이 정도 차이로 쫓아왔으니 그 다리 힘에 놀란 것이 틀림없었다.

　"무슨 일이냐?"

이주범은 유비를 깔고 앉아 오른손에 든 칼을 그의 가슴팍에 겨눈 채 돌아보며 물었다.

"소방, 소방. 죽이면 안 됩니다. 그 사람은 저에게 넘겨주십시오."

"뭐라고? ……누구 명령으로 그따위 소리를 하는 게냐?"

"졸병인 장비의 명령입니다."

"멍청한 새끼. 장비는 네놈이 아니냐! 졸병 주제에……."

말이 채 끝나기도 전에 그렇게 욕하던 이주범의 몸이 허공으로 두 길이나 날아갔다.

||| 三 |||

장비가 느닷없이 이주범을 잡아 올리더니 허공으로 던져버렸던 것이다.

"앗, 이놈이!"

소방들은 유비를 제쳐놓고 장비에게 일제히 달려들었다.

"이놈, 장비야. 네놈이 어째서 아군인 이 소방을 던졌느냐! 우리가 하는 일을 방해하겠다는 것이냐?"

"건방지게 군다면 가만두지 않겠다."

"군율에 따라 처벌하겠다. 버릇을 단단히 고쳐주마."

시끄럽게 떠들어대며 다가오는 그들을 보고 장비가 말했다.

"으하하하. 짖어라, 짖어. 놀라서 벌벌 떠는 개새끼들아."

"뭐라, 개새끼라고?"

"그래. 너희들 중에 한 마리라도 사람다운 자가 있느냐?"

"이 애송이 졸병 놈이!"

도적들 중 한 명이 이렇게 소리를 지르며 창을 들고 달려들자 장비는 부채같이 큰 손으로 그의 옆얼굴을 냅다 후려치더니 창을 빼앗아 들고 비틀거리는 그의 엉덩이를 힘껏 후려갈겼다.

창 자루가 뚝 부러지고 얻어맞은 도적은 허리뼈가 부러진 듯 풀쩍 공중제비하며 나가떨어졌다.

생각지도 못한 배신자로 인해 도적들은 당황했지만, 평소 덩치만 크고 둔한 놈이라고 깔보던 졸병인지라 그의 괴력을 눈앞에서 보고도 아직 장비의 진가를 믿을 수 없었다.

장비는 암벽 같은 가슴팍을 젖히고 소리쳤다.

"또 덤빌 테냐? 공연히 아까운 목숨 버리지 말고 얌전히 돌아가라. 홍씨 댁 아가씨와 유비는 먼저 현성을 불태우고 홍가를 멸망시켰을 때 항복을 가장하고 황건적의 졸병이 된 장비라는 자의 손에 넘겼다고 사실대로 보고해라."

"앗! ……그럼 넌 홍가의 부하였단 말이냐?"

"이제 알았느냐? 나는 현성의 남문위소독南門衛少督으로 근무하던 홍씨 댁 무장으로 이름은 장비, 자는 익덕益德이라는 사람이다. 분하게도 내가 다른 현으로 공무차 가고 없을 때 황건적 패거리가 쳐들어와 현성을 파괴하고 주공을 살해하고 백성들을 핍박하는 등 하룻밤 사이에 성을 초토화했더구나. 그 분함을 참으며, 어떻게든 원수를 갚기 위해 패잔병으로 가장하고 한동안 네놈들 사이에서 졸병이 되어 숨어 있었던 것이다. 대방 마원의에게도, 또 총대장인 흥적 장각에게도 똑똑히 전하거라. 언젠가는 반드시 이 장비가 본때를 보여주러 가겠다고 말이다."

우레와 같은 목소리였다.

표두환안豹頭環眼(표범과 같은 얼굴에 부리부리한 눈)의 장비가 그렇게 말하며 눈을 부릅뜨자 도적의 소방들은 오금을 못 펴는 듯했지만, 수적 우위를 믿고 일제히 덤벼들었다.

"그러고 보니 홍가의 잔병이었구나. 그렇다면 더더욱 살려둘 수 없다."

장비는 허리에 찬 검도 빼지 않고 다가오는 놈을 잡아서 던져버렸다. 장비의 손에 던져진 놈들은 모두 머리가 터지고 눈알이 툭 튀어나오며 다시는 일어나는 자가 없었다. 잠깐 사이에 대지는 선혈로 물들었고, 그 광경은 차마 눈 뜨고 볼 수 없을 정도로 처참하기 그지없었다.

유비는 망연한 표정으로 장비의 행동을 바라보고 있었다. 발길질을 하면 구름이 일어나고 소리를 지르면 바람이 일 것 같았다.

'대단한 호걸이구나.'

남은 두세 명은 당나귀를 타고 도망쳤는데 장비는 웃으며 쫓지 않았다. 그리고 돌아서서 유비 쪽으로 성큼성큼 다가왔다.

"어이구, 나그네 양반. 큰 봉변을 당했수다."

장비는 아무 일도 없었다는 듯한 얼굴로 말을 걸었다. 그리고 바로 허리에 차고 있던 두 개의 검 중 하나를 풀고 품속에서 낯익은 차 단지를 꺼내 유비의 손에 건네며 말했다.

"이건 당신 것이죠? 도적에게 빼앗긴 당신 검과 차 단지요. 자, 어서 받으슈."

||| 四 |||

"아, 내 것이군요."

유비는 잃어버렸던 보물을 되찾은 것처럼 장비에게서 검과 차 단지를 받아들고 거듭 감사를 표하며 말했다.

"이제 꼼짝없이 죽는 줄로만 알았던 목숨을 구해주신 데다 이렇게 소중한 물건까지 되찾아주시다니, 정말이지 꿈을 꾸는 것만 같습니다. 노형의 성함은 아까 들었습니다. 마음에 새겨두고 이 은혜를 평생 잊지 않겠습니다."

장비는 고개를 가로저었다.

"아니올시다. 덕은 외롭지 않다고, 귀공이 저의 옛 주인이신 홍씨 댁의 따님을 구해주신 의협심에 저도 의로서 대했을 뿐이오. 마침 방금 전에 고탑 근처에서 백마를 타고 도망친 자가 있다는 파수병의 말을 듣고, 간밤에 황건적 패거리가 묵었던 그 절이 발칵 뒤집힌 틈을 타서 저녁때 봐두었던 귀공의 그 두 물건을 마원의와 이주범이 잠들어 있던 곳에서 슬쩍 훔쳐내 추격하는 졸병들과 함께 여기까지 달려왔던 거요. 귀공의 효심과 성실함을 하늘도 가상히 여겨서 저절로 돌아온 것이죠."

유비는 자신의 무용을 자랑하지 않는 장비의 겸손한 태도에 감명을 받은 나머지 두 물건 중에서 검을 내밀며 말했다.

"노형, 이 검을 목숨을 구해준 사례의 표시로 드리리다. 차는 고향에서 기다리고 계시는 어머께 드릴 선물이라 드릴 수 없지만, 검은 노형 같은 의로운 호걸이 지니시는 편이 검으로서도 바라는 바일 테니까요."

유비는 장비에게 받은 검을 다시 장비의 손에 건넸다.

장비는 눈이 휘둥그레졌다.

"네? 이걸 내게 주겠다는 말씀이슈?"

"제 마음입니다. 부디 받아주시오."

"내가 근본이 무인이라 솔직히 말하면 이 검이 세상에 드문 명검이라는 것을 알고 있기에 안 그래도 탐이 나던 참이었수다. 하지만 동시에 귀공과 이 검의 내력도 들은 바가 있어서 단념하고 있었는데……."

"아닙니다. 생명의 은인에게 보답하려면 이것으로도 아직 부족하지요. 게다가 검의 진가를 그렇게까지 알아주신다면 드리는 저로서는 더욱 보람 있는 일이라 만족할 따름입니다."

"그렇습니까? 그렇다면 귀한 물건이니 사양 않고 받겠수다."

장비는 바로 자기 검을 풀어서 던져버리고 그토록 바라던 명검을 허리에 차고 정말로 기쁜 표정을 지었다.

"그런데 곧 도적들이 반격해올 것이오. 저는 홍씨 댁의 따님을 앞세워서 옛 주공의 잔병을 모으는 일을 도모할 생각이오만, 귀공도 한시라도 빨리 고향으로 돌아가시오."

"네, 그럼."

장비의 말에 유비는 부용을 부축하여 장비에게 맡기고 자신은 도적들이 버리고 간 당나귀에 올라탔다.

장비는 방금 전에 자기가 버린 검을 유비의 허리에 채워주면서 말했다.

"이 검이라도 차고 가슈. 탁현까지는 아직 수백 리나 떨어져 있을 텐데."

그리고 자신도 부용을 안아 말 위에 태우고 헤어지기가 서운한 듯 말했다.

"언젠가 다시 만날 날이 있겠지만, 그럼 조심해서 가슈."

"아아, 꼭 다시 만나기를 빌겠습니다. 노형도 무운을 빌며, 홍씨 댁의 재흥을 꼭 성취하시오."

"감사합니다. 그럼."

"안녕히 가십시오."

유비의 당나귀와 부용을 안은 장비의 말은 아쉬운 듯 서로 돌아
보면서 서쪽과 동쪽으로 헤어졌다.

뽕나무 집

||| 一 |||

탁현 누상촌은 가구수 200~300호의 작은 마을이지만 봄과 가을은 북쪽에서 남쪽으로, 남쪽에서 북쪽으로 흘러가는 나그네들 대부분이 이곳 역참에 나귀를 묶어놓고 쉬었다가 가기 때문에 술을 파는 기정旗亭(예전에 술집이나 요릿집을 이르던 말. 문밖에 깃발을 세워 표시한 데서 유래했다)도 있고, 호궁胡弓을 켜는 기녀들도 있어서 매우 번잡했다.

이 지역은 또 태수 유언劉焉의 영내로 교위校尉(한나라 때 궁성의 방위, 서역西域의 진무鎭撫 따위를 맡아보던 무관) 추정鄒靖이 태수를 대리해 관아를 두고 다스리고 있었는데, 근래 들어서는 세상을 어지럽히는 황건적의 횡행에 위협을 받고 있었기 때문에 누상촌도 예외 없이 저녁만 되면 날이 어둡기 전에 마을 외곽의 성문을 굳게 닫아걸고 나그네는 물론 주민들까지 모든 왕래를 엄격히 통제하고 있었다.

성문의 철문이 닫히는 시각은 서쪽 언덕으로 빨간 태양이 뉘엿뉘엿 넘어갈 무렵인데 망루의 관리가 북을 여섯 번 치는 것이 신호였다. 그래서 이 근방의 주민들은 그 문을 육고문六鼓門이라 불렀고, 오늘 역시 붉은 석양빛이 철문에 드리울 무렵 망루의 북이 이미 두 번, 세 번, 네 번…… 울리고 있었다.

"잠깐만 기다려주십시오. 잠깐만……."

당나귀를 타고 저쪽에서부터 급하게 달려온 한 나그네는 자칫했다간 간발의 차이로 성문 밖에서 하룻밤을 보내야 할 판이었기 때문에 손을 흔들면서 고함을 질렀다.

마지막 한 번의 북소리가 울렸을 때 나그네는 간신히 성문에 도착했다.

"부탁드립니다. 들어가게 해주시오."

나그네는 당나귀에서 내려 관례에 맞춰 통관 조사를 받았다.

관리는 나그네의 얼굴을 보자 말했다.

"아니, 자네는 유비가 아닌가?"

유비는 여기 누상촌의 주민이라 누구와도 아는 사이였다.

"예. 지금 막 객지에서 돌아오는 길입니다."

"자네라면 얼굴이 증표지. 딱히 조사할 것은 없네만 대체 어딜 갔다 오는가? 이번 여행은 꽤 오래 걸린 듯한데."

"예. 늘 다니던 장사를 다녀오는 길입니다만, 이번엔 어디를 가든 황건적의 횡행으로 마음먹은 대로 장사를 하지 못했습니다."

"그랬겠지. 관문을 지나는 나그네들도 매일 줄어드는 판이네. 자, 어서 통과하게."

"감사합니다."

유비가 다시 당나귀에 오르려고 하자 관리가 말했다.

"아 참, 자네 모친께서 한동안 저녁때마다 관문까지 나오셔서 혹시나 오늘은 아들이 돌아오지 않았는지, 오늘도 유비는 지나가지 않았는지 물으셨네. 그런데 요즘엔 모습이 보이지 않는다 싶었더니 병환으로 누워 계신다더군. 어서 돌아가서 얼굴을 보여드리게."

"예? 그럼 어머님께서 제가 없는 동안 병을 얻어 몸져누우셨다는 말입니까?"

유비는 갑자기 가슴이 두근거리는 것을 느끼면서 당나귀를 재촉하여 관문에서 성안으로 달렸다.

오랫동안 보지 못한 고향의 황혼 경치에도 눈길 한 번 주지 않고 그는 집을 향해 곧장 달렸다. 폭이 좁고 짧은 역참 거리는 금방 끊기고 길은 다시 한적한 전원으로 접어들었다. 냇물이 졸졸 흐른다. 논이 보이고 논에서는 가을이라 마을 사람들이 추수를 하고 있었다. 그리고 여기저기 보이는 농가를 향해 사람들도 물소도 자기 집을 찾아 돌아간다.

"아아, 우리 집이 보인다."

유비는 당나귀 위에서 이마에 손그늘을 만들고 바라보았다. 넘어가는 석양 속에 검게 덩그러니 보이는 하나의 지붕과 멀리서 보면 마치 큰 덮개처럼 보이는 뽕나무. 유비가 나고 자란 집이다.

'얼마나 애가 타게 기다리고 계셨을까? 그러고 보니 나는 효도를 한답시고 실은 불효만 저지르고 있는 건 아닌지 모르겠구나. 어머니, 정말 죄송합니다.'

그의 마음을 아는지 당나귀도 걸음을 재촉하여 어느덧 그리운 뽕나무 아래까지 다다랐다.

||| 二 |||

이 커다란 뽕나무가 얼마나 살았는지는 마을 노인들 중에도 아는 이가 없다. 짚신과 멍석을 짜는 유비의 집을 물으면 "아아, 저기 뽕나무 집 말이군?" 하고 가리킬 정도로 그것은 마을 어디에서나 보였다.

"누상촌이라는 지명도 이 뽕나무가 우거질 때는 마치 푸른 누각처럼 보이기 때문에 이 나무에서 기인한 마을 이름일지도 몰라."

마을 노인들은 이렇게 말하곤 했다.

어쨌든 유비는 지금 오랜만에 돌아온 집 뒤뜰에 당나귀를 묶어놓자마자 넓은 집 안으로 엎어질 듯이 뛰어 들어갔다.

"어머니, 제가 돌아왔습니다. 현덕입니다. 현덕이에요."

오래된 집이라 집은 크지만 뭐 하나 볼품이 없고 안마당은 짚신이나 멍석을 짜는 작업장이었는데, 거기도 유비가 없는 동안 일꾼들이 드나들지 않아서인지 황폐한 상태였다.

"아, 어떻게 된 거지? 불도 켜지 않고."

그는 하녀인 노파와 젊은 하인의 이름을 불렀다.

둘 다 대답이 없다.

유비는 혀를 차면서 어머니 방의 문을 두드렸다.

"어머니!"

응, 비냐? 하고 뛰어나와서 맞아줄 줄 알았던 어머니의 모습도 보이지 않았다. 아니, 어머니의 방에만 있던 옷장과 침대도 보이지 않았다.

"어? ……어떻게 된 거지?"

망연해져서 두근거리는 가슴을 안고 우두커니 서 있는데 어두운 안마당 쪽에서 덜커덩덜커덩 자리를 짜는 소리가 들렸다.

행랑으로 나가 보니 그곳에만 침침한 등불이 하나 걸려 있었다. 그 등불 아래에서 백발의 어머니가 뒤로 돌아앉아 홀로 멍석을 짜고 있었다.

어머니는 그가 돌아온 것을 모르는 듯했다. 유비가 정신없이 달려가서 얼굴을 보이며 말했다.

"어머니, 저 돌아왔습니다."

"아아, 비구나, 비야."

어머니는 깜짝 놀라서 일어나더니 비틀거리며 마치 갓난아기라도 안듯이 유비를 부둥켜안고 아무 말도 없이 기쁨의 눈물을 눈에 가득 머금은 채 아들의 볼만 자꾸 쓰다듬었다. 아들은 어머니의 품을 마주 안고 그 온기를 나눌 뿐이었다.

"성문 보초병에게 어머니가 병에 걸린 것 같다는 말을 듣고 정신없이 돌아왔는데, 어머니는 어쩌시려고 이렇게 차가운 밤이슬을 맞으며 멍석을 짜고 계시는 거예요?"

"병? ……아아, 성문 보초병은 그리 알았을지도 모르겠구나. 하루가 멀다고 관문으로 너를 마중 나가던 내가 한 열흘쯤 가지 않았으니까."

"그럼, 병이 난 게 아니었어요?"

"애는, 병이 날 겨를이 어디 있느냐?"

"침대도 옷장도 없던데요?"

유비가 물었다.

"세금 대신 가지고 갔다. 황건적을 토벌하기 위해 해마다 군비가 늘어난다는 이유로 올해는 터무니없이 올라서 네가 마련해놓고 간 것으로는 모자라더구나."

"할멈이 보이지 않던데 할멈은 어떻게 된 거죠?"

"아들이 황건적 패거리에 들어갔다는 혐의로 관리들에게 포박되어 끌려갔다."

"하인은요?"

"군대에 끌려갔단다."

"아아! 죄송하게 됐습니다, 어머니."

유비는 어머니의 발밑에 엎드려 사죄했다.

아무리 사죄하고 또 사죄해도 모자랄 정도로 유비는 어머니에게 죄송한 마음뿐이었다. 하지만 어머니는 여행에서 오랜만에 돌아온 아들이 그런 자책으로 슬퍼하는 것이 도리어 측은하고 가여워서 가슴이 아팠다.

"비야, 울지 마라. 사과할 게 뭐 있다고. 네 탓이 아니야. 세상이 나쁜 거지. ……자, 조밥이라도 지어서 오랜만에 둘이 함께 저녁을 먹자꾸나. 많이 피곤할 텐데 금방 물을 데워 올 테니 땀이라도 씻으렴."

어머니는 자리틀에서 일어났다. 자식의 마음을 헤아리고, 자식의 허물을 나무라지 않는 어머니의 자애로운 마음에 유비는 참된 사랑을 느끼고 머리를 조아렸다.

"송구합니다. 제가 돌아온 이상 이제 그런 일은 제가 하겠습니다. 더는 불편하게 지내지 마세요."

"아니다. 넌 또 내일부터 일을 해야 하지 않니? 돈을 벌어야 할 텐데, 할멈도 없고 하인도 없으니 부엌일 정도는 내가 해야지."

"제가 없는 동안 그런 일이 생긴 줄도 모르고 여행지에서 너무 오랫동안 머물게 되어 생각지도 못한 고생을 하시게 했습니다. 이제 이렇게 장성한 아들이 있으니 어머니는 방에 들어가셔서 편안하게 침대에 누워 쉬세요."

유비는 억지로 어머니의 손을 잡아끌었지만 생각해보니 침대도 관리가 세금 대신 가져가 버려서 어머니의 방에는 누워서 쉴 만한 것이 아무것도 없었다. 아니 침대나 옷장뿐만이 아니다. 그가 등불을 들고 부엌에 가보니 솥도 없었다. 닭 네다섯 마리와 소도 한 마리 있었는데, 그런 가축류마저 모두 영주의 군수품과 세금으로 징발되어 돈이 될 만한 것은 아무것도 남아 있지 않았다.

'영주의 군비가 이 정도로 옹색해졌단 말인가?'

유비는 자신의 생활을 걱정하기보다도 더 큰 의미에서 암담해졌다. 그리고 세상의 앞날에 생각이 미치자 더욱 암울한 기분에 사로잡혔다.

'이 또한 황건적이 세상에는 이롭지 못하다는 하나의 증거. 아아…… 장차 어떻게 될 것인가?'

그는 곳간을 열고 저녁밥을 지을 좁쌀과 콩 가마니를 살펴보았다. 그런데 놀랍게도 그동안 조금이나마 모아놓았던 곡물이며 말린 고기, 하물며 천장에 매달아둔 말린 채소까지 깡그리 사라져버린 것이 아닌가. 어머니에게 물어볼 필요조차 없이 그는 다시 그 자리에서 망연자실해졌다.

그때 어머니가 쉬고 있는 방 안에서 달그락거리는 소리가 났다. 가서 보니 어머니가 마루청을 들어올리고 흙 속에 묻어두었던 단지에서 약간의 좁쌀과 먹을 것을 꺼내고 계셨다.

"아, 그런 데다……."

유비의 목소리에 그녀는 돌아보면서 자신을 한심하다는 듯 비웃으며 말했다.

"조금 숨겨두었다. 생명을 부지할 만큼도 없으면 곤란하잖니."

"……."

세상은 급변하고 있었다. 이 또한 예사롭지 않은 일이다. 수억 명의 인간이 살기 위해 아귀餓鬼가 되어가고 있다. 반대로 일부에 불과한 황건적이 그 피를 빨고 살을 먹으며 부당한 부귀와 악랄한 영화를 누리고 있다.

"비야……. 등불을 가지고 오너라. 좁쌀이 익었구나. 찬은 없지만 둘이 같이 먹으면 맛은 있을 게다."

늙은 어머니는 초라한 밥상으로 아들을 불렀다.

||| 四 |||

모자는 오랜만에 초라하지만 함께하는 저녁 식사를 즐겼다.

"어머니, 내일 아침에는 반드시 어머니를 기쁘게 해드릴 수 있을 것 같습니다. 이번 여행길에 아주 근사한 선물을 가지고 왔으니까요."

"선물?"

"네, 어머니가 무척 좋아하시는 것입니다."

"흠, 뭘까?"

"죽기 전에 한 번 더 맛보고 싶다고 늘 말씀하시던 것이 있으셨죠? 그겁니다."

어머니를 기쁘게 해드리기 위해 유비도 그것이 낙양의 명차라는 것을 잠시 밝히지 않았다. 어머니는 그런 아들의 마음만으로도 이미 기쁨의 표정이 역력했다. 일부러 자신의 애를 태우고 있다는 걸 알면서도 모르는 척 물었다.

"옷감이니?"

"아뇨. 좀 전에도 말씀드렸듯이 맛을 보는 것입니다."

"그럼, 먹을 거니?"

"그 비슷한 거예요."

"뭐지? 모르겠구나. 비야, 내가 그렇게 좋아하는 것이 있었느냐?"

"갖고 싶어도 가질 수 없는 것이라고 체념하고 잊어버리신 것이죠. 평생에 한 번은…… 하고 어머니가 몇 년 전에 말씀하신 적이 있어서 저도 평생에 한 번은 어머니의 바람을 이루어드리고 싶다고 지금까지 그 소망을 품고 있었습니다."

"흠, 그렇게 오랫동안 마음에 품고 있었다는 말이냐? ……점점 더 모르겠구나, 비야. ……대체 그게 무엇이냐?"

"어머니, 실은 이것입니다."

유비는 작은 주석 차 단지를 꺼내 상 위에 놓았다.

"낙양의 명차입니다. ……어머니가 무척이나 좋아하시는 차입니다. ……내일 아침에는 좀 일찍 일어나시죠. 그리고 어머니는 뒤뜰 도원桃園에 멍석을 깔아주세요. 저는 당나귀를 타고 여기에서 4리쯤 되는 계촌에 가면 아주 맑은 물이 솟는 샘이 있는데 파수꾼에게 부탁해서 한 통 길어오겠습니다."

"……."

어머니는 휘둥그레진 눈으로 작은 주석 단지를 바라본 채 아무 말도 하지 않았다. 얼마 후 마치 무서운 물건이라도 만지듯이 조심스럽게 손바닥 위에 올려놓고 단지 옆에 붙어 있는 시전詩箋의 글자 같은 걸 보고 있었다. 그리고 크게 한숨을 내쉬면서 눈을 들어 아들의 얼굴을 보았다.

"비야. ……너, 도대체 이게 어떻게 된 것이냐?"

어머니는 목소리까지 죽여가며 물었다.

유비는 어머니가 의심을 떨쳐버리지 못한 나머지 걱정하게 될까 봐 자신의 심정과 차를 손에 넣게 된 경위 등을 소상히 말했다. 민간에서는 거의 구하기 힘든 물건임은 틀림없지만 자기가 구한 것은 정당한 절차를 거쳐 산 것이니 조금도 걱정할 필요가 없다는 말도 덧붙였다.

"아, 넌…… 참으로 효심이 깊은 아이구나."

어머니는 차 단지를 놓고 아들 유비를 향해 손을 모았다.

유비는 당황해서 손을 잡으며 말했다.

"어머니, 왜 이러세요? 이러지 마세요. 그저 어머니는 기뻐해주시기만 하면 됩니다."

모자는 서로 부둥켜안은 채 유비는 자신의 마음을 다한 기쁨에 울고, 어머니는 자식의 효심에 감동한 나머지 눈물을 지었다.

이튿날 아침.

아직 날이 밝기도 전에 일어난 유비는 당나귀의 등에 물통을 매달고 자신도 올라탄 뒤 계촌으로 물을 길으러 갔다.

||| **五** |||

유비가 나갈 무렵 그의 어머니도 물론 일어나 있었다.

어머니는 유비가 물을 길어오는 동안 아궁이에 콩깍지로 불을 피워 아침밥을 지어놓고 뒤뜰로 나갔다. 큰 뽕나무 아래를 지나 뒤뜰로 나가자 소가 없는 외양간이 있고 닭이 없는 닭장이 있었지만, 어디나 다 황폐해져서 잡초만 무성할 뿐이었다.

하지만 거기서 100보쯤 걸어가니 수천 평에 걸쳐 키가 비슷한 과일나무가 빼곡히 모여 있었다. 모두 복숭아나무였다. 가을에는 잎이 떨어져서 쓸쓸하지만 봄에 꽃이 필 무렵에는 이 앞에서 흐르는 반도하蟠桃河가 떨어진 꽃잎으로 붉게 물들 정도였고, 복숭아 열매는 시장에 내다 팔아 마을의 몇 집이 나눠 가지는데 그것이 한 해 살림에 큰 보탬이 되었다.

"……아아."

도원의 맞은편에서 해가 떠오르는 것을 보자 그녀의 입에서 감탄사가 절로 새어 나왔다. 황금빛 햇무리는 빽빽한 구름을 물어뜯듯이 가장자리만 보였다. 그녀는 지금 막 뭔가 존귀한 것이 세상에 태어난 듯한 감명을 받았다.

"……."

그녀는 무릎을 꿇고 세 번 절했다. 아들을 위해 빌고 있는 듯했다. 그리고 빗자루를 들었다. 많은 낙엽이 엉망으로 흐트러져 있다. 도원은 마을의 공동 소유지라 평소에는 아무도 청소하지 않는다. 그녀도 일부만 쓸었을 뿐이다.

빗자루로 쓴 자리에 새 멍석을 깔았다. 그리고 질화로 하나와 찻잔 등을 날랐다. 그녀는 본디 천하지 않은 가문의 딸이었고, 유씨 집안도 원래는 번듯한 가문이어서 그런 물건들은 어딘가에 수십 년 동안이나 쓰이지 않고 보관되어 있었다.

그녀는 청소한 도원에 앉아 물을 길으러 간 아들이 계촌에서 돌아오기를 차분히 기다렸다.

도원에 물결치는 나무 꼭대기에 작은 새들이 날아와서 다양한 음색으로 노래하고 있었다. 해는 구름 너머에 쨍쨍 떠 있고, 아침

안개는 아직도 자줏빛을 머금은 채 대지에 고여 있었다.

'난 행복한 사람이야.'

그녀는 오늘 아침에 느낀 만족감만으로도 죽어도 여한이 없다는 기분이 들었다. 아니, 그래서는 안 된다고도 생각했다. 혼자서 강하게 그렇게 생각했다.

'아들의 앞날을 마지막까지 보지 않으면……'

문득 맞은편을 보니 유비가 다가오고 있었다. 물을 길어서 돌아오는 참이었다. 당나귀를 타고 안장에는 작은 물통을 매달고 있다.

"어머니."

도원의 샛길을 뚫고 유비는 잠시 후 어머니가 있는 곳에 도착했다. 그리고 물통을 내렸다.

"계촌의 물은 정말로 좋은 물이네요. 틀림없이 이 물로 차를 끓이면 맛있을 거예요."

"그래, 수고했다. 계촌 물이 좋다는 건 익히 들어서 잘 알고 있었지만 거기가 아주 험한 골짜기라던데…… 너를 보내고 나중에 그게 걱정되더구나."

"까짓것, 길이 아무리 험해도 아무 상관 없지만, 샘물을 지키는 자가 물을 그냥은 좀처럼 주지 않아서 돈을 조금 주고 가지고 왔습니다."

"황금의 물, 낙양의 차, 거기에 너의 효심까지. 왕후王侯의 어미로 태어났어도 이런 행복은 누리지 못할 게다."

"어머니, 차는 어디에 두셨어요?"

"그래, 나만 마시기가 송구스러워서 조상님의 불단에 먼저 올렸단다."

"그래요? 도둑맞으면 큰일입니다. 바로 가지고 오겠습니다."

유비는 집으로 달려가서 보물단지 다루듯 조심하며 차 단지를 들고 왔다.

어머니는 질화로에 불을 피우고 있었다. 유비가 그 앞에 무릎을 꿇고 앉아 차 단지를 내밀었다. 그런데 그때 무엇이 어머니의 눈에 비쳤는지 그녀는 손을 내밀려고 하지 않고 유비의 몸을 엄한 눈빛으로 가만히 쳐다보았다.

||| 六 |||

유비는 어머니가 갑자기 정색하고 자신을 보자 이상히 여기며 물었다.

"왜 그러세요, 어머니?"

그녀는 평소와는 다른 엄한 표정으로 목소리까지 평소와 다르게 아들을 불렀다.

"비야."

"네, 말씀하세요."

"네가 차고 있는 검은 누구 검이냐?"

"제 것입니다만."

"거짓말을 하는구나. 여행을 떠날 때 가지고 갔던 것과는 다르지 않으냐? 네 검은 아버지께서 유품으로 남기신 것이다. 조상 대대로 물려받은 것이야. 그걸 누구한테 주기라도 한 것이냐?"

"……예."

"예라고 했느냐? 내가 분명 한시도 몸에서 떼어놓지 말라고 신신당부했거늘 그 귀중한 검을 어떻게 했느냐?"

x

82

삼국지 1

"실은 저…….."

유비는 고개를 푹 숙였다.

그녀의 얼굴은 결국 준엄하게 바뀌었다. 유비가 머뭇거리자 더욱 추궁하며 재차 확인했다.

"설마 남에게 준 것은 아니겠지?"

유비는 두 손을 땅바닥에 짚고 말했다.

"죄송합니다. 실은 여행에서 돌아오는 길에 어떤 사람에게 감사의 표시로 주었습니다."

"뭐라고? 남에게 주었다고? 그 귀한 검을?"

그녀의 낯빛이 바뀌었다.

유비는 그래서 황건적 패거리에게 잡혀서 인질이 된 것과 차 단지와 검을 빼앗겼던 것, 그 후에 간신히 구조되어 도적들에게서 도망쳐 나왔지만, 다시 잡혀서 황건적 패거리들 사이에서 죽을 뻔했을 때 장비라는 사람이 목숨을 구해주어 감사의 표시로 뭐라도 주고 싶었는데 몸에 지닌 것이 검과 차 단지밖에 없어서 어쩔 수 없이 검을 그에게 주었다는 이야기를 자세히 설명했다.

"도적에게 잡혔을 때도, 장비의 도움으로 목숨을 구했을 때도, 더는 아무것도 필요 없다는 심정이었습니다. ……하지만 이 차 단지만은 목숨을 걸고서라도 가지고 돌아와 어머니께 드리고 싶었습니다. 검을 남에게 준 것은 잘못했지만 그런 사연으로 이 명차를 목숨 다음가는 것으로 여기며 가지고 돌아온 것입니다."

"……."

"검은 조상 대대로 물려받은 것으로 소중한 물건임은 틀림없지만, 짚신이나 멍석을 짜며 사는 동안에는 장비에게서 받은 이 검으로도 충분할 것 같아서……."

어머니의 아쉬워하는 마음을 풀어드릴 요량으로 그가 그렇게 말하자 무슨 생각이 들었는지 유비의 어머니는 통곡하며 울부짖었다.

"아아, 내가 네 아버지에게 할 말이 없구나. 돌아가신 양반을 볼 면목이 없어. 내가 너를 잘못 키웠구나!"

"무슨 말씀입니까? 어머니! 왜 그런 말씀을……."

어머니의 마음을 헤아릴 길이 없어서 유비가 머뭇머뭇 말하자 그녀는 별안간 눈앞에 있는 차 단지를 집어 들더니 굳은 얼굴로 그의 팔을 한 손으로 잡아끌며 말했다.

"비야, 따라오너라!"

"어디로 말입니까? 어머니. ……어, 어디로 가시는 겁니까?"

"……."

그녀는 대답도 하지 않고 유비의 손목을 꽉 잡은 채 도원 끝으로 달리기 시작했다. 그리고 반도하의 기슭에 다다르자 들고 온 차 단지를 강물 한가운데로 던져버렸다.

||| 七 |||

"앗! 왜 이러십니까?"

유비는 깜짝 놀라서 무의식중에 어머니의 손목을 잡았지만, 그녀의 손에서 던져진 차 단지는 작은 물보라를 일으키며 이미 강바닥으로 가라앉고 있었다.

"어머니! ……어머니! ……도대체 뭐가 못마땅하신 겁니까? 애써 구해온 차를 왜 강물에 던져버리신 거예요?"

유비의 목소리가 떨렸다. 어머니를 기쁘게 해드리고 싶다는 일

넘으로 목숨을 걸고 수많은 고난을 헤치며 가지고 온 차였다.

어머니가 너무 기쁜 나머지 정신 이상을 일으킨 게 아닐까?

"……무슨 소리냐? 시끄럽다!"

그녀는 유비의 손을 뿌리쳤다. 그리고 돌아가신 아버지 같은 표정을 지었다.

"……."

유비는 엄한 어머니의 표정에 무심코 뒤로 물러났다. 태어나서 처음으로 어머니에게도 무서운 모습이 있다는 것을 알았다.

"비야, 앉아라."

"……예."

"네가 날 기쁘게 해줄 요량으로 멀리서 고생해가며 가지고 온 차를 강에 버린 어미의 심정을 알겠느냐?"

"……모르겠습니다. 어머니, 소자는 우둔합니다. 어디가 잘못되고, 무엇이 마음에 들지 않는지 말씀해주십시오. 꾸짖어주세요."

"아니다!"

그녀는 머리를 거세게 가로저었다.

"잘못 생각한 것이 아니다. 나는 내 멋대로 꾸짖는 것이 아니야. 집안 대대로 내려온 소중한 검을 남의 손에 넘긴 너를 키워온 것을 나는 어미로서 조상님께도, 돌아가신 네 아버지께도 송구스럽게 생각하기 때문이다."

"제가 잘못했습니다."

"닥쳐라! ……그리 쉽게 대답하는 것을 보니 어미의 꾸지람을 네가 아직 알아듣지 못한 게로구나. 내가 화내는 것은 네 마음이 어느새 나약해져서 누상촌의 소작인으로 전락해버린 것이……

그것이 원통한 것이다. 분해서 못 견디겠다는 말이다."

그녀는 아들을 꾸짖으려고 기를 쓰고 있는 자신과 자신의 목소리에 그만 울음을 터뜨리며 소매를 들어 주름진 눈을 훔쳤다.

"……벌써 잊었느냐? 비야, 네 아버지도, 할아버지도 너처럼 짚신이나 만들고 멍석을 짜며 백성들 사이에 파묻힌 채 생을 마치시긴 했지만, 더 먼 조상님들을 더듬어가 보면 넌 한나라의 중산정왕中山靖王 유승劉勝의 적통이다. 넌 틀림없는 경제景帝의 현손玄孫(손자의 손자)이야. 한때 중국을 통일한 제왕의 피가 네 몸속에 흐르고 있단 말이다. 그 검은 그 증거라고 할 수 있는 물건이다."

"……."

"하지만 이런 말은 함부로 입 밖에 내서는 안 된다. 왜냐하면 지금의 후한 황실은 우리 조상님들을 멸망시키고 세운 것이기 때문이다. 경제의 현손이라는 것이 알려지는 날에는 우리 혈통은 끊길 것이야. ……그렇다고 너까지 백성들 사이에 파묻혀 지내서야 되겠느냐?"

"……."

"난 너를 그렇게 가르친 기억이 없다. 요람에 누워 있는 너에게 자장가를 들려줄 때부터, 또 이 어미가 무릎에 안고 재울 때부터, 이 어미는 네 귀를 통해 조상님들의 마음을 철저하게 가르치려고 했다. 때가 되기 전에는 어쩔 수 없지만 때가 되면 세상을 위해, 또 한나라의 왕통을 재건하기 위해 검을 들고 초려草廬에서 일어나야 한다."

"……예."

"비야, 그 검을 남에게 주고 넌 평생 멍석이나 짤 생각이었느냐?

검보다 차가 소중하다고 생각했느냐? ……그런 근성밖에 안 되는 아들이 구해온 차를 기쁘게 마실 어미라 생각한 것이냐? ……화가 나는구나. 난 그것이 슬프다."

그녀는 통곡하면서 유비의 옷깃을 잡고 갓난아이를 혼내듯이 따끔하게 꾸짖었다.

||| 八 |||

어머니에게 매를 맞으면서 유비는 꿈쩍도 하지 않았다.

어머니가 자신을 철썩철썩 때릴 때마다 어머니의 크디큰 사랑이 뼛속 깊이 사무쳐 쏟아지는 눈물이 멈추지 않았다.

"죄송합니다."

유비는 자신을 때리던 어머니의 손을 잡고 이마에 가만히 갖다 댔다.

"제 생각이 짧았습니다. 정말이지 저의 어리석음이 저지른 실수입니다. 말씀하신 대로 저도 어느새 백성들 틈에서 가난하게 살다보니 마음마저 그들처럼 되어가고 있었습니다."

"알겠느냐? 비야, 이제야 깨달았느냐?"

"매를 맞고서야 어릴 적 말씀이 뼛속에서 되살아났습니다. 소중한 검을 잃은 것은 조상님께도 송구스러운 일입니다만…… 안심하십시오, 어머님. 저의 넋은 아직 여기에 있습니다."

그러자 지금까지 늙은 손이 저릴 정도로 아들을 때리던 그녀의 손이 유비의 몸을 와락 끌어안았다.

"아아, 비야! 그럼, 너에게도 평생을 촌부로 썩지 않겠다는 마음이 있는 것이냐? 다시는 잊지 말고 내 말을 영혼 깊이 간직해야 한다."

"잊을 리가 있겠습니까? 혹여 제가 잊더라도 경제의 현손인 이 피가 잊지 않을 것입니다."

"잘 말했다. ……비야, 그 말을 들으니 어미가 안심이 되는구나. 용서해라. ……날 용서해다오."

"왜 이러십니까? 자식에게 용서를 빌다니 당치도 않습니다."

"아니다. 마음마저 끝났는가 싶어 슬프고 화가 난 나머지 너를 때렸구나."

"은혜입니다. 큰 사랑입니다. 지금의 매는 저에게 진정한 용기를 북돋아주는 신군神軍의 북이었습니다. 부처님의 지팡이였습니다. 만약 오늘 이처럼 화난 모습을 보여주시지 않았다면 저는 무엇을 가슴에 담더라도 어머님이 세상에 계시는 동안에는 비겁한 백성을 가장한 채 살아갔을지도 모릅니다. 아니, 그렇게 세월을 보내는 동안 정말로 무지렁이 백성이 되어 썩어버렸을지도 모릅니다."

"그럼, 넌 무엇을 생각해도 이 어미가 걱정하는 것이 두려워서, 어미가 살아 있는 동안은 그저 무사하게 지낼 수 있는 것만을 바랐다는 말이냐? ……아아, 그 말을 들으니 더욱더 미안한 생각이 드는구나."

"이제 저도 마음을 정했습니다. 그렇지 않아도 이번 여행에서 각지의 난리며, 황건적의 횡포, 백성들의 고통을 눈이 아플 정도로 보고 왔습니다. 어머니, 제가 이 세상에 태어난 것은 하늘에 계신 여러 황제로부터 어떤 사명을 받고 세상에 나온 듯한 생각이 듭니다."

그가 마음속에 품고 있던 생각을 솔직히 털어놓자 그의 어머니는 천지에 묵념을 올리며 언제까지나 두 팔 사이에 머리를 파묻고 있었다.

그러나 이날 아침의 일은 어디까지나 모자 두 사람만의 비밀로 간직하기로 했다.

유비의 집에서는 여전히 멍석 짜는 소리가 아무 일도 없었다는 듯이 매일 밖으로 새어 나오고 있었다. 이웃 중에서 놀고 있는 사람이 장인으로 고용되어 날마다 안마당 작업장에서 짚신을 삼고 멍석을 짜서 그것이 모이면 성안의 시장에 가지고 가서 곡식과 옷감, 어머니의 약 등과 교환했다.

달라진 것이라곤 그 정도였고, 집에서 동남쪽에 있는 높이 다섯 길 남짓의 커다란 뽕나무에 봄이면 새들이 와서 노래하고, 가을이면 낙엽이 지며 어느새 3, 4년이라는 세월이 흘렀다.

그리고 이른 봄의 어느 날이었다.

흰 산양山羊의 등에 술 두 병을 싣고 지나가던 나그네 노인이 뽕나무 아래에 서서 혼잣말로 뭐라 감탄하고 있었다.

⫶ 九 ⫶

누군가 느릿느릿 허락도 없이 집 옆에서 안마당으로 들어왔다.

유비는 어머니와 둘이서 멍석을 짜고 있었다. 허락도 없이 들어왔지만, 흙담은 무너진 채였고 문도 없다 보니 멋대로 드나들더라도 뭐라고 타박할 수 있는 처지가 아니었다.

"……응?"

돌아본 모자는 눈이 휘둥그레졌다. 거기에 서 있는 나그네 노인보다 술 단지를 지고 있는 산양의 백설같이 아름다운 털에 마음을 빼앗겼던 것이다.

"열심히들 하시는군."

노인은 허물없이 말했다.

자리를 옆에 앉아 뭔가 할 말이 있는 듯한 눈치였다.

"영감님은 어디에서 오셨습니까? 털이 참 고운 산양이로군요."

한참을 아무 말이 없자 유비가 먼저 입을 열었더니 노인은 무언가를 느꼈다는 듯 혼자 머리를 흔들면서 말했다.

"이분이 아드님이시오?"

"네."

어머니가 대답했다.

"훌륭한 아드님을 두셨군요. 내 산양도 자랑거리이지만 댁의 아드님에 비하면 어림도 없습니다."

"영감님은 이 산양을 성안의 시장에 내다 팔려고 오신 겁니까?"

"아니외다. 이 산양은 팔 수 없소. 누구에게도 팔 수 없지요. 내 자식 같은 놈이오. 내가 팔 것은 술이지요. 하지만 오는 길에 못된 놈들이 위협하며 술을 다 마셔버리는 바람에 단지 두 개가 다 텅 비었소이다. 아무것도 없어요, 하하하."

"그럼, 모처럼 멀리서 왔는데 돈으로 바꾸지도 못하고 돌아가시는 길입니까?"

"돌아가려고 여기까지 왔다가 굉장한 걸 보았소이다."

"뭡니까?"

"이 댁의 뽕나무요."

"아아, 저거 말인가요?"

"지금까지 수천 명, 아니 수만 명, 이 마을을 지나가는 사람들이 저 나무를 보았을 텐데 아무도 뭐라고 하는 사람이 없었소?"

"딱히……."

"그럴 리가."

"진귀한 나무다, 뽕나무가 이렇게 큰 것은 없다고는 보는 사람마다 말했습니다만……."

"그럼 내가 말해주리다. 저 나무는 영목靈木이오. 이 집에서 반드시 귀인이 난다, 겹겹이 지붕처럼 덮고 있는 가지들이 모두 그렇게 나에게 속삭였소. ……멀지도 않아요. 올봄, 뽕잎이 파랗게 물들 무렵이 되면 좋은 친구가 찾아올 것이오. 교룡蛟龍이 구름을 얻은 셈. 그때부터 이 집 주인은 필시 신상에 큰 변화가 생길 것이오."

"영감님은 점쟁이이신가요?"

"나는 노魯나라의 이정李定이라는 사람이외다. 그러나 1년 내내 천지 사방을 떠돌아다니는 터라 고향에 있었던 적이 없지요. 산양을 끌고 술에 취해서 이따금 시장에 가기 때문에 모두 날 양선羊仙이라고 부르기도 합니다."

"양선 님, 그럼 세상 사람들은 영감님을 신선이라고 생각한다는 겁니까?"

"하하하하. 당치도 않은 말씀. 아무튼 오늘은 기분 좋은 사람과 이야기를 나누고 진귀한 영목을 보았소이다. 아주머님!"

"네."

"이 산양을 축하 선물로 드리겠소."

"네?"

"필시 댁의 아드님은 자기 생일 때도 변변한 축하 한 번 받지 못했을 거요. 하지만 이번엔 꼭 축하해주시오. 이 단지에 술을 사서 담고 이 산양을 잡아서 피는 신단神壇에 바치고 고기는 국에 삶아서 말이오."

처음엔 장난이겠거니 하고 웃으면서 듣고 있었는데 양선은 정말로 산양을 두고 가버렸다. 깜짝 놀라서 뽕나무 아래까지 뛰어나가 오가는 사람들을 둘러보았지만 이미 그의 모습은 어디에서도 볼 수 없었다.

재회

||| 一 |||

반도하의 강물이 붉어졌다. 양쪽 강기슭의 도원에는 붉은 안개가 끼고, 밤에는 눈썹 같은 달이 운치를 더했다.

그런데 그 물에는 시를 읊는 사람을 태운 배도 한 척 없고, 지팡이를 끌고 거니는 풍류객의 그림자도 없었다.

"어머니, 다녀오겠습니다."

"그래, 다녀오너라."

"성안에서 먹을 것 좀 사 올게요."

유비는 집을 나섰다.

짚신과 멍석을 다량으로 납품하는 성안의 도매상에 가서 그 대금을 받아오는 날이었다. 한낮에 나와도 볼일을 보고 해지기 전에는 넉넉히 돌아올 수 있는 길이라 유비는 나귀를 타지 않았다. 언젠가 양선이 두고 간 산양이 친해져서 유비의 뒤를 따라나서는 것을 어머니가 뒤에서 불러들였다.

성안은 먼지가 자욱했다. 오랫동안 비가 내리지 않아 짚신 안이 부석부석하다. 유비는 도매상에서 돈을 받고 기름기로 번들번들한 시장의 처마를 바라보며 걷고 있었다.

연근 과자가 보였다. 유비는 그것을 조금 샀다. 그런데 얼마 걷다가 '연근은 어머니의 지병에 해롭지 않을까?' 하고 바꾸러 갈까 망설였다.

　사람들이 네거리에 잔뜩 모여 있었다. 그곳은 언제나 들오리 통구이나 떡 따위를 파는 곳이라 그 북새통인 줄 알았는데, 무심코 보니 사람들 머리 위로 높다랗게 방문을 써 붙인 팻말이 보였다.

"뭐지?"

그도 호기심이 일어 사람들 사이에서 팻말을 올려다보았다.

　널리 천하에 의용군을 모집한다.

이런 글로 시작되는 포고문이었다.

　황건의 비적이 여러 주에서 창궐하여 해마다 그 피해가 가중되고, 귀축鬼畜의 해독으로 인해 슬프게도 백성들에게는 푸른 논밭이 없다.

　지금 당장이라도 귀적을 베어야 함을 천하가 알 뿐이라.

　태수 유언, 마침내 자식 같은 백성들의 읍곡泣哭에 떨쳐 일어나 토벌의 천고天鼓를 울리고자 하노라. 이에 숨어 있는 초려의 군자여, 들판에 잠들어 있는 의인이여, 깃발 아래에 모여라.

　기꺼이 각자의 무용에 의거하여 관아에서 맞이하겠노라.

　　　　　　　　　　　　　　　　　　　　탁군교위 추정

"이게 뭐지?"

"병사들을 모집한다는 말이네."

"아아, 병사구나."

"어때, 지원해보겠나?"

"난 안 돼. 싸움이란 걸 통 할 줄 모르니, 뭐. 그렇다고 다른 재주도 없고."

"누군 안 그런가? 그렇게 능력 있는 사람만 모으는 건 아닐 거야. 저렇게 써놓지 않으면 용기가 나지 않기 때문이지."

"그렇기도 하겠군."

"나쁜 황건 비적 놈들을 토벌해야 하지 않겠나? 창을 쓸 줄 알 때까지는 말의 꼴을 베고 군사들의 심부름꾼이 되는 거야. 나는 지원하겠네."

한 사람이 중얼거리며 지원하러 가자 그 소리에 이끌려 둘이 가고, 셋이 가고, 모두가 성문의 관아를 향해 힘찬 걸음으로 서둘러 갔다.

"……."

유비는 약동하는 시대의 발소리를 들었다. 그리고 민심이 향하는 물결을 보았다.

하지만 연근 과자를 손에 든 채 언제까지나 생각에만 잠겨 있었다. 주위에 아무도 남지 않을 때까지 팻말을 뚫어지게 바라보며 생각하고 있었다.

"……아아."

정신을 차리고 멋쩍은 듯 그 자리를 떠나려고 하는데 누군가 버드나무 뒤에서 부르는 사람이 있었다.

"어이, 젊은 양반."

아까부터 버드나무 아래에 앉아 길가의 술장수를 상대로 시끄럽게 이야기하던 사내가 있었다는 것은 유비도 알고 있었다. 자기를 곁눈질로라도 보고 있었는지 팻말로부터 두세 걸음 물러나자 한 손에 술잔을 들고, 다른 한 손에는 칼자루를 잡고 갑자기 일어났던 것이다.

"귀공께선 포고문을 읽었소?"

버드나무 줄기보다 넓은 어깨를 뒷모습으로만 보았는데, 서 있는 모습을 보니 한참을 올려다볼 정도로 기골이 장대한 사내였다. 갑자기 산이 우뚝 선 것처럼 보였다.

"……저 말입니까?"

유비는 한 번 더 그를 훑어보았다.

"그렇소. 귀공 말고 여기 또 누가 있단 말이오?"

그는 칠흑 같은 수염 속에서 모란 같은 입을 벌리고 웃었다.

목소리도 나이도 유비와 얼마 차이가 나지 않는 것으로 보였지만 그는 머리부터 턱까지 빈틈 하나 없이 반들반들 수염을 기르고 있었다.

"읽었소."

유비의 대답은 짧았다.

"어떻게 읽었소?"

그의 질문은 진지했고, 그 눈빛은 반짝반짝 날카로웠다.

"글쎄요."

"아직도 생각 중이슈? 그처럼 오랫동안 팻말을 노려봤으면서?"

"여기서는 말하고 싶지 않습니다."

"재미있군."

그는 술장수에게 돈과 술잔을 건네고 쿵쿵 유비 곁으로 다가왔다. 그리고 유비의 말투를 흉내내면서 말했다.

"여기서는 말하고 싶지 않습니다······. 거참, 유쾌하군. 그 말에서 나는 진심을 들었소. 자, 어디로든 갑시다."

유비는 난감했지만, 거절은 하지 않았다.

"어쨌든 걸읍시다. 여긴 남의 이목이 많은 시장이니까."

"좋소, 걸읍시다."

그는 큰 걸음으로 성큼성큼 걸었다. 유비는 그와 나란히 걷는 데 애를 먹었다.

"저기 무지개 다리 근처가 어떻겠소?"

"좋습니다."

그가 가리킨 곳은 변두리의 버드나무가 많은 연못가였다. 무지개 모양의 돌다리가 있고, 그 앞은 폐원廢苑이었다.

한 학자가 연못을 파고 성현聖賢들의 가르침을 전하는 학교를 세웠지만, 시대는 성현들의 길과는 역행할 뿐이어서 진지하게 다니는 학생이 없었다. 학자는 그래도 끈기 있게 돌다리에 서서 도를 설파했지만, 시장의 주민들과 아이들은 "미쳤다."며 귀를 기울이지 않았다. 그뿐이랴, 약삭빠른 기회주의자라며 돌을 던지는 사람조차 있었다. 학자는 어느새 정말로 미친 사람이 된 것처럼 온갖 헛소리로 절규하며 학원學苑 안을 헤매고 다녔는데, 얼마 후 연못 속에서 불쌍한 시체가 되어 떠올랐다고 한다.

그런 유적이었다.

"여기가 좋겠군. 앉으시오."

그는 무지개 다리의 돌난간에 앉으면서 유비에게도 권했다. 유비는 여기까지 오는 동안 그의 됨됨이를 대강 살피고 있었다. 그리고 '이자는 가짜가 아니다.'라는 판단이 섰기 때문인지 이곳에 왔을 때는 유비도 자못 침착한 모습과 진정성 있는 모습을 보였다.

"그런데 실례지만 먼저 존함부터 여쭙고 싶습니다. 저는 여기서 그리 멀지 않은 누상촌에 사는 유현덕이라고 합니다."

그러자 그는 갑자기 유비의 어깨를 툭 치며 말했다.

"여보슈, 그 이름은 이미 들었소. 내 이름도 잘 아실 텐데?"

||| 三 |||

"네? ……저도 전부터 아는 분이라고요?"

"잊으셨구먼. 하하하."

그는 어깨를 들썩이며 웃으면서 검은 수염을 쓸어내렸다.

"무리도 아니지. 볼에 칼자국이 나서 얼굴도 조금 변했고. 게다가 지난 3, 4년은 떠돌이의 쓰라림을 맛보았으니까. 귀공과 처음 만났을 때는 이 검은 수염도 아직 기르지 않았을 때요."

그 말에도 유비는 아직 기억이 나지 않았지만, 문득 그의 허리에 차고 있는 검을 보고 저도 모르게 앗! 하고 놀랐다.

"아아, 은인! 생각났습니다. 당신은 수년 전 제가 황하에서 탁현으로 돌아오는 도중에 황건적에게 포위되어 위험에 빠졌을 때 절 구해주신 홍씨 댁의 가신 장익덕이라는 분이 아니십니까?"

"그렇수다."

장비는 불쑥 팔을 뻗어 유비의 손을 덥석 잡았다. 솥뚜껑 같은 그의 손은 유비의 손을 잡고도 다섯 손가락이 남았다.

"제대로 기억하고 있구려. 바로 그때의 장비요. 이처럼 수염을 기르고 외모를 바꾼 것도 그 후 뜻을 얻지 못하고 세상의 뒤편에 숨어 있기 위함이었수다. 그래서 실은 아까부터 귀공이 날 알아보는지 어떤지 시험해본 것이니 실례가 됐다면 용서해주시구려."

건장한 체구의 대장부에게는 어울리지 않게 그는 예의를 깍듯하게 갖추며 말했다.

그러자 유비는 그 이상으로 더 정중하게 말했다.

"호걸이시여, 실례는 오히려 제가 저질렀소이다. 은인인 노형을 잊다니, 설령 아무리 당시와 달라졌다고 해도 죄송한 일입니다. 부디 저의 죄를 용서해주시오."

"그리 정중하게 나오시니 몸 둘 바를 모르겠소. 그럼, 서로 실례를 했다고 해둡시다."

"그런데 호걸, 노형은 지금 이 성안에 살고 계십니까?"

"아니올시다. 말하자면 길어지는데 언젠가도 털어놓은 대로 어떻게든 황건적에게 빼앗긴 주공의 현성을 되찾으려고 민초들 사이에 숨어서 군사를 일으켰다가 실패하고는 다시 민초들 사이에 숨어서 몇 번이나 일을 도모했지만, 황건적의 세력은 날로 커져만 갔지요. 요즘엔 화살도 떨어지고 칼도 부러진 형편이오. ……그래서 얼마 전부터 이 탁현에 흘러들어와서 산야의 멧돼지를 사냥해 고기를 장에 내다 팔면서 근근이 연명하고 있는 형편이외다. 우습게 들리겠지만 요즘엔 나도 꽁지 빠진 새 같은 꼴이 편한 처지라."

"그렇습니까. 전혀 몰랐습니다. 그런 형편이었는데 왜 누상촌의 저희 집을 찾아주시지 않았습니까?"

"아니, 언젠가는 한번 찾아뵈러 갈 마음은 있었지만, 그때는 귀공께서 꼭 들어주었으면 하는 일이 있는데 그 준비가 아직 되지 않아서 말이지요."

"이 유비에게 부탁할 일이라니, 도대체 무슨 일입니까?"

"유형."

장비는 거울 같은 눈을 지어 보였다. 유비는 그 속에서 가슴속의 불길이 활활 타오르고 있는 것을 확인했다.

"귀공은 오늘 시장에서 현성의 포고문을 보았을 것이오."

"아, 그 팻말 말입니까?"

"그걸 보고 무슨 생각을 하셨소? 황건적을 토벌하는 군사를 모은다는 글을 보고……."

"딱히 어떻다고 할 느낌은 없었습니다."

"없었다고요?"

장비는 추궁하는 듯한 말투로 말했다. 얼굴에는 격노의 기색이 역력했다. 그러나 유비는 물처럼 냉정하게 말했다.

"예, 아무 생각도 하지 않았습니다. 저는 홀어머님을 모시고 있는 처지라…… 그래서 군대에 나갈 생각이 없기 때문이지요."

||| 四 |||

가을바람이 다리 아래를 지나간다. 무지개 다리 아래에는 마른 연잎이 바스락거리며 소리를 내고 있었다. 휙 하고 색깔 있는 화살이 날아간 것처럼 보인 것은 물 위를 날아가는 물총새였다.

"거짓말!"

장비는 조용한 대화 상대에게 느닷없이 소리를 지르며 앉아 있던 다리의 돌난간에서 벌떡 일어섰다.

"유형! 귀공은 사람들에게 본심을 숨기고, 이 장비에게도 속내를 감추고 있구려. 아니, 그렇지. 이 장비를 믿지 못하는 것인가?"

"본심? ……제 본심은 지금 말한 대로입니다. 무엇을 노형에게 감춘단 말입니까?"

"그러면 유형은 작금의 천하를 보면서도 아무 느낌이 없단 말이오?"

"황건적의 해악은 보고 있습니다만, 작고 가난한 집에서 홀어머님을 모시기에도 버거운 처지라."

"다른 사람은 몰라도 이 장비에게는 그런 말을 해도 나는 유형을 평범한 백성으로는 보지 않소. 숨김없이 말해주슈. 나도 사내대장부요. 남의 말을 함부로 옮기는 사람이 아니란 말이오."

"곤란하군요."

"도저히 안 된다는 말이오?"

"딱히 답할 말이 없습니다."

"아아."

장비는 낙심하여 허탈한 표정으로 가을바람에 검은 수염을 날리고 있다가 무언가 생각난 듯 갑자기 차고 있던 칼집의 띠를 풀었다.

"기억하고 있을 거요."

장비는 칼집을 쥐고 유비의 얼굴에 바싹 들이댔다.

"이건 언젠가 귀공이 사례로 준 검이오. 또한 내가 갖기를 원했던 검이기도 하지요. 하지만 불초는 언젠가 귀공을 다시 만나는 날이 온다면 이 검만은 원래 주인에게 돌려주려고 생각하고 있었소. 왜냐하면 이 검은 나 같은 필부가 가질 만한 검이 아니기 때문이오."

"……."

"피가 튀는 전장에서, 또 싸움에 져서 도망가다 풀 베개에서 잠이 깨면 난 몇 번이고 이 검을 빼어보았소. 그리고 그때마다 난 이 검의 소리를 들었소."

"……."

"유형, 당신도 들은 적이 있소? 이 검의 소리를."

"……."

"한 번 휘둘러 바람을 베면 이 검은 흐느껴 울지요. 별을 찌르고 칼자루에서 날 끝까지 우러러보면 희미한 달밤의 구름과 같은 빛의 얼룩이 모두 검의 눈물로 보였소."

"……."

"아니, 이 검은 검을 소유한 자에게 호소하는 것이오. 언제까지 내 몸을 답답하게 방 안에 가둬둘 것이냐고. ……유형, 거짓말 같으면 그 귀에 검의 소리를 들려줄까요? 검의 눈물을 보여줄까요?"

"……앗."

유비는 자기도 모르게 돌난간에서 일어섰다. 말릴 새도 없었다. 장비는 검을 뽑아 가을바람을 갈랐다. 과연 검에서 소리가 났다. 게다가 그 소리는 유비의 창자를 끊어버릴 것처럼 가슴을 쳤다.

"유형, 못 들었소?"

장비는 말하면서 다시 한번 검을 휘둘러 허공에 빛을 그리고는 외쳤다.

"이게 무슨 소리란 말이오, 도대체!"

그리고 여전히 대답이 없는 유비를 보자 안타깝게 생각했는지 다리의 돌난간에 한쪽 다리를 올리고 마른 연잎이 떠 있는 연못을 바라보면서 혼자 중얼거렸다.

"애석하도다. 치국애민治國愛民의 보검도 지닐 임자가 없는 말세이고 보니 별수 없구나. 넋이 있다면 검도 용서하겠지. 멧돼지 고기나 파는 낭인의 허리에 있으니 차라리 연못 속에 묻어주마."

장비는 검을 무지개 다리 아래로 던지려고 했다. 유비는 깜짝 놀라서 달려와 장비의 팔을 잡으며 외쳤다.

"호걸께서는 잠시 멈추시오."

||| **五** |||

물론 장비는 애초부터 검을 연못에 버릴 마음이 없었다. 따라서 제지당한 것을 다행으로 여기고 일부러 몸을 비키면서 유비의 다음 말을 기다리며 노려보았다.

"뭐요!"

"우선 참으십시오."

유비는 조용한 어조로 장비의 비장한 얼굴빛을 달래고 말했다.

"진정한 용사는 슬퍼하거나 한탄하지 않는다고 합니다. 또한 큰일은 개미구멍에서도 샌다는 비유도 있습니다. 차근차근 얘기하기로 합시다. 하지만 노형의 마음이 거짓이 아니라는 것은 잘 알았습니다. 대장부의 마음을 잠깐이나마 의심한 죄를 용서하십시오."

"예. ……그렇다면."

"바람에도 귀가 있고 물에도 눈이 있으니, 대사大事를 길가에서는 논할 수 없습니다. 하지만 제가 무엇을 감추겠습니까? 한나라의 중산정왕 유승의 후손이며 경제의 현손이 되는 사람입니다. ……뭐가 좋아서 짚신을 삼고 멍석을 짜며 황건적이 날뛰는 말세를 무심히 보고 있겠습니까?"

목소리는 작고 말의 음조는 속삭이는 듯했지만, 늠름한 기운을 담아 빙그레 웃으며 말을 이었다.

"호걸, 더는 말할 필요가 없을 겁니다. 때를 보아 다시 만납시다. 오늘은 장에 왔던 길이라 늦으면 어머니께서 염려하실 테니……."

장비는 사자가 머리를 내밀고 물기라도 할 것처럼 눈을 번뜩이며 언제까지고 말이 없었다. 이것은 감동에 젖었을 때 나타나는 그의 버릇이었다. 그리고 곧바로 크게 숨을 내쉬고서 큰 가슴팍을 젖히더니 말했다.

"그랬었군. 역시 이 장비의 눈은 틀림이 없었어! 아니, 언젠가 고탑 위에서 뛰어내려 죽은 그 노승의 말이 지금 다시 떠오르는구나. ……음, 노형이 경제의 후손이었군. 치란흥망의 오랜 세월이 흐르는 동안 명문 명족은 거품처럼 사라졌지만, 피가 한 방울이라도 남으면 어딘가에 전해진다. 아아, 기쁘다. 살아온 보람이 있구나. 오늘 장비는 만나야 할 사람을 만났다."

혼자 그렇게 중얼거리는가 싶더니 그는 갑자기 돌다리의 돌바닥 위에 무릎을 꿇고 앉아 검을 받들고 유비에게 말했다.

"이 검을 존형께 돌려드립니다. 이것은 본시 미천한 몸에 찰 것이 못 됩니다. ……그러나 존형은 이 검을 받아야 하오. 이 검을 찬 후에는 이 검이 요구하는 사명도 차야 하오."

유비는 손을 내밀었다. 왠지 엄숙한 모습이었다.

"받겠습니다."

검은 그의 손으로 돌아왔다.

장비는 여러 번 절을 하며 예를 취했다.

"그럼, 언젠가 꼭 누상촌으로 방문하겠소."

"아아, 언제든지."

유비는 지금까지 차고 있던 검과 바꿔 차고 전의 것은 장비에게 돌려주었다. 그것은 장비에게 구원을 받은 몇 해 전에 맞바꾼 검이었기 때문이다.

"해가 지고 있습니다. 그럼 또 만납시다."

유비가 먼저 땅거미 속으로 서둘러 사라졌다. 바람에 날리는 물빛 옷차림은 더러웠지만, 검은 눈에 보이는 황혼의 만상萬象 속에서 무엇보다도 이채로워 보였다.

"몸에 지닌 기품은 어쩔 수 없군. 어딘지 모르게 귀공자의 기풍이 서려 있어."

장비는 유비가 떠나가는 모습을 눈으로 좇으면서 혼자 무지개다리 위에 있다가 이윽고 정신을 차리고 중얼거렸다.

"옳지, 빨리 운장雲長 형님께도 이 사실을 알려야겠다."

장비는 어디론가 내달렸는데, 유비와는 달라서 그 모습은 마치 바람에 무슨 검은 물체가 날아가는 듯했다.

동학초사

||| 一 |||

성벽 망루에서 방금 북이 울렸다. 시장에는 저녁 등불이 켜졌다. 장비는 일단 시장의 네거리로 돌아갔다. 그리고 낮 동안 펼쳐 놓았던 멧돼지 고기의 노점을 치우고 멧돼지 넓적다리와 식칼들을 싸 들고 또 달렸다.

"어이쿠, 늦었구나."

성안 거리에서 성 밖으로 통하는 관문은 이미 닫혀 있었다.

"어이, 문 열어줘."

장비는 망루를 바라보면서 보채는 어린아이처럼 외쳤다. 관문 옆의 작은 병사兵舍에서 대여섯 명의 병사가 줄줄이 나오더니 대책 없는 얼간이를 상대하듯 장난삼아 호통쳤다.

"이런, 무슨 헛소리를 지껄이는 거냐? 관문이 닫힌 이상 벼락이 떨어져도 열 수 없다. 넌 도대체 누구냐?"

"매일 성안 시장에 멧돼지 고기를 팔러 다니는 사람이다."

"맞아. 저자는 고기 장수야. 뭘 하느라 지금까지 늑장 부리다가 이제야 온 거야?"

"용무가 늦어지는 바람에 문 닫는 시간까지 못 오고 말았다. 얼른 열어."

"제정신이냐?"

"취하지는 않았다."

"하하하, 이놈 필시 단단히 취했을 거야. 세 번 돌고 절해봐라."

"뭐라고?"

"세 번 빙글 돌고 우리한테 세 번 절하면 열어주마."

"절은 할 수 없지만, 이렇게 인사는 하지. 어서 열어라."

"돌아가라, 돌아가. 골백번 머리를 숙인다 해도 통과시켜줄 수 없다. 아무 집이나 처마 밑에서라도 자고 내일 통과해."

"내일 통과해도 될 거였다면 부탁은 왜 했겠나? 통과시켜주지 않겠다면 너희들을 짓밟고 성벽을 뛰어넘어가도 되겠나?"

"이놈이……."

위병은 어처구니가 없다는 듯이 말했다.

"아무리 술김에 하는 짓이라도 선을 넘으면 당장 목을 베겠다."

"그럼, 절대로 안 된다는 말이냐? 내 인사를 받고도?"

장비는 주위를 둘러보았다. 주정뱅이인 줄은 알지만, 하늘을 찌르는 듯한 거한일 뿐 아니라 섬뜩한 눈빛에 모른 체하고 있었더니 성큼성큼 걸어와 성벽 밑에 서서 관원 외에는 오르지 못하는 철사다리에 발을 올렸다.

"이놈, 어딜 가느냐!"

한 사람은 장비의 허리띠를 잡고, 다른 위병들은 일제히 창을 겨누었다. 장비는 수염 사이로 하얀 이를 보이며 붙임성 있게 웃었다.

"이럴 것까진 없잖아? 좀 봐주라……."

그리고 가지고 있던 멧돼지의 넓적다리와 식칼을 그들의 눈앞에 내밀었다.

"이걸 주지. 당신들 처지로는 맛볼 엄두도 내지 못할 고기 아닌가? 이걸로 밤참 술이라도 마시는 편이 내게 맞아 죽는 것보다는 낫지 않겠어?"

"이놈이 못 하는 말이 없군."

또 한 사람이 붙었다.

장비는 멧돼지의 넓적다리를 휘둘러 올려 자신에게 몰려오는 창을 한꺼번에 쳐냈다. 그리고 허리와 목에 매달려 있는 두 병사는 파리가 앉은 것쯤으로 여기는지 뿌리치지도 않고 두 길이 넘는 철 사다리를 타고 올라갔다.

"야, 이놈아."

"미친놈이다!"

"관문을 부순다."

"저놈 잡아라, 저놈 잡아!"

당황해서 소리치는 사람들 위로 성벽 위에서 두 사람이 날아왔다. 내던져진 사람도 피범벅이 되었고, 밑에 깔린 사람도 고기 떡처럼 찌부러졌다.

||| 二 |||

그 소리에 망루의 수비병과 관리들이 나와봤을 때 장비는 이미 두 길이 넘는 성벽에서 관문 밖의 땅으로 뛰어내리고 있었다.

"황비黃匪다."

"첩자다."

비상 북을 치며 관문의 위아래에서 소리치고 있었지만, 장비는 뒤도 돌아보지 않고 질풍처럼 뛰어갔다.

5, 6리쯤 오니 한 줄기 강이 나왔다. 반도하의 지류다. 강 너머에 약 500호 정도의 마을이 밤안개 속에 먹물처럼 가라앉아 있었다. 마을에 들어가 보니 아직 그리 늦지 않은 밤이라 집집이 희미한 등잔 불빛이 흘러나오고 있었다.

그곳에 버드나무로 둘러싸인 절이 있다. 장비는 담을 따라 성큼 성큼 돌아갔다. 큰 대추나무가 대여섯 그루 있고, 은자隱者의 거처 처럼 보이는 한적한 뜰이 있었다. 문기둥은 있지만 문은 없다. 그리고 그 입구에 동학초사童學草舍라는 간판이 걸려 있었다.

"형님, 벌써 주무슈? 운장 형님."

장비는 안쪽 집의 문을 거칠게 두드렸다. 그러자 창문에 희미한 불빛이 비쳤다. 방장房帳을 걷고 누군가 창문으로 고개를 내민 듯 했다.

"뉘시오?"

"접니다."

"장비?"

"그렇소, 형님."

창문의 불빛이 안에 있는 사람의 그림자와 함께 사라졌다. 잠시 후 서성이고 있는 장비 앞의 문이 열렸다.

"이 시간에 웬일이냐?"

불빛이 비쳐서 그 사람의 얼굴이 낮보다 똑똑히 보였다. 먼저 놀라운 것은 장비에 못지않은 큰 키와 넓은 가슴이었다. 그 가슴에 또 장비보다도 긴 턱수염이 탐스럽게 자라 늘어져 있었다. 털이 뻣뻣한 사람은 난폭하고 성격도 거칠다는 말이 사실이라면, 운장이라는 이 사람의 수염은 장비의 수염보다 더 부드럽고 곧은 데다 긴 것으로 보아 장비보다도 이 사람이 더 지적知的으로 뛰어나다고 할 수 있겠다.

지적인 면에서 말하자면 이마도 넓다. 눈은 봉황의 눈이고 귓불이 두툼한 데다 큰 몸집에 비해 살결이 곱고, 음성도 차분하다.

"아니, 밤중인 줄은 알지만, 한시바삐 형님께 알려드리고 싶은 것이 있어서…… 좋은 소식을 가지고 왔수다."

장비의 말에 관우가 답했다.

"또 그걸 안주 삼아 술이나 마시자는 속셈은 아니고?"

"천만에요. 나를 그런 주정뱅이로만 생각하면 곤란합니다. 평소의 술은 울화를 풀기 위해 마시는 거요. 오늘 밤은 그 울화도 단번에 날려버리고 유쾌해서 견딜 수 없는 좋은 소식을 가지고 왔수다. 술이 없어도 충분히 얘기할 수 있는 거요. 있으면 더 좋지만."

"하하하하, 어서 들어오게."

어두운 복도를 지나 두 사람은 한 방으로 들어갔다. 그 방의 벽에는 공자와 그의 제자들의 초상이 걸려 있었다. 또 책상이 빼곡히 놓여 있었다. 문기둥에서 본 것처럼 동학초사는 마을의 서당이고 주인은 마을 아이들의 훈장이었다.

"운장 형님! ……항상 말로만 떠들던 것이지만 우리 꿈이 아무래도 꿈이 아니라 점점 현실이 되어가고 있었나 보오. 실은 전부터 생각하던…… 언젠가 형님에게도 말했던 유비라는 사내를 우연히 시장에서 만났소. 터놓고 이야기를 해보았는데, 과연 평범한 백성이 아니라 한실의 종족宗族 경제의 후손이라는 것이 밝혀졌수다. 게다가 영민하고 비범한 청년이더이다. 자, 이제 누상촌에 있는 그의 집으로 갑시다. 형님, 옷부터 갈아입어야겠소."

"여전하군."

운장은 웃고만 있다. 장비가 재촉해도 좀처럼 일어날 기색이 없기에 장비는 다소 시비조로 되물었다.

"여전하다니요?"

"글쎄."

운장은 또 웃으며 대답했다.

"지금 누상촌에 가면 오밤중이 지나버리네. 남의 집에 처음 방문하는데 예의에 어긋나는 일이지. 내일이든 모레든 상관없지 않은가? 이거다 싶으면 바로 행동으로 옮기고 싶어 하는 것이 자네의 성미인 줄은 알지만, 대장부라면 마땅히 좀 진중한 데가 있어야지."

모처럼 한시라도 빨리 기쁘게 해주고 싶어서 왔는데 의외로 운장이 시큰둥하게 대답하자 장비는 허탈했다.

"아니, 운장 형님. 형님은 아직도 내 말을 믿지 못하는 거요? 그래서 떨떠름한 표정이로군. 나에게 언제나 성미가 급하다고 하지만, 형님 성질은 우유부단해서 탈이오. 큰 뜻을 품은 용사라면 매사에 맺고 끊는 것이 분명해야지."

"하하하하, 제대로 한 방 먹었군. 하지만 난 생각 좀 해봐야겠네. 무슨 욕을 듣더라도 더 깊이 생각해보지 않고서는 섣불리 경제의 현손이라는 사내를 만나고 싶지 않아. ……그런 자는 세상에 널려 있으니까."

"거 보슈. 내 말을 아직도 의심하고 있다니까."

"의심하는 것이 상식이고, 의심하지 않는 자네가 우직하고 순진한 바보지."

"어쩌자고 멀쩡한 아우를 바보로 만드슈? 내가 어째서 순진하단 말이오?"

"평소에도 남한테 쉽게 속잖아?"

"나는 남한테 그렇게 속은 기억이 없수다."

"속고도 속은 줄 모를 정도로 자네는 사람이 너무 순진하네. 그만큼 무용을 갖추고도 늘 생활이 곤궁하여 쪼들리며 살거나 유랑하니, 그것은 모두 자네의 생각이 얕기 때문이야. 게다가 성질이 급해서 화만 나면 폭력부터 행사하고. 그러니까 장비는 나쁜 놈이라는 엉뚱한 오해나 받지. 반성 좀 하는 게 어떤가?"

"이보슈, 운장 형님. 나는 오늘 밤 형님의 잔소리나 듣자고 이런 오밤중에 찾아온 것이 아니올시다."

"하지만 자네와 나는 일찍이 서로의 큰 뜻을 털어놓고 의형제의 약속을 맺었네. 나는 형, 자네는 아우로 굳게 마음을 서로 묶은 사이야. ……그러니까 아우의 단점을 보면 형인 나로서는 걱정하지 않을 수가 없네. 하물며 비밀에 비밀을 더해야 할 대사를, 세상에 나가서 만난 지 얼마 되지도 않은 사내에게 경솔하게 얘기한다는 것은 아무래도 좋지 않아. 게다가 남의 말을 곧이 믿고 밤이건 뭐건 상관없이 당장 찾아가자니…… 그런 경솔한 생각이 어찌 걱정되지 않겠는가?"

운장은 유비의 집을 방문하는 것이 당치도 않은 바보짓이라는 것이다. 그는 장비에게 이른바 의형제의 형일 뿐만 아니라 분별력도 뛰어나기 때문에 이치로 따지고 들면 장비는 언제나 머리를 들 수가 없었다.

코가 납작해진 장비는 완전히 풀이 죽어버렸다. 그러자 운장은 안됐다고 생각했는지 그가 좋아하는 술을 내주었다.

"아니, 오늘은 마시지 않겠소."

장비는 입을 꾹 다문 채 그날 밤은 운장의 집에서 잤다.

날이 밝자 서당에 다니는 아이들이 와글와글 모여들었다. 아이들도 운장을 잘 따랐다. 그는 아이들에게 공맹孔孟의 책을 읽어주고 글자를 가르치는 등 별다른 생각이 없는 시골 훈장으로 위장하고 있었다.

"조만간 또 오겠수다."

서당의 창밖에서 운장에게 말하고 장비는 묵묵히 어디론가 나갔다.

||| 四 |||

장비는 여전히 화를 삭이지 못한 채 운장의 집에서 나왔다.

"쳇, 좀스럽기는."

대문을 나오자 뒤를 돌아보며 대문에 대고 욕지거리를 했다. 불쾌한 표정은 그래도 가시질 않았다. 마을 주막에 도착하자 간밤부터 술이 고팠던 사람처럼 냅다 소리를 질렀다.

"주인장, 술 가져와!"

아침 빈속에 말술을 들이부은 장비는 눈언저리가 검붉게 물들었다. 기분이 조금은 풀렸는지 주막 주인에게 농담을 걸기 시작했다.

"주인장, 당신네 닭이 나한테 잡아먹히고 싶은지 내 발밑에서만 놀고 있구먼. 잡아먹어도 되겠나?"

"손님, 잡수시려면 털을 뽑아 통째로 튀긴 것으로 드시지요."

"응, 그렇게 해주면 더 좋지. 너무 닭이 따르기에 날로 먹어버리려고 했는데."

"날고기를 잡수시면 뱃속에 벌레가 생깁니다요."

"무식한 소리. 닭고기와 말고기에는 기생충이 없어."

"헤헤, 그렇습니까?"

"체온이 높기 때문이야. 저온 동물일수록 대개 기생충의 소굴이지. 나라의 경우도 그렇고."

"예, 예."

"아니, 닭이 없어졌군. 주인장, 벌써 솥에 잡아넣은 건가?"

"아뇨, 닭값만 주시면 튀겨놓은 녀석을 냉큼 대령합지요."

"돈은 없어."

"그 무슨 농담을."

"정말인데."

"그럼 술값은요?"

"저기 있는 절 골목을 돌면 동학초사라는 서당이 있을 거야. 거기 가서 운장이란 사람한테 받아."

"이러시면 곤란하지요."

"뭐가 곤란하단 말이야? 운장이란 사람은 무인이면서도 돈이 궁하지 않은 위인이네. 운장은 내 형님이야. 아우 장비가 마시고 갔다고 하면 기꺼이 내줄 거야. ……이봐, 한 잔 더 따라."

주인은 장비를 살살 달래놓고 그사이에 아내를 뒷문으로 어디론가 급히 보냈다. 운장의 집으로 알아보러 간 듯했다. 그녀는 얼마 후에 돌아와서 남편의 귀에 대고 뭐라고 속삭였다.

"그래? 그럼, 얼마든지 줘도 되겠군."

주인은 갑자기 태도를 바꾸어서 장비가 마시는 대로 술을 연신 따라주고 닭튀김도 내놓았다. 장비는 닭튀김을 보더니 말했다.

"이런, 죽은 건 내 식성에 맞지 않아. 나는 움직이는 놈을 날로 먹고 싶다구."

그러고는 근처에 있는 닭을 잡으려고 거리까지 쫓아나갔다.

닭은 날갯짓하며 그의 어깨를 뛰어넘기도 하고 위태롭게 가랑이 사이를 뚫고 도망 다녔다.

그러자 마침 마을을 기웃거리며 집집이 수색하고 다니던 포리 捕吏가 장비를 보더니 데리고 온 열 명가량의 군졸에게 갑자기 명령을 내렸다.

"저놈이다. 간밤에 관문을 부수고 위병까지 죽이고 줄행랑친 놈이. ……조심해서 덤벼라."

"뭐야?"

장비는 그 소리에 취한 눈으로 의심스럽게 주위를 둘러보았다. 영계 한 마리가 그의 손에 다리를 잡혀서 요란스럽게 울며 날갯죽지를 퍼덕였다.

"도적놈!"

"꼼짝 마라!"

"순순히 오라를 받아라."

포리와 군졸들에게 포위되고서야 장비는 비로소 자기 일이구나 하고 눈치챈 표정이었다.

"나한테 볼일이 있나?"

장비는 자신을 향하고 있는 창들을 둘러보면서 영계의 다리를
쭉 찢어 그 살을 한 움큼 물었다.

장비는 취하면 술버릇이 좋지 않다. 게다가 쓸데없이 난폭하고
거친 행동을 좋아하는 버릇은 두 가지 결점이라고 항상 운장이 충
고하던 것이었다.

생닭을 쭉 찢어 다리를 먹는 술버릇은 그로서는 지극히 일상적
인 것이었다. ……그러나 포리와 군졸들은 놀랐다. 닭의 피는 장
비의 입언저리를 시뻘겋게 물들였고, 그 형형한 눈동자는 무섭고
섬뜩했다.

"뭐? ……나를 잡으러 왔다고? 우하하하, 반대로 나한테 잡혀서
이 닭 꼴이 되고 싶으냐?"

장비는 잡아 찢은 닭을 눈높이까지 들어올리면서 에워싼 포리
와 군졸들을 놀렸다.

포리는 노하여 호령했다.

"여봐라, 저 주정뱅이가 더는 주절거리지 못하게 하라. 죽여도
된다. 쳐라!"

하지만 군졸들은 감히 다가오지 못했다. 창으로 뼹 둘러싼 채
그의 주위만 맴돌 뿐이었다.

장비는 이상한 자세로 개처럼 기었다. 그것이 불필요하게 포리
와 군졸들을 두려움에 떨게 했다. 그의 눈길이 향한 쪽으로 달려
들 준비라고 생각했기 때문이다.

"자, 큰 닭들아, 한 마리 한 마리 비틀어 죽여주겠으니 도망치지

마라."

장비가 소리쳤다.

그의 머릿속엔 아직도 닭을 쫓아다니던 장난이 남아 있어서 포리의 머리도, 군졸의 머리도 볏이 나 있는 닭처럼 보이는 것 같았다.

큰 닭들은 기가 막히고 약이 바짝 올라서 한 사람이 창으로 후려쳤다.

"이런 미친놈!"

창은 정확하게 장비의 어깨를 때렸지만, 오히려 맹호의 수염을 건드린 꼴이어서 장비의 취기를 장난에서 살기를 띤 폭력으로 바뀌버렸다.

"잡았다."

창을 빼앗은 장비는 그것으로 멍석 위의 콩 줄기를 두드리듯 주위 사람들을 후려쳤다.

얻어맞은 포리와 병졸들도 비로소 죽기 살기로 덤벼들기 시작했다. 장비는 성가시다며 창을 허공에 던졌다. 허공으로 날아간 창은 신음을 내며 어디까지 날아갔는지, 어쨌든 그 부근에는 떨어지지 않았다.

닭이 지르는 비명 이상의 아우성이 순식간에 일어나고 순식간에 그쳤다.

주막 주인, 그곳에 있던 손님, 때마침 지나가던 사람들과 부근에 있던 사람들은 모두 집 안이나 나무 뒤에 숨어서 어떻게 될까 숨을 죽이고 있었다. 그런데 갑자기 무덤처럼 적막해지자 가만히 고개를 내밀고 거리를 본 사람들은 모두 "아아……." 하고 탄식하더니 아무 말도 하지 못했다.

머리가 꺾인 시체, 피를 토한 시체, 눈알이 튀어나온 시체 들이 태양 아래에 처참하게 널브러져 있었다. 그리고 나머지 절반은 도 망쳤는지 포리도 군졸도 아무도 없다.

장비는?

그는 아주 느긋했다. 뒷모습을 보인 채 마을 외곽 쪽으로 느릿 느릿 걸어간다.

그의 소매에 봄바람이 한가로이 불고 있었다. 술 냄새가 멀리까 지 둥둥 흘러가는 듯했다.

"큰일이군. 임자, 어서 이 일을 운장 선생 댁에 알리고 오게. 저 자가 정말 선생의 아우라면 선생도 무사하진 못할 게야."

주막 주인은 아내에게 속삭였다. 그러나 그의 아내는 벌벌 떨면 서 움직이려고 하지 않아 결국 자신이 부랴부랴 동학초사로 이어 지는 골목으로 달려갔다.

게 꽃을 한 벙어

||| 一 |||

어머니와 아들은 오늘도 작업장인 마당에서 다른 생각 없이 자리틀 앞에 앉아 멍석을 짜고 있었다.

덜커덩, 쿵, 덜커덩……

물레방아가 돌아가듯 단조로운 소리가 반복되었다. 하지만 오늘따라 그 소리는 활기가 넘치고 흥겨웠다.

묵묵히 일에만 열중하고 있지만, 어머니의 가슴에도 유비의 마음에도 봄날의 대지처럼 희망의 싹이 싱그럽게 숨쉬고 있었다.

어젯밤.

유비는 성안의 시장에서 돌아오자마자 두 가지 기쁜 소식을 알렸다. 좋은 친구 한 명을 만난 일과 전에 다른 이에게 주었던 가보의 검이 생각지도 못했는데 다시 자기 손에 되돌아온 일이었다.

"일양내복 一陽來復(음산한 겨울 날씨 속에서 양기가 싹트기 시작하는 것을 말하며 나쁜 일이 계속되다가 다시 좋은 일이 온다는 뜻)이라고 너에게도 때가 온 모양이구나. 비야…… 마음의 준비는 단단히 했느냐?"

두 가지 기쁜 소식을 들은 어머니는 오히려 목소리를 낮추고 유비의 각오를 확인하듯 물었다.

때. ……그렇다.

길고 긴 겨울을 지나 도원의 꽃도 마침내 봉오리를 터뜨리고 있었다. 땅에서도 풀의 새싹, 나뭇가지에서도 잎의 새싹, 생명이 있는 것 중 움트지 않은 것은 아무것도 없었다.

덜커덩, 쿵…….

자리틀은 단조로운 소리를 반복하고 있지만, 유비의 가슴은 단조롭지 않았다. 이런 봄다운 봄이 언제였는지 기억에 없다.

나는 청춘이다.

하늘을 향해 소리치고 싶은 기분이다. 아니, 늙은 어머니의 어깨에조차 어디선가 날아온 복숭아꽃 한 잎이 앉아 있지 않은가.

그때 어디선가 노래하는 소리가 들렸다. 열두세 살쯤 먹은 소녀의 목소리였다.

> 내 머리카락 비로소 이마를 덮고
> 꽃을 꺾어 아름 안고 문 앞에서 노니는데
> 낭군은 죽마竹馬 타고 내게로 와서
> 청매화 희롱하며 마주 웃네요

유비는 귀를 기울였다. 소녀의 아름다운 노랫소리가 다가왔다.

> ……
> 열넷에 낭군의 아내 되어
> 부끄러운 마음 아직도 가시지 않고
> 열다섯에 처음으로 눈썹을 그리고
> 먼지와 재가 될 때까지 함께하자 하네

늘 아름드리 기둥 같은 믿음 있으니
어찌 오르랴 망부대望夫臺
열여섯 낭군 멀리 떠나가네

이웃에 사는 소녀였다. 조숙한 그녀는 아직 푸른 대추처럼 작았다. 유비의 집과 울타리를 사이에 둔 이웃집 아들을 사랑하는지, 별이 가득하거나 인적이 없는 대낮이면 울타리 밖으로 나와 곧잘 노래를 부르곤 했다.

"……."

유비는 목련꽃에 황금 귀고리를 매단 듯한 그녀의 모습을 눈에 그리면서 옆집 아들이 왠지 부러웠다. 그리고 문득 자기 마음속에서도 아름다운 여인을 한 명 떠올렸다. 바로 3년 전에 여행을 하다 고탑 아래에서 노승이 만나게 해준 홍씨 댁 여식, 홍부용이었다.

'그 뒤로 어떻게 되었을까?'

장비에게 물으면 알지 모른다. 이번에 장비를 만나거든 물어보겠다고 생각했다.

그런데 울타리 밖에서 열심히 노래하고 있던 소녀가 개에게라도 물렸는지 갑자기 꺄악 하고 비명을 지르더니 어디론가 달아나 버렸다.

||| 二 |||

소녀는 개에게 물린 것이 아니었다. 이 근방에서는 본 적도 없는 칼을 찬 거구의 털보가 갑자기 등 뒤에서 나타나 "이봐요, 아가씨. 유비의 집이 어디요?"라고 물어보자 소녀가 고개를 돌려 그 남

자를 보고는 그 모습에 기겁해서 비명을 지르며 달아났던 것이다.

"아하하하, 하하하."

털보는 소녀가 놀라는 모습이 우스웠는지 혼자 웃고 있었다. 그 웃음소리가 그침과 동시에 뒤쪽의 울타리 안에서도 자리를 소리가 그쳤다.

비적을 막기 위해 이 근방의 집들은 보통 흙담이거나 돌로 울타리를 만들었지만, 유비의 집만은 태평할 때 지은 옛집의 풍습대로 길쭉한 수목과 관목에 가는 대나무를 얽어맨 산울타리였다.

그래서 키가 큰 장비는 머리가 산울타리 위로 나와 있었다. 유비네 마당에서도 그것이 보였다.

두 사람은 얼굴이 마주쳤다.

"어어."

"아아."

그들은 십년지기처럼 서로를 부르며 맞이했다.

"뭐야, 여기였군."

장비는 밖에서 출입구를 찾아 들어왔다. 쿵쿵 땅이 울렸다. 유비네 집이 생긴 이래 이렇게 큰 발소리가 마당을 울린 것은 처음일 것이다.

"어제는 실례했소. 노형을 만난 일과 검에 대한 이야기를 어머니께 말씀드렸더니 어머니도 간밤에 기뻐서 밤새도록 희망찬 말씀만 하셨습니다."

"아, 이분이 노형의 자당이슈?"

"그렇습니다. ……어머니, 이분입니다. 어제 뵀었던 익덕 장비라는 호걸이."

"그러냐?"

유비의 어머니는 자리를 앞에서 일어나 장비의 인사를 받았다. 웬일인지 장비는 그녀의 모습에서 유비 이상의 고귀한 위압감을 받았다. 또 실제로 유비의 어머니에게는 명문가 귀부인의 기품이 자연스럽게 갖춰져 있었다. 일반적인 다른 어머니처럼 자식의 친구라고 해서 쓸데없이 허리를 굽히거나 살갑게만 대하지 않았다.

"아들에게서 이야기는 들었소. 직접 만나고 보니 믿음직한 대장부이시구려. 모쪼록 유약한 내 아들을 잘 이끌어주시오. 서로 편달해서 대사를 이루어주시오."

어머니가 말했다.

"예."

장비는 자연히 고개를 숙이지 않을 수 없었다. 윗사람에 대한 예의 때문만은 아니었다.

"어머님, 안심하십시오. 반드시 남아의 뜻하는 바를 이루겠습니다. ……그런데 좀 유감스러운 일이 하나 생겼습니다. 그래서 실은 아드님과 상의하러 왔습니다만."

"그럼, 남자들끼리의 얘기이니 나는 방에 들어가겠소. 천천히 얘기들 나누시오."

그녀는 안으로 들어갔다.

장비는 등 뒤의 의자에 걸터앉아 실은…… 하고 자신의 맹우盟友, 아니 의형으로 모시고 있는 운장에 대해 이야기하기 시작했다.

운장도 자기가 믿는 사람이며 어떤 일도 터놓고 지내는 사이여서 어젯밤에 바로 찾아가 소상히 이야기했는데 의외로 그는 조금도 기뻐하지 않았다, 그뿐 아니라 경제의 후손이라니 오히려 수상히 여겨야 할 놈이다. 그런 거리의 사기꾼과 대사를 논하는 것은 당치도 않다고 야단만 맞았다고 넋두리를 하고는 이렇게 덧붙였다.

"분해서 견딜 수가 없수다. 운장 형이 그리 말하면서 의심하더이다. ……수고스럽겠지만 노형이 지금부터 나와 함께 그의 집까지 가주지 않겠수? 노형이라는 인물을 직접 보면 그도 아마 내 말을 믿지 싶은데……."

||| 三 |||

장비는 의심하는 것을 싫어하고, 의심받는 것은 더 싫어했다. 운장이 자기 말을 믿어주지 않는 것이 무척 속이 상했다. 그러니 유비를 데리고 가서 그 인물을 실제로 보여주겠다고 생각한 것도 장비다운 생각이었다.

"……글쎄요."

그러나 유비는 생각이 많은 듯했다. 믿지 않는 사람에게 굳이 자기를 억지로 믿으라고 하는 것도 바람직하지 않다는 눈치였다.

그때 복도 쪽에서 그의 어머니가 말했다.

"비야, 다녀오거라."

어머니 역시 걱정됐는지, 저쪽에서 장비의 이야기를 듣고 있었던 모양이다. 하기야 장비의 목소리는 이 집 안에서라면 어디에서나 들릴 만큼 컸다.

"이야, 허락하시는 겁니까? 자당의 허락이 떨어진 이상 더는 주저할 것 없소."

장비가 재촉하자 어머니도 거들었다.

"시기라는 것은 그 때를 놓치면 언제 올지 모르는 법. ……왠지 지금 그 천기天機가 찾아왔다는 생각이 드는구나. 사소한 기분 따위에 얽매이지 말고, 권유를 받았으면 장비 님에게 맡기고 어서 가보아라.”

유비는 어머니의 말씀에 결심하고 일어섰다.

“그럼, 다녀오겠습니다.”

두 청년은 나란히 서서 복도 쪽을 향해 인사하고 울타리 밖으로 나갔다. 그때 길 맞은편에서 약 100명 정도의 군사들이 이쪽으로 곧장 달려오고 있었다. 기마도 있고 도보인 군졸도 있었다. 먼지 속에서 청룡도의 흰 칼날이 번쩍번쩍 빛났다.

“아…… 또 오는군.”

장비의 중얼거림에 유비가 물었다.

“뭐요, 저들은?”

“성안의 병사들일 겁니다.”

“관문의 위병들 같은데, 무슨 일이 일어난 모양입니다.”

“아마, 날 잡으러 오는 것인지도 모르겠수.”

“예?”

유비는 놀라서 물었다.

“그럼, 우리를 향해 오는 병사들이오?”

“그렇소. 이제 의심할 여지가 없군. 유형, 저것들을 치우는 동안 어디서 좀 쉬면서 구경이나 하고 있으시오.”

“이거 야단났군요.”

“뭐, 별일 아니올시다.”

“그러나 관군을 죽이면 이 고장에서는 도저히 살 수 없습니다.”

말하는 동안에 이미 100여 명의 군사가 장비와 유비를 포위하고서 와글와글 떠들기 시작했다.

하지만 쉽게 나서는 자는 없었다. 장비의 무력에 두 번이나 호되게 당했기 때문일 것이다. 그러나 두 사람은 한 걸음도 나아갈 수가 없었다.

"걸리적거리는 놈은 죽여버리겠다."

장비는 한쪽을 향해 이렇게 소리치며 걷기 시작했다. 그의 앞에 있는 군사들은 뒤로 일제히 물러섰지만, 등 뒤에서 화살과 철창이 날아왔다.

"귀찮군."

또다시 장비는 타고난 급한 성질을 드러내며 바로 칼자루로 손을 가져갔다. 그때 저쪽에서 다부져 보이는 적갈색의 말을 타고 달려오는 사람이 있었다.

"멈춰라, 멈춰."

관군들도 장비도 무심코 그쪽을 돌아보니 가슴까지 늘어진 검은 수염을 봄바람에 휘날리면서 허리엔 언월도의 둥근 옥구슬을 딸각딸각거리고, 손에는 붉은빛 구슬이 달린 고래수염 채찍을 든 대장부가 그 채찍을 휘두르며 다가오고 있었다.

||| 四 |||

운장이었다.

동학초사의 시골 훈장도 무장을 하니 이렇게 위풍당당해 보이는구나, 하고 눈을 비빌 정도로 그럴싸한 운장의 풍모였다.

"다들 멈추시오."

타고 온 적갈색 말의 안장에서 뛰어내린 운장은 군사들 사이로 헤집고 들어가 군사들에게 둘러싸여 있는 장비와 유비를 등지고 큰 손을 펼치면서 말했다.

"당신들은 관문을 지키는 영주의 군사들 같은데, 50명이나 100명 정도밖에 안 되는 적은 인원으로 도대체 뭘 하려는 거요? 이 사내를 잡고 싶다면……."

운장은 거기까지 말하고 일단 등 뒤에 있는 장비를 돌아보며 말을 이었다.

"우선 500명이나 1,000명 정도의 병력을 갖추고 절반 이상을 시체로 만들 각오가 없이는 제압할 수 없을 것이오. 여러분은 이 익덕 장비라는 사람이 어떤 장사인지 모르겠지만, 일찍이 유주의 홍씨 댁 부하로 있을 때 무게 90근, 길이 한 길 여덟 자의 사모를 휘두르며 황건적의 대군 속으로 뛰어들어 시산혈하屍山血河, 반나절 싸움에서 808구의 시체를 쌓아 올렸으니 당시 장비를 가리켜 팔백팔시八百八屍 장군이라고 불러 황비를 벌벌 떨게 했다는 용맹한 사람이오. ……그런 사람을 맨손이나 다름없는 소수의 인원으로 잡으려고 함은 마치 우리 속에 들어가 호랑이와 싸우는 격이니, 모두 죽고 싶다는 바람으로 이 사내와 싸우겠다면 모르지만 그런 무모한 짓은 그만둠이 어떠하오? 목숨이 아까운 사람은 날이 어둡기 전에 돌아가시오. 여기는 나 운장에게 맡기고 일단 돌아들 가란 말이오."

운장은 실로 대단한 웅변가였다. 여기까지 단숨에 연설하여 상대의 기를 꺾어놓은 후 다시 말을 이었다.

"이렇게 말하면 여러분은 내가 누군지 의심하고, 또 교묘한 술수에 넘어가 장비를 놓치는 것은 아닐까 하고 의심을 품겠지만,

절대로 아니오. 나는 적어도 동학초사를 차려놓고 아이들의 훈도薰陶를 맡고 있으며, 항상 성현의 가르침을 본받아 국주國主를 공경하고 법령을 준수해야 함을 몸소 실천하면서 아이들을 가르치고 있는 운장 관우라는 사람이오. 그리고 여기 있는 익덕 장비로 말하자면 내 의제義弟 되는 사람이기도 하오. ……그러나 어젯밤부터 오늘 아침에 걸쳐 장비는 관군을 살해하고 관문을 부수고 술을 마시고 행패를 부린다는 소식을 듣고 용서하기 어렵다고 생각해서, 이 이상 많은 희생자를 내느니보다는 의형인 내 손으로 잡겠다고 이처럼 무장하고서 관아에 아뢰고 허겁지겁 달려온 것이오. 장비는 이 운장이 잡아서 나중에 태수가 계신 현성으로 보내드리겠소. 여러분은 내가 말한 것이 사실인지 끝까지 지켜보고 나서 관아에 보고하면 될 것이오."

운장은 뒤로 돌아 이번에는 장비 쪽을 향해 소리 높여 꾸짖었다.

"이 괘씸한 놈 같으니!"

운장은 고래수염 채찍으로 장비의 어깨를 후려쳤다. 장비는 울컥 화가 치민 듯한 표정이었다.

"오라를 받아라."

그러나 운장은 아랑곳하지 않고 달려들어서 장비의 두 손을 뒤로 돌렸다. 장비는 운장의 마음을 의심하기 시작했지만, 그 이상으로 운장의 됨됨이를 믿는 마음이 강했다. 그래서 뭔가 계획이 있을 것이라 생각하고 순순히 오라를 받고 땅바닥에 주저앉았다.

"여러분, 보았소?"

운장은 다시 어리벙벙해 있는 포리와 병졸들의 얼굴을 돌아보며 말했다.

"장비는 나중에 내가 현성으로 직접 끌고 가겠으니 여러분은 먼저 돌아가시오. 그러나 아직도 이 운장을 의심한다면 나도 별수 없이 오라를 풀어 이 사나운 호랑이를 여러분들 사이에 풀어놓겠소. 어떻게 하겠소?"

포리도 병졸들도 꽁무니를 빼며 아무 대꾸도 없이 모두 물러 갔다.

군졸들이 모두 사라지자 운장은 곧바로 장비의 포승을 풀며 사과했다.

"날 믿고 잘 참아주었네. 무사히 구해내기 위해서이긴 하지만 자네에게 손을 댄 것은 용서하게."

"원, 별말씀을. 또 쓸데없이 살생을 거듭할 뻔했는데, 형님 덕에 잘 넘어갔수다."

장비도 오늘 아침에 화가 치밀었던 것을 잊고 그 어느 때보다 솔직하게 사과했다. 그리고 이상해서 물었다.

"그런데 형님, 그 옷차림은 대체 뭐요? 날 구하러 온다는 사람의 행색치고는 너무 요란한 거 아니오?"

"장비, 웬 시치미인가? 그럼 어젯밤 그렇게 열을 올리며 시절이 왔느니, 좋은 맹우를 얻었느니 하며 과거의 약속을 실행하자고 떠든 것은 모두 헛소리였나?"

"헛소리는 아니었지만, 형님은 애초에 찬성하지 않았잖소? 내가 말하는 건 뭐 하나 믿어주려고 하지 않았지 않습니까?"

"그건 자리가 자리라서 그랬지. 하인도 있고, 여자들도 있었네.

그리고 자네가 비밀이라면서 그렇게 큰 목소리로 떠들어대니 누설되면 안 되겠다 싶어서 일단 냉담하게 듣고 있었던 것이네."

"뭐야, 그럼 형님도 내 말을 믿고 과거의 계획을 실행에 옮길 결심을 굳힌 것이오?"

"자네의 말보다도 실은 상대가 누상촌의 유비라고 하기에 즉석에서 결심한 바가 있었네. 전부터 우리 마을에까지 효자라는 소문이 자자한 유비였기에 나도 그 가문과 평소의 행실을 은밀히 알아보던 참이었네."

"사람이 못됐군요. 아무튼 형님은 지모智謀로 사람을 가지고 노니 사귀기가 힘듭니다."

"하하하, 자네마저 사귀기가 어렵다고 말할 줄은 생각 못 했네. 사람을 죽이고 술통을 뺏어 마시고 그 뒷감당은 동학초사에 슬쩍 떠넘기기가 일쑤인 난폭자한테서 그런 말을 들으니 견딜 수가 없군."

"벌써 받으러 갔습디까?"

"술값쯤이야 얼마든지 내줄 수 있지만, 관군을 죽인 자가 운장의 의제인 줄 아는 날에는 동학초사에 아이를 보낼 부모가 없을 걸세. 머지않아 관아에서 이 운장에게도 출두 명령이 떨어질 테고."

"그렇겠군요."

"남의 일처럼 듣지 말고."

"아니, 죄송하외다."

"그러나 이것이 오히려 좋은 기회이고, 하늘의 뜻이라 생각했네. 그래서 오늘 아침 하인과 여자들을 다 내보낸 뒤 서당에 나오는 아이들의 부모를 불러 사정이 있어서 서당을 닫아야겠다고 알리고는 한몸이 되고자 이처럼 자네 뒤를 쫓아온 걸세. 이제 유비라는 사람을 만나러 가세."

"아뇨. 유비 님이라면 저기 계십니다."

"뭐?"

운장은 장비가 가리키는 곳으로 눈길을 돌렸다.

유비는 아까부터 조금 떨어진 곳에 서 있었다. 그리고 장비와 운장 두 사람의 의좋은 모습과 신의가 두터운 모습에 감격한 표정이었다.

"당신이 유비 님이십니까?"

운장은 가까이 가더니 그의 발밑에 처음부터 무릎을 꿇었다.

"처음 뵙겠습니다. 저는 하동河東 해량海良(산서성山西省 해현解縣) 태생으로 이름은 관우, 자는 운장이라고 하며 오랫동안 강호를 떠돌아다니다가 4, 5년 전부터 근처 마을에서 시골 훈장으로 초야에 묻혀 헛되이 세월을 보내고 있는 사람입니다. 전부터 남몰래 마음에 두고 있었습니다만, 뜻밖에 오늘 당신을 만나 뵙게 되니 다시 없는 기쁨입니다. 부디 잘 이끌어주시길 바랍니다."

관우는 최고의 예의를 갖춰 공손히 말했다.

||| 六 |||

유비는 굳이 겸양하지도 않았지만, 그렇다고 딱히 오만하게 굴지도 않았다. 관우가 취한 예를 당연히 예로써 대하면서 말했다.

"무슨 말씀이십니까? ……저야말로 인사가 늦었습니다. 저는 누상촌에서 오랫동안 살아온 백성 유현덕이라는 사람이오만, 전부터 반도하의 상류 마을에 순풍양속醇風良俗의 도원桃源이 있다고 들었습니다. 아마 선생의 고풍高風에 감화된 것이겠지요. 대화를 나누기에는 여의치 않은 곳이니 바로 저기 초가집으로 가시지요."

"아아, 그렇게 하시죠."

관우와 장비는 유비와 어깨를 나란히 하고 가까운 유비의 집까지 걸어갔다.

유비의 어머니는 또 새 손님이 늘어나서 의아했지만, 장비의 소개로 관우의 됨됨이를 알고 기쁨을 나타냈다.

"잘 오셨소. 누추하지만 올라오시오."

그녀는 진심으로 환대했다.

그날 밤은 그녀도 함께 앉아 새벽까지 얘기했다. 유비의 어머니는 유씨 가문의 오랜 역사를 기억나는 대로 전부 얘기했다.

그중에는 유비조차 태어나서 처음 듣는 이야기도 있었다.

'정말로 한실漢室의 혈통을 이어받은 경제의 후손이 분명하구나.'

장비와 관우는 더 이상 일말의 의심도 품지 않았다.

동시에 이 사람이야말로 의거의 맹주盟主로 모셔야겠다고 결심했다. 하지만 유비가 어머니를 생각하는 마음을 알기에 그런 위험한 일에 아들을 가담시킬 수 없다고 어머니가 거절하면 그것으로 끝이었다.

관우는 그 점이 염려되어 이리저리 그녀의 마음을 떠보았다.

그러자 유비의 어머니는 다 듣기도 전에 말했다.

"비야, 오늘 밤은 이미 늦었으니 너도 자고 손님들에게도 잠자리를 봐드려라. ……그리고 내일은 아무래도 또 셋이서 장래에 대한 상의도 있을 테고 대사의 첫걸음이기도 하니, 어미가 평생 처음이자 마지막으로 잔치를 열어주마."

그 말을 듣고 관우는 그녀의 마음을 떠본 것이 얼마나 어리석은 짓인가를 그때서야 깨달았다. 장비도 함께 머리를 숙이고 "고맙습니다."라며 심복했다.

유비가 말했다.

"그럼, 말씀을 받들어 내일은 어머니께서 베풀어주시는 일생일대의 잔치를 받겠습니다. 하지만 그 맛있는 음식은 우리뿐만 아니라 제단을 마련하여 조상님께도 올렸으면 합니다."

"그럼, 마침 지금 도원의 꽃이 만발하니 도원 안에다 자리를 마련하는 건 어떻겠니?"

장비는 손뼉을 치며 말했다.

"그거 좋습니다. 그럼 저희도 내일은 아침부터 도원을 쓸고 제단을 만드는 일을 거들겠습니다."

두 손님에게 자리를 펴주고 잠을 권한 뒤 유비와 어머니는 어두운 부엌 한쪽 구석에서 짚을 덮고 잤다.

유비가 눈을 떠 보니 어머니는 이미 자리에 없었다. 어느새 날이 밝아오고 있었던 것이다. 어디선가 산양의 울음소리가 끊임없이 들려왔다.

부엌의 부뚜막 아래에서는 장작이 활활 타고 있었다. 이처럼 부뚜막에서 장작이 활활 타는 모습은 유비의 소년 시절부터 기억에 없는 일이었다. 봄은 도원뿐만 아니라 가난한 유가네 부엌에까지 찾아온 느낌이었다.

도원결의

||| 一 |||

도원에 가보니 관우와 장비는 이웃 남자를 고용해 도원 한가운데에 이미 제단을 만들고 있었다.

제단의 사방에는 조릿대를 세우고 푸른 끈을 두른 뒤 금박과 은박으로 만든 꽃을 죽 늘어놓았다. 흙으로 빚은 백마를 제물로 삼아 하늘에 제사를 지내고, 검은 소는 잡은 셈 치고 땅의 신에게 바쳤다.

"잘들 주무셨소?"

유비가 인사하자 장비와 관우가 돌아보았다.

"오오, 일어나셨습니까?"

"훌륭한 제단이 되었군요. 눈 붙일 틈도 없었겠습니다."

"네, 장비가 흥분해서 자리에 누워서도 계속 말을 거는 바람에 꼬박 밤을 새웠습니다."

관우가 웃었다.

장비는 유비 옆으로 와서 근심 어린 표정으로 물었다.

"제단은 근사하게 만들어졌는데, 술은 있수?"

"아니, 어머니께서 마련하실 겁니다. 오늘은 일생일대의 잔치라고 말씀하셨으니까요."

"그럼 안심이외다. 그런데 유형, 참으로 훌륭한 자당이시오. 간

밤엔 옆에서 보는데 부러워 죽는 줄 알았소."

"그렇지요. 스스로 제 어머니를 자랑하는 것도 어색합니다만, 자식에겐 상냥하시고 세상엔 강한 어머니이십니다."

"기품이 있소, 어딘지."

"실례지만 유형은 아직 부인이 없으신 듯한데."

"없습니다."

"빨리 부인을 얻으셔야지요. 자당께서 온갖 허드렛일을 다 하시는 모양인데, 저 연세에 죄송하지도 않수?"

유비는 그런 말을 듣자 문득 잊고 있던 홍부용의 아리따운 모습이 떠올랐다. 그래서 그만 대답할 말을 잊고 무심코 눈을 떴더니 눈앞에 흰 복숭아 꽃잎이 눈 내리듯 펄펄 정감 있게 흩날렸다.

"유비야, 준비는 다 되었느냐?"

부엌에서도 보이지 않던 어머니가 어느새 세 사람의 등 뒤에 와서 말했다.

셋이서 준비가 되었다고 대답하자, 어머니는 서둘러 부엌 쪽으로 사라졌다. 인근의 일손을 불러온 모양이다. 어제 장비를 보고 기겁해서 도망쳤던 소녀도, 그 소녀의 연인인 이웃집 아들도, 다른 가족들도 여럿이 거들러 왔다.

이윽고 제일 먼저 혼자서는 들 수 없는 술 항아리가 제단 앞으로 옮겨져 왔다. 그리고 어린 돼지를 통째로 기름에 익힌 것, 산양 고깃국 냄비, 말린 채소를 우유에 볶은 것, 해묵은 절임 음식 등이 나올 때마다 세 사람은 그 화려한 진미가 담긴 그릇이나 접시에 시선을 빼앗겼다.

'이게 대체 어떻게 된 일이지?'

유비도 마음속으로 어머니의 정성에 놀랄 뿐이었다.

잠시 후 또 촌장 집에서 모과나무로 만든 훌륭한 탁자와 의자가 옮겨져 왔다.

"큰 잔치로구나."

장비는 어린아이처럼 좋아했다.

준비가 다 되자 거들던 사람들은 모두 안채로 물러갔다.

"그럼."

세 사람은 눈을 마주 보고 제단 앞에 앉았다. 그리고 천지신명께 "부디 우리의 대망을 이뤄주소서."라며 빌기 시작하려는데 관우가 정색하고 말했다.

"두 분은 잠깐만 기다려주시오."

||| 二 |||

"여기 제단 앞에 앉자마자 저는 문득 이런 생각이 들었습니다만 두 분의 의견은 어떠신지요?"

관우는 그렇게 말하고는 두 사람과 상의했다.

모든 일은 체계를 기본으로 한다. 체계를 갖추지 않은 일은 결코 성공할 수 없다. 우연히 우리 세 사람은 사상적인 일치를 보고 오늘을 기점으로 대사를 이루고자 하는 마당이지만, 세 사람이 단합하는 것만으로는 체계를 이루었다고 할 수 없다. 지금은 고작 세 사람이지만 이상은 원대하다. 삼체일심三體一心의 체계를 갖추고 있어야 하지 않을까. 일을 진행하다가 중도에 서로 헐뜯고 미워하는 것은 일반적인 예다. 그런 결과에 이르러서는 안 된다. 제 아무리 하늘에 빌고 하늘을 섬기더라도 사람이 할 수 있는 일을 다 하지 않고서는 대망을 성취할 수 없다.

관우의 설명은 이치에 닿았지만, 그래서 어떤 체계를 준비하느냐는 문제에 대해서는 유비도 장비도 아무 생각이 없었다.

관우는 말을 이었다.

"아직 군사는 고사하고 무기도 돈도 말 한 마리조차 없지만, 우리 셋이라도 이 자리에서 의맹義盟을 맺는다면, 즉시 하나의 군軍이 이루어집니다. 군에는 장將이 있어야 하며, 무사에게는 주공主公이 있어야 합니다. 행동의 중심에 정의와 보국報國을 받들어 각자의 중심에 주공이 없으면 그것은 한낱 도당의 난동으로 끝날 것이고, 오합지졸이 될 뿐이지요. ⋯⋯장비도, 이 관우도 오늘까지 초야에 숨어 때를 기다린 것은 실은 그 중심 되는 사람이 좀처럼 나타나지 않았기 때문입니다. 그러다가 유현덕이라는 혈통도 바른 분을 만난 것이 급기야 오늘의 이 의맹의 모임이 되었기에 오늘 지금 이 자리에서 유현덕 님을 우리 주공으로 모시고 싶은데, 장비 자네 생각은 어떤가?"

관우가 묻자 장비도 손뼉을 치며 답했다.

"그건 나도 생각하던 바요. 과연 형님의 말씀대로 한다면, 지금 여기서 하늘에 기도드리기 전에 하늘에 맹세하는 것이 좋겠소."

"유비 님, 두 사람의 간절한 소망입니다. 들어주시지요."

좌우에서 조르자 유비는 잠자코 생각하고 있다가 두 사람의 의기를 잠시 억눌렀다.

"잠깐 기다리시오."

그리고 좀 더 곰곰이 생각하고 나서 자세를 바로잡고 말했다.

"과연 저는 한나라 종실과 연고가 있는 사람으로 그런 계보를 따진다면 주된 위치에 앉아야겠지만, 천성이 우둔하고 오랫동안 시골구석에 틀어박혀 있던 터라 아직은 그 누군가의 위에 서서 주공이 될 만한 수양과 덕을 쌓지 못했습니다. 그러니 부디 조금만 더 기다려주십시오.”

“기다려달라는 말씀은?”

“실제로 덕을 쌓고 몸을 닦아 과연 주공이 될 만한 자질과 재능이 있는지 없는지 그것을 나 자신은 물론 두 분도 지켜본 연후에 약속해도 늦지 않다고 생각합니다.”

“아니, 그것은 벌써 우리가 지켜본 바가 있습니다.”

“그렇다 하더라도 저는 여전히 망설여집니다. ……그럼 이렇게 합시다. 군신의 맹세는 우리가 한 나라, 한 성을 차지한 연후에 하기로 하고, 여기서는 우선 세 사람이 의형제를 맺기로 합시다. 군신이 되더라도 세 사람은 오래도록 의형제여야 한다는 약속을 오히려 제가 해두고 싶습니다.”

“음.”

관우는 긴 수염으로 자기 얼굴을 잡아당기는 것처럼 고개를 크게 끄덕였다.

“좋은 말씀입니다. 장비, 자네는?”

“이의 없습니다.”

다시 세 사람은 제단을 향해 소 피와 술을 붓고 엎드려 천지신명께 묵도했다.

||| 二 |||

나이로 따지면 관우가 가장 연장자이고 다음이 유비, 그리고 장

비의 순서가 되지만 의약義約을 맺은 의형제이므로 굳이 나이를
따질 필요는 없다며 관우가 말했다.

"맏형은 꼭 유비 님이 되어주십시오. 그렇지 않으면 장비의 괄
괄한 성미를 누를 수 없습니다."

장비도 거들었다.

"그건 꼭 그러기로 합시다. 마다해도 둘이서 큰형님, 큰형님 하
고 받들면 그만이니까."

유비는 굳이 거절하지 않았다. 그래서 세 사람은 마주 앉아서
장래의 이상에 대해 말하며 죽음을 함께하겠다는 맹세를 굳게 다
지고, 곧바로 단을 내려와 복숭아나무 아래의 탁자를 둘러쌌다.

"그럼, 영원히."

"변치 맙시다."

"변치 않겠소."

그들은 형제의 잔을 나누고, 삼인 일체로 협력하여 나라에 보은
하고 아래로는 도탄에 빠진 만백성을 고통으로부터 구제하는 것
에 대장부의 생애를 바치자고 맹세했다.

장비는 조금 취기가 올랐는지 목소리를 높여 잔을 번쩍 처들면
서 떠들었다.

"아, 이렇게 좋은 날도 없구나. 참으로 유쾌하다. 다시 하늘에 고
하노니, 이 자리에 있는 우리 세 사람은 같은 해, 같은 달, 같은 날
에 태어나지는 않았으나 같은 해, 같은 달, 같은 날에 죽으리라."

그러면서 유비의 잔에도 다짜고짜 술을 부었다.

"마십시다, 실컷. 오늘은 마셔야 되는 날이 아닙니까?"

그런가 하면 자기 머리를 혼자 때리면서 어린아이처럼 소리쳤다.

"유쾌하구나, 참으로 유쾌해."

이처럼 그의 기분이 기쁨에 겨워 너무 고조되는 기미를 보이자 관우가 나무랐다.

"이보게 장비. 오늘 일을 그렇게 좋아해버리면 앞으로의 기쁨은 어쩔 생각인가? 오늘은 우리 셋이 의맹을 맺었을 뿐이네. 정작 우리에게 중요한 성공과 실패는 앞으로의 일이 아닌가. 기뻐하기에는 너무 일러."

그러나 일단 고조되어버리면 장비의 기분은 찬물을 부어도 좀처럼 식지 않는다. 장비는 관우의 고지식함에 손뼉을 치며 웃었다.

"으하하하, 오늘부로 시골 훈장질은 그만둔 거 아니었소? 우린 이제부터 군인이오. 앞으로는 무인답게 하늘과 바다처럼 넓고 호방하게 지냅시다. 안 그렇소, 큰형님?"

장비는 유비의 어깨를 얼싸안으며 말했다.

"그래, 그렇고말고."

유비는 싱글벙글 웃으며 장비가 하는 대로 놔두었다.

장비는 소처럼 마시고 말처럼 먹고 나서 불쑥 말했다.

"옳지, 옳지. 이런 자리에 큰형님의 어머님께서 안 계신다는 것이 될 말이오? 우리 삼 형제가 잔을 나눴으면 나에게도 어머니요. ……자, 어머니를 이리로 모시고 와서 다시 축배를 듭시다."

그러더니 장비는 비틀비틀 안으로 들어갔다. 그리고 곧 유비의 어머니를 억지로 제 등에 업고 비틀거리며 돌아왔다.

"자, 어머니를 모시고 왔소. 어때요, 이만하면 나도 효자지요? ……자, 어머니. 맘껏 기뻐해주십시오. 우리 효자 셋이 한자리에 모였으니까요. ……아니, 이건 어머니 혼자만 기뻐하실 일이 아니지요. 이 나라에도 이렇게 우리 셋은 세상에 드문 충성스러운 자식이 아닙니까. ……그렇습니다. 어머니의 효자 만세, 나라의 충성된 자식 만세!"

그리고 이윽고 이 세 사람 중에서 술에는 가장 성실한 자식인 장비가 맨 먼저 취해 복숭아꽃 아래에서 크게 코를 골면서 잠들어 버렸고, 밤이슬이 내리는 무렵까지도 눈을 뜨지 않았다.

||| 四 |||

대장부의 맹세는 맺어졌다. 그러나 도수공권徒手空拳(맨손과 맨 주먹을 강조하여 이르는 말)이란 딱 이 세 사람을 두고 하는 말이었다. 게다가 뜻은 천하에 있다.

"앞으로 어떻게 하지?"

이튿날은 또 술을 마시며 그저 쾌재만 부르고 있을 수 있는 날이 아니었다. 이상에서 실행으로 첫걸음을 내디뎌야 하는 날이다. 아침밥을 먹고 바로 그 탁자에서 어떻게 실행으로 옮기느냐는 문제가 나왔다.

"어떻게든 되지 않겠습니까? 사내대장부가, 더구나 셋이서 한몸이 되어 움직이면."

장비는 이론가도 아니었고, 계획적이지도 못했다. 앞뒤 생각 없이 그저 저돌적으로 움직이고 보는 행동파였다.

"어떻게든 될 거라고? 자네처럼 단지 힘에만 의지해서는 아무것도 안 되네. 우선 한 군郡의 벼슬이라도 얻으려면 군사가 필요해. 또 군사를 거느리려면 적어도 상당한 군비는 물론 병장기와 말이 필요하지."

관우는 상식가였다. 두 사람의 의견을 잘 조화시키면 거기에서 딱 알맞은 정열과 상식과 추진력이 만들어진다.

유비는 두 사람의 말에 다 끄덕였다.

"그렇소. 이렇게 세 사람이 한뜻으로 움직인다면 반드시 대사를 이룰 수 있음은 눈에 보입니다만, 우선은 군대입니다. ……군사부터 모아야 합니다."

"말은 물론이거니와 병장기도 돈도 없는데 모집에 응할 사람이 있을까요?"

관우의 근심을 유비는 가볍게 미소를 지으며 부정했다.

"조금은 자신이 있습니다. ……실은 이 누상촌에도 평소부터 은밀히 제가 눈여겨봐온, 같은 근심과 뜻을 지닌 청년들이 조금 있습니다. ……또 이웃 마을에 격문을 돌리면 아마 현 시국에 울분을 느끼는 사람이 적지 않을 테니 반드시 30~40명의 군사는 금방 모일 듯합니다."

"그렇군요."

"그러니 수고스럽겠지만 관우 아우님이 격문의 초안을 한번 잡아보시지요. 초안이 잡히면 그것을 제가 아는 마을 청년을 시켜 돌리겠으니."

"아니, 저는 본래 글재주가 없으니 우선 그것은 형님께 맡기겠소."

"아니요. 아우님은 다년간 글방을 열어 제자들을 가르쳤으니 그런 제자들의 마음을 움직일 만한 글은 나보다도 잘 알 것이오. 제발 써주시오."

그러자 장비가 옆에서 말했다.

"이봐요. 관우 형님, 꽤씸하외다."

"뭐가 괘씸한가?"

"큰형님의 말씀을 주공의 명처럼 어기지 말자고 어제 약속하지 않았소?"

"이런, 장비한테 한 방 먹었군. 그래, 그렇다면 부족한 솜씨지만 한번 써보겠네."

격문이 완성되었다.

상당한 명문이었다. 장중한 강개慷慨의 기운과 우국憂國의 글귀는 읽는 이의 마음을 움직이고도 남음이 있었다. 그것을 이웃 마을에 돌리자 이윽고 유현덕의 오두막 문전에는 매일 일곱 명, 열 명씩 천하의 호걸이 되고자 하는 열혈 장사들이 모여들었다.

"자네들은 우리 격문을 보고 군사가 되려고 왔나?"

장비는 문 앞에 나가 채용 시험관이 되어 일일이 이름과 고향 그리고 그 뜻을 물었다.

"그렇소. 대인의 성함과 의거의 취지에 찬동하여 깃발 아래에 서려고 달려온 사람들이오."

장사들은 이구동성으로 말했다.

"그런가, 누굴 봐도 믿음직한 면면이군. 지체 없이 우리의 깃발 아래에 서기를 허락하겠지만, 우리의 뜻은 황건적 무리처럼 도둑질이나 약탈을 지시하는 것과는 다르다. 도탄에 빠진 천하를 구하고, 해를 끼치는 도적을 토벌하고, 국가의 공권력을 확립하고, 결국에는 영원한 평화와 민복民福을 꾀하는 데에 있다. 알겠는가, 우리의 뜻을!"

장비는 일장 훈시를 하고 나서 또 다음과 같이 맹세하게 했다.

||| 五 |||

"우리의 깃발 아래에 가맹하는 이상, 즉시 우리가 신봉하는 군율에 복종해야 한다. 이제 그것을 읽겠으니 삼가 따르라."

장비는 지원해온 장사들에게 말하고 품속에서 공손히 문서 한 통을 꺼내 큰 소리로 읽었다.

하나, 졸병 된 자는 장수 된 자에게 절대 복종하고 예절을 지킨다.

하나, 눈앞의 이익에 미혹되지 않고 큰 뜻을 원대하게 준비한다.

하나, 일신을 가벼이 여기고 한 시대를 깊이 생각한다.

하나, 약탈하는 자는 목을 벤다.

하나, 백성을 학대하는 자는 극형에 처한다.

하나, 군기를 문란하게 하는 행위는 모두 사형에 처한다.

"알았나?"

너무 엄숙해서 장사들도 잠시 말이 없다가 이윽고 "알았습니다." 하고 이구동성으로 대답했다.

"좋다. 그럼 지금부터 우리의 부하로 삼겠다. 그러나 당분간 봉록은 없다. 또 음식과 기타 등등도 서로 공평하게 나눠야 하며, 일체 불평은 없다."

그런데도 모집에 응한 청년들은 기꺼이 병졸이 되어 유비, 관우 등의 명령에 복종했다. 네댓새 만에 약 70~80명이나 모였다. 관우는 기대 이상의 성공이라고 말했다.

하지만 당장 곤란해진 것은 식량이었다. 따라서 한시라도 빨리 전쟁을 해야 했다.

황건적의 폐해로 시름에 잠겨 있는 지방은 많다. 먼저 그런 곳으로 가서 황건적을 몰아내야 한다. 그 후에는 정당한 세금과 양식을 거둔다. 그것은 약탈이 아니다. 하늘이 준 복록福祿이다.

그러던 어느 날.

"장 장군, 장 장군. 말이 여러 마리 지나갑니다, 말이."

한 부하가 본진으로 달려와서 급히 보고했다.

누군지는 모르지만 수십 마리의 말을 몰고 요 앞의 고개를 넘어가는 자가 있다는 보고였다.

"말이라면 꼭 필요한데."

말이라는 소리를 듣자 장비는 솔직하게 말했다.

실제로 지금 너무나도 절실히 필요한 것은 말과 돈과 병장기였다. 그러나 군율이라는 것을 세우고 부하들에게도 선포했으니 약탈하라는 명령을 내릴 수는 없었다.

"관우 형님, 말이 지나간다는 보고가 올라왔는데, 어떻게 손에 넣을 방법이 없겠소? 실로 하늘이 내린 기회라고 생각되는데."

장비는 안으로 들어가서 상의했다.

"알았네. 그러면 내가 가서 사정해보지."

관우는 부하 몇 명을 데리고 고개로 서둘러 갔다. 산기슭 근처에서 그 일행과 마주쳤다. 부하의 보고가 과장이 아닌 듯 과연 40~50마리의 말을 끌고서 몇몇 사람이 이쪽으로 내려오고 있었다. 가까이에서 보니 모두 상인 차림의 사내들이어서, 그런 상대라면 어떻게든 말만 붙이면 자신의 말주변으로 해결할 수 있을 것 같아 관우는 그 자리에 서서 기다렸다.

이곳에 온 말 장수 일행의 우두머리는 중산中山의 호상으로, 한 명은 소쌍蘇雙, 또 한 명은 장세평張世平이라는 사람이었다.

관우는 그들이 도착하자 자신을 비롯한 세 사람이 의병을 일으킨 애국충정으로 간절히 호소했다. 오늘날 누구든 이 패업霸業을 세워 사람과 하늘의 정명正明을 바로잡지 않으면 이 세상은 영원한 암흑세계가 될 것이라고 말했다. 또 중국 대륙은 결국 호북胡北의 무민武民들에게 정복되고 말 것이라고 한탄했다.

장세평과 소쌍, 두 사람은 뭔가 작은 소리로 상의하더니 이윽고 말했다.

"잘 알았습니다. 우리 말이 그런 일에 도움이 된다면 만족합니다. 드리겠으니 어서 끌고 가십시오."

그들은 의외로 흔쾌히 승낙해주었다.

||| 六 |||

어차피 쉽게 승낙하지는 않을 것이다. 관우는 최악의 경우까지 생각하고 있었다. 그런데 의외의 대답이 돌아왔다.

"허어…… 참으로 감사합니다. 빠른 쾌락快諾에 실례되는 말씀이오만 이익을 따지는 상인의 몸으로 어째서 한마디 말에 이 많은 말을 선뜻 준다고 하셨소?"

교섭의 목적을 이뤘으면 그만이지 이처럼 상대에게 쓸데없는 질문을 하는 것도 이상하다 싶었지만, 하도 의심스러워서 관우는 이렇게 물어보았다. 그러자 장세평이 대답했다.

"하하하하. 너무 선선히 수락하니까 도리어 의심이 드는 모양이군요. 아니, 지당하신 말씀입니다. 그러나 우리는 우선 제일 먼저 당신들이 악인이 아니라는 것을 알았습니다. 둘째, 당신들의 계획대로 의병을 일으키기에 적절한 시기라고 생각합니다. 셋째는 당신들의 힘을 빌려 우리의 원한을 풀고 싶었기 때문입니다."

"원한이라니요?"

"황건적의 대장 장각 일문의 폭정에 대한 원한입니다. 저도 전에는 중산에서 둘째가라면 서러운 호상이었는데, 거기도 아시다시피 황비의 유린으로 질서가 무너지고 재물이 약탈당한 것은 물론 마을에서는 처녀의 그림자는 찾아볼 수도 없고 집 후원엔 새조차 울지 않게 되었습니다. 제 점포의 물건들도 몽땅 몰수되고 급기야 아내와 딸도 놈들에게 납치되었습니다."

"음. 그랬군요."

"그래서 조카 소쌍과 둘이서 말 장수로 나섰죠. 시장에서 말을 사서 북쪽 나라로 팔러 가려고 했습니다만, 도중에 듣자니 북변 산악에도 황건적이 길을 막고 나그네의 소지품을 빼앗고 학살한다는 소문이 들리기에, 터덜터덜 다시 이 말들을 끌고 돌아온 것입니다. 남으로 가도 도적 소굴, 북으로 가도 도적 소굴, 이렇게 말을 끌고 유랑하다가는 결국 도적에게 목숨까지 빼앗길 것은 자명한 일입니다. 원한이 있는 도적에게 빼앗기느니 당신같이 뜻을 가진 사람에게 드리는 편이 훨씬 의미가 있는 일이지요. 제가 기꺼이 내드리는 마음은 바로 그런 이유가 있었기 때문입니다."

"아, 그렇군요."

관우의 의심도 얼음 녹듯이 풀렸다.

"그러면 누상촌까지 말을 끌고 함께 가주시지 않겠습니까? 우리의 맹주로 모시는 유현덕이라는 분을 소개해드리겠습니다."

"부탁드립니다. 저도 천성이 장사꾼인지라 방금 말씀드린 이유로 거저 말을 드리긴 했지만, 솔직히 아직 거기에서 이익이 될 만한 것을 생각하고 있는 터라."

"아니, 유비 님을 뵙더라도 지금 당장은 말 값을 드릴 수 없습니다."

"그런 눈앞의 것이 아닙니다. 먼 훗날이라도 좋습니다. ……네. 만일 당신들이 대사를 이루어 한 나라를 취하고 10개 주, 20개 주를 다스리며 다행히 천하를 호령하겠다는 계획대로 되거든 저에게도 충분히 이익을 붙여서 오늘의 말 값을 치러주셨으면 합니다. 저는 당신의 계획을 듣고, 이것이 당신들의 꿈이 아니라 우리 민중이 기대하고 있는 것이라는 점에서 반드시 성공하리라 믿습니다. 그래서 오늘 이 처치 곤란한 말을 써주심은 장사꾼으로서 저에게도 원대하게 이익을 불리는 방법을 찾아낸 것이어서 정말 이처럼 기쁜 일도 없을 것입니다."

장세평은 그렇게 말하고 조카인 소쌍과 함께 관우의 안내를 받아 따라가다가 도중에 관우에게 물었다.

"일을 계획한 이상 인물들은 골고루 모였을 테고 말도 이만하면 갖추어졌습니다. 그런데 당신들의 계획 속에 살림을 잘 꾸려나가며 양식과 군비의 내조를 맡는 셈에 능한 분이 계십니까? 주판알은 제대로 튕겨가며 이 일을 하시는 것인지요?"

‖‖ 七 ‖‖

장세평의 지적을 듣고 보니 관우는 자기들 무리에 큰 결함이 있음을 깨달았다.

경영이라는 것이었다.

자신은 물론 장비와 유현덕도 경제적인 관념은 갖추지 못했다. 의식 한 편엔 무인이라면 돈을 탐하지 않는다는 사상이 아주 오래 전부터 뿌리를 내리고 있다. 경제를 오히려 천시하고, 돈을 외면함으로써 청렴한 선비로 자처하는 풍조가 강하다. 한 개인의 인격으로는 그것이 고귀한 품격으로 추앙받을 수 있지만, 국가의 대계大計가 되면 그것은 불구不具를 의미한다.

군대를 갖게 되었으니 이제 경영을 생각해야 한다. 무력만으로 커지려는 군대는 폭군暴軍이 되기 쉽다. 예로부터 이상은 있어도 그로 인해 폭군으로 떨어져서 난적亂賊으로 끝난 경우가 역사상 결코 적지 않다.

"참 좋은 의견을 들려주셨습니다. 유현덕 님께도 꼭 그 부분을 강조해주시길 바랍니다."

관우는 솔직히 배움을 얻었다는 생각이 들었다. 일개 장사치의 말이지만, 앞으로 중요한 문제가 될 것이라고 깨달았다.

이윽고 누상촌에 도착했다.

관우는 즉시 장세평과 소쌍 두 사람을 유현덕 앞으로 데리고 갔다. 물론 유비와 장비도 장세평의 호의를 듣고 매우 기뻐했다.

장세평은 50마리의 말을 무상으로 제공할 뿐만 아니라 유비를 만나보고는 유비라는 인물에 더욱 반해 준마에 싣고 온 쇠 1,000근, 짐승 가죽과 직물 100필 및 금과 은 500냥까지 모두 군비로 써달라며 내놓았다.

이때 장세평이 말했다.

"아까도 오다가 말했듯이 저는 어디까지나 이利를 도道로 여기는 장사치입니다. 무인에게는 무도가 있고 성현에게는 문도가 있 듯이 상인에게도 이도利道가 있습니다. 헌상했다고 해서 저는 그 것을 의협심이라고는 자랑하지 않습니다. 대신 오늘 드린 말과 재 물이 10년 후, 30년 후에는 막대한 이익이 되어 돌아오길 바랄 뿐 입니다. ……다만 그 이익을 저 혼자서 욕심낼 생각은 없습니다. 인고의 삶을 사는 밑바닥 만백성에게 나눠주십시오. 그것이 저의 바람이자 또 저의 상혼商魂이라는 것입니다."

유비와 관우는 그의 말에 감복하여 어떻게든 이 인물을 자기들 동료로 만들고 싶었지만 장세평은 거절했다.

"아니, 아무래도 저는 겁쟁이라 도저히 전쟁을 수행하시는 여러 분들 곁에 있을 용기가 없습니다. 언젠가 다른 도움이 필요할 때 오겠습니다."

그러고는 황급히 어디론가 가버렸다.

"이것이야말로 하늘이 내리신 도움이다."

1,000근의 쇠, 100필의 직물과 피륙, 500냥의 금과 은. 뜻밖의 군비 확보로 유비 이하 세 사람은 더 큰 용기를 얻었다.

장비는 당장 근처 마을의 대장장이를 불러와서 길이 한 길 몇 자의 사모를 만들어달라고 주문하고, 관우는 무게 수십 근의 언월 도를 단련하게 했다. 더불어 주문한 군사들의 철갑과 투구, 창, 칼 등도 며칠 안에 다 완성되었다.

일월日月의 기치旗幟.

비룡飛龍의 깃발.

안장, 화살촉.

군장은 우선 갖추어졌다.

그 무렵 간신히 병력도 200명이 되었다.

물론 천하에 나서기에는 부족한 소수의 급조된 군사였지만, 장비의 조련과 관우의 군율과 유현덕의 덕망이 졸병에게까지 깊숙이 미쳐, 마치 하나의 몸처럼 200명의 군사가 한 목소리로 움직였다.

"그럼. 어머니, 다녀오겠습니다."

어느 날 유현덕은 무장하고 어머니에게 작별을 고했다.

병마는 엄숙하게 그의 고향에서 길을 나섰다. 유현덕의 어머니는 그 모습을 언제까지나 뽕나무 아래에 서서 배웅했다. 울지 않으려는 눈엔 뜨거운 물이 샘물처럼 고여 있었다.

전장을 떠돌다

||| 一 |||

그보다 앞서 관우는 유비의 친서를 들고 유주幽州 탁군涿郡(하북성 탁현)의 태수 유언劉焉에게 사신으로 갔다. 태수 유언은 무슨 일인가 하고 관우를 성관城館에 들게 하여 청당廳堂에서 접견했다.

관우는 예를 갖추고 나서 물었다.

"태수께서는 지금 사방에서 군사를 구하신다고 들었소. 과연 그렇습니까?"

관우는 위풍당당했다. 유언은 언뜻 보고 예사로운 인물이 아니라는 생각이 들어 그의 불손한 태도를 꾸짖지 않고 말했다.

"그렇소. 각지의 역로驛路에 팻말을 세워 군사를 급히 구하고 있소. 경도 격문을 보고 응모하러 온 것이오?"

그러자 관우가 답했다.

"그렇소. 이 나라가 황건의 적당에게 좀먹힌 지 이미 오래, 태수의 군사도 해마다 패퇴하고 각지에서 궐기한 백성들은 모두 도적의 독수毒手에 넘어가니, 만백성이 국주國主의 무능함과 도적의 포악에 통곡하지 않는 사람이 없다 하오."

굳이 아첨하지 않고 두려움도 없이 솔직하게 말하고 나서 다시 말을 이었다.

"우리는 오랫동안 그 영하領下에서 은혜를 받으며 이 어수선한 시기를 허망하게 초려에 숨어 한가로이 지냄을 못마땅하게 여기고, 동지인 장비를 비롯해 200여 명의 쓸모 있는 사람들과 단결하여 유현덕을 맹주로 모시고 태수의 군대에 들어가 다소 보국의 의義를 바치고자 하오. 태수님, 넓은 아량으로 우리를 받아주시지 않겠습니까?"

관우는 이렇게 말하고 나서 유비의 친서를 내놓으며 읽어보길 청했다. 유언은 관우의 말에 크게 기뻐했다.

"이 어지러운 난세에 경과 같은 진심 어린 호걸들이 이 미력한 유언에게 도움이 되고자 오겠다니 실로 하늘의 도움이라 할 만하오. 내 어찌 마다할 까닭이 있겠소? 성문의 먼지를 털고 객관을 깃발로 장식해놓고, 그대들이 오는 날을 기다리겠소."

"그러면 모월 모일에 이 성으로 군사를 이끌고 오겠습니다."

관우는 약속한 후 돌아갔다. 그리고 이야기하는 김에 의제인 장비가 일전에 누상촌 근처와 시가의 관문 등에서 실수로 태수의 부하인 포리와 군졸들을 살상했는데, 그 죄를 용서해달라고 한마디 부탁해두었다.

그 덕분인지 그 후로는 시가의 관문에서도 포리와 군졸은 오지 않았다. 그뿐만 아니라 미리 태수 쪽에서 명령을 내린 듯 유현덕을 비롯한 세 호걸과 200여 명의 향병이 누상촌에서 탁군의 부성府城을 향해 출발할 때는 관문 위에 작은 깃발을 세우고 수비병과 관리가 도열하여 그 일행을 정중히 배웅했다.

이런 상황에 적잖이 놀란 것은 유비와 장비를 아는 저자의 백성들이었다.

"이야, 앞에 가는 대장이 멍석 장수 유씨 아닌가?"

"그 옆에 말을 타고 으스대며 가는 사람은 멧돼지 고기를 팔러 다니며 술만 마시던 그 난봉꾼이야."

"그렇군. 바로 그 장씨야, 장씨."

"저 고기 장수한테 받을 외상 술값이 있는데, 이제 글렀군."

구경꾼들 중에는 탄식하며 전송하는 술장수도 있었다.

의병은 얼마 후 탁군의 관아에 도착했다. 오는 길에 그 위세를 우러러보고 일월의 깃발 아래로 속속 모여든 자들까지 합해서 부성의 번화가에 도착했을 때는 총 500명이나 되었다.

태수는 즉시 유비를 비롯한 세 장수를 맞이하여 그날 밤은 거관居館에서 환영 잔치를 열었다.

|||　二　|||

대장 유비를 만나보니 아직 나이는 20대지만, 말수가 적고 침착하며 중후한 분위기를 풍기고 있는 모습이 어딘가 큰 그릇의 기운이 느껴졌다. 그 때문인지 태수 유언은 매우 극진히 대접하려고 애썼다.

또 가문을 물으니 한실의 종친이며 중산정왕의 후손이라기에 유언은 고개를 끄덕였다.

"그럼 그렇지."

그러더니 더욱 친근하게 굴면서 좌우의 관우와 장비 두 장수도 아울러 진심으로 공경했다.

때마침 청주靑州 대흥산大興山 일대(산동성 제남齊南의 동쪽)에서 날뛰고 있는 5만 이상의 황건적을 토벌하기 위해 태수 유언은 부하인 교위 추정을 대장으로 삼아 대군을 꾸려 서둘러 그곳으로 달려가게 했다.

관우와 장비는 그 소식을 듣자마자 유비에게 권했다.

"누군가를 환대하는 마음은 식기 쉬운 법입니다. 환영 잔치에 오래 머물러서는 안 됩니다. 첫 출진出陣은 자진해서 원군으로 참가하십시오."

"나도 그렇게 생각하고 있던 참이네. 속히 태수에게 진언하도록 하세."

유비가 태수를 만나 그 의향을 전하자 태수 유언도 기꺼이 교위 추정의 선봉에 설 것을 허락했다.

유비의 군사 500여 기는 첫 출진답게 의기가 이미 하늘을 찔렀고, 며칠이 지나기도 전에 대흥산 기슭에 도착해서 보니 도적 5만은 험지에 웅거하여 전쟁을 유리하게 끌고 가려는 듯 산의 습곡이나 골짜기에 이虱처럼 장기간 진을 치고 있었다.

때는 우기가 지나고 벌써 초여름의 녹음이 우거져 있었다.

전투가 장기화되면 도적은 지리적 이점을 이용해 사방에서 기습을 감행할 것이다. 더구나 각 주의 황건적과 연락을 취해 일제히 퇴로를 끊는 날이면 아군은 겹겹이 포위된 채 섬멸될 위험에 처하게 된다.

유비는 생각이 거기에 미치자 관우와 장비를 불러 상의했다.

"어떤가? 태수 유언을 비롯해 교위 추정도 우리의 수준이 어느 정도인지 그 실력을 보고 싶어 할 것이 틀림없네. 이미 아군의 선봉에 선 이상 공연히 대치하여 아군에 장기전의 불리함을 초래할 필요는 없을 터. 우리가 앞장서서 도적의 진지로 쳐들어가 단번에 승부를 지을 생각인데 어떤가?"

"무조건 동의합니다."

그들은 조운진鳥雲陣(작은 새가 무리를 지어 나는 모습이 멀리서 보면 구름처럼 보인다는 것에서 새가 모이고 흩어짐에 따라 구름이 변화하듯이 군졸을 분산시켜두고 이합집산을 자유롭게 할 수 있도록 짠 진형. 주로 산속에서 사용한다)으로 진을 짠 500여 기로 산기슭까지 치고 올라가서 북을 울리고 함성을 지르며 적들을 도발했다.

그러나 도적들은 산중턱에서 철궁鐵弓과 쇠뇌를 쏘며 좀처럼 움직이지 않았다.

"쳐들어오는 군사는 대수롭지 않은 소수에다 정규군으로는 보이지 않는다. 여기저기서 급하게 그러모은 오합지졸일 뿐이다. 몰살시켜버려라."

도적의 두령 등무鄧茂라는 자가 이렇게 명령을 내리자마자 목책이 열리더니 산 위에서 기마의 무리가 한달음에 쏟아져 나오며 소리쳤다.

"야, 피 찌꺼기나 핥아먹으며 사는 불쌍한 향군의 농병들아, 관군의 이름에 혹해서 시체의 둑을 쌓으러 왔느냐! 어리석은 권력의 방패로 이용당하지 마라. 네놈들이 창을 버리고 말을 바쳐 항복을 애원하면 우리의 장군이신 대방 정원지程遠志께 말씀드려 황건을 내리고 고기를 먹이고 호강도 시켜줘서 그 앙상한 몸을 살찌워주마. 그러나 불응한다면 당장 포위하여 섬멸시키겠다. 귀가 있으면 들어라, 입이 있으면 대답하라. ⋯⋯어떠냐, 어떠하냐!"

그러자 진두에서 "와아!" 하는 함성과 함께 유비가 좌우에 관우와 장비를 거느리고 백마를 푸른 벌판의 한가운데로 몰고 나왔다.

"무엄하구나, 들쥐의 우두머리야."

유비는 적장 정원지 앞에 말을 세우고 그의 뒤에서 북적거리는 황건적들도 들으라는 듯이 목소리를 높여 외쳤다.

"천지가 열린 이래로 이제껏 짐승 족속이 오래도록 흥한 예가 없다. 한때는 정치를 어지럽히고 폭력으로 권력을 빼앗아도 그 말로는 들쥐의 백골이 되고야 만다. ……정신 차려라, 우리는 일월의 깃발을 높이 들고 암흑의 세상에 광명을 가져오고, 악을 물리치고 옳음을 밝히려는 의병이다. 미련하게 맞서서 쓸데없이 목숨을 버리지 마라."

그 말을 듣고 정원지는 큰 소리로 웃으며 소리쳤다.

"백주에 잠꼬대라니, 참으로 재미있구나. 정신 차리라는 말은 네놈을 두고 하는 말이다!"

그러고는 무게 80근이라는 청룡도를 들고 말 머리를 돌려 유비에게 덤벼들었다.

유비는 원래 무력을 쓰는 맹장이 아니다. 진흙을 걷어차면서 말굽을 뒤로 돌린다. 그 사이로 장비가 소리를 지르며 치고 들어왔다.

"이 육시랄 놈아!"

장비는 앞서 만든 한 길이 넘는 사모…… 어금니 모양의 큰 창을 앞에 붙인 긴 자루를 휘둘러 적장 정원지의 투구 끝부터 말의 등뼈까지 베어버렸다.

"허어, 저놈 보게."

도적의 두령 등무가 당황해서 주춤거리고 있는 부하들을 독려하면서 도망가는 유비를 쫓아가자 관우가 재빨리 말을 타고 달려왔다.

"철부지야, 어쩌자고 죽기를 재촉하느냐?"

관우의 언월도가 한 번 번쩍 허공을 가르자 피 보라가 일며 사람과 말 모두 불귀의 객이 되었다.

도적의 두 장수가 쓰러지자 나머지 쥐새끼 같은 졸병들은 당황해서 뿔뿔이 흩어져 산골짜기로 도망쳐 들어갔다. 그것을 쫓아가 포위해서 섬멸하니 도적의 수급을 취한 것만도 1만여 개에 이르렀다. 또 항복하는 자는 받아들여서 부대에 수용하고, 수급은 마을 네거리에 높이 내걸어 '하늘의 벌은 이와 같다.'고 무위를 보여주었다.

"징조가 좋습니다."

장비가 관우에게 말했다.

"형님, 이 정도면 50개 주나 100개 주의 도적쯤은 반년 이내에 해결되겠수다. 천하는 순식간에 우리의 기치에 의해 해와 달처럼 밝아질 것이오. 안민낙토安民樂土의 세상이 될 것이 틀림없수. 유쾌합니다. ……그러나 전쟁이 빨리 없어지게 되면 심심하겠지만."

"바보 같은 소리."

관우는 고개를 가로저었다.

"세상은 그렇게 간단치가 않아. 전투가 늘 이럴 거라고 생각하면 큰코다친다."

이윽고 일동은 대흥산을 뒤로하고 유주로 개선의 말굽을 나란히 했다.

태수 유언은 500명의 악사에게 승전가를 연주하게 하고 성문에 깃발을 줄줄이 세운 뒤 친히 개선군을 맞이했다.

그때였다. 군마가 채 숨도 돌리기 전에 청주의 성시(산동성 제남의 동쪽. 황하 어귀)에서 급한 전갈이 왔다.

"큰일났습니다. 속히 원군을 보내주십시오."

"무슨 일인가?"

유언이 사자가 가지고 온 편지를 펴서 보았다.

> 이 지역에 있는 황건적들이 들고일어나 구름처럼 모여들더니 청주성 주변을 포위해버렸소. 성이 곧 함락될 운명에 처해 그저 우군友軍의 원조만을 기다리고 있는 참이오.
>
> 청주 태수 공경龔景

유비는 또 나서서 자청했다.

"바라건대, 가서 돕고 싶습니다."

태수 유언은 기뻐하며 교위 추정의 5,000여 기를 더하여 유비의 의병에게 그 선봉을 위촉했다.

||| 四 |||

때는 이미 여름이었다.

청주 벌판에 당도해보니 수만 명에 이르는 도적 군은 이미 누런색 깃발과 팔괘八卦를 그린 군기를 휘날리며 그 기세가 하늘을 찌르고 있었다.

"별것 있겠나?"

유비도 지난번 첫 출진에서 어렵지 않게 이긴 터라 선봉에 선 500여 기로 부딪쳐보았지만 결과는 참패였다.

일패도지하였으나 가까스로 전멸만은 면하고 30리를 후퇴했다.

"지난번과는 달리 상당히 강하군."

유비는 관우와 상의했다. 그러자 관우가 계책을 하나 내놓았다.

"소수로 다수를 깨려면 병법밖에 없습니다."

유비는 남의 의견을 잘 받아들이는 편이었다. 그래서 총대장 추정의 진영에 사자를 보내 계략을 짜고 작전을 다시 세웠다.

먼저 총군總軍 중 관우는 약 1,000여 명의 병사를 이끌고 우익이 되고, 장비도 같은 병력을 이끌고 언덕 너머에 숨었다. 본군인 추정과 유비는 정면으로 진군해 적의 주력에 총공격 태세를 보이다가 때를 보아 일부러 썰물처럼 도망쳐 흩어졌다.

"쫓아라."

"토벌하라."

꼬임에 빠진 도적 군은 진형도 갖추지 않고 추격해왔다.

"됐다."

유비가 말 머리를 돌려서 충분히 유인해온 적에게 반격하기 시작했을 때, 언덕 너머와 벌판의 수수밭 속에서 소나기구름처럼 쏟아져 나온 관우와 장비의 양군이 적의 주력을 물샐틈없이 에워싼 채 공격하기 시작했다.

태양이 피로 흐려졌다. 풀도 말꼬리도 피로 물들지 않은 것이 없었다.

"그래, 지금이다."

도망치는 도적 군을 청주의 성시까지 쫓아갔다.

청주성의 병사들은 원군이 온다는 소식을 듣고 성문을 열고 공격하러 나왔다. 일시에 도망쳐온 도적 군은 성시에 불을 질렀다가 자신들이 지른 불길을 무덤으로 삼아 거의 자멸하듯 궤멸하고 말았다.

"만약, 경들의 원군이 없었다면 이 성은 오늘로 적도들이 향락을 즐기는 술자리가 되었을 것이오."

청주 태수 공경은 장졸들에게 큰 상을 내렸고, 성은 사흘 동안 밤낮없이 환호의 악기와 만세 소리로 가득했다.

"이만 가봐야겠소."

추정은 군사를 거두어 유주로 돌아가려고 했다. 그때 유현덕이 추정에게 속내를 털어놓았다.

"오래전 내가 어렸을 때, 고향 누상촌에 와서 잠시 숨어 지내던 노식盧植이라는 분이 계셨소. 나는 그 노식 선생께 처음으로 글을 배우고 병법을 깨우쳤지요. 그 후 선생이 어찌 지내시는가 이따금 생각이 났는데, 근래 소문에 의하면 노식 선생은 중랑장中郞將에 임명되어 지금은 칙령을 받들고 멀리 광종廣宗(산동성)의 벌판에서 싸우고 있다고 들었소. 그런데 그곳의 도적 무리가 황비의 수령인 장각 직속의 정규병이라 상당한 고전이 예상되기에 지금이라도 가서 사제간 때 받은 은혜를 갚고자 조금이나마 힘을 보태고 싶소."

그리고 자기들은 앞으로 광종 벌판으로 옛 스승의 군사를 지원하러 가겠으니, 유주에 돌아가거든 부디 그 사연을 태수에게 전해달라고 부탁했다.

물론 의병이기 때문에 추정도 말리지 않았다.

"그러면 그대의 군사만을 이끌고 가되, 앞으로의 군량과 기타 물자는 알아서 구하시오."

그들은 무인답게 시원하게 말하고 헤어졌다.

⫶ 五 ⫶

중랑장 노식은 토비장군討匪將軍에 임명되어 멀리 낙양에서 황하 어귀의 광종 벌판으로 내려와 5만의 관군을 거느리고 군무를 보고 있었다.

"뭐, 유현덕이라는 자가 나를 찾아왔다고? ……글쎄, 유현덕이 누구지?"

계속 고개를 갸웃거렸지만, 도무지 생각나지 않는 모습이었다.

전쟁터라 해도 명색이 한 왕조의 정기征旗를 받들고 와 있는 군의 본영인지라, 장군의 방은 큰 절의 중앙을 차지하고 있었고, 경내에서부터 네 개 문의 외곽 일대에 걸쳐 주둔하고 있는 병마의 위세는 자못 당당했다.

"네, 분명히 유현덕이라고 이름을 대면서 장군을 뵙고 싶다고 했습니다."

바깥문에서 전하러 온 병사가 그렇게 말하면서 노식 앞에 차렷 자세로 서 있었다.

"혼자더냐?"

"아닙니다. 군사를 500명이나 데리고 왔습니다."

"500명?"

노식은 놀라는 표정으로 물었다.

"그럼, 그 유현덕이라는 자가 그만큼이나 되는 제 부하를 끌고 왔단 말이냐?"

"그렇습니다. 관우와 장비라는 두 부장도 함께 왔는데 젊지만 실력 있는 인물로 보였습니다."

"대체 누구지?"

그래도 여전히 짚이는 데가 없다는 표정에 보고하러 온 병사가 덧붙였다.

"참, 깜빡 잊었습니다. 그분은 탁현 누상촌 사람이며, 장군이 그곳에 은둔하셨을 때 읽고 쓰는 법을 배운 적이 있다고 했습니다."

"아아! 그럼 멍석 장수인 유 소년일지도 모르겠군. 그러고 보니 벌써 10년도 더 지났으니 훌륭한 청년이 되었겠어."

노식은 갑자기 그리움에 젖은 표정을 지으며 당장 불러오라고 명령했다. 물론 데리고 온 병사는 바깥문에 머물게 하고 두 부장은 내부의 행랑방까지 들어오도록 허락했다.

이윽고 유비가 들어왔다. 노식은 첫눈에 그를 알아보았다.

"아아, 역시 자네였군. 많이 변했군그래."

"스승님께서도 그 후 혁혁한 공을 세워 낙양에서 무명武名이 자자하여 내심 기뻐하고 있었습니다."

유비는 그렇게 말하고 노식의 신발 앞으로 물러나 옛날과 다름없이 스승에 대한 예를 올렸다.

그리고 그는 자기가 평소에 가졌던 뜻을 말하고 나서, 바라건대 옛 스승의 정벌군에 가세하여 황제의 깃발 아래에서 보국의 노력을 다하고 싶다고 말했다.

"잘 와주었네. 소년 시절의 별 볼 일 없는 사은師恩을 기억하여 일부러 원군으로 와주다니 기쁘기 그지없구먼. 그 마음가짐은 이미 황제의 신하 된 자로 나라에 충성하는 자만이 가질 수 있네. 우리 군에 합류하여 큰 훈공을 세워주게."

유비는 참전을 허락받고 두 달가량 노식 군을 지원했지만, 실전에 임해보니 도적 쪽이 세 배나 많은 대군을 보유하고 있었고 병사도 비교가 안 될 정도로 강했다.

그로 인해 관군 쪽이 도리어 수세를 취하며 공연히 영내에 머무르는 시간만 길어지고 있었다.

"병장기는 훌륭하고 복장이며 검이며 화려하기 그지없지만, 낙양의 관군은 도통 전의가 없군. 낙양에 남겨두고 온 처자식이며 맛있는 술 생각이나 하고 있는 모양이야."

장비는 이따금 그런 불평을 하며 유비를 찾아가 말했다.

"큰형님, 이런 군에 섞여 있다가는 우리까지 썩어버리겠수. 하루속히 여길 떠나서 달리 대장부가 싸울 의의가 있는 전장을 찾아봅시다."

그러나 유비는 스승을 기쁘게만 해놓고 실질적으로 아무런 도움도 주지 못한 채 훌쩍 떠나는 법은 없다면서 듣지 않았다.

그런데 노식 쪽에서 갑자기 군사 기밀에 관해 상의하고 싶다는 전갈이 왔다.

||| 六 |||

노식의 말은 이러했다.

원래 이 지방은 지세가 거칠고 험해서 수비하는 도적 군에만 유리하고, 이를 단번에 깨부수려면 아군의 손실이 막대하여 본의 아니게 이렇게 장기전을 펴고 오래 주둔하고 있는 실정이다. 도적의 총대장 장각의 아우 장보와 장량 두 사람이 지금 영천潁川(하남성河南省 허창許昌) 부근에서 맹위를 떨치고 있다. 그 방면에서는 역시 조정의 명을 받들고 황보숭皇甫嵩과 주준朱儁 두 장군이 관군을 이끌고 토벌에 나서고 있다. 그곳에서도 승패를 결정짓지 못하고 관군은 고전하고 있는데 여기 광종 땅보다는 전투에서 얻는 바가 많다. 그러니 자네가 부하들을 이끌고 급히 원군으로 가주지 않겠는가. 도적인 장량과 장보의 두 군대가 패했다는 소식을 들으면 자연히 광종의 도적 군도 전의를 잃고 퇴로가 끊기는 것이 두려워서 흩어져 달아나기 시작할 것으로 생각한다.

"현덕, 자네가 가주겠나?"

노식이 유비에게 의견을 물었다.

"가겠습니다."

유비는 애초에 의리로 옛 스승을 도우러 왔기 때문에 그의 부탁을 거절할 생각은 추호도 없었다.

즉각 출병 준비를 했다.

자신의 병력 500에 노식이 내준 1,000여 명의 군사까지 더해 총 1,500명의 군사를 이끌고 영천 땅으로 발길을 서둘렀다.

유비는 진지에 도착하자마자 즉시 관군 대장 주준을 만나 노식의 편지를 보여주고 인사했다.

"원군으로 참여하러 왔소."

"허허, 어디서 고용된 잡군인가?"

주준은 매우 냉담하게 응대했다. 그리고 유비에게 말했다.

"어디 부지런히 활동해보시오. 군공만 세우면 정규군으로 편입되기도 하고 귀공들에게도 전쟁이 끝난 후 지방의 작은 벼슬쯤은 내려질 터이니."

"누굴 핫바지로 아나?"

장비가 화를 냈지만, 유비와 관우가 달래어 전선의 진지로 나섰다.

군량도 병력도 턱없이 부족한 지원에 싸늘한 응대는 물론, 배당된 전장은 가장 강력한 적군과 정면으로 대치하고 있는 곳이어서 관군 병사들도 애를 먹고 있었다.

지세를 살펴보니 여기는 광종 지방과는 달리 온통 벌판과 호수와 늪이었다.

적병은 키가 훌쩍한 여름 잡초와 들판의 수수 사이에 벌레처럼 도사리고 있다가 때때로 맹렬한 기습을 해왔다.

"그렇다면 한 가지 묘책이 있네."

유비는 관우와 장비에게 자기 생각을 말해보았다.

"훌륭한 생각입니다. 대체 언제 그렇게 손오孫吳의 병법을 익히셨습니까?"

두 사람은 감탄했다.

그날 밤 이경二更(21시~23시) 무렵.

병력 일부를 우회시켜서 적 후방으로 돌리고 장비와 관우 등은 깜깜한 들판을 기어서 적진으로 다가갔다. 그리고 준비해 간 물건에 일제히 불을 붙이고 "와아!" 함성을 지르며 화염의 파도처럼 쳐들어갔다.

미리 군사 한 명당 열 다발씩의 관솔을 메게 하고 그것에 불을 붙여서 들이닥친 것이다.

곤히 잠든 사이에 불의의 습격을 받고 우왕좌왕 당황하는 적진 속으로 던지는 관솔불은 불꽃처럼 춤추며 날았다. 풀도 타고 막사도 타고 허둥지둥 도망가는 도적들의 옷에도 모두 불이 붙었다.

그때 맞은편에서 한 무리의 군마가 타오르는 잡초의 불길을 뚫고 달려왔다. 보니 전군이 모두 붉은 깃발을 꽂고, 선두에 있는 한 명의 장수도 투구와 갑옷, 검, 안장이 모두 붉은 모습이었다.

||| 七 |||

"어이, 거기 오는 호걸. 귀군은 대체 적인가 아군인가?"

유비 옆에서 관우가 큰 소리로 물었다.

"관군인가 도적 군인가?"

맞은편에서도 유비 군을 보고 의심스러웠는지 일제히 전진을 멈추고 도리어 호통을 쳤다.

"우리는 낙양에서 남하한 5,000기의 관군이다. 너희들이야말로 황비가 아니냐?"

그러자 유비는 좌장군 관우, 우장군 장비만을 양옆에 거느리고 군사는 후방에 남긴 채 말을 타고 수백 보 앞으로 나아가 말했다.

"전장이어서 실례했습니다. 저는 탁현 누상촌의 초야에서 일어나 나라를 위하는 마음으로 도적 군 토벌의 전장에 참가한 의병대장 유현덕이라는 사람입니다. 거기 있는 호걸은 누구십니까? 바라건대 존함을 듣고 싶습니다."

붉은 깃발, 붉은 갑옷, 붉은 안장에 앉아 있는 인물은 유비의 인사를 말 위에서 받으면서 미소를 지었다.

"정중하신 인사 말씀이군요. 저도 그리로 가서 말씀드리겠소."

그는 붉은 귀신처럼 모두 붉은 갑옷을 입은 일곱 기의 호위 무사에 둘러싸여 유비의 눈앞까지 말을 타고 왔다.

가까이 다가온 그를 보니 나이는 아직 젊었다. 피부가 하얗고 가느다란 눈과 긴 수염, 배짱이 있는 목소리, 그 눈동자에서는 헤아릴 수 없는 지모가 엿보였다.

그는 나직한 목소리로 이름을 대고 말을 이었다.

"저는 패국沛國 초군譙郡(안휘성安徽省 호현亳縣) 태생이며 이름은 조조曹操, 자는 맹덕孟德, 아명은 아만阿瞞 또는 길리吉利라는 사람이오. 즉 한의 상국相國 조참曹參의 24대 후손이며 대홍려大鴻臚 조숭曹嵩의 아들이오. 낙양에서는 관기도위官騎都尉로 임명되어, 지금 조정의 명을 받들고 5,000여 기를 이끌고 달려오던 차에 운 좋게도 귀군의 화공책으로 도망치는 도적을 토벌하여 적당의 목을 치기 그 수를 모를 정도요. ……이제 서로 양군이 한목소리로 하루라도 빨리 이 땅 위에 태평성세를 불러오기 위해 힘을 합칩시다."

"좋은 말씀입니다. 그럼 조조 장군이 창을 들어 양군을 한목소리로 지휘하십시오."

유비가 겸손하게 말했다.

"아니, 안 될 말씀이오. 오늘 밤의 승리는 전적으로 귀군의 모략과 공로에 있으므로 유 공이 선창해야 하오."

조조도 양보했다.

"그럼, 함께 지휘의 창을 올립시다."

"그거 좋은 말씀이오. 그럼."

조조도 승낙하자 두 사람은 양군 사이에 말고삐를 나란히 하고, 동시에 함성을 세 번 질러서 들판을 뒤흔들었다.

벌판의 불길은 일파만파로 번지며 적당들이 있을 만한 자리를 한 치도 남겨두지 않았다. 그 많던 도적 군은 가을바람에 흩날리는 나뭇잎처럼 뿔뿔이 흩어졌다.

"유쾌합니다."

조조가 돌아보며 말했다.

군사를 수습하여 돌아가는 양군의 선두에 서서 유비는 그와 말머리를 나란히 하고 친밀하게 이야기를 나눌 수 있는 꽤 긴 시간을 얻었다.

그가 처음에 했던 자기소개는 결코 허세가 아니었다. 유비는 솔직하게 그의 됨됨이에 존경을 표했다. 진문晋文(진나라 문공)과 광부匡扶(문공의 오랜 방랑 생활을 따라다니던 호언, 조쇠, 가타, 선진 등의 인물)의 무능함을 비웃고 조고趙高와 왕망王莽의 무계책을 조롱하며 가끔 자신의 재능을 자랑하는 기색은 있지만, 병법은 오자와 손자를 익혔고 학식은 공맹의 먼 제자를 자처했는데 이야기를 나눌수록 깊이와 넓이를 겸비한 인물이라고 생각되었다.

그와는 반대로 본군의 총대장인 주준은 도리어 유비의 무공을 달가위하지 않을 뿐만 아니라 유비가 돌아오자 곧 이렇게 명령했다.

"모처럼 영천에 몰아넣은 도적 군을 뿔뿔이 흩어놓았으니 그들은 반드시 대흥산의 우군이나 광종의 장각 군과 합세하여 다음엔 노식 장군 쪽을 심하게 괴롭힐 것이 틀림없소. ……그대는 당장 광종으로 돌아가서 다시 노식 군에 가세하시오. 오늘 밤만 쉬고 곧장 떠나도록 하시오."

함거

의롭긴 해도 관작官爵은 없다. 용기는 있어도 관官의 깃발은 쓸수 없다. 그런 연유로 유비의 군대는 어디까지나 사병私兵으로서의 취급밖에는 받지 못했다.

잘 싸워주었다며 은상恩賞을 내린다는 소식이나 격려의 말이라도 있을 줄 알았는데, 웬걸 잠시 쉴 틈조차 주지 않고 "여긴 이제 괜찮으니 광종 지방으로 가서 노식 장군을 도우시오."라고 말하는 주준의 명령에 유비는 고분고분한 성격이라 알았다며 돌아왔지만, 관우와 장비는 달랐다.

"뭐요? 여기를 당장 떠나라고요?"

두 사람은 그 말을 듣고 언짢은 안색이었다. 특히 장비는 길길이 뛰었다.

"괘씸한 놈들. 아무리 관군 대장이라도 그런 명령을 함부로 내리는 법이 어디 있어? 어젯밤부터 죽기 살기로 싸워준 부하들에게 미안해서라도 그런 말은 하지 못할 텐데. 큰형님이 너무 점잖으니까 낙양의 도시 놈들이 우습게 보는 거요. 내가 담판을 짓고 오겠소."

장비가 칼을 들고 주준의 본영으로 달려가려고 하자, 유비보다 먼저 같은 불쾌함을 참고 있던 관우가 기다리라며 적극적으로 말렸다.

"여기서 화를 내면 모처럼 관군에 협력한 의의도 무공도 모두 수포로 돌아가 버린다. 도회지 놈들이란 원래 제멋대로에다 잘난 체하는 법이야. 그러나 묵묵히 우리가 나랏일에 전념하고 있으면 언젠가 그 성심이 천자에게도 닿지 않겠느냐? 눈앞의 이욕利慾에 화를 내는 것은 소인배나 하는 짓. 우리는 더 높은 이상을 향해 일어난 것이 아니었느냐?"

"그래도 화가 치민단 말이오."

"감정에 져선 안 돼."

"정말 무례한 놈이라고!"

"알았네, 알았어. 이제 그만 진정해."

관우는 장비를 간신히 달래고 내친김에 침울해져 있는 유비도 위로했다.

"형님. 속이야 뒤집히겠지만 전장도 세상의 일부입니다. 넓은 세상으로 보면 이런 일은 흔히 있겠지요. 당장 이 땅을 떠납시다."

유비는 애초에 그렇게 화가 나지 않았다. 참는다든가 인내에 대해 두 사람이 말하고 있지만, 정작 유비 본인은 타고난 성질이 미온적이기 때문에 그런지 실제로 주준의 명령도 딱히 무례하다거나 무리라고는 생각하지 않았고 발끈할 정도로 기분이 상하지도 않았다.

유비는 군사들을 한숨 자게 하고 음식도 천천히 먹인 뒤 한밤중에 진지를 거뒀다.

어제는 서쪽에서 전투.

오늘은 동쪽으로.

매일 500명의 수하들과 함께 행군하고 있어도 사병의 처량함을 뼈저리게 느끼지 않을 수 없었다.

마을을 지나가면 백성들까지 깔본다. ……그 백성들을 도적의 모진 압제와 악정 아래에서 구하고 안심낙토의 행복한 백성으로 만들어주자는 것이 이 군대의 정신인데, 그 잡군의 초라한 무장을 보고 말한다.

"뭐야? 관군도 아니고 황건적도 아닌데 줄줄이 지나가네."

그렇게 좌우에서 손가락질하며 조롱하는 눈빛으로 구경한다.

하지만 선두의 유비와 장비, 관우 세 사람만은 남의 이목을 끌 만큼 위풍이 당당했다. 백성 중에는 땅에 엎드려 절하는 사람조차 있었다.

절을 받아도, 조롱을 당해도 유비는 어쨌든 신경 쓰지 않았다. 자기가 밭에서 일하던 때의 기분으로 백성들의 심정을 이해하고 있었기 때문이다.

||| 二 |||

말을 나란히 몰고 오는 관우와 장비는 아직도 주준의 무례를 떠올리며 이따금 화가 치밀어 올라 관군의 풍기와 조정 관리의 경박함을 소리 높여 욕했다.

"꼴사나운 것은 관작이나 자랑하고 조정의 위광을 자신의 위대함인 양 내세우며 잘난 체하는 놈들이야. 천하가 어지러운 것은 천하가 어지러운 데 있지 않고 관의 부패에 있다더니, 낙양 출신의 관리나 장수 중엔 그런 놈들이 많지 싶다."

관우가 말했다.

"그렇소. 난 주준의 면상에 침을 뱉어주려고 했수다."

장비가 맞장구쳤다.

"하하하하, 자네가 침을 뱉었다면 주준도 기겁을 했겠지. 그러나 그자 하나만 썩어 빠진 관료가 아닐세. 조정 자체가 썩어버린 게지. 그는 그 안에서 사는 사람이니까 그 악폐에 물들어 있는 것에 지나지 않고."

"그런 줄은 알지만 좌우간 나는 눈앞의 사실을 증오할 뿐이외다."

"아무리 황비를 토벌해도 중앙의 악풍을 철저하게 바로잡지 않고는 정말로 좋은 세상은 오지 않을 텐데."

"황건적들은 그런대로 토벌하기 쉬워도 조정의 쥐새끼 같은 신하들을 쫓아내기는 어렵다…… 그 말씀이슈?"

"그래."

"생각하면 생각할수록 우리의 이상은 까마득하구먼."

길을 바라보고 하늘을 올려다보면서 두 영웅은 탄식했다.

조금 앞에서 말을 몰고 가던 유비는 두 사람이 큰 소리로 주고받는 이야기를 처음부터 듣고 있었지만, 그때야 돌아보며 말했다.

"아닐세, 아니야. 그렇게 싸잡아서 말할 수는 없네. 낙양의 장수 중에도 훌륭한 분은 적지 않아."

유비는 말을 이었다.

"예를 들어 지난번 벌판에 불을 지른 전선에서 만나 인사를 나눈…… 붉은색으로 무장한 일군의 대장 조조라는 인물은 아직 젊지만 인품이나 말하는 태도로 보아 정말로 훌륭해 보였네. 밝고 지혜로운 생각을 낙양의 문화와 무용으로 닦아 하나의 인격에 담아내고 있는 그라면 진정한 관군의 장수라 해도 부끄럽지 않을 사람일 거야. 그런 무장은 역시 향군이나 지방의 초야에선 찾을 수 없지."

유비가 칭찬했다.

그 말에는 장비와 관우도 이의가 없었다. 하지만 떠돌이의 피해 의식이랄까, 관군이니 관료니 하면 우선 그 인물의 진가를 알아보기 전에 본능적으로 느끼는 거부감 때문에 유비의 말을 듣기 전까지만 해도 특별히 조조에게 감복할 마음은 들지 않았던 것이다.

"저기 깃발이 보인다."

그때 부하 중 한 명이 손짓하며 말했다. 유비는 말을 세우고 관우를 돌아보며 물었다.

"뭐가 오는 걸까?"

관우는 손그늘을 만들고 수십 정町(거리의 단위. 1정은 약 109미터) 앞을 바라보았다. 산그늘이 지고 산과 산 사이로 난 길이 굽이굽이 돌고 있는 데다 햇빛도 흐릿해서 한 무리의 사람들과 깃발이 이쪽을 향해 오는 것은 알겠는데, 관군인지 황건적인지, 또는 지방을 떠돌아다니는 잡군인지 도무지 짐작이 가지 않았다.

그러나 차츰 가까워짐에 따라 간신히 깃발의 정체를 알아볼 수 있었다. 유비의 질문에 관우가 대답할 때는 군사들도 저희끼리 떠들고 있었다.

"조정의 깃발을 세우고 있다."

"아아, 관군이다."

"300명쯤 되는 관군의 부대야."

"그런데 이상하군. 곰이라도 잡았나? 함거檻車를 끌고 오잖아?"

||| 三 |||

쇠창살로 만든 큰 우리다. 바퀴가 달려서 당나귀가 끌 수 있다. 주위에는 창과 봉을 든 관군이 무서운 눈을 번뜩이며 물샐틈없이 경계하고 있었다.

그 앞에 100명.

그 뒤로 약 100명.

함거를 한가운데 놓고 일곱 개의 깃발이 산바람에 휘날리고 있었다. 그리고 함거 안에 앉아 흔들거리며 오는 것은 곰도 표범도 아니었다. 무릎을 안고 고개를 푹 숙이고 있는 불쌍한 인간이었다.

그때 선두에 있는 대장隊將과 한 무리의 병사들이 빠져나와 유비 일행에게 다짜고짜 욕을 퍼부었다.

"이놈들, 썩 비켜서지 못하겠느냐?"

그러자 장비가 유비 앞으로 얼른 말을 몰아 만일에 대비하며 맞받아쳤다.

"뭐야, 이 벌레 같은 놈들은?"

말할 필요도 없는 일이지만 영천 이래로 어쨌든 관군의 허세에 잔뜩 배알이 뒤틀린 터라 저도 모르게 입에서 욕설이 튀어나오고 말았다.

돌은 돌에 부딪혀야 불꽃이 일어난다.

"뭐라고? 조정의 깃발에 대고 벌레 같은 놈이라고?"

"예를 아는 것이 인류의 시작이라고 했다. 예를 모르는 놈은 벌레와 다를 게 없어!"

"닥쳐라. 우리는 낙양의 칙사 좌풍左豊 경 직속의 군사다. 깃발을 보거라. 조정의 깃발이 보이지 않느냐!"

"왕성의 직할 군이라면 더욱 그렇다. 우리도 무용봉공武勇奉公을 맡은 군인이다. 사병이라 해도 이 깃발을 보고 이놈들, 썩 비켜서지 못하겠느냐가 뭐냐? 예의를 갖춰서 물으면 우리도 예의를 갖춰서 대답해주겠다. 다시 해봐라."

장팔丈八사모를 비스듬하게 들고 무섭게 노려본다.

관군들은 움찔했지만 허세를 부린 지 얼마 안 되는지라 물러설 수도 없어 마른침만 삼키고 있었다. 유비가 관우에게 눈짓하여 이 상황을 어서 수습하라고 재촉했다.

관우가 알아듣고 앞으로 나섰다.

"이보시오. 우리는 영천의 주준과 황보숭의 군대에 참가했다가 지금 광종으로 돌아가는 탁현 유현덕의 부하들이오. 험한 말을 한 이 사내의 짧은 생각을 용서해주시오. 한데 귀하의 군은 어디로 가는 길이오? 그리고 저 함거에 있는 사람은 누구요? 도적의 우두머리 장각이라도 사로잡은 것이오?"

사과할 것은 사과하고 따질 것은 조리 있게 따져 묻자 관군 대장은 일단 안심한 표정을 지었다. 그리고 장비의 폭언도 약이 된 모양인지 이번에는 정중하게 대답했다.

"아니올시다. 저 함거에 갇힌 죄인은 얼마 전까지 광종의 전장에서 관군의 한 장수로 낙양에서 파견되어 싸우던 중랑장 노식이오."

"뭐, 노식 장군이라고?"

유비는 저도 모르게 놀라며 소리를 질렀다.

"글쎄, 우리는 자세한 내용은 모르지만, 이번 칙명을 받고 내려오신 좌풍 경께서 각지의 군상軍狀을 시찰하다 노식의 군무 태도에 불손함이 있다고 아뢰자 즉시 노식의 관직을 박탈하고 죄수로서 도성으로 압송하는 중이오……."

"무슨 그런 말도 안 되는……."

유비와 관우, 장비는 망연한 표정으로 마주 본 채 잠시 말을 잃었다.

이윽고 유비가 입을 열며 간절히 부탁했다.

"실은 노식 장군이 내 옛 스승 되시는 분이라 꼭 좀 뵙고 작별인사라도 드리고 싶은데 허락해줄 수 없겠소?"

||| 四 |||

"허허. 그럼, 죄인 노식이 그대의 옛 스승이란 말이오? 그렇다면 꼭 한번 보고도 싶겠구려."

호송 대장은 유비의 간절한 청을 들어주겠다는 것인지, 말겠다는 것인지 애매하게 말끝을 흐리며 "허락해도 되지만 공적인 일이돼놔서……."라고 다른 뜻이 있는 양 중얼거렸다.

관우는 유비의 소매를 잡아끌며 그가 뇌물을 요구하는 것이 틀림없다, 옹색한 군비이지만 조금 집어줄 도리밖에 없다고 말했다.

장비는 그 말을 엿듣고, 당치 않은 말이다, 그렇게 하면 버릇이 된다, 만일 듣지 않으면 무력을 써서라도 노 장군의 함거에 다가가 대면하면 된다, 자기가 알아서 경계를 서는 놈들을 얼씬도 못하게 하겠다고 말했다.

"아닐세. 적어도 조정의 깃발을 받들고 있는 병사와 관인에게 그런 폭행을 가하면 안 되네. 하지만 사제의 정, 이대로 노 장군을 뵙지 못하고 돌아설 수도 없고…….”

유비는 이렇게 말한 뒤 약간의 은전을 군비에서 꺼내게 하여 관우를 통해 슬쩍 호송 대장에게 건네며 말했다.

“그대의 힘으로 좀.”

그러자 뇌물의 효력은 손바닥 뒤집듯 바로 나타났다. 대장은 돌아가 함거를 멈추게 하고 관군들에게 호령했다.

“잠깐 쉬었다 간다.”

그리고 일부러 그들을 보고도 못 본 체하며 길섶에서 창을 끼고 휴식을 취했다.

그 틈에 유비는 말에서 내려 함거로 달려가 굵직한 쇠창살을 붙들고 한탄했다.

“스승님, 스승님. 현덕입니다. 도대체 이게 어찌된 일입니까?”

무릎을 끌어안고 암담하게 얼굴을 파묻은 채 함거 안에 웅크리고 있던 노식은 그 목소리에 번쩍 고개를 들었다.

그러고는 그야말로 마치 야수처럼 쇠창살에 바싹 붙었다.

“현덕인가……?”

노식은 떨리는 목소리로 말했다.

“마침 잘 만났네. 현덕, 내 말 좀 들어보게.”

노식은 통한의 눈물을 흘리며 표정이 무척 어두웠다.

“실은 이렇다네. ……지난번 자네가 내 진영을 떠나 영천 쪽으로 가고 나서 얼마 후에 칙사 좌풍이라는 자가 군감軍監으로 전황을 살피러 왔네. 세상 물정에 어두운 나는 진중이기도 해서 천자의 사자로서 그를 맞이했는데, 성심껏 대접만 했지 다른 장수들처

럼 좌풍에게 헌물獻物은 주지 않았네. ……그러자 뻔뻔스러운 좌
풍은 자기에게 뇌물을 바치라고 제 입으로 요구해왔지만, 진중에
있는 금은은 모두가 관의 공금으로서 병장기를 갖추고 전쟁을 준
비하는 데만 써야 하는 재물, 그 외에 사재私財는 없다, 더구나 진
중에 관리에게 바칠 재물이 무엇 때문에 있겠느냐며 나는 일언지
하에 거절했네."

"……과연, 스승님답습니다."

"그랬더니 좌풍은 내가 자기에게 창피를 주었다고 심히 원망하
며 돌아갔다는데, 얼마 후 어처구니없는 죄명 아래 군직을 빼앗기
고 이런 불쌍한 몰골로 도성으로 잡혀가는 신세가 되었다네. 지금
생각하면 나도 너무 융통성이 없었지만, 낙양의 고관들이 사리사
욕에 눈이 멀어서 군주를 생각지 않고 백성을 돌보지 않을뿐더러
그저 일신의 영리에만 급급한 실정은 상상을 넘어설 지경이네. 실
로 한심한 작태지. 이래서는 후한의 영제 시대도 아마 길지는 못
할 것 같네. ……아, 어떻게 되어가는 세상인지."

노식은 일신의 불행을 슬퍼하기보다는 질서가 서지 않고 어지
러운 세상을 위해 진심으로 통곡했다.

||| **五** |||

유비는 위로하려 해도 위로할 말이 없어서 쇠창살 사이로 노식
의 손을 잡고 그저 함께 비탄의 눈물만을 흘릴 뿐이었다.

"스승님. 심중은 헤아리겠습니다만 아무리 말세라 해도 죄 없는
사람이 벌을 받고 악인과 간신배가 원하는 대로 영광을 누리지는
못합니다. 해와 달이 구름에 덮이기도 하고 산도 안개로 말미암아

참된 모습을 드러내지 못할 때도 있습니다. 시간이 흐르면 억울한 누명을 벗고 다시 성대聖代를 축하하는 날도 있을 것입니다. 부디 때를 기다리십시오. 몸조심하시고 굴욕을 꾹 참고 계십시오."

유비가 위로했다.

"고맙네."

노식도 정신을 차리고 대답했다.

"생각지 않은 곳에서 생각지도 못한 사람을 만나는 바람에 그만 정신이 풀어져서 나도 모르게 눈물을 보이고 말았군. ⋯⋯나 같은 사람이야 이미 노후한 몸이지만, 믿는 것이 있다면 자네 같은 앞날이 창창한 젊은이들이네. ⋯⋯제발 억생億生의 민초를 위해, 부탁하네, 유비."

"알겠습니다, 스승님."

"아아, 그런데."

"네, 말씀하십시오."

"나처럼 나이를 먹고도 간신배의 계략에 빠져 함거에 실려가는 치욕을 당하는 불찰을 범한다네. 자네들은 나이가 젊고 세상 경험이 미천한 몸이야. 모쪼록 평소의 처세에 세심하게 주의하지 않으면 위험하네. 싸움을 각오한 전장보다는 마음이 풀어지기 십상인 평상시가 얼마나 위험이 많은지 모른다네."

"훈계의 말씀, 깊이 새겨두겠습니다."

"그럼, 너무 길어져서 또다시 미혹에 빠지면 안 되니까."

노식이 빨리 가라는 듯 유비를 눈짓으로 재촉하자 그때까지 함거 옆에 서 있던 장비가 갑자기 큰 소리로 말했다.

"큰형님, 아무 죄도 없는 은사가 죄인으로 끌려가는 것을 이대로 보고만 있는 법이 어디 있소? 지금 이야기를 듣고 보니 아까부터 쌓인 울분이 다시 치솟고 있소. 이젠 나의 인내도 한계에 도달했소. 지키는 관군들을 모조리 쓸어버리고 함거를 빼앗아 노식 장군을 구해야겠수다."

그러고는 한쪽의 관우를 돌아보았다.

"형님, 어떻소?"

귓속말로 하거나 눈짓을 섞어가며 나직이 말하는 것이 아니었다. 세상을 향해 목청껏 소리를 질렀다. 아무리 등을 돌린 채 못 본 척하고 있는 관군이라도 그 말에는 모두 일어서는 척이라도 하지 않을 수 없었다. 그러나 장비의 눈에는 파리가 춤추는 정도로만 보일 뿐이었다.

"왜 입을 다물고 있소? 형님들은 관군이 무섭소? 의를 보고 행하지 않음은 비겁한 짓이오. 좋아, 그럼 나 혼자서라도 하겠소. 이깟 벌레 상자 같은 함거 하나쯤이야."

장비는 돌연 쇠창살을 잡고 맹수처럼 흔들기 시작했다.

"장비! 이게 무슨 짓인가!"

늘 조용조용히 말하며 좀처럼 안색을 바꾸지 않는 유비도 이 광경을 보자 호되게 꾸짖었다.

"감히 관군의 죄인에게 자네가 일개 야부野夫의 몸으로 무슨 짓을 하려는 건가! 사제의 정을 생각하면 나도 참을 수 없지만 역시 사사로운 정에 지나지 않네. 적어도 천자의 명령이라면 흙을 씹어 먹더라도 엎드려 복종해야 할 터. 세상의 도리에 반하지 않는 것이 애초부터 우리 군율의 첫 번째 원칙이었네. 막무가내로 난폭하게 군다면 천자의 신하를 대신해서, 또 우리 군율에 비추어 내가 우선 자네의 목을 베겠네. ……어떤가, 장비. 그래도 소란을 피우겠는가?"

유비는 칼자루를 쥐고 눈이 벌게져서, 이 사람에게도 이런 낯빛이 있을까 의심이 들 법한 목소리로 호되게 꾸짖었다.

||| 六 |||

함거는 멀리 떠났다.

꾸지람을 듣고 단념한 장비는 뒤편의 산 쪽을 향한 채 돌아보지도 않았다.

유비는 그냥 서 있었다.

말없이 응시하며 멀어져 가는 은사의 함거를 조용히 눈물에 젖어 전송하고 있었다.

"……자, 그만 갑시다."

관우는 서둘러 말을 끌고 왔다.

유비는 잠자코 말을 탔지만, 스승의 급변한 운명에 큰 충격을 받았는지 "아아." 하고 탄식하면서 또 돌아보았다.

장비는 시무룩한 얼굴이었다. 그로서는 올바른 의분을 느껴 한 일이 생각지도 않게 유비의 노여움을 샀고, 의맹의 피를 나눈 후 처음으로 호된 꾸지람을 들었다.

관군들은 그것을 보고 꼴좋다며 조롱을 퍼부었다. 장비로서는 속이 상하지 않을 수 없었다.

'안 되겠어. 아무래도 우리 대장은 약간은 싸구려 공자에게 물들어 있는 것 같아.'

혀를 차면서도 입을 다문 채 풀죽은 몸을 말에게 맡기고 있었다.

산골짜기의 길을 지나 2개 주州의 갈림길에 이르렀다.

관우가 말을 멈추고 유비에게 물었다.

"지금부터 남쪽으로 가면 광종, 북쪽으로 가면 고향 탁현 방향입니다. 어느 길로 가시겠습니까?"

"노식 선생이 죄인의 몸이 되어 낙양으로 잡혀간 이상, 의를 위해 원군으로 가는 의미도 이제 사라졌네. 일단 탁현으로 돌아가세."

"그러시겠습니까?"

"으음."

"저도 아까부터 여러모로 생각해봤습니다만, 아무래도 유감스럽지만 잠시 고향에 돌아갈 수밖에 없다고 생각했습니다."

"전장을 떠돌고 또 떠돌고. ……아무 공명도 이루지 못하고 보니 집에서 기다리시는 어머니를 뵐 낯이 없는 기분이 들기는 하지만 돌아가세, 탁현으로."

"예…… 그럼."

관우는 말 머리를 돌려 뒤따라오는 500여 명의 군사들에게 소리쳤다.

"북쪽으로 간다, 북쪽으로!"

행군의 방향을 가리키고 다시 또 묵묵히 걸음을 옮겼다.

"아…… 아함."

장비는 크게 하품을 하더니 말했다.

"도대체 뭣 때문에 우리가 싸운 거야? 도무지 까닭을 모르겠군. ……이렇게 된 이상 한시라도 빨리 탁현으로 돌아가서 오랜만에 멧돼지 다리라도 뜯고 맛있는 술이라도 실컷 퍼마시고 싶다."

관우는 쓸쓸한 표정으로 말했다.

"이보게, 장비. 졸병 같은 소리 좀 작작 하게. 명색이 장수란 자가."

"하지만 나는 사실을 말했을 뿐이오. 거짓말이 아니오."

"자네부터 그런 소리를 하니 군기가 느슨해지지 않나."

"군기가 느슨해진 것이 어디 나 때문이오? 뭐든지 관군이라고만 하면 자존심도 없이 무서워하는 사람 때문이지."

불평이 이만저만이 아니었다.

그렇게 불평하는 마음은 유비도 알고 있었다. 그 역시 똑같은 심정이었기 때문이다. 그리고 한때 의욕에 넘치던 장부의 뜻이 약해진 것을 어쩔 수가 없었다. 그는 사내답지 못하게 고향의 어머니를 떠올리고, 또 생각 없이 홍부용의 아리따운 눈썹과 눈동자를 남몰래 가슴 깊이 그리며, 사기를 잃고 떠도는 허무와 불만을 위로하고 있었다.

그때 갑자기 산사태라도 난 것처럼 한쪽 산악에서 요란한 소리가 들렸다.

||| 七 |||

"무슨 일이지?"

유비는 귀를 쫑긋하고 듣고 있다가 사방에서 메아리치는 징 소리와 북소리를 듣고 바로 명령을 내렸다.

"장비, 가서 살펴보고 오게."

"알겠습니다."

장비는 말을 달려 산 쪽으로 갔다가 잠시 후 돌아와서 보고했다.

"광종 방면에서 도망쳐오는 관군을 황건의 총대장 장각의 군대가 대현량사라고 쓴 깃발을 앞세우고 여세를 몰아 추격해오는 중입니다."

"그럼 광종의 관군이 완전히 패했단 말인가? ……무고한 노식 장군을 죄인 취급하며 함거에 가둔 채 낙양으로 끌고 갔으니 당장 관군은 통제를 잃었을 테고 도적이 그 허를 찌른 것일 터."

유비는 놀라며 탄식했다. 장비는 오히려 그것 보라는 듯이 관우에게 말했다.

"아니, 그뿐만이 아니라 관군의 사기 자체가 오랜 세월 이어져 온 평화에 약해졌고 주제도 모르고 잘난 체했기 때문이오."

관우는 그 말에는 대답하지 않고 유비에게 말했다.

"형님, 어떻게 하시겠소?"

유비는 주저 없이 말했다.

"황실을 받들고 질서를 어지럽히는 도적을 토벌해서 백성의 안녕을 지키려는 것은 처음부터 우리의 철칙이었네. 관군의 사기나 군기를 관장하는 자들 중에 괘씸한 인물이 있다고 해서 관군 자체가 궤멸하는 꼴을 보고만 있을 수는 없지."

유비는 즉시 원군을 보내 산길에서 적군의 추격을 막았다. 그러고는 적군을 괴롭히며 기묘한 책략을 부려 장각 대방사의 본군까지 교란시킨 뒤 기세를 만회한 관군과 합세하여 50여 리나 도적군을 몰아냈다.

광종에서 패주해온 관군의 대장은 동탁董卓이라는 장수였다. 간신히 전멸을 모면하고 안도의 한숨을 몰아쉰 동탁은 막료들에게 물었다.

"대체 저 산속에서 갑자기 우리 군에 가세하여 도적의 후방을 교란한 군대는 물론 아군이겠지만 어느 부대에 소속된 군사들인가?"

"글쎄요, 어느 부대인지."

"자네들도 모르는가?"

"아무도 모르는 모양입니다."

"그럼, 부대의 대장을 만나 직접 물어보겠다. 이리로 불러오너라."

막료는 즉시 유비 일행에게 동탁의 뜻을 전했다.

유비는 좌장 관우, 우장 장비를 거느리고 동탁 앞으로 갔다. 동탁은 앉기를 권하기 전에 세 사람의 성명부터 물었다.

"낙양의 왕군에 경들과 같은 용맹한 장수가 있다는 말은 아직 과문한 탓으로 듣지 못했는데 도대체 여러분은 어떤 관직에 있소?"

동탁은 그들의 신분을 캐물었다.

유비는 무작무관無爵無官의 몸을 오히려 자랑하듯이 자신들은 정규군이 아니라 천하 만민을 위해 큰 뜻을 품고 일어난 한 지방의 의병이라고 대답했다.

"음. 그렇다면 탁현 누상촌에서 궐기한 사병들이란 말인가? 다시 말해 잡군이라는 소리군."

동탁의 태도는 말투부터 달라졌다. 노골적으로 경멸하는 태도였다.

"아, 그래. 그럼 우리 군을 따라다니며 힘껏 싸워보거라. 급료나 수당은 언젠가 해결해줄 테니."

게다가 자리를 함께하면 자신의 위신이 서지 않는다는 듯 동탁은 말을 마치자마자 군막 안으로 들어가 버렸다.

||| 八 |||

관군의 입장에서는 큰 공을 세워준 것이다. 동탁에게는 생명의

은인이라고도 할 수 있었다. 그런데 어찌 이토록 무례할 수 있단 말인가. 은인을 대우하는 법을 몰라도 정도가 있다.

"……."

유비도, 장비와 관우도 동탁의 뒷모습을 바라보며 망연히 서 있었다.

"저놈을!"

격분한 장비는 그가 사라진 막사 안으로 뛰어들려고 했다.

사자처럼 머리카락을 세우고 검을 손에 든 채.

"앗, 어디로 가려고?"

깜짝 놀란 유비는 장비의 허리를 뒤에서 잡으며 꾸짖었다.

"이보게, 장비. 안 좋은 성질머리가 또 나오는군."

"하지만, 하지만 형님!"

장비의 노여움은 진정되지 않았다.

"……에잇, 빌어먹을. 벼슬이 뭐라고. 관직이 없는 사람은 인간 도 아닌 줄 아나? 머저리 같은 놈. 백성이 있어야 벼슬아치도 있단 말이다. 도적 군에게 쫓겨서 도망친 머저리 주제에."

"그만 진정하지 못하겠나?"

"놔주시오."

"안 돼! 관우, 무얼 보고만 있나? 함께 장비를 말리지 않고."

"아니, 관우 형님, 말리지 마슈. 난 이제 더는 참을 수 없소. 공을 세우고도 은상을 못 받는 것쯤이야 그래도 참았지만, 저렇게 경멸 하는 태도는 도저히 못 참겠소. ……우릴 잡군이라고 놀렸소. 사 병이라며 코웃음을 쳤소. 놓아달라니까요. 동탁의 흰 모가지를 이 사모로 단박에 잘라버리고 말 테니까."

"참아. ……글쎄 참으라니까. ……속이 뒤집히는 건 자네만이 아니야. 그러나 소인배의 치졸한 행동에 일일이 화를 내다가는 도저히 우리의 대사를 이룰 수 없네. 천하가 소인배로 가득 차 있는 시절이니까."

유비는 장비의 허리춤을 붙잡은 채 애걸하는 목소리로 달랬다.

"그러나 어쨌든 동탁은 황실의 무신이네. 조신朝臣을 죽이면 시비에 관계 없이 역도가 되고 말아. 게다가 동탁에게는 저 대군이 있네. 우리도 모두 여기서 죽임을 당할 거야. 잘 들어보게, 장비. 우리가 개죽음이나 당하려고 일어선 것은 아니지 않은가."

"……주, 주, 죽일 놈."

장비는 바닥을 쾅쾅 구르면서 분을 못 이기고 소리 내어 울었다.

"분하다."

그는 바닥에 주저앉아 하염없이 울었다. 이처럼 인내하지 않으면 세상을 위해 싸울 수 없는 것인지, 의를 외쳐도 결국 이룰 수 없는 것인지, 생각하니 더욱 서글퍼지는 것이었다.

"자, 밖으로 나가세."

갓난아기를 달래듯이 유비와 관우는 그를 좌우에서 안아 일으켰다.

그리고 그날 밤.

"이런 곳에 오래 머물다가 언제 또 장비가 소동을 부릴지 모르니 떠나도록 하세."

그들은 동탁의 진영을 떠나 부하 500명과 함께 달 아래 광야를 쓸쓸히 바람을 지고 행군했다.

초라한 잡군. 그리고 관직이 없는 장수들.

그들의 유랑은 이렇게 해서 다시 시작되었다. 밤이면 자그마한 달이 하얗게 뜨고, 끝을 모르는 광야에는 이슬이 짙게 맺혀 있었다.

철새가 대륙을 가로지르며 날아간다. 벌써 가을이다.

한때는 고향 탁현으로 돌아가려고 했지만 그러기에는 아쉽고 무의미하다는 관우의 의견과 장비도 앞으로는 무슨 일이 있어도 참겠다고 동의하여 유비를 선두로 한 이 철새 같은 군사들은 예전의 영천 지방에 있는 황비 토벌군의 본부, 즉 주준의 진지로 갔다.

추풍진

||| 一 |||

영천에 가서 보니 그곳에 남아 있는 관군은 이미 일개 부대밖에 없었다. 대장군 주준도 황보숭도 도적 군을 쫓아 멀리 하남의 곡양曲陽과 완성宛城 방면으로 이동하고 있다는 것이었다.

"그토록 기세등등하던 황건적도 낙양에서 파견한 군대 때문에 각지에서 잇달아 토벌되더니 이제 자멸하기 시작한 모양입니다."

관우가 말했다.

"허탕을 치고 말았군."

장비는 지금 공을 세우지 않으면 어느 세월에 풍운을 잡을 수 있을지 조바심을 냈다.

"의병이 어찌 작은 공에 연연하겠는가. 의로운 마음에 어찌 풍운이 필요하겠는가."

유현덕은 혼자 중얼거렸다. 기러기 떼처럼 유랑하는 소부대는 또 남쪽을 향해 여행길에 올랐다.

황하를 건넜다. 병사들은 말에게 물을 먹였다.

유비는 누렇게 흘러가는 대하로 눈을 돌리고는 기억을 더듬으며 중얼거렸다.

"아아, 유구悠久하구나."

4, 5년 전에 본 황하도 지금과 같았다. 아마 100년 후, 1000년 후에도 황하는 지금처럼 흐를 것이다.

천지의 유구함을 생각하자 인간의 한순간이 무상하게 느껴졌다. 작은 공은 생각하지 않지만, 살아 있는 동안 보람 있는 일과 의미 있는 일을 하고 싶은 바람이 간절해진다.

"이 강가에서 반나절이나 정신없이 공상에 빠져 있었던 때가 있었지. 낙양선에서 차를 구하겠다는 일념으로……."

차를 생각하자 동시에 어머니가 그리워졌다.

이 가을 어찌 살고 계시는지, 수족 냉증과 지병은 재발하지 않았는지, 먹고사는 불편함은 어떻게 해결하고 계시는지.

아니, 어머니는 그런 것조차 잊고 아들이 대업을 이루는 날만을 손꼽아 기다리고 계실지도 모른다. 그와 동시에 아무리 총명한 어머니일지라도 실제 전장의 사정이라든지 또 현장에 있는 군인들 사이에도 일반 사회와 다르지 않은 복잡한 감정이라든지 갈등이 있어서, 무력과 정의를 바로 세우겠다는 신조만으로는 좀처럼 출세할 수 없다는 점은 짐작도 못 하실 것이다. 아니, 상상도 못 하실 것이다.

그래서 그날 이후 아무 소식도 없이 세월을 헛되이 보내고 있는 아들을 떠올리고 '비는 뭘 하고 있을까?' 하고 무심한 자식이라고 애를 태우고 계실 것이 틀림없다.

"그래, 적어도 몸만은 무사하다고 편지라도 드릴까?"

유비는 마음을 정하고 말 안장에서 내려 그 안장에 묶어놓은 짐에서 먹과 붓을 꺼내 어머니에게 편지를 쓰기 시작했다.

말에 물을 먹이며 쉬던 병사들도 유비가 편지를 쓰는 것을 보자, 모두들 편지를 쓰기 시작했다.

"나도 써야겠다."

"나도."

고향은 누구에게나 있다. 형제자매도 있다. 유비는 병사들을 배려하는 마음으로 말했다.

"고향에 편지를 보내고 싶은 사람은 내게 가지고 오너라. 부모가 살아 계신 사람은 부모님께 무사하다는 소식을 전해라."

군사들은 각자 종잇조각이나 나무껍질에 무언가를 써서 가지고 왔다. 유비는 그것들을 자루에 넣어 성실하고 정직한 병사를 한 명 선발해 그에게 말했다.

"너는 이 편지를 가지고 가서 각자의 고향 집에 전해주도록 해라."

유비는 그에게 노자를 주어서 떠나보냈다.

그리고 말과 병사와 짐이 한 덩어리의 검은 그림자가 되어 얕은 여울은 도보로, 깊은 곳은 뗏목을 저어 석양에 물든 황하를 건너갔다.

||| 二 |||

얼마 전부터 하남 지방에서 수십만 명이 무리를 지은 도적 군과 싸우고 있던 대장군 주준은 적군이 의외로 만만치 않고 아군 사상자가 많아지자 고민이 깊었다.

'어찌해야 한단 말인가?'

그의 얼굴에는 고된 전투의 근심이 드러나 있었다. 그때 막료가 소식을 전했다.

"영천에서 광종으로 향했던 유비의 부대가 형세의 변화로 중도에서 돌아와 방금 도착했습니다."

"아, 마침 잘 왔군. 바로 이리로 안내하라. 실례가 되지 않도록
정중하게."

주준은 전과 달리 정중히 예우했다. 진중인데도 낙양의 좋은 술
을 내놓고 취사병에게 소까지 잡게 하여 환대했다.

"긴 여행에 얼마나 노고가 많으시오?"

성격이 단순한 장비는 이전의 불쾌함도 잊고 감격에 겨워서 술
에 취한 기분으로 말했다.

"무사는 자기를 알아주는 사람을 위해 죽는다고 했소."

하지만 환대의 대가는 의병 전체의 목숨을 요구하는 것이나 다
름없었다.

이튿날.

"성급한 감이 있지만, 호걸께서 맡아주었으면 하는 곳이 있소."

주준은 유비의 군대에 약 30리 앞의 산악 지대에 진을 치고 있
는 적진으로 돌격할 것을 명령했다.

거절할 이유가 없었다.

"알겠습니다."

의병은 주준의 부하 3,000명을 더해 그곳의 고지를 공격하러
갔다.

이윽고 산기슭의 들판에 다다르자 날씨가 나빠졌다. 비는 내리
지 않았지만 두꺼운 구름이 낮게 깔리고, 열풍熱風은 풀을 날렸으
며, 늪지대의 물은 안개가 되어 병마의 앞길을 어둡게 했다.

"야, 이건 또 적군 대장 장보가 요기를 부려서 우리를 모두 죽이
려는 수작이다. 조심해. 나무뿌리나 풀을 잡고 열풍에 날아가지

않도록 조심하는 게 좋아."

주준이 보낸 부대에서 누군가 이런 말을 하자 공포는 삽시간에 전군에 퍼졌다.

"바보 같은 소리!"

화난 관우가 큰 소리로 고무했다.

"세상에 이치에 닿지 않는 요술이 어디 있단 말이냐! 무부武夫라는 자가 도깨비의 술책이 두려워서 나무뿌리에 매달리고 땅바닥을 기어 다니며 전의를 잃다니 이 무슨 꼴이냐! 모두 전진하라. 관우가 가는 곳에 요기란 없다."

그러나 주준의 군사들은 아무리 다그쳐도 전진하지 않았다.

"요술에는 당할 수 없어. 공연히 개죽음만 당하는 짓이지."

사연을 들어보니 지금까지 이 고지를 향해 관군은 여러 번 공격을 감행했지만, 그때마다 전멸했다는 것이다. 황건적의 대방사 장각의 아우인 장보는 유명한 요술쟁이이며, 그가 이 고지의 산골짜기 안쪽에 진을 치고 있기 때문이라고 한다.

그 말을 듣고 장비가 말했다.

"요술이란 못된 마귀들이나 하는 짓이다. 천지가 열린 이래 아직 한 번도 요술쟁이가 천하를 잡았던 예는 없다. 겁내는 마음, 두려워하는 눈, 부들부들 떠는 영혼을 미혹하는 술책을 요술이라고 말한다. 두려워하지 마라. 망설이지 마라. 전진하지 않는 자는 군율에 따라 베어버리겠다."

장비는 군대의 후미로 돌아가 손에 사모를 치켜들고 군사들을 독려했다.

주준의 군사들은 적의 요술도 무서웠지만, 장비의 사모는 더욱 무서워서 울며 겨자 먹기로 일제히 흑풍黑風을 향해 전진하기 시작했다.

그날은 날씨도 좋지 않지만, 전장의 지세가 특히 나빴다. 자연스럽게 조성된 그곳의 고지대는 공격군에게는 불리하다는 걸 알면서도 어쩔 수 없이 그곳으로 들어갈 수밖에 없는 천혜의 요새였다.

우뚝 치솟은 산이 길 양쪽에 철문처럼 자리잡고 있었다. 그곳을 돌파하면 고지대의 늪에서 산지 일대의 적에게 다가갈 수 있지만, 그곳까지 갈 수가 없었다.

"철문 협곡까지 가기 전에 언제나 아군은 몰살되었습니다. 호걸, 제발 무모한 짓은 그만두고 돌아갑시다."

주준의 부대는 대장부터 겁을 먹고 있는 형편이다 보니, 병졸들이 모두 무서워서 자유롭게 움직이지 못하는 것도 무리가 아니었다.

하지만 장비는 계속해서 독려했다.

"그것은 항상 공격군이 약했기 때문이다. 오늘은 우리 의병이 앞장서서 진로를 열겠다. 무부란 전장에서 죽는 것이 숙원이 아닌가. 자, 나가서 싸우자!"

선봉은 완만한 모래자갈 언덕을 기어서 벌써 철문 협곡 직전까지 치고 올라가 있었다. 주준 군도 장비의 사모에 맞아 죽는 것보다는 낫겠다고 생각했는지 그 뒤를 따라 애벌레 무리가 움직이듯 기어올랐다.

그때 별안간 한차례 광풍과 우레가 천지를 뒤흔들며 나무와 모래자갈, 사람까지 하늘 한복판으로 날려버리는 게 아닌가 싶더니 한쪽 산골짜기의 꼭대기에서 진군의 북을 울리고 징을 치며 열풍마저 제압하는 듯한 요란한 함성이 들렸다. 공격군은 모두 땅에 엎드려 눈과 귀를 막고 그 소리가 나는 쪽을 바라보았다. 산골짜기의 꼭대기에 있는 얼마간 평평한 땅에 한 무리의 도적 군이 보였고, 지공장군地公將軍이라고 쓴 깃발과 팔괘를 그린 누런 깃발들이 세워져 있었다.

"사신死神에 홀린 군사들이 또다시 황천길을 서두르는구나. 저승 문을 열어줘라."

그들은 일제히 웃었다.

그중에 한 사람, 멀리서도 눈에 띄는 이상한 거한이 있었다. 입에 부적을 물고 머리카락을 산발한 채 뭐라고 주문을 외고 있는 모습이었는데, 그와 동시에 열풍은 더욱 거세졌고 캄캄한 천지에 사람 모양과 마귀 모양의 붉고 푸르고 노란 종잇조각이 마치 오색 불꽃처럼 떨어졌다.

"야, 마군魔軍이 왔다."

"적장 장보가 주문을 외서 하늘에서 나찰羅刹(사람을 잡아먹는 귀신)의 원군을 불러왔다."

혼비백산한 주준의 병사들은 길을 잃고 그저 우왕좌왕 허둥댈 뿐이었다. 장비의 독전도 더는 효과가 없었다. 주준 군이 느끼는 두려움과 공포가 의병들에게도 전염된 듯했다. 그리고 풍마風魔와 모래자갈에 부딪혀 전군이 나아갈 수도 물러설 수도 없게 되었을 때 붉은 종잇조각과 푸른 종잇조각의 마물과 적군 모두가 마치 살아 있는 야차夜叉(나찰과 함께 사람을 해치는 귀신)나 나찰의 군대처럼 보여서 공격군은 완전히 전의를 상실하고 말았다.

또 실제로 그러는 동안 무수한 화살과 암석, 그리고 화기火器가 신음을 지르고 연기를 토해내며 공격군 위로 쏟아져 내렸다. 잠깐 사이에 전군의 반 이상은 꼼짝도 못 하고 목숨을 잃었다.

"졌다! 졌어."

유비가 외쳤다. 군을 통솔하고 난 후 처음으로 끔찍한 패전의 맛을 알았다.

"관우, 장비. 빨리 병사들을 퇴각시켜라. ……병사들을 퇴각시켜."

그리고 자신도 즉시 말 머리를 돌려 모래자갈과 함께 산자락을 달려 내려갔다.

||| 四 |||

패군을 수습하여 약 20리 밖으로 퇴각한 그날 밤 유비는 관우, 장비 두 사람과 함께 군막 안에서 회의에 여념이 없었다.

"허 참, 미치겠네. 여태 이런 패배를 당한 적이 없었는데."

장비가 말했다.

관우는 팔짱을 끼고 중얼거렸다.

"주준의 군사들이 싸우기도 전에 저렇게 무서워하고 있는 걸 보면 거기에는 뭔가 불가사의한 게 있는 모양이야. 장보의 환술도 실제로 우습게만 볼 것이 아닐지도 몰라."

"환술의 비밀을 내가 푼 것 같군. 그것은 바로 그 철문 협곡의 지형 때문일세. 그 협곡에는 항시 구름과 안개가 자욱하게 끼기 때문에 그 기류가 열풍이 되어 협곡 입구부터 산기슭으로 항상 불고 있는 거야."

유비의 분석이었다.

"과연." 하고 두 사람도 비로소 깨달은 표정이었다.

"그러니까 조금이라도 날씨가 나쁜 날에는 다른 곳보다 몇십 배나 강한 바람이 휘몰아치게 되는 걸세. 주위가 맑은 날에도 골짜기 입구에는 먹구름이 잔뜩 끼고, 모래자갈이 날아다니고, 안개비가 내리는 거지."

"참 그럴듯하군요."

"항상 그쪽으로만 가기 때문에 협곡에 가까워지면 도적과 싸우기도 전에 날씨와 싸우게 된 걸세. 장보라는 지공장군은 간계에 능한 자인 것 같더군. 날씨를 자신의 요술인 양 교묘하게 이용하여 지푸라기 인형 무사나 종이로 만든 마물 따위를 떨어뜨려서 공격하는 주준 군을 터무니없는 공포심으로 흔들어댄 거야."

"참 잘 보셨습니다. 아무래도 그런 것 같습니다. 하지만 산에 있는 적군을 공격하자면 그 골짜기 입구부터 치는 도리밖에 없습니다."

"그렇지. 그래서 주준이 일부러 우리를 이 방향으로 공격하게 한 것이네."

유비는 침통하게 말했다.

관우와 장비 두 사람도 좋은 방책이 떠오르지 않아 입술을 깨문 채 밖으로 눈을 돌렸다.

때마침 가을 달은 시선이 닿는 모든 광야를 이슬로 반짝이게 했다. 20리 밖의 저 멀리 까맣게 보이는 누운 소 모양의 산악은 조금 전의 악천후가 거짓말이라는 듯 달빛 아래에 평화롭게 가로놓여 있었다.

"아냐. 있다, 있어."

갑자기 장비가 지문자답하듯 말하기 시작했다.

"공격법이 전혀 없는 것이 아니오. 큰형님, 계책이 하나 있소."

"어떤 것인가?"

"저 절벽을 기어 올라가 도적들이 예측하지 못한 곳을 기습하여 무너뜨리면 간단합니다."

"저 절벽을 올라갈 수 있을까?"

"올라갈 수 있는 곳으로 올라가면 기습이 아니죠. 누가 봐도 올라갈 수 없는 곳으로 올라가는 것이 용병用兵의 계책이라는 것이 아니겠소?"

"장비, 자네가 드물게 옳은 말을 다 하는군. 자네 말이 맞네. 오를 수 없다고 단정지어버리는 것은 인간의 습성이지만, 막상 현실로 받아들이고 부딪쳐보면 의외로 거뜬히 올라갈 수 있는 예는 얼마든지 있지."

다시 세 사람은 회의를 거듭하여 이튿날의 작전을 빈틈없이 준비했다.

주준 군의 병사 약 절반에게 엄청난 수의 깃발을 들게 하고 또 징과 북을 쳐서 울리게 하여 어제처럼 협곡 입구의 정면에서 강공을 펼치는 모습으로 보이게 위장했다.

한편 유비는 장비와 관우 두 장수를 비롯해 수하의 강병과 주준 군의 일부 군사를 이끌고 협곡 입구에서 10리쯤 떨어진 북쪽 절벽으로 몰래 기어가 생사를 넘나드는 고생 끝에 산의 한쪽 가장자리로 기어오르는 데 성공했다.

그리고 모든 군사가 다 올라오자 유비와 관우는 군사들의 사기를 북돋우기 위해 엄숙한 파사양마破邪攘魔(사악한 것을 깨뜨리고 마귀를 물리침)의 기도를 천지신명께 올리는 의식을 거행했다.

||| **五** |||

적을 앞에 두고 그런 곳에서 일부러 엄숙한 기도 의식을 거행한 것은 유비가 이끌고 온 의병 중에도 장보의 환술을 내심 두려워하고 있는 병사들이 많기 때문이기도 했다.

"보아라!"

의식이 끝나자 유비는 하늘을 가리키면서 말했다.

"오늘의 하늘에는 풍마가 없고 맹렬한 우레도 없다. 이미 사악한 것을 물리치는 기도로 장보의 환술은 그 힘을 잃었다."

군사들은 우레와 같은 함성으로 대답했다.

"자, 마군의 요새를 짓밟아라."

그와 동시에 관우와 장비는 군사를 두 패로 나누어 산등성이를 타고 장보의 본진으로 쳐들어갔다.

적장 장보는 언제나처럼 지공장군의 기치를 세우고 철문 협곡의 공격군을 괴롭히러 나가 있었다. 그때 갑자기 산속에서 우렁찬 함성이 울렸다. 그는 자기편을 돌아보며 물었다.

"배신자가 생겼느냐?"

그렇게 생각한 것은 그만이 아니었다. 배신자, 배신자라는 목소리가 사방으로 퍼졌다.

"발칙한 놈, 누군지 목을 잘라버리겠다."

장보는 그곳의 수비를 도적의 한 장수에게 맡기고, 자기는 얼마 안 되는 부하들을 데리고 산골짜기의 안쪽에 있는…… 마치 소라 구멍 같은 계곡으로 말을 채찍질하여 들어갔다.

그러자 못 가장자리의 밀림에서 화살 하나가 날아와 장보의 관자놀이에 퍽 꽂혔다. 장보는 솟구치는 검은 피를 손으로 막고 비명을 지르며 화살을 뽑았다. 그러나 화살촉은 두개골에 깊이 박힌 채 화살대만 뽑히고 그 순간 그의 큰 몸집은 안장에서 거꾸로 떨어졌다.

"적장 장보가 화살을 맞았다. 나 유현덕이 황비의 대방 장각의 아우 지공장군을 죽였다."

그리고 어디선가 유비의 큰 음성이 들리더니 사방의 못에서 북이 울렸고, 세차게 흐르는 시냇물 소리와 함성이 일제히 터져 나오며 초목이 모두 병사로 변한 듯 유비의 군사들이 일제히 뛰어나가 당황하는 장보의 부하들을 모조리 베어버렸다.

산골짜기 안쪽에서도 동시에 검은 연기가 뭉게뭉게 피어올랐다. 장비와 관우의 병사들이 본진의 요새에 불을 지른 듯했다.

상류에서 흘러 내려오는 시냇물은 잠깐 사이에 붉은 격류로 변했다. 산이 울부짖고 골짜기가 아우성치는 가운데 불은 온 산으로 번져 사흘 밤낮을 쉬지 않고 탔다.

벤 머리의 수가 1만여, 시커멓게 탄 적병의 시체 또한 몇천, 몇만이 되는지 헤아릴 수 없을 정도였다. 섬멸전은 자그마치 이레가 지나도록 계속되었고, 유비는 혁혁한 무훈을 세우고 주준의 본영으로 돌아왔다.

주준은 유비를 보고 말했다.

"아아, 그대는 실로 운이 좋구려. 전쟁에도 행운과 불운이 있는 법."

"하하, 그런가요? 한 마디로 무운武運이라고 하기도 하니까요."

유비는 아무런 감정의 변화를 보이지 않고 가볍게 웃어넘겼다.

주준은 한술 더 떠서 말했다.

"내가 맡고 있는 들판 쪽은 아직 승부가 나지 않았소. 산골짜기의 도적은 독 안에 든 쥐와 같아서 섬멸하기 쉽지만, 들판에 진을 치고 있는 적병은 밀고 들어가면 얼마든지 도망갈 수 있기 때문에 골칫덩어리요."

"지당하십니다."

그 말에도 유비는 다만 웃어 보일 뿐이었다.

그런데 그때 전방에서 전령이 와서 이변이 일어났다는 소식을 전했다.

||| 六 |||

전령은 다음과 같이 전했다.

"앞서 전사한 적장 장보의 형제 장량이라는 자가 천공장군이라 칭하며 오랫동안 이 광야의 후방에서 독군督軍하고 있었는데, 장보가 토벌되었다는 소식을 듣자 갑자기 대군을 소집하여 양성陽城에 틀어박혀서 성벽을 높이고 이 겨울을 수비하며 넘기려는 작전을 세운 듯합니다."

주준은 듣고 나서 총공격의 명령을 내렸다.

"겨울이 되면 눈이 얼어붙어서 식량 조달이 어려워진다. 특히 항간에 나돌게 될 소문도 좋지 못하다. 지금 당장 공격해 섬멸토록 하라."

대군은 양성을 포위하고 서둘러 공격했다. 그러나 성은 난공불락이었고, 성안에는 다년간 쌓아놓은 식량도 풍부해서 공격한 지한 달이 지나도록 성벽의 한 귀퉁이조차 빼앗지 못했다.

"어렵군. 어려워."

주준은 본영에서 가끔 한숨을 쉬었지만, 유비는 못 들은 체하고 있었다.

잠자코 있는 것이 나은 이러한 때에 장비가 주준에게 말했다.

"장군. 들판에서는 공격하면 물러나서 싸우기 힘들지만, 이번엔 적군도 성안에 있으므로 독 안에 든 쥐를 잡는 격이오."

주준은 씁쓸한 표정을 지었다.

그때 멀리서 사자使者가 와서 새로운 소식을 전했다. 그러나 그것도 주준의 기분을 좋게 해주지는 못했다.

곡양 방면에서는 주준과 함께 토벌대장의 소임을 맡아 내려가 있던 동탁과 황보숭의 양군이 도적의 대방인 장각의 대군과 싸우고 있었다. 사자는 그 방면의 전황을 알리러 온 것이었다.

동탁과 황보숭 쪽은 주준의 말대로 소위 무운이 좋았는지, 일곱 번을 싸워서 일곱 번을 모두 이겼다고 한다. 게다가 황건적의 총사 장각이 진중에서 병사하자 총공격에 나서 도적 군을 일거에 괴멸시키고 투항병을 거두기가 15만, 거리에 효수한 적의 머리가 수천에 달하며 장각을 묻은 무덤을 파헤쳐서 그 수급을 낙양에 보내 "전과戰果가 이러합니다."라고 보고했다는 것이다.

대현량사 장각이라고 칭하던 수괴야말로 천하를 어지럽힌 난적의 우두머리다. 장보가 먼저 전사했고, 그 아우인 장량이 있다 한들 그는 수족에 지나지 않는다.

조정에서도 후한 포상을 내렸다. '도적 군 정벌의 1등 공신'으로서 황보숭을 거기장군車騎將軍에 임명한 뒤 익주益州 목牧牧에 봉했고, 그 밖에도 은상을 받은 사람이 많았다. 그중 진중에서 항상 붉은 갑옷을 입고 지낸 무기교위武騎校尉 조조도 전공에 의해서 제남濟南(산동성, 황하 남쪽 기슭)의 상相으로 봉해졌다는 것이었다.

역경에 처한 와중에 다른 사람의 영달을 듣고 함께 기뻐할 만큼 주준은 그릇이 큰 위인이 아니었다. 그는 더욱 조급해져서 장수들을 독려했다.

"한시라도 빨리 저 성을 공격해 함락시키자. 너희들도 조정의 은상을 받아 봉토로 돌아가서 영달의 날을 즐겨야 하지 않겠느냐!"

물론 유비도 최선을 다해 협력했다. 쉴 틈을 주지 않고 공격하여 성벽을 수비하는 완강한 적군을 방어전으로 지치게 만들었다.

성안의 도적 중에 엄정嚴政이라는 자가 있었다. 이제 노선을 바꿀 때라고 깨달았는지 은밀히 주준과 내통하여 적장 장량의 목을 베고 "바라건대 뉘우친 군사들에게 왕위王威의 은덕을 베풀어주십시오."라며 투항해왔다.

양성을 함락시킨 기세를 몰아 주준 군 6만은 완성宛城(호북성湖北省 형문현荊門縣 부근)으로 몰려갔다.

"내친김에 남은 적당을 모조리 토벌하라."

그곳에는 황건의 잔당인 손중孫仲, 한충韓忠, 조홍趙弘 등 세 적장이 버티고 있었다.

||| 七 |||

"도적들에게는 지원군도 없고, 마구잡이로 패잔병들을 수용했기 때문에 성안의 군량도 금세 바닥을 드러낼 것이다."

주준은 진두에 서서 성안에 있는 도적 군의 운명에 대해 이렇게 점쳤다. 주준 군 6만은 완성 주위를 포위하고 물샐틈없이 포진했다.

도적 군은 '될 대로 되라는' 식의 계책을 골랐는지, 연일 성문을 열고 싸움을 걸어와서 관병과 적병들 사이에는 매일같이 엄청난 사상자가 쌓였다.

그런데 애석하게도 성안의 군량이 바닥을 드러내자 도적들은 굶주림에 시달리게 되었고, 이에 초조해진 적장 한충은 마침내 사자를 보내 항복을 청해왔다.

"자비를 베풀어주십시오."

주준은 노하여 항복하러 온 사자를 베고 더욱 가혹한 공격을 가했다.

"궁하면 동정심을 구걸하고 기세를 얻으면 폭마暴魔의 위세를 떨치는구나. 이제 와서 자비를 베풀라니 그 무슨 망발이더냐!"

유비가 그에게 간했다.

"장군, 현명한 판단을 내려주십시오. 옛날 한漢나라 고조가 천하를 다스릴 수 있었던 까닭은 항복하는 자를 수용하여 그들을 썼기 때문이라고 합니다."

하지만 주준은 비웃으며 말했다.

"바보 같은 소리. 그것은 시대에 따라 다르오. 그때는 진秦나라의 세상이 혼란스러워져서 항우 같은 험악한 자의 사의폭론私議暴論이 횡행하고, 천하에 일정한 군주도 없던 시대였소. 그래서 고조는 원수라도 항복하면 길들여서 쓰는 것에 부심했던 것이오. 또 진나라 난세의 그것과 오늘날의 황건적은 그 질부터 달라요. 살아날 길이 없고 궁지에 빠졌기 때문에 항복해온 도적을 불쌍히 여겨 구원한다면 그것은 오히려 도적을 기르게 되어 세도인심世道人心에 악한 짓을 장려하는 것이 되지 않겠소? 지금이야말로 결단코

적을 뿌리부터 뽑아야 할 때요."

"아아, 듣고 보니 매우 지당하신 말씀입니다."

유비는 그의 의견에 자신의 뜻을 굽혔다.

"그런데 공격하여 성안의 도적을 섬멸하려 해도 이렇게 사방을 꽉 틀어막고 도망칠 문 하나 없이 포위하고 공격한다면, 성안의 병사들은 목숨을 걸고 결속하여 마지막 힘을 다 짜내 저항할 것이 분명합니다. 그러면 아군의 손실 또한 막심할 터, 한쪽 문이라도 터주고 세 방향에서 공격하는 것이 낫지 않겠습니까?"

"과연, 일리가 있소."

주준은 즉시 명령을 변경하여 공격했다.

동남쪽의 문 하나만 열어놓고 다른 세 방향에서 북을 울리고 불을 질렀다. 과연 성안의 도적들은 혼란에 빠져서 한 방향으로 무너졌다.

주준은 말을 달렸고 난군 속에서 적장 한충을 발견하자 철궁으로 쏘아 맞혔다. 한충의 머리를 창에 꽂아 시종으로 하여금 높이 쳐들게 하고서 의기양양하게 외쳤다.

"정적征賊 대장군 주준이 적도의 장수 한충을 죽였다. 감히 맞설 자 또 누가 있느냐?"

그러자 남은 적장 조홍과 손중 두 사람이 화염 속에서 검은 나귀를 몰아 이름을 대고 나오며 소리쳤다.

"네놈이 주준이냐?"

주준은 화들짝 놀라 아군 속으로 재빨리 도망쳤다. 한충에 대한 복수와 분노로 불타오르던 적병은 주준을 쫓아 주준 군의 한복판을 돌파하니 완전히 난군이 되었다.

도적 한 명당 관군은 열이나 죽었다. 관군은 주준을 뒤따라 10리나 퇴각했다. 도적 군은 기세를 만회하여 성벽의 불을 끄고 다시 사방의 문을 철통같이 방비하며 언제든 덤비라는 듯 태도를 바꾸었다.

그날 황혼 무렵, 수많은 주검과 부상병이 처참하게 누워 있는 관군의 진영으로 어디서 왔는지 한 무리의 군마가 달려왔다.

||| 八 |||

"어디서 온 군사들이지?"

유비 일행은 곧 다가와 진문陣門으로 들어오는 그 군마들을 막사 옆에서 보고 있었다.

총수 약 1,500의 군사.

대오는 정연하고 보무步武는 당당했다.

"대체 이 정예를 지휘하는 장수는 어떤 인물일까?"

그것만으로도 충분히 관심을 끌었다.

그 대오의 선두에서 기수旗手와 고수鼓手를 앞세우고 바로 그 뒤를 따라 한 마리 청마를 타고 위풍당당하게 오는 사람이 있었다.

그가 이 부대의 대장일 것이다. 넓은 이마에 시원시원한 얼굴, 입술은 모란처럼 붉고, 눈썹은 아미산蛾眉山의 반달처럼 높고 날카롭다. 곰의 허리에 범의 모습, 말하자면 위풍은 있되 사납지 않고, 겉보기에도 대인의 풍모를 갖추고 있었다.

"누구지?"

"모르겠는데."

관우와 장비도 지켜보고 있었는데, 잠시 후 진문의 위병 대장이 성명을 묻자 대답하는 소리가 멀리서도 들렸다.

"나는 오군吳郡 부춘富春(절강성浙江省 부양시富陽市) 출신이며, 손견孫堅, 자는 문대文臺라는 사람이오. 옛날 손자의 후손으로 관직은 하비下邳의 승丞인데 이번에 왕군王軍이 황건의 적도를 각지에서 토벌한다는 소문을 듣고, 수하의 병사 1,500을 이끌고 오랜 은혜를 갚을 생각으로 관군의 편이 되고자 급히 달려왔소. ……주준 장군께 전해주시오."

당당한 태도였다. 음성도 낭랑하게 들렸다.

"……."

관우와 장비는 얼굴을 마주 보았다. 지난번에는 영천 벌판에서 조조를 보고, 지금 여기서 또 손견이라는 인물을 보니 느끼는 것이 많았다.

'역시 세상은 넓구나. 훌륭한 인물이 없는 게 아니었어. 다만 세상이 평온할 때는 없는 것처럼 보일 뿐.'

동시에 이 세상을 만만하게 볼 수 없다는 기분이 들었다.

아무튼 손견 군은 그 졸병까지도 위풍당당하게 진영으로 들어왔다. 손견이 군사를 이끌고 지원하러 왔다는 말을 듣자 주준은 몹시 기뻐하며 맞이했다.

"음, 오군 부춘에 영걸이 있다는 소문은 전부터 듣고 있었는데 잘 와주었소."

오늘은 엉망진창으로 패퇴한 날이었으나 주준은 생각지도 못한 큰 힘을 얻었고, 이튿날엔 손견의 정예 1,500명도 합세하여 완성으로 몰려갔다.

즉 새로 가세한 손견에게는 남문을 공격하게 하고, 유비에게는 북문의 공격을 맡기고, 자신은 서문을 공격하고 동문 한쪽은 전날의 계책대로 일부러 길을 열어놓았다.

"중앙군에 웃음거리가 되지 마라."

손견은 군사들을 이끌고 순식간에 남문을 돌파했고, 자신도 청마에서 내려 단신으로 성벽을 기어올라 적병 속으로 뛰어들었다.

"오군의 손견을 모른단 말이냐?"

손견은 칼을 휘둘러 20여 명의 도적을 베었다. 그의 칼에 맞은 도적들은 피를 뿜지 않는 자가 없었다.

"못난 것들, 저놈을 왜 그냥 두고 보고 있는 것이냐!"

분노한 적장 조홍은 손견에게 달려들어 필사적으로 싸우며 20여 합의 불꽃 튀는 접전을 펼쳤지만, 지친 기색이 전혀 없는 손견의 칼에 결국 베이고 말았다.

또 다른 적장 손중은 그 모습을 보고 더는 가망이 없다고 생각했는지 도망가는 병사들 틈에 끼여 재빨리 동문으로 달려나갔다.

||| **九** |||

그때였다. 시위를 떠난 화살 하나가 바람을 가르며 날아갔다.

화살은 동문 망루 부근에서 비스듬히 선을 그리며 앞다투어 도망치는 적병 속으로 날아가서 방금 금란교金蘭橋 바깥문까지 도망간 적장 손중의 목덜미를 한 치의 어긋남도 없이 정확히 꿰뚫었다.

손중은 말 위에서 그대로 공중제비를 돌며 굴러떨어져서 패주하는 도적들의 발에 사정없이 짓밟혔다.

"저 머리를 잘라 오너라."

유비가 부하에게 명령했다.

망루 옆의 벽 위에서 철궁으로 적장 손중을 쏜 사람이 바로 그였다.

한편 주준 군과 손견 군도 성안으로 쳐들어가 수만 급의 머리를 취하고 각처의 화재를 진압한 뒤 손중, 한충, 조홍 세 적장의 머리를 성 밖에 걸고 백성들에게 포고를 내렸다.

성 주위에 남은 불씨로 아직도 연기가 자욱한 하늘에 왕의 깃발이 나부꼈다.

"한실 만세."

"낙양군 만세."

"주준 대장군 만세."

남양의 여러 고을이 모두 평정되었다.

대현량사 장각이 집집이 붙이게 했던 황색 부적이 모두 제거되고 황건의 흉도들도 깨끗이 자취를 감추자 바야흐로 태평성대가 펼쳐지는 듯 보였다.

그러나 천하의 난리는 천하의 민초들로부터 아무 의미 없이 일어난 것이 아니었다. 오히려 그 화근은 백성이 사는 낮은 곳보다는 조정이라는 높은 곳에 있었다. 하류보다 상류의 수원水源에 있었다. 정치를 받드는 자보다 정치를 담당하는 자에게 있었다. 또한 지방보다 중앙에 있었다.

그렇지만 썩은 사람일수록 자신의 썩은 내를 맡지 못한다. 그리고 시류의 움직임을 전혀 보지 못한다.

어쨌든 관군은 의기양양했다. 정적 대장군은 큰 공을 세우고 낙양으로 개선했다.

낙양의 성시에서는 도적들을 토벌하고 개선하는 원정군을 열렬히 환영했다. 거리는 오색 깃발로 뒤덮였고, 밤이면 무수한 등불이 어둠을 밝혔다. 그렇게 성 안팎이 7일 낮 7일 밤을 쉬지 않고 잔치를 벌이며 풍악 소리와 노랫소리로 미친 듯이 들끓었다.

수도 낙양은 1,000만 호라고 한다. 과연 전통이 있는 도시답게 물자는 풍부하고 문화는 찬란했다. 가인귀현佳人貴顯들의 거리는 눈이 휘둥그레질 정도로 아름다웠다. 황제의 성은 금빛으로 유리 기와를 덮었으며, 백관들의 수레는 비취 문에 꽃이 피어 있는 듯 화려하게 장식되어 있었다. 세상 어느 천지에 굶주림에 허덕이는 사람이 있는지, 지금 이 시대를 난세라며 한탄할 까닭이 있는지 아무도 관심을 두지 않았다.

번화한 이 도시의 한복판에 서서 흥겨운 가락에 귀를 기울이며 1만 가마의 기름을 하룻밤에 다 써버린다는 휘황찬란한 등불의 초저녁 요지경을 보고 있노라면, 오히려 세상을 걱정하며 한탄하는 사람의 말이 이상하게 여겨질 정도다.

그러나 20리 밖 벌판. 외성 밖으로 한 발자국만 나가 보면 가을이 깊어지면서 나무도 풀도 시들고 쓸데없이 높은 성벽에 드문드문 매달려 있는 덩굴 잎만이 희미하게 붉은빛을 띠고 있을 뿐이었다. 해가 지면 사방은 칠흑같이 어두웠고, 날이 새면 쌀쌀한 가을바람만이 흐느껴 울었다. 군데군데 물가에서 추위에 우는 송아지와 잿빛 하늘을 가로지르는 기러기의 그림자만 이따금 보일 뿐이었다.

그곳에 마른 나무와 풀을 모아 모닥불을 피워놓고 서리가 내리는 아침저녁의 추위를 말없이 견디고 있는 사람들이 있었다.

유비의 의병이었다.

의병은 외성의 문 하나를 맡아 보초병 역할을 수행하고 있었다.

이렇게 말하면 뭔가 그럴듯해 보이지만 정규 관군도 아니고 관직도 없는 장졸들이기 때문에 삼군이 낙양으로 개선하는 날에도 이곳을 벗어나 내성內城에는 한 발자국도 들어갈 수 없었다.

기러기가 날아간다.

연꽃에 흔들리는 가을바람이 하얗다.

"……"

유비도 관우도 요즘은 말이 없었다. 불쌍한 졸병들은 아직 낙양의 따뜻한 음식 맛도 모른다. 지렁이처럼 철문 그늘에 웅크리고 있었다.

장비도 말없이 코를 훌쩍이며 이따금 허무함에 사로잡힌 듯한 표정으로 하늘을 나는 기러기의 그림자를 보고 있었다.

십상시

||| 一 |||

"유씨. 혹시 유씨 아닌가?"

누군가 부르는 사람이 있었다.

그날 유비는 주준의 관저를 방문할 일이 있어서 왕성 내의 금문 禁門 근처를 걸어가고 있었다.

돌아보니 낭중郞中 장균張均이었다. 장균은 지금 입궁하는 길인 지 시종이 끄는 가마를 타고 있었다.

"멈춰라."

그는 유비를 발견하자 시종에게 명하고는 가마에서 내렸다.

"누구신가 했더니 장균 낭중이 아니십니까?"

유비는 깍듯이 인사했다.

이 사람은 일찍이 노식을 모함한 황문黃門 좌풍左豊 등과 함께 군을 감독하는 칙사로 전장을 순찰하러 온 적이 있었다. 그때 유비와도 알게 되어 서로 세상일을 이야기하고 마음속에 품은 생각을 말한 적도 있는 사이였다.

"이런 데서 뵙게 되다니 참 의외입니다. 안녕하신 모습을 뵈니 무척 기쁩니다."

유비는 오랫동안 격조했다며 먼저 이야기를 꺼냈다. 낭중 장균은 그렇게 말하는 유비가 시종도 거느리지 않고, 게다가 전에 보았던 전투복 그대로 이 추운 날씨에 혼자 힘없이 걷고 있는 모습을 의아하게 바라보며 도리어 유비의 처지를 반문했다.

"귀공은 지금 어디서 무엇을 하고 있소? 약간 수척해 보이는데."

유비는 사실대로 자기에게는 관직이 없고 부하들은 사병으로 간주되고 있기 때문에 개선 후에도 외성에서 더 들어가는 것이 허락되지 않았으며, 또 충성스런 병사들에게도 이 겨울을 맞아 한 벌의 따뜻한 군복과 한 줌의 은상도 나눠주지 못한 터라 비록 외성의 보초병이라 할지라도 추위를 막을 만한 따뜻한 옷과 양식을 내려주길 간청하기 위해 오늘 주준 장군의 관택까지 탄원서를 가지고 가는 길이라고 말했다.

장군은 놀란 표정으로 거듭 물었다.

"그러면 귀공은 아직 관직도 얻지 못하고 또 이번에 은상도 받지 못했다는 말씀이오?"

"예, 소식을 기다리라고 해서 외성 밖에 주둔하고 있습니다. 하지만 벌써 겨울이 닥쳤는데 아무것도 없는 부하들이 측은해서 하소연이라도 하려고 왔습니다."

"그런 줄은 미처 몰랐소. 황보숭 장군은 공에 따라 익주 태수에 임명되었고, 주준은 개선하자마자 거기장군이 되어 하남의 윤尹에 임명되었소. 하물며 손견조차 연줄이 있어서 별부사마別部司馬에 임명되었을 정도요. ……아무리 공이 없다고 해도 귀공의 공이 손견보다 못하지는 않소. 아니 어떤 의미로는 이번에 비적을 소탕하고 도적을 정벌하는 전투에서 가장 힘든 전투를 충성심으로 이겨낸 군사는 귀공의 의병이었다고 해도 과언이 아닐진대."

"……."

유비의 얼굴에도 우울한 빛이 스쳤다. 다만 그는 조정의 명에는 순순히 따르고 싶어 하지 않는 눈치였다. 그리고 부하들의 불쌍한 처지를 자신의 불우함 이상으로 안타깝게 여기며 지그시 입술을 깨물고 있었다.

"잘 알았소."

이윽고 장균이 힘 있게 말했다.

"나도 마음에 짚이는 바가 있소. 지방의 골칫거리인 도적을 없애도 사직社稷의 쥐새끼들을 없애지 않으면 사해의 평안은 오래 유지할 수 없소. 상벌의 불공평한 점뿐만이 아니라 한탄해야 할 일이 실로 많지요. ……귀공에 대해서는 특별히 황제께 주청하겠소. 머지않아 공정한 은상을 받게 될 터이니, 그동안 너무 상심하지 말고 기다리시오."

장균은 이렇게 위로하고 유비와 헤어지고 얼마 후에 입궁하여 황제를 알현했다.

||| 二 |||

웬일로 황제 주위에 아무도 없었다.

황제가 옥좌에서 말했다.

"장 낭중. 오늘은 과인에게 각별히 간원할 것이 있다기에 근신들을 모두 물리쳤소. 스스럼없이 말해보시오."

장균은 계단 아래에 엎드려 말했다.

"폐하의 총명하심을 믿고 신 장균은 오늘이야말로 감히 불쾌하실 말씀을 아뢰고자 하옵니다. 밝고 공명하신 어심으로 잠시 귀

기울여주시옵소서."

"무슨 말이오?"

"다름이 아니오라 측근에 두신 십상시十常侍에 관한 얘기이옵니다."

십상시라는 말을 듣자 황제는 바로 고개를 돌렸다.

언짢은 기색이다.

장균은 알고 있었지만, 위험을 무릅쓰고라도 진실을 말하는 것이 충신의 도리라고 믿었다.

"신이 더 많은 말씀을 드리지 않더라도 총명하신 폐하께서는 이미 짐작하고 계실 줄 아오나 천하도 이제 겨우 평온함을 되찾으려고 하고 지방의 난적도 종식된 참입니다. 이러한 때에 부디 주위의 간신들을 물리치고 위에서부터 부정을 엄히 다스리시어 백성들에게 암천暗天의 근심을 없애고 각자 자기 일에 매진하며 덕정德政을 구가할 수 있도록 현명한 판단을 내려주시옵소서."

"장 낭중. 어째서 오늘따라 갑자기 그런 말을 하는 것이오?"

"아닙니다. 십상시들이 정사를 어지럽혀 폐하의 덕을 어둡게 하기는 어제오늘의 일이 아니옵니다. 그리고 이건 소신 혼자만의 근심이 아닙니다. 천하 만민의 원망인 줄 아옵니다."

"원망이라고?"

"예. 예를 들어 이번 황건적의 난 때도 상벌을 내리는 데 있어 십상시들의 사심이 교묘히 작용한 것으로 알고 있사옵니다. 뇌물을 바친 자에게는 공이 없어도 관록을 주고, 그렇지 않은 자는 죄가 없는데도 관직이 떨어지는 경우가 수두룩하다고 원성이 자자합니다."

황제의 낯빛이 더욱 흐려졌다. 하지만 황제는 아무 말도 하지 않았다.

십상시란 열 명의 내관內官을 말한다. 백성들 사이에서는 그들을 환관宦官이라고 칭했다. 군주의 측근에서 권력을 휘어잡고 후궁에도 세력이 미쳤다.

의랑議郞 장양張讓, 의랑 조충趙忠, 의랑 단규段珪, 의랑 하휘夏輝 등의 내관 열 명이 중심이 되어 치밀하게 결속되어 있었다. 의랑이란 참의參議하는 역할이다. 그래서 주요 기밀을 다루는 어떤 일에도 다 관여했다. 황제는 아직 어렸고, 그런 능구렁이 같은 자들이 황제의 주위에 득시글거렸기 때문에 그들은 하고 싶은 일이라면 어떤 악정도 거뜬히 해치웠다.

영제는 아직 어렸기 때문에 그런 악폐를 짐작하고 있어도 그것을 막을 방법을 알지 못했다. 따라서 장균의 충심 어린 간언에 감동하고도 아무런 대답을 할 수 없었다. 다만 시선을 궁중의 뜰 쪽으로 돌리고 있을 뿐이었다.

"결단을 내리셔야 하옵니다. 단행하시옵소서. 지금이 바로 그때입니다. 폐하, 현명한 판단을 내려주시옵소서."

장균은 눈에 눈물을 머금고 입에서 단내가 나도록 충심을 다해 간언했다. 그러다 결국 옥좌로 다가가 황제의 옷자락을 부여잡고 눈물로 호소하기에 이르렀다. 황제가 당황한 듯 물었다.

"그러면 장 낭중은 과인에게 어떻게 하라는 것이오?"

이때다 싶어서 장균이 말했다.

"십상시들을 하옥하여 그 목을 베어 남교南郊에 걸고, 만백성들에게 그들의 죄목을 낱낱이 적어 함께 보여주시면 민심은 자연히 안정되고 천하는……"

그때였다.

"닥쳐라. 네 목부터 먼저 옥문에 걸어주마!"

장막 뒤에서 노한 목소리가 들리더니 그와 동시에 십상시 열 명이 뛰어나왔다. 모두 머리카락을 곤두세우고 눈을 부릅뜬 채 장균에게 다가왔다.

장균은 너무 놀란 나머지 혼절하고 말았다.

그리고 치료를 받고 전의典醫에게 약탕을 받았는데, 그것을 마시고는 잠든 채 죽어버렸다.

||| 三 |||

그때 장균이 그런 죽음을 당하지 않았더라도, 황제에게 간언한 것을 십상시가 듣고 있었기 때문에 반드시 훗날 명대로 살지는 못했을 것이다.

십상시는 이후 방심하다가는 이처럼 당치도 않은 충성을 가장한 놈이 나타나 자신들을 곤란하게 만들지도 모른다고 깨닫고 서로 의논하여 황제의 주위는 물론 안팎의 정사에 걸쳐 단단히 경계를 강화했다.

그런 일도 있었고, 황제도 공이 있는 자 중에서 포상에서 빠져 자신의 불우함을 탓하며 불만을 품고 있는 자들이 적지 않다는 것을 깨달았는지, 바로 훈공의 재조사와 두 번째 은상 실시를 명했다.

장균의 사건이 있어서인지 십상시도 반대하지 않았고, 오히려 자신들이 선정善政을 베푼다는 것을 과시하려는 듯 지극히 형식적인 사령辭令을 교부했다. 그중에 유비의 이름도 있었다.

이에 따라 유비는 중산부中山府(하북성 정현定縣) 안희현安喜縣의

위尉라는 관직에 임명되었다.

현위縣尉라고 하면 벽촌의 경찰서장 정도의 관직에 지나지 않았지만, 황제의 명령에 의한 것이라 유비는 황은에 깊이 감사하며 관우와 장비를 거느리고 곧 임지로 출발했다.

물론 관리가 되었기 때문에 많은 부하를 데리고 가는 것이 허용되지 않았고, 또 필요하지도 않았던 터라 500명의 부하는 왕성의 군부에 부탁하여 편입시키고 불과 스무 명만을 시종으로 데리고 갔다.

그해 겨울은 임지에서 보냈다.

불과 넉 달밖에 지나지 않았지만, 그가 맡은 뒤로 현의 정치는 크게 달라졌다. 강도나 반역의 무리는 자취를 감추었고, 양민은 덕정에 복종하여 평화로운 나날을 보냈다.

"두 아우님은 자신의 기량에 비해서는 지금의 말단 관리 따위가 하는 일이 성에 차지 않겠지만, 당분간은 지금 맡은 일에 충실해주게. 시절은 조바심을 내도 구하기가 힘든 법이니까."

유비는 때때로 그런 말로 두 사람을 위로했다. 그것은 자신을 위로하는 말이기도 했다. 그 대신 현위가 되고 나서도 유비는 그들을 부하처럼 부리지 않았다. 함께 가난을 견디며 밤에도 잠자리를 같이했다.

그리고 얼마 후 하북 벌판에 새싹이 움트기 시작한 봄이 오면서 소식이 전해졌다.

"천자의 사자가 이 마을에 온다."

칙사는 이런 조칙을 받들고 내려왔다.

이번에 황건의 도적을 평정했을 때 군공이 있다는 거짓을 고하고 조정의 연줄을 이용하여 관직과 작위를 받거나, 혹은 공이 있다고 자칭하며 주도州都에서 사사로이 위세를 부리는 자가 많다는 소리가 들리니, 그 옳고 그름을 낱낱이 밝혀야 할 것이다.

그런 기별이 관아에 도달하고 얼마 지나지 않아 안희현에도 독우督郵(행정 감시역)가 내려왔다.

유비는 즉시 관우와 장비 등을 거느리고 나가 독우의 행차를 길에서 맞이했다.

어쨌든 칙사는 지방 순찰의 칙령을 받들고 온 대관이므로, 유비는 땅바닥에 꿇어앉아 최고의 예를 갖춰 맞이했다.

그러자 말 위에서 독우가 말했다.

"여기가 안희현인가? 지독한 촌구석이군. 현성縣城은 없는가? 관아는 어디인가? 현위를 불러라. 오늘 밤 묵을 여관을 안내받아 일단 거기에서 쉬겠다."

그러고는 오만하게 주위를 훑어보았다.

||| 四 |||

"시답잖은 벼슬아치 주제에 거만한 꼴이라니."

칙사 독우의 안하무인한 태도를 바라보며 관우와 장비는 눈꼴이 시렸지만, 꾹 참고서 일행의 마차를 따라 현의 역관役館으로 들어갔다.

이윽고 유비가 옷매무시를 바로 하고 그의 앞으로 인사를 하러

나갔다.

독우는 좌우에 수행하는 관리를 세워놓고 마치 자신이 제왕이라도 된 듯한 얼굴로 높은 자리에 거만하게 앉아 있었다.

"너는 누구냐?"

독우는 뻔히 알면서도 위에서 유비를 내려다보며 물었다.

"현위 유비입니다. 먼길 오시느라 노고가 많으셨습니다."

유비가 인사를 올렸다.

"아, 그대가 이곳의 현위인가? 이리로 오는 도중에 우리 칙사 일행이 지나가자 지저분한 주민들이 가마에 접근하질 않나 손가락질을 하지 않나 심히 천박한 모습으로 구경을 하던데, 칙사를 맞이하는 자들이 어찌 그리도 무엄하단 말인가. 이는 필시 평소의 주민들 단속이 허술하기 때문일 터. 제왕의 위엄에 대해 좀 더 확실하게 인식시키도록 하라!"

"예."

"여관 쪽은 준비가 되었나?"

"시골이고 해서 준비가 변변치 못합니다만."

"우리는 청결한 걸 좋아하고 음식은 기름져야 한다. 시골이니까 어쩔 수 없겠지만 경들이 칙사를 대접하는 데 어떠한 마음을 갖고 있는지 그 마음을 보겠다."

의미심장한 말을 던졌지만, 유비는 잘 이해하지 못했다. 하지만 제왕의 명을 받들고 내려온 칙사인지라 성심을 다해 접대했다.

그리고 일단 물러나려고 하자 독우가 또 물었다.

"현위 유비. 경은 이 고장 출신인가, 아니면 다른 현에서 부임해 왔는가?"

"제 고향은 탁현이며 중산정왕의 후손입니다. 오랫동안 백성들 틈에서 숨어 지냈습니다만, 이번에 겨우 황건의 난에 작은 공이나마 세워 이 현의 위로 임명된 것입니다."

"그만, 닥쳐라."

독우가 느닷없이 꾸짖듯이 소리쳤다.

"중산정왕의 후손이라고? 불경한 놈이구나. 그렇지 않아도 이번에 황제께서 우리 신하들에게 명하여 각지를 순찰하게 한 까닭은 군공이 있는 자라고 거짓말을 하거나 자칭 호걸이라며 스스로 관직에 오르는 무리가 횡행하고 있다는 소문을 들으셨기 때문이다. 네놈같이 천한 자가 천자의 종친이라고 거짓말하여 어리석은 백성을 속이고 있는 것은 무례하기 짝이 없는 불경이다. 당장 황제께 주청을 올릴 것이니 소식이 있을 때까지 대기하거라. 썩 물러가라."

"……네?"

"물러가란 말이다!"

"……"

유비는 입술을 씰룩이며 무슨 말인가를 하려다가 소용없다고 생각했는지 말없이 인사하고 물러났다.

"참 이상한 사람이군."

그는 독우의 수행원에게 슬쩍 방에서 면회하자고 청했다. 그리고 왜 칙사가 불쾌해하는지 그 원인을 물어보았다.

수행원인 하급 관리가 말했다.

"그야 묻지 않아도 뻔한 거 아닙니까. 왜 오늘 독우 각하 앞에 나올 때 뇌물로 바칠 금과 비단을 그의 키만큼 쌓아서 보여주지 않았습니까? 그리고 우리 수행원에게도 그에 상당하는 것을 요령껏 소매 속에 찔러넣어주는 것이 필요합니다. 그것이 최고의 환영이라고 하는 것입니다. 그러니까 독우께서도 아까 말씀하시지 않았습니까? 어떻게 대우하는지 그 마음을 보겠다고요."

유비는 어이가 없어서 사저로 돌아갔다.

‖‖ 五 ‖‖

사저에 돌아와서도 그는 불만에 가득 차서 좋지 않은 낯빛이었다.

'현의 백성들은 모두 가난한 사람뿐. 게다가 일정한 세를 징수하여 중앙에 보내지 않으면 안 되건만 어떻게 순찰 나온 칙사와 그 많은 수행원에게 그들이 만족할 만한 뇌물을 바칠 여유가 있단 말인가. 뇌물도 백성의 피와 땀에서 짜내야 하는데, 다른 현리縣吏에겐 용케도 그런 짓을 할 수 있었나보구나.'

유비는 탄식했다.

"여봐라, 현리를 불러라."

다음날이 되어도 유비 쪽에서 아무 반응이 없자 독우는 다른 관리를 불러서 말했다.

"현위 유비는 발칙한 놈이다. 천자의 종친이라고 참칭하고 있을 뿐만 아니라 이곳 백성들로부터도 원성이 자자하더구나. 즉시 황제께 주청하여 처벌하도록 하겠으니, 너는 현리를 대표하여 소장訴狀을 쓰도록 하라."

유비의 덕에 감복은 해도 유비에게 어떤 잘못이 있는지 찾을 수 없었던 현리는 무서워서 벌벌 떨 뿐 뭐라고 대답할 줄을 몰랐다.

그러자 독우는 거듭하여 현리를 위협했다.

"소장을 쓰지 못하겠느냐? 쓰지 않으면 너도 동일한 죄로 보겠다."

부득이 현리는 있지도 않은 죄상을 독우가 부르는 대로 소장에 받아 적었다. 독우는 그것을 도성으로 급히 보내고 황제의 하회를 기다렸다가 유비를 엄벌에 처하겠다고 잔뜩 벼르고 있었다.

그 네댓새 동안 장비는 술만 마시고 있었다.

'아무래도 재미가 없어.'

그렇게 마시고 있는 것이 유비나 관우에게 알려지면 잔소리를 들을 게 뻔하다. 또 지난 며칠 동안 유비뿐만 아니라 관우의 낯빛도 심히 우울해 보였으므로, 그는 혼자서 같은 말을 중얼거리며 어디서 마시는지 모습도 드러내지 않고 마시고 있었다.

'……아무래도 재미가 없어.'

그러던 장비가 홍시 같은 얼굴을 하고 나귀를 타고 가고 있었다. 현리인 그가 나귀를 타고 지나가자 마을 사람들은 정중히 인사했지만, 장비는 인사도 받지 않고 나귀 위에서 떨어질 것 같은 자세로 끄덕끄덕 졸았다.

"이놈아. 대체 어디까지 갈 생각이냐?"

눈을 뜬 장비는 타고 있는 나귀에게 물었다. 나귀는 그저 따가닥 따가닥 가볍게 걸음을 옮길 뿐이었다.

"어라, 뭐지?"

관아의 문 앞을 보니 70~80명의 농부들과 마을 사람들이 길바닥에 앉아 뭐라고 울부짖으며 머리를 땅바닥에 조아리고 있었다. 장비는 나귀에서 내려 큰 소리로 물었다.

"모두 무슨 일이냐? 너희들은 관아에 뭘 읍소하고 있는 거야?"

장비를 보자 그들은 한목소리로 말했다.

"나리는 아직 아무것도 모르십니까? 칙사께서 현리를 시켜서 소장을 쓰게 하고, 그것을 도성으로 보냈다고 합니다."

"무슨 소장을?"

"평소 저희가 존경해 마지않는 현위 유비 님이 백성들을 못살게 굴고 가혹한 세금을 거둬 사욕을 채운다는 등, 밑도 끝도 없는 죄상을 자그마치 스무 가지나 만들어 도성으로 올려보냈다고 합니다. ……저희는 유비 님을 부모처럼 생각하고 있으므로 모두 칙사 님께 진정하러 갔지만, 하급 관리에게 쫓겨나고 관아의 문까지 닫혀버렸기에 부득이 이렇게 읍소하고 있는 것입니다."

이 말을 듣자 장비는 애벌레 같은 눈썹을 치켜올리고, 굳게 닫힌 관아의 문을 매섭게 쏘아보았다.

버드나무 회초리

||| 一 |||

"어이."

장비가 땅바닥에 앉아 있는 농부들과 마을 사람들을 향해 말했다.

"너희들은 이만 해산해라. 지금부터 내가 하는 일에 쓸데없이 말려들면 안 되니까."

그러나 그들은 잔뜩 취한 장비가 무슨 일을 벌일지 궁금하여 그 자리를 떠나서도 여전히 부근에서 지켜보고 있었다. 장비는 문을 두드리며 소리쳤다.

"보초병은 문을 열어라. 당장 열지 않으면 때려 부수겠다!"

"누구냐?"

관아의 보초병이 안에서 문틈으로 엿보니, 대추 같은 얼굴에 호랑이 수염을 곤두세우고 잔뜩 화가 난 형상의 거한이 문짝을 흔들고 있었다.

"누구, 누구냐?"

현위 유비의 부하라는 말을 듣자 독우의 수행원들은 엄명했다.

"열어주지 마라."

그리고 인원수를 늘려 문 안쪽에 겹겹이 세워놓고 문을 막아버렸다. 그 바람에 장비는 더욱 화가 치밀었다.

"좋아, 네놈들이 정 그렇게 나오겠단 말이지?"

장비가 양손으로 문기둥을 잡았다. 문기둥은 지진이 난 듯 우지
끈거리며 흔들렸고, 그 모습에 사람들이 놀라는 사이에 꽝음과 함
께 안쪽으로 쓰러졌다.

안에 있던 보초병과 독우의 수행원 들 중 미처 도망가지 못한
몇 사람이 그 밑에 깔렸다. 장비는 표범처럼 그 위를 뛰어넘어 사
납게 부르짖었다.

"독우는 어디 있느냐? 독우를 만나야겠다."

보초병들이 이 광경을 보고 막아섰다.

"못 들어가게 해라."

"저놈을 잡아."

그러나 장비는 "어디서 방해야!"라며 닥치는 대로 집어던지고
짓밟고 때려눕혔다. 그러고는 마치 회오리바람이 먼지를 말아 날
리듯이 관아의 안채로 뛰어들었다.

때마침 칙사 독우는 대낮인데도 장막을 드리우고, 이 시골 마을
의 촌스러운 노래를 부르며 여자들을 상대로 술을 마시고 있던 참
이었다.

장비가 지나가다 음탕한 호궁 소리를 듣고 그 방을 들여다보았
더니, 과연 정면의 기다란 평상에 미모의 여인을 끌어안은 채 취
해 있는 고관이 보였다. 바로 독우였다.

장비는 장막을 걷어치우고 안으로 들어갔다.

"이 간신배, 썩어 빠진 고관 놈아. 감히 우리 형님께 오명을 씌우
고 거짓 죄의 소장을 만들어서 도성에 보내? 네놈의 그 오만무례

한 짓과 거만한 태도에 더는 참고 있을 수가 없구나. 하늘을 대신해서 네놈에게 벌을 내리겠으니 그리 알아라!"

골백번은 닦은 듯한 거울 같은 눈을 번뜩이며 수염을 빳빳이 곤두세운 채 장비는 단청 같은 붉은 입술을 찢으며 소리쳤다.

"어머나!"

기녀들은 호궁과 거문고를 내던지고 평상 밑으로 도망쳐 들어갔다. 독우도 잔뜩 겁을 먹고 떨리는 목소리로 말했다.

"누, 누구냐? 잠깐만, 난폭하게 굴지 마라."

독우가 도망치는 것을 장비가 달려들어 덥석 잡았다.

"어딜 가려고?"

가볍게 한 대 툭 쳤건만, 독우는 턱이 떨어져 나간 것처럼 비명을 지르며 이를 드러낸 채 몸을 젖혔다.

"버둥거리지 마."

장비는 그 몸을 가볍게 옆구리에 끼더니 다시 질풍처럼 밖으로 뛰어나왔다.

||| 二 |||

"개나 먹게 쥐라."

밖으로 나온 장비는 독우를 땅바닥에 내동댕이치며 욕을 퍼부었다.

"네놈처럼 썩어 빠진 관리가 있으니까 천하가 어지러운 거다. 난적은 토벌해도 간신을 응징하는 자는 없구나. 다른 사람이 감히 못하는 정의를 행하고, 다른 사람이 감히 대항 못 하는 권력에 대항한다. 이를 기치로 삼은 의병 장비를 모른단 말이냐? 이 새끼야!"

독우의 얼굴을 짓밟으며 장비가 소리치자 독우는 팔다리를 허우적거리며 말했다.

"여봐라! 이 불한당을. 이 난폭한 놈을 잡아라. 누구 없느냐?"

비명에 가까운 소리였다.

"시끄럽다."

장비는 그의 머리채를 잡아 휘두르더니 문 앞의 큰 버드나무를 보았다.

"옳지, 본보기로 삼아야겠군."

그러고는 독우의 양손을 밧줄에 묶고 그 밧줄의 끝을 버드나무 가지에 던져서 달아맸다. 버드나무에 열린 열매처럼 독우는 허공에 매달렸다. 장비는 그가 날뛰더라도 떨어지지 않도록 밧줄 끝을 줄기에 감았다.

"꼴좋구나, 이놈아."

장비는 버드나무 가지를 꺾어서 한 번 있는 힘껏 후려쳤다.

"아얏!"

"아파도 싸다!"

또 한 번 후려쳤다.

"사악한 관리들의 학정에 시달리는 백성들의 상처는 이 정도가 아니다. 네놈도 조정의 쥐새끼 중 한 마리일 터. 저 간악한 십상시와 같은, 말하자면 간신의 한 토막일 것이다. 그 추한 얼굴을 들어라. 그 천한 콧구멍을 하늘을 향해 쳐들고 울어라. 이렇게, 이렇게 말이다. 이렇게 하는 것이다."

버드나무 가지는 금방 산산조각이 났다. 다시 새 버드나무 가지를 꺾어 때렸다. 30, 40, 50…… 200대 이상이나 때렸다.

독우는 체면 불고하고 어린아이처럼 끄악, 끄악 해괴한 소리로 계속 비명을 질러댔다.

"용서해주시오."

울먹이며 하소연한다.

"잠깐, 잠깐만. 뭐든지 시키는 대로 하겠소."

그러다 결국 눈물까지 흘리면서 애처롭게 간청했다.

"어림도 없다. 네놈의 잔꾀에 넘어갈 줄 아느냐!"

그러나 장비는 매질을 멈추지 않았다.

유비는 그날도 사저에 들어박혀서 울적한 하루를 보내고 있었다. 누군가 다급하게 문을 두드리는 소리가 들려서 몸소 나가 보니 네댓 명의 백성들이었다.

"큰일났습니다. 지금 장비 님이 술에 취해서 관아의 문을 부수고 칙사를 버드나무에 매달아놓고 매질을 하고 있습니다."

그 말에 깜짝 놀란 유비는 바로 뛰어나갔다. 때마침 함께 있던 관우도 혀를 차면서 유비를 뒤따라 달려갔다.

"장비가 또 지병이 도졌군."

가서 보았더니 버드나무에 매달려 있는 독우는 옷이 찢어지고 정강이에서는 피가 흐르고 있었으며 얼굴은 시퍼렇게 부어 있었다. 조금만 더 늦었더라면 맞아 죽었을지도 모른다.

"이게 무슨 짓이냐!"

소스라치게 놀란 유비가 장비의 팔을 움켜쥐며 호되게 꾸짖었다.

장비는 크게 숨을 내쉬면서 말했다.

"아니, 말리지 마슈. 백성들을 해치는 역적이란 바로 이런 놈을

두고 하는 말이오. 내가 이놈의 숨통을 끊어놓기 전에는 직성이
풀리지 않을 것 같수다."

장비는 유비의 만류에도 개의치 않고 다시 버드나무 회초리로
독우의 몸을 가리지 않고 줄기차게 때렸다.

비명을 지르며 장비의 회초리에 몸부림치던 독우는 버드나무
에 매달려서 유비를 보자 큰 소리로 애원했다.

"오오, 거기에 온 이는 현위 유비가 아닌가? 공의 부하 장비가
술에 취해서 나를 이처럼 죽이려 하고 있네. 제발 빨리 말려주시
게. 만일 나를 구해주면 장비의 죄는 불문에 부칠 것이고, 공에게
는 황제께 보낸 소장을 거둬들이고 충분한 은작恩爵으로 보답하
겠네."

그러면서 계속 빨리 자신을 살려달라며 몇 번이나 비명을 질러
댔다.

그러나 그 비루한 말을 듣자 장비의 폭행을 말리던 유비도 오히
려 말릴 의지가 사라졌다. 하지만 그가 아무리 추하고 더러운 인
간이라도 칙명을 받고 내려온 천자의 사자다.

"그만두지 못하겠느냐, 장비!"

유비는 장비를 꾸짖으며 그의 손에서 버드나무 가지를 빼앗아
그 가지로 그의 어깨를 힘껏 때렸다.

장비가 유비에게 맞은 것은 처음이었다. 거칠 것이 없던 장비도
안색을 바꾸고 그 자리에 못이 박힌 듯 우뚝 섰다. 물론 불만스러
운 기색을 나타내기는 했지만.

유비는 버드나무 줄기의 밧줄을 풀어 독우의 몸을 땅에 내렸다. 그러자 그때까지 가타부타 말도 없이 잠자코 보고만 있던 관우가 갑자기 달려왔다.

"형님, 잠깐만 기다리시오."

"왜 그러나?"

"그런 인간은 살려줘봐야 아무 도움이 되지 않을 겁니다."

"그게 무슨 소린가? 난 이 인간에게서 뭔가를 바라고 살려주는 것이 아니네. 다만 천자의 어명을 경외할 뿐이지."

"압니다. 그러나 그런 심정 또한 누가 알아주겠습니까? 목숨을 바쳐 큰 공을 세우고도 일개 현위로 임명된 것이 고작이고, 지금 또 독우와 같은 부패한 중앙의 벼슬아치에게 온갖 수모를 당하고 있소. 잠자코 있으니까 없는 죄마저 만들어 뒤집어씌우려 하지 않습니까?"

"……별수 없지 않나."

"별수가 없다니요? 이런 불법적인 행위는 반드시 응징해야 합니다. 지난번부터 절실히 느꼈는데, 탱자나무와 가시덤불 속은 봉황이 살 곳이 아니라는 옛말이 있습니다. 가시덤불이나 탱자처럼 가시가 있는 나무 사이에는 자연히 봉황이 머무르지 않는다는 말입니다. 우리는 머물 곳을 잘못 택했습니다. 차라리 여기를 떠나 따로 원대한 계획을 다시 세워보자는 것입니다."

배울 점이 많은 관우다. 학식에 있어서는 역시 누구보다 뛰어난 그였다.

유비는 언제나 들어야 할 말은 잘 듣는 사람이었는데, 지금 그의 말을 가만히 듣다 보니 크게 깨달은 바가 있었다.

"그래. ……좋은 지적을 해주었네. 우리는 머물 곳을 잘못 택했어."

유비는 가슴에 걸고 있던 현위의 인끈(옛날 중국의 관리가 늘 몸에 지니고 다니던 관인官印의 꼭지에 단 끈)을 풀어서 독우의 목에 걸어주고 말했다.

"경은 백성을 해치는 탐관오리, 지금 그 목을 잘라 이 자리에 효수하기는 쉬운 일이나 부끄러움을 모르는 비명을 들으면 짐승에게도 불쌍한 마음이 생기는 법. 가련한 개나 고양이라고 생각해서 살려주겠소. 그리고 이 인끈은 경에게 맡겨두겠소. 나는 지금 관직을 버리고 떠나니 낙양으로 돌아가거든 내 뜻을 잘 전해주시오."

유비는 장비와 관우를 돌아보며 말했다.

"자, 가세."

그러고는 바람처럼 그곳을 떠났다.

버드나무 잎이 흩뿌려져 있는 땅바닥에서 독우는 여전히 고통스러운 듯 신음하고 있었다. 하지만 유비 일행의 모습이 멀어질 때까지 선뜻 다가가서 도와주려는 사람은 아무도 없었다.

악남의 가인

유비 일행은 일단 사저로 돌아가서 자신들의 신조가 적힌 글과 같이 화근이 될 만한 문서 등을 모두 태워버리고, 그날 밤 안으로 그 고장을 떠날 수 있도록 분주히 채비를 마쳤다.

유비가 관직을 버리고 황야로 떠나려고 하자 장비도 대찬성하며 얼마 안 되는 부하와 하인들을 모아놓고 말했다.

"주공께서는 이번에 불현듯 떠오른 것이 있어서 현위의 관직을 버리고 당분간 초야에 묻혀 유유자적하시게 되었다. 그러나 실은 내가 칙사 독우를 반쯤 죽여버린 것이 원인이다. 그러니 개인의 안녕이 목적인 사람은 고향으로 돌아가라. 그렇지 않은 사람은 병 자라도 버리고 가지는 않겠다. 고락을 함께 나눌 결심으로 주공을 따라오라."

받을 것을 받고 자유롭게 어딘가로 떠난 사람도 있고, 끝까지 유비를 따르겠다고 남은 사람도 있었다.

그리하여 밤이 되기를 기다렸다가 나귀와 수레에 가재도구를 실은 약 스무 명의 일행은 마침내 안희현을 등지고 어둠 속으로 멀리 떠났다.

한편 독우는 그 후 얼마 안 있어 다가온 하급 관리에 의해 관아로 옮겨져서 치료를 받았지만 열이 펄펄 끓으며 한동안 완전히 인사불성이었다.

하지만 이윽고 조금 안정을 찾자 헛소리처럼 소리를 질렀다.

"현위 유비는 어디 있느냐?"

"유비는 관의 인끈을 풀어 나리의 목에 걸고 크게 꾸짖고는 사라졌는데, 오늘 밤 일족을 데리고 야반도주해버렸다는 소문입니다."

옆에 있던 사람이 고하자 독우는 화를 내며 다시 물었다.

"뭐, 도망갔다고? 그럼, 그 장비라는 놈까지?"

"그렇습니다."

"이놈들! 내가 이대로 무사히 도망치게 놔둘 것 같으냐! 급사急使, 급사를 보내라. 당장 급사를 보내!"

"도성으로 말입니까?"

"멍청한 놈! 도성으로 보낼 틈이 어디 있느냐. 이곳 정주定州(하북성 보정과 정정正定 사이)의 태수에게 보내라."

"예. 뭐라고 전할까요?"

"항상 백성들을 학대해온 유비가 이번 칙사의 순찰에 그 죄상이 발각될 것이 두려워 도리어 칙사를 폭행하고 양민을 선동하여 난동을 일으키려다 사전에 발각되자 일족을 이끌고 야음을 틈타 무단으로 임지를 버리고 도망쳐버렸다고 보내라."

"예, 알겠습니다."

"아, 잠깐만. 그것만으로는 안 되겠다. 속히 날랜 병사들을 풀어 유비 일행을 체포하여 도성으로 압송하길 바란다고 덧붙여라."

"알겠습니다."

즉각 파발마가 정주로 떠났다.

"앗, 큰 변이 났구나."

정주 태수는 칙사라는 이름에 겁을 먹고, 또 독우의 궤변에 넘어가 팔방으로 사람을 풀어 유비 일행의 행방을 찾도록 했다.

며칠 후 이런 보고가 들어왔다.

"누군지 모르지만 안희현 쪽에서 대주代州(산서성 대현代縣) 쪽을 향해 나귀와 수레에 짐을 싣고 10여 명의 시종과 함께 낭인 차림의 세 사람이 나귀를 타고 북쪽으로 갔다고 합니다."

"그들이 바로 현덕 일행일 것이다. 잡아서 도성으로 압송하라."

정주 태수의 명령을 받자마자 철갑을 두른 병사 약 200명이 두 패로 나뉘어 유비 일행을 쫓아갔다.

||| 二 |||

북으로, 북으로, 수레와 나귀로 도망치는 사람들은 길을 서둘렀다.

몇 번은 다른 주州의 병사들에게 습격을 당하고, 몇 번은 추격대의 속임수에 빠지는 등 갖은 고초를 겪으며 간신히 대주의 오대산五臺山 아래에 당도했다.

"장비, 자네의 인도로 여기까지 오기는 했는데, 어디 안정을 취할 만한 곳이라도 있는 거냐? 여기가 벌써 오대산 기슭이다."

관우가 묻자 유비도 실은 걱정하고 있었다는 듯 물었다.

"도대체 어디에 안착할 생각인가?"

"안심하셔도 됩니다."

장비는 자신 있게 말했다. 그리고 산기슭의 평화로워 보이는 마을에 다다랐다.

"잠시 이 근처에서 거마車馬를 쉬면서 기다리슈."

장비는 혼자 어딘가로 갔다가 곧 돌아와서 말했다.

"유 대인이 승낙하셨소. 벌써 마음이 든든해지는 기분이외다."

"유 대인이란 어디서 뭘 하는 사람인가?"

"이 고장의 대지주요. 말하자면 큰 향사鄕士 같은 집안으로 생각하면 틀림없소. 항상 100명이나 50명의 식객은 아무렇지도 않게 집 안에 들이고 있으니까 우리 스무 명 정도가 신세를 져도 폐가 되지는 않을 거요. 그리고 이 고장의 덕망가이기도 하니 당분간 몸을 숨기기에도 최상의 장소지요."

"그렇다면 더 바랄 나위 없지만, 자네하고는 어떤 사이인가?"

"유 대인도 지금은 이런 시골에 숨어서 악남岳南의 은자로 살고 있지만, 전에는 내 옛 주공인 홍씨 댁과 혈연관계이기도 하고 군량과 병마의 고문 역할도 하면서 수시로 드나들던 사이였수다. 그 시절엔 나도 홍씨 댁의 가신으로서 그와 친밀하게 지냈는데, 홍씨 댁이 멸망한 후에도 실은 내 술값이라든지 유신遺臣의 처리에도 많은 폐를 끼쳤소."

"그런가? 그런데 또 스무 명이나 되는 식객을 끌고 들이닥치면 유 대인도 눈살을 찌푸리지 않을까?"

"그럴 일은 없수다. 낭인 사랑이 지극할 뿐만 아니라 큰형님의 혈통과 우리가 임지를 버리고 떠난 일들을 소상히 말했더니, 쓴맛 단맛 다 경험한 사람답게 깊이 동정하며 2년이든 3년이든 있고 싶은 대로 있어도 된다고 했소."

"그런 인물의 집이라면 마음 놓고 몸을 의탁해도 되겠군."

장비의 말에 유비도 안심하고 그의 안내를 받아 따라가 보니 산기슭의 나무가 듬성듬성한 숲 근처에 크게 둘러친 웅장한 토담이 보였다.

"저 집이오. 어떻소? 꼭 호족豪族의 집 같지 않습니까?"

유비 일행을 안내하면서 장비가 마치 제집이나 되는 듯이 자랑했다.

유비는 나귀를 세우고 그 집을 바라보았다. 집 둘레에는 살구나무 가로수 길이 있었는데 마침 이런 시골에서는 보기 드문 미인이 백마를 타고 지나가는 모습이 보였다. 그 뒤에서는 한 동자가 거문고를 메고 졸린 듯이 따라가고 있었다.

||| 三 |||

'어? 어디서 본 것 같은데?'

유비는 문득 그런 생각이 들었다.

멀리 떨어져 있는데도 묘하게 인상적이었다. 물론 살벌한 전장 생활에다 벽지에서 광야로 유랑하다 보니 그 여인이 더욱 아름다워 보였는지도 모른다.

여인은 넓은 토담으로 둘러싸인 호족의 문으로 곧장 들어갔다.

방금 저곳이 유 대인의 집이라는 장비의 말에 혹시 유씨 댁의 여식인가 하고 유비는 혼자 상상하고 있었다.

유비 일행도 곧 그 집의 문 앞에 도착했다. 모두가 수레를 멈추고 나귀에서 내려 여행길에 먼지를 뒤집어쓴 자신들의 모습을 돌아보았다. 이 집의 주인은 낭인을 사랑하고 항상 많은 식객을 거두고 있다고 한다. 어떤 사람일까? 유비나 관우는 아직 만나기 전이라서 그런지 이런저런 상상이 되었다.

하지만 장비의 안내를 받아 남쪽 후원의 객관으로 들어가 보니 세상에 떠도는 풍문과는 전혀 다르게 무척 한가로운 분위기였다. 낭인을 사랑한다기보다는 오히려 풍류를 즐기는 기질의 은자가 아닐까 싶었다.

이윽고 주인인 유회劉恢가 유비 일행을 맞으며 인사했다.

"예, 제가 이 집의 주인인 유회입니다. 먼길 오시느라 노고가 많으셨습니다. 말씀은 조금 전 장비에게서 들었는데, 아무쪼록 부담스러워 마시고 1년이고 2년이고 편히 지내십시오. 하지만 시골이라서 아무것도 대접할 것이 없소. 넉넉히 있는 것이라고는 술 정도입니다."

"고맙습니다. 술만 있으면 몇 년이든 있을 수 있지요."

장비가 흐뭇해하며 말했다.

"모쪼록 잘 부탁드리겠습니다."

유비가 당분간 신세를 지겠다는 뜻을 넌지시 전하자 관우도 이름과 고향을 밝히면서 앞으로의 각별한 우의를 부탁했다.

유 대인은 그야말로 대인답게 말수가 적은 사람이었다. 이윽고 하인을 불러 후원의 객관을 세 사람의 방으로 제공하라고 명하고 곧 안으로 들어가 버렸다.

"어떻수? 있을 만하겠죠?"

장비가 생색을 내며 말했다.

"지나치게 있을 만하다."

관우가 웃었다.

"네 단점이나 드러나지 않도록 유의해라."

그러고는 은근히 장비의 술버릇을 나무랐다.

어느덧 해를 넘겨 봄이 찾아왔다. 오대산의 품에 안겨 있는 마을은 참으로 평화로운 곳이었다. 유회가 토호土豪로서 촌장의 역할도 겸하고 있기 때문인지 이곳엔 악한 관리도 없고 비적의 피해도 없었다.

그러나 장비나 관우는 그렇게 너무 무사태평한 것이 오히려 괴로웠다. 술도 싫증이 났고 평화로운 생활도 지루했다.

그와는 다르게 유비는 최근 들어 심하다 싶을 정도로 말이 없었다. 항상 뭔가를 생각하고 있는 듯이 보였다.

"큰형님도 다시 전쟁터가 그리워진 건 아닐까? 풍운아가 갑자기 기운이 너무 없어 보이는군."

어느 날 관우가 말하자 장비는 고개를 흔들었다.

"아니, 전쟁터가 그리운 게 아닐 거요."

"그럼 고향에 계신 어머니라도 염려하시나?"

"그렇기도 하겠지만 원인은 전혀 다른 데 있수. 난 그렇게 알고 있지만, 일부러 만나게 하지 않고 있수다."

"음. 원인이 따로 있다고?"

"있죠."

장비가 근심에 가득 찬 얼굴로 말했다. 그 얼굴만 봐도 대충 짐작이 갔다. 최근 후원에는 배꽃이 만발한데 밤이면 춘월春月이 거기에 노을처럼 비춰 더없이 아름다웠다. 가끔 그 배나무 정원을 떠다니는 달보다도 아름다운 가인佳人을 볼 수 있는데, 그때마다 이 객관에서는 유비의 모습이 보이지 않았다.

||| 四 |||

장비의 이야기를 듣고 관우도 짚이는 데가 있었다. 관우는 그

후로 특히 유비의 용모에 주목했다.

그리고 그로부터 며칠 후 초저녁이었다. 그날 밤은 으스름달이 아름다웠다. 오대산의 절반가량을 흐릿하게 가린 밤안개가 들판에 은을 박아놓은 듯 희미한 그림자를 길게 끌고 있었다.

"아니, 어느새?"

문득 깨닫고 관우가 중얼거렸다. 방금 전까지만 해도 셋이 식탁에 둘러앉아 있었다. 장비는 늘 그렇듯 연거푸 술을 마시고 있고 자신도 잔을 들고 그와 대작하고 있는데, 유비는 어느새 자리에서 빠져나갔는지 그의 빈자리에는 접시와 술잔만 남아 있었다.

"옳지."

오늘 밤이야말로 유비의 수상한 행동을 밝혀내고 말겠다며 관우는 장비에게도 말하지 않고 급히 방에서 나갔다.

그리고 후원의 흰 배꽃 샛길을 조심스레 걸으면서 둘러보았다.

어느새 안쪽의 내원內苑과 가까운 곳이었다. 주인 유회가 있는 건물과 가족들이 사는 건물의 등불이 수풀 속의 샘물 너머 저편으로 보였다.

"음, 이보다 앞서갈 리도 없고."

관우가 잠시 멈춰 서 있자니까 그리 멀지 않은 나무 사이를 누군가가 청초하게 지나가고 있었다. 가만히 보니 유회의 조카딸로 젊은 미인이었다.

"허허."

관우는 자신의 예감이 맞자 오히려 으스스한 느낌이었다. 모든 일의 속사정이나 남의 비밀에 대해서는 무관심하고 싶은 관우였으나 자기도 모르게 뒤로 몸을 숨겼다.

유회의 조카딸이라는 가인은 이윽고 아름다운 자태를 뽐내며 달 아래에 섰다. 부근에는 나무 그늘도 없고, 다만 넓은 잔디에 밤이슬이 보석을 뿌려놓은 듯 반짝이고 있었다.

그때 배꽃 샛길에서 또 한 사람의 모습이 불쑥 일어났다. 꽃들 사이에 숨어 있던 젊은 남성이었다.

"오, 현덕 님."

"부용 낭자."

두 사람은 얼굴을 보고 함께 미소를 나눴다. 부용의 하얀 이가 실로 아름다웠다.

둘은 서로에게 다가섰다.

"용케 나오셨군요."

유비가 말했다.

"예."

부용은 고개를 숙였다.

두 사람은 배 밭 쪽으로 나란히 걸어갔다.

"유 대인은 보기와는 달리 매우 엄격한 분이세요. ……식객이나 호걸들에게는 온정을 베풀지만, 가족에게는 무섭고 엄한 분이랍니다. ……그러기에…… 이렇게 정원에 나오는 것도 그리 쉬운 일만은 아니에요."

"그렇겠지요. 아무튼 저희 같은 식객이 항상 수십 명이 있으니까요. 저도 관우와 장비라는 아우들이 같은 방에서 눈에 불을 켜고 있는 터라 그들 몰래 빠져나오기가 여간 어렵지 않소."

"무엇 때문일까요?"

"뭐가요?"

"그렇게 서로가 힘든데 밤만 되면 무슨 일이 있어도 여기에 나오고 싶은 마음이오."

"저도 그렇습니다. 제 마음이 왜 이리 이상한지……."

"달이 아름다워요."

"여름이나 가을의 또렷할 때보다 지금이 좋군요. 마치 꿈을 꾸는 듯하오."

배꽃을 맞으며 샛길을 거닐면서도 두 사람은 만족할 줄 모르는 것 같았다. 꿈을 꾸려고 의식하면서 애써 꿈을 좇고 있는 식이었다.

이 집 규중의 가인과 유비가 어느새 봄밤의 밀어를 즐기는 사이가 된 모습을 목격하고 관우는 큰 놀라움과 당혹감을 느꼈다.

"아, 평화는 웅지雄志를 좀먹는구나."

그는 개탄했다.

보면 안 될 것을 본 것처럼 관우는 서둘러 배 밭에서 돌아왔다. 그리고 객관의 방을 들여다보니 장비는 혼자서 아직도 술을 마시고 있었다.

"장비야."

"둘째 형님은 어딜 갔다 오슈?"

"아직도 마시고 있었느냐?"

"마시는 것밖에 할 일이 없지 않수? 아무리 비육지탄髀肉之嘆(할일이 없어 넓적다리에 살만 오르는 것을 한탄함)을 해도 때가 이롭지 못하고 풍운을 얻지 못하니 교룡蛟龍인들 연못 속에 잠겨 있을 수밖에 없죠. 어떻수, 둘째 형님도 술의 연못에 한번 푹 빠져보지 않으시겠소?"

"한 잔 줘. 사실 지금 술이 다 깨고 말았다."

"왜 그러슈?"

"나는 너처럼 공연히 현재의 세태나 때가 오지 않는 것을 그렇게 비관할 생각은 없지만, 오늘 밤은 실망하고 말았다. 들판에 숨고 깊은 연못에 잠겨 있더라도 언젠가 교룡은 풍운을 잡을 수밖에 없을 것이라 믿었건만……."

"실망이 이만저만이 아닌 모양이외다."

"한 잔 더 가득 따라라."

"술은 잘 안 드시잖수?"

"우선 좀 마시고 나서 말하지."

"무슨 소리요?"

"실은 방금 전에 남의 비밀을 엿보고 말았다."

"비밀?"

"글쎄, 얼마 전부터 네가 수수께끼 같은 말을 하기에 오늘 밤 형님이 나간 후 몰래 그 뒤를 밟아보았다. 그랬더니…… 아아, 차마 입에 담을 수가 없군. 그렇게 유약한 인물인 줄은 전혀 몰랐다."

"도대체 뭘 봤기에 그러슈?"

"이게 있을 수 있는 일이냐? 이 집 규방의 부용 낭자라는 여인과 밀회를 나누고 있더구나. 두 사람은 어느새 사랑에 빠져 지내고 있었어. 우리 의병의 맹주라는 사람이 한 여인에게 마음을 사로잡혀서야 무엇을 하겠느냐?"

"그것이오?"

"너는 진작부터 알고 있었느냐?"

"어렴풋이."

"그럼, 왜 나에게 말하지 않았느냐?"

"하지만 엎질러진 물, 떠들어봐야 무슨 소용이 있겠소?"

장비도 의욕을 잃은 얼굴로 중얼거렸다. 한 손으로 턱을 괴고, 다른 한 손으로는 술을 따라 마시면서.

"영웅호걸도 평화로운 온상에 너무 오래 두면 곰팡이가 피기 시작해서 그렇게 되나 봅니다."

"뜻을 이루지 못하는 울분을 그런 식으로 풀기 시작하면 인간은 끝인데……. 또 그 여자도 그래. 유회의 따님도 아닌 것 같은데 그녀는 도대체 누구냐?"

"그렇게 물으니 면목이 없소."

"왜? 왜 네가 면목이 없어?"

"……실은 그, 그 아가씨는 내 옛 주인인 홍씨 댁의 따님이었소. 유회 님도 홍씨 댁과 인연이 깊은 사람이라 홍씨 댁이 몰락한 후 내가 부용 아가씨를 이 집으로 데리고 와서 숨겨달라고 부탁한 것이올시다."

"뭐? 그럼, 네가 모시던 옛 주인의 따님이란 말이야?"

"아직 의맹을 맺기 몇 해 전의 일인데, 그 부용 아가씨와 큰형님이 황비에게 쫓겨서 서로 위험한 처지에 처했을 때 우연히 어느 고장의 고탑 아래에서 만난 적이 있었기 때문에 벌써 양쪽 모두 잘 아는 사이입니다."

"뭐, 그렇게 오래되었다고?"

관우가 기가 막힌다는 표정을 지었을 때, 방 밖에서 누군가의 발소리가 들렸다.

주인 유회였다.

"들어가도 되겠소?"

유회는 방 안을 들여다보며 두 사람의 허락을 받고 들어왔다.

"곤란한 일이 생겼소. 며칠 안에 낙양의 순찰사와 정주의 태수가 이 고장으로 순유巡遊하러 온다는데 내 집이 그 숙소로 지정되었소. 당연히 은신하고 있는 손님들이 발각될 것이오. 임시로 어딘가로 은신처를 옮기지 않으면 위험할 것 같구려."

때도 때인 만큼 관우와 장비는 순간 어찌할 바를 모르는 듯했지만, 오히려 이것은 하늘이 자신들의 나태를 꾸짖는 것이라고 생각했다.

"아니, 이 댁에도 너무 오래 머물렀습니다. 그런 일이 아니어도 지금쯤 변화를 줄 계기가 필요했습니다. 아무튼 저희 셋이서 상의한 후에 알려드리겠습니다."

"정말 미안하오. ……그리고 의탁할 만한 곳이 없으면 내가 믿는 사람 중에서 안심이 될 만한 곳으로 소개해드리겠소."

유회는 그렇게 말하고 돌아갔다. 나중에 두 사람은 얼굴을 마주 보았다.

"주인도 큰형님과 부용 낭자 사이를 눈치채고 이거 안 되겠다 싶어서 갑자기 저런 구실을 대는 것이 아닐까?"

"글쎄. 모르겠군요."

"아무튼 좋은 기회다."

"그렇죠. 큰형님을 위해서는 지극히 좋은 일이죠."

이튿날 두 사람은 유비에게 주인의 뜻을 전하고 대책을 의논했다. 그러자 유비는 잠깐 놀란 안색이었지만, 곧바로 내리깐 눈을 반짝이며 말했다.

"떠나세. 은인인 유 대인에게 폐를 끼쳐서도 안 되거니와 나도 언제까지나 한가롭게 여기에 있을 생각이 없던 참이었으니까."

그런 유비의 얼굴에선 현재의 자기 자신을 깊이 반성하고 있는 듯한 모습이 보였다. 그래서 관우는 과감하게 이렇게 말해보았다.

"하지만 몹시 아쉽겠습니다. 이 집 규방의 가인 때문에요."

유비는 미소를 짓는 와중에도 조금은 창피한 기색을 띠면서 대답했다.

"아닐세. 사랑은 길섶의 꽃이니."

그 한 마디에 관우는 자신의 지나쳤던 근심을 떨쳐내고 안색이 밝아졌다.

"그럼 그렇지! 그런 마음이라면 안심입니다. 실은 우리의 맹주이자 대망을 품은 영웅호걸이 일개 여인 때문에 큰 뜻을 썩히고 있는 것은 심히 유감이라고 장비와 함께 은근히 염려하고 있던 참이었습니다. 그렇다면 큰형님께서는 부용 낭자와 진심으로 사랑에 빠진 것은 아니셨군요?"

"아니네."

유비는 솔직하게 말했다.

"사랑을 속삭이는 동안에는 부끄럽지만 나는 진심으로 사랑을 속삭였네. 여자를 기만하거나 또 내 자신을 속일 수는 없지. 그저 사랑만 있을 뿐이야."

"네?"

"하지만 두 사람은 바라건대 안심하게. 난 그것만이 전부가 아니니까 말이야. 사랑의 속삭임도 한순간, 금방 정신을 차린다네. 중산정왕의 후손 유현덕이라는 제정신으로 말일세. 한촌의 촌부가 몸을 일으켜서 정의의 깃발을 휘날린 지 두어 해. 전쟁터의 시체로 뒹굴든 낙양 거리를 헤매든, 고향에는 지금도 여전히 아들인 나를 걱정하며 기다리는 노모가 계시네. 어찌 큰 뜻을 잊겠는가. ……두 사람도 그것만은 안심해도 되네. 이 현덕을 믿어주게."

귀향

||| 一 |||

다음 날, 유비 등 세 사람은 갑작스레 오대산 기슭에 있는 유회의 집에서 잠시 떠나게 되었다.

이별에 앞서 주인 유회는 신세가 딱한 호걸들을 위해 이별의 작은 연회를 베풀어주며 말했다.

"다시 기회를 봐서 저희 집으로 꼭 돌아오십시오. 함께 오신 스무 명의 병사와 하인 들은 그때까지 제가 잘 데리고 있겠습니다. 그리고 다음에 오실 때는 재기할 준비를 하십시오. 황건적의 난은 그럭저럭 진정되었지만, 낙양의 왕부王府, 바로 그곳에 자궤의 조짐이 나타나고 있습니다. 항상 자중자애自重自愛하며 부디 국가를 위해 힘써주십시오."

"고맙습니다."

네 사람은 일어나 건배했다.

유회가 말한 대로 이리로 올 때 데리고 온 스무 명가량의 부하와 하인 들은 모두 유씨 댁에 맡겨두고 관우, 장비, 유비가 제각각 헤어져 잠시 몸을 숨기기로 했다.

하지만 유씨 댁의 문을 나올 때는 세 사람이 함께 나왔다. 세상의 눈도 있어서 유회는 일부러 배웅하지 않았다. 그런데 집 안의 누대樓臺에 기대서서 세 사람의 모습이 멀어질 때까지 애절한 눈빛으로 배웅하고 있는 한 여인이 있었다. 말할 나위도 없이 홍부용이었다.

장비는 이미 알고 있었다. 하지만 일부러 아무 내색도 하지 않았다. 유비도 아무 말이 없다.

어느덧 오대산의 그림자도 희미하게 멀어지자 장비가 유비에게 넌지시 말했다.

"어제 말씀을 듣고 우리도 큰형님에 대한 오해는 풀었수다. 오히려 대장부의 다정다감한 마음이라고 이해하고 있소. 예를 들어 내가 술을 사랑하는 것처럼 말이오."

그는 술과 사랑을 같은 것으로 이해했다. 기껏해야 그 정도니 유비의 마음을 이해한다고 해도 그의 감상感傷과는 차이가 컸다.

"하지만 큰형님!"

장비는 유비의 얼굴을 살피며 다시 말했다.

"호걸이 색을 가까이 하지 말라는 법은 없소. 큰형님도 한평생 독신으로 있을 수만은 없지 않수? 부용 아가씨가 정말 마음에 든다면 이 장비가 나서서 무엇이라도 하겠소. 나로서는 옛 주인의 따님이며 의지할 곳 없는 신세이기도 하니 오히려 큰형님에게 그 인생을 부탁하고 싶은 심정이오. 그렇지만 지금은 안 됩니다. 때가 아니지요. 뜻을 이룬 후에 합시다."

"알겠네."

유비는 고개를 끄덕였다. 그리고 주도州道의 이정표 아래까지 오자 말했다.

"그럼, 나는 여기에서 헤어져 일단 고향인 탁현으로 가겠네. 언젠가 다시 오대산 아래로 돌아오겠지만.”

장비와 관우도 거기서부터는 각자의 생각대로 가기로 했지만, 잠시도 떨어진 적이 없는 세 사람은 못내 섭섭해하며 말했다.

“다음에는 언제 여기서 만날까요?”

“오는 가을에.”

유비가 말하자 두 사람은 고개를 끄덕였다.

“그럼 큰형님, 곧장 탁현 어머니께로 가는 거요?”

“그럴 생각이네. 어머니의 무사하신 모습만 뵙고 곧 다시 풍운 속으로 돌아와야지. 선선한 가을 8월에 다시 셋이서 오대산의 달을 보세.”

“안녕히 가십시오.”

“조심들 하게.”

“살펴 가십시오.”

세 사람은 이별을 아쉬워하며 세 방면의 길에서 잠시 서로를 뒤돌아보았다.

||| 二 |||

관우와 장비 두 사람과 헤어진 후 유비는 토착민으로 변장하고 혼자서 고향인 탁현 누상촌으로 몰래 돌아왔다.

“아, 뽕나무는 아직도 그대로구나…….”

몇 해 만에 자기 집 문을 본 유비는 가장 먼저 그 큰 뽕나무를 그리운 듯 바라보고 섰다.

덜커덩.

쿵덕 쿵 쿵덕.

자리틀 소리가 집 안쪽에서 들렸다. 유비는 가슴이 뭉클했다. 지난 두세 해 동안 긴 창을 들고 말 위에서 지내느라 잊고 있었는데, 어린 시절부터 입고 먹는 생업의 근간이 된 자리틀이 지금도 여전히 고향 집에서는 쉬지 않고 있었다.

그 틀을, 그 바디(베틀, 가마니틀, 방직기 따위에 딸린 기구의 하나. 베틀의 경우는 가늘고 얇은 대오리를 참빗살같이 세워서 두 끝을 앞뒤로 대오리를 대고 단단하게 실로 얽어 만든다)를 지금도 10년을 하루같이 꾸준하게 움직이고 있는 사람은 누굴까?

물을 필요도 없이 유비의 어머니다. 전장에 나간 아들의 뒤를 혼자서 지키고 있는 늙은 어머니가 틀림없다.

'얼마나 적적하셨을까? 또 얼마나 힘드셨을까?'

집에 들어가기도 전에 유비는 이미 눈시울이 눈물로 글썽거리고 있었다. 생각해보면 몇 해 동안 전장을 떠돌며 고향에 계신 어머니께 생활비를 보낼 틈조차 없었다. 편지를 보낸 것도 손으로 꼽을 정도였다.

'죄송합니다.'

그는 우선 황량한 고향 집의 대문에 대고 마음속으로 사과하고 틀 소리가 나는 안쪽으로 뛰어 들어갔다.

아아, 그곳에서 묵묵히 자리를 짜고 있는 백발의 노인. 유비는 달려갔다.

"어머니."

유비는 어머니의 발밑에 무릎을 꿇었다.

"어머니, 접니다. 이제야 돌아왔습니다."

"……"

노모는 놀란 표정으로 틀을 움직이는 손을 멈추었다. 그리고 유비의 모습을 물끄러미 보다가 말했다.

"……비냐?"

"오랫동안 소식도 드리지 못하고 얼마나 답답하셨습니까? 진중이라서 뜻대로 되는 일도 없고, 전장을 떠돌며 싸움으로 하루를 보내다 보니……."

아들의 말을 가로막으며 노모가 말했다.

"비야. ……그런데 너는 도대체 무슨 일로 돌아왔느냐?"

"예?"

유비는 땅바닥에 머리를 조아렸다.

"아직 뜻을 이루지 못해 떳떳이 어머니를 뵐 때는 아닙니다만, 임지를 버리고 피신한 처지이기에 관인의 눈을 피해 잠시 무사하신 모습을 뵈러 돌아왔습니다."

노모의 눈가에는 분명히 물기가 맺혀 있었다. 머리카락도 그새 배꽃을 담은 듯이 눈처럼 하얘져 있었다. 눈 밑의 애교살도 야위어 보이고, 틀에 올려져 있는 손은 지푸라기처럼 형편없이 거칠어져 있었다.

그러나 이전에 비해 달라지지 않은 것은 아들을 향한 큰 사랑과 준엄함이 깃든 눈동자였다. 흘러내릴 것 같은 눈물을 참으며 노모는 조용히 속삭였다.

"비야."

"예."

"그런 이유만으로 너는 집에 돌아왔단 말이냐?"

"예. ……예."

"그런 이유만으로……."

"어머니."

매달리는 유비의 손을 노모는 지푸라기 부스러기처럼 뿌리치고 나무라듯이 엄하게 말했다.

"뭐냐? 갓난애처럼. ……그러고도 네가 우국의 대장부라 할 수 있느냐? 돌아온 건 어쩔 수 없지만 오래 머물러서는 안 된다. 하룻밤만 쉬고 당장 떠나거라."

||| 三 |||

뜻밖에도 어머니는 언짢은 기색이었다. 하지만 그것도 자신을 독려하기 위한 것이라고 생각한 유비는 오히려 큰 사랑을 느끼고 눈물을 글썽였다.

어머니는 그런 아들을 보면서 더욱 호되게 꾸짖었다.

"네가 고향을 떠난 지 이제 고작 2, 3년밖에 더 되었느냐? 빈약한 무기와 훈련도 되지 않은 향병을 모아서 이 드넓은 천하의 소용돌이 속으로 뛰어든 네가 고작 3년 만에 공을 세워서 이름을 떨치고 돌아올 것이라고…… 그런 꿈같은 일을 생각하며 널 기다린 게 아니다……. 세상이라는 것은 그렇게 호락호락하지가 않아."

"어머니. ……제 잘못입니다. 어디를 가도 저의 정의는 통하지 않고, 아무리 싸워도 무엇을 위해 싸운 것인지 요즘엔 의욕을 잃은 나머지 문득문득 의심이 들곤 했습니다."

"싸움에 이기는 것은 강한 호걸이라면 누구든 하는 것이다. 그런 올바른 길의 장애가 되는 것은 물론이거니와 시도 때도 없이 자신을 엄습하는 나약한 마음을 이겨내지 않으면 큰 뜻은 결국 이룰 수 없다."

"지당하신 말씀입니다."

"잘 알아들었겠지? ……이제 너도 서른에 가까운 사내대장부이니 그만한 것쯤은."

"예."

"여느 호걸들이 난세를 틈타 한 주 한 군을 차지하고자 하는 작은 소망과는 다를 것이다. 한나라 종실의 후손, 중산정왕의 후예인 네가 만백성을 위해 검을 들고 일어서지 않았느냐?"

"예."

"억만 백성의 행복을 생각거라. 살날이 얼마 남지 않은 이 어미 하나가 무에 대수라고. 네 마음이, 모처럼 분기해서 일으킨 큰 뜻이, 이 어미 하나 때문에 무뎌진다면 어미는 억만 백성을 위해 목숨을 끊어서라도 너를 독려하고 싶은 심정이다."

"아, 어머니!"

유비는 놀라며 정말로 그런 결심까지 할지 모르는 어머니의 소맷자락을 붙잡고 말했다.

"잘못했습니다. 이젠 절대로 나약한 마음을 먹지 않겠습니다. 내일 아침 동이 트기 전에 떠나겠으니 아무쪼록 하룻밤만 곁에 있게 해주십시오."

"……."

노모는 쓰러지듯 땅바닥에 무릎을 꿇었다. 그리고 유비의 몸을 가만히 안고 백발의 머리를 흩날리면서 속삭였다.

"비야……. 그런데 나는 돌아가신 아버지를 대신해서도 말한 것이란다. 지금 한 말은 아버지의 목소리이자 꾸지람이다. 내일 아침엔 이웃 사람들의 눈에 띄지 않도록 동이 트기 전에 떠나거라."

그렇게 말하고 노모는 황급히 안방 쪽으로 사라졌다.

잠시 후 부엌 쪽에서 저녁 짓는 연기가 피어올랐다. 의기소침해진 아들을 위해 어머니는 무엇인가 따뜻한 것이라도 먹이려고 끓이고 볶고 있는 듯했다.

유비는 그동안 자리틀로 가서 짜다 만 몇 장의 자리를 마저 짰다.

손맡이 컴컴해졌다. 하얀 저녁별이 이미 머리 위에 와 있었다.

자리틀을 떠나 그는 혼자 뒤꼍의 복숭아 숲속을 걸었다. 벌써 늦봄이어서 복숭아꽃은 모두 떨어지고 검은 꽃술만이 가지 끝에 보일 뿐이었다.

"아, 고향은 변한 게 없구나."

유비는 한탄했다.

복숭아꽃은 봄이면 또 피지만, 어머니의 백발은 다시 검게 돌아갈 수 없다. 세월은 사람의 몸에 대해서만 짧다. 게다가 자신이 품은 소원은 멀고 크다. 어느 세월에 어머니가 진심으로 기뻐해주실 때가 올까 하고 생각하니 저도 모르게 한숨이 나왔다.

"비야, 비야."

이미 어두운 안채 쪽에서 어머니가 저녁 준비가 다 되었다고 불렀다. 유비는 아무 번뇌도 없던 소년 시절을 떠올리고, 소년처럼 멀리서 크게 대답하면서 달려갔다.

난리의 조짐

||| 一 |||

때는 중평中平 6년(189) 여름이었다. 낙양의 궁전 안에서 영제는 중병에 걸려 시름시름 앓고 있었다.

"하진何進을 불러라."

황제는 병이 위중함을 알았는지 병상에서 분부를 내렸다.

대장군 하진은 즉시 입궐했다. 하진은 본래 소나 돼지를 도살하는 것을 업으로 삼던 사람이다. 그런데 그의 누이동생이 낙양에서는 보기 드문 미인이라서 귀족 집안의 양녀가 되었고, 대궐에 들어가 황제의 아들을 잉태하여 변弁 황자를 낳았다. 그리고 황후가 된 후에는 하후何后라고 불렸다.

그래서 그녀의 오라비인 하진도 일약 요직에 나가 권세를 휘두르게 된 것이다.

"안심하십시오. 설사 어떤 일이 있더라도 하진이 있습니다. 또 황자가 계십니다."

하진은 병든 황제를 위로하고 퇴궐했다. 그러나 황제의 기색은 별로 위로를 받지 못한 것 같았다.

황제에게는 또 다른 복잡한 근심거리가 있었다. 하후 외에 왕미인王美人이라는 총애하는 여인이 있었고, 그 사이에서도 황자 협

協이 태어났다. 하후는 그것을 알고 심하게 질투하더니 몰래 독을 먹여 왕미인을 죽여버렸다. 그리고 친자식이 아닌 황자 협을 영제의 어머니 동 태후董太后의 손에 맡겨버렸다.

그런데 동 태후는 협 황자를 끔찍이 사랑했다. 황제 또한 하후가 낳은 변보다도 협을 불쌍히 여기며 편애했다. 이를 알고 십상시인 건석蹇碩 등이 때때로 은밀히 황제의 병상에 와서 속삭였다.

"만일 협 황자를 황태자로 세우실 생각이시면 먼저 하후의 오라비인 하진부터 주벌誅罰해야 하옵니다. 하진을 죽이는 것이 후환을 끊는 길이옵나이다."

"……음."

황제는 창백한 얼굴로 고개를 끄덕였다. 자신의 병은 위중하다. 언제 죽을지 모르는 목숨. 황제는 결심이 서자 마음이 급해졌다.

갑자기 하진의 집에 칙령이 전달되었다.

"급히 입궐하라."

하진은 이상하게 생각했다.

'흐음. 어제도 입궐했는데?'

갑자기 황제의 병세가 악화됐나 싶어 가신을 시켜 알아보니 그렇지도 않았다. 그뿐만 아니라 십상시인 건석 등이 뭔가를 도모하고 있다는 경위를 어렴풋이 알게 되었다.

'발칙한 놈들. 그런 꾀에 넘어갈 내가 아니다.'

하진은 입궐하지 않고 조정 대신들을 자기 집으로 초대해 회의를 열어 의견을 구했다.

"이런 사실이 있소. 참으로 괘씸한 음모요. 그렇지 않아도 온 천하가 십상시 무리에게 원한을 품고 기회만 있으면 그들의 고기를 섞어 먹으려고 벼르고 있소. 나 역시 이 기회에 환관들을 모조리 잡아 죽이려고 하는데, 경들의 생각은 어떻소?"

"……."

입을 여는 사람은 아무도 없었다. 놀라서 그저 눈만 동그랗게 뜨고 있을 뿐이었다. 그러자 구석 자리에서 얼굴빛이 희고 잘생긴 미장부美丈夫가 일어나서 충언을 토했다.

"지극히 좋은 생각이십니다. 그러나 십상시와 그 일파의 세력은 궁중에서는 상상 이상이라고 들었습니다. 장군이 아무리 위엄이 있고 실력이 있다 하더라도, 섣불리 손을 댔다간 멸족의 화를 면치 못할 것입니다."

전군교위典軍校尉 조조였다. 하진이 보기에는 참으로 하찮은 일개 장교에 지나지 않았다.

"입 다물라. 너 같은 일개 애송이 무인이 조정의 내부 사정을 어찌 알고 끼어드느냐?"

하진은 못마땅한 표정으로 질타했다.

그로 인해 좌중에 어색한 분위기가 감돌 때 영제가 방금 붕어崩御했다는 보고가 들어왔다.

||| 二 |||

하진은 그 보고를 받자 회의 석상으로 돌아와 여러 대신 이하 모두에게 말했다.

"지금 막 중대한 기별이 있었지만, 아직 공식 발표가 아니니 그리 알고 들으시오."

그러고는 엄숙한 어조로 다음과 같이 말했다.

"천자께서 오랜 시간에 걸쳐 병환을 앓고 계셨는데, 오늘 결국 가덕전嘉德殿에서 붕어하셨소."

하진의 말이 끝난 후에도 한동안 회의 석상엔 침묵만 흐를 뿐 아무도 목소리를 내는 사람이 없었다. 대신들의 얼굴에는 깜짝 놀란 듯한 빛이 흘렀다. 예상했던 일이지만 '어떻게 될까?' 하고 앞으로의 정치적 변화라든가 일신의 거취에 대한 암담한 동요를 전부 숨기지는 못했다.

게다가 경우가 또 그렇다.

하진이 십상시를 몰살하겠다며 씩씩거리면서 이 자리에서 계획을 세우고 있었고, 십상시들은 하진을 모함하여 죽이려고 암약하고 있는 때였다.

대체 무슨 징조인가.

사람들은 한순간 얼이 나간 것처럼 암담한 두려움의 밑바닥에 잠겼다.

'아아, 한조漢朝 400년의 천하도 오늘부로 무너지기 시작한 징조인가.'

이렇게 예감하는 것도 결코 무리가 아니었다.

잠시 묵념하는 동안 사람들은 죽은 영제를 둘러싸고 최근 궁정에서 일어난 천박하기 그지없는 권모權謀의 다툼이라든지, 숱한 악정의 퇴폐를 가슴속에 상기하고는 깊은 탄식을 터뜨렸다.

영제는 불행한 황제였다.

아무것도 몰랐다. 십상시들이 보여주는 '가식'만을 믿고, 세상의 '진실'이라는 것은 무엇 하나 모른 채 죽고 말았다.

십상시 일파에게 영제는 곧 '눈먼 황제'였고 꼭두각시에 불과했다. 옥좌는 그들이 폭정을 휘두르는 마술을 부리기에 안성맞춤인 단상이자 장막이었다. 그 악정을 일일이 열거하자면 끝이 없지만, 우선 최근의 일로는 황건적의 난 후 은상을 내린 장군과 훈공자에게 은밀히 사람을 보내 "공들의 군공을 아뢰어 공들이 각각 막대한 봉록의 은전을 입게 되었으니, 그것을 아뢴 십상시에게 한마디 인사도 없음은 결례가 아닌가."라며 뇌물을 바치라고 협박하기도 했다.

두려워서 바로 뇌물을 보낸 사람도 있지만 황보숭과 주준 두 장군은 일축했다.

"무슨 개 같은 소리냐!"

그러자 십상시들은 번갈아가며 천자에게 참언을 올렸고, 황제는 곧바로 주준과 황보숭 두 사람의 관직을 삭탈하고 그 대신 조충趙忠을 거기장군에 임명했다.

그리고 장양張讓을 비롯한 열세 명의 내관을 열후列侯에 봉하고 사공司空과 장온張溫을 태위로 승진시키자 그 연줄을 타려고 사람들이 십상시에게 아양을 떨고 아첨하여 그들의 세력은 날로 확대되었다. 간혹 충간忠諫을 하거나 진실을 말하는 충성스러운 신하는 모두 하옥되어 참수되거나 독살되었다.

궁정의 문란은 그대로 민간에도 반영되어 지방에서는 다시 황건적의 잔당과 새로운 모반 세력이 벌떼처럼 일어났고, 낙양성에는 천하가 위기에 봉착했다는 소문이 파다하게 퍼졌다.

이러한 동란과 풍운의 재발로 사람들의 운명도 크고 작은 물결에 농락되듯 그 변화가 극심했는데, 다행히도 작년 이후 불우한 처지에 몰려 대주代州의 유회가 베푼 인정에 간신히 몸을 숨기고 있던 유현덕은 새로운 기회를 잡을 수 있었다.

||| 三 |||

황건적의 난이 진압되고 나서 얼마 후에 다시 각지에서 봉기한 도적들 중에 어양漁陽(하북성)을 떠들썩하게 한 장거張擧와 장순張純의 모반과 장사長沙, 강하江夏(호북성 마성현麻城縣 부근) 일대의 병비兵匪의 난 등이 가장 큰 것이었다.

"천하는 태평합니다. 모두 황제의 위엄에 엎드려 아무 일도 없사옵니다."

십상시들은 입을 모아 늘 그런 식으로만 아뢰었다.

하지만 장사의 난에는 손견을 보내 평정케 했고, 유언을 익주목牧에 봉하고, 유우劉虞를 유주幽州에 봉하여 사천四川과 어양 방면의 적을 토벌케 했다.

그 무렵 고향 탁현에서 돌아와 유회의 집에 다시 피신해 있던 유비는 주인 유회에게 한 통의 소개장을 받으며 이런 말을 들었다.

"때가 되었소. 이것을 가지고 유주의 유우를 찾아가 보시오. 그는 내 친구이므로 당신의 됨됨이를 보면 반드시 중용할 것이오."

유비는 은혜에 감사하고 즉시 관우와 장비 등 일족을 이끌고 유우가 있는 곳으로 갔다. 유우는 마침 중앙의 명령을 받고 어양에 일어난 난적을 토벌하러 출진하던 참이었으므로 두 팔을 들어 환영했다.

"좋소. 그대들의 일신은 내가 맡겠소."

그러고는 자기 군대에 편입시켜 일선으로 끌고 갔다.

사천과 어양의 난도 마침내 일시적으로 평정되자 유우는 조정에 장계를 올려 유비의 훈공을 크게 찬양했다. 동시에 조정의 공손찬公孫瓚도 이렇게 상주했다.

"유비는 지난번 황건적의 대란 때도 크게 공헌했습니다."

이에 조정에서도 유비를 나 몰라라 하지 않고 조서를 내려 그를 평원현平原縣(산동성 평원)의 영令으로 봉했다.

유비는 즉시 일족을 이끌고 임지인 평원으로 내려갔다. 내려가서 보니 그곳은 토지의 생산력이 풍부하고 재물과 양식도 관아의 창고에 그득했기 때문에 모두 활기를 띠었다.

'하늘이 나에게 병마를 기르라 하시는구나.'

유비 이하 장비와 관우 등도 이곳에서 마침내 보답을 받는구나 싶었다. 그들은 전진일보前進一步의 걸음을 내디디며 크게 무武를 연마하고 병사들을 훈련시키고 준마에게 귀리를 먹여 키우며 평원의 한 귀퉁이에서 시운時雲이 오고 가는 모습을 가만히 주시하고 있었다.

'이룰 수 있을까?'

구름이 한 점 흘러가면 바람이 불고, 황야의 도적을 소탕하러 떠나면 궁중의 유리전瑠璃殿 안에서 벼슬아치 복장을 한 마귀와 금비녀를 꽂은 온갖 귀신들이 날뛰었다. 안팎으로 많은 일이 일어나던 바로 그때, 하룻밤의 흑풍黑風에 영제가 쓰러지고 말았다.

분란은 마침내 또 다른 분란을 낳을 것이다. 한실 400년이 마지막이라는 것은 곳곳에서 기와가 무너져 내리는 울림으로도 똑똑히 알 수 있었다. 영제의 붕어 소식이 전해지자 사람들이 모두 새파랗게 질린 채 발밑의 땅이 갑자기 꺼져서 나락으로 떨어진 듯한 표정을 지은 것도 굳이 평소 마음의 준비가 부족했다고 비웃을 수만은 없는 것이었다.

회의 석상에는 적막이 흐르며 기침 소리 하나 내는 사람조차 없었지만, 그 자리에 또 한 사람이 다급히 나타났다.

"장군, 잠깐 뵙겠습니다."

방 밖에서 그림자가 말했다. 하진과 내통하고 있는 금문의 무관 반은潘隱이었다.

"오, 반은인가. 무슨 일인가?"

하진은 곧장 회의 자리를 떠나 바깥 복도에서 반은의 보고를 들었다.

||| 四 |||

"십상시 무리는 여느 때처럼 황제께서 붕어하시자마자 모의를 거듭하더니 황제의 붕어를 숨기고 먼저 장군을 궁중에 불러들여 후환을 제거한 후 국상을 알리고 협 황자를 세워서 어위御位를 잇게 하자는 밀의密議로 결정을 본 것 같습니다. 그러니 조만간 궁중에서 황제의 이름으로 장군에게 입궐하라는 사자가 올 것이 틀림없습니다."

하진은 반은의 보고를 듣고 격분했다.

"짐승 같은 놈들. 오냐, 그렇다면 나에게도 생각이 있다."

그는 회의 자리로 돌아와 반은의 비밀 정보를 여러 대신과 문무관에게 공개적으로 발표했다.

그런데 아니나 다를까 궁중에서 사자가 찾아와 공손하게 말했다.

"천자께서는 지금 숨소리도 위태로우십니다. 머리맡에 공을 불러 한실의 후사를 부탁하신다고 합니다. 서둘러 입궐하시라는 분부입니다."

"너구리 같은 놈."

하진은 반은을 향해 명했다.

"이놈을 죽여라."

그런 다음 좌중을 둘러보며 외쳤다.

"이제 나의 인내심도 바닥이 났소. 내가 생각한 대로 단호하게 실행하겠소."

그러자 앞서 충언했다가 하진에게 편잔을 들은 전군교위 조조가 다시 침묵을 깨고 말했다.

"장군, 장군. 오늘 기어이 계획을 결행하실 의향이면 먼저 천자의 자리를 바로잡은 연후에 도적을 토벌하도록 하십시오."

하진도 이번에는 전같이 입을 다물라고는 하지 않았다. 고개를 끄덕이고 좌중을 둘러보며 말했다.

"누가 나를 위해 새로운 황제를 바로 세우고 궁중의 모적謀賊을 토벌하겠소?"

그러자 그의 목소리에 응하여 바로 한 사내가 일어섰다.

"여기 사례교위司隸校尉 원소袁紹가 나서겠소!"

사람들의 시선이 일제히 그에게로 쏠렸다. 그는 씩씩하고 잘생긴 얼굴에 가슴팍이 넓고 양어깨에는 위엄이 깃들어 있는 것이 무예가 뛰어난 용장으로 보였다.

바로 한漢의 사도司徒 원안袁安의 손자, 원봉袁逢의 아들 원소였다. 원소의 자는 본초本初라 하고 여남汝南 여양汝陽(하남성 준하准河

상류의 북쪽 기슭)의 명문가로 문하에 다수의 관리와 무장을 배출했으며, 현재는 한실의 사례교위라는 관직에 있었다.

원소는 의기양양하게 말했다.

"바라건대 나에게 정병 5,000을 주십시오. 곧장 금문에 들어가 새 황제를 옹립하고 다년간 금정禁廷에 둥지를 튼 내관들을 모조리 처치하겠습니다."

하진은 기뻤다.

"좋다. 출진하라."

이 한마디에 낙양의 왕부는 단박에 전운戰雲이 감돌며 수라修羅의 땅이 되어버렸다.

원소는 곧 철갑을 두르고 어림御林의 근위병 5,000명을 이끌고 궐 안 깊숙이 밀고 들어갔다. 왕성의 여덟 문과 시중의 위문衛門을 모조리 걸어 잠근 그는 계엄령을 선포하고 아군 외에는 한 명도 출입시키지 말라고 명했다.

그동안 하진도 거기장군으로서 무장하고 하옹何顒과 구유苟攸, 정태鄭泰 등의 일족과 대신 30여 명을 거느리고 궁문으로 들어가 영제의 관 앞에 그가 지지하는 변 태자를 세웠다. 그리고 즉시 새 황제의 즉위를 선언한 후 자신의 선창으로 백관으로 하여금 만세를 외치도록 했다.

칼이 춤추고 머리가 떨어지다

||| 一 |||

백관의 배례가 끝났다.

"새 황제 만세!"의 목소리가 상중인 금원禁苑(궁궐 안에 있는 동산이나 후원)을 뒤흔들자 어림군을 지휘하는 원소가 검을 뽑아 들고 선언했다.

"다음은 음모의 수괴 건석을 피의 축제에 제물로 삼겠다!"

그리고 손수 궁중을 뒤져서 건석을 찾아냈다.

원소는 "이놈!" 하고 고함치며 끝까지 건석을 쫓았다. 건석은 공포에 떨면서 도망 다녔지만, 당황한 나머지 금원의 화단 뒤로 기어들어가 숨어 있다가 누군가의 창에 엉덩이를 찔려 죽고 말았다.

그를 찔러 죽인 것은 같은 십상시인 곽승郭勝이라고도 하고, 그 근방까지 난입해 있던 한 병사라고도 하는데, 어쨌든 그것조차 모를 정도로 이미 궁궐 안팎은 대혼란 그 자체였다. 사람들의 눈엔 핏발이 서 있었고 신경은 바짝 곤두서 있었다.

원소는 기세등등해서 하진 앞으로 나서며 진언했다.

"장군, 어쩌자고 잠자코 이 혼란을 보고만 계십니까? 때는 지금입니다. 궁중의 암 덩어리이자 사직의 쥐새끼인 십상시 무리를 한 마리도 남기지 않고 다 죽여버려야 합니다. 이 기회를 놓치면 두

고두고 후회하게 될 것입니다."

"흐음. ……음."

하진은 고개를 끄덕였다. 하지만 안색은 창백하고 평소의 활기에 찬 모습도 보이지 않았다. 원래 소심한 하진이 한때는 분노에 휩싸여 이 대사를 일으키긴 했지만, 순식간에 금문의 안팎이 수라지옥으로 변하고 자기를 죽이려고 도모한 건석도 죽었다는 보고를 듣자 한때의 분노도 사라지고 오히려 자기가 지른 불이 끝없이 번질 것 같은 광경에 갑작스레 두려움을 느낀 듯했다.

한편 십상시들은 당황하는 기색이 역력했다.

"이크, 큰일났다!"

장양을 위시하여 각자 살았는지 죽었는지조차 모를 정도로 허겁지겁 내궁으로 도망쳐 들어갔다. 그들은 궁여지책으로 하진의 누이동생이자 황후인 하후의 치마 아래에 엎드려 백배사죄하고 연민을 베풀어주기를 청했다.

"알았소, 알았어. 안심하시오."

하후는 즉시 오빠 하진을 불러서 달래듯 말했다.

"우리 오누이가 미천한 신분에서 오늘의 부귀를 누리게 된 것도 그 시작은 십상시들의 추천이 있었기 때문이 아닌가요?"

하진은 누이동생에게 그런 말을 듣고 나니 옛날 소를 도살하며 살던 무렵의 가난한 자신의 모습이 떠올랐다.

"하긴, 나를 죽이려고 도모한 건석 놈만 죽이면 그만이지."

내궁을 나오자 하진은 우왕좌왕하는 아군과 궁내관들을 진정시킬 생각으로 말했다.

"건석은 이미 죽었다. 그는 나를 해치려 했기에 죽임을 당한 것이다. 나를 해칠 생각이 없는 사람은 나 또한 해칠 생각이 없다. 안심하고 진정하라!"

그러자 그 말을 듣고 원소가 말했다.

"장군, 무슨 당치도 않은 말씀이십니까?"

그는 피 묻은 칼을 잡은 채 하진의 앞에 와서 그의 경솔함을 질책했다.

"이런 대사를 치르면서 장군의 입으로 그렇게 미적지근한 선언을 해서는 안 됩니다. 지금 궁궐의 암 덩어리를 제거하고 뿌리를 도려내지 않으면 훗날 반드시 후회하십니다."

"아니, 그렇지 않다. 궁문의 불길이 낙양 일대의 불길이 되고, 낙양의 불길이 천하의 벌판을 휩쓸어버리면 돌이킬 수 없지 않은가?"

하진의 우유부단은 결국 원소의 주장을 받아들이지 않았다.

||| 二 |||

잠시 금문의 병란은 가라앉은 듯 보였다. 그 후 하후와 하진 일족은 "방해물은 동 태후다."라며 계책을 꾸며 태후를 하간河間(하북성 하간현)이라는 벽촌으로 쫓아버렸다.

죽은 영제의 어머니인 동 태후도 지금은 그들 세력에 항거할 힘이 없었다. 이렇게 된 것도 전 황제가 총애한 여인인 왕미인이 낳은 협 황자를 편애한 나머지 하후, 하진 등의 일족에게서 미움을 산 결과라고…… 어쩔 수 없이 체념하며 운명의 가마 안에서 눈물을 흘리면서 도성에서 멀리 떨어진 지방으로 떠나갔다.

그러나 여전히 불안했던 하후와 하진은 훗날 은밀히 자객을 보내 동 태후를 죽여버렸다.

동 태후는 관 속의 차디찬 시체가 되어 다시 낙양의 황성으로 돌아왔다.

장례는 도성에서 대대적으로 거행되었다. 그러나 하진은 병중이라는 핑계를 대고 궁중에도 세상에도 모습을 보이지 않았다.

그는 화를 잘 내고 소심했다. 자신과 가문의 영화를 위해서는 어떤 악행도 대담하게 저지른다. 반면에 소심한 그는 사람들의 눈치를 심하게 살폈으며 그런 자신을 스스로도 책망했다.

요컨대 하진은 미천한 몸으로 남들보다 신분은 높아졌지만, 대단한 야망가도, 지독한 악인도 되지 못했다. 위계와 벼슬의 무게가 과해 이쪽저쪽 눈치만 살피는 시시한 인물이었다.

조개가 사람의 발소리에 놀라 입을 다물듯이 하진이 문밖으로 나오지 않고 꼼짝도 하지 않자 어느 날 원소가 그의 집을 찾아가 문안을 여쭸다.

"장군, 어찌 지내고 계십니까?"

"별일 없이 잘 지내고 있네."

"기력이 없으신 듯합니다."

"아무렇지 않네."

"그런데 들으셨습니까?"

"뭘 말인가?"

"동 태후의 수명을 단축시킨 자가 하진이라고 환관들이 계속 소문을 퍼뜨리고 있다고 합니다."

"흐음."

"그래서 제가 말씀드리지 않았습니까? 지금이라도 늦지 않았습니다. 그놈들은 어디까지나 암적인 존재입니다. 뿌리를 뽑지 않는 한 아무리 엄하게 처벌해도 시간이 흐르면 뿌리를 뻗으며 멋대로 자라나서 음모암약陰謀暗躍, 더는 손댈 수 없는 지경이 됩니다."

"……음, 음."

"결단을 내리십시오."

"생각해보겠네."

모호한 표정이다. 원소는 혀를 차며 돌아갔다.

노복 중에 환관들의 끄나풀이 있어서 곧바로 밀고했다.

"원소가 와서 이러저러하게 말했습니다."

첩보를 받은 환관들은 당황했다.

"또 큰일이 나겠군."

하지만 위험에 처하면 소화전 같은 편리한 방법이 있었다. 하진의 누이동생 하후에게 매달려 읍소하는 것이었다.

"염려 마시오."

하후는 그들에게 조종되고 있는 주렴 안의 인형이었지만, 오빠에게는 권위를 가지고 있었다.

"하진을 드시라고 해라."

그리고 또 시작되었다.

"오라버니, 오라버니는 나쁜 부하의 부추김에, 또 이 평화로운 궁중을 어지럽게 만들 생각은 아니겠지요? 궁중의 내무를 환관이 관장하는 것은 한나라 궁중의 전통, 그것이 미워서 죽이거나 하는 것은 종묘에 대한 예의가 아닙니다."

따끔하게 일침을 놓으니 하진은 "나는 그런 생각이 전혀 없는데……."라고 애매한 대답을 남기고 물러났다.

"장군, 어떻게 됐습니까?"

궁문에서 나오자 그의 가마 뒤에서 기다리던 한 무장이 입궐 결과를 작은 목소리로 물었다.

"아. ……원소인가."

"하 태후께서 부르셨다기에 기대하던 참입니다. 환관 문제로 무슨 말씀이 있으셨겠지요?"

"……음. 있긴 했지만."

"결의를 말씀드렸습니까?"

"아니네, 내가 말하기도 전에 태후께서 환관들을 불쌍하게 여기라고 하시기에."

"안 됩니다!"

원소는 단호하게 말했다.

"그것이 장군의 약점입니다. 환관들은 한편으로 장군을 함정에 몰아넣으려고 음모와 악선전을 퍼뜨리다가 탄로가 나자 태후의 치맛자락에 매달려서 우는소리로 호소한 것입니다. 마음이 약하신 태후와 태후의 말씀에 거역 못 하는 장군의 약점을 그들은 미리 알고 그런 짓을 벌이는 것입니다."

"듣고 보니 그렇군."

그의 말을 들으니 하진도 깨닫는 바가 있었다.

"지금입니다. 지금 해야 합니다. 오늘을 넘기면 언제 또 기회가 있겠습니까? 아무쪼록 천하의 영웅들에게 격문을 띄워 그것으로 만대의 대계를 단번에 정하셔야 합니다."

그의 열변에는 하진도 동요했다. 귀가 솔깃해서 과연 그렇다고 생각한 그는 어느새 결단을 내렸다.

"좋아, 그렇게 하지. 실은 나도 그 정도는 생각하고 있었네."

두 사람의 밀담을 가마가 있는 나무 뒤에서 듣고 있는 사람이 있었다. 전군교위 조조였다.

조조는 혼자 속으로 피식 웃었다.

'바보 같은 선동을 하는 놈도 있군. 암은 온몸에 퍼져 있는 것이 아니야. 원흉 하나만 없애버리면 그만이다. 환관들 중에서 주모자를 잡아 감옥에 처넣으면 형리刑吏의 손으로도 충분히 처리할 수 있는데, 괜히 천하의 영웅들에게 격문을 날리기라도 한다면 한실의 문란은 당장 각지의 야망가들이 알게 될 것이고, 그들과 복잡하게 얽혀 있는 천하는 삽시간에 큰 난리가 날걸?'

그리고 그는 또 하진의 가마를 따라 걸으며 혼자 중얼거렸다.

"⋯⋯실패할 것이 틀림없어. 자, 그다음은 어떤 식으로 풍운이 휘몰아칠까?"

하지만 조조는 자신의 생각을 하진에게 직언하지는 않았다. 그런 점에서 원소처럼 정직한 열변가도 아니고, 하진과 같은 소심한 자와도 다른 그였다.

그는 지금 천하의 많은 야망가라고 중얼거렸는데, 그 자신도 그중의 한 사람이 아닐까? 흰 얼굴에 수려한 눈썹, 붉은 입술을 다물고 고분고분 하진을 경호하고는 있지만, 아무래도 그 가마 안에 있는 상관보다도 전군의 일개 장교인 그가 더 바닥이 깊고 더 뱃속이 검으며 더 그릇이 큰, 방심할 수 없는 사람으로 보이는 것이었다.

서량西涼(감숙성甘肅省 난주蘭州)의 동탁은 전에 황건적을 토벌할 때 사령관으로서 불미스러운 모습을 보여 난리 후 조정으로부터 죄를 추궁당할 뻔했지만, 십상시 일파를 교묘히 매수한 덕에 불문에 부쳐졌을 뿐만 아니라 오히려 높은 벼슬을 얻어 지금은 서량의 자사刺史로 군사 20만을 보유하고 있었다.

"낙양에서 왔습니다."

그 동탁의 손에 어느 날 한 통의 격문이 밀사를 통해 전해졌다.

||| 四 |||

낙양에 있는 하진은 얼마 전 각지의 영웅들에게 격문을 보냈다.

천하의 도성, 조정의 부패가 이제 극에 달했다. 마땅히 공정하고 밝은 기치를 한데 모아 바르고 큰 운회雲會를 수행하여 밝은 해와 달 아래에 만대의 혁정革政을 공들과 더불어 바로잡고자 하노라.

이러한 뜻을 전달하고 그 반향을 기다리고 있었는데, 곧 각지에서 "낙양으로 올라가 회의에 참석하겠다."라든가 또는 "병력을 제공하여 도움을 주겠다."는 답장을 가진 사자가 아침저녁으로 말을 몰고 와서 관문을 두드렸다.

"서량의 동탁도 병사를 이끌고 오는 것 같습니다만."

어사御史 정태鄭泰가 하진 앞에 와서 알렸다.

"동탁에게도 격문을 보냈습니까?"

"음. ……보냈지."

"그는 시랑豺狼(승냥이와 이리를 아울러 이르는 말. 탐욕이 많고 무자비한 사람의 비유)과 같은 자라고 종종 사람들이 말합니다. 낙양에 시랑을 끌어들였다가 사람들을 해치지나 않을까요?"

정태가 걱정했다.

"나도 같은 생각이네."

방 안 한쪽 구석에서 참모 장수들과 지도를 보던 한 노장老將이 하진 쪽으로 옮겨오면서 말했다.

보니 중랑장 노식이었다.

그는 황비 토벌의 전장에서 참소를 당해 함거에 실려 도성으로 호송되어 군사 재판에서 죄를 선고받았지만, 나중에 그를 참소한 좌풍의 실각과 함께 면죄되어 다시 중랑장에 복직되었다.

"동탁은 필시 격문을 보고 때가 왔다고 기뻐했을 것이오. 혁정을 기뻐하는 것이 아니라 난리를 기뻐하며 자신의 야망을 도모할 시기라면서 말이오. 나도 동탁의 인간성을 잘 알고 있는데, 그런 자를 궁궐에 들이면 어떤 재앙과 환란이 발생할지 헤아릴 수 없소."

노식은 일부러 정태 쪽을 보고 말했다. 하진에게 넌지시 간했던 것이지만, 하진은 그의 말을 듣지 않았다.

"그대들처럼 그렇게 의심하기 시작하면 천하의 영웅들을 조종할 수 없소."

"하지만……"

정태가 계속해서 쓴소리를 하려고 하자 하진은 다소 불쾌한 듯 말했다.

"아직 그대들은 대사를 함께 도모하기엔 부족하군."

"……그렇습니까?"

정태와 노식은 뒤의 말을 가슴에 새기고 물러갔다. 이 두 사람을 비롯해 뜻 있는 조정의 대신들도 이 말을 전해 듣고 하진의 됨됨이에 절망하여 하나둘 그의 곁에서 떠나갔다.

"동탁 장군의 병마는 이미 면지澠池(하남성 낙양 서쪽)까지 와 있다고 합니다."

"왜 빨리 오지 않는가. 가서 영접해오도록 하라."

하진은 부하로부터 전해 듣고 즉시 사자를 보냈다.

그러나 동탁은 먼길을 왔으니 병마에게 조금 더 휴식을 주겠다느니 군비를 정비하고 나서 가겠다느니 하며 여러 번 재촉을 받고도 그 이상 움직이려 들지 않았다. 하진의 재촉을 흘려듣고 시랑의 눈을 번뜩이면서 은밀히 낙양 안의 분위기를 살피고 있는 것이었다.

||| 五 |||

한편. 궁성 안의 십상시들도 하진이 각지에 격문을 보냈고 격문에 응해 동탁 등이 면지 부근까지 와서 주둔하고 있다는 등의 중대한 사실을 모를 리가 없었다.

"그렇다면."

그들은 당황하면서도 대책을 강구했다. 결국 장양 등은 칼과 도끼, 철궁으로 무장한 궁중의 병사들을 가덕문嘉德門과 장락궁長樂宮의 내문內門에 숨겨두고 하 태후를 속여 하진을 불러들이는 친서를 쓰게 했다.

궁문을 나온 사자는 평소와 다름없이 일부러 휘황찬란한 수레와 안장을 번쩍거리며 시치미를 뚝 떼고 편지를 하진의 관문에 전했다.

"안 됩니다."

하진의 측신側臣들은 당장 십상시들의 함정임을 간파하고 간 했다.

"태후의 친서라고 해도 이 판국에는 믿을 수 없습니다. 위험할 따름입니다. 문밖으로는 한 걸음도 나가지 않는 것이 현명합니다."

이런 말을 들으면 자신에겐 없는 기량을 보여주고 싶어 하는 것이 하진의 병이었다.

"무슨 소리냐? 궁중의 병폐를 바로잡고 정권에 정대함을 기하여 장차 천하에 임하려는 이 하진이다. 십상시 무리 따위가 나를 어찌하겠는가. 그따위 조정의 쥐새끼들이 무서워서 하진이 문을 걸어 잠갔다는 말이 나돌면 천하의 영웅들이 오히려 나를 업신여길 것이다."

그날은 이상하게 강한 척했다.

하진은 바로 수레와 말을 준비하라고 명하고, 대신 철갑으로 무장한 정병 500명의 삼엄한 호위를 받으면서 궁을 향해 출발했다. 그런데 아니나다를까 청쇄문青鎖門에 이르자 그들은 제지되었다.

"병마는 금문을 지날 수 없소. 문밖에서 기다리시오."

하진은 몇 명의 시종만 데리고 들어갔다. 그래도 그는 거만하게 가슴을 뒤로 젖히고 위풍당당하게 걸어서 가덕문 근처까지 갔다.

"백정 놈아, 게 섰거라."

어디선가 들려온 소리에 그가 주춤한 사이에 십상시의 군사들이 그를 전후좌우에서 포위했다.

"하진아, 네놈은 원래 낙양의 뒷골목에서 돼지를 도살하며 근 근이 살아가던 가난뱅이 천한 백정이 아니었더냐? 그런데 오늘의

영화로운 지위까지 오른 것이 도대체 누구 덕인 줄 아느냐? 우리
가 음으로 양으로 네놈의 누이동생을 천자께 천거하고 네놈도 추
천한 덕분이다. 이 배은망덕한 놈아!"

뛰어나온 장양은 그의 면전에 대고 욕을 퍼부었다.

"아차!"

하진은 새파랗게 질려서 신음을 토했지만 때는 이미 늦었다. 궁
문이란 궁문은 죄다 닫혔고, 도망치려고 해도 칼과 도끼, 철창이
자신을 둘러싸 한 치의 틈도 없었다.

"아악, 으악!"

하진은 절규했다. 하늘이라도 날고 싶었는지 뛰어올라서 몸을
세 번쯤 빙그르르 돌렸다.

"죽일 놈, 이제야 깨달았느냐!"

장양은 그에게 뛰어들어 두 동강으로 베어버렸다.

궁문 안의 이상한 공기를 감지했는지 청쇄문 바깥에서는 왁자
지껄 시끄러운 소리가 일어났다.

"하 장군은 아직 안 나오십니까?"

"장군에게 급한 용무가 생겼으니 빨리 나오시라고 전해주시오."

그러자 성문의 담장 위에서 무장한 궁병 한 사람이 고개를 내밀
며 말했다.

"시끄럽다. 조용히들 해라. 너희들의 주인 하진은 모반을 이유
로 조사를 받고, 방금 이처럼 죄를 물어 처벌이 끝났다. 이것을 수
레에 싣고 가거라."

뭔지 큰 공 같은 검은 물체가 날아오자 밖에 있던 사람들이 급히
주워서 보니 입술을 깨문 채 창백히 죽어 있는 하진의 머리였다.

방황하는 반딧불이

||| 一 |||

"죽일 놈들."

하진의 수하 장수이자 중군교위인 원소는 하진의 머리를 안고 청쇄문을 노려보았다.

"두고 보자."

같은 하진의 부하 오광吳匡도 화가 나서 머리카락을 곤두세운 채 궁문에 불을 지르고 500명의 정병을 휘몰아 밀고 들어갔다.

"십상시를 모조리 잡아 죽여라."

"환관들을 태워 죽여라."

화려한 궁궐은 순식간에 흙발의 폭병暴兵들에게 점령되었다. 화염과 검은 연기와 비명과 화살의 회오리바람이었다.

"이놈 죽어라."

"네놈도 죽어라."

환관으로 보이는 자는 발각되는 즉시 죽였다. 궁중 깊숙이 틀어박혀 살던 십상시 무리이므로 병사들은 누가 누군지 잘 몰랐지만, 수염이 없는 남자나 예인처럼 말쑥하게 차려입은 내관은 모두 환관으로 간주하여 목을 자르거나 찔러 죽였다.

십상시인 조충이나 곽승 등의 패거리도 서궁의 취화문翠花門까지 용케 도망쳐 넘어왔지만, 철궁에 맞아 죽어가며 기어가는 것을 갈가리 찢어서 팔다리는 취화루의 큰 지붕 위에 있는 까마귀에게 던져주고, 머리는 서원西苑의 호수 속에 던져버렸다.

하늘은 어두웠고 땅은 불길에 휩싸였다. 여인들이 사는 후궁의 비명은 구름에 메아리치며 땅속까지 닿을 듯했다.

그 와중에 십상시 일파인 장양과 단규는 새 황제와 하 태후, 그리고 새 황제의 아우인 협 황자(황제가 즉위한 뒤로 진류왕이라 불렸다) 등 세 사람을 검은 연기 속에서 구출하여 북궁北宮의 비취문翡翠門으로 재빨리 빠져나갈 준비를 하고 있었다.

그때였다. 창을 들고 갑옷을 두른 채 사나운 말에 거품을 물리며 달려온 한 노장이 있었다. 궁문에 변이 생겨 불길이 일어난 것을 보자마자 달려온 중랑장 노식이었다.

"멈춰라, 이 도적놈들아. 황제와 태후를 납치하여 어디로 가려는 것이냐?"

노식이 호통을 치며 말 위에서 내리는 사이에 장양은 새 황제와 진류왕의 거마에 채찍질하여 도망쳐버렸다.

단지 하 태후만은 노식의 손에 잡혀 남았다.

그리고 마침 부하들을 동원하여 궁중 각처의 불길을 진화하고 있던 교위 조조를 만났다. 노식과 조조는 "새 황제께서 돌아오실 때까지 당분간 대권을 맡아주십시오."라고 하 태후에게 청하는 한편 각 방면으로 군사를 풀어 새 황제와 진류왕의 뒤를 쫓게 했다.

낙양 거리에도 불길이 덮쳤다. 병란은 당장이라도 온 시가지에 미칠 것이라며 가재도구를 짊어진 채 피난하는 민중들로 혼란은 극에 달해 있었다. 그 사이를 장양 등의 말과 새 황제와 진류왕을 태운 수레는 피난길에 허둥대는 늙은이를 치고 어린애를 걷어차며 날듯이 성문 밖 교외로 멀리 달아났다.

그러나 그러는 사이에 수레바퀴가 부서지고 장양 등이 탄 말도 다치거나 진흙에 다리가 빠져 결국 모두가 도보로 가야 했다.

"아아."

새 황제는 때때로 비틀거리며 크게 탄식했다. 돌아보니 낙양의 하늘은 밤이 되어도 여전히 붉게 타오르고 있었다.

"조금만 더 참으십시오."

장양 등은 새 황제를 어떻게든 붙잡고 있으려고 애썼다. 새 황제를 자기들이 데리고 있는 것이 유리하기 때문이었다.

초원 끝에 북망산이 보였다. 칠흑같이 어두운 밤이었다. 벌써 삼경(23시~01시)쯤 되었나 보다. 그때 한 무리의 인마가 달려왔다. 장양은 그들이 추격대라는 것을 직감하고 모든 것을 체념했다.

"아아, 이제 끝이구나."

장양은 아쉬움의 탄식을 토해내면서 스스로 물에 뛰어들어 자살했다. 새 황제와 아우인 진류왕은 강변의 풀 속에서 부둥켜안고 잠시 다가오는 병마에 귀를 기울이고 있었다.

||| 二 |||

이윽고 강을 건너서 소나기처럼 달려온 것은 하남의 중부연사中部掾史 민공閔貢의 병마였지만, 그들은 아무것도 알아차리지 못한 채 순식간에 어둠 속으로 사라져버렸다.

"……"

훌쩍훌쩍…… 새 황제는 풀 속에서 소리를 내며 울었다. 진류왕은 비교적 또렷한 목소리로 말했다.

"아아, 배고프신가 보군요. 당연해요. 저도 오늘 아침부터 물 한 방울 마시지 못하고 낯선 길을 정신없이 걸어온 터라 몸을 일으키려고 해도 몸이 떨릴 뿐입니다."

진류왕은 새 황제를 위로했다.

"그러나 이런 강변의 풀 속에서 이대로 밤을 지새울 수는 없습니다. 더구나 밤이슬은 몸에 해로울 뿐이니 걸을 수 있는 한 걸어보죠. 어딘가 민가가 있을지도 모르고요."

"……"

새 황제는 보일락 말락 하게 고개를 끄덕였다.

두 사람은 길을 잃지 않도록 소매와 소매를 서로 묶고 어둠 속을 걸었다.

가시나무인지 야생대추인지 모르는 나무의 가시가 다리를 찔렀다. 새 황제와 진류왕은 태어나서 처음으로 이런 세상이 있다는 것을 알았기 때문에 살아 있다는 기분도 없었다.

"아, 반딧불이가……"

진류왕이 소리쳤다. 큰 반딧불이의 무리가 바람 가는 대로 한 덩어리가 되어 눈앞을 둥실둥실 날아다녔고 덕분에 마음이 한결 든든해졌다.

날이 밝기 시작했다. 더는 걸을 수 없었다. 새 황제는 쓰러진 채 일어나지 않았다. 진류왕도 주저앉아버렸다.

"아아."

정신이 혼미해지면서 잠시 아무 느낌이 없었다. 그러고 있는데 누군가가 자신을 흔들어 깨우며 "어디서 왔느냐?"고 묻는다.

주위를 둘러보니 오래된 장원의 토담이 근처에 있었다. 그곳의 주인일지도 모른다.

"도대체 너희는 어느 집 자식이냐?"

그가 거듭 묻는다.

진류왕은 여전히 또렷한 목소리로 황제를 가리키며 말했다.

"얼마 전에 갓 즉위하신 황제 폐하이십니다. 십상시의 난으로 궁문에서 피해 나오셨는데, 모시는 신하들은 모두 흩어지고 겨우 제가 모시고 여기까지 온 것입니다."

주인은 깜짝 놀랐다.

"그럼, 당신은……?"

주인은 자신의 눈을 의심했다.

"나는 폐하의 아우 진류왕이라는 사람이오."

"예, 그럼 정말로?"

주인은 놀라고 당황해서 황제를 부축하여 장원 안으로 모셨다. 낡은 시골집이다.

"인사가 늦었습니다. 소인은 선왕조를 모신 사도司徒 최열崔烈의 아우 최의崔毅라는 사람이옵니다. 십상시 무리가 지나치게 어짊을 내몰고 사악을 불러들여서 차마 눈 뜨고 볼 수 없는 폭정을 펼치기에 관직을 버리고 초야에 묻혀 지내고 있사옵니다."

주인은 다시 절을 올렸다.

그날 밤이 샐 무렵.

단규는 물에 빠져 죽은 장양을 버리고 혼자 들길을 헤매다가 도중에 민공의 군대에 발각되었다. 민공은 그에게 천자의 행방을 물었지만, 그가 모른다고 대답하자 즉시 "불충한 놈!"이라며 말 위에서 참하고 그 머리를 안장에 매달고 병사들을 향해 외쳤다.

"여하튼 이 근방으로 오신 것이 틀림없다."

병사들에게 수색을 명하고 자신도 혼자 말을 몰고 혈안이 되어 찾아다녔다.

||| 三 |||

최의의 집을 둘러싼 나무 위로 밥 짓는 연기가 피어오르고 있었다. 새 황제와 진류왕을 숨겨둔 초가집 문을 열고 최의가 식사를 올렸다.

"시골이라 아무것도 없사옵니다만, 허기를 달랜다 생각하시고 이 죽이라도 조금 드셔보시옵소서."

새 황제와 진류왕은 보기에도 안쓰럽게 허겁지겁 죽을 마셨다.

"안심하고 주무십시오. 밖은 소인이 지키고 있겠사옵니다."

최의는 눈물을 지으며 물러갔다.

낡고 기울어진 장원의 문에 기댄 채 최의는 반나절이나 번을 섰다. 그러고 있는데 따그닥 따그닥 나무들 사이를 밟고 오는 말굽 소리가 들렸다.

'누구지?'

그는 가슴이 철렁했지만 시치미를 떼고 빗자루질을 했다.

"이보시오 주인장, 뭐 먹을 것 좀 없소? 국물이라도 좋으니 있으면 한 그릇 주시오."

소리가 나는 쪽을 돌아보니 민공이었다.

"그러시지요. 그런데 호걸, 그 머리는 대체 누구의 머리입니까?"

최의는 그의 안장에 묶여 있는 갓 벤 듯한 수급을 보고 물었다.

"모르시오? 이것은 십상시 장양 등과 함께 오랫동안 조정에 살면서 천하에 해를 끼친 단규라는 놈이오."

"예? 그럼 호걸은 뉘십니까?"

"하남의 연사 민공이라는 사람인데 간밤부터 황제의 행방을 알수 없어서 여기저기 찾아다니는 중이오."

"아, 그럼."

최의는 손을 흔들며 안쪽으로 달려갔다.

민공은 이상히 여기며 말을 매어놓고 그의 뒤를 쫓았다.

"폐하, 아군의 호걸이 모시러 왔사옵니다."

최의의 갑작스러운 목소리에 지푸라기 위에서 자고 있던 황제와 진류왕은 이것이 꿈인가 하면서 미친 듯이 기뻐했다. 그리고 민공이 절하며 엎드리는 모습을 보자 기뻐서 부둥켜안고 울었다.

황제도 황제가 아니요
왕도 왕이 아니네
천승만기千乘萬騎가 달리는
북망의 초야에 여름만 아득하네

생각해보니 올여름이 시작될 무렵부터 낙양의 아이들 사이에선 이런 노래가 유행하고 있었다. 하늘에 입이 없어서 무심한 동요로 오늘의 변고를 예언한 것일까?

"천하에는 하루도 황제가 없어서는 안 됩니다. 자, 한시라도 빨리 도성으로 환행하십시오."

민공의 말에 최의는 자신의 마구간에서 여윈 말 한 마리를 끌고 와서 황제에게 헌상했다.

민공은 자신의 말에 진류왕을 태우고 두 마리의 고삐를 잡고는 문을 나서 여러 곳에 흩어져 있는 병사들을 불러모았다.

2, 3리쯤 가자 교위 원소가 달려와 마중했다.

"오오, 황제께서는 무사하셨습니까?"

그리고 사도 왕윤王允, 태위 양표楊彪, 좌군교위 순우경淳于瓊, 우군의 조맹趙萌과 동 후군교위 포신鮑信 등이 각각 수백 기를 이끌고 와서 천자를 보고 모두 통곡했다.

"성대한 환행으로 낙양의 시민들을 안심시켜라."

단규의 머리를 빠른 말로 앞서 보내 낙양의 시가에 매달게 하고, 동시에 천자의 무사함과 환행을 포고했다.

이윽고 황제의 어가는 교외 근처에 이르렀다. 그때 맞은편의 언덕 뒤에서 군마의 기운이 왕성하게 일며 갖가지 깃발이 하늘을 가리고 나타났다.

"뭐지, 뭐야?"

뒤따르던 장졸과 백관이 모두 안색이 파랗게 질려서 그 자리에 멈춰 섰다.

||| 四 |||

"적인가?"

"대체 누구의 군대야?"

황제를 비롯하여 모두가 멍하니 서서 의심에 찬 눈으로 두려움에 떨고 있을 때 원소가 황제의 행렬 앞으로 말을 몰고 와서 큰 소리로 외쳤다.

"거기 오는 것은 누구의 군대인가? 황제께서는 지금 황성으로 돌아가신다. 황제 폐하의 길을 막는 불경을 저지르지 마라!"

그러자 짐승이 울부짖는 듯한 대답이 정면에서 다가오는 군대의 한복판에서 울려 퍼졌다.

"어이, 나다."

바람에 나부끼는 1,000기의 깃발, 황금 수를 놓은 번기幡旗, 부대가 좌우로 쫙 갈라지는가 싶더니 준마가 용의 발톱을 긁으며 안장 위에 당당히 앉아 있는 한 장부를 원소 앞으로 데리고 왔다.

얼마 전 낙양의 교외인 면지에 병마를 주둔시키고 하진이 수차례에 걸쳐 불러도 꿈쩍도 하지 않던 수수께끼의 인물, 서량 자사 동탁이었다.

동탁, 자는 중영仲穎, 농서隴西의 임조臨洮(감숙성 민현岷縣) 태생이다. 신장이 8척에 허리 굵기는 열 아름에 달하고 기름지고 육중한 몸에 가느다란 눈에서 뿜어져 나오는 교활한 지혜의 빛이 바늘처럼 사람을 찔렀다.

"누구냐!"

원소가 질타하듯 물었지만 부장部將 따위는 안중에도 없다는 태도다.

"천자께서는 어디 계시느냐?"

동탁은 말하면서 행렬의 바로 앞까지 다가왔다. 황제는 전율하며 대답을 못 하고, 백관도 모두 두려움에 떨었다. 기세가 당당하던 원소조차 그의 으리으리한 용태에 넋을 잃고 막지를 못했다.

그때 천자의 어가 바로 뒤에서 시원하게 꾸짖는 사람이 있었다.

"썩 물렀거라!"

늠름한 목소리에 동탁도 무심결에 말을 약간 물리고 눈을 크게
떴다.

"뭣이라? 물러나라고 한 자가 누구냐?"

"너야말로 신분을 밝혀라."

이렇게 말하며 말을 몰고 앞으로 나온 것은 황제의 아우 진류왕
이었다. 황제보다 어린 홍안의 소년이다.

"아아, 황제의 아우이신 진류왕이 아니십니까?"

동탁은 그제야 알아보고 황급히 말 위에서 배례했다.

진류왕은 머리를 꼿꼿이 세운 채 말했다.

"그렇다. 넌 누구냐?"

"서량 자사 동탁입니다."

"그 동탁이 여긴 무엇 하러 왔느냐? 어가를 모시러 왔느냐, 그렇
지 않으면 납치할 생각으로 왔느냐?"

"예……?"

"어느 쪽이냐?"

"모시러 왔나이다."

"모시러 왔다면서 천자가 여기 계신데 어찌 말에서 내리지 않는
무례를 범하는가? 어서 말에서 내리지 못할까!"

몸은 작지만 진류왕의 목소리는 매우 엄하고 매서웠다. 그 위엄
에 눌렸는지 동탁은 두말없이 황급히 말에서 뛰어내려 길가로 물
러나 천자의 어가에 공손히 절을 올렸다.

진류왕은 그것을 보자 황제를 대신하여 동탁에게 말했다.

"노고가 많소."

행렬은 무사히 낙양을 향해 갔다. 내심 은근히 놀란 것은 동탁

이었다. 선천적으로 갖추어진 진류왕의 위풍에 간담이 서늘해진 것이다.

'차라리 지금의 황제를 폐하고 진류왕을 보위에 세우는 게 낫지 않을까?'

동탁의 가슴속엔 이미 이때부터 야망이 싹트고 있었다.

여포

||| 一 |||

낙양의 남은 불씨는 겨우 꺼졌다.

황제와 진류왕의 어가도 이리하여 무사히 궁중으로 환행했다.

"오오."

하 태후는 황제를 맞이하자 끌어안은 채 한동안 흐느껴 울었다.

"옥새를……."

그리고 황제의 손에 옥새를 돌려주려고 찾았지만 언제 잃어버렸는지 찾을 수 없었다.

황권의 상징이자 대대로 전해 내려오는 옥새가 사라진 것은 심각한 문제다. 그런 만큼 철저히 비밀에 부쳤지만, 어느새 새어나갔는지 사람들은 수군거리며 눈살을 찌푸렸다.

"아, 또 그런 망조가 있었습니까?"

동탁은 그 후 면지에 있던 군사들을 바로 성 밖으로 이동시키고 자신은 매일 1,000기의 철병을 이끌고 거리와 왕성을 제 땅인 양 활보하고 다녔다.

"가까이 가지 마라."

"괜히 책잡히지 마."

사람들은 두려움에 떨며 길을 열어 피했다.

그 무렵 병주并州의 정원丁原, 하내河內 태수 왕광, 동군東郡의 교모喬瑁 등 여러 장수가 뒤늦게 앞선 조서에 의거해 낙양으로 올라왔지만, 동탁 군의 위세를 보고는 모두 어쩔 줄을 몰랐다.

하루는 후군교위 포신이 원소에게 은밀히 속삭였다.

"어떻게든 방법을 찾아야 합니다. 그놈들의 발부리가 대궐과 거리를 멋대로 활보하고 있습니다."

"무슨 말인가?"

"몰라서 묻습니까? 동탁과 그 주변의 놈들 말입니다."

"잠자코 있게."

"왜 그러십니까? 나는 꺼림칙해서 견딜 수가 없습니다."

"하지만 이제 겨우 궁중도 안정을 찾기 시작했는데."

포신은 같은 근심을 사도 왕윤에게도 알렸다. 하지만 사법관인 왕윤도 동탁과 같은 거물에게는 어쩔 수 없었다.

"으음, 그렇고말고. 동감이네. 그러나 어쩔 수 없지 않은가?"

그물을 가진 어부가 고래를 바라보고 탄식만 하듯 성긴 수염을 잡고 뾰족한 턱을 당기면서 이렇게 모르는 체할 뿐이었다.

"이젠 끝이구나."

포신은 모든 것이 싫어져서 자신의 부하들만 데리고 태산泰山의 한적한 곳으로 달아나버렸다.

떠나는 사람은 떠나고, 아첨하는 사람은 아첨하며 동탁의 세력에 붙어서 그의 세력은 날이 갈수록 커져만 갔다.

동탁의 성격은 그의 군대와 태도에 차츰 노골적으로 나타났다.

"이유李儒."

"예."

"단행하고 싶은데 어떨까? 이젠 괜찮겠지?"

동탁은 심복인 이유와 계획을 논의했다. 전부터 그의 머릿속에 있던 계획으로, 지금의 황제를 폐하고 그가 마음에 두고 있는 진류왕을 황제로 세워 궁정을 제 마음대로 주무르겠다는 야심이었다.

이유는 괜찮을 것이라고 대답하고 시기는 지금 당장이라도 서두르는 것이 좋겠다고 덧붙였다. 그도 동탁 못지않게 난폭하고 비뚤어진 사람이었다. 그러나 동탁은 마음에 들어 했다.

이튿날, 온명원溫明園에서 큰 연회가 열렸다. 연회의 주최자는 물론 동탁이었다. 그의 위세에 눌린 문무백관은 그의 초대를 거부하지 못하고 모두 모였다.

"모두 모이셨습니다."

근신의 보고에 동탁은 매무새를 가다듬고 바깥문 앞에서 거드름을 피우며 말에서 내려 보석을 아로새긴 검을 차고 유유히 자리에 도착했다.

||| 二 |||

미주옥배美酒玉杯가 몇 순배 돌았다.

"오늘 연회에 오신 여러분께 하나 제안할 것이 있소."

동탁이 일어서서 조용히 말했다.

무슨 말인가 하고 모두가 조용해졌다. 동탁은 그 비만한 몸을 한껏 뒤로 젖히며 말을 이었다.

"천자는 타고난 기품이 옥처럼 아름답지 않으면 안 된다는 것이 내 생각이오. 만민의 추앙을 받을 만한 분이 아니면 아니 되오. 종묘사직을 수호하고 흔들림이 없는 인덕을 겸비해야 하오. 그런데 불행히도 새 황제께서는 의지가 박약한 데다 유약하기까지 하니 이는 한실을 위해 우리 신민臣民이 항상 우려하는 점이오."

큰 문제다. 듣는 사람들은 모두 술이 확 깼다.

동탁은 조용해진 백관의 머리 위를 둘러보며 왼 주먹을 검대에 올리고 오른손을 힘껏 휘둘렀다.

"이 자리에서 나는 감히 말하겠소. 여러분 근심하지 마시오. 다행히도 새 황제의 아우이신 진류왕이 학문을 좋아하고 총명하시며 타고난 성품이 맑고 아름답소. 진실로 천자의 그릇이라 할 만하오. 지금이야말로 천하다사天下多事, 아무쪼록 이때 지금의 천자 대신 진류왕을 세워 제위帝位의 폐립廢立을 결행하고 싶은데 어떻소? 이론이 있는 사람은 일어서서 의견을 말하시오."

경천동지할 만한 대사를 그는 선언하듯 말했다. 넓은 대연회장에서는 기침 소리 하나 들리지 않았다. 기가 죽었으리라. 동탁은 자신에게 반대하는 사람 따위 있을 리가 없다고 자신에 찬 눈으로 좌중을 훑어보았다.

그러자 백관의 자리에서 누군가가 벌떡 일어나는 소리가 났다. 사람들의 시선이 일제히 그에게 쏠렸다.

병주 자사 정원이다.

"나는 일어났소. 반대의 표시요."

동탁은 눈알을 부라리며 그를 노려보았다.

"목상木像을 보자는 게 아니다. 반대한다면 반대하는 이유를 말해보라."

"천자의 자리는 천자의 어의御意에 있는 것! 신하 된 자가 사사로이 숙덕거릴 수 있는 대상이 아니올시다."

"그래서 공론을 모으는 것이 아닌가!"

"선제의 적자嫡子이신 지금의 황제에게 무슨 흠이나 허물이 있단 말이오? 이런 곳에서 제위의 폐립을 논한다는 것부터가 애당초 말이 안 됩니다. 어좌의 찬탈을 꾀하는 자가 아니고서야 어찌 감히 그런 폭언을 뱉을 수 있단 말이오?"

"닥쳐라. 내게 반대하는 자에게는 죽음이 있을 뿐이다."

정원이 빈정거리자 동탁은 불같이 화를 내며 비단 소매를 헤치고 칼자루를 잡았다.

"뭘 하시게?"

정원은 꿈쩍도 하지 않았다.

정원에겐 믿는 구석이 있었다. 그의 뒤에 한 대장부가 의연하게 서서 '정원에게 손가락이라도 대봐라.'라고 말하듯 무서운 얼굴을 하고 있었던 것이다.

이글거리는 눈동자, 늠름한 위풍은 누가 봐도 사나운 표범과 같았다.

동탁의 심복으로 항상 비서처럼 옆에 붙어 있는 이유가 황급히 주인의 소매를 잡아끌었다.

"오늘은 모처럼 연회가 열린 날입니다. 딱딱한 국정 방향 등은 자리를 따로 마련해서 다른 날 하시면 어떻겠습니까? 술기운이 있는 곳에서는 대체로 논의가 정리되지 않습니다."

"음, 으음."

동탁도 눈치채고 마지못해하며 칼자루에서 손을 거뒀다. 그러나 아무래도 정원의 뒤에 서 있는 자가 신경에 거슬려서 견딜 수 없었다.

하지만 동탁의 야망은 정원이 반대한다고 해서 절대 사그라지지 않았다.

대연회의 자리는 잠시 그런 일로 흥이 깨졌지만, 술잔이 다시 오고 가자 분위기가 오른 틈을 노려 동탁이 다시 일어나 말했다.

"아까 내가 한 말은 여러분의 의중이며 천하의 공론이라고 생각하는데 어떻게 생각하시오?"

그러자 자리에 있던 중랑장 노식이 솔직히 그에게 충고했다.

"이제 그만하시지요. 너무 자기 의견을 강요하려고 하면 천자의 폐립이라는 명분을 빙자하여 동 공께 찬탈의 흑심이 있지나 않을까 하고 의심을 사게 됩니다. 그 옛날 은殷나라 태갑太甲이 무도해서 이윤伊尹이 그를 동궁桐宮으로 쫓아냈고, 한나라 창읍昌邑이 왕위에 올랐으나……."

노식은 고사故事를 인용하여 학자답게 간언하려고 했다.

"닥쳐라! 네놈도 피의 축제에 머리를 내밀고 싶은가?"

동탁은 격노하여 주위의 무장들을 돌아보고 노식을 가리키면서 부르르 떨었다.

"저자를 참하라. 당장 베어라. 어서 베지 못할까!"

"안 됩니다."

하지만 이유가 말리며 말했다.

"노식은 대학자입니다. 중랑장이라는 직분보다 학식이 높은 선비로 이름이 알려져 있습니다. 그런 노식을 동탁이 죽였다는 소식이 천하에 알려지면 주공만 부덕하다는 소리를 들을 뿐입니다. 손해입니다."

"그럼, 내쫓아라."

동탁은 계속해서 성을 내며 말했다.

"관직도 삭탈하라! 저자를 그냥 놔두자는 자는 내가 용서치 않겠다!"

더는 아무도 말리지 않았다.

노식은 관직에서 쫓겨났다. 이날부터 그는 세상을 등지고 상곡上谷의 초야에 숨어버렸다.

어쨌든 연회 자리는 이처럼 살벌한 분위기 속에서 끝났다. 제위 폐립의 회의는 다른 날에 하기로 하고 백관은 꽁무니를 빼며 폐회의 잔을 서둘러 들었다.

사도 왕윤 등은 가장 먼저 은밀히 돌아갔다. 정원의 반대에 여전히 앙심을 품고 있던 동탁은 바깥문에서 기다렸다가 그를 베어버리려고 했다.

그런데 아까부터 바깥문 밖에서 흑마를 타고 손에 방천극方天戟을 든 채 돌아가는 손님을 살피기도 하고 문 안을 기웃거리는 비범한 풍모의 젊은이가 있었다.

얼핏 그를 본 동탁이 이유를 불러서 물었다. 이유는 밖을 내다보며 말했다.

"바로 그놈입니다. 아까 정원의 뒤에 우뚝 서 있던 그 사내 말입니다."

"그놈이었군. 그런데 옷차림이 다른데?"

"무장하고 다시 나왔습니다. 무서운 놈입니다. 정원의 양자 여포呂布라는 자인데 오원군五原郡(내몽골 오원시五原市) 태생으로 자는 봉선奉先, 궁마의 솜씨가 천하무쌍이라 들었습니다. 저런 놈한

테 걸렸다간 큰 곤욕을 치를 것입니다. 피하는 편이 좋습니다. 못
본 척하는 것이 상책입니다."

듣고 있던 동탁은 갑자기 소름이 돋는 것을 느끼고는 서둘러 뜰
에 있는 정자 뒤로 숨어버렸다.

그는 여포 때문에 정원을 죽이지 못하자 여포가 꿈속에서까지
보일 정도로 아무리 해도 잊을 수 없었다.

그런데 그 이튿날.

정원이 병사를 이끌고 동탁의 진영을 급습했다. 동탁이 소식을
듣자마자 격노해서 지체 없이 몸에 갑옷을 걸치고 진두에 나가 보
니 분명히 어제의 여포가 황금빛 투구에 백화전포百花戰袍를 입고,
당예唐猊(가죽이 질겨 갑옷을 만들었다는 고대 전설 속의 짐승) 갑옷에는
사만보대獅蠻寶帶(사자 모양을 새긴 보석을 박은 허리띠)를 찬 채 말 위
에서 방천극을 종횡무진으로 휘두르며 용맹을 과시하고 있었다.

동탁은 넋을 잃고 보면서도 속으로는 몹시 두려워하며 떨었다.

적토마

||| 一 |||

그날의 전투는 동탁의 대패로 끝났다.

여포의 용맹을 당할 자가 없었다. 정원도 사방팔방으로 말을 몰며 동탁 군을 물리치다가 난군亂軍 속에서 동탁을 발견했다.

"이 역적 놈아, 여기 있었구나!"

그러고는 바싹 쫓아갔다.

"한의 천하는 내관의 패악으로 문란해져 만민이 도탄의 고통에 빠져 있다. 그런데 너는 양주의 일개 자사刺史(중국 한나라 때 군郡·국國을 감독하기 위해 각 주에 둔 감찰관), 국가에 한 치의 공도 없이 다만 어지러운 틈을 타서 야망을 채우려고 함부로 제위의 폐립을 논하는 등 제 분수도 모르는 역적이다. 그 목을 베어 거리에 내걸고 낙양 백성들의 제물로 삼겠다."

동탁은 한마디도 못 하고 막강한 적의 기세에 두려움을 느끼는 한편 그런 자신이 부끄러워서 급히 아군의 방패 속으로 도망쳐 들어갔다. 그런 까닭으로 동탁 군은 그날 사기가 바닥을 쳤고, 동탁 역시 의욕을 잃은 모습으로 진을 멀리 물렸다.

그날 밤.

본진의 등불 아래에 그는 제장을 불러놓고 탄식했다.

"정원은 차치하더라도 양자인 여포가 있는 한 승산이 없다. 여포만 내 부하로 삼을 수 있다면 천하는 우리 손안에 들어올 텐데……."

그러자 장수들 중에서 한 사람이 말했다.

"장군, 탄식하실 필요 없습니다."

사람들이 돌아보니 호분중랑장虎賁中郎將 이숙李肅이었다.

"이숙, 무슨 계책이라도 있는가?"

"있습니다. 저에게 장군이 사랑하시는 적토마赤兎馬와 금은주옥을 한 자루 주십시오."

"그걸로 뭘 하려고?"

"다행히 저는 여포와 같은 고향에서 태어났습니다. 그는 용맹하지만 지혜롭지 못합니다. 이상의 두 물건을 가지고 여포를 찾아가 세 치 혀로 장군의 소망을 꼭 이뤄드리도록 하겠습니다."

"흠, 성공할 수 있겠나?"

"한 번 맡겨봐주십시오."

동탁은 여전히 망설이는 표정으로 옆에 있는 이유에게 의견을 물었다.

"어떻게 할까? 이숙이 저렇게 장담하는데."

그러자 이유가 말했다.

"천하를 얻는 일인데 어찌 말 한 마리를 아끼겠습니까?"

"하긴 그렇군."

동탁은 고개를 크게 끄덕이며 이숙의 헌책獻策을 받아들이기로 하고 애지중지하던 명마 적토마와 한 자루의 금은주옥을 그에게 맡겼다.

적토마는 세상에 드문 명마로 하루에 천 리를 달린다고 한다. 몸통이 새빨갛고 바람을 뚫고 달릴 때는 그 갈기가 마치 불길이 흘러가는 것처럼 보여서 동탁의 적토마라면 모르는 사람이 없을 정도였다.

이숙은 두 시종에게 적토마를 끌게 하고 금은주옥을 들고서 그 다음 날 밤 몰래 여포의 진영을 방문했다.

"오오, 자넨가?"

여포는 그를 보자 반가이 맞았다.

"자네와 나는 동향 친구이지만 그 후 서로 소식이 뚝 끊겼네. 한데 지금은 뭘 하고 있나?"

여포는 그를 진중으로 맞아들였다. 이숙도 오랫동안 격조했다며 인사를 나누었다.

"나는 한조漢朝를 섬기며 지금은 호분중랑장이라는 직책을 맡고 있네. 자네도 사직을 도와서 크게 국사에 힘쓰고 있다고 들었는데, 실은 오늘 밤 축하하러 온 것이네."

||| 二 |||

그때 여포가 갑자기 귀를 쫑긋 세우더니 이숙에게 물었다.

"방금 진영 밖에서 운 것이 자네의 말인가? 울음소리만 들어도 알 수 있지. 대단한 명마를 가지고 있군."

"아니, 밖에 매어둔 말은 내 것이 아닐세. 자네에게 선물하기 위해 일부러 시종을 시켜서 끌고 온 것이네. 마음에 들지 어떨지 한번 보게."

이숙은 여포를 밖으로 불러냈다.

"이건 희대의 명마군."

여포는 적토마를 한 번 보고 경탄했다.

"이런 선물을 받아도 나는 아무것도 사례할 만한 것이 없는데."

여포가 진중이지만 주연을 베풀어 환대에 애쓰는 모습을 보니 진심으로 기뻐하는 것 같았다.

술이 거나해졌을 때 이숙은 넌지시 여포의 속을 떠보았다.

"그런데 여포, 모처럼 자네에게 준 말이지만 적토마의 내력은 자네 아버지가 잘 알고 있으니까 반드시 가로채버릴 걸세. 그것이 유감천만이군."

"무, 무슨 말인가? 자네가 많이 취했구먼."

"취하다니?"

"우리 아버지는 벌써 세상을 떠나셨는데 어떻게 내 말을 빼앗는다는 말인가?"

"아니, 아니. 내가 말하는 건 자네의 친아버지가 아닐세. 양부인 정원 말이야."

"아, 양부 말인가?"

"생각해보니 자네 정도의 무용과 재략才略을 갖추고도 울타리 안의 양처럼 사육되고 있는 것이 참으로 애석하더군."

"하지만 선친이 돌아가신 후 오랫동안 정원의 집에서 자란 몸이고 보니, 인제 와서 어쩔 도리가 없네."

"어쩔 도리가 없다…… 그럴까?"

"나도 젊고 크게 웅재雄才를 펼쳐보고 싶은 마음도 있지만."

"바로 그거네, 여포. 좋은 새는 나무를 가려서 앉는다고 하지 않는가. 해와 달은 움직인다네. 공허하게 젊은 시절을 보내는 것은 어리석은 짓이야."

"으음. ……그럼 이숙, 자네가 보기에 지금 조정의 대신들 중에서 영웅이라고 할 만한 사람은 대체 누구라고 생각하는가?"

"그야 물론 동탁 장군이지."

이숙은 한마디로 대답했다.

"어진 사람을 존경하고, 선비를 아낄 줄 알며 관인덕망寬仁德望을 겸비하고 있는 호걸이라면 동탁을 두고는 다른 인물이 없네. 반드시 장차 대업을 이룰 사람은 우선 동탁 장군이지."

"그럴 것 같은가? ……역시."

"자네는 어떻게 생각하는가?"

"아니, 실은 나도 평소 그렇게 생각하고 있었네. 하지만 정원과 사이가 나쁘고, 게다가 연줄도 없기에……."

이숙은 끝까지 듣지도 않고 가지고 온 금은주옥 자루를 꺼냈다.

"이것이 바로 그 동탁 장군이 자네에게 선물로 보낸 것이네. 실은 나는 그 심부름꾼으로 온 셈이지."

"뭐라고? 이걸?"

"적토마도 동탁 장군의 애마로 성城 하나를 줘도 바꿀 수 없다고 하실 만큼 애지중지하던 말이지만, 자네의 무용을 흠모하여 자네에게 선물하라고 말씀하셨네."

"아, 그렇게까지 날 생각해주신다는 말인가? 무엇으로 나는 자네의 두터운 신의에 보답하면 되겠는가?"

"그야 쉬운 일이지. 잠시 귀 좀 빌려주게."

이숙이 여포에게 다가갔다.

막사엔 음기가 가득한 바람이 불고 밤은 깊어가고 있었다. 군사들은 모두 잠에 곯아떨어졌으며, 이따금 낯선 마구간에 매인 적토마가 정적을 찢으며 말굽 소리를 낼 뿐이었다.

||| 二 |||

"알았네."

여포는 고개를 크게 끄덕였다.

무슨 말인가를 여포의 귀에 속삭인 이숙은 그의 괴이하게 반짝이는 눈을 응시하면서 곁에서 떨어지며 선동했다.

"좋은 일은 서두르라고 했네. 결심이 섰으면 당장 해치워야지. 나는 여기서 술을 마시면서 희소식을 기다리고 있겠네."

여포는 벌떡 일어나 나갔다. 그리고 진영의 중군에 들어가 정원의 막사 안을 들여다보았다.

정원은 등불을 켜고 책을 읽다가 누군가 들어오는 기척에 돌아다보았다.

"누구냐?"

낯빛이 변한 여포가 검을 뽑아 들고 우뚝 서 있기에 정원은 소스라치게 놀라며 일어났다.

"여포가 아니냐? 그런데 낯빛이 왜 그러느냐?"

"아무것도 아니다. 대장부로서 너 같은 평범한 늙은이의 자식으로 썩자니 분통이 터지는구나!"

"뭐, 뭐라고? 이 무엄한 놈아, 다시 한번 말해봐라."

"시끄럽다!"

여포는 즉각 달려들어 정원의 목을 한칼에 베어배렸다. 검은 피가 솟구쳐 등불을 꺼자 밤은 참혹할 정도로 어두웠다.

여포는 중군에 서서 미친 사람처럼 소리쳤다.

"정원을 베었다. 정원이 어질지 못하기에 그를 베어 죽였다. 뜻 있는 자는 나를 따르라. 불복하는 자는 내 곁을 떠나라."

중군은 발칵 뒤집혔다. 여포를 떠날지 따를지를 두고 혼란이 극에 달했지만 반쯤은 부득이하게 여포를 따랐다.

이 소동에 이숙은 대사가 성사되었다고 손뼉을 치며 기뻐했다. 그리고 곧이어 여포를 데리고 동탁의 진영으로 돌아와 사실대로 보고했다.

"수고했네, 이숙."

동탁은 뛸 듯이 기뻐했다.

이튿날, 특별히 여포를 위해 성대한 연회를 열고 동탁이 몸소 맞으러 나올 정도로 환대했다. 선물로 받은 적토마를 타고 온 여포는 안장에서 내려 무릎을 꿇고 배례했다.

"무사는 자신을 알아주는 사람을 위해 죽는다고 합니다. 이제 어둠을 버리고 밝음을 섬기는 날을 맞이했으니 이처럼 기쁜 일은 없습니다."

"지금 대업의 길에 그대 같은 용맹한 장수를 우리 군에 맞이하니, 마른 모종에 단비를 보는 듯한 생각이 드는구려."

동탁 역시 여포의 손을 잡아 일으키며 주연 자리로 안내했다.

여포는 기뻐서 어쩔 줄을 몰랐다.

게다가 또 황금 갑옷과 비단 도포를 그날의 선물로 받았다. 여포는 무시무시한 독을 맞고 정신없이 취했다. 쾌남아 여포는 유감스럽게도 눈앞의 욕망에 눈이 멀어 결국 청운의 큰 뜻을 짓밟는 실수를 범했다.

여포가 우리에 들어왔다.

동탁은 이제 무서울 것이 없었다. 그 위세는 솟아오르는 해처럼 하늘을 찌를 듯했다. 자신은 전장군前將軍이라 칭하고, 아우 동민董旻을 좌장군左將軍, 여포를 기도위騎都尉 중랑장 도정후都亭侯에 봉했다.

생각한 것은 무엇이든 할 수 있었다.

하지만 아직 한 가지 남아 있는 문제가 있었다. 제위의 폐립이었다. 이유 또한 옆에서 계속 부추겼다.

"좋아, 이번에는 단행하겠다."

동탁은 궐내에서 큰 잔치를 열어 다시 한번 백관을 한자리에 모았다.

||| 四 |||

낙양의 도시 사람들은 잔치와 풍악을 즐긴다. 특히 조정의 백관들은 모두 무악을 즐기고 술을 사랑하여 밤새도록 마시기를 마다치 않는 애주가가 많았다.

'오늘은 그간의 잔치 때보다 한결 분위기가 좋군.'

동탁은 연회장의 분위기를 살펴보고 이렇게 짐작했다.

마침 기회가 좋다고 생각한 그는 자리에서 일어나 일장 연설을 시작했다.

"여러분!"

첫 연설은 주최 측의 지극히 형식적인 인사말이었기에 사람들은 모두 일제히 술잔을 들고 감사를 표했다.

"감사합니다, 감사하오."

화기애애한 목소리와 박수 소리가 잠시도 멈추지 않았다. 동탁은 이렇게 들끓는 분위기가 자신의 인기 때문이라고 보았다.

"자, 언젠가 여기 계신 여러분의 명철한 판단만을 바라다가 끝내 의결에 도달하지 못한 문제가 있소. 오늘은 이 성대한 모임과 길일을 점쳐 지난번에 해결하지 못한 그 문제를 반드시 처리하고 다시 잔을 거듭하고 싶은데, 여러분의 의향은 어떻소?"

그러고는 현 황제의 폐위와 진류왕의 즉위를 추대하는 문제를 불쑥 꺼냈다.

끓는 물이 식어버린 듯 잔치 자리는 일시에 잠잠해졌다.

"……."

"……."

너도나도 꿀 먹은 벙어리처럼 입을 다물고 있는데 좌중에서 돌연 소리치는 사람이 있었다.

"불가하오, 불가요!"

중군교위 원소였다. 원소는 감히 반대의 도화선에 불을 댕겼다.

"묻겠소! 동 장군. 당신은 무엇을 위해 기꺼이 평지에 풍파를 일으키려는 것이오? 한 번도 아니고 두 번씩이나 현 황제를 폐위하고 진류왕을 어좌에 올리자고 음모나 다름없는 제안을 하는데 무슨 속셈이오?"

동탁은 칼자루를 잡으며 말했다.

"닥쳐라, 음모라니 무슨 소리냐?"

"황제를 폐하자고 몰래 논의하는 것이 음모가 아니면 무엇이오?"

원소도 지지 않고 소리쳤다. 동탁은 얼굴빛이 새파래져서 말했다.

"언제 몰래 논의했단 말인가? 조정의 백관을 앞에 두고 나는 내 소신을 밝혔을 뿐이다."

"이 연회는 사적인 자리. 조정 일을 논하려거든 왜 황제의 옥좌 앞에서 더 많은 중신이나 태후까지 납시게 하여 떳떳하게 하지 못하는 것이오?"

"에잇, 시끄럽다. 사적인 자리가 싫으면 네놈부터 썩 물러가라."

"가지 않겠소. 나는 음모를 꾸미는 이 자리에 딱 버티고 앉아 누가 찬성하는지 감시하겠소."

"뭐라고? 너한테는 내 칼이 들지 않는다고 생각하느냐?"

"폭언을 삼가시오. 여러분, 지금 이 말을 어떻게 생각하시오?"

"천하의 권좌는 내 뜻대로 움직인다. 내 의견에 불만이 있는 자들은 원소와 함께 이 자리를 떠나라."

"아아, 요망한 천둥소리에 하늘에 뜬 해도 새카매지는구나."

"주둥이를 함부로 더 놀렸다간 단칼에 몸뚱이가 두 동강 날 줄 알아라! 썩 꺼져라, 당장 나가. 이 미친놈아!"

"나도 있고 싶지 않다!"

원소는 몸을 부르르 떨면서 자리를 박차고 나갔다.

그날 밤으로 그는 관에 사표를 내고 멀리 기주冀州 땅으로 떠나 버렸다.

||| **五** |||

원소가 자리를 박차고 나가자, 동탁은 갑자기 좌중의 한쪽을 가리키며 좌우의 무사들에게 명했다.

"태부太傅 원외袁隗! 원외를 이리 끌고 오너라."

원외는 새파랗게 질린 얼굴을 하고 동탁 앞으로 끌려 나왔다. 그는 원소의 백부다.

"네 조카가 나에게 수치를 주었을 뿐만 아니라 무례하게 나가는 꼴을 네 눈으로도 똑똑히 봤을 것이다. 여기서 네 목을 쳐야 마땅함을 내가 모르는 바가 아니나, 그전에 한 가지 묻겠다. 이승과 저승의 갈림길에 서 있다고 생각하고 똑바로 대답하라."

"예…… 예."

"너는 이 동탁이 선언한 제위 폐립을 어찌 생각하느냐? 찬동하느냐, 아니면 네 조카 놈과 같은 의견이냐?"

"존명대로입니다."

"존명대로라니?"

"동탁 장군의 말씀이 옳다고 생각합니다."

"좋다. 그럼 네 머리는 그대로 두겠다. 다른 사람들은 어떤가. 나는 이미 대사를 선언했다. 등을 돌리는 자는 군법으로 다스리겠다."

칼을 쳐들고 우레처럼 말했다. 함께 있던 백관들도 두려워서 누구 하나 반대하고 나서는 자가 없었다.

이리하여 동탁은 백관에게 위압적으로 선서를 하게 했다.

"시중 주비周毖! 교위 오경伍瓊! 의랑 하옹何顒!"

또 일일이 관명과 이름을 부르고, 그들이 기립하자 엄명을 내렸다.

"나를 거역한 원소는 오늘 밤 안에 기주로 도망칠 것이 틀림없다. 그에게도 병력이 있으니 방심하지 마라. 즉각 정병을 이끌고 쫓아가 잡아라."

"예!"

세 장수 중 두 사람은 명령을 받들어 즉시 떠나려고 했지만, 시중 주비만은 그렇지 않았다.

"아니, 죄송하오나 지금의 명은 짧은 생각이라고 사료됩니다. 상책이 아닌 줄 압니다."

"주비, 네놈도 날 거역할 생각이냐?"

"아닙니다. 원소의 목 하나를 베려다가 대란이 일어날까 봐 두렵기 때문입니다. 그는 평소에 은덕을 베풀어 문하에는 벼슬아치도 많고 고향에는 재산도 많습니다. 원소가 반기를 들기로 했다는 소문이 돌면 산동의 제후들이 일제히 동요할 것이니 그들이 한꺼번에 골칫덩이가 될 것입니다."

"상관없다. 날 거역하는 자는 철저한 응징이 있을 뿐이다."

"하지만 원래 원소라는 인물이 사려는 깊은 것 같아도 결단력이 없는 자입니다. 게다가 천하의 대세를 알지 못하고 다만 분노에 못 이겨 이 자리를 뛰쳐나갔지만, 그것은 일종의 공포입니다. 어떻게 장군의 패업을 방해할 만한 해를 입히겠습니까? 오히려 잡아먹을 때 잡아먹더라도 그를 한 군郡의 태수로 봉하고 가만히 두고 보는 것이 나을 듯합니다."

"그런가?"

주위를 둘러보며 중얼거리자 채옹蔡邕도 일리 있는 말이라며 찬성을 표했다.

"그러면 원소를 추격해 토벌하는 일은 잠시 보류하기로 하지."

"그것이 바로 상책이라는 것입니다."

곳곳에서 찬성하는 목소리를 듣자 동탁은 갑자기 마음을 바꾸어 엄명을 변경했다.

"사자를 보내 원소를 발해군渤海郡의 태수로 임명한다고 전하라."

그 후.

9월 초하룻날이다.

동탁은 황제를 가덕전으로 청하고 문무백관에게 포고문을 발표했다.

오늘 나오지 않는 자는 참수에 처한다.

그리고 전상殿上에서 칼을 빼 들고 옥좌는 거들떠보지도 않고 심복인 이유에게 명령했다.

"이유, 선언문을 읽어라."

||| 六 |||

예정된 계획이었다. 이유는 미리 준비한 선언문을 펴고 소리 높여 읽기 시작했다.

"책문策文, 효령 황제께서 승하하시니 지금의 황제가 뒤를 이어 즉위하였다. 해내의 백성들은 우러러 바라는 바 컸으나 황제는 자질이 경박하고 위엄을 갖추지 못하였다. 상중에는 게을러서 효도를 다하지 못했고 악덕이 드러나니 종묘와 사직을 더럽힐 뿐이노라. 태후 또한 모후의 자질이 없고 정사를 어지럽힌 바 중론이 일어나 대개혁의 길로……."

이유는 더 큰 소리로 계속 읽어 나갔다.

백관의 얼굴은 빛을 잃었고 옥좌의 천자는 부들부들 떨었으며, 가덕전 안은 조용하기가 무덤 속 같았다.

그때 갑자기 오열하는 울음소리가 흘러나왔다.

"아아, 아아……."

황제 곁에 있던 하 태후였다. 태후는 오열하다가 끝내 의자에 앉은 채 무너져 내리며 황제의 옷자락에 매달려 말했다.

"누가 뭐라고 해도 그대는 한나라의 황제입니다. 흔들려서는 안 됩니다. 옥좌에서 내려가시면 안 됩니다."

동탁은 한 손에 칼을 들고 말했다.

"지금 이유가 읽은 대로 황제는 어리석은 데다 위엄이 없고, 태후는 자식 교육에 어두울 뿐만 아니라 어미로서 현명치 못하다. ……따라서 오늘부터 지금의 황제를 홍농왕弘農王이라 하고, 하 태후는 영안궁永安宮에 가둔다. 대신 진류왕을 우리의 황제로서 높이 받든다."

그렇게 말하면서 황제를 옥좌에서 끌어내려 옥새를 빼앗고, 도열한 신하들 사이에 북쪽을 향해 억지로 세웠다.

그리고 미친 듯이 우는 하 태후도 즉시 태후의 옷을 벗기고 평복을 입힌 후 뒷줄로 물리치자 신하들은 차마 보다 못해 눈을 가렸다.

그때 단 한 사람이 큰 소리로 외쳤다.

"역신은 기다려라! 이놈 동탁아, 대체 누구에게서 대권을 받아 하늘을 속이고 총명한 천자를 강제로 폐하려고 하느냐? 용서할 수 없다! 네놈과 함께 저승길로 가야겠다!"

말이 끝나자마자 신하들 사이에서 소란이 일며 동탁을 향해 단검을 겨누고 돌진하는 사람이 있었다.

상서尚書 정관丁管이라는 젊고 순진한 궁내관이었다. 기겁한 동탁은 몸을 피하면서 추악하게 소리를 질러 도움을 청했다.

그 찰나였다.

"이놈, 무슨 짓이냐!"

옆에서 뛰어든 이유가 칼을 빼 정관의 목을 베었다. 동시에 무사들의 칼도 일시에 정관의 몸에 집중되어 가덕전 안은 젊은 의인의 선혈로 물들었다.

어쨌든 이제 동탁은 마침내 그 목적을 달성하고 진류왕을 세워 천자의 자리에 모시니 백관 역시 그의 폭위에 눌려 일제히 만세를 불렀다.

그리고 새 황제를 헌제獻帝라 부르게 되었다.

하지만 헌제가 아직 어린 탓에 모든 일은 동탁의 뜻대로 움직였다.

즉위식이 끝나자 동탁은 자신을 상국相國에 봉하고 양표楊彪를 사도로 삼았다. 또 황완黃琬을 태위로, 순상荀爽을 사공으로, 한복韓馥을 기주 목牧으로, 장자張資를 남양 태수로 세우는 등 지방관은 물론 황제의 신하들까지 모두 자기 심복으로 채웠다. 그는 상국이라는 신분을 이용해 궁중에서도 신발을 신고 칼을 찬 채 그 비대한 몸집을 한껏 빳빳이 세우고 궁궐을 제집인 양 마음대로 휘젓고 다녔다.

동시에 연호도 초평初平 원년으로 바꾸었다.

봄날의 동산을 날뛰는 짐승

아직 어린 폐제廢帝는 아침저녁으로 눈물바람을 짓고 있는 어머니 하 태후와 함께 영안궁의 유거幽居에 갇혀 봄을 덧없이 보내며 달을 보면서도 꽃을 보면서도 그저 슬픔에 젖을 뿐이었다.

동탁은 그곳을 지키는 위병에게 "철저히 감시하라."고 엄명을 내렸다.

봄날의 긴 낮이 따분했는지 연신 하품을 하던 위병은 문득 누각 위에서 구슬픈 시를 읊는 소리가 들려오기에 저도 모르게 귀를 기울였다.

봄이 왔네
파릇파릇 돋아난 새싹에
산들산들 바람이 불고
제비 한쌍이 아름다이 날아가네
바라보니 도성의 강물
멀리 한 줄기 푸르고
쪽빛 구름 자욱한 곳
모두 우리 살던 옛 궁궐

둑 위에 의인은 없는가
충과 의를 지켜
누가 풀어주리
내 가슴속의 원한을

위병은 듣더니 그 시를 적어 밀고했다.

"상국, 폐제 홍농왕이 이런 시를 지어 읊고 있었습니다."

동탁은 그것을 보더니 이유를 불렀다.

"이유는 어디 있느냐?"

그리고 그 시를 이유에게 보여주며 말했다.

"이걸 보게. 유궁幽宮에서 이런 슬픈 시를 짓고 있다더군. 살려두었다가는 훗날 반드시 해가 될 거야. 하 태후와 폐제도 자네의 처분에 맡기겠네. 죽이고 와."

"알겠습니다."

이유는 원래 난폭한 짐승의 발톱 같은 사내다. 인정사정 볼 것 없이 당장 열 명의 건장한 병사들을 이끌고 영안궁으로 달려갔다.

"왕은 어디에 계시오?"

그는 누각 위로 성큼성큼 올라갔다. 때마침 홍농왕과 하 태후는 누각 위에서 봄의 슬픔에 잠겨 있다가 갑자기 나타난 이유를 보고 소스라치게 놀랐다.

이유가 웃으며 말했다.

"놀라실 것 없습니다. 이 봄날을 위로해드리라고 상국께서 보내신 술을 가지고 왔습니다. 이것은 연수주延壽酒라고 하여 100살까지 살 수 있는 귀한 술입니다. 자, 한잔 드십시오."

가지고 온 술병을 꺼내며 잔을 강제로 권하자 폐제는 눈살을 찌푸리며 눈물을 글썽거렸다.

"이건 독주가 아닌가?"

태후도 고개를 저으며 말했다.

"상국이 우리에게 연수주를 보낼 리가 없다. 이유, 이것이 독주가 아니라면 그대가 먼저 마셔보게."

"마시지 못하시겠다? 그럼, 이 두 물건을 받으시겠소?"

이유는 눈을 부라리며 명주 끈과 단도를 내밀었다.

"⋯⋯아아, 우리더러 자결하란 말인가?"

"어느 쪽이든 내키는 쪽을 택하시오."

이유는 매몰차게 말했다. 홍농왕은 눈물을 글썽이며 슬픈 노래를 지어 부르다 끝내 울음을 터뜨리고 말았다.

아아, 천도天道가 바뀌었으니
인도人道가 있을소냐
천자의 자리를 버리고도
나는 어찌 편하지 못한가
신하가 핍박하며 죽음을 재촉하니
다만 하염없이 눈물만 흐를 뿐

태후는 이유를 매섭게 쏘아보며 말했다.

"역적 놈! 짐승만도 못한 너희들이 멸망할 날도 절대 멀지 않았다. ⋯⋯아아, 오빠 하진이 어리석어서 이런 짐승 같은 놈들을 도성으로 불러들였구나."

욕설을 퍼부으며 날뛰는 태후를 이유는 시끄럽다며 그 옷깃을 움켜잡고 높은 누각의 난간에서 아래로 던져버렸다.

╎╎╎ 二 ╎╎╎

"어떻게 했느냐?"

동탁은 미주美酒를 마시면서 이유가 가지고 올 낭보를 기다리고 있었다.

이윽고 이유는 도포에 피를 벌겋게 묻힌 채 돌아와서 들고 있던 두 머리를 쑥 내밀며 말했다.

"상국, 명령대로 처리하고 왔습니다."

홍농왕과 하 태후의 머리였다. 두 머리 모두 눈을 감고 있었지만, 동탁에게는 두 머리가 갑자기 눈을 번쩍 뜨고 당장이라도 덤벼들 것처럼 보였다.

그는 눈살을 찌푸리며 말했다.

"그딴 건 보지 않아도 돼. 성 밖으로 가지고 가서 묻어버려라."

그 후 그는 밤낮으로 술을 퍼마시며 온갖 패악을 부렸다. 궐내의 궁내관이든 후궁의 궁녀든 마음에 들지 않는 사람은 닥치는 대로 그 자리에서 죽여버렸고, 밤에는 천자의 침상에 누워 춘면春眠을 즐기곤 했다.

어느 날 그는 양성陽城을 나와 네 필의 나귀가 끄는 수레에 미녀들을 가득 싣고 만취하여 마부 흉내를 내면서 성 밖의 매화나무 숲에서 꽃구경을 하고 있었다.

그런데 때마침 마을의 절에서 제사를 지내는 날이라 제사에 참석했던 농민 남녀들이 아무것도 모른 채 외출복을 입고 돌아오고 있었다.

그들을 본 동탁은 수레 위에서 별안간 화를 내기 시작했다.

"농사꾼이란 놈들이 이처럼 화창한 날에 밭에 나가 일할 생각은 않고 외출복이나 입고 노는 꼬락서니가 괘씸하기 그지없구나. 천하의 백성들에게 본보기로 삼아야 하니 당장 잡아오너라."

갑자기 상국의 수행 병사들이 쫓아오자 젊은 남녀들은 혼비백산해서 비명을 지르며 사방으로 흩어져 도망쳤다. 그중 미처 도망치지 못한 자를 군사가 잡아오자 동탁은 사나운 목소리로 명했다.

"소에 매어 찢어 죽여라."

줄로 팔다리를 묶고 두 마리의 소에 매어 소가 서로 반대 방향으로 가도록 채찍질을 했다. 찢어진 팔다리에서 뿜어져 나온 인간의 피는 매화 동산의 대지를 더럽혔다.

"이게 꽃구경보다 훨씬 재미있구나."

수레는 황혼 무렵의 양성을 향해 돌아가기 시작했다.

그러자 어느 길모퉁이에서 "이 역적 놈아!"라고 외치며 갑자기 수레로 달려드는 사내가 있었다.

여자들은 비명을 지르고 나귀들은 날뛰며 삽시간에 난장판이 되었다.

"무슨 짓이냐, 이놈."

비대한 체구의 동탁은 동작은 재빠르지 못하지만 힘은 무서울 정도로 강했다.

날래고 사나운 자객은 수레에 뛰어올라 단검을 빼 들고 동탁의 큰 배를 향해 힘차게 돌진했지만, 동탁이 그 단검을 후려쳐서 떨어뜨리고 꽉 끌어안자 꼼짝할 수 없었다.

"이놈, 누구의 사주를 받았느냐?"

"아쉽다."

"이름을 대라."

"……."

"어떤 놈인지 반역을 꾀하는 놈들의 잔당일 터. 자, 누구의 사주를 받았느냐?"

그러자 자객은 괴로운 듯 외쳤다.

"반역이란 신하가 임금을 거역하는 것이다. 나는 네놈의 신하였던 기억이 없다. 나는 조정의 신하 월기교위越騎校尉 오부伍孚다."

"이놈을 참하라!"

동탁이 그를 수레에서 걷어차자 수행 무사들은 그의 전신에 무수한 칼과 창을 찔러 젓갈처럼 만들어버렸다.

도성을 떠나온 후 멀리 발해군(하북성)의 태수로 임명된 원소는 그 후 낙양의 정세를 들을 때마다 울분을 가누지 못했는데, 결국 더는 참지 못하고 도성에 있는 동지로 삼공三公(중국에서 최고의 관직에 있으면서 천자를 보좌하던 세 벼슬. 삼국지 시대 때는 태위, 승상, 어사대부)의 중직에 있는 사도 왕윤에게 몰래 편지를 보내 격렬한 말로서 분연히 떨쳐 일어날 것을 촉구했다.

그러나 왕윤은 그 편지를 받고도 밤낮으로 고민만 거듭할 뿐 동탁을 토벌할 계획은 아무것도 세우지 못했다.

||| 三 |||

왕윤은 날마다 조정에 나가 정무를 보았지만, 전혀 집중하지 못

했다. 마음이 저 혼자 앙앙하여 번민하고 있었다.

그런데 어느 날 동 상국의 입김이 닿는 고관들은 한 사람도 보이지 않고 모두 이전 조정의 옛 신하들만 한 방에 모이게 되었다. 이에 왕윤은 '이것이야말로 하늘이 주신 기회다.'라고 남몰래 기뻐하며 좌중을 향해 불쑥 말했다.

"실은 오늘이 내 생일인데, 어떻습니까? 죽리관竹裏館 별장으로 여러분 모두를 초대하고 싶습니다만……."

"꼭 찾아뵙겠습니다. 공의 만수무강을 경하해야지요."

거절하는 사람은 아무도 없었다.

동탁 쪽 사람을 빼고 오붓하게 이야기를 나누고 싶은 마음을 마침 누구나 갖고 있었기 때문이다.

왕윤은 죽리관으로 먼저 돌아와서 은밀히 연회 준비를 했다. 이윽고 초저녁부터 옛 조정의 중신들이 남의 눈에 띄지 않게 조심하면서 모여들었다.

때를 만나지 못한 불우한 사람들의 밀회여서인지 좌중의 분위기는 처음부터 왠지 침울했다. 게다가 또 술잔이 돌기 시작할 무렵 왕윤은 술잔을 내려다보다가 눈물을 떨어뜨렸다.

이 광경을 본 손님 중 한 사람이 물었다.

"왕 공, 모처럼 즐거운 생신 날인데 어찌 눈물을 흘리십니까?"

왕윤은 길게 탄식하며 손가락으로 눈시울을 훔쳤다.

"내가 이리 오래 사는 것도 요즘 같은 세상에서는 축하할 마음이 들지 않는구려. 불초는 지난 조정 이래로 삼공의 한 자리를 차지하고 정사에 참여하면서도 동탁의 위세를 어떻게 하지 못하고 있소. 귀로는 만백성의 원망을 듣고, 눈으로는 한실의 쇠망을 보면서 어찌 내 생일잔치에서 취할 수 있겠소?"

"아아⋯⋯."

왕윤의 말을 듣던 사람들도 모두 한숨을 내쉬었다.

"이런 세상에는 차라리 태어나지 않으면 좋았을 텐데. 옛날 한고조는 석 척의 검을 들어 백사白蛇를 베고 천하를 안정시킨 후 왕통王統을 이어오길 오늘까지 400년, 어째서 고르고 골라 이런 말세에 태어났단 말인가."

"정말이지 우리는 운도 참 지지리도 없습니다. 이런 세상을 살아가게 되었으니."

"그렇다고 조금 큰 소리라도 내어 동 상국이나 그 무리들을 비방했다간 이 머리를 무사히 보존할 수도 없고."

각자 눈물을 흘리고 넋두리를 늘어놓아 등불마저 우울할 지경일 때 말석에서 누군가 갑자기 손뼉을 치며 웃는 사람이 있었다.

"와하하하, 으하하하."

공경들이 깜짝 놀라서 웃음소리가 난 쪽을 돌아보니 젊은 조정의 신하가 혼자 잔을 들면서 흰 얼굴에 홍조를 띠고 사람들이 울며 넋두리하는 광경을 우습다는 듯 바라보고 있었다.

왕윤은 그의 무례를 책망했다.

"누군가 했더니 자네는 교위 조조가 아닌가. 그런데 왜 웃는가?"

조조는 또다시 웃으며 말했다.

"아아, 이거 죄송합니다. 그러나 이 광경을 보고 어찌 웃지 않을 수 있겠습니까? 조정의 대신이라는 분들이 밤에는 울며 날을 새우고 낮에는 슬픔으로 하루를 보내며 모이거나 만나기만 하면 눈물만 짓습니다. 이래서야 천하 만민이 모두 울며 지내게 되지 않겠습니까? 더구나 생일잔치 자린데 일부러 모여서 또 울고, 서로가 울기 시합이라도 하는 것인지, 원……. 으하하하, 실례인 줄 알지만 이 상황이 너무 우스워서 웃음이 멎지 않습니다. 아하하하, 아하하하."

"시끄럽다. 자네는 상국 조참曹參의 후손으로 400년 이래 대대로 한실의 큰 은혜를 받아왔으면서도 오늘의 조정의 실태가 슬프지 않단 말인가! 우리의 근심이 그리도 우스운가? 어찌 대답하느냐에 따라서 목숨을 잃을 수도 있을 것이다."

||| 四 |||

"이거야 원, 뜻하지 않게 노여움을 샀군요."

조조는 조금 진지해져서 말했다.

"저라고 아무 이유 없이 웃었겠습니까? 한때 대신이었다는 분들이 계집애처럼 밤낮으로 훌쩍훌쩍 비탄에만 잠겨 있을 뿐, 동탁을 주살할 계획이라곤 아무것도 없지 않습니까? 그렇게 무기력할 바엔 시국을 개탄하고 있느니 차라리 여인네의 의자가 되어 해금 소리라도 들으면서 감격의 눈물을 흘리는 편이 낫겠다 싶은 생각이 들어 그만 웃음이 터져 나오고 말았던 것입니다."

조조의 비아냥에 왕윤을 비롯한 공경들의 낯빛은 붉으락푸르락해졌고, 분위기는 싸늘하게 식어버렸다.

"그렇다면 뭔가, 자네가 그처럼 호언장담하는 것은 동탁을 죽일 계책이라도 있단 말인가? 자신이 있어서 그리 큰소리를 치는 겐가?"

왕윤이 재차 다그쳐 묻자 사람들은 조조의 대답이 어떨지 마른침을 삼키며 그의 하얀 얼굴로 눈길을 모았다.

"있다 뿐이겠습니까!"

조조는 눈썹을 추켜세우며 장담했다.

"재주는 없지만 소생에게 맡겨만 주시면 동탁의 머리를 베어 낙양의 성문에 매달겠습니다."

왕윤은 그의 자신만만한 말에 오히려 기쁜 기색을 나타내며 말했다.

"조 교위, 만일 지금의 말에 거짓이 없다면 이는 하늘이 지상에 의인을 내려 만민의 고통을 덜어주려 하시는 것이네. 자네에게는 대체 어떤 묘책이 있나? 좀 들려주면 좋겠는데."

"그렇다면 말씀드리죠. 제가 항상 동 상국에게 접근하여 아첨하고 있는 것을 어찌 감추겠습니까? 그러나 이는 기회를 보아 그를 한칼에 찔러 죽이려는 계획이 있기 때문입니다."

"뭐라고? ……그럼 자네는 벌써 그런 결심을 하고 있었다는 말인가?"

"그렇지 않고서야 어찌 감히 경들 앞에서 크게 웃고 호언장담을 하겠습니까?"

"아아, 천하에 아직 이런 의인이 있었구나."

왕윤은 크게 감탄했고, 사람들도 비로소 희색이 넘치게 되었다.

그러자 조조가 말했다.

"그런데 왕 공께 부탁이 하나 있습니다."

"무엇인가? 괘념치 말고 말해보시게."

"다름이 아니오라 왕씨 댁에는 예부터 칠보七寶를 박은 희대의 명검이 전해 내려온다는 이야기를 들었습니다. 동탁을 베기 위해서 꼭 필요한 물건이니 바라건대 그 명검을 소생에게 빌려주시지 않겠습니까?"

"그야 목적만 반드시 이뤄준다면……."

"기필코 이뤄내겠습니다. 동 상국도 요즘은 저를 총애하여 심복과 마찬가지로 대하고 있으니 그에게 접근해서 단번에 참살하기는 문제가 없습니다."

"음. 계획대로 순조롭게 된다면 천하의 큰 행운이라고 해야 할 것이네. 어찌 칼 한 자루를 아까워하겠나?"

왕윤은 곧바로 가신에게 명해 가보인 칠보검을 꺼내 와서 손수 조조에게 건네주며 다시 다짐하듯 말했다.

"그러나 만일 실수라도 해서 계획이 탄로 나면 큰일이니, 조심 또 조심하시게."

"예, 안심하십시오."

조조는 검을 받고 그날 밤의 주연도 끝나자 씩씩하게 돌아갔다. 칠보의 예리한 검은 야광의 구슬 띠처럼 그의 허리에서 찬란하게 반짝이고 있었다.

백면랑 조조

||| 一 |||

조조는 아직 젊다. 근자에 들어 갑자기 그의 존재감이 커졌지만, 나이와 풍채는 아직도 백면白面(나이가 어려 경험이 모자란 사람)의 청년에 지나지 않았다.

나이 스물에 처음으로 낙양의 북도위北都尉에 임명되고 나서 몇 년 사이에 그 능력을 인정받아 조정의 소장少壯 무관에 발탁되었다. 궐내의 분란이며 다사다난한 시국 속에서도 용케 실각되지 않고 점점 그 지위를 공고히 하더니 신구 세력의 대관들 사이에서 어느덧 젊으면서도 쟁쟁한 조신朝臣의 일원으로 이미 범상치 않은 능력을 드러내고 있었다.

죽리관의 비밀 회합에서 왕윤도 말한 바와 같이 그의 집안은 원래 명문가이며 고조가 패업을 이루고 나서 한나라의 승상을 지낸 조참의 후손이라고 알려져 있다.

출생은 패국沛國 초군譙郡(안휘성 호현)이며, 그의 아버지 조숭曹嵩은 궁내관직을 그만두고 일찌감치 권력의 중심에서 물러난 뒤 지금은 진류陳留(하남성 개봉開封의 동남쪽)에서 노령이지만 건강하게 살고 있었다.

"이 아이는 봉안鳳眼이야."

조숭도 이렇게 말하면서 어릴 때부터 많은 자식 중에서도 유독 조조를 아꼈다.

봉안이란 봉황의 눈처럼 가늘고 빛이 난다는 의미다.

소년 시절의 조조는 하얀 얼굴에 칠흑같이 검은 머리카락, 붉은 입술과 영롱한 눈빛을 지닌, 마르지도 찌지도 않은 몸집의 미소년 이었으며, 학사의 교사나 마을 사람들이 무서운 아이라고 두려워 할 정도로 뛰어난 재능을 지니고 있었다.

한번은 이런 일도 있었다.

소년 조조는 어떤 일에서든 하나를 들으면 열을 깨달아서인지 책과 씨름하는 날은 하루도 볼 수 없었다. 놀면서 사냥하기를 좋 아해서 활을 들고 짐승을 쫓아다니거나, 조숙하게도 불량배들을 모아 마을 처녀를 유괴하는 그런 짓만 일삼았다.

"골칫덩이로군."

숙부 되는 이가 장래를 염려하여 그의 아버지에게 조용히 충고 했다.

"너무 오냐오냐해서는 안 됩니다. 부모의 눈에는 자식의 좋은 재주만 보이고 간사한 재주는 보이지 않으니까요."

아버지 조숭도 이따금 좋지 않은 이야기를 듣고 있던 터라 즉각 조조를 불러 호되게 꾸짖고 밤늦게까지 이야기를 나누었다.

이튿날 숙부가 왔다.

그러자 조조는 갑자기 문 앞에서 졸도하며 간질이 발작한 것처 럼 괴로워했다. 고지식한 숙부는 꾀병인 줄도 모르고 놀라서 허둥 지둥 안채의 조숭에게 알렸다.

조숭도 사랑스러운 조조의 일인지라 안색이 바뀌어서 뛰어나왔다. 그런데 조조는 여느 때와 마찬가지로 문 앞에서 건강하게 놀고 있는 것이 아닌가.

"조조야, 조조야."

"예, 아버지."

"아무 일 없는 게냐? 방금 네 숙부가 뛰어 들어와서 네가 간질을 일으켜 버둥거리고 있다며 큰일이라고 어서 가보라고 하기에 기겁해서 달려왔다."

"에이…… 숙부님은 왜 그런 거짓말을 하셨을까요? 저는 이처럼 아무렇지도 않은데요."

"이상한 사람이구나."

"정말이지 숙부님은 이상한 분이에요. 거짓말을 해서 사람들이 놀라거나 곤란해하는 것을 보는 게 재미있나봐요. 마을 사람들도 그러더라고요. 도련님이 혹시 그 숙부한테 뭔가 미움을 사지 않았냐고요. 공연히 저를 방탕한 아들이라느니 골칫덩이라느니, 또 간질에 걸렸다며 여기저기에서 떠들고 다니는 것 같아요."

조조는 천연덕스럽게 말했다. 그의 아버지는 그 일이 있고 나서부터는 무슨 일이 있어도 숙부의 말을 믿지 않게 되었다.

'아버지도 참 순진하셔.'

조조는 우쭐해져서 그 후로도 계속 온갖 잔꾀를 부리며 못된 장난을 일삼거나 방탕한 나날을 보내며 자랐다.

||| 二 |||

스무 살까지 이렇다 할 직업을 갖지 않아도 충분한 재산이 있는 명문가의 자식이었고, 숙부의 예언대로 골칫덩이로 알려진 조조

였다.

그러나 남들에게 숱하게 미움을 사는 대신 일면 의협심도 갖추고 있었기 때문에 "재치 있는 청년이다."라든지 "조조의 언변은 보통이 아니다. 급할 때는 믿음이 가니까."라며 그를 둘러싸고 일종의 인기 같은 것도 형성되어 있었다.

그런 친구들 중에 교현橋玄이라든가 하옹何顒 같은 이들은 오히려 그가 자유자재로 책략을 구사하는 재주를 놀랍게 여기며 청년들이 모인 장소에서 진지한 얼굴로 이렇게 말한 적도 있었다.

"머지않아 천하가 어지러워질 거야. 한번 얽혀버리면 여간한 인물이 아니고는 수습할 수 없을 거고. 혹시 훗날 천하를 안정시킬 위인은 조조 같은 사내일지도 모르지."

그 교현이 어느 날 조조에게 말했다.

"자네는 아직 무명이지만 나는 자네를 훌륭한 청년으로 보고 있네. 기회가 있으면 허자장許子將이라는 사람과 사귀어보는 게 좋을 걸세."

"자장이란 어떤 사람인가?"

조조가 물었다.

"사람을 보는 눈이 비상하지. 학자이기도 하고."

"말하자면 관상쟁이군."

"그런 어쭙잖은 사람은 아니네. 대단한 형안炯眼을 지닌 인물 비평가라 할 수 있지."

"재미있군. 한번 찾아가 보겠네."

조조는 어느 날 그 허자장을 찾아갔다. 집 안에는 제자와 손님들이 많았다. 조조는 이름을 대고 그의 기탄없는 '조조 평'을 들어

보려고 했지만, 자장은 차가운 눈으로 힐끗 보았을 뿐 조조를 무시하면서 대답도 제대로 해주지 않았다.

"흐흥……."

조조는 특유의 냉소하는 버릇이 무심코 코끝에서 나오며 이렇게 야유했다.

"선생, 연못의 물고기는 매번 보고 계셨을 테지만, 아직 큰 바다의 거대한 고래는 이 방에서 본 일이 없으신 모양이오."

그러자 허자장은 학자다운 넓고도 거무스름한 입술 사이로 빠진 이를 드러내며 비로소 대답했다.

"이 애송이가 무엇이 어쨌다고? 너 같은 놈은 치세의 능신能臣이자 난세의 간웅姦雄이다."

그 말을 듣자 조조는 만족해서 나왔다.

"난세의 간웅이라고? ……좋군."

얼마 후, 조조는 나이 스물에 처음으로 북도위의 자리에 올랐다.

황궁의 경찰이다. 그는 취임하자마자 규정을 엄수하고 이를 어기는 자는 고관일지라도 가차 없이 처벌했다. 내로라하는 십상시 건석의 친척도 규정을 어기고 밤에 칼을 찬 채 금문 부근을 걸어 다녔다는 이유로 조조에게 몽둥이로 호되게 얻어맞은 일이 있을 정도였다.

"저 젊은 경관은 규정을 어기면 용서가 없어."

그의 명성은 오히려 높아졌다.

얼마 안 되어 기도위騎都尉로 승진한 조조는 지방에서 황건적의 난이 일어나자 정벌군에 편입되어 영천과 기타 지방을 항상 붉은 기와 붉은 안장, 붉은 갑옷 차림으로 다녀서 사람들의 눈에 확

띄었다. 일찍이 장량과 장보의 적군을 맞아 영천 벌판에서 화공을 펼쳤을 때 그런 그의 모습을 본 유현덕과 휘하의 관우와 장비도 "대체 누구지?"라고 눈이 휘둥그레지며 놀랄 정도였다.

그렇게 날쌔고 용감한 사람이 교위 조조였다.

왕윤의 집에 가보로 전해져 내려오는 칠보의 명검을 건네받고 동 상국을 베겠다고 맹세하고 돌아간 조조는 그날 밤 칼을 안고 잠자리에 누워 과연 어떤 꿈을 꾸었을까?

||| 三 |||

이튿날, 조조는 평소와 다름없이 승상부로 갔다.

"상국께서는 어디에 계시는가?"

말단 관리에게 물었다.

"방금 소각小閣에 드시어 서원에서 쉬고 계십니다."

조조는 곧장 그곳으로 가서 인사했다. 동탁은 평상 위에 앉아 차를 마시고 있었다. 옆에는 여포가 서 있었다.

"왜 이리 늦었는가?"

조조의 얼굴을 보자 동탁은 그렇게 말하며 나무랐다.

실제로 해는 이미 중천에 떠 있었고, 승상부의 각 청에서도 모두 한차례 일을 마치고 휴식을 취하고 있는 시간이었다.

"황송합니다. 아무래도 제 말이 여위고 쇠약한 늙은 말이라서 걸음이 느리다 보니."

"좋은 말은 없는가?"

"예, 박봉에 시달리다 보니 좋은 말은 희망 사항일 뿐 구하기가 어렵습니다."

"봉선(여포의 자)아."

동탁은 뒤돌아보며 말했다.

"내 마구간에서 무엇이든 상관없으니 쓸 만한 말을 한 마리 골라서 조조에게 주어라."

"예."

여포가 밖으로 나갔다.

조조는 그가 떠나자 이때다 싶어서 가슴이 두근거렸지만, 무용을 갖추고 힘이 장사인 동탁을 쉽게 죽일 수는 없을 것 같았다.

'만약 실수라도 하면······.'

조조는 신중히 그의 빈틈을 노리고 있었다. 그런데 심한 비만인 동탁은 조금 오래 앉아 있으면 금방 지쳐버리는지 조조에게 등을 보이더니 평상 위에 모로 누워버렸다.

'지금이다! 하늘이 주신······.'

조조는 마음속으로 외치면서 칠보검을 몰래 뽑아 칼을 등 뒤로 감추고 평상으로 다가갔다.

그런데 그때 칠보검의 칼날 빛이 동탁의 측면에 있는 동거울에 반사되어 번쩍 빛을 발했다.

"방금 번쩍인 것이 무엇이냐?"

동탁은 벌떡 일어나서 날카로운 눈빛으로 조조를 보았다.

조조는 칼을 집어넣을 겨를도 없이 너무 놀라 당황했지만, 아무렇지도 않은 척하며 침착하게 칼을 동탁 앞에 내밀며 말했다.

"예, 얼마 전에 소신이 희대의 명검을 손에 넣었기에 마음에 드시면 헌상하고 싶어서 가지고 왔습니다. 보여드리기 전에 잠깐 닦고 있었는데 그 빛이 거울에 반사되어 방 안에 가득 찼던 모양입니다."

"으음, 어디 보자."

동탁이 칠보검을 손에 들고 보고 있는데 여포가 돌아왔다.

"과연 명검이구나. 네가 보기엔 어떠냐?"

동탁은 마음에 드는지 바로 여포에게 보여주었다.

조조는 재빠르게 여포 쪽으로 칼집도 내밀었다.

"이것이 칼집입니다. 칠보 장식이 너무나 아름답지 않습니까?"

여포는 말없이 칼을 칼집에 집어넣고는 재촉했다.

"말부터 보시오."

"네, 감사히 받겠습니다."

조조는 급히 뜰로 나가 여포가 끌고 온 준마의 갈기를 쓰다듬었다.

"아아, 참으로 좋은 말 같습니다. 바라옵건대 상국 앞에서 시험 삼아 한번 타보고 싶습니다만."

그 말에 동탁은 보검을 받고 흡족하던 터라 무심코 허락했다.

"당연히 타봐야지."

허락이 떨어지자 조조는 재빨리 안장에 뛰어올라 급하게 채찍질을 하여 승상부의 문밖으로 달려나가더니 좀처럼 돌아오지 않았다.

||| 四 |||

"아직도 돌아오지 않았느냐?"

동탁은 의심이 가기 시작했다.

"시험삼아 타보겠다더니 도대체 어디까지 간 거야?"

동탁은 몇 번이나 중얼거렸다.

여포가 그제야 입을 열었다.

"승상, 그는 아마 다시는 돌아오지 않을 것입니다."

"어째서?"

"조금 전 승상께 칠보검을 바칠 때의 거동을 미루어보아 아무래도 수상한 점이 있습니다."

"음, 그때 그놈의 태도는 나도 좀 이상하다고 생각했는데."

"말을 받고 그것이 천만다행이라면서 가슴을 쓸어내리며 아예 도망갔을지도 모릅니다."

"그렇다면 그냥 둘 수 없지. 이유를 불러라, 어서 이유를!"

동탁은 날카롭게 소리를 지르더니 육중한 몸을 일으켜 평상에서 내려왔다.

이유가 와서 자세한 이야기를 듣더니 말했다.

"큰 실수를 하셨습니다. 표범을 우리에서 놓아준 것이나 다름없습니다. 그의 처자식이 도성에 없으니 이를테면 승상의 목숨을 노리고 있던 것이 틀림없습니다."

"괘씸한 놈 같으니. 이유, 어떻게 하면 좋겠나?"

"한시라도 빨리 들어오라고 그의 집에 사람을 보내보십시오. 딴 마음이 없다면 오겠지만, 아마도 그는 이미 집에 없을 겁니다."

혹시나 하고 즉시 병사 예닐곱 명을 보내보았지만, 과연 이유의 말대로 조조는 집에 없었다.

그리고 돌아온 병사들은 이렇게 보고했다.

"조금 전에 조조로 보이는 자가 황색 털의 준마를 타고서 나는 듯이 동문을 빠져나가기에 초병이 그를 뒤쫓아 겨우 성 밖으로 나가는 관문에서 붙잡아 따져 물었더니 조조가 나는 상국의 급명을 받은 사자다, 너희들이 나를 막아 대사의 급한 처리를 지체시킨다면 나중에 동 상국으로부터 엄벌을 받을지도 모른다고 하여 아무도 의심하지 않았으며, 조조는 그대로 관문을 빠져나가 행방도 모른다고 합니다."

"역시 그랬군."

동탁의 얼굴이 노기가 등등해서 벌겋게 달아올랐다.

"재주가 있는 놈이라고 평소 은혜를 베풀어 돌봐준 내 마음을 이용해 내게 거역한 놈이니 갈가리 찢어 죽여도 시원치 않다. 이유……."

"예."

"당장 그자의 인상과 행색을 그리게 하여 각 지방에 그 사본을 배포하고 추포령을 내려라."

"명 받들겠습니다."

"만일 조조를 생포해오는 자가 있으면 만호후萬戶侯에 봉하고 그 머리를 승상부에 바치는 자에게는 천금의 상금을 내리겠다."

"곧 수배를 내리겠습니다."

이유가 물러가려고 하자 동탁은 빠른 어조로 말을 이었다.

"잠깐만. 그리고 이 흉계는 짐작건대 백면랑 조조 한 놈의 짓이 아닐 것이다. 반드시 다른 공모자가 있을 것이다."

"물론입니다."

"그러니 조조에 대한 수배와 추격에만 전념하지 말고, 도성에 있는 공모자들을 이 잡듯이 찾아내어 체포하거든 인정사정 보지 말고 고문하라."

"예, 그 점도 실수 없이 신속하게 처리하겠습니다."

성큼성큼 물러간 이유는 포수청捕囚廳의 관리들을 불러모아 준엄하게 지령을 내렸다.

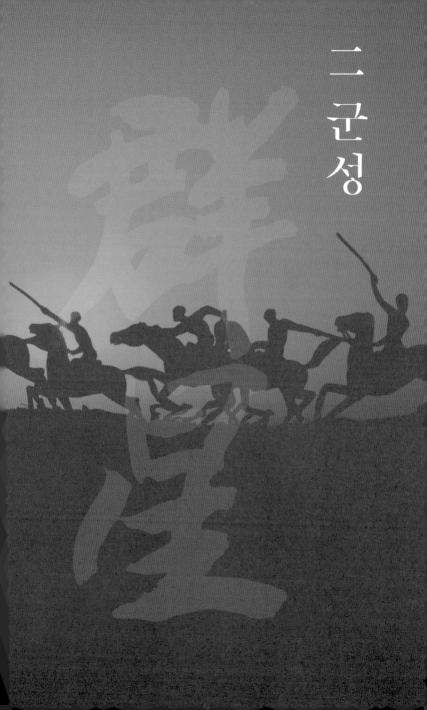

二
군
성

이리의 마을

||| 一 |||

조조를 잡아라.

체포령은 주州와 군郡을 막론하고 누가 더 빠른지 내기하듯 각 지방으로 순식간에 퍼져 나갔다.

한편, 낙양을 뒤로하고 황색 말을 채찍질하여 밤낮을 가리지 않고 남으로 남으로 바람처럼 달아난 조조는 어느새 중모현中牟縣 (하남성 중모, 개봉開封과 정주鄭州의 중간) 부근에 이르렀다.

"멈춰라!"

"말에서 내려라."

관문에 당도한 그는 위병에 잡혀 말에서 끌어내려졌다.

"앞서 조정에서 조조라는 자를 보거든 즉시 체포하라는 명령이 내려왔다. 너의 풍채와 용모가 인상서人相書와 비슷하구나."

위병은 이렇게 말하고는 조조가 어떤 말을 해도 들으려 하지 않았다.

"어쨌든 관아로 끌고 가라."

병사들은 조조를 철통같이 에워싸고 검문소로 끌고 갔다.

위병 대장인 도위道尉 진궁陣宮은 부하들이 끌고 오는 조조를 단번에 알아보았다.

"앗! 조조다. 저자는 조사할 필요도 없다."

그리고 병사들의 노고를 치하하며 말했다.

"나는 작년까지 낙양에서 관리로 일해서 조조의 얼굴을 똑똑히 기억한다. 운 좋게 생포한 이자를 도성으로 압송하면, 나는 만호후 萬戶侯라는 높은 신분으로 출세할 것이다. 너희들에게도 은상을 나 눠주마. 오늘 밤은 미리 축하하는 의미로 마음껏 마시고 취하자."

그들은 조조를 미리 준비해두었던 쇠로 만든 함거에 가두어 내일이라도 당장 낙양으로 압송할 채비를 마치고 술을 진탕 마시며 축하했다.

밤이 되어 술자리가 파하자 관원과 병사 들은 관문을 닫고 어디론가 뿔뿔이 흩어졌다. 조조는 이미 체념한 듯 눈을 지그시 감고 함거 안에 기대앉아 캄캄한 산골짜기와 밤하늘에 부는 바람 소리를 묵묵히 듣고 있었다.

"조조, 조조."

한밤중이 다 되었을 때였다. 누군가 함거에 다가와서 낮은 목소리로 부르는 사람이 있었다. 눈을 떠 보니 낮에 자기를 한눈에 알아본 위병 대장이어서 조조는 시큰둥하게 대답했다.

"무슨 일인가?"

"당신은 도성에서 동 상국의 총애를 받으며 중용되고 있다고 들었는데 어째서 이런 처지가 되었나?"

"공연한 걸 묻는군. 제비와 참새가 어찌 기러기와 고니의 뜻을 알겠는가. 너는 이미 나를 생포하지 않았느냐? 군말 말고 도성으로 호송하여 은상이나 받도록 해라."

"조조, 당신은 사람 보는 눈이 없군. 호한好漢은 애석하게도 사람 볼 줄 모른다, 뭐 이런 건가?"

"뭐라고?"

"화내지 마. 당신이 사람을 함부로 가볍게 보니까 한마디 했을 뿐이니까. 이렇게 말하는 나도 하늘로 높이 오를 큰 뜻을 품고 있지만, 진정으로 나라를 걱정하는 동지가 없어서 헛되이 흘러가는 세월만 한탄하고 있다고. 마침 당신을 보고 그 뜻을 물으려고 온 것인데……."

의미심장한 말에 조조도 태도를 바꿔 함거의 가운데에 바로 앉았다.

"그럼, 말하지."

||| 二 |||

조조가 말하기 시작했다.

"과연 동탁은 귀공이 말한 대로 이 조조를 총애한 것이 틀림없소. 그러나 나는 멀리 상국 조참의 후손이며 지난 400년 동안 한실의 녹을 받아왔소. 어찌 기고만장한 폭적暴賊 동탁 따위에게 몸을 굽히겠소?"

말투가 점점 열기를 띠었다.

"나라를 위해 역적을 찔러 죽이고 조상의 은혜에 보답하고자 동탁의 목숨을 노렸으나, 천운이 아직 나에게 있지 않아서 이렇게 잡힌 몸이 되었소. 하지만 후회 따위는 없소."

하얀 얼굴에 가는 눈, 태연히 말하는 태도, 과연 명문가의 후손답게 침착함이 범상치 않았다.

"……."

함거 밖에서 한참 동안 말없이 그러한 모습을 보고 있던 진궁이
말했다.

"기다리시오."

그러고는 함거의 자물쇠를 따서 문을 열고 깜짝 놀라는 그를 꺼
내며 말했다.

"조조 님, 당신은 이 관문을 지나 어디로 갈 생각이었습니까?"

"고향이오."

조조는 얼떨떨한 표정으로 진궁의 행동을 수상히 여기면서 대
답했다.

"고향 초군에 돌아가서 각지의 영웅을 불러모아 의병을 일으켜
다시 낙양으로 올라가 당당히 천하의 역적을 토벌할 계획이었소."

"그러시다면……."

진궁은 그의 손을 잡고 은밀히 자신의 방으로 청하여 술과 음식
을 대접한 후 조조에게 재배再拜했다.

"짐작한 대로 조조 님은 제가 찾고 있던 충의의 선비였습니다.
당신을 만나 실로 영광입니다."

"그럼 귀공도 동탁에게 원한이 있소?"

"아니, 아닙니다. 저는 개인적인 원한은 없습니다. 큰 공분公憤
이지요. 의분義憤입니다. 만백성의 저주와 더불어 우국의 분노로
그를 몹시 증오하는 한 사람입니다."

"의외군."

"오늘 밤을 마지막으로 저도 관직을 버리고 여길 떠나겠습니다.
당신이 가는 곳까지 따라갈 테니 함께 힘을 모아 천하의 의병을
불러모읍시다."

"진심이시오?"

"왜 거짓말을 하겠습니까? 이미 이렇게 말하기 전에 조조 님을 풀어드리지 않았습니까?"

"아아!"

조조는 비로소 다시 살아난 기쁨을 숨소리에도, 얼굴에도 나타내며 물었다.

"그런데 귀공은 대체 뉘시오?"

"인사가 늦었습니다. 저는 진궁, 자는 공대公臺라고 합니다."

"가족은?"

"이 근처 동군東郡에 살고 있습니다. 바로 그리로 가서 여장을 챙길 테니 길을 떠나시지요."

진궁은 말을 끌어내어 앞장섰다.

두 사람은 날이 새기 전에 동군을 뒤로하고 부지런히 도망쳤다.

그로부터 셋째 날.

밤낮을 가리지 않고 달려온 두 사람은 성고成皐(하남성 형양滎陽 부근) 근방을 방황하고 있었다.

"오늘도 날이 저물었군요."

"이제 이 근처까지 왔으니 안심이오. ……그런데 오늘의 석양은 유난히 누렇군."

"몽골 바람입니다."

"아, 호북의 모래바람인가?"

"어디서 하루 묵어가시지요."

"그럽시다. 마을이 보이는데 여기가 어디쯤이오?"

"조금 전 산길에서 성고로成皐路라는 도로 표지판을 봤습니다만."

"아, 그렇다면 오늘 밤엔 갈 만한 집이 있소."

조조는 밝은 표정으로 말 위에서 전방의 숲을 가리켰다.

‖‖ 三 ‖‖

"오, 이런 외딴 시골 마을에 아는 사람이라도 있다는 말입니까?"

"부친의 친구분이 계십니다. 여백사呂伯奢라는 분인데 부친과는 형제처럼 지내는 분이지요."

"마침 잘됐군요."

"오늘 밤은 거기로 가서 하룻밤 부탁합시다."

그렇게 말하면서 조조와 진궁 두 사람은 숲속으로 말을 몰아 들어갔다. 이윽고 나무에 말을 묶어놓고 여백사의 집을 찾아 문을 두드렸다.

주인 여백사는 깜짝 놀라며 의외의 손님을 맞아들였다.

"누군가 했더니 조카 아닌가?"

"조조입니다. 정말로 오랜만에 뵙습니다."

"어서 들어오게. 그런데 대체 어떻게 된 일인가?"

"뭐가 말씀입니까?"

"조정에서 각지에 자네의 인상서를 돌리고 있다던데."

"아, 그 일 말씀입니까? 실은 승상 동탁을 죽이려다가 실패하고 도망치는 중입니다. 저를 도적이라고 부르면서 인상서를 돌리고 있는 모양인데, 그놈이야말로 대역의 폭적입니다. 조만간 천하에는 큰 난리가 일어날 겁니다. 저도 이젠 가만히 있을 수 없지요."

"그런데 같이 온 사람은 누군가?"

"아, 소개하는 것을 깜빡했군요. 이쪽은 도위 진궁이라는 사람으로 중모현의 관문을 수비하다가 저를 알아보고 체포한 영걸입니다. 가슴속에 품은 큰 뜻을 서로 이야기하다 세상을 걱정하는 마음이 같은 동지라는 것을 알았기에 진궁은 관직을 버리고 저를 함거에서 꺼내 여기까지 도망쳐온 것입니다."

"아, 그런가."

여백사는 무릎을 꿇고 새삼스럽게 진궁에게 절했다.

"의인, 부디 조조를 도와주시오. 만일 의인마저 저버린다면 조조의 일가 일문은 멸망해버릴 수밖에 없습니다."

조조의 아버지와 친구인 그는 공손히 조조의 장래를 부탁했다.

그리고 "자, 편히 쉬시게. 나는 인근 마을에 가서 술 좀 사 오겠네."라며 황급히 나귀를 타고 나갔다.

조조와 진궁은 여장을 풀고 방에서 쉬고 있었다. 그런데 여백사는 좀처럼 돌아오지 않고, 그러는 동안 시간이 흘러 초경 무렵(19시~21시)에 어디선가 이상한 소리가 나서 귀를 기울여 들어보니 칼을 가는 듯한 소리가 벽을 넘어 들려왔다.

'무슨 소리지?'

조조는 의심의 눈초리를 번뜩이며 가만히 문을 열고 또다시 귀를 기울였다.

"그래…… 역시 칼 가는 소리였어. 그러고 보니 여백사가 이웃 마을로 술을 사러 간다고 했지만, 사실은 현리縣吏에게 우리를 밀고하여 조정의 은상을 받으려는 속셈일지도 모르겠군."

이렇게 중얼거리고 있는데 어두운 부엌 쪽에서 네댓 명의 남녀가 저마다 뭔가를 묶으라느니 죽이라느니 수군거리는 소리가 조조의 귀에 똑똑히 들려왔다.

'이거야말로 우리를 한 방에 가둬놓고 해치우려는 속셈이 분명해. 그렇다면 우리가 먼저 죽일 수밖에.'

조조는 진궁에게도 사태의 위급함을 알리고 갑자기 방에서 뛰쳐나가 놀라는 여백사의 가족과 하인 여덟 명을 순식간에 다 죽여버렸다.

"자, 도망가세."

조조가 재촉하는데 어디선가 여전히 괴상한 신음과 몸부림치는 소리가 들렸다. 부엌 밖으로 나가 보니 살아 있는 멧돼지가 나무에 거꾸로 매달린 채 울부짖고 있었다.

"아뿔싸!"

이 집의 가족들은 멧돼지를 잡아 그것으로 손님들을 대접할 생각이었던 모양이다. 하지만 돌이키기에는 이미 늦었다.

진궁은 후회가 막심했다.

||| 四 |||

조조는 이미 어둠 속을 향해 도망치려고 서두르고 있었다.

"진형, 어서 오시오."

"하……."

"뭘 꾸물거리고 있소?"

"하지만 아무래도 마음이 좋지 않습니다. 부끄러워서 견딜 수가 없습니다."

"왜요?"

"공연한 살생을 하지 않았습니까? 가엾게도 우리가 죽인 이들은 우리를 위해 일부러 멧돼지를 잡아 대접하려고 했습니다."

"그것이 후회돼서 집 안을 향해 합장한 거요?"

"하다못해 염불이라도 해서 죄 없는 사람들을 죽인 죄를 사죄하고 싶어서."

"하하하하, 무인에게는 어울리지 않소. 일단 저지른 일은 어쩔 수 없어요. 전장에 서면 수천, 수만의 목숨을 하루 만에 묻어버리는 일도 있지 않소? 또 우리의 목숨도 언제 그렇게 될지 모르고."

조조에게는 조조의 인생관이 있고, 진궁에게는 또한 진궁의 도덕관이 있다. 그것은 다른 것이었다. 그러나 지금은 일련탁생一蓮托生(죽은 뒤에 극락정토極樂淨土에서 같은 연꽃 위에 다시 태어난다는 뜻으로 사물의 선악이나 결과의 선악에 관계없이 행동이나 운명을 함께함을 이르는 말)의 동반자다. 논쟁이나 벌이고 있을 틈이 없었다.

두 사람은 어둠 속을 달렸다.

그리고 숲속에 매어놓은 말을 풀어 올라타자마자 단숨에 2리 밖으로 도망쳤다.

그런데 그때 맞은편에서 나귀에 술 단지 두 개를 매달고 오는 사람이 있었다. 가까이 오자 팔에 걸려 있는 과일 바구니 때문인지 잘 익은 과일 향기가 느껴졌다.

"아니, 조카 아닌가."

지금 막 이웃 마을에서 돌아오는 여백사였다. 조조는 난처한 상황에서 만났다고 생각하며 황급히 둘러댔다.

"아, 어르신이군요. 실은 오늘 낮에 이리로 오는 도중에 들른 찻집에 중요한 물건을 놓고 왔는데 갑자기 생각나서 지금 찾으러 가는 길입니다."

"그런 거라면 집에 있는 하인을 보내도 됐을 텐데."

"아니, 아닙니다. 말을 타고 가면 금방이니까요."

"그럼, 어서 다녀오게. 집에 멧돼지를 잡아 요리를 만들어놓으라고 일러놓고 술도 꽤 괜찮은 걸로 구해왔으니까."

"예, 예. 바로 돌아오겠습니다."

조조는 건성으로 대답하고 말에 채찍을 가하여 여백사와 헤어졌다. 그리고 4, 5정町(1정은 약 109미터)쯤 왔을 때 갑자기 말을 세우고 진궁을 불러 말했다.

"이보시게. 진형은 잠시 여기서 기다리고 있으시게."

조조는 무슨 생각이 났는지 다시 오던 길을 되짚어 달려갔다.

'어딜 가는 거야?'

진궁은 그의 마음을 헤아릴 수 없어서 이상히 여기며 기다리고 있었는데, 이윽고 조조가 돌아와서 자못 홀가분해진 표정으로 말했다.

"이것으로 되었소! 이제 갑시다. 여백사도 죽이고 왔소. 한칼에 찔러 죽였지."

"여백사를요?"

"그렇소."

"어쩌자고 불필요한 살생을 하고 또 그런 착한 사람까지 죽였습니까?"

"하지만 그가 돌아가서 제 처자식과 하인들이 모두 죽은 것을 알면 아무리 착한 사람이라도 우리를 원망할 거요."

"그야 당연하지요."

"우릴 원망하는 마음에 현리에게 발고라도 하면 우린 큰일이오. 어쩔 수 없었소."

"하지만 죄 없는 사람을 죽이는 것은 도리에 어긋나지 않습니까?"

"천만에."

조조는 시라도 읊듯이 큰 소리로 말했다.

"내가 천하를 배반할지언정, 천하가 나를 배반하게 놔두지는 않으리. 바로 이거요. 어서 서두릅시다."

||| 五 |||

'무서운 사람이다.'

조조의 말을 듣고 진궁은 그의 됨됨이에 대해 다시금 깊이 생각해보았다. 그리고 두려움을 느꼈다.

이 사람도 천하를 고통으로부터 구하려는 사람이 아니다. 진정으로 세상을 걱정하는 것도 아니다. 그저 천하를 차지하려는 야망으로 가득 찬 사람이다.

'잘못했구나.'

이런 생각이 들자 진궁도 후회하지 않을 수 없었다.

사나이의 인생을 걸고 그를 따라나선 것이 섣부른 판단이었다는 것을 절실히 깨달았다. 하지만 이미 그 길로 나아가고 말았다. 관직을 박차고 처자식을 버리고 함께 가시밭길을 각오하고 따라나섰던 것이다.

'후회해봐야 이미 늦었고……'

그는 생각을 고쳐먹었다.

밤이 이슥해지자 달이 떴다. 깊은 밤 달빛에 의지하여 10리를 달렸다.

그리고 어딘지 모르는 오래된 사당의 황폐한 문 앞에서 말을 내려 잠시 쉬었다.

"진궁."

"예."

"공도 눈 좀 붙이시오. 새벽까지는 시간이 있어요. 지금 자두지 않으면 내일 갈 길이 또 피곤할 테니."

"알겠소. 그러나 소중한 말을 도둑맞으면 안 되니 어디 눈에 띄지 않는 나무 그늘에 묶어놓고 오겠소."

"으음, 그렇지. ……아아, 생각할수록 아섭군."

"뭐가요?"

"여백사를 죽이고 왔으면서도 난 그가 가지고 있던 술과 과일을 챙겨오는 것을 까맣게 잊었소. 나도 어지간히 당황했던 모양이오."

"……."

진궁은 그 말에 대꾸할 용기가 없었다.

말을 숨기고 잠시 후에 다시 돌아와 보니 조조는 사당의 처마 아래에서 달빛을 받으며 아주 편안히 잠을 자고 있었다.

'어쨌든 참 대범한 사람이야. 섣불리 맞섰다간 큰일나겠어.'

진궁은 조조의 잠든 얼굴을 유심히 보면서 증오와 감탄을 동시에 느꼈다.

증오하는 마음은 이랬다.

'내가 이 인물을 과대평가했구나. 이 사람이야말로 실로 우국의 큰 충신이라고 생각했건만 엉뚱하게도 이리와 호랑이 같은 야심가에 지나지 않았어.'

또 감탄하는 마음은 이랬다.

'그러나 야심가든 간웅姦雄이든 어쨌든 대담함과 정열 그리고

내가 과대평가하게 만든 언변만큼은 비범해. ……역시 한 사람의
영걸英傑임에는 틀림없어.'

그리고 이렇게 두 가지로 볼 수 있는 자신의 마음에 대고 말했다.

'지금이라면 잠들어 있는 사이에 이 조조를 찔러 죽일 수도 있
다. 살려두면 이런 간웅은 훗날 반드시 천하에 화를 입힐 거야.
……그래, 하늘을 대신해서 지금 없애버리자.'

진궁은 칼을 뽑았다.

아무것도 모르는 조조는 코를 골고 있었다. 그 얼굴은 실로 단
정하고 아름다웠다. 진궁은 망설였다.

'아니, 잠깐만.'

자는 사람을 죽이는 것은 무인의 본분이 아니다. 불의不義다.

게다가 지금과 같은 난세에 조조와 같은 간웅을 이 땅에 태어나
게 한 것도 하늘의 뜻일지 모른다. 이런 자의 천수를 자는 동안에
빼앗는 것은 오히려 하늘의 뜻에 반하는 짓일지도 모른다.

'아아…… 지금에 와서 이게 무슨 갈등이란 말인가. 나는 또 지
나치게 번뇌하고 있구나. 달은 저렇게 휘영청 밝은데……. 그래,
달이라도 보면서 나도 잠이나 자자.'

진궁은 결국 단념하고 칼을 다시 칼집에 넣었다. 그리고 같은
처마 아래에 몸을 동그랗게 말고 누웠다.

경쟁하는 남풍

||| 一 |||

그로부터 여러 날이 지났다.

조조는 마침내 아버지가 계신 고향에 도착했다. 그곳은 하남의 진류陳留(개봉開封의 동남쪽)라고 부르는 지방이다. 옥토는 넓고 풍요로웠다. 남방의 문화는 북부의 중후함과는 달리 진취적이었고, 재기로 번뜩이는 눈빛을 가진 사람들은 활달하고 민첩했다.

"좀 도와주십시오."

조조는 집에 돌아오자 지금까지 있었던 일들을 자세히 말하고 어린아이가 어머니에게 과자라도 달라고 조르는 투로 떼를 썼다.

"의병의 깃발을 올릴 생각입니다. 누가 뭐라고 해도 이 결심은 변하지 않습니다. 그러니 아버님께서도 도와주셨으면 좋겠습니다."

아버지 조숭은 어이없다는 표정으로 난감해했다.

"으음…… 큰일을 벌이러 왔구나."

그러나 어린 시절부터 자식 중에서 가장 애착이 가던 조조의 청이라 꾸지람도 나오지 않았다.

"도와달라니 어떻게 말이냐?"

"군자금이 필요합니다."

"군자금이라면 넉넉지 않은 우리 집 형편으로는 병사를 얼마 양성하지도 못할 텐데."

"그러니 아버님의 연줄로 지역의 부호들을 소개해주십시오. 우리 집안은 재산은 없지만 멀리는 하후씨夏侯氏의 계통을 이어받고 한나라 승상 조참의 후손입니다. 이 명문가의 이름을 이용하여 부자들에게 자금을 내놓도록 설득해주십시오."

"그럼, 위홍衛弘에게 말해보마."

"위홍이 누굽니까?"

"하남에서도 둘째가라면 서러워하는 재산가다."

"그럼, 아버님이 그분을 초대해서 하루 주연을 베풀어주실 수 있겠습니까?"

"네 말을 듣고 있으면 뭐든지 간단하구나."

"큰일을 손쉽게 처리하는 것이 대업을 이루는 비결이지요."

부자는 날을 잡아서 위홍을 집으로 초대했다.

위홍은 조조를 바라보며 말했다.

"도성에 가 있다고 들었는데 어느새 훌륭한 청년이 되었구나."

조조는 정성을 다해 그를 대접했다. 그리고 분위기가 한창 무르익었을 때 가슴속에 품고 있던 큰 뜻을 털어놓고 원조를 청해보았다.

만약 거절하면 살려서 돌려보내지 않겠다는 생각으로 꺼낸 이야기였기에 조용히 부탁하는 동안에도 조조의 눈동자는 칼날처럼 날카로웠다. 그런데 위홍은 조조의 이야기를 듣더니 흔쾌히 승낙했다.

"좋아. 자네의 충의를 보아 원조하겠네. 요즘 천하가 어지러운 것을 보고 나도 한탄하고 있었네만, 내 분수에 맞지 않은 일이기에 시대의 추이만 바라보고 있었네. 군자금이라면 얼마든지 대겠네."

조조는 기뻤다.

"아, 그럼 정말로 도와주시겠습니까? 그렇다면 저는 조속히 군사들을 모으겠습니다."

"그렇게 하게. 허나 지는 싸움일랑은 아예 하지 말게. 충분히 승산이 있다는 판단이 선 다음에 크게 일으키는 것이 좋아."

"군자금 쪽 걱정만 없으면 무슨 일이든 할 수 있습니다. 하남을 우리 의병으로 가득 채울 테니 두고 보십시오."

아버지 조숭에게는 나이가 얼마가 되었든 아들은 아들로밖에 보이지 않았다. 조조의 호언장담에 위홍이 넘어간 것은 아닌가 하고 오히려 옆에서 걱정될 정도였지만, 그 후 조조가 하는 것을 보니 보통 대담한 것이 아니었다.

우선 그는 고향 근처의 장정들을 그러모아 흰 깃발 두 폭을 만들어 한 깃발에는 '의義'라고 큼지막하게 쓰고 다른 한 깃발에는 '충忠'이라고 크게 써서 외쳐댔다.

"나야말로 조정으로부터 밀조密詔를 받아 이 땅에 내려온 사람이다."

||| 二 |||

지금이야 지방의 일개 향사로 몰락했지만 누가 뭐라고 해도 조씨 집안은 명문가다. 아들 조조 역시 출중한 재인이라는 칭찬이 곳곳에서 들려왔다.

"밀조를 받고 내려온 사람이다."

조조의 말에 먼저 가까운 마을의 장정과 불우한 향사들이 움직였다.

"진궁, 이런 잡병雜兵들로는 일을 도모하기가 어려울 텐데, 좀 더 힘이 있는 각지의 자사나 태수 등을 모을 수 있겠나?"

때때로 조조는 진궁과 상의했다.

진궁은 계책을 내놓았다.

"충의를 깃발에 써놓고 기다리고만 있어서는 안 됩니다. 우국지 정을 더 강력하게 토로하십시오. 사람들의 마음을 들끓게 해야 합 니다."

"어떻게 하면 되겠나?"

"격문을 띄우는 것입니다."

"자네가 써주겠나?"

"그러지요."

진궁은 격문을 썼다.

그는 진심으로 나라를 걱정하는 진정한 지사志士였다. 그가 쓴 글은 읽는 이로 하여금 떨쳐 일어나지 않을 수 없게 했다.

"아아, 참으로 명문이군. 이걸 읽으면 나라도 군사를 이끌고 달 려오겠어."

조조는 감탄하며 당장 격문을 각지에 띄웠다.

영웅도 그저 영웅이기만 해서는 아무것도 할 수 없다. 패업 을 이루려는 자에게는 항상 세 가지가 주어진다고 한다.

하늘의 때와 땅의 이로움과 사람이다.

조조의 격문은 그야말로 시의적절했다.

얼마 지나지 않아 그의 '충'과 '의'의 깃발 아래에는 뛰어난 재사와 용맹한 장수들이 속속 모여들었다.

"나는 위국衛國 태생으로 악진樂進, 자는 문겸文謙이라고 합니다. 바라건대 역적 동탁을 함께 치고자 휘하에 달려왔소."

"우리는 패국 초군 사람으로 하후돈夏侯惇, 하후연夏侯淵이라는 형제인데 부하 3,000명을 이끌고 왔습니다."

무엇보다 하후돈, 하후연 형제는 조씨 집안이 초군에 있었을 때 조씨 집안에서 자란 양자였기 때문에 남보다 먼저 달려오는 것은 당연했지만, 그 밖에도 매일 군부軍簿에 도착을 고하고 기록하는 사람이 너무 많아서 일일이 셀 수 없을 정도였다.

산양山陽 거록鉅鹿 사람으로 이전李典, 자는 만성曼成이라는 사람, 서주徐州 자사 도겸陶謙, 서량西涼 태수 마등馬騰, 북평北平 태수 공손찬公孫瓚, 북해北海 태수 공융孔融 등의 거물이 각각 수천, 수만의 병사를 이끌고 호응해왔다.

그의 유막에는 또 조인曹仁과 조홍曹洪 두 형제도 가세했다.

한편 조조는 위홍에게 충분한 군자금을 받아 이들 병사에게 무기와 군량을 넉넉히 공급했다.

"저처럼 군자금이 넉넉한 걸 보면 그의 격문이 허풍은 아니었나 봐. 정말로 조정의 밀조를 받았는지도 모르겠군."

형세를 관망하던 사람들까지 군자금이 신속하고 대규모로 조달되는 것을 보자 "하루가 늦으면 하루만큼 손해다."라며 앞다투어 모여들었다.

'하남 땅을 병사들로 가득 채우겠다.'고 언젠가 위홍에게 장담했던 말이 더는 허황된 호언이 아니었다.

따라서 위홍도 물질적인 투자를 아끼지 않았다. 아니, 다른 부자들까지 모두 청하지도 않았는데 "제발 써주십시오."라며 재물과 식량을 속속 가지고 왔다.

그러나 조조는 이미 많은 장성을 좌우에 거느리고 삼군三軍의 장막 안에 태연히 앉아 부자들이 헌물을 가지고 와도 만나주지도 않고 이렇게 덤덤히 말할 뿐이었다.

"아, 그래. 이왕 가져온 것이니 받아두어라."

||| 三 |||

앞서 반反 동탁의 입장을 천명하여 중앙으로부터 요주의 인물로 찍힌 발해 태수 원소에게도 조조의 격문이 도착했다.

"조조가 군사를 일으켰다. 이 격문에 뭐라고 답해야 좋을까?"

원소는 즉시 심복들을 모아 회의를 열었다.

그의 막하에는 한창 왕성할 때의 대장과 청년 장교들이 많았다.

전풍田豊, 저수沮授, 허수許收, 안량顔良.

그리고 심배審配, 곽도郭圖, 문추文醜.

모두가 쟁쟁한 인재들이었다.

"누가 한번 그 격문을 읽어보아라."

"그럼 제가 읽겠습니다."

원소의 말에 안량이 큰 소리로 읽기 시작했다.

"격문, 조조 등은 삼가 대의로서 천하에 널리 알리노라. 동탁은 하늘을 속이고 땅을 어둡게 하고 천자를 죽이고 나라를 망쳤다. 궁궐은 그 때문에 추잡하게 더러워졌으며 이리가 포악하고 어질지 못해 죄악이 거듭 쌓였도다. 이제 천자의 밀조를 받들어 널리 의병을 모아 흉포한 무리를 소탕하려 하니 바라건대 인의仁義의 군사들을 이끌고 충렬忠烈의 맹진盟陣에 한데 모여서 위로 황실을 붙잡아 세우고 아래로 백성을 구하라. 격문이 당도하는 그날로 각자 속히 받들어 시행하라."

"이것이 바로 우리가 기다리던 하늘의 소리입니다. 땅 위의 여론입니다. 태수님, 무엇을 망설이십니까? 마땅히 조조와 협력해야 할 때입니다."

수하 장수들은 입을 모았다.

"허나……."

원소는 여전히 주저하는 듯했다.

"조조가 밀조를 받았을 리가 만무한데……."

"상관없지 않습니까? 설사 밀조를 받지 못했더라도 하는 일만 바르다면 말입니다."

"흠, 그도 그렇군."

원소는 마침내 마음을 정했다.

회의에서 결론이 나자 과연 명문가 출신에 다년간의 인망도 있는 원소답게 군사 3만여 기를 금방 모아서 하남의 진류로 밤낮없이 달려갔다.

진류에 당도한 원소는 눈앞에 펼쳐진 위용에 사뭇 놀랐다. 군부에 도착했다는 것을 적으면서 굵직한 인물만 추려봐도 실로 대단한 진용이었다.

우선 제1진으로는 후장군後將軍 남양南陽 태수 원술袁術(자는 공로公路)을 필두로 제2진이 기주冀州 자사 한복韓馥, 제3진이 예주豫州 자사 공주孔伷, 제4진이 연주兗州 자사 유대劉岱, 제5진이 하내군河內郡 태수 왕광王匡, 제6진이 진류陳留 태수 장막張邈, 제7진이 동군東郡 태수 교모喬瑁, 그 외에 제북濟北의 상상 포신鮑信(자는 윤성允誠), 서량의 마등, 북평의 공손찬 등등 천하의 명장과 맹사猛士들이 구름같이 모여 있었고, 원소의 군사는 도착 순서로 해서 제17진에 배치되었다.

'나도 합세하길 잘했군.'

여기에 와서 그 실상을 보고 원소도 진심으로 그렇게 생각했다. 급변하는 시대의 추세에 새삼스럽게 놀란 것이다.

||| 四 |||

제1진부터 제17진까지의 장수는 모두 1만 이상의 군사를 거느리고 각 지역에서 모여든 당당한 웅장雄將들이었다.

그 속에 또 어떤 호걸과 장사, 준재가 숨어 있을지도 모른다.

특히 제16진에는 때를 기다리던 깊은 연못 속의 교룡蛟龍이 있었다.

북평의 태수이자 분무장군奮武將軍인 공손찬이 그 제16진의 지휘봉을 잡고 있었는데 격문에 호응하여 북평에서 2만 5,000여 기를 이끌고 남하해오는 도중에 기주의 평원현平原縣(산동성 진호선津滬線 평원平原) 부근에 당도하자 큰 소리로 공손찬의 말을 세우는 자가 있었다.

"잠깐 멈추시오!"

"누구냐?"

부하 장수가 돌아보니 근처의 뽕나무밭에서 두세 기의 황색 깃발을 펄럭이면서 다가오는 무리가 있었다.

"어? 어디 무사들이지?"

의아해하고 있는 사이에 나타난 세 무사는 부하로 보이는 잡병 10여 명과 함께 공손찬의 말 앞에 엎드려 말했다.

"장군, 바라건대 저희 세 사람도 대의大義를 위한 군에 합류시켜 데리고 가주십시오. 부족하나마 견마지로犬馬之勞(본래는 '개나 말 정도의 하찮은 힘 또는 수고'를 가리키는 말이었으나, 후에 임금이나 나라를 위해 바치는 자신의 노력을 겸손하게 이르거나, 또는 주인이나 나라를 위해 충성을 다하는 것을 비유한 말로 쓰임)를 아끼지 않고 도적을 토벌하는 선봉에 서서 충성을 다해 전장을 누비는 모습을 보여드리고자 여기서 지나가시기를 기다리고 있었습니다."

공손찬은 처음에는 아마 이 근처의 향사이겠거니 하고 바라보고 있었으나, 그렇게 말하는 세 사람 중 한 사람을 어디에서 본 기억이 있는 것 같아서 생각을 한참 더듬다가 물었다.

"혹시 귀공은 유현덕 님이 아니신가?"

"그렇습니다. 기억하고 계셨습니까? 저 유현덕입니다."

유비가 대답했다.

"그래, 그러고 보니 역시."

공손찬은 놀라며 물었다.

"황건적의 난 이후 낙양의 외성에서 잠깐 만난 일이 있었는데, 그 후 그대는 어떤 관직을 맡고 있는가?"

"부끄러운 일이지만 변변한 공적도 없고 출세도 못 한 채 이런 벽지에서 현령 노릇을 하고 있었습니다."

"참으로 딱한 미관말직微官末職이로군. 귀공 같은 인물을 이런 벽지에 묻어두다니 안타까운 일이야. 그런데 함께 있는 두 분은 누구신가?"

"제 의제義弟들입니다."

"오, 아우들이군."

"한 사람은 관우, 그 옆에 서 있는 사람은 장비라고 합니다."

"관직은?"

"관우는 마궁수馬弓手, 장비는 보궁수步弓手로, 둘 다 관직으로 말하자면 일개 졸병에 불과합니다."

"다들 믿음직한 대장부이건만, 안타깝게도 이런 벽촌의 졸병으로 썩혀두었구먼. 좋아, 그대들도 같은 뜻이라면 내 군중에 들어와 마음껏 활약해보시게."

"그럼, 허락해주시는 겁니까?"

"따지고 보면 내가 청할 일이네."

"반드시 역신 동탁을 죽여 조정을 깨끗이 만들겠습니다."

유비와 관우는 은혜에 감사하며 맹세했다. 그리고 재배하고 일어나려는데 장비가 뭐가 불만인지 투덜거렸다.

"그래서 내가 말하지 않았습니까? 그놈이 황건적을 토벌하러 남하했을 때 영천 진영에서 내가 동탁을 죽이려고 하자 형님들이 말리는 바람에 지금 일이 이렇게 된 거요. 그때 내가 동탁을 죽이게 놔두었다면 지금의 난리는 일어나지 않았을 것을……."

유비는 장비의 말을 막으며 꾸짖었다.

"장비, 무슨 쓸데없는 헛소리를 지껄이는 거냐? 어서 군대의 후미에 붙기나 해."

그리고 자신도 일부러 중군中軍보다 뒤쪽 대열에 섞여서 조조의 큰 계획에 동참했다.

이로써 조조의 계획은 완벽해졌다고 할 수 있었다.

포진과 작전이 모두 갖춰졌다.

18개 지역에서 제후들이 모였고, 병력이 수십만에 달했다. 제1진부터 제17진까지 늘어선 진지는 200여 리나 이어졌다.

조조는 길일을 택해 단을 쌓고 소와 말을 잡아 거병식을 거행했다.

"우리 여기서 일어서노라!"

식장에서 장수들로부터 의견이 나왔다.

"지금 우리는 의병을 일으켜 역적을 토벌하고자 합니다. 모름지기 삼군의 맹주를 세워 전군의 수장으로 삼고, 그 명령을 받아야 합니다."

"옳소."

"당연한 말씀입니다."

모두 이구동성으로 찬동했다.

"그럼 누구를 수장으로 삼으면 좋겠소?"

그러자 사람들은 모두 서로 양보하며 내가 하겠다고 뻔뻔하게 나서는 사람이 없었다.

"원소 장군이 어떻소?"

그래서 결국 조조가 지명했다.

"원소 장군은 원래 한나라 명장의 후손일 뿐만 아니라 4대에 걸쳐 삼공의 중직에 올랐고, 문하에는 물론 사방에 훌륭한 관리가 많소. 그 명망과 지위로 볼 때 원소 장군이야말로 맹주로서 부끄럽지 않은 인물인 듯하오."

그의 말에 원소는 사양의 뜻을 밝혔다.

"아니, 소장은 도저히 그럴 만한 그릇이 못 됩니다."

하지만 그것은 어디까지나 다른 장군들에 대한 일종의 의례儀禮일 뿐이었다. 사방에서 천거의 목소리가 이어지자 원소는 결국 수락했다.

이튿날 식장에 삼중으로 단을 쌓고 다섯 곳에 깃발을 세운 뒤 백모白旄와 황월黃鉞, 병부兵符, 인수印綬 등을 받든 장수들이 도열한 가운데 원소는 의관을 갖추고 검을 찬 뒤 단에 올라 말했다.

"진실한 대동맹이 이루어졌소. 맹세컨대 한실의 불행을 몰아내고 천하 만백성을 도탄에서 구하겠소. 불초 원소는 여러분의 추대로 총대장이라는 막중한 임무를 맡았으니, 하늘과 땅의 신이시여, 조종祖宗의 맑은 영령이시여, 우러러 바라옵건대 저희를 굽어살펴 옵소서."

향을 피우고 제단에서 하늘을 향해 절을 올리며 예식을 행하자 장졸들이 모두 눈물을 흘리며 말했다.

"때가 왔다."

"천하의 여명이 밝았다."

"머지않아 낙양의 역군逆軍을 이 땅에서 반드시 일소하겠다."

이를 악물고 팔뚝을 쓰다듬으며 북받치는 기운을 새롭게 했다. 식이 끝나자 만세 소리가 잠시도 멈추지 않아 그 때문에 하늘의 구름마저 열리는 듯했다.

원소는 또 제장의 예를 받고 첫 번째 군령을 내렸다.

"나는 지금 변변치 못한 재주로 수장의 자리에 올랐소. 이렇게 된 이상 공 있는 자에게는 상을 내리고, 죄 있는 자는 반드시 벌하 겠소. 여러분도 부하들을 엄히 다스리시오. 게으름을 피우는 자가 없도록 주의하시오."

"만세, 만세."

천둥 같은 소리로 삼군이 이에 호응했다.

원소는 두 번째 군령을 내렸다.

"내 아우 원술이 경리經理에 약간의 재주가 있소. 그에게 오늘부터 군량을 맡겨 장군들의 진영에 원활하고 풍족한 군수품 수송을 꾀하도록 하겠소."

이에 대해서도 사람들은 지지하는 함성을 보냈다.

"이어서 우리 군은 즉시 북쪽으로 진격할 것이오. 누가 선봉을 맡아 사수관汜水關(하북성 사수汜水)의 관문을 깨부수겠소?"

"제가 가겠습니다!"

그 말에 응하여 깃발을 들어 자원한 자는 장사長沙 태수 손견孫堅이었다.

강동의 호랑이

||| 一 |||

그날 새벽, 낙양의 승상부는 어딘지 모르게 어수선했다.

잇달아 도착한 파발마는 무위문武衛門 앞 버드나무에 여러 마리가 묶여서 뭔가 안다는 듯 울어대고 있었다.

"승상, 어서 일어나십시오."

이유는 안색이 변해서 동탁의 침전을 두드려댔다.

"기침하셨습니다. 들어가시지요."

숙직을 맡았던 당번병이 그가 들어갈 수 있도록 휘장을 젖혔다.

요염한 미희와 앳된 여자아이가 동탁의 시중을 들며 옥대야에 더운 세숫물을 담아 받들고 있었는데, 이유가 들어온 것을 보자 눈인사를 하고 멀리 화장하는 방으로 물러갔다.

"무슨 일이냐? 아침 일찍부터."

동탁은 지방이 많은 비대한 몸을 여전히 무거운 듯이 일으켜 평상에 기댔다.

"큰일이 일어났습니다."

"또 궁중에서냐?"

"아니, 이번에는 먼 지방에서입니다."

"좀도둑이 난이라도 일으켰느냐?"

"아닙니다. 일찍이 없던 대규모의 반군이 군사를 일으켰습니다."

"어디서?"

"진류가 중심지입니다."

"그럼, 주모자는 조조 아니면 원소 놈이겠군."

"그렇습니다. 잠깐 사이에 자기가 밀조를 받았다고 18로의 제후들을 속여 진영의 길이가 200여 리에 달하는 대군을 편성했습니다."

"그냥 둘 수 없겠군."

"물론입니다."

"그런데 아직 구체적인 보고는 없느냐?"

"어젯밤부터 오늘 새벽까지 계속해서 급보가 들어오고 있습니다. ……이미 적은 원소를 총대장으로 받들고 조조를 참모로, 제1진의 선봉을 오의 손견이 맡아 사수관 근처까지 쳐들어왔다는 보고입니다."

"손견?……아아, 장사 태수 말이군. 그자가 싸움을 좀 할 줄 아나?"

"잘할 겁니다. 어쨌든 병법으로 유명한 손자孫子의 후손이니까요."

"손자의 후손이라고?"

"예, 오군吳郡 부춘富春(절강성浙江省 부양시富陽市) 태생으로 성은 손, 이름은 견, 자는 문대文臺라 하여 남쪽에서는 제법 이름을 날리고 있는 자입니다."

그리고 이유는 그의 인품을 알 수 있는 일화 하나를 이야기했다.

손견이 열일곱 살 무렵의 일이다.

손견은 아버지를 따라 전당錢塘 지방을 여행한 일이 있었다. 당시 전당 지방의 항구에는 해적들의 횡포가 심해서 그 피해를 당한 여객선과 여행객이 헤아릴 수 없을 정도였다.

어느 날 저녁 손견이 아버지와 함께 항구를 걷고 있었는데, 해안에서 수십 명의 해적이 배에서 내린 재물을 나누느라 소란을 피우고 있었다.

그 광경을 본 손견은 불과 열일곱의 소년인 주제에 느닷없이 검을 뽑아 들고 해적들에게 달려들어 해적 두목을 두 동강 내고 외쳤다.

"나는 연해의 수호자다!"

손견은 아수라阿修羅(세 개의 얼굴과 여섯 개의 팔을 지닌 귀신)처럼 미친 듯이 날뛰었다.

해적들은 놀라서 대부분이 도망쳤다. 덕분에 산더미처럼 쌓여 있던 도난품은 나중에 각각 피해자의 손에 돌아갔다. 그중에는 전당의 부호가 가보로 여기던 보석상자도 있었다. 하지만 손견은 사례를 한 푼도 받지 않았다.

그 후 그의 이름은 약관 시절부터 남쪽 지방에 널리 알려져서 그 인망을 따를 자가 없게 되었다⋯⋯는 이야기다.

"흠, 꽤 대단한 놈인 모양이군. 그렇다면 우리 쪽에서도 그놈에 걸맞은 거물을 대장으로 삼아 토벌해야 할 텐데⋯⋯."

동탁은 신중하지 않을 수 없었다.

"누가 좋을까?"

그러자 장막 뒤에서 서운한 듯 말하는 사람이 있었다.

"승상, 승상. 제가 있는 것을 잊으셨습니까?"

||| 二 |||

"누구냐? 장막 뒤에서 말하는 자가."

동탁이 호통을 쳤다.

"여포입니다."

여포는 인사를 하며 모습을 나타냈다.

"무엇을 망설이십니까? 뻔한 조조나 원소 같은 놈들의 도발 따위를 처리하는 것이 뭐가 어렵겠습니까? 이럴 때 저를 쓸 생각이 없으시다면 무엇 때문에 적토마를 주셨습니까?"

여포는 오히려 꾸짖는 듯한 말투로 계속해서 말했다.

"이 여포를 보내주십시오. 쓰레기 같은 적군을 뚫고 들어가서 손견인지 뭔지 하는 놈을 시작으로 조조, 원소 등 역도에 가담한 제후들의 머리를 하나하나 떨어뜨려 보이겠습니다."

"아주 든든하구나."

동탁은 몹시 기뻐했다.

"너 같은 사람이 있어서 내가 베개를 높이하고 잘 수 있는 거다. 절대로 너를 침소의 장막이나 지키는 개처럼 잊고 있었던 것은 아니다."

그때 이미 승상실의 장막 밖에는 변이 났다는 소식을 듣고 달려온 장수들이 모여 있었다.

"여포 장군, 기다리시오. 닭 잡는 데 어찌 소 잡는 칼을 쓰겠소? 내가 먼저 아군의 선봉이 되어 싸우겠소."

이렇게 말하면서 들어온 장수가 있었다.

모두가 눈길을 돌려 누군가 하고 보니, 호랑이 몸뚱이에 이리의 허리, 표범 머리에 원숭이 팔, 참으로 세상에 드문 장골의 용장이었다.

바로 관서 사람 화웅華雄이었다.

"오오, 화웅인가? 장하다. 우선 네가 사수관으로 내려가 험지를 잘 지켜서 이 낙양을 편안케 하라."

동탁은 크게 기뻐하며 즉시 그에게 인수를 내리고 더불어 5만 명의 군사를 내주었다.

화웅은 재배하고 물러나 이숙李肅과 호진胡軫, 조잠趙岑 등 세 사람을 부장으로 선발하여 그날로 위풍당당하게 사수관을 향해 출발했다.

북군이 온다!

북군이 남하한다!

급보는 벌써 원소와 조조 등의 혁명군에도 전해졌다.

"오너라, 이놈들!"

선봉을 맡은 손견의 진영에는 결사의 각오와 함께 긴장감이 돌았다. 그 후진에 제북의 포신이 준비하고 있었는데 북군이 남하한다는 소식을 듣자 아우 포충鮑忠을 은밀히 불러 말했다.

"아우야, 어떠냐? 네가 한번 적은 수의 군사들을 이끌고 샛길로 우회하여 사수관의 적을 기습해보지 않겠느냐?"

"해보겠소."

"장사의 손견이 발 빠르게 선봉에 서버리는 바람에 이대로 있다가는 우린 그의 이름 뒤에서 먼지나 날리며 구경만 하게 될 거다. 그걸 어떻게 보겠느냐?"

"내 생각도 그렇소."

"그럼 바로 가거라. 사수관 안으로 진입하는 데 성공하거든 불을 지르고. 연기를 신호로 밖에서 내가 군사들을 이끌고 일제히 쳐들어갈 테니까."

"알겠소."

포충은 형 포신과 미리 작전을 짠 후 그날 밤에 500명만 거느리고 길 없는 산을 넘어갔다.

그러나 그들은 곧바로 화웅의 척후병에게 발각되고 말았다. 소수의 척후병을 쫓아가다 적진 깊숙이 들어간 포충은 간단히 포위되어 500의 병사와 함께 적지에서 전멸당할 위기에 처했다.

그때 화웅이 말을 타고 달려나와 포충을 한칼에 쓰러뜨리고 "시작이 좋다."며 목을 베어 그 머리를 파발마로 낙양에 보냈다.

동탁에게서는 치하의 편지와 함께 검 한 자루가 즉각 당도했다.

||| 三 |||

선봉장 손견은 아군 포충이 앞서 나갔다가 적에게 수급을 바치고 적의 사기만 올려준 줄도 모르고 정공법을 쓰기로 했다.

"자, 한 번에 밀어붙인다."

손견은 충분히 준비한 후 사수관을 정면으로 공격해 들어갔다.

"역신을 돕는 필부야! 어째서 빨리 항복을 구걸하지 않느냐? 나는 혁신의 선봉이다. 시대의 추세는 이미 시시각각 변하고 있건만 네놈들의 우둔한 눈에는 보이지 않는단 말이냐?"

손견은 관성關城 아래에서 고함쳤다.

화웅은 이 소리를 듣고 주위를 돌아보며 말했다.

"같잖은 놈이 헛소리를 지껄이는군. 누가 저 손견의 목을 가져와 이 관성에서 첫 번째 공을 세우겠는가?"

부장 호진이 이 말에 응하여 자청해 나왔다.

"저에게 명을 내려주십시오."

"호진인가. 좋다."

화웅으로부터 즉시 5,000명의 군사를 받은 호진은 사수관을 내려갔다.

하지만 화웅은 여전히 불안하다고 생각했는지 직접 1만 명의 군사를 이끌고 사수관의 측면으로 나갔다.

사수관 아래에서는 이미 격전이 벌어지고 있었다.

손견은 창을 꼬나 잡고 소리쳤다.

"거기 나온 자는 호진이 아니냐? 어서 덤벼라."

"돼지 새끼가 감히."

호진도 창을 휘두르며 성난 말의 배를 치켜들고 달려들었다.

그러자 손견의 가신 정보程普가 옆에서 창을 던졌다.

"이 승냥이 같은 놈아, 주공의 손을 빌릴 필요도 없다. 죽어라!"

바람을 가르며 날아간 창은 호진의 목을 꿰뚫고 그대로 땅에 박혀 호진의 몸을 창에 꽂은 채 땅에 세워버렸다.

"이렇게 죽게 하다니."

화웅은 발을 동동 굴렀지만, 이미 호진의 군사 5,000명이 무너진 뒤여서 수습할 길도 없었다.

"퇴각하라, 퇴각하라."

화웅은 일단 사수관으로 군사를 거두고는 관의 여러 문을 닫고 기세를 타고 밀려오는 적군을 향해 돌과 통나무, 철궁, 화궁 등을 비처럼 퍼부었다. 모처럼 적군 부장은 죽였지만, 그 때문에 손견은 많은 수의 부하를 잃었다.

"이렇게 가다가는 우리에게 득 될 것이 없겠다."

손견은 기회를 살피다 역시 일시에 후퇴하여 양동梁東이라는 마을까지 군사를 물렸다. 그리고 원소의 본진에 그날의 전리품인 호진의 머리를 보내고 동시에 군량을 보내달라고 전했다.

그런데 본진에 손견에게 원한을 품은 자가 있었다.

"그건 생각해볼 일입니다."

그는 총대장인 원소에게 속삭이며 손견을 헐뜯었다.

"저, 손견이라는 자는 강동의 호랑이입니다. 그가 선봉으로 나서서 만약 낙양을 함락시키고 동탁을 죽인다면 그것은 이리를 제거하고 호랑이를 들이게 되는 격입니다. 그 공을 세우려고 초조해 하는 꼴을 보면 그의 사심邪心을 알 수 있습니다. ……군량이 떨어져 간다니 참으로 다행한 일입니다. 군량을 보내지 말고 내버려두어서 그의 군사가 사기를 잃고 흩어지기를 기다리는 것이 좋습니다. 그것이 현명한 방법입니다."

"일리가 있군."

원소는 그의 의견을 받아들여 결국 군량을 보내지 않았다. 18개 지역에서 모여든 장군들은 아군이라고 해도 각자 호시탐탐 기회를 노리거나 다른 마음을 품고 있는 것은 어쩔 수 없는 일이었다.

관우와 한 잔의 술

||| 一 |||

　사수관 쪽에서는 끊임없이 밀정을 풀어 쳐들어오는 적군의 동태를 살피고 있었는데, 그 밀정 중 한 명이 어느 날 부장 이숙에게 이런 보고를 했다.

　"어찌된 일인지 요즘 손견의 진영에 활기가 없습니다. 이상한 일은 병참부에서 밥 짓는 연기가 오르지 않는 것입니다. 설마 먹지 않고 싸우는 것은 아닐 텐데 말입니다."

　이숙은 이 말을 듣고 이튿날 다른 방면에 있는 두 명의 밀정을 다시 불러 물었다.

　"요즘 적 후방에 이상은 없느냐?"

　"적의 군량 수송은 어떻게 되고 있느냐?"

　"최근 한 달 반 동안 군량을 실은 수레가 지나간 적이 없습니다."

　이숙은 고개를 끄덕이고 다른 밀정에게 물었다.

　"적의 말들은 살이 올랐느냐?"

　"요즘 이상하게 야위어 보였습니다."

　"적군들은 어떤 노래를 부르느냐?"

　"종종 고향을 그리워하는 노래를 부릅니다."

　"알았다."

이숙은 밀정들을 내보내고 즉시 대장 화웅을 만나 한 가지 계책을 올렸다.

"적장 손견을 생포할 때가 왔습니다. 오늘 밤, 저는 일개 부대를 이끌고 샛길을 잡아 적진 뒤로 돌아가서 기습하겠으니 장군은 불빛을 신호로 관문을 열고 정면에서 밀고 들어오십시오."

"성공할 수 있을까?"

"있습니다. 제가 알아본 바에 따르면 손견은 무슨 의심을 샀는지 후방의 아군에게서 군량을 공급받지 못하는 것 같습니다. 그때문에 병사들의 사기는 떨어지고 전의도 없이 내분이 일어나고 있는 듯합니다. 지금이야말로 손견의 목을 힘들이지 않고 얻을 기회입니다."

"그런가. ……오늘 밤은 달이 밝은 날이지?"

"절호의 기회가 아닙니까?"

"좋아, 결행하자."

비책은 저녁때까지 하나로 정해졌다.

그날 밤, 이숙은 한 무리의 기습병을 이끌고 달빛에 의지하여 샛길을 타고 양동 마을을 본거지로 포진해 있는 적군의 뒤로 돌아가 갑자기 함성을 지르며 어둠을 틈타 손견의 진중으로 돌진하여 곳곳에 불을 지르고 화살을 쏘아댔다.

양동 하늘이 붉은 불빛으로 물든 것을 보자, 미리 준비하고 있던 화웅은 사수관의 큰 문을 여덟 팔자로 열게 했다.

"자, 손견을 생포하여 이 문으로 맞아들이자."

화웅은 만군萬軍 속에서 말을 몰아 마치 협곡에서 용솟음치는 산 구름처럼 사수관 아래를 향해 쇄도했다.

어찌 당할 수 있으랴. 양동의 손견 부대는 삽시간에 무너졌다.

"물러나지 마라."

"당황하지 마라."

손견 군의 부장들은 선전하며 병사들을 독려했지만, 병사들이 너무도 약했다.

한 달 전부터 무슨 이유에선지 후방에서 군량 수송이 끊긴 상태였다. 결국 병사들의 불만은 극에 달했고, 자연히 군기는 바닥으로 떨어진 채 병사도 말도 야위어 있었기 때문이다.

안타까운 현실이었지만 손견도 어찌할 방법이 없었다.

손견은 부장인 정보라든가 황개黃蓋 등과도 떨어져 조무祖茂라는 부하 한 명만을 데리고 결국 비참한 패전의 진지에서 말에 채찍을 가해 도망쳤다.

그 모습을 본 화웅은 나는 듯이 말을 몰아 뒤쫓으며 외쳤다.

"손견, 비겁하다. 돌아와라!"

"뭐라고?"

손견은 돌아다보며 말 위에서 활을 쏘아 대답했다.

두 번까지 쏘았지만, 모두 빗나갔다. 초조해하며 세 번째 화살을 메겼지만, 너무 세게 당겨서 활이 두 동강으로 부러졌다.

||| 二 |||

"이런!"

부러진 활을 내던지고 손견은 다시 말을 돌려 숲속으로 도망쳐 들어갔다.

"장군, 장군!"

조무가 달려오면서 손견에게 말했다.

"투구를 벗으십시오. 장군이 쓰고 계신 붉은 투구가 너무 찬란하고 붉어서 눈에 잘 띕니다. 적의 표적이 될 것입니다."

"아, 그런가."

그래서 화살이 많이 날아오는 것이라고 깨달은 손견은 쓰고 있던 '책책幘'이라는 주금란朱金襴 투구를 재빨리 벗어서 타다 남은 민가의 기둥에 걸어두고, 서둘러 부근의 울창한 숲속으로 숨었다.

숨어서 보고 있자니까 생각했던 대로 그 투구에 적의 화살이 빗발치듯 날아왔다.

하지만 아무리 쏴도 투구는 반짝반짝 빛날 뿐 움직이지 않자 활을 쏘던 병사들은 이상하게 여기고 가까이 다가왔다.

"앗, 손견이 없다."

"투구만 있다."

숲 위에 달이 밝게 빛나고 있었다. 흰 그림자와 검은 그림자가 마치 고기떼가 헤엄치듯 손견의 행방을 찾아다니고 있었다.

그중에는 화웅도 있었다.

손견의 부하 조무는 나무 그늘에 숨어 있었는데, 화웅을 보자 불끈 화가 치밀었다.

"이놈, 동탁의 졸개야."

그러고는 창을 내밀어 찌르려고 했다.

눈치 빠르게 알아챈 화웅은 거대한 나무를 찢을 듯한 소리로 외쳤다.

"패잔병 놈이 여기에 있었구나."

그리고 칼이 허공을 가르는 소리가 한 번 나자 조무의 목이 날아갔다.

"누가 저 머리를 주워 오너라."

푸른 피 보라를 뒤로하고 병사에게 명한 화웅은 유유히 말을 달려 어디론가 사라졌다.

"……아아, 위험할 뻔했구나."

얼마 후, 손견은 안도의 숨을 내쉬며 주위를 둘러보고 있었다. 머리가 없는 조무의 몸통이 나뒹굴고 있는 바로 옆의 관목 덤불 속에서 손견도 숨을 죽이고 숨어 있었던 것이다.

"조무…… 아아, 비참하구나."

손견은 눈물을 흘렸다. 조무가 평소에 충성을 다한 것을 떠올리니 가슴이 아팠다.

하지만 지금은 적의 삼엄한 포위망 속에 있다. 손견은 마음을 다잡고 빠져나갈 방도를 곰곰이 생각했다. 화살에 맞은 상처의 고통도 잊고 2리쯤 걸어갔다.

이윽고 도망쳐온 부하들을 모아봤지만, 전군의 10분의 1도 안 되는 숫자였다. 사실상 전멸이나 다름없는 패배였다.

비통한 밤이 밝기 시작했다. 패배자의 상처 입은 영혼처럼, 새벽하늘엔 잔월만이 하얗게 떠 있었다.

"선봉의 아군은 전멸했다."

"적군이 승리의 여세를 몰아 시시각각 다가오고 있다."

후방의 본진은 큰 동요를 일으켰다.

총대장 원소를 비롯한 조조 등은 모두 안색이 바뀌었다.

먼저는 포신 장군의 아우 포충이 주제넘게 앞질러 나섰다가 아군에 상당한 손실을 입혔다는 불리한 보고가 들어왔고, 지금 또 선봉의 손견이 산산이 부서지는 대패를 당했다는 소식에 진중의 장수들은 물론 병사들까지 완전히 기가 죽은 상태였다.

"어떻게 해야 한단 말인가?"

그런가, 없단 말인가.

원소와 조조를 비롯해 17개 진영의 제후들은 그날 본진에 모여 궁지에 몰린 형세를 만회할 작전 회의를 열고 있었다. 그러나 적군의 왕성한 사기와 적장 화웅의 만부부당萬夫不當의 용맹함에 압도되었는지 회의의 분위기는 잔뜩 위축되어 있었다.

총대장 원소도 몹시 언짢은 얼굴을 하고 있었는데, 문득 좌중의 공손찬 뒤에 서서 히죽히죽 웃는 자가 눈에 띄기에 물었다.

"공손찬, 귀공 뒤에 서 있는 자는 대체 누구요?"

불쾌한 기색이 역력한 말투였다.

||| 三 |||

원소의 물음에 공손찬은 뒤를 돌아보며 말했다.

"아, 이 사람 말씀입니까?"

그리고 그것을 기회로 그곳에 모인 모든 장수에게도 정식으로 소개했다.

"이 사람은 탁현 누상촌 태생으로 저와는 어렸을 때부터 친구입니다. 이름은 유비, 자는 현덕이라고 하며 바로 얼마 전까지 평원현의 현령을 지냈습니다. 아무쪼록 잘 부탁드립니다."

조조는 놀라서 눈이 휘둥그레졌다.

"아아, 그렇다면 일찍이 황건의 난 때 무명의 의군을 이끌고 광종 들판과 영천 지방에서 활약하던 분이 아니오?"

"그렇습니다."

"그래서 어디선가 본 적이 있는 것 같더니만. ……맞아, 영천 전투에서 도적들을 광야에 몰아넣고 불태워 없앨 때, 진두에서 잠깐 인사를 나눈 적이 있었지. 하도 오래전 일이라 보고도 잊고 있었군요."

원소도 비로소 의심을 풀고 무례하게 질문을 던진 것을 사과하며 말했다.

"누상촌에 명문가의 자손이 있다는 말은 전부터 듣고 있었소. 그 현덕 공이라면 한실의 종친이지. 누가 자리를 좀 내어주시오."

"앉으시지요."

한 장수가 자리를 양보하며 권하자 유비는 비로소 입을 열었다.

"아닙니다. 저는 장군들과는 비교도 안 되는 작은 현의 현령입니다. 신분이 다릅니다. 어찌 감히 장군님들과 나란히 자리에 앉겠습니까? 이대로가 좋습니다."

유비는 극구 사양하며 그대로 공손찬 뒤에 서 있었다.

원소는 머리를 흔들며 말했다.

"사양할 필요 없소. 귀공의 관직에 자리를 권하고자 함이 아니라 공의 조상이 전한前漢의 종친이며 나라를 위해 공적도 있으니 그에 대한 경의를 표하는 것이오. 사양 말고 자리에 앉으시오."

공손찬도 거들었다.

"모처럼의 호의이니 받는 것이 좋겠네."

다른 장수들 또한 권했다.

"그러시다면."

유비는 일동에게 고개를 숙여 감사한 후 비로소 자리에 앉았다.

그리고 관우와 장비 두 사람도 자리를 옮겨 유비 뒤에 우뚝 섰다.

때마침 새벽에 시작되어 벌써 반나절 남짓 이어진 대전이 드디어 절정에 다다랐다.

"18로의 17진 대군이라고 뽐내더니 반역군은 오합지졸일 뿐이다. 별거 아니다."

앞선 전투에서 승리하여 의기양양해진 화웅은 손견의 병사들을 깔보고 낙양의 정병으로 손견의 진영을 쓸어버린 후 여세를 몰아 사수관의 방비를 거두고 뛰쳐나왔다. 그리고 이미 수십 리를 바람이 나뭇잎을 감아올리듯 질풍같이 달려 북소리로 구름을 울리고 함성을 질러 산천을 뒤흔들며 어느새 혁명군의 수뇌부가 있는 본진의 눈앞까지 들이닥친 것 같았다.

"아군의 2진도 이미 돌파당했습니다."

"3진도!"

"안타깝게 중군도 교란되어 위태로워 보입니다."

시시각각 패보가 올라왔다.

이윽고 화웅 군이 긴 장대 끝에 손견의 붉은 투구를 매달고 욕설을 퍼부으며 큰 물결처럼 이리로 밀려온다는 전령의 보고가 전해졌다.

||| 四 |||

끊임없이 이어지는 전령의 보고가 모두 아군의 위기를 알리는 것들이었기 때문에 총대장 원소를 비롯해 본진에 모여 있는 장군들은 안색을 잃고 안절부절못했다.

"어쩌면 좋단 말인가!"

조조는 그래도 침착했다.

"당황하는 것은 아무 도움이 안 됩니다. 이럴 때일수록 더 침착해야 합니다."

그리고 옆에 서 있는 부하를 돌아보며 지시했다.

"술을 가져오너라."

"예."

술잔은 각 장수의 탁자에도 하나씩 놓였다. 조조는 술잔을 들더니 벌컥벌컥 마셨다.

와아…….

우와!

천둥처럼 울리는 함성이었다. 대지가 쿵쿵 소리를 내며 울렸다. 다시 피투성이가 된 척후병이 막사의 계단 아래에 와서 절규했다.

"트…… 틀렸습니다."

그러더니 숨이 끊어졌다.

이어서 두어 명의 병사가 더 달려와서 보고했다.

"우리 중군은 적군에 유린당해 산산조각이 나고 이제 이곳의 방비도 허술해졌습니다."

"본진을 시급히 다른 곳으로 옮기지 않으면 위험합니다. 포위당합니다."

"아아, 벌써 이 근처에 적의 선봉대가……."

고하러 오고, 고하러 가고. 이곳 본진도 마치 폭풍의 중심에 서 있는 한 그루의 나무처럼 가지와 나뭇잎 들이 모두 흔들렸다.

"따라라."

조조는 부하에게 술을 따르게 하고 차분히 앉아 있었지만, 취할

수록 얼굴은 창백해졌다.

"이대로 포위되면 큰일이오."

벌써 은밀하게 본진의 퇴각을 논하는 사람조차 있었다.

술은커녕 장수들의 얼굴은 절반 이상이 흙빛이었다.

누런 흙먼지가 하늘을 덮고, 산천초목은 모두 피에 으르렁댔다.

이때 갑자기 자리에서 일어서는 자가 있었다.

"한심하군. 이제부터 내가 나가서 적을 무찌르고 아군의 무너진 사기를 단번에 회복시키겠소."

그는 으르렁거리듯 말하고 칼을 뽑아 들었다. 원소가 총애하는 장수로 무용으로 이름 높은 유섭兪涉이라는 자였다.

"가거라."

원소는 장하다고 칭찬하며 그에게 술잔을 주었다.

유섭은 단숨에 마셨다.

"그럼."

그는 군사를 이끌고 적군의 한복판으로 뛰어들었지만, 순식간에 패하고 말았다.

"유섭 장군은 어지러운 전장에서 적장 화웅과 만나 싸우기를 예닐곱 합, 그만 그의 칼에 베이고 말았습니다."

도망쳐온 그의 부하가 전한 말에 사람들은 놀라서 몸서리를 쳤다.

그때 태수 한복이 말했다.

"침착하시오. 나에게 용장 한 명이 있소. 아직까지 백 번을 싸워서 한 번도 진 적이 없는 반봉潘鳳이라는 사람이오. 그러면 손쉽게 화웅을 쓰러뜨릴 수 있을 것이오."

원소는 기뻐하며 물었다.

"그 사람은 어디 있소?"

"아마 후진의 우익에 있을 것이오."

"어서 이리로 부르시오."

"예."

반봉은 부름을 받자 손에 커다란 화염부火焰斧를 들고 흑마를 몰아 본진으로 달려왔다.

"과연 믿음직한 호걸이로군. 즉시 달려가서 적장 화웅의 목을 가져오너라."

원소의 명령에 반봉은 삼가 예를 표하고 즉시 적군 속으로 달려 갔지만, 잠시 후 반봉도 화웅의 손에 목숨을 잃고, 그의 머리는 적의 승전가 속에서 유린당하며 적의 사기만 더 높여줄 뿐이라는 보고가 들어왔다. 본진의 분위기는 다시 가라앉았고 장수들은 전의마저 잃은 듯 보였다.

||| 五 |||

원소는 허벅지를 때리며 탄식했다.

"아아, 애석하구나. 이럴 줄 알았으면 내 부하인 안량顔良과 문추文醜 두 장수를 데리고 올 것을."

자리에서 일어나 발을 구르다가 자리로 돌아와서 다시 탄식했다.

"그 두 사람은 후방 부대의 병력을 모으려고 일부러 고향에 두고 왔건만, 만약 그중 한 사람이라도 여기 있었다면 화웅을 치는 것쯤은 누워서 떡 먹기였을 텐데……!"

모두 침묵했고 원소가 내는 질타의 목소리만이 드높았다.

"이 자리에 각지의 제후들이 이처럼 모여 있건만, 부하 중에 화웅을 벨 만한 장수 한 명 없다는 것은 천하의 조롱거리가 되지 않겠소? 후대에 치욕이 아니겠소?"

그렇다고 하지만 총대장 자신이 이미 때늦은 후회만 되풀이하며 초조해하고 있었기 때문에 제후들도 말없이 모두 고개만 숙이고 있을 뿐이었다.

그때 그 침통한 분위기를 깨는 사람이 있었다.

"누가 여기에 사람이 없다고 말하는 것이오? 바라건대 내게 명령을 내려주시오. 즉시 화웅의 목을 잘라 제후들의 발아래 바치겠소."

모두가 놀라서 "누구냐?"며 계단 아래를 바라보니 키는 줄기가 긴 소나무 같고 수염은 칼자루에 닿았으며 누에가 누워 있는 듯한 눈썹과 붉은 봉황의 눈이 마치 하늘에서 전쟁의 귀신이 홀연히 땅으로 내려온 것이 아닌가 의심이 되는 사람이 서 있었다.

"저자는 누구냐? 대체 누구의 휘하에 있는 장수인가?"

원소가 묻자 공손찬이 대답했다.

"그는 여기 있는 유비의 아우로 관우라는 사람입니다."

"오, 유비의 아우인가? 그런데 직위는?"

"유비의 부하이며 마궁수馬弓手로 있었다고 합니다."

원소는 그 말을 듣자마자 불같이 화를 내며 관우를 업신여기듯 큰 소리로 꾸짖었다.

"썩 물러가라. 네놈이 말단 졸병인 주제에 제후들 앞에서 건방지게 큰소리를 쳐? 그렇지 않아도 어수선한 진중을 헛소리로 어지럽히는 미친놈 같으니. ……여봐라, 부장들은 무엇을 꾸물거리고 있느냐? 이 정신 나간 놈을 당장 끌어내라."

그러자 조조가 충고했다.

"기다리시오. 동지끼리 싸우고 있을 때가 아니오. 이 사람이 이처럼 제후들 앞에서 큰소리를 치는 것을 보면 도저히 장난으로 하는 헛소리라고는 생각되지 않소. 시험삼아 내보내보는 것이 어떻겠소? 만일 지고 돌아오면 그때 엄벌을 내려도 늦지 않을 것이오."

"음, 조 장군의 말도 일리는 있으나, 말단 졸병인 마궁수 따위를 내보낸다면 적장 화웅에게 비웃음을 살 뿐만 아니라 낙양까지 소문이 퍼져 사람들의 입방아에 오르내릴 텐데……."

"웃고 싶으면 웃게 놔둡시다. 내가 보기에 이 사내는 일개 마궁수라고 해도 범상치 않은 풍모를 갖추고 있소. ……이미 적도 코앞에 와 있으니 때를 놓쳤다가는 이 본진마저 유린당하고 말 것이오. 시비를 가리는 군법은 나중에 집행하기로 하고. ……관우, 그대는 이 술을 단숨에 들이켜고 곧장 달려가서 싸우시오!"

조조가 술을 부어주니 관우는 잔을 바라보다가 재배하며 말했다.

"뜻은 감사합니다만 이 술잔은 잠시 맡아주십시오. 한달음에 달려가서 화웅의 목을 베고 돌아와 나중에 받을 테니까."

관우는 82근(삼국지 시대의 1근은 약 220그램. 따라서 약 18킬로그램)이나 된다는 커다란 청룡도를 비껴들고 거기 있던 말을 끌어와 올라타자마자 칠흑 같은 수염을 두 갈래로 흩날리며 순식간에 전장의 흙먼지 속으로 모습을 감춰버렸다.

||| 六 |||

관우가 청룡도를 휘두르는 곳마다 피의 연기와 푸른 피의 무지개가 하늘 높이 치솟았다. 관우는 멀리 아군의 진을 떠나 밀려드는 적군 속으로 뛰어들자마자 외쳤다.

"화웅은 있는가! 적장 화웅은 어디 있느냐? 내 모습을 보고 겁이 나서 숨었느냐? 나와라!"

사나운 호랑이가 양떼를 쫓듯이 수만 명의 적군이 물결치듯 흩어졌다. 함성은 천지를 뒤덮고, 북소리는 어지럽게 산천을 뒤흔들었다.

한편 패색이 감돌던 아군의 본진에서는 관우의 활약에 일말의 희망을 걸고 있었다.

"전황은 어떤가?"

원소와 조조를 비롯해 각지의 제후들은 모두 일어서서 장막 안에서 전장을 바라보고 있었다.

이윽고 적도 아군도 소리를 잊고 잠잠해진 순간, 마치 피의 강을 건너온 듯한 검은 말을 타고 관우가 적병들에게는 눈길조차 주지 않고 원소와 조조를 비롯한 제후들 앞으로 돌아왔다.

관우는 가볍게 말에서 내리자마자 계단을 올라가 중앙의 탁자 위에 피가 뚝뚝 떨어지는 수급 하나를 올려놓았다.

"자, 제후 여러분 직접 보십시오."

그것이 적장 화웅의 머리라는 것을 확인하자 제후들은 물론 계단 아래의 병사들은 흥분하여 이성을 잃었다.

"아아, 화웅이다."

"화웅의 목을 쳤다."

일제히 만세를 부르니 그 분위기에 편승하여 아군의 모든 군사가 이번엔 승리의 함성을 질렀다.

관우는 몇 걸음 나아가 조조 앞에 서서 피 묻은 손으로 앞서 맡겨두었던 술잔을 들었다.

"그럼, 이 술을 받겠습니다."

그는 가슴을 젖히고 단숨에 마셨다.

술은 아직 따뜻했다.

조조는 그의 노고를 치하하며 말했다.

"훌륭하오. 한 잔 더 따르겠소."

조조가 손수 술병을 들자 관우가 말했다.

"아니, 나 혼자만의 공으로 돌릴 수 없습니다. 부디 그 한 잔은 전군을 위해서 들어주시오."

"그렇군. 참으로 옳은 말이오. ……그럼, 만세삼창을 하도록 합시다."

조조가 술잔을 들고 일어서자, 또다시 천지를 뒤흔드는 승리의 함성이 폭풍우처럼 일었다.

그때 유비의 뒤에서 누군가 소리쳤다.

"형님, 승리에 취하기는 아직 이르오. 의형 관우가 화웅의 목을 베었으니, 이번에는 내가 한번 솜씨를 발휘해보리다. 이번 기회를 놓치지 말고 전군을 진격시키시오. 내가 선봉에 서서 순식간에 낙양까지 공격해 들어가 동 상국을 사로잡아 제후 여러분들 발밑에 꿇어 앉히겠소."

사람들이 돌아다보니 그는 1장 8척(삼국지 시대의 1척은 약 23센티미터. 따라서 약 4미터 14센티미터)의 사모蛇矛를 짚고 유비 옆에 딱 붙어 서 있던 장비였다.

원소의 아우인 원술은 못마땅하게 바라보며 꾸짖었다.

"공연한 잡소리는 집어치워라. 제후와 고관, 각 지역의 명장들도 모두 겸손하게 말을 삼가고 있거늘 일개 현령의 부하 주제에 분수를 알아야지! 건방진 놈, 그 입 닥치거라!"

조조가 달래자 원술은 더욱 심술이 나서 화를 내며 말했다.

"저런 미천한 자를 우리와 동일시한다면 난 내 군사들을 거두어 고향으로 돌아가겠소."

일이 꼬일 것 같자 조조는 공손찬에게 말하여 유비와 관우, 장비 세 사람을 자리에서 물러가게 했다.

그리고 밤이 되자 유비의 처소로 몰래 술과 안주를 보내 나쁘게 생각하지 말아달라며 세 사람의 심사를 위로했다.

호뢰관

||| 一 |||

"화웅이 죽었다."

"화웅 군이 무너졌다."

패전 소식을 전하는 파발마가 잇따라 도착하며 낙양을 충격에 빠뜨렸다. 이숙은 기겁하여 동 상국에게 급히 알렸다. 동탁의 낯빛도 창백해졌다.

"아군이 어쩌다 졌단 말이냐?"

"사수관으로 도망쳐 돌아오고 있습니다."

"관에서 나가지 말라고 전하라."

"우선 원군이 갈 때까지 사수관을 지키고 있으라고 명령해두었습니다."

"화웅 같은 용장이 어떻게 그리도 쉽게 죽임을 당했단 말이냐?"

"어쨌든 간에 원소에게는 지방 세력과 덕망이 있으니까요."

"원소의 숙부 원외는 아직도 낙양에 있느냐?"

"태부관太傅官에 있습니다."

"위험하기 짝이 없군. 이런 상황에서 만약 원소와 내통이라도 한다면 낙양은 순식간에 무너질 것이다."

"소신도 같은 생각입니다."

"중요한 것을 잊고 있었다. 당장 처치해라."

그 즉시 승상부의 병사 1,000여 기가 태부 원외의 집으로 달려가서 안팎에 불을 질러 도망쳐 나오는 남녀 하인과 무사를 모조리 죽였다. 물론 원외도 놓치지 않았다.

그날로 20만 대군은 낙양을 떠났다.

그중 이각李傕과 곽사郭汜가 이끄는 5만여 기가 사수관을 지원하기 위해 떠났고, 나머지 15만은 동탁이 직접 이끌고 호뢰관虎牢關을 지키러 갔다.

동탁을 호위하는 부하 장수로는 이유와 여포를 비롯해 장제張濟, 번조樊稠 같은 쟁쟁한 인물들이 있었다. 호뢰관은 낙양에서 남쪽으로 50여 리, 이 하늘이 내린 험지에 10만의 군사를 배치하면 천하의 제후들은 통로를 잃게 된다는 요해要害였다.

동탁은 그곳에 본진을 배치하고 심복 여포를 불러 3만의 정병을 주며 말했다.

"너는 관 밖에 진을 치도록 하라."

이 요해에 동탁이 직접 수비를 맡아 12만의 병사를 배치하고, 만부부당이라는 여포가 이끄는 3만의 정병을 선봉에 세웠으니 금성철벽金城鐵壁이라는 글자 그대로 웅장한 광경이었다.

이렇게 해서 10개 주州로 통하는 길이 끊겨 그 10개 주의 제후들은 각자 고향과 연락을 취할 방법이 위협받자 공격군의 진영에는 동요의 조짐이 나타났다.

"큰일났소. 지금 바로 회의를 열어 방침을 정합시다."

원소가 조조에게 귓속말로 속삭였다.

조조도 동의하여 즉시 회의를 열어 군의 방침을 밝혔다.

적이 두 패로 나뉘어 남하해 왔으므로, 당연히 아군 병력도 두 패로 나누기로 했다.

그리하여 일부를 사수관에 남기고, 나머지 병력은 모두 호뢰관으로 향하게 되었다. 호뢰관으로 향한 총병력은 8개 지역의 병사들로 그 여덟 제후는 왕광과 포신, 교모, 원유袁遺, 공융, 장양張楊, 도겸, 공손찬이었다.

조조는 유격대를 맡았다. 아군의 무너진 곳이나 취약한 곳을 보면 바로 그쪽에 가세할 수 있도록 유격군을 이끌고 대기하고 있었다.

"……왔구나."

북군의 여포는 예의 명마 적토마를 타고 호뢰관의 전위군 속에서 유유히 공격군 진영을 바라보고 있었다.

붉은 비단의 백화전포百花戰袍 위에 사슬 고리가 이어진 갑옷을 겹쳐 입고, 세 갈래로 묶은 머리 위에 자줏빛 금관을 쓴 여포는 사자 가죽으로 만든 띠에 활과 화살을 걸고, 손에는 방천극을 들고 적토마도 작게 보일 정도로 위풍당당한 모습으로 말 위에 앉아 있었다. 가히 공격군 전체를 압도하는 모습이었다.

"저자가 바로 그 여포인가?"

그를 보는 모든 사람이 그저 놀랄 뿐이었다.

||| 二 |||

그사이에 공격군의 진두에서 하내 태수 왕광이 그의 부하 방열方悅과 함께 고함을 지르면서 하내의 강병을 몰아 여포의 진으로 들이닥쳤다.

"여포를 잡아 죽여라."

여포는 적이 두드리는 북소리를 들으면서 말했다.

"움직이지 마라. 적들이 이쪽으로 오게 놔둬라."

여포는 아군을 제지하면서 침착하게 있다가 이윽고 적군이 100보 거리까지 다가온 것을 확인하고 명령을 내렸다.

"자, 모두 쓸어버려라."

여포도 적토마에 채찍질해 달려드는 하내의 병사들 속으로 돌진했다.

"받아라!"

"이얍!"

여포가 기합 소리와 함께 말 위에서 방천극을 왼쪽과 오른쪽으로 휘두를 때마다 적병의 머리와 팔다리, 몸통 등이 피 보라와 함께 휙휙 날아가는 것이 보였다.

"별것도 아닌 것들이. 이놈들아! 여포가 여기 있다. 나와 맞설 자는 없느냐?"

여포는 거만하게 소릴 지르면서 종횡무진으로 질주했다.

무인지경을 달리는 듯하다는 말이 딱 맞는 모습이었다. 수백 명에 달하는 잡병이 몰려와 그의 앞을 가로막았으나 그의 갑옷 자락이 스치기만 해도 바로 나가떨어졌다.

말은 천하에 둘도 없는 명마 적토마. 그 재빠르고 강인하며 씩씩한 적토마의 발굽에 짓밟히는 병사들만 몇십 명, 몇백 명인지 알 수가 없었다.

낙양의 어린이들은 이런 모습을 노래로까지 불렀다.

목장에 말은 많아도

말 중의 말은

적토마요

낙양에 사람은 많아도

용사 중의 용사는

여포 봉선이라네

따라서 일찍부터 소문으로 들어온 오원군五原郡의 여포를 베는 자야말로 이번 전쟁의 가장 큰 공훈자가 되리라는 것은 공격군도 잘 알고 있었다.

"내가 잡겠다."

하내의 맹장 방열은 여포에게 창을 겨누었지만 두세 합도 겨루지 못하고 여포의 방천극에 말과 함께 쓰러지고 말았다.

"이놈, 필부야."

태수 왕광은 아끼는 부하를 잃자 반월창半月槍을 휘두르며 여포를 향해 말을 달렸지만, "태수가 위험하다."며 가세한 아군이 좌우로 피를 쏟고 쓰러지는 광경을 보자 낯빛을 잃고 황급히 말 머리를 돌렸다.

"왕광아, 부끄러운 줄도 모르느냐!"

여포가 뒤에서 웃었다. 그러나 왕광의 귀에는 들리지 않았다.

바로 그때, 같은 편이 위기에 빠진 것을 보고 교모와 원유의 두 부대가 여포 군을 양쪽에서 협공했다.

와아…….

우와아…….

북을 울리고 화살을 쏘고 모래 먼지를 날리면서 견제해온 것이었다.

하지만 적토마는 아랑곳하지 않았다. 순식간에 한쪽으로 사라지는가 싶더니 그곳을 완전히 짓밟아버리고, 다시 순식간에 다른 쪽 적을 쓸어버렸다.

상당上黨 태수 장양의 휘하에 창을 잘 쓰기로 유명한 목순穆順이라는 자가 있었다. 그 목순의 창도 여포와 싸우다가 쉽게 두 동강이 나버렸다.

북해 태수 공융의 부하로 괴력을 지닌 무안국武安國이라는 자가 있었는데, 그도 여포 앞에서는 갓난애처럼 농락당하며 무게 50근의 철퇴로 쓸데없이 허공만 때리다가 한쪽 팔이 잘린 채 간신히 아군 속으로 도망쳤다.

||| 三 |||

여포에게는 더 이상 대적할 만한 적이 없었다. 무적인 그의 모습은 마치 빽빽한 구름을 흩어버리는 태양과 같았다.

그가 가는 곳마다 8개 주의 용사들은 낯빛을 잃었고, 그가 달리는 곳마다 8개 진의 태수들은 말 머리를 돌려 도망치기에 급급했다.

원소도 마땅한 방책이 없어 조조에게 계책을 물었다.

"어떻게 하면 좋겠소?"

조조는 팔짱을 끼고 대답했다.

"여포는 수백 년에 한 명 나올까 말까 한 귀신 같은 자요. 아마 예사 방법으로 싸워서는 천하에 당할 자가 없을 것이오. ……이렇게 된 이상 18로의 제후들이 모두 멀리서 에워싼 채 포위망을 좁혀가면서 그가 지치기를 기다렸다가 일제히 쳐들어가 생포하는 것 외에는 뾰족한 방법이 없소."

"나 역시 같은 생각이오."

원소는 바로 군령을 내리고, 사수관 방면을 방비하고 있는 10개 지역의 제후들에게 잇달아 전령을 보냈다.

그런데 그 전령 열 명이 채 나가기도 전에 "여포다!" "여포가 온다!"며 귀청을 찢는 듯한 소리가 들렸다.

마치 성난 파도에 밀려오는 쓰레기처럼 아군 병사들이 우르르 아군 진영으로 도망쳐왔다.

"저런."

원소의 주위에는 부장들이 철통같이 에워싼 채 원소를 호위하며 병사들을 독려했다.

"물러나지 마라."

"공격하라, 공격해!"

"여포 따위는 아무것도 아니다."

"일제히 덤벼서 죽여라."

그러나 아무리 말로 독려해도 목숨을 버릴 수도 있는 일에 누구하나 선뜻 나서는 이가 없었다. 진중은 혼란이 극에 달해 아비규환阿鼻叫喚이었고, 그저 처참한 기운만이 소용돌이칠 뿐이었다.

그러는 사이에 여포의 목소리가 똑똑히 들렸다.

"여포가, 여포가 여기 왔다. ……조조를 한번 보자. 적장 원소는 얼굴을 보여라! 조조는 어디 있느냐?"

그러나 원소는 재빨리 잡병들 무리에 숨어든 덕에 여포의 눈을 피할 수 있었다. 여포의 적토마는 폭풍과 같이 적진의 한쪽 귀퉁이를 돌파하여 다음 적진을 짓밟기 시작했다.

바로 유현덕이 종군하고 있는 공손찬의 진지였다.

여포는 빽빽이 늘어서 있는 깃발을 향해 돌진하며 소리쳤다.

"공손찬은 나와라!"

수십 개의 영기營旗는 바람에 쓰러지는 풀처럼 순식간에 적토마에 짓밟혔고, 창은 날아가고 부러졌으며, 철궁과 철퇴도 아무 쓸모가 없었다.

"네놈이 감히!"

공손찬은 이를 갈며 비장의 무기인 창을 들고 나가 접근전을 펼치려 했다.

"바라는 바다."

그러나 이렇게 말하며 적토마를 돌려 달려오는 여포의 눈빛을 보더니 그만 간담이 서늘해져서 제대로 싸워보지도 못하고 도망쳐버렸다.

"쳇, 입만 살아 있는 놈 같으니. 머리는 놓고 가라!"

하루에 천 리를 달린다는 적토마로 흙먼지를 일으키며 쫓아갔는데, 갑자기 옆에서 튀어나와 한 장丈 남짓의 사모를 휘두르며 달려드는 자가 있었다.

"게 섰거라, 여포. 연인燕人 장비가 여기 있다. 네놈의 목부터 내놓아라!"

||| 四 |||

"뭐라고?"

여포는 적토마를 멈추고 휙 돌아보았다.

보니 위풍이 굉장한 대장부였다. 곤두선 호랑이 수염 아래 모란 같은 입을 벌리고 장팔사모를 옆구리에 낀 채 사정권에만 들어왔다 하면 당장이라도 때려죽일 것 같은 기세가 하늘을 찌를 듯했다. 그러나 그가 두르고 있는 철갑이며 마구가 매우 허접한 것을 보니 적의 일개 보궁수에 불과할 것이라고 생각한 여포는 "졸병은 비켜라."라고 소리를 지르고는 상대할 가치도 없다는 듯 그대로 전진하려고 했다.

장비는 말을 달려 여포에게 다가가며 소리쳤다.

"멈춰라! 유비 아래에 이 장비가 있는 것을 모르느냐?"

장비가 장팔사모를 휘둘렀다. 장팔사모가 적토마의 갈기를 살짝 스쳤다.

"이 졸개 놈이."

여포가 눈을 치켜뜨며 방천극을 머리 위로 쳐들고 사납게 달려왔지만, 장비는 재빨리 옆으로 돌아 다가갔다.

"이얏!"

사모에 바람을 휘감으며 공격해 들어갔다.

의외로 벅찬 상대였다.

'이놈, 보통이 아닌걸.'

여포는 진지해졌다. 장비도 처음부터 필사적이었다.

가난한 향군으로 일어나 무관무직이라 멸시받으면서 전장을 떠돌기를 몇 해, 결국은 다시 벽지에 묻혀 비육지탄髀肉之嘆(영웅이 때를 만나지 못해 전쟁에 나가지 못하고 넓적다리에 헛된 살만 오르는 것을 한탄한다는 말)하던 그였다.

지금 천하의 제후와 군사 들이 총동원되어 있는 이 영광스러운 전장에서 천하의 영웅으로 불리는 여포를 상대하게 된 것은 장비에게는 그야말로 천재일우千載—遇였고, 뜻을 세운 이래 처음 만난 기회였다.

그렇다 해도 여포는 이름난 호웅豪雄이다. 쉽게 쓰러뜨릴 수 있는 상대가 아니었다.

두 영웅은 그야말로 불꽃을 튀기며 싸웠다. 장팔사모와 방천극은 한 번은 아래에서, 한 번은 위에서 부딪치며 온갖 비술을 선보이고 있었다.

'이런 호걸도 있구나.'

장비는 속으로 혀를 내둘렀고, 여포도 내심 깜짝 놀랐다.

'어째서 이런 훌륭한 장부가 보궁수 따위가 되었을까?'

장비의 사모는 여러 차례 여포의 자줏빛 금관과 사슬 고리 투구를 스쳤고, 여포의 방천극은 종종 장비의 눈앞이나 어깨를 스치며 당장 둘 다 위험해 보였지만, 두 영웅은 계속해서 부르짖으며 싸움을 멈출 줄 몰랐다. 오히려 그들이 타고 있는 말이 땀 범벅이 되어 재갈을 깨물며 지친 기색이 역력했지만, 말 위에서 싸우고 있는 사람들은 피로를 잊은 채 지칠 줄을 몰랐다.

"저게 장비다."

"저거야, 여포가."

너무나도 눈부신 광경에 양군의 장졸들은 잠시 싸움을 멈추고 정신없이 바라보고 있었는데, 싸우면 싸울수록 더 민첩해지고 사나워지는 여포의 기세에 반해 장비의 사모는 집중력이 조금씩 흐트러지는 기미를 보이자 멀리서 바라보고 있던 조조와 원소를 비롯해 18로의 제후도 내심 불안한 기색을 보였다. 이때, 그곳으로 돌풍처럼 달려가는 두 명의 아군이 있었다.

한 사람은 관우였다.

"아우, 겁먹을 것 없다!"

관우가 가세하자 다른 쪽에서도 유비가 달려들었다.

"나는 유비다. 적장 여포는 꼼짝 말고 섰거라!"

유비는 양손에 번뜩이는 크고 작은 검을 들고 있었고, 관우는 82근의 청룡도에 기를 모았다. 의형제 셋이 세 방면에서 여포를 에워싸고 필사의 공격을 퍼부었다.

||| 五 |||

아무리 여포라도 지금은 피할 방법이 있을 리 없었다. 당장 베여서 떨어질 것이다.

그렇게 보였으나 여포는 맹렬하게 소리치며 아직은 비웃을 여유조차 있었다.

"무슨 소리! 셋 다 한꺼번에 덤벼라!"

관우와 장비, 유비 세 사람은 아랑곳하지 않고 오른쪽을 베고 왼쪽을 후려갈겼다. 번뜩이는 섬광과 맞부딪치는 쇳소리에 그곳에 모인 사람들의 이목이 집중되었다.

양군 진영의 제후들도 모두 술에 취한 것처럼 이 광경을 바라보고 있었다. 그러는 사이에 여포의 일격이 당장이라도 유비의 얼굴을 찌르려는 찰나 두 마리의 용이 물을 박차고 올라 하나의 구슬을 차지하려는 듯 장비와 관우가 여포의 말을 사이에 두고 바싹 다가섰다.

"얏……!"

"이얍!"

여포의 안장과 관우의 안장이 부딪쳤다.

다다다다……. 적토마가 뒷걸음질치는 순간 여포는 승산이 없다고 생각했는지 "훗날 다시 싸우자!"라며 말 머리를 돌려 자기 진지 쪽으로 달려갔다.

'여기서 여포를 놓쳐서는 안 된다.'

유비와 관우, 장비는 말 머리를 나란히 하고 여포를 쫓았다.

"내일을 모르는 무사가 아니냐! 전쟁터에서 다음이란 없다. 돌아와라, 여포!"

유비가 외쳤다.

씽.

이때 여포에게서 화살 하나가 날아왔다. 여포는 달리는 말 위에서 뒤돌아보며 사자 가죽 띠에 꽂은 화살을 뽑아서 또 쏘았다.

"기분 나쁘면, 내 진지까지 따라와라."

세 발까지 쏘았다.

그리고 순식간에 호뢰관 안으로 도망쳐버렸다.

"아쉽군."

장비와 관우는 이를 갈며 분해했지만 어쩔 수 없었다.

그도 그럴 것이 하루에 천 리를 달린다는 적토마다. 마음먹고 달리게 되면 장비와 관우가 타고 있는 평범한 말로는 따라갈 방법이 없다.

그러나 여포가 도망친 덕에 한때 형편없이 떨어졌던 아군의 사기는 일시에 회복되었다. 각지의 제후들은 다시 총공격을 호령했고, 병사들은 함성을 지르며 떨쳐 일어났다.

여포에 이어 다른 적군들도 호뢰관으로 후퇴했지만, 그 대부분은 관문으로 들어가지도 못하고 토벌되었다.

공격군은 호뢰관으로 밀물처럼 몰려갔다. 적은 호뢰관의 철문을 굳게 걸어 잠그고 패배의 신음을 안으로 삼키고 있었다.

관우와 장비는 관문 바로 아래까지 가서 때려 부수려고 애를 썼지만, 천하의 험지로 이름난 철벽이라서 어쩔 도리가 없었다.

그때 문득 호뢰관 위의 하늘을 바라보니 커다란 비단 깃발과 무수한 작은 깃발들이 펄럭펄럭 나부끼는 곳에 푸른 비단으로 만든 산개傘蓋가 바람에 따라 흔들거리며 마치 구름이나 무지개처럼 보였다.

장비는 입을 쩍 벌리고 자기도 모르게 소리를 질렀다.

"우와아…… 저기 보이는 자야말로 바로 적군 총대장 동탁이다. 저놈을 코앞에 두고도 손 놓고 가만히 있을 것인가! 모두 계속 공격하라!"

장비는 앞장서서 성벽에 매달려 기어오르려고 했지만, 즉시 망루 위에서 거목과 암석이 비처럼 쏟아져 내렸다. 관우는 발을 동동 구르며 분해하는 장비를 겨우 타일러 그 아래에서 100보쯤 물러나게 했다.

이날의 격전은 그렇게 끝이 났다. 사람들은 이것을 호뢰관의 삼전三戰이라고 불렀다.

낙양이 함락된 날

||| 一 |||

아군의 대승에 조조를 비롯한 18로의 제후들은 본진에 운집하여 기쁨을 감추지 못했다.

그동안 취한 적군의 수급은 큰 구덩이에 묻었다.

"여기 있는 수만 개의 머리 중에 여포의 머리가 없는 것이 유감이군."

조조가 말했다.

"아니, 장비나 관우 같은 잡병한테도 져서 도망친 것으로 여포의 머리 값도 더는 예전 같지 않지요."

원소가 크게 웃으며 말했다.

사람들은 전쟁에서 이기면 자기만의 공인 양 생각하고, 지면 그 원인을 남에게 있다고 생각한다.

승전가와 함께 술잔을 들고 일동은 일단 각자의 진지로 돌아갔다. 그때 누군가 한 장수를 불러 세우는 자가 있었다.

"기다리시오, 원술 공."

원술은 원소의 아우로 군량 공급을 지휘하는 자였다. 누군가 싶어 돌아보니 전에 사수관의 첫 전투에서 참패를 당한 후 진중에서 평판이 좋지 않아 늘 기가 죽어 있던 장사 태수 손견이었다.

"아아, 손견 공이군. 공도 진지로 돌아가는 중이오?"

"아니, 귀공의 진지에 일부러 찾아온 것이오."

"무슨 용건이라도 있소?"

"다름이 아니라 전에 내가 선봉장이 되어 사수관을 공격하러 나갔을 때 공은 무슨 이유로 군량 공급을 끊은 것이오? 이유나 들어봅시다."

손견은 칼자루를 잡으며 따져 물었다.

원술은 창백하게 질려서 대답했다.

"아, 그 일 말이군. 그 일에 대해서라면 공을 찾아가 직접 사정을 설명할 생각이었는데, 전쟁 중이라 워낙 경황이 없어서……."

"아니, 그런 사정을 묻는 것이 아니오. 왜 군량을 보내지 않았는지, 그 대답만 들으면 나도 생각한 것이 있소. 원래 나 손견은 동탁과는 아무 원한이 없소. 다만 이번 격문에 응해 전쟁에 참가한 것은 위로는 나라를 위하고 아래로는 백성을 고통에서 구해내기 위해서였소. 그런데 잡놈들의 모함을 믿고 고의로 나에게 패전의 쓰라림을 맛보게 한 것은 같은 편이라 해도 용서하기 어렵소. 어떻게 대답하느냐에 따라 오늘 여기서 공의 머리를 벨 각오도 되어 있소. ……자, 변명할 말이 있으면 해보시오."

손견의 성정은 익히 알고 있었다. 성미가 급하고 사나운 남방 태생이다. 그런 자가 창백한 안색으로 눈꼬리를 치켜세우며 다가온다. 원술은 발끝에서부터 밀려오는 두려움을 느꼈다.

"자, 자, 그렇게 화부터 내지 마시고. 정말 나중에는 나도 미안하게 여겼소. 그러나 정작 미운 놈은 공을 험담한 놈이오. 그놈의 머리를 베어 진중에 높이 매달아서 공의 원한을 풀어줄 테니, 제발 고정하시오."

손이 발이 되도록 빈 원술은 제 목숨이 아까운 나머지 앞서 자신에게 군량 공급을 중단할 것을 진언한 부장을 불러 이유도 말하지 않고 결박했다.

"이놈이오. 이놈이 공을 중상하기에 그만 속아서……. 부디 이것으로 울분을 풀어주시오."

주위의 부하들에게 명해 그 자리에서 부장의 목을 베어버렸다.

이런 소인배를 상대로 화를 내봤자 소용없다고 생각했는지, 손견은 쓴웃음을 지으며 자기 진지로 돌아갔다. 그리고 오랜만에 장막을 내리고 자려고 하는데 야간 보초가 뭐라고 떠드는 소리가 들렸다.

'뭐지?'

손견이 몸을 일으키고 있는데 항상 그의 옆을 지키는 정보와 황개가 장막 사이로 작게 속삭였다.

"태수, 주무십니까?"

||| 二 |||

"무슨 일인가? 이 늦은 밤에."

손견은 침소의 장막을 걷고 심복인 정보에게 물었다.

정보는 그의 귀에 얼굴을 바짝 대고 말했다.

"이 밤중에 진문陣門을 두드린 자가 있었습니다. 적의 밀사 두 명이 은밀히 태수를 뵙고 싶다고 합니다."

"뭐, 동탁에게서? 그럼 만나봐야지."

손견은 의외라고 생각하며 사자를 방으로 들였다.

목숨을 걸고 온 밀사는 손견을 보자 필사적인 말투로 말하기 시작했다.

"저는 동 상국의 부하 이각이라고 합니다만, 승상께서는 평소부터 장군을 깊이 흠모하고 계십니다. 그래서 특별히 장군과 길이 이어질 친교를 맺고자 저를 사자로 보내셨습니다. 이는 말뿐이거나 형식적인 호의가 아닙니다. 다행히 동 상국께는 묘령의 따님이 한 분 계신데, 장군의 아드님 한 분을 사위로 맞아들이고 일문의 자제들을 군수郡守(한 군의 행정 사무를 맡아보는 으뜸 벼슬)와 자사刺史(민정과 군정을 담당하는 지방 장관長官)로 봉하겠다는 뜻을 밝히셨습니다. 이런 좋은 인연과 영달의 기회는 두 번 다시 없으리라 생각합니다만……."

"닥쳐라!"

손견은 끝까지 듣지도 않고 큰 소리로 사자의 입을 막으며 통렬하게 꾸짖었다.

"순역順逆의 길도 모르고 황제를 시해하고 백성을 괴롭히면서 오직 자신의 욕심만을 채울 줄 아는 짐승에게 어찌 내 아들을 사위로 줄 수 있단 말이냐! 내 소망은 역적 동탁을 쳐 없애고, 더불어 그 구족九族의 머리를 참하여 낙양 문에 효수하는 것밖에 없다. 그 소망을 이루지 못하고는 죽어서도 눈을 감지 않기로 맹세했다. 발밑이 어두워지기 전에 돌아가서 동탁에게 전하라."

"바로 그것입니다, 장군……."

그래도 철면피한 사자는 전혀 움츠러드는 기색 없이 다시 설득하려 들었지만, 손견은 들은 척도 하지 않고 사자의 말을 제지하며 호통쳤다.

"네놈들의 목도 베고 싶다만 잠시 붙여두겠다. 당장 돌아가서 동탁에게 그렇게 전하라."

사자 이각과 다른 한 사람은 헐레벌떡 낙양으로 달아났다.

그리고 자초지종을 사실대로 동탁에게 보고했다.

동탁은 호뢰관에서 대패를 당한 이후로 의기소침해 있었다.

"이유, 어떻게 하면 좋겠는가?"

늘 그렇듯 심복인 이유와 상의했다.

이유가 말했다.

"유감스럽지만 지금은 장래의 대책을 세우고, 아군에 큰 전기轉機를 마련해야 할 때입니다."

"큰 전기라니?"

"과감히 낙양을 버리고 장안長安으로 도성을 옮겨야 합니다."

"천도遷都 말인가?"

"그렇습니다. 앞서 호뢰관 전투에서 여포마저 패한 이후로 아군은 전의를 잃었습니다. 이럴 때는 일단 군사를 거두고 천자를 장안으로 옮겨 때를 기다렸다가 싸우는 것이 좋다고 생각합니다. 게다가 최근 낙양의 아이들이 부르는 노래를 들어보니 이런 구절이 있더군요. '서쪽 머리도 하나의 한漢이요, 동쪽 머리도 하나의 한漢이로세. 사슴이 달려 장안에 들어야만 비로소 이 난리가 없어지겠네.' 여기서 서쪽 머리도 하나의 한은 고조高祖를 가리켜 장안 12대의 태평을 말하고, 동시에 부유하고 풍요로운 장안에 머무신 적이 있는 승상의 길한 방향을 암시한다고 할 수 있습니다. 동쪽 머리도 하나의 한이란 광무光武가 낙양으로 도성을 정한 이후 오늘에 이르기까지 12대를 말한 것이지요. 하늘의 운수가 이와 같습니다. 만약 장안으로 도성을 옮긴다면 승상의 운세는 점점 좋아질 것이 틀림없습니다."

이유의 설명을 듣자 동탁은 별안간 앞길이 확 트인 것 같은 생각이 들었다. 그 천문설天文說은 즉시 정책의 큰 방침이 되어 조정 회의에 부쳐졌다. ……아니, 일방적으로 백관에게 통보되었다.

||| 三 |||

조정 회의라고는 하지만 동탁이 입을 열면 그것은 절대적인 것이었다. 그러나 이때만큼은 백관들도 동요하는 듯했다.

무엇보다도 황제가 놀랐다.

"……천도?"

중차대한 일이었기에 바로 찬동의 소리는 나오지 않았다. 그 대신 또 반대하는 사람도 없었다. 정적이 이어졌다. 그러다 사도 양표楊彪가 처음으로 말문을 열었다.

"승상, 지금은 그럴 시기가 아닙니다. 백성들은 새 황제께서 즉위하신 후 아직 얼마 지나지 않아 편히 지낸 날이 없었습니다. 그런 상황에서 또 유서 깊은 낙양을 버리고 장안으로 천도한다고 반포하면, 그야말로 솥에 물 끓듯 백성들은 들끓을 것이고 천하에 난리를 조장할 뿐입니다."

태위 황완黃琬도 그에 이어 발언했다.

"그렇습니다. 지금 양표가 말한 것처럼 천도는 적절치 못하다고 생각합니다. 그 이유는 명백합니다. 여기에 모인 백관들도 속으로는 천도해서는 안 된다고 알고 있으면서도 승상의 뜻을 거스르는 것이 두려워 잠자코 있을 뿐입니다."

이어서 순상荀爽도 반대했다.

"만약 지금 왕부王府를 이 땅에서 옮긴다면 장사꾼은 판로를 잃고 장색은 직업을 잃을 것이며 백성들은 떠돌며 하늘을 원망할 것입니다. 승상 부디 백성들을 불쌍히 여겨주소서."

계속해서 반대 의견이 들끓을 것 같자 동탁은 인상을 쓰며 버럭 소리쳤다.

"하찮은 백성 따위가 무에 대수냐! 대사를 실행하는 데 일일이 백성들의 눈치를 보란 말이냐?"

"백성은 나라의 근본입니다. 백성 없는 나라가 어찌 존재하겠습니까?"

"닥치지 못할까! 저놈의 관직을 박탈하고 위계位階를 빼앗아라."

동탁은 이렇게 말하고는 궁에서 나와 즉시 거마車馬 1,000개를 준비하라고 명한 뒤 자기는 일단 마차를 타고 자기 집으로 서둘러 떠났다.

가는 길에 가로수 그늘에서 기다리던 젊은 무사 두 명이 뒤쫓아 왔다.

"승상, 잠시만."

"잠깐 기다려주십시오."

그들은 마차 앞에 무릎을 꿇었다. 보니 성문교위 오경伍瓊과 상서 주비周毖였다.

"뭐냐, 이놈들! 감히 내 길을 막다니."

"무례인 줄 알면서도 벌을 받을 각오로 왔습니다."

"벌을 받을 각오로 왔다고? 대체 할 말이 무엇이냐?"

"오늘 궁중에서 천도가 내정되었다고 들었습니다."

"내정이 아니다. 결의다."

"그 소문에 저희 말단 관리까지 깜짝 놀랐습니다. 전통이 있는 도성은 하루아침에 만들어지는 것이 아닙니다. 하물며 한실 12대의 전통이 숨쉬는 이 땅을 버리고."

"벌레 같은 놈들. 무슨 소리를 지껄이는 것이냐? 일개 서생書生 주제에 조정의 결의에 반대하다니 건방진 놈들이구나. 그것도 길 한복판에서."

"아무리 화를 내셔도 천하를 위해 좌시할 수는 없습니다."

"좌시할 수 없다고? 그렇다면 적에게 돌아선 놈들이구나. 살려두었다가는 훗날의 근심거리가 될 것이다. 이놈들의 목을 쳐라."

그렇게 내뱉고 마차를 가게 하자, 두 사람은 여전히 충간忠諫을 외치면서 마차 바퀴에 매달렸다.

그것을 동탁의 부하들이 등 뒤에서 찌르고 머리를 내려치자 마차의 덮개까지 선혈이 튀고 바퀴에도 살점이 걸려서 마치 붉은 실이 엉켜 덜컹거리는 것 같았다.

그것을 본 낙양의 시민들은 모두 울었다. 그리고 천도의 소문이 반나절 사이에 퍼져 소문을 들은 사람들은 모두 넋이 나갔다.

밤이 되자 기분 탓인지, 땅은 평소보다 어둡고 하늘은 평소보다 수상한 요성妖星의 빛이 춤추고 있었다.

||| 四 |||

"천도다. 천도한다는 포고문이 걸렸다."

"여길 버리고 장안으로 간다고?"

"앞으로 어떻게 될까?"

낙양 시민들은 아닌 밤중에 홍두깨 같은 소식에 어쩔 줄을 몰랐다.

게다가 어제 낮에 동 상국의 마차 앞에서 충간을 한 두 충신이 상국의 노여움을 사서 목을 치라는 말 한마디에 무사들의 창칼 아래 난도질을 당해 죽어가는 모습을 생생히 목격한 바 있었다.

"말도 꺼내지 말게."

"아무 말도 하지 마."

"목이 달아날 거야."

한결같이 겁을 먹고 불평 한마디 하지 못했다.

걱정이었다. 동탁은 하늘도 두려워하지 않고, 지상에 가득한 민심의 원한도 신경 쓰지 않았다.

하룻밤 푹 잔 동탁은 깨자마자 이유를 불렀다.

"이유, 이유."

"예, 여기 있습니다."

"천도 발령은 다 마쳤는가?"

"다 끝났습니다."

"조정에서도, 공경백관公卿百官들도 다 알아들었겠지?"

"열심히 이전을 준비하고 있습니다. 그리고 도문都門에 높이 방문을 붙였고 각 관리들에게도 이 사실을 알리라고 했으니 아마 낙양 백성들도 어가를 따라 대부분 장안으로 옮길 것입니다."

"아니, 가난한 자들이나 그렇게 할 것이다. 부자들은 즉각 재물을 은닉하고 한지閑地로 흩어지겠지. 승상부에도, 조정에도 이미 금과 은이 부족할걸?"

"그렇습니다. 그래서 천도령과 동시에 군비 징발령을 내릴까 합니다."

"알아서 해. 일일이 법문法文을 내릴 것까지도 없어."

"그렇다면 맡겨주십시오."

이유는 병사들 5,000명을 뽑아 시중에 풀어서 천도 비용과 군자금 마련이라는 명목으로 낙양의 이름난 부자들을 죄다 습격했다. 그리고 금은보화를 산처럼 모아 그것을 짐말이나 수레에 싣고 장안으로 수송했다.

낙양은 무정부 상태가 되었다.

관아의 기강과 경찰 제도를 비롯한 모든 질서가 하루아침에 무너져 극심한 혼란에 빠졌다.

부자들의 재산을 징발하는 방법도 참으로 잔인했다.

광풍에 춤추는 폭병들은 적당한 부잣집을 찾아내면 사방을 둘러싼 후 갑자기 집 안으로 난입하여 가재와 재물을 짊어지고 나왔으며 저항하는 자는 그 자리에서 베어 죽였다. 그러는 사이에 젊은 여자의 비명이 으슥한 곳에서 들려오기도 했고, 공공연히 납치되어 가기도 했다. 차마 눈 뜨고는 볼 수 없는 광경이었다.

그리고 천도 명령이 내린 다음 날.

어림군御林軍의 장교들은 백성들이 다른 지역으로 옮겨가는 것을 막기 위해 병력을 풀어서 강제로 한곳에 모은 뒤 그들을 5,000명에서 7,000명씩 한 무리로 묶어 장안으로 보냈다.

젖먹이를 안은 부인과 노인, 병자를 업은 사람과 보잘것없는 누더기를 걸치고 너절한 세간을 짊어진 채 아이의 손을 끌고 가는 자 등. 내일을 모르는 운명에 내몰려서 산양 무리처럼 쫓겨가는 유민의 모습은 참으로 비참하기 그지없었다.

짐승 같은 폭병들은 손에 칼을 들고 채찍처럼 끊임없이 휘두르며 소리쳤다.

"걸어라, 걸어! 걷지 않는 자는 벨 것이다." "병자는 버리고 가라."

따위로 위협하기도 하고, 대낮에 남의 아내를 욕보이고, 그 남편을 찔러 죽이는 등 하고 싶은 대로 하며 포학하게 굴었다.

그 때문에 유민의 통곡하는 소리가 산과 들에 메아리쳤고 하늘마저 눈물을 흘릴 정도였다.

||| **五** |||

같은 날, 동탁도 사저와 관저를 모두 털어 사사로이 착복한 재물을 80대의 수레에 싣고 자신도 가마에 올라 장안으로 출발했다.

그는 낙양에 아무 미련도 없었다. 애초에 1년인가 반년 동안 도둑질해 살았던 곳이었기 때문이다.

하지만 공경과 백관 중에는 낙양이 유구한 역사를 지닌 곳이고 조상 대대로 살아온 땅이었기에 아쉬움의 눈물을 흘리며 통곡하는 늙은 관리들도 있었다.

"아, 결국 떠나는가?"

"오래 살고 싶지 않구나."

그 때문에 천도를 위한 출발이 쓸데없이 지체될 것 같아서 동탁은 이숙을 독촉하여 포고령을 내렸다.

오늘 새벽 인시寅時(03시~05시)를 기하여 궁문과 별궁, 성루, 성문, 각 관청은 물론 모든 시가지에 불을 질러 낙양 전체를 화장火葬하라는 포고령이었다.

거기에는 조만간 반드시 몰려올 원소와 조조 등의 북상군에 대한 초토 전술의 의미도 있었다.

여하튼 갑작스러웠다.

혼란은 이루 말할 수 없었고, 그러는 사이에 인시가 되었다.

먼저 궁문에서 불길이 올랐다.

자금전紫金殿의 휘어진 난간, 유리루琉璃樓의 기와, 금빛과 푸른 빛의 여든여덟 문, 원앙지鴛鴦池의 붉은 다리, 그 외 후궁의 거처와 황자의 전각, 의정묘議政廟의 웅장한 건물 등 모든 유서 깊은 건축물들이 활활 타오르는 열풍 속에 버려졌다.

'며칠 동안은 계속 불에 타겠군.'

동탁은 이런 생각을 하면서 불타고 있는 낙양을 뒤로하고 출발했다.

그의 일족을 따라 불길 속에서 제왕과 황비, 황족들의 수레가 통곡하듯 어지럽게 도망쳐 나왔다.

또 공경과 백관의 마차와 후궁 여인들의 가마, 내관들의 말과 재물을 실은 수레 따위가 어느 하나 남김없이 우르르 낙양 밖으로 앞다투어 쏟아져 나왔다.

한편 여포는 미리 동탁으로부터 밀명을 받고 전혀 다른 방면에 와 있었다. 1만여 명의 백성과 인부를 동원하고 수천 명의 군사를 감독하며 전날부터 황실의 종묘가 있는 언덕에 와서 역대 제왕의 분묘부터 황후와 여러 대신의 무덤까지 하나도 빼놓지 않고 모조리 파헤치고 있었던 것이다.

제왕의 분묘에는 그 시대의 진귀한 보물과 주옥이 얼마나 많이 묻혀 있는지 모른다. 또 황비와 황족에서부터 대신들의 무덤까지 포함하면 엄청난 양이다. 그중에는 구하기 힘든 보검과 명경名鏡, 대량의 금은보화 등도 있었다. 물론 토기나 토우土偶, 토마土馬 따위는 거들떠보지도 않았다.

이것들을 수레에 실으니 수천 량輛이나 되었다. 값으로 따지자면 몇백억이 될지 모르는 땅속의 귀중한 보물들이었다.

"밤낮 가리지 말고 이것들을 장안으로 옮겨라."

여포는 군사를 붙여 계속해서 장안으로 수레를 보내는 한편 아직 호뢰관을 지키기 위해 남아 있는 후군에 사자를 보내 명령했다.

"관문을 버리고 장안으로 즉각 후퇴하라."

후군 대장 조잠趙岑은 의아했다.

'장안으로 후퇴하라니 무슨 일이지?'

그러나 어쨌든 호뢰관을 버리고 전군을 후퇴시키고 보니 낙양은 벌써 활활 타오르는 불길과 연기뿐 사람의 그림자는 어디에서도 볼 수 없었다.

미리 알리면 수비병들이 동요하여 천도가 끝나기 전에 적군이 봇물 터지듯 밀려올 우려가 있었기 때문에 일부러 직전까지 알리지 않았던 것이다. 그만큼 천도는 갑작스러웠다.

물론 여포도 급하게 파헤친 왕릉의 구덩이들을 무수히 남긴 채 장안으로 벌처럼 날아갔다.

||| 六 |||

당시 공격군 쪽에서도 지난 2, 3일간 적의 동태에서 수상한 낌새를 느끼고 있었다.

그러던 차에 적군이 철수한다는 첩보를 듣고 제후들은 크게 술렁였다.

"단번에 점령하라."

각지의 제후들은 앞다투어 군을 움직였다. 먼저 사수관으로는 손견 군이 지난번의 수치를 씻기 위해 가장 먼저 들어갔고, 호뢰관에서는 공손찬의 군사에 섞여 유비와 관우, 장비가 첫 번째로 들어가 관문 앞에 서서 소리쳤다.

"아아, 타고 있다!"

"낙양이 불바다다."

거기에 서니 관 내가 훤히 보였다.

아득한 300여 리의 땅을 덮고 있는 것은 오로지 검은 연기뿐이었다. 불기둥이 치솟아 하늘을 태우고 있었다.

'이것이 정녕 이 세상의 하늘과 땅이란 말인가.'

잠시 그 처참한 광경에 넋을 잃고 있었으나, 이윽고 18로의 모든 군사가 입성入城 행렬의 선두를 차지하기 위해 거센 물결처럼 달려들어 앞서거니 뒤서거니 낙양으로 밀려 들어갔다.

손견은 말을 달려 먼저 낙양 시내를 순시하다가 참혹한 잿더미로 변한 낙양의 모습에 눈물을 흘렸으나 이내 열풍 속에서 목소리를 높였다.

"불을 꺼라. 소화에 힘써라. 노략질하지 마라. 낙오된 노인과 아이들을 보호하라. 불에 탄 궁문 자리에 보초를 배치하라!"

그는 부하들에게 지시하며 부지런히 움직였다.

다른 제후의 군사들도 각각 적당한 자리를 골라 진을 쳤는데, 조조는 급히 원소를 만나 충고했다.

"아직 아무 지시도 내리지 않은 듯한데, 이 기회를 놓치지 말고 장안으로 도망치는 동탁을 추격해야 합니다. 어쩌자고 아무도 없는 잿더미에 한가로이 앉아 있는 것이오?"

"아니, 한 달 남짓 계속된 전투로 병마가 모두 지쳤소. 이미 낙양도 점령했으니 여기서 2, 3일 휴양해도 되지 않겠소?"

"초토화된 땅을 차지한 것이 무슨 자랑이 되겠소? 이러고 있는 동안에도 군사들은 자만에 빠지고 안이해지고 있소. 긴장이 풀리기 전에 당장 추격해야 하오."

"공은 나를 따르기로 하지 않았나? 추격할 때가 되면 군령으로 알리겠소. 함부로 사견私見을 내세우면 곤란하지."

원소는 무시해버렸다.

"이런……."

조조는 울화가 치밀었다.

"아무것도 모르는 풋내기 같으니! 말을 섞을 가치도 없다."

그의 옆얼굴에 욕을 하고 곧장 자기 진지로 돌아와서 외쳤다.

"진격하라! 동탁을 추격한다."

그의 수하에는 하후연, 조인, 조홍 등의 장수를 비롯해 1만여 기가 있다. 서쪽의 장안을 향해 도망치고 있는 적들은 재보를 실은 수레와 말, 발이 느린 아녀자들을 끌고 가느라 대오도 제대로 갖추지 못한 채 전의마저 상실했을 것이다.

"쫓아라, 쫓아. 적은 아직 멀리 가지 못했다."

조조는 몹시 서둘렀다.

한편, 황제의 어가를 비롯해 낙양을 빠져나간 수많은 사람들은 가는 도중에 행로에 어려움을 느끼고 형양滎陽에 도착하여 한숨 돌리고 있었다.

그러던 차에 "조조 군이 쫓아온다."는 첩보가 전해지자 다들 사색이 되었고, 황제를 수행하는 여자들의 수레에서는 슬프게 우는 오열마저 새어 나왔다.

"당황하실 것 없습니다. 상국, 이곳은 천혜의 요새라 복병을 숨기기에 안성맞춤입니다."

이유는 형양성 뒤편의 산악을 가리켰다. 그는 언제나 동탁의 지혜 주머니였다. 그가 입을 열면 동탁은 그것만으로도 마음이 편안해지는 것처럼 보였다.

||| 七 |||

황제의 능을 파헤쳐 발굴한 막대한 재물을 먼저 장안에 보내는 임무를 완수한 여포의 군대도 한발 늦게 형양 땅에 접어들었다.

그러자 갑자기 그의 군대를 향해 성안에서 화살과 돌이 날아왔다.

"태수 서영徐榮이 상국을 위해 길을 열어 황제의 어가를 맞이하고, 여기에 후군으로 남겠다는 말을 들었기에 안심하고 왔는데, 이게 뭐야, 배반한 건가? 그렇다면 짓밟고 통과하라."

여포는 격노하여 즉각 전투태세에 들어갔다.

"아, 여포 장군이오?"

그때 성벽 위에서 소리가 들렸다. 이유였다.

"적의 추격대가 온다기에 조조의 군사로 착각했소. 노여움을 푸시오, 곧 성문을 열겠으니."

즉시 여포를 맞아들여서 자초지종을 설명하고 사과했다.

"그렇군. 그럼 상국께서는 방금 막 떠나신 거요?"

"아직도 이 성루에서 보일 겁니다. 아, 저기 가는군. 이리 와서 보시오."

이유는 여포를 성루로 데리고 가서 맞은편 산악을 가리켰다.

양의 창자처럼 꾸불꾸불한 산길을 개미처럼 더듬어 가고 있는 어가와 짐말, 대군의 행렬이 보였다.

이윽고 그 행렬은 구름 속으로 사라졌다.

여포는 시선을 돌려 주위를 살핀 후 말했다.

"이 작은 성으로는 방비하기가 충분치 않소. 여기서 조조의 추격군을 막을 생각이오?"

이유는 머리를 흔들며 말했다.

"아니, 이 성은 일부러 적에게 내주어 적을 교만하게 만들기 위함이오. 후방의 군사들은 모두 뒤쪽 산골짜기에 매복해 있소. 장군이 여기 있으면 여포가 있다고 적군이 신중을 기할 테니 오히려 적을 유인하는 데 방해가 될 거요. 저 산속으로 물러나 잠복하고 있으시오."

"알겠소."

이유의 계책을 듣고 여포도 순순히 산속에 숨었다.

이윽고 조조가 1만여의 병사를 이끌고 쇄도해왔다.

조조 군은 순식간에 형양성을 돌파하여 도망치는 적을 쫓아 산골짜기로 들어갔다.

익숙하지 않은 산길로 유인된 것이다. 그것도 모르고 조조는 더욱 기고만장해서 외쳤다.

"이대로 가면 동탁과 황제의 어가를 따라잡는 것은 시간문제다. 후군의 허접쓰레기들을 모조리 짓밟아버리고 어서 쫓아라, 쫓아."

어찌 알았으랴.

조조 같은 호걸도 사슴을 쫓는 데 급급해서 발밑을 주의하지 않았다.

갑자기 사방의 골짜기와 절벽에서 일제히 함성이 일었다.

"복병인가?"

깨달았을 때는 이미 조조뿐만 아니라 그의 1만여 병사도 완전히 독 안에 든 쥐의 신세였다.

길을 찾으려고 우르르 밀고 나가면 절벽 위에서 큰 돌이 떨어져 길을 막고, 계곡을 건너 피하려고 하면 맞은편 늪지와 숲에서 화살이 비처럼 날아왔다.

조조 군은 대패했다. 전멸에 가까운 패배였다.

조조는 자신의 눈앞에서 죽어가는 부하들을 보면서 끈질기게 싸웠다.

여포는 때가 왔다고 생각했는지 골짜기에서 유유히 말을 타고 나와 그에게 소리쳤다.

"이 교만한 조조야! 이제 꿈에서 깨어났느냐? 가소롭구나. 주인을 배반한 망은忘恩의 천벌을 받아라!"

여포는 필사적으로 발버둥치는 조조를 잡병들에게 맡기고 자신은 조금 높은 곳에서 내려다보고 있었다.

삶과 죽음의 강

||| 一 |||

"저놈, 저놈이 분명 여포다."

조조가 여포를 발견하고 가로막는 잡병을 뚫고 여포가 서 있는 고지로 다가가려는 순간, 동탁의 심복 이각이 측면의 늪지에서 병사들을 이끌고 우르르 달려나왔다.

"조조를 생포하라."

"조조를 놓치지 마라."

"조조야말로 반란군의 수괴다."

대규모의 복병이 저마다 한마디씩 하며 모두 조조 한 명을 목표로 달려들었다.

팔방의 늪지대랑 절벽에서 날아오는 화살도, 그를 겹겹이 포위한 칼과 창도 모두 조조 한 몸에 모였다.

지금 조조는 매우 위험한 상황이었다. 적의 책략에 보기 좋게 걸려 당장이라도 생사가 갈릴 판이었다.

"자네는 난세의 간웅奸雄이네."

이런 예언을 듣고 오히려 바라던 바라며 내심 기뻐하던 교만한 사내도 지금은 절체절명의 위기였다.

그는 젊은 나이에도 타고난 기재奇才와 뛰어난 언변, 그리고 기백을 앞세워 맨주먹으로 18로의 제후를 움직여서 결국 동탁이 낙양을 버리게 만들었다. 그러나 그의 꿈도 역시 백면랑(세상일에 경험이 전혀 없는 사람)의 꿈에 지나지 않아 덧없는 현실의 말로를 맞게 되는 것일까?

그렇게 보였다.

그 또한 그렇게 각오했다.

그때 한쪽 혈로를 뚫고 그의 부하인 하후연이 조조를 구하러 달려왔다.

하후연은 이곳의 상황을 보자마자 "주공을 건들지 마라."라며 사나운 병사들을 뚫고 들어와서 이각을 쫓아내고 간신히 조조를 구해냈다.

"어쩔 수 없습니다. 이렇게 된 이상 목숨이 우선입니다. 일단 형양으로 후퇴하십시오."

하후연은 겨우 2,000명의 남은 병력을 이끌고 그곳에 남고, 조조에게는 호위병 500명을 붙여주며 서둘러 떠나라고 재촉했다.

"어서, 어서 가십시오."

돌아보니 1만의 군사는 적의 공격에 3,000명도 남지 않았다.

조조는 산기슭으로 달렸다.

그러나 도중에 곳곳에서 복병의 기습을 받았다. 따르던 병사도 그 기습에 수가 줄어서 그의 주위에는 겨우 10여 명의 병사밖에 보이지 않았다.

그중에는 말이 다치거나 심한 부상을 당해 같이 갈 수 없는 자도 있었다.

비참한 패자의 처지를 조조는 죽음의 문턱 위에서 맛보고 있었다.

살아 있다는 느낌도 없이 산기슭을 헤매며 정신없이 길을 찾다가 문득 정신을 차리고 보니 어느새 날은 저물고 까마귀 떼가 우는 나무가 듬성듬성한 숲을 초저녁달이 희미하게 비추고 있었다.

'아아, 고향에 있는 산과 비슷하구나.'

문득 조조의 가슴속에 부모님이 떠올랐다.

'그동안 불효만 저질렀구나.'

탐스러운 달이 떠오르는 것을 보며 이 교만한 사내의 눈에도 진실의 눈물이 반짝였다. 나약한 일개 인간으로 돌아온 그는 갑자기 온몸에 피로를 느끼며 목이 말랐다.

'샘물이 솟고 있다……'

그는 말에서 내려 샘물로 갔다. 그리고 샘물을 한 모금 마신 순간 또 근처의 숲에서 집요한 적의 함성이 들려왔다.

"이크!"

기겁해서 말 등에 뛰어오르는 사이에 얼마 안 되는 부하들마저 화살에 쓰러지거나 도망칠 힘도 없어 풀숲에서 숨이 끊기고 말았다.

뒤쫓아 온 것은 형양 태수 서영의 병사들이었다. 서영은 말을 타고 도망치는 병사를 조조라고 보고 "잡았다!"라며 잔뜩 당긴 철궁의 화살을 쏘았다.

화살은 조조의 어깨에 꽂혔다.

||| 二 |||

"으윽."

조조는 소리를 지르면서 말갈기에 바짝 엎드렸다.

서영이 쏜 두 번째 화살이 다시 귓가를 스치고 지나갔다.

어깨에 박힌 화살을 뽑을 겨를도 없었다.

그 상처에서 흘러나오는 피에 말갈기와 안장이 흥건히 젖었다. 말은 피에 젖자 더욱 날뛰기 시작했다.

그때 잔솔밭의 나무 그늘에서 바스락거리는 인기척이 났다.

"앗! 조조다."

바로 서영의 병사들이었다. 도보로 이동해 숨어 있었던 모양이다. 그중 한 사람이 느닷없이 창으로 조조가 타고 있는 말의 아랫배를 찔렀다.

말은 소리 높여 울며 뒷발로 곧추서서 날뛰었고, 그 바람에 조조는 땅바닥에 떨어지고 말았다.

적병 네댓 명이 우르르 달려와서 차례차례 덮쳤다.

"죽이지 말고 생포하라!"

벌러덩 나자빠진 조조는 낙마하는 순간 말발굽에 갈비뼈를 심하게 밟힌 탓에 검을 뽑아 적병 둘을 벤 것만으로도 힘이 다해버렸다.

그때 조조의 아우 조홍은 혼전 속에서 떨어져 나와 홀로 근처를 헤매다가 이상한 말 울음소리가 나는 것을 들었다.

"아니, 이건…… 형님의 애마 소리가 아닌가."

조홍이 달려와서 달빛에 비춰 보니 조조가 몇 안 되는 잡병에게 잡혀 이제 막 뒷결박을 당하려는 찰나였다.

"젠장할."

그는 나는 듯이 달려가서 한 놈을 뒤에서 베어 쓰러뜨리고 다른 한 놈을 옆에서 후려쳤다. 놀라서 도망치는 자들은 쫓지 않고 곧장 조조의 몸을 안아 일으켰다.

"형님, 형님, 정신 차리십시오. 조홍입니다."

"아, 너냐?"

"정신이 드셨습니까? 어서 제 어깨를 잡고 일어나십시오. 방금 도망친 자들이 서영의 군사들을 불러올 것입니다."

"아, 안 되겠다…… 홍아."

"무슨 말씀입니까?"

"분하게도 화살에 맞아 상처를 입었고 가슴도 말발굽에 밟혀서 부상이 심하다. 나는 버리고 가라. 너만이라도 어서 도망쳐."

"마음 약한 말씀 마십시오. 화살에 맞은 상처 따위는 별거 아닙니다. 천하가 대란에 휩싸인 지금, 나 같은 놈은 없어도 그만이지만 형님은 없어서는 안 되는 분입니다. 하루라도 더 사는 것이 하늘에서 받은 형님의 사명입니다."

조홍은 이렇게 위로하며 조조가 입고 있는 갑옷을 벗겨 몸을 가볍게 한 후 옆구리에 안고 적이 버리고 간 것으로 보이는 말에 올랐다.

아니나다를까 곧이어 함성이 일며 서영의 군사들이 쫓아왔다.

조홍은 한 손으로는 형을 안고 다른 한 손으로는 고삐를 잡고 눈을 지그시 감았다.

'이 몸은 어찌되든 조조 형님의 목숨은 지금 어느 때보다도 중요하다. 부디 천지신명의 가호가 있기를……'

기도하면서 정신없이 도망쳤다.

산 위에서 광야까지 거꾸로 떨어진 듯한 기분이었다.

'이제야 산을 빠져나온 건가.'

이렇게 생각하며 전방을 보니 이번엔 거대한 강이 가로놓여 있었다. 조조는 괴로운 듯 아우를 돌아보며 죽음을 서둘렀다.

"아, 내 천명도 다 된 것 같구나. 홍아, 내려다오. 나는 여기서 깨끗하게 자결하겠다. 적들이 오기 전에."

||| 三 |||

조홍은 조조를 안고 말에서 내렸지만, 안고 있는 손은 절대로 풀지 않았다.

"왜 이러십니까? 자결이라니, 평소의 형님답지 않습니다!"

조홍은 일부러 성질을 부리며 큰 소리로 질타했다.

"앞에는 대하가 흐르고, 뒤에서는 적의 추격대가 쫓아오는 지금 우리의 운명은 여기서 끝난 것처럼 보이지만 궁하면 통한다는 말도 있습니다. 운을 하늘에 맡기고 어서 강을 건넙시다."

강기슭에 서자 하얀 물보라에 모래가 씻겨 나가고 강물은 날아가는 기러기도 내려앉지 못할 만큼 맹렬한 기세로 흘렀다.

조홍은 몸에 지니고 있는 무거운 것은 모두 버리고 검 한 자루만 입에 문 채 상처를 입은 조조를 어깨에 걸머지더니 탁류 속으로 첨벙 뛰어들어 헤엄치기 시작했다.

강과 맞닿을 정도로 낮게 드리워져 있던 비구름이 걷히자 하늘 한쪽이 선명하게 빛나기 시작했다. 어느새 날이 밝아오고 있었던 것이다. 넘실거리는 강물은 붉게 타오르며 괴상한 물고기처럼 헤엄쳐 가는 두 사람의 그림자를 아래위로 흔들어댔다.

물살이 격렬한 데다 부상이 심한 사람을 업고 있었기 때문에 조홍은 생각대로 물살을 가르지 못했다. 하류로, 자꾸만 하류로 떠내려갔다.

그러나 결국 건너편 강변이 코앞으로 다가왔다.

"이제 조금만 더……."

조홍은 필사적으로 헤엄쳤다.

건너편 강변의 푸른 풀밭이 바로 코앞에 보이는데도 거기에 닿기가 쉽지 않았다. 거센 물살이 부딪쳐서 소용돌이가 되어 강물이 휘돌고 있었기 때문이다.

한편 강변에서 조금 떨어진 언덕에 서영 군의 작은 진지가 있었는데, 강줄기를 감시하러 나온 보초 두 명이 해돋이의 아름다운 광경에 넋을 놓고 있다가 강물을 헤엄쳐 오는 수상한 그림자를 발견했다.

"어, 뭐지?"

"물고기인가?"

"아니, 사람이야."

두 사람은 황급히 부장에게 보고하려고 달려갔다.

그곳에 나타난 부장은 문제의 그림자를 확인하고 노궁수弩弓手에게 명했다.

"조조 군의 패잔병이다. 쏴라."

설마 그들이 조조 형제라고는 생각지도 못하고 궁수들을 대충 편을 나눠 궁술을 겨루게 했다.

피융—

슝—

활줄이 울고 화살이 신음하며 맞은편의 물가로 날아가 비가 내리듯 물보라를 일으켰다. 조홍은 이미 강기슭에 도착했으나 앞뒤로 날아오는 적의 화살에 잠시 죽은 시늉을 하고 있었다. 그사이에 '어떻게 도망칠지' 생각하면서.

그런데 그때 멀리 떨어진 강 상류 쪽에서 한 무리의 군사들이 강을 따라 내려오고 있는 것이 보였다. 아침 구름이 걷힌 맑은 하늘 아래에서 휘날리는 깃발을 보니 틀림없이 형양 태수 서영의 정예병이었다.

'저들한테 발각되면 끝장이다.'

조홍은 너무나 당황한 나머지 미칠 것 같았다. 빗발치는 화살도 지금은 무서워할 때가 아니었다. 검을 휘둘러 화살을 닥치는 대로 쳐내면서 달렸다.

조조도 화살을 쳐냈다. 한 명인지 두 명인지, 멀리서 보면 모를 정도로 두 사람은 바짝 붙어서 달렸다.

언덕 위의 부대도, 강을 따라 내려온 한 무리의 군사도 조조 형제가 빗발치는 화살을 무릅쓰고 달리는 모습을 보자 "저들은 이름 있는 적이 틀림없다. 놓치지 마라."라며 순식간에 모래 먼지를 일으키면서 동서 양쪽에서 쫓아와 거리를 좁히더니 그중 한 소대가 두 사람을 앞질러 가 그 앞을 막아섰다.

||| 四 |||

언덕에서 쏘는 화살이 그들에게 집중되었다.

멈춰도 죽음, 나아가도 죽음이었다.

산 넘어 산이다. 죽음은 언제까지나 조조를 쫓아오며 놓치지 않으려는 듯 보였다.

"이렇게 된 이상 적군의 시체를 산처럼 쌓아 조씨 형제의 최후로 사람들에게 부끄럽지 않은 죽음을 맞이합시다. 형님도 각오하십시오."

조홍은 마침내 결단을 내렸다.

그리고 형 조조와 함께 검을 휘두르며 적군 속으로 뛰어들었다.

적들이 웅성거렸다.

"지금 조씨라고 했지? 그럼 분명히 조조와 조홍 형제다."

"생각지도 못한 적장의 머리라니. 저걸 베지 않을 수야 없지."

굶주린 승냥이가 먹잇감을 차지하기 위해 다투듯이 그들은 두 사람을 에워쌌다.

그때 멀리 들판 끝에서 한 줄기의 흙먼지를 일으키며 이쪽으로 달려오는 10여 명의 병사가 있었다.

어젯밤부터 조조의 행방을 찾아다니던 하후돈, 하후연 두 장수와 그 휘하의 병사들이었다.

"앗, 주공이 여기 계신다!"

열 개의 창끝을 나란히 맞추고 옆에서부터 적군들을 쓰러뜨리며 조조에게 다가갔다.

"자, 어서 타십시오."

조씨 형제에게 말을 권한 후 하후돈이 앞장서서 쏜살같이 달아나기 시작했다.

화살이 우박처럼 쫓아왔지만, 서영 군은 결국 따라오지 못했다. 조조 일행은 울창한 숲을 보자 안도의 한숨을 내쉬었다. 그런데 숲속에 500여 기의 병마가 있는 것이 보였다.

"적인가, 아군인가?"

병사를 시켜 정찰해보니 다행히도 그들은 조조의 신하인 조인과 이전, 악진 등이었다.

"아아, 주공. 무사하셨군요."

악진과 조인은 조조가 무사한 모습을 보고 하늘과 땅에 절하며 기뻐했다.

전쟁에서는 실로 참담한 패배를 당했지만, 그 슬픔 속에서도 그들은 큰 기쁨을 느꼈다.

조조는 신하들이 기뻐 날뛰는 모습을 보고 통감했다.

'아아, 내가 잘못 생각하고 있었구나. 잠시라도 대장 된 자는 죽음을 가벼이 여겨서는 안 되는 것을. 만일 어제저녁부터 오늘 새벽 사이에 자결이라도 했다면 부하들이 얼마나 슬퍼했을까?'

그리고 마음속으로 반복했다.

'교훈을 얻었구나. 교훈을 얻었어.'

패전에서 얻은 것이 컸다. 조조는 하기 힘든 체험이었다고 생각했다.

'전쟁에서 지는 것에도 좋은 점이 있구나. 져야 비로소 깨닫는 것이 있으니.'

진 것이 분해서가 아니라 진심으로 그렇게 생각했다.

1만의 군사 중 살아남은 자는 불과 500명, 그러나 재기에 대한 희망은 결코 잃지 않았다.

"일단 하내군으로 돌아가서 훗날을 도모하기로 하자."

조조가 말했다.

"그것이 좋겠습니다."

하후돈과 조인 등도 찬성하고 병사들에게 명령을 내려 그곳을 떠났다.

외줄의 대오는 쓸쓸히 하내로 출발했다. 산과 강이 구슬프게 패장의 가슴에 슬픈 노래를 보냈다. 태어나면서부터 하고 싶은 대로 하며 자랐고, 어른이 되어서도 여전히 사람을 사람으로 생각하지 않던 조조도 죽을 고비를 몇 번이나 넘긴 이번에는 뼈저리게 느낀 것이 있는 듯했다.

길을 가면서 반짝이는 별을 볼 때마다 그는 혼자 중얼거렸다.

"일찍이 한 예언자가 나에게 넌 난세의 간웅이라고 말했다. 난 만족해서 일어섰지. 좋아. 하늘이시여, 나에게 온갖 고난을 내리소서. 간웅은 되지 못할지라도 반드시 천하의 영웅이 되어 보이겠나이다."

옥사

||| 一 |||

한편 초토가 된 낙양에 남은 제후들의 동정은 어떨까?

낙양은 아직도 타고 남은 연기로 자욱했다.

이레 밤낮을 쉬지 않고 타올랐고, 대지도 여전히 식지 않았다.

제후의 군사들은 제각기 진을 치고 불을 끄는 데 힘쓰고 있었고, 총대장 원소의 본영에서도 옛 조정의 건장전建章殿 근처를 본진으로 삼고 궐내의 재를 긁어모으거나 파헤쳐진 종묘에 신속히 임시로 작은 궁궐을 세우는 등 전후 처리에 바쁜 나날을 보내고 있었다.

"임시 궁궐도 세워졌으니 하루빨리 태뢰太牢(나라에서 제사를 지낼 때 소를 통째로 바치던 일. 또는 그 소)를 바치고 종묘에 제사를 올립시다."

원소는 제후들의 진영에 사자를 보내 제사에 참석할 것을 청했다.

그리고 지극히 허술한 형식뿐인 제사를 지낸 뒤, 제후들은 나란히 서서 이제는 형체조차 알아볼 수 없는 금문禁門 일대를 감개에 젖어 둘러보았다.

그때 보고가 들어왔다.

"형양 산지에서 조조 군이 적에게 포위되어 궤멸적인 패배를 당하고 조조는 몇 안 되는 부하들에게 구출되어 하내로 도망쳤다고 합니다."

제후들은 서로 얼굴을 쳐다보며 "천하의 조조가……."라며 탄식할 뿐 다른 말은 없었지만, 원소는 제후들에게 들으라는 듯 조롱 섞인 말투로 비꼬았다.

"거 봐. 동탁은 이유의 헌책으로 낙양을 버린 것이라니까. 아직 힘이 남아 있는데도 일부러 도성을 버린 것인데, 그것도 모르고 1만 정도의 군사로 추격하다니 조조도 아직은 애송이구먼."

그리고 반쯤 타다 남은 궐내의 원앙전에서 모두가 조촐하게 술잔을 나눈 후에 헤어졌다.

마침 황혼이 깃들자 연못 근처의 부용꽃이 희읍스름하게 한스러운 저녁 바람에 흔들리고 있었다.

제후들은 모두 돌아갔으나 손견은 아직 떠나기가 서운한지 두세 명의 시종을 데리고 연못 근처를 거닐고 있었다.

'아아…… 이 근방의 꽃그늘과 연못가에서 아리따운 후궁들이 흐느껴 울고 있는 것만 같구나. 병마의 사명이 새로운 세기를 일으키는 데 있다지만, 창조 전에는 꼭 파괴가 따르니…… 아아, 안 되지. 이렇게 감상에 젖어서는.'

혼자 건장전 계단에 앉아 별이 총총한 밤하늘을 바라보며 가만히 생각에 잠겼다.

아득히 먼 곳에서 한 줄기의 뿌연 흰 기운이 별 무리를 스치고 지나갔다. 손견은 천문天文으로 점을 쳐보았다.

'황제 별이 밝지 않고 별자리와 별 주위가 모두 어지럽구나. 아아, 난세가 계속되겠어. 초토화가 여기서 그치지 않겠어.'

손견은 무심코 한숨을 내쉬었다.

그때 계단 아래에 있던 부하 중 한 명이 수상히 여기며 무언가를 가리켰다.

"장군, 저게 뭡니까?"

"뭐가?"

손견도 그쪽으로 시선을 돌렸다.

"아까부터 보고 있자니 이 어전의 남쪽 우물에서 때때로 오색빛이 비쳤다가 사라지고 다시 비쳤다가 사라지는 것이 마치 암흑 속에서 보석이라도 보고 있는 것 같습니다. ……아무래도 제 눈이 잘못된 것 같진 않습니다만."

"음, 그렇군. ……그러고 보니 나도 그런 느낌이 든다. 횃불을 켜서 우물 안을 조사해봐라."

"예."

부하들이 달려갔다.

얼마 후 우물 주위를 비추던 횃불이 저쪽으로 움직였다. 이윽고 부하들의 와자지껄 소란스러운 모습에 손견도 가까이 가서 보니 물에 흠뻑 젖은 젊은 궁녀의 시체가 끌어올려져 있었다. 벌써 여러 날이 지난 듯했으나, 옷차림이 평범한 여인으로는 보이지 않았고 여전히 살아 있는 듯한 용모는 백옥처럼 아름다웠다.

||| 二 |||

아니, 그뿐만이 아니었다.

시체에는 더 아름다운 물건이 딸려 있었다. 목에 걸어 안고 있는 자줏빛 금란金襴 주머니였다. 밀랍보다 더 흰 손가락이 그것을 꼭 쥐고 있었다. 죽어도 놓지 않겠다는 죽은 이의 일념이 보였다.

"이게 뭐지? 이 주머니를 가지고 와라."

손견은 곁으로 다가가서 시체를 내려다보다가 부하들에게 명령을 내리고 뒤로 물러났다.

그의 시종이 곧 시체의 목에서 주머니를 벗겨서 손견의 손에 건넸다.

"횃불을 비춰라."

"예."

시종들은 그의 좌우에서 횃불을 들었다.

"……?"

손견은 몹시 놀라는 표정이었다. 자줏빛 금란 주머니에는 금실, 은실로 상서로운 봉황과 구름이 수놓아져 있었다. 여러 가닥으로 꼰 끈을 풀자 안에서 붉은 상자가 나왔다. 그 붉기가 말로 표현할 수 없을 정도로 아름다웠다. 아마 산호주珊瑚朱나 퇴주堆朱(옻을 몇 번이고 겹칠하여 무늬를 새겨 나타낸 칠공예 기법)의 일종일 것이다.

그리고 작고 귀여운 황금 자물쇠가 달려 있었다. 열쇠는 보이지 않아서 손견은 이로 깨물어 그것을 비틀어 끊었다.

안에서 나온 것은 한 개의 도장이었다. 길이 네 치(1치는 약 2.3센티미터)의 네모나고 둥근 돌로 만든 것으로 돌의 상부에는 다섯 마리의 용이 새겨져 있고 하부의 조금 깨진 곳은 황금으로 메워져 있었다.

"여봐라, 정보를 불러오너라. 은밀하게 불러오되 서둘러야 한다."

손견은 다급하게 말했다.

"음 …… 이건 보통 도장이 아닌 듯하군."

손견은 손바닥 위의 도장을 황홀한 표정으로 응시하고 있었다.

정보가 왔다.

사자와 함께 숨을 헐떡이며 달려온 그는 가까이 오자마자 물었다.

"무슨 일이십니까?"

"정보, 이것이 무엇인 것 같은가?"

손견은 도장을 보여주며 감식하도록 했다.

정보는 학식이 있는 사람이었다. 손에 들고 한번 보더니 까무러칠 듯 놀랐다.

"태수님, 이걸 대체 어디서 구하셨습니까?"

"아니, 지금 여길 우연히 지나가다가 우물 안에서 이상한 빛이 나기에 조사해보라고 시켰더니 이 여인의 시체를 건져 올렸네. 그것은 이 시체가 목에 걸고 있던 비단 주머니에서 나온 것이고."

"오오, 황공하옵게도……."

정보는 자신의 손바닥에 배례했다.

"이것은 전국옥새傳國玉璽(나라에서 나라로 전해지는 옥새라는 뜻으로 황제를 상징하는 말)입니다. 틀림없는 조정의 옥새입니다."

"뭐, 옥새라고?"

"보십시오, 여길 자세히……."

정보는 횃불 옆으로 옥새를 가지고 가서 거기에 새겨져 있는 전서체篆書體(고대의 한자 서체) 글자를 읽었다.

수명우천受命于天(하늘에서 명을 받았으니)

기수영창旣壽永昌(그 수명이 영원히 번창하리)

"음."

"옛날 형산荊山에서 봉황이 돌에 보금자리를 잡는 것을 보고 사람들이 돌의 한복판을 떼어내 초楚나라의 문왕文王에게 바쳤는데, 문왕이 이것을 세상에 드문 옥돌이라고 하여 보물로 삼았습니다. 그런데 훗날 진시황秦始皇 26년에 솜씨가 뛰어난 장인을 뽑아 길이 네 치의 네모나고 둥근 옥새를 만들게 하고 이사李斯에게 명하여 이 여덟 자를 새기게 한 것입니다."

"음…… 그렇군."

"28년, 시황제가 동정호洞庭湖를 건널 때 폭풍 때문에 한때 이 옥새도 호수 밑바닥에 가라앉은 적이 있습니다만, 신기하게도 이 옥새를 가진 사람은 무탈하게 영화를 누린다고 합니다. 언젠가 다시 세상에 나와 여러 대에 걸쳐 조정 깊숙이 전국傳國의 보물로 보관되며 한고조 때부터 지금에 이르기까지 전해져 온 물건입니다만…… 어떻게 이것이 작금의 병화兵火에도 무사할 수 있었을까요? 생각할수록 정말이지 기이하고 상서로운 조짐이 많은 옥새입니다."

||| 三 |||

손견은 옥새를 손바닥 위에 올려놓은 채 정보가 이야기하는 옥새의 유래를 넋을 잃고 듣고 있었다.

그리고 속으로 생각했다.

'이런 보물이 왜 내 손에 들어왔을까?'

왠지 두려운 생각마저 들었다.

정보는 말을 이었다.

"지금 생각해보니 지난해 십상시의 난이 일어났을 때 어린 황제께서 북망산으로 피신하셨습니다만, 그 무렵 옥새가 분실됐다는 소문이 잠깐 돌았습니다. 지금 생각지도 않았던 그 옥새가 우물 속에서 나와 태수님의 손에 들어온 것은 예삿일이 아닙니다."

"으음, 나도 그렇게 생각하네. ……정말 이건 예삿 일이 아니야."

손견도 중얼거렸다.

정보는 손견의 귀에 입을 대고 속삭였다.

"하늘이 내려주신 것입니다. 하늘이 태수님을 천자의 자리에 오르게 하여 자손 대대로 물려주라는 상서로운 조짐이라고 생각합니다. ……빨리 고향으로 돌아가셔서 원대한 계획을 세우셔야 합니다."

손견은 고개를 크게 끄덕였다.

"그래!"

그리고 뭔가 굳게 결심한 듯 눈을 반짝이며 마침 그 자리에 있던 부하들에게 말했다.

"오늘 밤 일은 절대로 발설해서는 안 된다. 만약 발설하는 자가 있으면 반드시 목을 베겠다."

이윽고 밤이 이슥해졌다.

손견은 자신의 진으로 몰래 돌아와 잠이 들었고, 정보는 같은 편 사람들에게 명했다.

"주공께서는 갑자기 병이 나서 내일 진지를 거두고 급히 고향으로 돌아가시게 되었다."

그렇게 병을 빙자하여 그날 밤부터 부랴부랴 돌아갈 채비를 하게 했다.

그런데 그 혼란한 틈을 타서 손견의 부하 중 한 명이 원소의 진에 가서 밀고했다. 자초지종을 낱낱이 고한 그는 몇 푼 안 되는 상금을 받고 모습을 감췄다.

그래서 원소는 옥새의 비밀을 미리 알고 있었다.

날이 밝자 손견은 시치미를 떼고 작별을 고하러 왔다. 그는 일부러 초췌한 모습으로 말했다.

"아무래도 요즘 몸이 좋지 않아 진중의 일을 감당하기가 쉽지 않습니다. 너무 갑작스러우나 한동안 고향에 돌아가서 휴양하고자 합니다. 당분간은 풍월을 친구로 삼아서 말이지요."

말을 마치자 원소는 고개를 돌리고 웃었다.

"아하하하."

"총대장께서는 어째서 내가 이토록 진지하게 작별 인사를 드리는데 무례하게 웃는 것이오?"

손견은 발끈해서 검을 잡으며 물었다.

원소는 노골적으로 말했다.

"장군은 꾀병에도 능하지만 화내는 연기도 일품이구려. 참으로 겉과 속이 다른 자로군. 장군의 휴양이라는 것이 전국옥새를 품고 장차 봉황의 새끼라도 까보겠다는 속셈이 아니오?"

"뭐, 뭣이오?"

"당황할 것 없소. 이보시오, 손 장군. 사람은 말이야, 제 분수를 알아야 해요. 건장전의 우물 속에서 어젯밤에 건져낸 것을 이리 내놓으시오."

"난 모르는 일이오."

"괘씸한 놈! 네놈이 정말 천하를 찬탈하려는 마음이라도 먹은 것이냐?"

"난 모르는 일. 무슨 근거로 나를 모반자라는 것이오?"

"닥쳐라! 각지의 제후가 의병을 일으켜 이 고난을 함께 나누는 것은 한의 천하를 받들고 사직을 평안케 하기 위함이다. 옥새는 조정에 돌려줘야 할 물건으로 필부 따위가 사사로이 가질 수 있는 것이 아니다."

"뭐라고? 어리석긴."

"어리석다고? 어디서 망발이냐!"

원소도 여차하면 검을 뽑겠다는 태도였다.

||| 四 |||

"허! 검을 잡으셨다? 네가 날 벨 생각이냐?"

손견이 말하자 원소도 격분했다.

"너 같은 애송이에게 이 원소가 속을 것 같으냐? 아무리 거짓말로 둘러대도 모반하려는 마음은 숨길 수 없다. 참수해서 진문陣門에 달아주마."

"뭐가 어째?"

손견은 말하는 것보다 빨리 검을 뽑았다. 원소도 재빨리 검을 뽑았다. 두 사람은 당장이라도 바닥을 박차고 뛰어오를 기세였다.

실내는 살기로 가득 찼다.

원소 뒤에는 안량과 문추 등의 거친 무장들이 버티고 서 있었다. 또 손견 뒤에는 정보와 황개, 한당 등의 장수가 각각 칼코등이를 탁탁 치며 '주공에게 무슨 일이라도 생기면 가만히 있지 않겠다.'는 듯 벼르고 있었다.

낙양에 입성한 뒤로 이렇다 할 싸움이 없었다. 오랜 진영 생활의 무료함을 달래기 위해서라도 한바탕 싸움을 벌여 피바람을 불러올 것 같은 시기였다.

그러나 그 자리에 있던 제후들은 깜짝 놀라서 일제히 일어나 쌍방을 제지했다. 평소 피의 맹세를 하고 천하에 의義를 부르짖으면서 이런 패싸움의 추태가 세상에 알려지기라도 한다면 민중의 신망을 단박에 잃게 될 것은 불을 보듯 뻔한 일이다. 의군의 정신은 의심받게 되고, 장안으로 도망친 동탁 군은 꼴좋다며 손뼉을 치며 기뻐할 것이 틀림없다.

"자, 자, 그만들 두시오."

"손 장군도 저렇게까지 결백을 주장하는 걸 보니 꾀병은 아닌 듯싶소."

"총대장도 위치를 생각해서 자중하시오."

제후들의 중재에 겨우 진정되었다.

"그럼 각자의 판단에 맡기겠소만, 손 장군은 옥새를 훔치지 않은 것이 분명하오? 그 증거를 어떻게 보이겠소?"

"나도 한 황실의 옛 신하, 어찌 전국옥새를 가로채 모반 따위를 꾀하겠소? 천지신명께 맹세하건대 그런 일은 절대 없소."

손견이 절규하듯 말했다.

그 낯빛을 보고 모두 "저렇게까지 말하는데."라며 손견을 완전히 믿고 화해의 술을 나누고 헤어졌는데, 누가 알았으랴, 그로부터 한 시진도 지나지 않아 손견의 진지에는 병사 한 명 보이지 않았다.

"이상한데?"

원소도 조바심을 내고, 제후들의 진영에서도 동요하기 시작할 무렵 앞서 동탁을 추격하다 형양에서 대패를 당한 조조가 몇 안 되는 병사들을 이끌고 낙양으로 돌아왔다.

원소는 때가 때인 만큼 조조와 상의할 생각으로 술자리를 마련하여 제후들을 불러서 조조를 위로했다. 그러나 조조는 오히려 화를 내며 말했다.

"입으론 대의大義를 외치면서 마음을 하나로 묶을 것이 없다면 동지도 동지가 아니오. 부질없이 백성을 괴롭히고, 공연히 인명과 재물만 없앨 뿐. 나는 당분간 산야山野로 돌아가서 처음부터 다시 생각해보겠소. 여러분도 곰곰이 생각해보시오."

조조는 그날로 낙양을 떠나 양주楊州 방면으로 사라졌다.

그 무렵 손견은 고향을 향해 쉬지 않고 달려가고 있었다.

도중에 원소의 추토령追討令에 추격군에게 쫓기기도 하고 여러 성의 태수들에게 공격을 받기도 하며 온갖 고초를 겪었지만, 끝내 황하 근처까지 도망치는 데 성공하여 배 한 척을 구해 간신히 강동江東으로 건너갔다.

배 안에서 주위를 둘러보니 막하의 장졸은 겨우 몇 명밖에 없었다. 하지만 그의 품에는 전국옥새가 아직 남아 있었다.

||| **五** |||

파괴는 단번에 할 수 있어도 건설은 하루아침에 이루어지지 않는다. 또 파괴까지는 봉화 하나로도 결속되어 용감하게 매진하지만, 다음 단계인 건설로 나아가면 반드시 인심에 분열이 생긴다.

처음의 동지도 더는 동지가 아니게 된다. 각자의 개성으로 돌아간다. 의견 충돌이나 분란이 시작된다. 열의의 냉각이 분해 작용을 부른다. 그리고 사태는 눈에 보이지 않는 사이에 다음 단계로 옮겨가고 만다.

조조, 원소 등의 거병도 지금은 그러한 단계에 봉착했다.

처음에 품었던 이상은 어디로 가버린 것일까?

우선 최초로 봉화를 올려 18로의 제후를 규합한 조조조차 맨 먼저 원소의 우유부단에 화를 내며 '나는 나대로 하겠다.'고 결심한 대로 대세에서는 승리하고도 얼마 남지 않은 부하들과 함께 울분에 가까운 불만과 참담함을 안은 채 제일 먼저 양주 땅으로 떠나버렸다.

또 폐허가 된 금문의 우물에서 생각지도 못한 옥새를 손에 넣은 손견은 손견대로 보물을 손에 쥐자 바로 마음이 변해 원소와 심한 다툼 끝에 당일로 고향을 향해 떠났지만, 도중에 형주의 유표에게 기습을 받아 심각한 타격을 입고 황하를 건넜을 때는 고작 정보와 황개 등 예닐곱 명의 부하만이 살아남았다는 것이 나중에 전해진 소식이었다.

그러한 때 동군의 교모와 자사 유대가 또 낙양의 진중에서 군량미를 빌리고 빌려주는 시답잖은 일로 싸움이 붙어서 유대가 한밤중에 상대 진영을 습격하여 교모를 베어 죽인 사건이 일어나기도 했다.

제후들 사이에서조차 그런 일이 벌어질 정도였으니 그 아래 장교들이나 병졸들의 난맥상은 미루어 짐작하고도 남았다.

약탈이 끊이지 않았다. 술을 훔쳐 마시고, 싸움은 늘 여자나 도박 때문에 시작되었다. 군율은 있어도 권위가 없었다. 낙양의 굶주린 백성들은 밤마다 슬프게 폐허의 밤하늘을 바라보며 투덜거렸다.

"이럴 바에는 차라리 동 상국의 폭정 아래 살 때가 더 나았어."

밤이 되면 인적도 끊기고, 이따금 어둠 속에서 들려오는 소리는 인육人肉을 먹고 야생으로 돌아간 들개의 울부짖음이나 여자의 비명뿐이었다.

"태수님, 부르셨습니까?"

유비는 어느 날 밤 은밀히 공손찬 앞에 불려갔다.

공손찬이 그에게 말했다.

"다름이 아니라 최근 제후들의 마음이나 총대장 원소의 의중을 헤아려보면 아무래도 답답한 일들뿐이네. 원소에게는 앞으로의 일을 처리할 능력이 없네. 요컨대 그는 무능해. 조만간 수습할 수 없는 혼란이 반드시 일어날 것이야."

"예……"

"자네도 그렇게 생각할 것이네. 자네를 비롯해 관우와 장비 등에게는 어려운 임무만 맡기고 아무 보상도 없어서 안타깝지만, 일단 낙양을 떠나 평원으로 돌아가는 것이 어떻겠나? 나도 진영을 거두어 떠날 생각이네."

"그러시군요. 아니, 또 때가 오겠지요. 그럼 안녕히 계십시오."

유비는 이별을 고했다.

이리하여 유비는 관우와 장비 두 사람에게도 사정을 이야기하고 평원을 향해 떠났다.

낙양에 입성하는 데는 성공했지만, 결국 아무것도 얻은 것이 없다. 따르는 병마는 여전히 초라한 모습이었다.

그래도 관우와 장비는 변함없이 쾌활했다. 말을 타고 가며 담소를 나누고 마을에 도착하면 때때로 술 등을 샀다.

"어이 마시라고. 아직 우리의 축배를 언제 들지 모르지만, 목숨만은 분명히 가지고 가니 조금은 축하해도 되지 않겠나? 말 위에서 술을 마시고 잔을 돌리는 여행이라, 정말 운치가 있군."

장비는 우스갯소리로 다른 사람들을 웃게 했다. 그는 하루하루가 늘 즐거운 듯했다.

백마 장군

||| 一 |||

한편 그 후 초토화된 낙양에 머물러 있어봐야 별 볼 일 없다고 생각한 제후들의 군대도 속속 고향으로 돌아갔다.

원소도 병마를 수습해 한때 하내군河內郡(하남성 회경懷慶)으로 옮겼으나 대군을 거느리고 있었기 때문에 금방 군량미가 떨어지고 말았다.

"군사들의 배식도 최대한 절약하고 있습니다만, 이대로 가다간 조만간 난폭해져서 언제 민가로 약탈하러 뛰쳐나갈지 모릅니다. 그리 되면 장군의 병마는 순식간에 도적으로 탈바꿈하게 됩니다. 어제의 의군 총대장도 인민들에게는 도적의 우두머리로 보일 것입니다."

군량을 담당하는 부장은 그 점을 우려하여 여러 번 원소에게 대책을 세울 것을 촉구했다.

"그럼 기주冀州(하북성 중남부) 태수 한복韓複에게 사정을 말하고 군량미를 빌리도록 하겠네."

원소도 지금은 허세를 부릴 수 없는 처지였기에 바로 한복에게 편지를 쓰려고 했다.

그러자 봉기逢紀라는 시위 대장이 넌지시 진언했다.

"대붕大鵬(하루에 9만 리를 날아간다는 상상의 새)은 천지를 종횡으로 누벼야 합니다. 어찌하여 구차한 궁책窮策으로 다른 사람의 도움을 받으려고 하십니까?"

"봉기인가. 아니, 달리 대책이 있으면 나도 한복 같은 자에게는 쌀 한 톨도 빌리고 싶지 않네. 자네에게는 무슨 좋은 생각이라도 있는가?"

"있다 뿐이겠습니까? 기주는 풍요로운 곳으로 식량은 말할 것도 없고, 금은과 오곡이 모두 풍부합니다. 그 땅을 빼앗아 장래의 기반으로 삼으심이 어떻겠습니까?"

"그렇게만 된다면 더할 나위 없겠지만, 어떤 계책으로 그 땅을 빼앗는단 말인가?"

"은밀히 북평(하북성 만성滿城 부근) 태수 공손찬에게 사자를 보내 기주를 공격하여 그 땅을 나누자고 하십시오."

"음."

"공손찬도 반드시 구미가 당길 것입니다. 그가 응하면 장군은 또 한편으로 한복과도 내통하여 힘이 되어주겠다고 말씀하십시오. 겁쟁이 한복은 분명히 장군에게 매달릴 것입니다. 그 후의 일은 손바닥 뒤집기보다 쉽습니다."

원소는 기뻐하며 즉시 봉기의 헌책을 실행에 옮겼다.

기주 목사 한복은 원소에게서 서면을 받고 무슨 일인가 하고 열어 보니 이런 충고가 쓰여 있었다.

　북평의 공손찬이 은밀히 대군을 움직여 귀국에 쳐들어가려 하오 방비를 게을리하지 마시오 물론 원소가 한쪽에서는 공손찬을 사주하고 있는 줄은 꿈에도 몰랐기 때문에 한복은 소스라치게 놀라서 신하들을 불러 어떻게 할지 대책을 논의했다.

　"이 충고를 해준 원소는 앞서 18로의 군대가 추대한 총대장이었던 사람입니다. 또 지혜와 용기를 갖추고 인망이 높은 명문가 출신이니 모쪼록 이 인물에게 도움을 청해 정중하게 기주로 맞아들임이 마땅한 줄 압니다. 원소가 같은 편인 것을 알면 아무리 공손찬이라도 함부로 공격해오지는 못할 것입니다."

　대부분의 신하들이 같은 의견이었다. 한복 역시 그러는 편이 좋겠다고 동의했다.

　그런데 홀로 장사長史 경무耿武만이 분연히 일어서서 그 옳지 못함을 들어 간했다. 하지만 그의 직언은 받아들여지지 않았다. 의견이 갈렸고, 경무의 의견이 옳다며 자리를 박차고 나가는 사람이 서른 명에 이르렀다.

　경무도 결국 자신의 의견이 받아들여지지 않을 것을 알고 할 수 없다며 그날로 관직을 버리고 자취를 감췄다.

　그러나 그는 충성스러운 사람이었기 때문에 주공의 집이 망할 것을 뻔히 알면서도 가만히 있을 수가 없어서 원소가 기주에 들어오는 날을 기다리며 기회를 엿보고 있었다.

　이윽고 원소가 한복의 요청에 따라 당당하게 병마를 거느리고 기주로 들어왔다. 충신 경무는 그날 칼을 들고 길가의 나무 그늘에 숨어 있었다.

경무는 몸을 바쳐 원소를 길 위에서 찔러 죽이고 기주를 위험에서 구할 각오였다.

원소의 행렬은 이미 눈앞에 와 있었다. 경무는 칼을 휘두르며 소리쳤다.

"이놈, 어딜 들어오려 하느냐!"

그리고 원소의 말 앞으로 달려들었다.

"자객이다!"

호위무사들이 부산스럽게 경무의 앞을 막아섰다. 대장 안량은 경무의 뒤로 돌아가 "무례한 놈!"이라고 일갈하며 칼을 휘둘렀다.

경무는 하늘을 노려보며 "원통하다!"고 말하면서 원소를 향해 칼을 던졌다. 그러나 칼은 원소를 빗나가 맞은편 버드나무 줄기에 꽂혔다.

원소는 무사히 기주로 들어갔다. 태수 한복을 비롯한 모든 신하가 성 위에 깃발을 걸고 그를 귀한 손님으로 맞이했다.

원소는 성부城府에 자리를 잡고 말했다.

"우선 정사를 바로잡는 것이 나라를 강대하게 만드는 첫걸음일 것이오."

그러고는 태수 한복을 분무장군奮武將軍에 봉하고 자신이 정사를 맡아 오로지 인기를 얻기 위한 정치를 펴며 전풍田豐과 저수沮授, 봉기 등 자신의 심복을 각각 요직에 앉히는 바람에 한복의 존재감은 거의 느껴지지 않았다.

"아아, 내가 잘못했구나. 이제야 비로소 경무의 충간이 옳았음을 깨달았으니."

한복은 가슴을 치며 후회했지만 때는 이미 늦었다. 그는 밤낮으로 뉘우치고 한탄하고 번민한 끝에 마침내 진류陳留로 달아나 그곳의 태수 장막張邈에게 몸을 의탁했다.

한편 북평의 공손찬은 '앞으로의 밀약'이라는 원소의 지난번 말을 믿고 군사를 이끌고 왔지만, 기주가 이미 원소의 손아귀에 떨어져 있었기 때문에 아우 공손월公孫越을 사신으로 보냈다.

"약정대로 기주를 양분하고 절반의 영토를 우리에게 양도하시오."

이 말을 듣고 원소는 대답했다.

"지당하신 말씀이오. 허나 기주를 나누는 것은 중차대한 문제이니 공 태수께서 직접 오시는 것이 좋지 않을까요? 약속은 반드시 이행하리다."

공손월은 만족하여 귀로에 올랐는데 도중에 숲속에서 빗발같이 쏟아지는 화살을 맞고 그 자리에서 즉사했다.

그 일을 보고 받은 공손찬의 분노는 이루 말할 수 없었다. 일족 모두 피를 나눠 마시고 원소의 목을 베지 않고서는 다시는 고향 사람들을 만나지 않겠다고 맹세하고 반하교盤河橋 부근까지 밀고 들어갔다.

다리를 사이에 두고 기주의 대군도 빼곡히 늘어서서 방어에 임했다. 그 가운데 원소의 본진을 나타내는 깃발이 펄럭이는 것이 보였다.

공손찬은 다리 위로 말을 몰고 가 큰 소리로 외쳤다.

"불의하고 파렴치하다고 말할 필요도 없는, 사람도 아닌 원소야. 어디 있느냐? ……부끄러움을 알거든 썩 나오너라."

"뭐라고?"

원소도 말을 몰고 나와 함께 반하교 위에 서서 말했다.

"한복은 자신의 주제를 알고 나에게 기주를 넘기고 한적한 지방으로 떠난 것이다. 파렴치란 네놈을 두고 하는 말. 남의 땅에 허락도 없이 미친 병사들을 몰고 와서 무엇을 약탈할 생각이냐?"

"닥쳐라. 지난번엔 함께 낙양에 들어가 네놈을 충의의 맹주로 받들었지만, 지금 생각하니 세상 사람들에게 부끄럽기 짝이 없구나. 승냥이의 마음에 개같이 행동하는 너 같은 놈이 무슨 낯으로 태양 아래에서 뻔뻔하게 인간이나 하는 말을 내뱉고 있는 것이냐?"

"이놈, 잘도 지껄이는구나. ……아무도 없느냐! 저놈을 산 채로 잡아 저 혓바닥을 뽑아버려라."

문추는 원소의 휘하에서 용맹하기로 이름난 사내다. 신장이 7척을 넘고 얼굴은 게처럼 검붉었다.

"예."

대장 원소의 명령에 대답하면서 다리 위로 말을 몰고 달려와 공손찬에게 싸움을 걸었다.

"천하고 무례한 놈!"

창을 마주 겨눈 공손찬도 물러서지 않고 싸웠으나 도저히 문추의 적수가 되지 못했다.

'못 당하겠구나.'

이렇게 생각한 공손찬은 다리 동쪽에 있는 아군 쪽으로 도망쳤다.

"비겁한 놈."

문추는 적의 중군 속으로 뚫고 들어가 끝까지 추격했다.

"막아라."

"못 가게 해라."

대장이 위기에 빠진 것을 보고 공손찬의 휘하 장수들이 몇 사람이나 문추와 맞서 싸웠으나 오히려 그에게 모두 당해서 시체들만 겹겹이 쌓이는 참상을 이루었다.

"무서운 놈이다."

공손찬은 간이 콩알만 해져서 패주하는 아군과도 떨어져 홀로 산길을 도망쳤다.

그러자 뒤에서 또다시 문추의 목소리가 들렸다.

"목숨이 아까우면 말에서 내려 항복해라. 그러면 목숨만은 살려주마."

공손찬은 손에 들고 있던 활과 화살도 내던지고 정신없이 말 엉덩이를 때렸다. 그런데 말이 너무 급하게 달리다가 바위에 걸려 앞다리가 부러지고 말았다. 당연히 그는 말에서 떨어졌다. 문추가 곧 그의 눈앞으로 왔다.

'이젠 죽었구나.'

체념하면서 검을 뽑아 일어나려고 했을 때 누군가 절벽 위에서 뛰어내려 문추 앞을 떡 가로막고 선 자가 있었다. 그는 문추와 70~80합이나 창을 맞부딪치며 맹렬히 싸우기 시작했다. 공손찬은 '하늘의 도움'이라고 생각하고 그사이에 산 쪽으로 기어 올라가 간신히 목숨을 건졌다.

문추도 결국 단념하고 돌아갔다.

공손찬은 군사들을 모아놓고 부장에게 물었다.

"오늘 내가 위기에 빠진 순간 때마침 나타나 나를 구해준 이가 대체 어디의 누구인가?"

부장들은 각자의 부대를 조사했고, 이윽고 그 인물이 공손찬 앞에 나타났다. 그러나 아군 중 한 사람이 아니라 그저 지나가던 나그네였다.

"그대는 어디로 가는 길이오?"

공손찬이 물었다.

"나는 상산常山 진정眞定(하북성 정정正定 부근) 태생으로 그곳으로 돌아가는 길입니다. 이름은 조운趙雲, 자는 자룡子龍이라고 합니다."

눈썹이 짙고 안광이 예사롭지 않은 것이 언뜻 보기에도 당당한 대장부였다.

조자룡은 바로 얼마 전까지 원소의 막하에 있었지만, 원소가 하는 짓을 보고 있자니 오래 섬길 주군이 아니라고 생각하고 차라리 고향으로 돌아가자는 생각에 여기까지 왔다고 덧붙였다.

"그렇군. 나 공손찬도 지혜와 어짊을 겸비한 인간은 아니지만, 그대가 나를 따를 마음이 있다면 힘을 합쳐 함께 도탄에 빠진 백성들을 고통에서 구해내지 않겠소?"

공손찬의 말에 조자룡은 약속했다.

"어쨌든 여기에 남아 미력하나마 힘을 다해보겠습니다."

공손찬은 그 말에 힘을 얻어 다음 날 다시 반하 기슭에 서서 북국산北國産 백마 2,000필을 늘어세우고 진세陣勢를 과시했다.

공손찬은 백마를 많이 가지고 있었다. 지난해 몽골과의 전쟁에서 백마 일색의 기마대를 편제하여 북쪽의 오랑캐를 쳐부쉈기 때문에 그 이후 그의 '백마진'이라고 하면 천하에 모르는 사람이 없었다.

"이야, 대단한 장관이군."

건너편 기슭에 있던 원소는 강 건너에서 손그늘을 만들어 적진을 바라보면서 말했다.

"안량, 문추."

"예."

"두 사람은 좌우 두 패로 나눠 양날개를 맡아라. 그리고 최강의 궁수 1,000여 명에 국의鞠義를 대장으로 삼아 사진射陣을 펴도록."

"알겠습니다."

명령을 내리고 원소는 휘하의 1,000여 기와 노궁수 500명, 창을 든 보병 800여 명에 각종 깃발을 든 병사를 둥글게 세워 중군의 수비를 견고히 했다.

대하를 사이에 두고 전쟁의 분위기가 무르익고 있었다. 동쪽 기슭의 공손찬은 적의 움직임을 보고 부하인 엄강嚴綱을 선봉장으로 삼아 수帥라는 글자를 금실로 수놓은 붉은 깃발을 세우고 강가로 일제히 다가갔다.

"오너라."

공손찬은 어제 자신의 목숨을 구해준 조자룡을 비범한 호걸이라고 생각하고 있었지만, 아직 그의 본심을 전적으로는 믿을 수 없었기 때문에 엄강을 선봉으로 삼고 자룡에게는 불과 500명의 군사를 주어 후진 쪽에 두었다.

양측은 대진한 채 진시辰時(07시~09시)부터 사시巳時(09시~11시) 무렵까지 그저 철썩이는 파도 소리만 듣고 있을 뿐 전투를 개시하지는 않았다.

공손찬은 아군을 돌아보며 명령을 내렸다.

"끝도 없는 줄다리기다. 추측건대 적의 태세는 허세로 보인다. 일제히 화살을 쏘며 반하교를 건너라."

적진을 향해 곧장 화살이 날아갔다. 때를 같이하여 동쪽 기슭의 군사는 엄강을 선두로 다리를 건너 국의가 선봉으로 있는 적진으로 함성을 지르며 돌진했다.

소리를 죽이고 있던 국의는 불꽃을 쏘아 올려 신호하고 안량과 문추의 양날개와 힘을 합쳐 삽시간에 적을 포위한 뒤 대장 엄강을 베고 '수'라는 글자가 수놓인 깃발을 빼앗아 강물에 던져버렸다.

"물러서지 마라."

공손찬은 초조해하며 자신도 백마를 달려 맞서 싸웠지만, 국의의 맹렬한 기세를 당할 수는 없었다. 그뿐만 아니라 안량과 문추두 대장이 "저기 공손찬이 있다."며 엄강을 베었을 때처럼 포위망을 좁혀왔기 때문에 공손찬은 이를 갈며 달아나는 아군에 섞여 도망쳤다.

"이겼다."

원소는 득의양양하여 안량과 문추, 국의 등이 추격해가고 난 길을 따라 자신도 반하교를 건너서 적군 속을 휘젓고 다녔다.

처참한 꼴을 당한 것은 공손찬의 군사들이었다. 1진이 무너지고 2진이 부서지고 중군은 사방으로 흩어지는 등 철저히 짓밟혔는데, 정체를 알 수 없는 부대가 후진에서 숲처럼 움직이지도 않고 소리도 없이 떡 버티고 서 있었다.

500명가량으로 보이는 그 군사를 이끄는 주장主將은 어제 몸을 의탁한 객장客將 조자룡이었다.

"저것들을 짓밟아버려라."

대수롭지 않게 여긴 국의가 부하들을 이끌고 그 진영으로 돌격
해 들어간 순간 갑자기 500명의 군사가 마치 연꽃이 벌어지듯이
진형을 펼치더니 순식간에 손으로 물건을 쥐듯 적을 둘러싸고 팔
방에서 화살을 퍼붓고 창으로 찔러댔다. 조자룡은 당황해서 말 머
리를 돌리려는 국의를 발견하고는 백마를 달려 말 위에서 단번에
그를 창으로 찔러 죽였다.

어제 공손찬에게서 사례로 받은 백마의 털이 마치 붉은 매화 꽃
잎이 떨어진 것처럼 물들었다.

자룡은 앞으로 더 진격하며 문추와 안량의 두 부대를 공격했다.
그의 공격을 받은 적군들은 건너편 기슭으로 물러나려 해도 퇴로
가 반하교 한 군데밖에 없었기 때문에 물에 빠져 죽은 군사들이
수두룩했다.

||| 五 |||

원소는 적진에 깊숙이 들어간 아군이 조자룡에게 당한 것을 아
직 모르고 있었다.

반하교를 건너 군사들을 전진시키고 휘하의 300여 기에 궁수
100명을 좌우에 배치한 후 대장 전풍과 말 머리를 나란히 하고 가
면서 원소가 말했다.

"어떤가, 전풍. 공손찬도 입만 나불댈 줄 알았지 대단한 놈은 아
니지 않은가?"

"그렇군요."

"백마 2,000마리를 늘어놓은 것은 천하의 장관이었지만, 붙어

보니 잠시도 버티지 못했네. 깃발을 강물에 버리고 엄강을 죽게 한 무능한 장수야. 나는 지금까지 그를 좀 과대평가했네."

말하고 있는데 갑자기 그의 주위로 적의 화살이 소나기처럼 쏟아졌다.

"앗!"

원소는 당황했다.

"어디서 쏘는 거야?"

그는 급히 뒤로 물러나 방패 아래로 피하려고 했다.

"원소를 잡아 죽여라!"

조자룡의 군사 500명이 땅에서 솟아난 듯 앞뒤에서 공격해왔다. 전풍은 막을 엄두를 내지 못하고 너무나 빨리 밀고 들어오는 적의 기세에 두려움을 느끼고 떨었다.

"태수님, 태수님이 여기 계시다가는 쏟아지는 화살에 맞거나 생포되거나 죽을 수밖에 없을 것입니다. 저기 반하교 기슭까지 물러나 잠시 숨는 것이 좋겠습니다."

원소는 뒤를 보았지만, 뒤에도 적이 있었다. 게다가 사방에서 날아오는 화살에 이제는 틀렸다며 죽음을 각오했으나, 전에 없이 분연히 일어나 갑옷을 벗어 던지며 외쳤다.

"대장부가 전장에서 죽는 것은 본래 바라던 바다. 그늘 속에 숨었다가 날아온 화살 같은 것에 맞는다면 웃음거리만 될 뿐. 어찌 이런 상황에 살기를 바라겠는가."

몸이 가벼워지자 그는 맨 먼저 말을 달려 적진을 향해 결사적으로 돌진했다.

"죽어라, 이놈들!"

원소가 이렇게 죽기를 각오하고 싸우기 시작하자 전풍은 물론 다른 병사들도 모두 사자처럼 무서운 기세로 싸웠다.

그리고 마침 그곳으로 도망쳐온 안량과 문추 두 장수도 합세하여 필사적으로 싸운 끝에 완전히 기울었던 전세를 다시 만회하고 사방의 적을 쫓아 공격하다가 기세를 몰아 공손찬의 본진까지 쳐들어갔다.

이날, 양군의 접전은 그야말로 1승 1패, 일진일퇴하는 사이에 시체가 벌판을 덮고 피가 대하를 붉게 물들이는 격전이 새벽부터 정오를 지날 무렵까지 이어졌다. 어느 쪽이 이기지도 지지도 않고 또 어느 쪽이 이겼다고 단정할 수도 없는 난투전이 반복되었다.

이번에 조자룡의 활약에 의해 아군이 우세하다고 생각한 공손찬의 본진에서는 일단 한숨 돌리고 있었는데, 거센 파도처럼 원소를 선두로 전풍과 안량, 문추 등이 일제히 돌진해오자 공손찬은 말을 달려 도망치는 것 외에는 다른 수가 없었다.

그때 불꽃이 터지는 요란한 소리가 천지를 흔들었다.

한 줄기의 연기가 푸른 하늘을 가르자 반하 둔치가 온통 원소군의 깃발로 뒤덮였고, 북을 치고 함성을 울리는 그들은 공손찬의 퇴로를 팔방에서 막았다.

공손찬은 영락없이 죽을 목숨이었다.

2, 3리를 정신없이 달려 도망쳤다.

원소는 기세를 타고 급히 추격으로 전환했는데, 5리 남짓 왔다고 생각했을 때 갑자기 산골짜기 사이에서 한 떼의 군마가 뛰어나왔다.

"기다렸다, 원소야. 나는 평원의 유현덕이다."

그리고 바로 뒤에서도 "어서 항복하라." "죽겠느냐, 항복하겠느냐."라고 관우와 장비 등 평원에서 밤낮으로 달려온 군사들이 한꺼번에 고함을 지르며 원소 군을 덮쳤다.

"이크, 그 유비로구나."

원소 군은 놀라서 앞다투어 도망쳤다. 사람과 말이 뒤엉켜 서로를 짓밟았고, 나중에는 부러진 깃발과 칼집, 투구, 창 등이 길에 잔뜩 떨어져 있었다.

||| 六 |||

전투가 끝나고 공손찬은 유현덕을 진영으로 불렀다.

"오늘 위험한 상황에서 목숨을 부지한 것은 모두 자네 덕분이었네."

그는 깊이 감사하고 또 "지난번에도 나를 위험한 상황에서 구해 준 대장부가 있었네. 자네와는 분명 마음이 통할 것이야."라며 조자룡을 불렀다.

"무슨 일이십니까?"

자룡은 바로 왔다.

"이 사람이네."

공손찬은 유비에게 자룡을 소개하고 오늘의 격전에서 눈부신 활약을 한 자룡의 뛰어난 용병술과 됨됨이를 침이 마르도록 칭찬했다.

"태수님, 사람을 불러다 놓고 모르는 사람 앞에서 그렇게 놀리시는 것이 아닙니다. 쥐구멍이라도 있으면 숨고 싶습니다."

자룡은 몹시 부끄러워하며 겸손해했다.

넓은 얼굴에 별처럼 반짝이는 눈동자를 지닌, 언뜻 보기에도 위풍당당한 대장부이지만 어린아이의 마음 같은 수줍음이 있는 것을 보고 유비는 무심코 미소를 지었다.

그의 미소를 보고 조자룡도 싱긋 웃었다.

유비의 온화한 눈동자. 조자룡의 가을 서리 같은 안광.

그들이 처음으로 마주 보고 미소를 주고받은 것이다.

"이 사람은 유현덕이라고 하고, 오늘 평원에서 달려와 나를 도와준 은인이네. 전부터 친분이 있어 서로 도와온 친구 사이이지."

공손찬은 유비를 가리키며 소개했다.

"그럼 전부터 소문으로만 듣던 관우와 장비 두 호걸과 의형제를 맺은 유현덕이라는 분이 바로 당신이었습니까? 이렇게 만날 줄은 생각지도 못했습니다."

조자룡은 몹시 놀라며 기막힌 인연을 기뻐했다.

"저는 상산 진정 태생으로 조운, 자는 자룡이라고 합니다. 사연이 있어 태수님의 진중에 머무르며 약간의 공을 세웠습니다만, 아직 풋내기 무인에 불과합니다. 아무쪼록 많은 지도 부탁드립니다."

자룡이 겸손하게 말하며 공손히 인사했다.

유비도 인사했다.

"아니, 정중하고도 황송한 말씀이오. 저도 아직 구름처럼 떠돌아다니는 풍운의 일개 무인에 지나지 않소. 일편단심을 가진 것 외에는 약간의 땅도 차지하지 못한 청년입니다. 저야말로 앞으로 잘 부탁드립니다."

두 사람은 서로 처음 본 순간부터 십년지기 같은 느낌을 받았다.

유비는 속으로 '이 사람은 참 좋은 사람 같다. 평범한 무인이 아니야.'라고 믿음직스럽게 생각했고, 조자룡도 마찬가지로 '아직 젊어 보이지만 소문 이상이다. 이 유현덕이라는 사람이야말로 장래가 유망한 인걸이 아닐까? 주군으로 따를 사람이라면 바로 이런 사람이다.'라고 진심으로 존경심을 품었다.

현덕과 자룡 두 사람은 다 같은 손님이라는 점에서 공손찬은 그들에게 다소 거리감을 느낄 수도 있었겠지만, 자기가 좋아하는 두 사람의 만남을 주선했다는 것에서 그도 함께 기뻐했다.

유비에게는 다음에 상을 내릴 것을 약속하고, 자룡에게는 은빛 털에 눈처럼 흰 자신의 애마 한 필을 주며 다음 전투에서도 협력해주기를 부탁하고 헤어졌다.

자룡은 상으로 받은 백마를 타고 자신의 진지로 돌아갔는데, 마음속에 강하게 인상을 남긴 것은 공손찬의 은혜가 아니라 유비의 풍모였다.

강을 거슬러 오르다

||| 一 |||

천도 이후 시간이 흐름에 따라 장안은 차츰 왕성王城의 거리답게 번화해졌고 질서도 잡혀갔다.

이곳에 온 뒤로도 동탁의 사치는 변함이 없었다.

천자를 옹립하고 천자의 후견인으로 나선 그의 벼슬은 모든 대신의 맨 꼭대기에 있었다. 스스로 태정상국太政相國이라고 칭하고 궁문을 출입할 때는 금꽃 덮개에 만 개의 구슬이 달린 발을 늘어뜨린 수레를 타고 행차의 호화로움과 위세를 과시했다.

어느 날 그의 비서관인 이유가 그에게 고했다.

"상국."

"무슨 일이냐?"

"얼마 전부터 원소와 공손찬이 반하를 사이에 두고 싸우고 있습니다."

"음, 그런 것 같더만 상황은 어떠냐?"

"원소 쪽이 다소 약세를 보이며 반하에서 멀리 물러간 듯합니다만, 여전히 양군 모두 대치한 채로 한 달여가 지나고 있습니다."

"실컷 싸우라지. 양쪽 모두 나에게 등을 돌린 놈들이다."

"아닙니다. 천도 후에 한동안 내정을 돌보느라 바빠서 천하의 일을 방치하고 있었습니다만, 그렇게 해서는 황실의 위광을 널리 떨쳐 보일 수 없습니다."

"무슨 방법이라도 있느냐?"

"상국께서 천자께 상주하여 조서를 받아서 반하에 칙사를 보내 두 사람에게 휴전을 권고하고 화해시켜야 한다고 생각합니다."

"그렇군."

"양쪽 모두 막대한 피해를 입고 지쳐 있을 때이니 화해의 칙사를 보내면 기꺼이 받아들일 것입니다. 그리고 그 은덕은 자연히 상국에 대한 복종으로 돌아오게 될 것입니다."

"지당한 말이로다."

동탁은 즉시 황제에게 상주하여 황제의 명을 받아 태부 마일제 馬日磾와 조기趙岐 두 사람을 칙사로서 관동으로 내려보냈다.

칙사 마 태부는 먼저 원소의 진영으로 가서 자신이 온 취지를 전하고, 이어 공손찬의 진영에 가서 동 상국이 화해를 중재한다는 뜻을 알렸다.

"원소만 반대하지 않는다면야."

"공손찬이 군사를 물린다면야."

그러자 양쪽 모두 마침 잘됐다는 듯이 칙명에 따랐다.

이에 마 태부는 반하교 부근의 정자로 양군의 대장을 불러 서로 손을 잡게 하고 술을 나눈 뒤 도성으로 돌아왔다.

원소와 공손찬도 같은 날 병마를 수습하여 각자 고향으로 돌아 갔는데, 공손찬은 그 후 장안에 감사의 표문을 올리고 동시에 유 현덕을 평원의 상相으로 봉했으면 좋겠다고 상주했다.

얼마 지나지 않아 조정에서 허락이 떨어졌다. 공손찬은 "귀하에게 보이는 내 감사의 마음이네."라며 지난번 전투에서 유비에게 입은 은혜를 보답했다.

유비는 은혜에 감사하고 평원으로 떠나기로 했다. 그 송별회를 마치고 다들 헤어지고 난 뒤 은밀히 그의 숙소를 찾아온 사람이 있었다. 조자룡이었다.

"오늘 밤을 마지막으로 작별이군요."

자룡은 유비의 얼굴을 보며 아무리 생각해도 아쉽고 안타까워서 눈에 눈물까지 글썽거리면서 말했다.

그리고 언제까지나 이런저런 이야기를 나누며 돌아가려고 하지 않았는데, 이윽고 마음을 정한 듯 자룡이 말을 꺼냈다.

"유형. 내일 떠나실 때 저도 같이 평원으로 데리고 가주시지 않겠습니까? 이렇게 말씀드리면 강요하는 것 같습니다만, 유형과 헤어질 생각을 하니 견딜 수가 없습니다. 그만큼 마음속 깊이 흠모하여 말씀드리는 것입니다."

귀신도 울고 갈 영걸이 수줍음 많은 아가씨처럼 고개를 숙인 채 말했다.

||| 二 |||

유비도 전부터 조자룡이라는 인물이 마음에 들던 터라 그에게 지금 이별을 아쉬워하는 말을 듣자 이렇게 말했다.

"모처럼 진중에서 좋은 친구를 만났다고 생각했는데, 갑자기 평원으로 돌아가게 되어 어쩐지 나도 헤어지기가 아쉽구려."

자룡은 침울한 표정으로 말했다.

"사실 저는 아시는 바와 같이 원소의 휘하에 있던 사람입니다만, 원소가 낙양에 들어간 뒤로 부덕한 행위를 일삼았기 때문에 그에게 등을 돌리고 공손찬이야말로 백성을 편안케 할 영군英君인 줄 알고 몸을 의탁한 것입니다. 그런데 공손찬도 동탁의 중재를 받아들여 즉각 원소와 화해하고 작은 공에 만족하는 것을 보니 그의 그릇도 뻔한 것이어서 도저히 천하의 가난한 백성들을 구할 영웅이라고는 생각되지 않았습니다. 기껏해야 원소의 호적수 정도이겠지요."

이렇게 한탄하고 나서 그는 유비를 향해 본심을 털어놓았다.

"유 대형大兄, 부탁입니다. 저를 평원으로 데리고 가주십시오. 당신이야말로 장차 큰일을 이룰 그릇이라 보고 부탁드립니다. 부디 저를 앞으로는 끝까지 가신으로……."

자룡은 마루에 무릎을 꿇고 간절하게 애원했다.

유비는 눈을 감고 한참 생각에 잠겨 있다가 말했다.

"아니, 나는 그런 큰 인재가 아닙니다. 그러나 훗날 다시 만날 기회가 있다면, 오늘의 마음을 다시 나누기로 합시다. 지금은 때가 아닙니다. 내가 떠난 후에도 아무쪼록 공손찬에게 계속 힘이 되어주십시오. 때가 올 때까지 공손찬 옆에 있어주세요. 그것이 내가 부탁드리고 싶은 것입니다."

이렇게 달래니 자룡도 어쩔 수 없었다.

"그럼 때를 기다리겠습니다."

그는 눈물을 삼키며 남기로 했다.

이튿날 유비는 장비와 관우 등이 인솔하는 부대의 선두에 서서 평원으로 돌아갔다. 즉 그때부터 그는 평원의 상으로서 겨우 한 지방을 관할할 수 있게 된 것이다.

한편 남양南陽 태수 원술은 원소의 아우로 과거 원소의 휘하에서 군량을 담당했던 이다.

남양에 돌아온 뒤로도 형에게서 아무런 은록恩祿이 없자 그는 너무 부당하다며 불만이 많았다.

그는 편지를 보내 형에게 제의했다.

지난번 일에 대한 상으로 기북冀北의 명마 1,000필을 받고 싶소. 그렇지 않으면 나에게도 생각이 있소.

원소는 아우의 협박이나 다름없는 요구에 화가 났는지, 한 마리의 말도 보내지 않았을 뿐만 아니라 편지에 대한 답장도 보내지 않았다.

원술은 몹시 원망하며 그 이후로 형제 사이에 불화가 시작되었다. 그러나 병마의 모든 것을 형에게 의존하고 있던 터라 당장 경제적으로 어려워졌고, 이에 형주의 유표劉表에게 사자를 보내 군량미 2만 석을 빌려달라고 요청했으나 유표에게도 보기 좋게 거절당했다.

'이것도 형이 사주한 것이겠지?'

원술은 화가 났으나 결국엔 자포자기의 심정이 되었다.

그의 밀사는 어두운 밤 은밀히 오吳로 넘어가서 손견에게 편지 한 통을 전했다.

편지 내용은 이러했다.

예전에 옥새를 가로채기 위해 낙양에서 돌아가는 귀로를 막

아 공을 괴롭힌 것은 원소의 흉계였소 지금 또 유표와 모의하여 강동江東을 습격해 공의 땅을 훔치려 하고 있소 이 이상 무슨 말이 필요하겠소?

공은 속히 군사를 일으켜 형주를 차지하시오 나 또한 군사를 일으켜 공을 돕겠소 공이 형주를 취하고 내가 기주를 얻으면 두 가지 복수를 한 번에 하게 되는 셈이오 판단에 실수가 없기를 바라겠소

||| 二 |||

손견이 있는 장사성長沙城(호남성湖南省)의 시가지는 양자강揚子江(장강長江)의 지류가 흐르는 곳이라 바다와 같은 거대한 호수와 인접해 있었다. 덕분에 그 수리水利의 혜택을 받아 문화 교류도 전쟁 준비도 활발히 이루어졌다.

그날 여행에서 돌아온 정보程普는 문득 강기슭을 보다가 400~500척가량의 군선이 늘어선 채 다량의 식량과 무기, 마필 등을 싣고 있는 모습에 깜짝 놀랐다.

'도대체 어디서 저렇게 큰 전쟁이 벌어진 거야?'

시종을 시켜서 배에 있는 사람에게 물어보니, 잘 모르지만 손견 장군의 명령이 떨어지는 대로 형주(양자강 연안) 방면으로 전쟁을 하러 간다는 것이었다.

'무슨 일이지?'

정보는 사저로 가려는 발길을 돌려 서둘러 성으로 갔다. 그리고 동료 장수들에게 연유를 듣고서 더욱 놀랐다.

그는 즉시 태수 손견을 만나 그의 무모함을 간했다.

"원술과 손을 잡고 유표와 원소를 치려는 전쟁 준비라고 들었습니다만, 한 조각 밀서를 믿고 그와 운명을 함께하는 것은 너무 위험하지 않겠습니까?"

손견은 웃으며 말했다.

"아니, 정보. 그 정도는 나도 알고 있네. 원술은 본래 거짓이 많은 소인배야. 그러나 나는 그의 힘을 믿고 군사를 일으키는 것이 아니네. 내 힘으로 하는 것이지."

"하지만 군사를 일으키려면 합당한 명분이 있어야 합니다."

"원소는 전에 낙양에서 나에게 수치를 준 인물이 아닌가. 또 유표는 그의 지시를 받고 내 군대를 중도에 막고 나를 죽이려고 했네. 이제 그 수치와 원한을 씻으려는 것이야."

정보도 더는 간언할 말을 찾지 못하고 아예 자신이 직접 나서서 전쟁 준비를 독려했다.

이제 500여 척의 병선은 길일을 택해 출발하기만 하면 되었다.

……이 소식은 신속하게 형주의 유표에게도 전해졌다.

"이런 큰일났다."

유표는 즉시 군사 회의를 열어 장수들에게 대책을 물었다.

그때 괴량蒯良이라는 장수가 의견을 말했다.

"그렇게 놀라서 소란을 떨 만한 적은 아닙니다. 강하성江夏城의 황조黃祖에게 요해를 지키게 하고, 형주 양양襄陽의 대군을 총동원해 후방을 견고히 한다면 손견도 대강을 사이에 두고 있어서 자유롭게 움직일 수 없을 것입니다."

"훌륭한 의견이오."

모두가 동의하고 병력을 총동원해서 각자 방비에 완벽을 기했다.

호남의 물, 호북의 기슭, 양자강 유역은 이제 파도가 거칠게 몰아칠 조짐을 보이고 있었다.

　　한편, 손견 쪽에서는 출진에 임박해서 규방의 여자들과 그 자식들을 둘러싸고 파문이 일고 있었다.

　　그의 정실인 오吳씨에게는 네 명의 아들이 있었다.

　　장남 손책孫策, 자는 백부伯符.

　　차남 손권孫權, 자는 중모仲謀.

　　삼남 손익孫翊.

　　사남 손광孫匡 등이었다.

　　그리고 오씨의 여동생이자 손견의 총희寵姬에게는 손랑孫朗이라는 아들과 인仁이라는 딸이 있었다.

　　그리고 유兪씨라는 애첩에게도 아들 한 명이 있었다. 손소孫韶, 자는 공례公禮다.

　　출진을 하루 앞둔 날, 그 많은 아이들을 데리고 손견의 아우인 손정孫靜이 웬일로 형 손견을 찾아왔다.

||| 四 |||

　　"아우 왔느냐. 이야, 다들 왔구나. 내일이 출진인데 다들 그것을 축하하러 온 것이냐?"

　　손견은 기분이 좋았다.

　　"아닙니다, 형님."

　　손정은 정색하고 말했다.

　　"조카들을 데리고 이렇게 다 같이 온 것은 출진에 대해 간언하기 위함이지, 축하하러 온 것이 아닙니다."

"뭐, 간언하러 왔다고?"

"네. 만약 소중하신 형님의 신변에 좋지 않은 일이라도 생기면 이 많은 공자와 공주 들은 어떻게 되겠습니까? 이 아이들의 어머니 되시는 오 부인도, 오 아가씨도, 유 미인도 제발 단념하시게 해 달라고 제게 간청하셨습니다."

"인제 와서 무슨 소리냐?"

"그래도 패하고 나서 창을 거두는 것보다야 낫겠지요."

"불길한 소리는 집어치워라."

"죄송합니다. 그러나 형님, 이것이 천하의 난리로부터 백성들을 구하는 전쟁이라면 저는 만류하지 않겠습니다. 설사 세 부인과 일곱 자식이 아무리 한탄하더라도 제가 앞장서서 출진을 축하했을 것입니다. 하지만 이번 전쟁은 사사로운 원한에 의한 것입니다. 자아의 소욕小慾과 소의小義입니다. 그렇기에 군사가 다치고 백성을 괴롭히는 일은 절대 하지 않는 것이 옳다고 생각합니다."

"닥쳐라. 너나 아녀자들이 이해할 수 있는 일이 아니다."

"아니, 그렇게 말씀하셔도⋯⋯."

"닥치지 못할까! 네놈은 지금 명분이 없는 전쟁이라고 했지만, 누가 나의 마음을 알겠느냐? 나에게도 구세치민救世治民이라는 대망이 있다. 두고 봐라, 조만간 천하를 종횡하며 손씨 가문의 명성을 드높일 테니."

"아아."

손정은 결국 입을 다물고 말았다.

그때 올해로 열일곱 살의 미소년인 오 부인의 아들 손책이 성큼성큼 앞으로 나와 말했다.

"아버님께서 출진하신다면 저도 꼭 데리고 가주십시오. 일곱 형제 중에서는 제가 맏형이니까요."

못마땅한 표정이던 손견은 장남의 기특한 말에 구원이라도 받은 듯 기분을 풀었다.

"훌륭하구나. 어릴 때부터 너는 형제 중에서도 가장 영특하고 재주가 뛰어나 큰일을 할 아들이라고 생각하고 있었는데 내 짐작이 옳았구나. 내일, 내가 떠나기 전까지 채비하도록 해라."

손견은 다시 아이들과 아우를 둘러보며 말했다.

"둘째 손권은 숙부와 합심하여 내가 없는 동안 이곳을 잘 지키고 있거라."

"예."

손권은 명료하게 대답하고 작별을 고하듯 아버지의 얼굴을 가만히 바라보았다.

손책의 어머니인 오 부인은 숙부와 함께 아버지를 말리러 간 장남이 도리어 아버지를 따라 전쟁에 나간다는 말을 듣고 "말도 안 돼. 그 애를 당장 불러오너라."라며 시녀를 보냈다.

그러나 아직 날도 밝지 않았는데, 손책은 이미 성안에 없었다.

손책은 만일 어머니가 들으면 반드시 자신을 말릴 것이라고 미리 간파하고 있었고, 또 매의 새끼처럼 민첩하고 성미가 급한 젊은 무인이었기 때문에 아버지의 출진 시간을 기다리지 못했다.

"내가 첫 번째로 간다."

그렇게 그는 아직 어둠이 가시기도 전에 강가로 나가서 재빨리 군선에 올라 배를 몰고 맨 먼저 적의 등성鄧城(하남성 등현鄧縣)으로 쳐들어갔다.

여명과 함께 출진의 북소리가 울렸다. 성문에서 강기슭으로 쏟아져 나온 장사의 대규모 병사들은 군선 500여 척의 선수와 선미를 맞추고 장강으로 나왔다.

손견은 장남 손책이 벌써 날이 밝기도 전에 열 척가량의 병선을 이끌고 앞질러 나갔다는 말을 듣고 "믿음직한 녀석."이라며 입으로는 그 씩씩함을 칭찬했지만, 마음속으로는 처음 출진하는 사랑스러운 아들에게 혹시라도 일어날지 모르는 불상사를 걱정했다.

"손책을 죽게 해서는 안 된다."

손견은 서둘러 적의 등성으로 향했다.

황조가 대장인 유표의 제1선은 연안에 견고한 방어진을 펴고 있었다. 손책은 아버지의 본진보다 먼저 와서 얼마 안 되는 병선을 이끌고 단숨에 공격해 들어갔지만, 뭍에서 일제히 쏘아대는 화살에 쉽게 다가가지 못하고 있었다.

그러는 사이에 아군 군선 500여 척이 아버지 손견의 용수선龍首船을 중심으로 강 상류에 포진했다.

"손책은 서두르지 마라."

작은 배가 와서 손견의 명령을 전달하자 손책도 뒤로 물러나 아버지의 진영에 가담했다.

손견은 만반의 준비를 했다. 각 배의 뱃머리에 방패와 궁수를 늘어놓고 노궁의 시위를 팽팽하게 당겨놓았다.

그런 다음 "전진하라!"라고 명령을 내리자 아군의 군선들이 일제히 흰 물살을 일으키며 강기슭으로 다가갔다.

그리고 활을 쏘는 동안 각각의 모선에서 작은 배를 내려 창과

칼로 무장한 정예병을 싣고 가 단숨에 연안의 방어선을 돌파하려
는 기세로 공격했다.

그러나 적도 빈틈이 없었다.

방어진의 대장 황조도 일찌감치 만반의 준비를 갖추고 기다리
던 참이었다.

"이놈들, 어서 오너라."

소리를 죽인 채 병선이 가까워질 때까지 화살 하나 쏘지 않았다.

그리고 충분히 때를 기다렸다가 황조가 명령했다.

"쏴라."

뭍에 만들어놓은 많은 망루와 그 사이에 길게 늘어세운 방패와
보루 뒤에서 화살이 빗발치듯 날아갔다.

양군이 쏘는 화살이 바람을 가르며 으르렁거렸고, 육지와 강 사
이는 오가는 화살로 인해 어두워졌다. 누렇고 탁한 강물이 강기슭
에 부딪혀 거친 물보라를 일으켰고, 몇 번인가 그곳에 작은 배의
정예병들이 떼 지어 상륙하려고 했지만, 모두 화살에 맞아 목숨을
잃었고 그 시체는 잠깐 사이에 탁류 속으로 먼지처럼 사라졌다.

"퇴각하라, 퇴각하라!"

손견은 전세가 불리해진 것을 보고 즉시 화살이 닿지 않는 곳까
지 배들을 후퇴시켰다.

그는 밤이 되자 작전을 바꿨다. 부근의 어선까지 동원해 작은
배를 무수히 늘어놓고, 시뻘겋게 화톳불을 피우게 하여 마치 야습
이라도 감행하는 것처럼 보이게 했다.

강 위는 깜깜했기 때문에 그 불빛만이 도드라져 보였다.

"이런!"

뭍에서 낮보다 더 많은 화살과 불화살이 날아왔다. 그러나 거기에 병사들은 타고 있지 않았다. 배를 젓는 뱃사공들뿐이었다. 뱃사공들은 손견의 명령으로 적이 쓸데없이 화살을 쏘도록 강물 위 어둠 속에서 와아와아 하고 소리만 지르고 있었다.

날이 새자 작은 배와 어선들은 적에게 정체가 들통나기 전에 사방으로 흩어졌다. 그리고 밤이 되면 다시 같은 작전을 반복했다.

이렇게 이레 동안 매일 밤 빈 배의 화톳불로 적을 속이고 적이 지쳤을 무렵인 어느 날 밤, 이번에는 정말로 강병들을 가득 싣고 대거 뭍으로 올라가 황조의 군사들을 철저하게 짓밟아버렸다.

‖‖ 六 ‖‖

배에 타고 있던 수군은 모두 광야로 올라가 구름과 같은 육군이 되었다.

등성으로 도망친 황조는 장호張虎와 진생陣生 두 장수를 양날개로 삼고 이튿날 다시 맹공을 퍼부었다.

양군은 뒤엉켜 어지럽게 싸우기 시작했다.

"손견을 비롯해서 한 놈도 살려 보내지 마라."

장호와 진생 등은 혈안이 되어 종횡무진 뛰어다니다 손견의 본진으로 들어가 큰 소리로 외쳤다.

"어이, 강동의 쥐새끼들아! 우리 땅에 쳐들어와 뭘 훔쳐 가려는 것이냐!"

이 말을 듣고 손견은 주위에 있는 부하들에게 명령했다.

"주둥이만 살아 있는 좀도둑놈들, 저 두 놈을 베어라."

"제가 하겠습니다."

부하 한당韓當이 검을 휘두르며 장호에게 달려들어 싸우기를 30여 합, 두 장수의 눈에서 불꽃이 튀었다.

진생이 그것을 보고 외쳤다.

"내가 가세한다!"

진생은 장호를 도와 한당을 사이에 두고 양쪽에서 공격을 퍼부었다.

잘 싸우고 있던 한당이 위험해 보였을 때다. 아버지 옆에 있던 손책이 부하의 손에서 활을 빼앗아 눈꼬리까지 깊이 시위를 당겼다가 놓았다.

피융—

바람을 가르며 아군 위를 지나 날아간 화살이 진생의 얼굴에 꽂혔다.

진생은 처절한 비명과 함께 말안장에서 굴러떨어졌다.

"앗!"

덜컥 겁이 난 장호가 도망치기 시작하자 한당이 그 뒤를 바짝 쫓아가서 장호의 투구 윗부분을 노려 칼을 몇 번이나 내려쳤다.

두 장수가 이미 당했다!

이 소식이 전해지자 전군에는 패색이 짙어지기 시작했다. 황조는 당황하여 거미 새끼처럼 흩어지는 아군 속으로 말을 달려 도망쳤다.

"황조를 잡아라."

"생포하라."

젊은 무사 손책은 창을 들고 급히 그를 쫓았다.

손책의 창이 몇 번인가 그의 등 뒤로 바짝 다가갔다.

황조는 투구도 버리고 결국 말에서도 내려 도보로 달아나는 잡병들 사이에 섞여 간신히 강을 건너 등성 안으로 도망쳤다.

이 일전으로 형주의 군사들은 와해되었고, 손견의 깃발은 사방의 들판을 뒤덮었다.

손견은 즉시 한수漢水까지 군사들을 진격시키는 한편, 배에 있는 군사들을 한강漢江에 주둔시켰다.

"황조가 대패했습니다."

잇달아 전해지는 패보에 유표는 낯빛을 잃었다.

괴량이 앞으로 나서며 말했다.

"이렇게 된 이상 성을 굳게 지키고, 한편으로 원소에게 급히 사자를 보내 원군을 청하심이 좋을 듯싶습니다."

"그 계책은 좋지 않습니다."

그러자 채모蔡瑁가 반대하며 크게 소리쳤다.

"적은 벌써 턱밑까지 육박했습니다. 이런 상황에 어찌 팔짱을 끼고 앉아 우리의 생사를 타국의 원군에 맡길 수 있겠습니까? 소장이 비록 재주는 없지만, 성 밖으로 나가 일전을 벌이겠습니다."

유표가 허락하자 채모는 1만여 기를 이끌고 양양성을 출발하여 현산峴山(호북성 양양의 동쪽)까지 가서 진을 쳤다.

손견은 각지에서 적을 제압하며 착착 전과를 올려온 기세를 몰아 현산에 진을 친 적도 또다시 순식간에 격파해버렸다.

호언장담하며 나갔던 채모는 비참한 패잔병과 함께 양양성으로 도망쳐 들어왔다.

많은 병사를 잃고도 뻔뻔스럽게 도망쳐온 채모를 보자 지난번에 유표 앞에서 비겁자 취급을 당한 괴량이 면전에 대고 비아냥거렸다.

"꼴좋군."

채모는 면목이 없어 사과했지만 괴량은 분이 풀리지 않은 듯 말했다.

"내 계책을 받아들이지 않아 대패를 당했으니 책임지는 것이 당연하다."

괴량은 군법에 따라 채모의 목을 쳐야 한다고 태수에게 진언했다.

유표는 난감한 표정으로 말했다.

"아니, 지금은 한 사람의 목숨도 가벼이 할 수 없네."

그리고 결국 채모의 목을 베는 것은 허락하지 않았는데, 그도 그럴 것이 요즘 유표가 절세미인인 채모의 누이를 깊이 사랑하고 있었기 때문이다.

괴량도 어쩔 수 없이 입을 다물었다. 대의大義와 여자 문제는 상극이라서 늘 갈등한다. 하지만 지금은 다툴 때가 아니었다.

'지금 의지할 수 있는 것은 천험天險의 요새와 원소의 지원군뿐이다.'

괴량은 비장한 결심을 하고 성의 방비에 착수했다.

이 양양성은 산을 등지고 물에 둘러싸여 있다.

형주의 험지라 불리는 이곳은 둘도 없는 요해要害였기 때문에 강한 손견의 군대도 성벽 아래까지 육박하고도 공격다운 공격을 못 하고 차츰 원정의 피로로 무기력한 조짐을 보이고 있었다.

그러던 어느 날 거센 광풍이 몰아쳤다.

들판에 진을 치고 있는 공격군은 모래 먼지와 광풍에 한나절이나 시달렸다. 그런데 무슨 일인지 중군에 세워두었던 '帥' 자를 수놓은 깃발이 뚝 부러지고 말았다.

'수' 자 깃발은 전군의 대장기다. 군사들은 모두 불길한 느낌에 사로잡혔다. 그중에서도 막료들은 눈살을 찌푸렸다.

"예삿일이 아니다."

막료들은 손견을 둘러싸고 각자 한마디씩 했다.

"이제 전쟁도 생각대로 되지 않고 병마도 지쳐가고 있습니다. 게다가 고향에서 멀리 떨어져 있고, 벌써 들판의 나무에도 겨울이 찾아들기 시작했습니다. 그런 와중에 삭풍이 갑자기 불어와 중군의 대장기가 부러져서 모두 불길한 예감에 사로잡혀 있습니다. 이쯤에서 일단 군대를 후퇴시키는 것이 어떻겠습니까?"

그러자 손견은 크게 웃으며 말했다.

"와하하하. 그대들조차 그런 미신에 사로잡혀 있는가?"

그는 전혀 신경 쓰지 않았다. 하지만 사기에 관련된 일이라 손견도 진지한 얼굴로 덧붙였다.

"바람이란 다시 말해서 천지의 호흡이다. 겨울에 앞서 이런 삭풍이 부는 것은 겨울이 다가옴을 알리는 것이지, 깃대를 부러뜨리기 위해서가 아니다. 그것을 이상히 여기는 것은 인간의 의혹에 지나지 않아. 이제 한 번만 더 공격하면 함락시킬 수 있는 것이 이 성이다. 손바닥 안에 있는 적의 성을 버리고 어찌 돌아간단 말인가?"

듣고 보니 일리가 있었다. 장수들은 두말없이 손견의 의견을 좇아 다시 병사들의 사기를 돋우기 위해 애썼다.

공격군은 다음 날부터 다시 함성을 울리며 성에 접근했다. 성

둘레의 물을 메우고 불화살과 철포를 쏘았다. 날렵한 병사들은 뗏목을 타고 가서 성벽을 기어올랐다.

그러나 양양성은 꿈쩍도 하지 않았다.

서리가 내린다.

밤마다 진눈깨비가 날린다.

쓸쓸한 들판의 시체는 공연히 까마귀만 기쁘게 해줄 뿐이었다.

돌덩이

||| 一 |||

회오리바람이 불고 그다음 날이었다.

양양성 안에서 괴량이 유표 앞으로 나와 조용히 진언했다.

"어제의 천변은 예삿일이 아닙니다. 눈치채셨습니까"

"음, 그 광풍 말인가?"

"낮에 불었던 광풍도 광풍입니다만, 밤이 되자 평소에는 보이지 않던 형성熒星이 서쪽 벌판에 떨어졌습니다. 생각건대 장성將星이 땅에 떨어지는 상象, 그야말로 하늘이 무언가를 알려주고 있는 것 입니다."

"불길한 소리 말게."

"아니, 아군의 입장에서 걱정할 일은 없습니다. 오히려 단壇을 쌓아 제사를 지내도 될 정도입니다. 방향을 보니 흉조는 적인 손 견 쪽에 있습니다. 이 기회를 놓치지 말고 원소에게 사람을 보내 원조를 청하시면 공격군은 뿔뿔이 흩어지거나 퇴로가 끊겨 독 안 에 든 쥐가 될 것입니다."

유표는 고개를 끄덕이며 가신들에게 물었다.

"누가 성 밖의 포위를 뚫고 원소에게 사자로 갈 사람은 없는가?"

"제가 가겠습니다."

여공呂公이 자진하여 명을 받았다. 괴량은 그러면 할 수 있을 것이라 생각하고 다른 사람들을 물러가게 했다. 그리고 여공에게 한 가지 계책을 일러주었다.

"강한 말과 궁수가 섞인 용맹한 군사 500여 기를 모아 적의 포위를 돌파하거든 우선 현산에 오르게. 반드시 적이 추격해올 텐데 우리는 오히려 그들을 유인해서 산의 요소에 암석과 통나무를 쌓아두었다가 아래에서 지나가는 적이 보이거든 한꺼번에 돌과 통나무를 비처럼 퍼붓게. 궁수는 적이 당황하는 것을 노려 사방의 숲에서 화살을 쏘게 하고. 그러면 적은 겁을 먹을 것이고 길은 암석과 통나무에 막혀서 쉽게 원소가 있는 곳까지 갈 수 있을 것이네."

"과연 명안입니다."

용기를 얻은 여공은 그날 밤 은밀하게 철기 500을 따르게 하고 성 밖으로 빠져나왔다.

말발굽 소리를 죽여가며 나무가 많지 않은 소슬한 숲속을 은밀히 전진했다. 나뭇잎들을 모두 떨군 나뭇가지들은 백골을 심어 늘어놓은 것처럼 하얗다.

가느다란 달이 걸려 있었다. 숲을 거의 벗어났을 때 적의 보초병인 듯한 자가 외쳤다.

"누구냐?"

선두에 있던 10기가량이 우르르 달려들어 보초 다섯 명을 그 자리에서 베어버렸다.

그곳은 바로 손견의 진영이었기 때문에 손견이 즉시 달려나와 큰 소리로 물었다.

"지금 지나간 말발굽 소리가 적군의 것이냐, 아군의 것이냐?"

대답은 없고 다섯 명의 보초병은 초이튿날 밤의 달 아래에서 퍼런 피투성이가 되어 있었다.

"앗, 그렇다면."

손견은 그것을 보자마자 직감하고 말에 올라 아군 진영을 향해 큰 소리로 외쳤다.

"성안의 병사들이 탈출했다. 나를 따르라."

그리고 자신이 맨 앞에 서서 여공과 500여 명의 군사를 쫓아갔다.

너무 갑작스럽게 벌어진 일이라 손견의 뒤를 따르는 병사는 겨우 30~40명밖에 되지 않았다.

앞에서 여공이 뒤를 돌아보며 말했다.

"추격대가 온다."

이미 예상했던 일이라 아무도 놀라지 않고 궁수들은 나무 그늘에 매복하고 나머지는 죽기 살기로 산 위로 기어 올라갔다. 그리고 적이 지나갈 것으로 예상되는 절벽 위에 암석을 쌓아놓고 기다렸다.

잠시 후 적으로 보이는 그림자가 열 명, 스무 명, 마흔 명, 쉰 명…… 점점 늘어나더니 숲속에서 산 아래로 쇄도하면서 뭐라고 저마다 욕을 해댔다.

||| 二 |||

그중에 손견의 목소리가 들렸다.

"적은 산 위로 도망친 것이 틀림없다. 이따위 절벽쯤은 말을 탄 채로 올라가라."

맹장 아래 약졸은 없다.

손견이 말 머리를 돌리자 뒤따라오던 부하들도 우르르 현산을 오르기 시작했다.

그러나 발밑은 어둡고 덩굴과 무너져내리기 쉬운 토사 때문에 병사들은 애를 먹었다. 손견의 말도 그저 울부짖기만 할 뿐이었다.

절벽 위에서 이 모든 상황을 지켜보고 있던 여공은 지금이라고 생각하고 산 위와 산 아래를 향해 양손을 흔들어 신호를 보냈다.

"자, 떨어뜨려라. 쏘아라!"

크고 작은 암석이 한꺼번에 절벽 위에서 떨어져 아래에 있는 손견과 그의 부하들을 묻어버릴 것만 같았다. 게다가 당황해서 도망치려고 하자 사방의 나무 그늘에서 날아오는 화살 소리가 온몸을 감쌌다.

"당했다!"

손견의 눈이 초이튿날 밤의 달을 노려보았다. 그때 그의 머리 위에서 거대한 바위 하나가 떨어졌다.

쿵—

지축이 흔들리는 것을 느낀 순간, 손견과 그의 말은 이미 바위 밑에 깔려 있었다. 딱하게도 핏덩이를 토한 머리만이 바위 밑으로 조금 나와 있었다.

손견, 그때 나이 37세.

초평初平 2년(191), 신미辛未, 11월 7일 밤이었다. 기어이 거성이 땅에 떨어지고 말았다. 나뭇가지들이 밤새도록 서릿바람에 슬피 울더니 짙은 피비린내와 함께 날이 밝았다.

적도 아군도 아침 해가 뜨고 나서야 손견이 죽은 것을 알고 동요하기 시작했다.

여공조차 자신이 죽인 30여 명의 추격군 속에 적장이 있는 줄은 꿈에도 몰랐다. 그런데 성긴 숲속에 남아 있던 궁수 부대원 중 한 명이 날이 밝음과 동시에 손견의 시체를 발견하고는 "손견이 틀림 없다."고 미친 듯이 기뻐하며 그의 시체를 성안으로 가지고 왔던 것이다.

여공은 연주포連珠砲를 울려서 성안에 이변을 알렸다.

공격군도 갑작스러운 손견의 죽음에 당황하고 동요하는 기색이 역력했다. 통곡하는 사람, 넋을 놓고 있는 사람, 눈에 핏발을 세우고 칼과 활을 찾아 헤매는 사람…… 병사들은 흩어지고 말은 소리 높여 울고. 어느새 방비도 그 진형이 무너지기 시작했다.

유표와 괴량 등 성안에 있는 사람들은 손뼉을 치며 기뻐했다.

"손견이 낙양에서 옥새를 훔치고 채 2년도 되지 않아서 천벌을 받고 대장답지 못한 죽음을 당했구나. 이 틈을 놓치지 마라."

황조와 채모, 괴량 등은 모두 성문을 열고 함성을 지르며 공격군 속으로 쳐들어갔다. 이미 대장을 잃은 강동의 병사들은 싸울 힘을 잃고 칼에 베인 사람의 수를 헤아릴 수 없었다.

한강 기슭에서 병선을 이끌고 대기하던 황개는 도망쳐온 아군에게서 대장의 뜻하지 않은 변고를 듣고 격분했다.

"자, 주공의 죽음을 애도하는 전쟁이다."

배에서 군사를 끌고 나가 때마침 추격해온 황조 군과 맞서 혼전을 벌였는데, 분노한 황개는 성난 사자처럼 분전하여 적장 황조를 어지럽게 싸우는 병사들 속에서 생포하여 다소나마 울분을 풀었다.

또 정보는 손견의 장남 손책을 도와 양양성 밖에서 한강까지 정신없이 도망쳐왔는데, 그 모습을 본 여공이 "좋은 먹잇감이구나."

라며 손책을 노리고 추격해오자 "대장을 죽인 원수, 그냥 두고 갈
순 없지."라며 정보가 되돌아와서 여공을 맞아 싸웠고, 손책 역시
창을 휘두르며 정보와 협공해서 순식간에 여공을 베어 그 머리를
취했다.

||| 三 |||

　양군이 싸우는 소리는 새벽이 되어서야 그쳤다.

　아무튼 지난 밤의 격전은 양군 모두 어떠한 작전도, 통제도 없
이 일파가 만파를 부르고 혼란이 혼란을 초래해 한밤중에 한데 뒤
엉켜 죽고 죽이는 난전이었기 때문에 날이 밝고 나서 보니 양군의
사상자 수는 그야말로 산을 이루었다.

　유표의 군사는 성안으로 철수했고, 손견 군은 한수 방면으로 물
러났다.

　손견의 장남 손책은 한수에서 군사를 수습하고 나서야 비로소
아버지의 죽음을 확인했다. 어젯밤부터 아버지의 모습이 보이지
않아 짐작은 하고 있었지만, 그래도 어디선가 불쑥 나타나 진지로
돌아올 것만 같은 기분이었는데, 이제는 그것이 헛된 바람이었다
는 것을 알고 소리 높여 통곡했다.

　'이렇게 된 이상 하다못해 아버님의 시신이라도 찾아 후하게 장
례를 치르도록 하자.'

　손책은 아버지가 화를 당한 장소인 현산의 산기슭을 수색했지
만, 손견의 시체는 이미 적의 손에 들어간 뒤였다.

　손책은 비통한 목소리로 목 놓아 통곡했다.

　"이 패군을 끌고 아버님의 시신도 적에게 빼앗긴 채 무슨 면목

으로 살아서 고향으로 돌아간단 말인가."

황개가 위로하며 말했다.

"어젯밤에 제 손으로 적의 장수 중 한 명인 황조라는 자를 생포해놓았으니, 산 황조를 적에게 돌려보내고 주공의 시신을 달라고 청하시지요."

그래서 유표와 전에 교분이 있는 군리軍吏(군대에서 사무를 보는 문관) 환해桓楷를 사자로 보냈다.

환해는 홀로 양양성으로 가서 유표를 만났다.

"황조와 주공의 시신을 교환하고 싶소."

"손견의 사체는 성안에 옮겨놓았다. 황조를 돌려보내면 시신은 언제든지 돌려주겠다."

유표는 흔쾌히 응낙하고 덧붙였다.

"이번에 이것을 기회로 정전을 약속하고 양국의 경계에 다시는 난리가 일어나지 않도록 협정을 맺는 것이 어떻겠나?"

사자 환해는 재배하고 말했다.

"그럼, 돌아가서 조속히 협정을 맺을 준비를 하고 오겠습니다."

환해가 일어서려는데 유표 옆에 있던 괴량이 갑자기 소리를 질렀다.

"안 됩니다, 절대로 안 돼!"

그러고는 유표에게 간했다.

"강동의 오군을 궤멸시키기에는 지금이 적기입니다. 그런데 손견의 시신을 돌려주고 일시적인 평화에 안주한다면 오군은 지금의 굴욕을 마음에 담아두고 반드시 군사를 길러 훗날 다시 원수를 갚으러 올 것이 뻔합니다. 아무쪼록 사자 환해의 목을 치고 지금 당장 한수까지 추격 명령을 내리시기 바랍니다."

유표는 잠시 말없이 생각에 잠겼다가 고개를 저었다.

"아니, 황조는 나의 심복이네. 그런데 그를 죽게 내버려둔다면 내 체면이 뭐가 되겠나?"

유표는 괴량의 말을 듣지 않고, 결국 시체를 내주고 살아 있는 황조를 받기로 했다.

"쓸모없는 장수 한 명을 버리더라도 만리의 땅을 뺏는다면 훗날 어떠한 뜻이라도 펼 수 있지 않겠습니까?"

괴량은 시체가 옮겨지는 동안에도 몇 번이나 입에 단내가 나도록 말했지만 끝내 자신의 의견이 받아들여지지 않자 혼자 길게 탄식했다.

"아, 대사가 멀어지는구나."

한편 오의 병선은 조기를 달고 고국으로 돌아갔다. 손책은 아버지의 관을 장사성長沙城에 묻고 곡아曲阿의 들판에서 장엄하게 장례를 치렀다.

나이 열일곱에 처음 전쟁에 참가하여 아버지를 잃은 쓰라린 경험을 한 손책은 아버지의 뒤를 이어 현명하고 재능 있는 사람들을 모으고 국력을 키우며 마음속 깊이 후일을 기약했다.

모란정

||| 一 |||

"오의 손견이 죽었다!"

이 소식은 입에서 입으로 순식간에 전해졌다.

이윽고 도성인 장안(섬서성 서안西安)에도 전해졌고, 동탁은 손뼉을 치며 좋아했다.

"이것으로 내 근심거리 중 하나가 없어졌구나. 그의 장남 손책은 아직 어리고……."

그 무렵 그의 교만은 더욱 심해져서 절정에 다다른 듯했다. 최고의 자리를 차지하고도 여전히 만족하지 못하고 스스로를 태정태사太政太師라고 칭했는데, 최근에는 또 상부尙父라고 자칭하기도 했다.

천자의 의장儀仗조차 동 상부가 궁을 출입할 때의 화려함에는 미치지 못했다.

아우 동민董旻에게 어림군御林軍의 병권을 쥐게 하고, 형의 아들 동황董璜을 시중侍中에 임명해 궁중의 중추에 앉혔다.

모두 그의 손발이 되고 귀가 되고 눈이 되었다.

그 외에도 그의 일가붙이는 늙으나 젊으나 모두 높은 지위에 올라 그들만의 봄날을 구가하고 있었다.

미오郿塢.

장안에서 100여 리 떨어진 교외의 산빛이 곱고 물이 맑은 곳이다. 동탁은 그곳의 명당을 골라 왕성을 능가하는 거대한 성을 쌓고, 100개의 문 안에는 금과 옥으로 전각과 누대를 줄지어 세웠다. 그리고 이곳에 20년 치 군량을 저장하고, 열다섯 살에서 스무 살가량의 미녀 800여 명을 선발해 후궁으로 삼고 천하의 보물을 산처럼 모았다.

그리고 아무 거리낌 없이 늘 이렇게 말하곤 했다.

"만일 나의 대업이 이루어지면 천하를 차지할 것이다. 이루어지지 않는다면 이 미오성에 머물면서 유유자적하며 노년을 보내면 그뿐."

이는 명백히 대역죄에 해당하는 말이다. 그러나 그의 위세에 맞서서 바른말을 하는 사람은 아무도 없었다. 땅에 머리를 처박고 엎드려서 오로지 제 명줄이 끊길까 봐 전전긍긍하는 자들이 바로 공경과 백관이라는 자들이었다.

이렇게 그는 자신의 일족을 미오성에 남겨두고 보름에 한 번이나 한 달에 한 번꼴로 장안에 들어갔다.

그가 장안에 가는 날에는 미오와 장안을 잇는 100여 리 길에 티끌 하나라도 떨어져 있을까 봐 두려워하며 길을 쓸고 장막을 덮었다. 민가의 밥 짓는 연기조차 단속하며 그저 그의 마차와 수많은 말과 병사들이 무사히 통과하기만을 빌었다.

"태사, 부르셨습니까?"

천문관天文官 중 한 명이 그에게 불려와 무릎을 꿇었다. 그날은 조정의 연락대宴樂隊에서 주연이 예정돼 있었다.

"특이한 점은 없더냐?"

동탁이 물었다.

"그러고 보니 어젯밤에 한 줄기 검은 기운이 일어나 달 밝은 밤하늘을 가로질렀습니다. 신하들 중에 흉한 마음을 품은 자가 있는 듯하옵니다."

"그렇겠지."

"짐작 가는 것이라도 있습니까?"

그러자 동탁은 날카로운 눈빛으로 말했다.

"너는 알 것 없다. 그리고 내가 물은 뒤에야 비로소 대답하다니 게으르기 짝이 없구나. 천문관은 끊임없이 천문을 살펴 흉한 일이 일어나기 전에 내게 보고하지 않으면 아무 쓸모도 없다."

"송구하옵니다."

천문관은 자신의 목에서 검은 기운이 일기 전에 새파랗게 질려서 허둥지둥 물러났다.

이윽고 시간이 되자 공경과 백관들이 주연 자리로 우르르 모여들었다. 그런데 분위기가 한창 무르익었을 때 어디선가 여포가 급히 돌아와서는 동탁 옆으로 가서 그의 귀에 대고 뭔가를 속삭였다.

그 자리에 있던 사람들은 모두 술 마시는 것도 잊고 그 두 사람에게 신경을 곤두세우고 있었다. 동탁은 고개를 끄덕이다가 여포를 향해 낮은 목소리로 명했다.

"놓치지 마라."

여포는 인사하고 자리에서 일어나 섬뜩한 눈을 번뜩이며 백관 사이를 느릿느릿 걸어갔다.

"어이, 잠깐 일어나 봐."

여포가 팔을 뻗어 주연 자리의 상석 쪽에 있던 사공 장온張溫의 상투를 느닷없이 틀어쥐었다.

"이게 무슨 짓이냐?"

장온이 소리를 질렀다.

사람들은 취기가 가신 얼굴로 어떻게 될지 지켜보고 있었다.

"시끄럽다."

여포는 괴물 같은 힘으로 비둘기라도 잡아끌듯이 가볍게 그의 몸을 연회장 밖으로 끌고 나갔다.

잠시 후 요리사 한 명이 큰 쟁반에 무언가를 받치고 와서 한가 운데 탁자에 놓았다.

보니, 쟁반에 올려져 있는 것은 방금 여포에게 끌려나간 장온의 머리였다. 조정의 신하들은 모두 부들부들 떨었다.

"여포는 어디에 있느냐?"

동탁이 웃으면서 불렀다. 여포는 뒤에서 유유히 나타나 그의 옆에 섰다.

"무슨 일이십니까?"

"아니, 저기 있는 요리가 너무 신선해서 대신들이 모두 술잔을 놓아버렸네. 자네가 안심하고 마시라고 말 좀 해주게."

여포는 창백한 얼굴들을 향해 거만하게 말했다.

"여러분, 이제 오늘의 여흥은 끝났습니다. 술잔을 드시오. 아마 장온 외에 내가 요리해야 할 분은 이 중에 없겠지요? 없을 것이라고 믿소."

그가 말을 마치자 동탁도 비대한 몸을 출렁거리며 말했다.

"장온을 주살한 것은 다 그만한 까닭이 있었기 때문이다. 그는 나를 배신하고 남양의 원술과 은밀히 내통하며 모반을 꾀했다. 천벌이라고 할까. 원술의 사자가 실수로 밀서를 여포의 집에 전하러 왔다. 그래서 장온의 삼족三族도 지금 막 남김없이 베어버렸다. 너희도 이 좋은 본보기를 똑똑히 봐두도록."

연회는 일찌감치 끝났다.

밤을 새우는 연회도 부족하다고 여기는 백관들조차 이날만은 모두 서둘러 돌아갔는데, 단 한 명도 취한 사람이 없었다.

그중에 사도 왕윤은 집으로 돌아가는 마차 안에서 동탁의 악행과 조정과 종묘에 대한 예의가 무너진 것을 뼈저리게 느끼며 탄식만 내뱉고 있었다.

"아아. ……아아."

집에 돌아와서도 울분과 불쾌함이 떠나지 않았다.

때마침 초저녁달이 떴기에 그는 기분을 전환하려고 지팡이를 짚고 후원을 거닐어보았지만, 그래도 가슴에 맺힌 울분이 풀리지 않아 황매화가 어지럽게 피어 있는 연못가에 쭈그려 앉아 오늘 마신 술을 모두 토해버렸다.

그리고 차가운 이마에 손을 얹고 잠시 달을 우러르며 눈을 감고 있는데 어디선가 봄비가 내리는 듯한 흐느낌이 들려왔다.

'……누구지?'

왕윤은 주위를 둘러보았다.

연못 맞은편에는 모란정牧丹亭이 있다. 달이 처마를 비추고 창에는 희미한 등불이 흔들리고 있었다.

"초선貂蟬이가 아니냐. ……왜 혼자 울고 있느냐?"

왕윤은 가까이 가서 나직이 말을 걸었다.

방년 18세의 초선은 타고난 미인으로 후원의 연꽃보다 고왔고, 복숭아꽃과 배꽃의 빛깔과 향기도 그녀의 아름다움에는 미치지 못했다.

어머니의 젖이 아직 그리울 갓난아기 때부터 그녀는 낳아준 부모를 몰랐다. 강보에 싸여 대바구니에 담긴 채 저자에서 팔리는 신세였기 때문이다. 왕윤은 그 어린 것을 데려다가 자기 집에서 기르며 구슬을 갈듯이 여러 가지 예능을 가르쳐 악녀樂女로 만들었다.

기구한 삶을 살아온 초선은 왕윤의 그러한 은혜를 잘 알고 있었다. 왕윤도 자기 딸처럼 사랑했고, 초선 또한 총명하고 다정다감한 성격이었다.

||| 三 |||

악녀란 고관대작의 집에서 자라면서 손님을 위한 연회가 베풀어지면 그 자리에 나가 춤을 추고 노래하며 악기를 연주하는 신분이 낮은 여자를 말한다.

하지만 왕윤과 초선의 사이는 주종 관계나 양부와 양녀의 관계보다도 더 끈끈했다.

"초선아, 감기에 걸리면 안 된다. ……자, 그만 울고 눈물을 닦으렴. 너도 나이가 차서 달이나 꽃만 봐도 울고 싶어지는가 보구나. 네 나이가 부럽구나."

"……무슨 말씀이세요? 그런 가벼운 마음으로 슬퍼하고 있었던 것이 아닙니다."

"그러면 어째서 울고 있었느냐?"

"대인이 불쌍해서 견딜 수가 없기에 저도 모르게 울고 말았어요."

"내가 불쌍하다고……?"

"정말로요."

"너도…… 너 같은 아녀자도 그것을 알겠느냐?"

"어찌 모르겠어요? 초췌해진 그 모습, 머리카락도…… 눈에 띄게 세고."

"음."

왕윤도 눈물을 주르륵 흘렸다. 우는 것을 달래던 그가 오히려 자신의 눈물이 멈추지 않자 당혹해했다.

"뭘 안다고. 그…… 그렇지 않다. 너의 쓸데없는 걱정이야."

"아니에요. 숨기지 마세요. 갓난애일 때부터 대인 댁에서 자란 소녀입니다. 요즘 아침저녁으로 보이는 모습, 미소를 잃은 얼굴…… 그리고 이따금 깊은 탄식만 하십니다. ……혹시?"

초선은 이 늙은이의 손에 가만히 뺨을 대고 말했다.

"미천한 악녀인 제가 못 미더운 것은 당연합니다만, 부디 마음속의 고민을 말씀해주세요. ……아니, 그러면 반대가 되네요. 대인의 마음을 묻기 전에 소녀의 본심부터 먼저 말씀드릴게요. 소녀는 지금까지 대인의 은혜를 잊은 적이 없습니다. 열여덟인 오늘까지 친부모보다 더한 사랑을 주셨으니까요. 노래를 부르고 악기를 다루는 재주는 물론 다른 사람에게 뒤처지지 않을 정도의 학식과 여성으로서 갖춰야 할 온갖 기예, 배우지 못한 것이 한 가지도 없습니다. ……모두 대인의 온정이 갖춰주신 제 몸의 보물 같은 것들이죠. 이것을, 이 은혜를 어찌 갚으면 좋을지, 이 입술이나 눈물만으로는 다 말씀드릴 수가 없네요."

"……."

"대인. …… 제발 말씀해주세요. 필시 대인께서는 국가의 대사를 근심하고 계신 듯한데, 지금 장안의 상황을 염려하고 계신 것이지요?"

"초선아."

왕윤은 급히 눈물을 닦고 저도 모르게 아플 정도로 그녀의 손을 꼭 잡았다.

"기쁘구나. 초선아, 잘 말해주었다. ……그것만으로도 난 기쁘구나."

"소녀의 이런 말만으로 대인의 깊은 고민이 어찌 사라지겠습니까? 그렇다고 해서 남자의 몸도 아니니 아무 쓸모도 없을 것이고……. 혹시 소녀가 남자라면 대인을 위해 목숨을 바쳐 보답할 수도 있을 텐데요."

"아니, 너도 할 수 있단다!"

왕윤은 저도 모르게 온 힘을 다해 소리치고 말았다. 그리고 지팡이로 땅을 두드리며 말했다.

"아아, 몰랐구나. 누가 알았으랴. 꽃밭 속에 세상을 바꿀 진주를 가득 박은 이로운 검이 숨어 있을 줄을."

왕윤은 초선의 손을 잡고 그림처럼 아름다운 전각의 한 방으로 들어가 가운데 자리에 앉히더니 느닷없이 그 앞에 머리를 조아려 절했다.

"대인, 어찌 이러십니까? 소녀, 몸 둘 바를 모르겠습니다."

황급히 말리려고 하자 왕윤이 그녀의 치맛자락을 잡고 말했다.

"초선아, 너에게 예를 올린 것이 아니다. 세상을 구할 천인天人에게 절한 것이야. ……초선아, 세상을 위해 목숨을 버릴 수 있겠느냐?"

||| 四 |||

초선은 동요하는 기색도 없이 즉시 대답했다.

"예, 대인의 청이라면 언제든 이 목숨을 바치겠습니다."

왕윤은 자세를 바로 하고 말했다.

"그러면 네 진심을 믿고 부탁하고 싶은 것이 있다."

"무엇입니까?"

"동탁을 죽여야겠다."

"……."

"그를 없애지 않으면 한실의 천자는 있으나 마나 한 존재와 같아."

"……."

"도탄에 빠진 만백성을 고통으로부터 구해낼 길도 영원히 없단다. ……초선아."

"예."

"너도 지금 조정이 누란의 위기에 빠져 있다는 것이나 백성들의 원성에 대해 어렴풋이 들은 것이 있을 게다."

"예."

초선은 눈도 깜박이지 않고 그가 토해내는 열정적인 말을 듣고 있었다.

"허나 동탁을 죽이려다 성공한 사람은 오늘까지 한 명도 없다. 도리어 모두 그에게 죽임을 당하고 말았지."

"……."

"참으로 조심성이 많은 자야. 열 겹 스무 겹 철통같은 경호를 받고 있고, 또 수많은 밀정이 그물망처럼 사방에 깔려 있단다. 게다가 지모가 뛰어난 이유가 옆에 있고, 무용으로는 누구에게도 지지 않는 여포가 지키고 있어."

"……."

"그놈을 죽이지 않으면……. 천하의 정병으로도 부족하단다. ……초선아, 오직 너만이 할 수 있는 일이야."

"……제가 어떻게?"

"먼저, 너를 여포에게 준다고 하고 일부러 동탁에게 보낼 것이다."

"……."

그 말을 듣자 초선의 얼굴은 배꽃처럼 창백해졌다.

"내가 보기에 여포와 동탁 모두 주색을 탐하는 음탕한 성격이더구나. 너를 보고 마음이 움직이지 않을 리가 없어. 여포 위에 동탁이 있고, 동탁 옆에 여포가 붙어 있는 한, 그들을 없애는 것은 불가능하다. 우선 그렇게 해서 둘을 갈라놓고 그 둘을 싸우게 만드는 것이 그들을 멸망으로 이끄는 가장 좋은 계략이다만…… 초선아, 너는 네 몸을 희생할 수 있겠느냐?"

초선은 고개를 숙였다. 구슬 같은 눈물이 마루에 떨어졌다. 하지만 이윽고 얼굴을 들고 단호하게 말했다.

"하겠습니다."

그리고 덧붙여 각오를 말했다.

"혹시 일이 잘못되면 소녀는 웃으면서 시퍼런 칼날 아래 죽겠습니다. 두 번 다시 인간의 몸으로 태어나지 않겠습니다."

며칠 후 왕윤은 소중히 간직한 황금관을 칠보七寶로 장식하여 사자를 시켜 여포의 사저에 뇌물로 보냈다.

여포는 매우 기뻐했다.

"그 댁에는 옛날부터 명검과 보물이 많이 전해지고 있다고 들었지만, 낙양에서 천도한 후에도 여전히 이런 보물을 가지고 있었단 말인가."

그는 무용이 뛰어난 대신 단순하다. 너무 기쁜 나머지 그 유명한 적토마를 타고 즉시 왕윤의 집으로 갔다.

왕윤은 처음부터 그가 답례하러 올 줄 알고 있었기 때문에 그를 환대하는 준비에 소홀함이 없었다.

"오, 이런 귀한 손님이 오시다니. 어서 오십시오. 잘 오셨습니다."

왕윤은 몸소 중문까지 마중 나가서 잠시라도 밖에 둘 수 없다는 듯 즉시 방으로 청한 후 공손하게 인사했다.

경국지색

왕윤은 일가를 총동원해서 여포를 극진히 대접했다.

맛있는 잔치 음식을 앞에 놓고 여포는 옥으로 만든 술잔을 들며 왕윤에게 말했다.

"나는 동 태사를 모시고 있는 일개 장수에 불과하오. 공은 조정 의 대신이며, 게다가 명망 있는 가문의 주인이오. 대체 왜 이렇게 나를 극진히 대접하는 것이오?"

"이상한 걸 다 물으시는군요."

왕윤은 술을 권하면서 말했다.

"장군을 대접하는 것은 그 관작을 공경해서가 아닙니다. 저는 평소부터 은근히 장군의 재덕과 무용을 공경하고 있었고 그 인품 을 흠모하고 있었습니다."

"허허, 참으로 감사한 말씀이군요."

여포는 기분 좋은 얼굴에 점차 홍조를 띠며 말했다.

"나 같은 데퉁바리를 대관께서 그렇게까지 아껴주실 줄은 생각 지도 못했소. 몸 둘 바를 모르겠소."

"아닙니다. 생각지도 않았는데 이렇게 찾아주셔서 명마 적토마 를 저희 집 문 앞에 매어놓을 수 있게 된 것만으로도 왕윤 일가의 면목이 섰습니다."

"대관, 그토록 저를 아끼신다면 훗날 천자께 상주하여 제가 더 높은 자리에 오를 수 있도록 도와주시오."

"여부가 있겠습니까? 그러나 저는 동 태사의 덕을 입고 그 덕을 평생 잊지 않겠다고 늘 다짐하고 있는 사람입니다. 장군도 아무쪼록 태사님을 위해 더욱더 자중해주십시오."

"말해 뭐 하겠습니까?"

"그러다 보면 저절로 영작榮爵에 오를 날도 있을 것입니다. 애야, 장군님께 술을 올리거라."

그는 화제를 바꿔 방 안에 쭉 늘어서서 식사 시중을 드는 시녀들에게 말했다. 그리고 그중 한 명을 눈짓으로 불러 낮은 목소리로 덧붙였다.

"웬만한 일로는 행차하시기 힘든 장군님이 오셨다. 초선이에게도 이리로 와서 잠깐 인사를 드리라고 일러라."

"예."

시녀가 물러가고 얼마 후 방 밖에서 청초한 기운이 이는가 싶더니 문 옆에 서 있던 여자가 발을 들어올렸다. 여포는 술잔을 놓고 누가 들어오는가 하고 시선을 고정시키고 있었다.

쪽진 머리를 한 두 시녀에게 양쪽에서 부축을 받으며 한 걸음 한 걸음 커다란 모란꽃 송이가 산들바람을 두려워하듯 한 미인이 들어왔다.

악녀 초선이었다.

"……어서 오십시오."

초선은 손님 쪽으로 눈을 살짝 돌리고 얌전히 인사했다. 아리따

운 여성이 여포의 눈길을 부끄러워하면서 왕윤 뒤로 숨고 싶다는
듯 그의 곁에 딱 붙었다.

"……?"

여포는 황홀한 표정으로 바라보고 있었다.

왕윤이 자기 앞에 놓인 잔을 초선에게 주며 말했다.

"너에게도 영광스러운 일이다. 장군께 잔을 올리고, 따라주시거
든 받도록 해라."

초선은 고개를 끄덕이고 여포에게 다가가다가 잠깐 그와 시선
이 마주치자 눈가에 아름다운 홍조를 띠며 멀리서 가냘픈 손에 비
취 잔을 올리고 알아들을 수 없을 만큼 작은 목소리로 말했다.

"……여기."

"아! 이건…….'

여포는 정신이 돌아온 듯 잔을 받았다.

'참으로 사랑스럽구나!'

초선은 바로 물러나 문밖으로 가기 시작했다. 여포는 아직 손에
든 잔을 입에 대지도 않았다. 초선이 그대로 나가 버리는 것이 아
쉬운 듯 눈도 떼지 못하고 있었다. 술을 마실 틈조차 없는 눈이다.

"초선아, 멈추거라."

왕윤은 그녀를 불러 세우더니 여포와 번갈아 보면서 말했다.

"여기 계신 여 장군님은 내가 평소에 경애하는 분이시고, 우리
집안의 은인이시기도 하다. 장군께 허락을 구하고 그냥 곁에 있어
도 된다. 극진히 모시거라."

"……예."

초선은 순순히 손님 곁에 앉았다. 하지만 고개를 숙이고 아무 말도 하지 않았다.

여포는 그제야 입을 열어 말했다.

"대관, 이 아름다운 여인은 댁의 따님입니까?"

"그렇습니다. 제 여식 초선이라고 합니다."

"몰랐습니다. 대관의 따님 중에 이런 아름다운 분이 계실 거라고는."

"아직 세상을 전혀 모릅니다. 또 집에 손님이 오실 때도 좀처럼 손님 앞에 나오질 않으니까요."

"그런 귀한 따님을 오늘은 저를 위해……."

"온 가족이 장군의 방문을 이렇게까지 환영하고 있다는 것으로 헤아려주신다면 감사하겠습니다."

"아니, 환대는 충분히 받았소. 이제 술도 더는 마시지 못하겠소. 대관, 난 이미 많이 취했어요."

"아직 괜찮아 보입니다. 초선아, 어서 술을 따르지 않고 뭐 하느냐?"

초선은 마침맞게 그에게 잔을 권했고, 여포도 점점 취기가 올랐다. 밤이 이슥해지자 여포는 돌아가겠다고 일어서다가 초선의 미색을 거듭 칭찬했다.

왕윤은 그에게로 슬며시 다가가서 속삭였다.

"바라신다면 초선이를 장군께 드리고 싶습니다만."

"예, 따님을요? ……대관, 그 말이 진심이시오?"

"어째서 거짓을 말하겠습니까?"

"만일 따님을 제게 주신다면 저는 이 댁을 위해 견마지로를 맹세하겠소."

"가까운 시일 내에 길일을 택해 장군 댁으로 보낼 것을 약속합니다. 초선이도 오늘 밤의 눈치로는 장군을 매우 좋아하는 것 같으니……."

"대관, 난 완전히 고주망태가 되었소이다. 이젠 걷지도 못할 것 같소."

"허허, 그러시면 저희 집에서 주무셔도 되지만, 동 태사가 알면 괜한 의심을 사지나 않을까 걱정입니다. 길일을 잡아 반드시 장군 댁으로 초선이를 보내드릴 테니 오늘 밤은 이만 돌아가시지요."

"틀림없겠지요?"

여포는 은혜에 감사하고, 또 몇 번이나 끈질길 정도로 다짐을 받고 나서야 겨우 돌아갔다.

그가 돌아가고 나서 왕윤이 초선에게 말했다.

"……아아, 이것으로 하나는 잘 처리했구나. 초선아, 이 모든 걸 천하를 위한 일이라 생각하고 눈 딱 감고 해주렴."

초선은 슬픈 듯, 그러나 이미 무언가를 각오한 차가운 얼굴을 가로저으며 말했다.

"그렇게 일일이 소녀를 위로하지 않으셔도 돼요. 그런 말씀을 들으면 도리어 마음이 약해져서 눈물만 많아질 테니까요."

"더는 말하지 않으마. ……자, 전에 말한 대로 또 가까운 시일 내에 동탁을 집으로 초대할 테니 너는 곱게 차려입고 그날은 춤도 추고 노래도 부르고 악기도 연주하여 동탁의 기분을 맞춰줘야 한다."

"예."

초선은 고개를 끄덕였다.

이튿날, 왕윤은 아침에 입궐하여 여포가 안 보이는 틈에 은밀히 동탁이 있는 방으로 가서 우선 그의 발 앞에 무릎을 꿇고 인사한 후 방문을 청했다.

"매일 계속되는 정무로 태사께서 얼마나 고생이 많으십니까? 미오성으로 돌아가시는 날은 성안의 모든 사람이 위로해드리겠지만, 때로는 누추한 집의 변변치 못한 주연도 기분을 전환하기에는 오히려 즐거움이 되지 않을까 생각합니다. ……그런 마음으로 실은 저희 집에서 조촐한 주연을 마련했습니다. 혹여 왕림해주신다면 저희 가문에 이보다 더한 영광은 없을 것입니다."

||| 三 |||

듣고 있던 동탁이 무척 기뻐하며 말했다.

"날 공의 집에 초대한다는 말인가? 그거 듣던 중 반가운 소리군. 공은 국가의 원로, 특별히 이 동탁을 초대한다는 데 내 어찌 후의를 거절하겠소? 내일 꼭 가리다."

"그럼, 기다리고 있겠습니다."

왕윤은 집에 돌아오자 이 일을 은밀히 초선에게 알리고, 집안사람들에게는 주의를 주었다.

"내일 사시巳時(09시~11시)에 동 태사가 오신다. 우리 집안의 명예이고, 내 평생 가장 귀한 손님이시다. 한 치의 실수도 없게 하라."

땅에는 푸른 모래를 깔고 마루에는 수놓은 비단을 깔았다. 또 연회장 안팎에는 발과 장막을 두르고 가보로 간직해온 진귀한 집기를 내어 멋스럽고 아름다운 향응을 준비했다.

이튿날, 이윽고 사시가 되었다.

"귀빈의 마차가 도착했습니다."

하인이 알리는 소리가 들렸다.

왕윤은 즉시 조복朝服(관원이 조정에 나가 하례할 때 입던 예복)을 입고 문밖으로 나가 동탁을 맞이했다.

창을 든 수백 명의 호위병에 둘러싸인 동탁의 화려한 행장은 천자의 의장이라 해도 속을 정도였다. 동탁이 마차에서 내리자 호위무사와 비서, 막하의 장수들이 순식간에 전후좌우로 에워쌌다. 동탁은 몸에 찬 둥근 고리 옥이 부딪치는 소리와 방울 소리를 내면서 대문 안으로 들어갔다.

"귀한 걸음 하셨습니다. 오늘은 저희 왕씨 집에 상서로운 구름이 내린 듯한 영광을 느꼈습니다."

왕윤은 동 태사를 높은 자리로 안내하고 최고의 예우를 갖춰 접대했다.

"주인은 내 옆으로 올라오시오."

동탁은 온 집안사람들의 환대에 크게 만족한 듯 자신의 옆자리를 허락했다.

이윽고 낭랑한 음악 소리와 함께 성대한 연회의 막이 올랐다. 손님들의 유리잔에는 술이 흘러넘치고, 훈훈한 밤 무지개는 연회장의 떠들썩한 소리를 가로질렀다. 분위기가 무르익자 악인들이 악기를 들고 나타나고 시끄러운 손님들은 잔을 들고 노래를 부르고 춤을 추었다. 눈이 어지럽고 귀가 먹먹했다.

"태사, 이쪽으로 오셔서 잠시 쉬시지요."

왕윤이 권했다.

"음……."

동탁은 호위하는 자들을 모두 연회장에 남겨두고 혼자서 왕윤을 따라갔다.

왕윤은 그를 별당으로 안내하고 집에 보관해둔 귀한 술통을 열어 야광 잔에 따라 바치면서 조용히 속삭였다.

"오늘 밤은 별빛마저 아름답게 보입니다. 이것은 저희 집에서 소중히 간직하고 있는 장수주長壽酒입니다. 태사께서 만대까지 장수하시길 빌며 오늘 처음으로 술병을 땄습니다."

"참으로 고맙구려."

동탁은 단숨에 잔을 비웠다.

"이처럼 환대를 받으니 무엇으로 사도의 호의에 보답해야 할지 모르겠소."

"제가 바라는 대로 된다면 저는 만족합니다. 저는 어렸을 적부터 천문을 좋아하여 천문을 조금 익혔습니다만, 매일 밤 하늘의 형상을 보니 한실의 운기는 벌써 다하고 천하가 새롭게 일어나려 하고 있습니다. 태사의 덕망은 이미 높고 크기 때문에, 옛날 순舜이 요堯의 왕위를 받은 것처럼, 우禹가 순의 세상을 이은 것처럼 태사가 서시면 이제 천하의 민심은 자연히 거기에 따를 것이라고 생각합니다."

"아니, 아니요. 나는 아직 그런 일은 생각하고 있지 않소."

"천하는 한 사람의 천하가 아닙니다. 만백성의 천하입니다. 덕이 없는 사람은 덕이 있는 사람에게 양보한다. 이것이 조정의 관례입니다. 세상이 안정되면 누구도 반역이라고 말하지 않습니다."

"하하하하, 만일 나에게 천운이 내린다면 사도, 그대도 중히 쓰겠소."

"때를 기다리겠습니다."

왕윤은 재배했다.

순간 불이 한꺼번에 켜지며 별당 안이 대낮처럼 환해졌다. 그리고 정면의 발이 걷히더니 교방敎坊의 악녀들이 아름다운 목소리로 노래를 부르기 시작했고, 관악기와 현악기의 오묘한 연주 소리에 맞춰 악녀 초선이 소매를 나부끼며 춤을 추기 시작했다.

||| 四 |||

손님도 아니고, 주인도 아니고, 또 세상의 그 누구도 아닌, 초선의 눈동자는 오로지 춤추는 것에만 투명하게 빛나고 있었다.

추고 또 춘다. 초선은 소매를 나부끼며 춤을 추었다. 그녀를 위해 관악기와 현악기가 온갖 기교를 부리는 교방의 연주에 사람들은 취하지 않을 수가 없었다.

"으음, 좋구나."

동탁은 감탄을 연발하다가 한 곡이 끝나자 "한 곡 더."라고 청했다.

초선이 다시 일어나자 교방의 악공들은 더욱 기량을 뽐내며 연주했고, 초선은 춤을 추면서 애절하게 노래하기 시작했다.

> 홍아紅牙(타악기)로 박을 치니 제비처럼 날래게 움직이고
> 한 조각 지나가는 구름은 화당畵堂에 이르렀네
> 검은 눈썹은 나그네의 한을 재촉하고
> 두 뺨은 죽은 이의 애간장을 끊네
> 돈으로도 살 수 없는 천금千金의 웃음
> 버들 띠로 백보百寶의 단장을 하네

춤을 마치고 발 사이로 몰래 바라보니

누가 알았으랴 초楚나라 양왕襄王인 줄

눈은 초선의 자태에 고정하고 귀는 가사에 집중하며 듣고 있던 동탁은 그녀의 가무가 끝나자 몹시 감동한 모습으로 왕윤에게 말했다.

"왕 공, 저 여인은 대체 누구의 여식이오? 아무래도 평범한 교방 여인은 아닌 듯한데."

"마음에 드십니까? 저희 집의 악녀 초선이라는 아이이옵니다."

"그렇군. 이리 부르시오."

동탁은 흥분을 감추지 못했다.

"초선아, 이리 오너라."

왕윤이 손짓해 부르자 초선은 동탁 앞으로 와서 부끄러움에 고개를 들지 못했다. 동탁은 잔을 건네며 물었다.

"몇 살이냐?"

"……."

대답하지 않는다.

초선은 새끼손가락을 입술 옆에 있는 점에 대고 왕윤 쪽으로 고개를 숙였다.

"하하하, 부끄러우냐?"

"수줍음이 많은 아이입니다. 좀처럼 사람 앞에 나선 적이 없어서 그런가 봅니다."

"고운 목소리구나. 외모도, 춤도 훌륭하고. ……왕 공, 한 번 더 노래를 들려줄 수 있겠소?"

"초선아, 들었다시피 오늘 밤의 귀빈께서 네 노래를 더 듣고 싶어 하시는구나. 한 곡 더 들려드리도록 해라."

"예."

초선은 순순히 고개를 끄덕이고 단판檀板(민간의 타악기로 딱딱한 나무 세 쪽을 묶어 박자에 맞춰 노래한다)을 손에 들었다. 그리고 이번에는 조금 낮은 목소리로 손님 앞에서 노래를 부르기 시작했다.

한 점 앵두 같은 빨간 입술을 열어
두 줄의 부서진 옥이 따뜻한 봄을 내뿜고
정향의 혀는 강철의 칼을 토해내
간사난국姦邪亂國의 신하를 베려고 하네

"참으로 재미있구나."

동탁은 손뼉을 쳤다.

앞의 노래가 자신을 찬미하는 내용이라 지금의 노래가 자신을 가리켜 넌지시 간사난국의 신하라 한 것은 눈치채지 못했다.

"선녀란 바로 여기 있는 초선이를 두고 하는 말이로구나. 지금 미오성에도 아룸다운 여인이 많지만 초선이 같은 여인은 없소. 만약 초선이가 한 번 웃으면 장안의 미인들은 모두 빛을 잃을 게야."

"태사께서는 초선이가 그리도 마음에 드십니까?"

"음……. 난 오늘 밤 진정한 미인이라는 것을 처음으로 본 기분이오."

"바치겠습니다. 초선이도 태사께 사랑을 받는다면 더할 나위 없는 행복일 테니 말입니다."

"아니, 이런 미인을 나에게 주겠다는 말이오?"

"돌아가시는 마차에 태우고 가십시오. 그러고 보니 밤도 깊었는데 승상부의 문 앞까지 배웅해드리겠습니다."

"고맙소, 고마워. 왕윤 사도, 그럼 이 미녀는 내 마차에 태워 데리고 돌아가겠소."

동탁은 자신의 만족감을 무슨 말로 표현해야 할지 모를 정도로 기뻐하며 초선을 끌어안고 마차에 올랐다.

||| 五 |||

왕윤은 마음속으로 걸려들었다고 생각하면서 초선과 동탁이 탄 마차를 승상부까지 배웅했다.

"그럼⋯⋯."

승상부의 문 앞에 이르러 왕윤이 동탁에게 인사를 하려고 마차 안을 보니 초선의 눈동자가 물끄러미 자신에게 무언의 이별을 고하고 있었다.

"그럼, 이만 인사드리겠습니다."

왕윤은 한 번 더 되풀이해서 말했다. 그것은 초선에게 넌지시 건넨 인사였다.

초선의 눈동자에 눈물이 가득 맺혔다. 왕윤도 가슴이 미어져서 그 자리에 더는 있을 수 없었다.

왕윤은 황급히 집 쪽으로 방향을 돌려 걷기 시작했다. 그때 맞은편 어둠 속에서 두 줄로 횃불을 들고 급하게 달려오는 기마대가 보였다.

가까이 다가온 것을 보니 선두에 적토마를 탄 여포가 있었다. 놀랄 틈도 없이 여포는 왕윤을 보자마자 다짜고짜 소리부터 질렀다.

"이놈, 이제야 돌아가느냐!"

여포는 말 위에서 원숭이처럼 긴 팔을 뻗어 왕윤의 옷깃을 움켜잡고 큰 눈을 부라렸다.

"네놈이 어떻게 지난번엔 초선이를 나에게 주겠다고 약속해놓고 오늘 밤엔 동 태사에게 바칠 수 있단 말이냐? 고얀 놈, 나를 어린아이처럼 가지고 논 것이냐?"

왕윤은 놀라는 기색도 없이 그를 달래듯 말했다.

"장군은 어떻게 벌써 그 일을 알고 계십니까? 어쨌든 기다리세요."

여포는 더욱 화를 내며 말했다.

"방금 우리 집에 동 태사가 어떤 미인을 태우고 상부로 돌아갔다고 알려온 자가 있었다. 그런 일이 알려지지 않을 줄 알았더냐? 이 간에 붙었다 쓸개에 붙었다 하는 놈아. 여덟 팔자로 쭉 찢어 죽일 테니 각오해라!"

여포는 부하에게 명령하여 당장 끌고 가려고 했다.

왕윤은 손을 들어 제지하며 말했다.

"고정하십시오, 장군. 그토록 굳게 약속한 이 왕윤을 어찌 의심하십니까?"

"이놈, 아직도 지껄일 말이 남았느냐?"

"아무튼 저희 집으로 갑시다. 여기서는 이야기하기도 어려우니까."

"네놈의 헛바닥에 또다시 놀아날 줄 아느냐?"

"제 말을 들으시고 납득이 가지 않거든 그 자리에서 제 목을 베십시오."

"좋다, 가자."

여포는 왕윤을 따라갔다.

밀실로 들어간 왕윤은 "자초지종은 이렇습니다."라며 교묘하게
돌려서 말했다.

"실은 오늘 밤, 주연이 끝난 다음에 동 태사가 흥에 겨워 말씀하
시기를 공이 최근에 여포에게 초선이를 주겠다고 약속했다는데
그 여인을 일단 나에게 맡겨두시게. 그럼, 길일을 택해 내가 성대
한 연회를 마련하여 기습적으로 여포와 짝지어주고 술자리의 흥
으로서 크게 웃으며 축하할 생각이니까, 라고 말씀하셨소."

"뭐? ……그럼 동 태사가 나를 놀릴 심산으로 데리고 가셨단 말
인가?"

"그렇소. 장군의 부끄러워하는 얼굴을 주연에서 보고 손뼉을 치
며 기뻐하겠다는 생각이신 모양이오. 그래서 모처럼의 존명을 거
스를 수도 없는 노릇이기에 초선이를 맡긴 것이오."

"아아, 그렇게 된 것이군……."

여포는 머리를 긁적이며 덧붙였다.

"경솔하게 사도를 의심해서 정말 미안하오. 오늘 밤의 죄는 만
번 죽어도 마땅하지만, 너그러이 용서해주시오."

"아닙니다. 오해가 풀렸으니 그것으로 됐습니다. 반드시 가까운
시일 내에 장군을 위해 성대한 연회가 베풀어질 것입니다. 그 아
이도 필시 기다리고 있을 것입니다. 조만간 그 아이가 춤출 때 입
는 의상과 화장 도구 일체를 장군 댁으로 보내도록 하겠습니다."

여포는 그 말을 듣자 삼배하고 돌아갔다.

질투

||| 一 |||

봄은 장부의 가슴에도 고뇌의 피를 끓게 한다.

여포는 왕윤의 말을 믿고 그날 밤 순순히 집으로 돌아갔지만, 왠지 모르게 잠을 이루지 못하고 밤 늦도록 뒤척이기만 했다.

'초선이는 지금쯤 뭘 하고 있을까?'

그런 생각만이 자꾸 맴돈다.

동 태사의 집에 따라갔다는 초선이가 어떻게 하룻밤을 보내고 있을지 망상에 사로잡혀서 결국엔 침상에 가만히 누워 있을 수가 없게 되었다.

여포는 발을 걷고 창밖을 내다보았다. 그리고 그녀가 있는 승상부 쪽 하늘을 우두커니 바라보고 있었다.

기러기가 울며 지나간다. 으스름달도 하늘을 흘러간다. 날은 아직 새지 않았는데 구름이며 땅이 어디서부턴가 희끄무레하게 밝아왔다. 뜰 앞을 보니 해당화는 밤이슬을 머금고 황매화는 밤안개에 고개를 떨구고 있었다.

"아아."

그는 신음을 토하며 다시 침상에 누웠다.

'이렇게 마음이 어지러울 정도로 근심하는 것은 태어나서 처음

이구나. 초선아, 초선아, 너는 어째서 그토록 매혹적인 눈으로 나의 마음을 사로잡아버린 것이냐?'

그는 날이 새기를 애타게 기다렸다.

그러나 아침이 되자 그는 의연한 무장으로 돌아왔다. 그의 집에도 많은 무사가 있었다. 그는 아침 햇빛을 받으며 여느 때와 다름없이 씩씩하게 적토마를 타고 승상부로 향했다.

특별히 급한 용무가 있는 것은 아니었으나 그는 곧장 동탁의 관저로 가서 호위대장에게 물었다.

"태사께서는 일어나셨는가?"

"아직 발을 걷지 않은 것 같습니다."

호위대장은 별당의 비원을 돌아보며 무표정한 얼굴로 대답했다.

"그렇군."

여포는 왠지 모르게 불안한 마음이 들었지만, 일부러 한가롭게 햇빛을 바라보며 말했다.

"벌써 오시午時(11시~13시)가 다 되어 가는데 아직도 주무신단 말인가?"

"별당의 복도도 저렇게 닫혀 있으니까요."

봄의 정원에서 새들이 조용히 지저귀고 있었다. 발을 드리운 채 조용한 침전은 해가 중천에 뜬 줄도 모르는 듯했다.

여포는 난감한 얼굴로 다소 거칠게 또 물었다.

"태사께서는 어젯밤 많이 늦게 잠자리에 드셨는가?"

"예, 왕윤 댁의 연회에 초대되어 가셨다가 기분이 무척 좋아서 돌아오셨으니까요."

"대단히 아름다운 여인을 데리고 오셨다지?"

"아, 장군도 벌써 알고 계셨습니까?"

"음, 왕윤 댁의 초선이라면 유명한 미인이니까."

"그렇습니다. 태사께서 늦게까지 주무시는 것은 그 때문이죠. 어젯밤 그 미인과 함께 보내며 봄날의 짧은 밤을 한탄하셨을 겁니다. ……어쨌든 오늘은 날씨가 좋습니다."

"저쪽에서 기다리고 있을 테니 태사께서 기침하시거든 알려주게."

무의식중에 여포의 눈에 분노의 빛이 서렸다.

그는 승상부의 한 방에서 멍하니 팔짱을 끼고 앉아 있었다. 신경이 쓰이는지 이따금 연못 맞은편의 방을 바라본다. 별당의 침전은 정오가 되어서야 겨우 창문을 연 듯했다.

"태사께서 지금 막 기침하셨습니다."

아까 그 호위대장이 알리러 왔다.

여포는 안내도 기다리지 않고 동탁이 있는 별당으로 들어갔다. 그리고 복도에 잠시 멈춰 서서 안을 엿보니 침실 깊은 곳에 연꽃 무늬 발이 아직 흐트러져 있고 간밤에 어떤 관계를 맺었는지 거울을 향해 연지를 바르고 있는 여인의 뒷모습이 보였다.

||| 二 |||

여포는 이성을 잃고 침실의 문 앞까지 다가갔다.

"아…… 초선아."

그는 울고 싶을 만큼 가슴이 미어졌다. 7척의 대장부가 영혼을 쥐어뜯긴 채 생각에 잠겨서 그 자리를 뜨지 못하고 거울에 비친 그녀 쪽을 흘깃거리며 훔쳐보고 있다.

펄펄 끓는 그의 마음 한구석에서는 이런 생각이 들었다.

'초선이는 어젯밤에 처녀의 순결을 잃었다. ……이 침실에는 아직도 흐느껴 우는 소리가 남아 있는 듯하구나. ……아아, 동 태사도 너무하는군. 초선이도 마찬가지고. ……아니면 왕윤이 나를 속인 걸까? 아니야. 동 태사가 요구하니 연약한 초선이도 어쩔 수 없었을 거야.'

그의 창백한 얼굴이 어쩌다가 방 안의 거울에 비쳤다.

초선은 깜짝 놀라서 돌아보았다.

"어머?"

"……"

여포는 원망스러운 눈빛으로 그녀의 얼굴을 가만히 응시했다. 초선은 순간 비를 머금은 배꽃처럼 부르르 떨었다.

'용서해주세요. 저의 본심이 아니었어요. 가슴을 쓸어내리며…… 참고 있는…… 저의 이 괴로운 심정도 알아주세요.'

그녀는 동정을 구하듯, 매달려 울고 싶은 듯, 소리 없는 감정을 눈과 자태에 담아서 여포에게 호소했다.

그때 벽 뒤에서 동탁의 목소리가 들렸다.

"초선아…… 누가 왔느냐?"

여포는 깜짝 놀라서 발소리를 죽이고 몇 걸음 뒤로 물러났다가 다시 그 자리에서 일부러 성큼성큼 당당하게 들어갔다.

"여포입니다. 태사께서는 기침하셨습니까?"

여포는 평소와 다름없는 태도를 꾸미며 인사했다.

봄밤의 꿈에서 아직 깨지 않은 얼굴을 하고 뒤룩뒤룩 살진 몸으로 원앙 침상에 누워 있던 동탁은 갑작스러운 여포의 발소리에 놀라서 몸을 일으켰다.

"누군가 했더니 봉선이구나. ……누구의 허락을 받고 침실에 들어왔느냐?"

"아니, 지금 막 기침하셨다고 호위대장이 알려주어서."

"도대체 무슨 급한 일이기에?"

"저……."

용건을 묻자 여포는 우물거렸다. 침실까지 와서 명을 청할 정도로 급한 용건은 아무것도 없었다.

"실은…… 밤새 왠지 모르게 잠을 푹 잘 수가 없었는데, 선잠 속에서도 태사께서 병에 걸리신 꿈을 꾼 터라 걱정이 되어 날이 새자마자 승상부로 급히 달려온 것입니다. 하지만 별고 없으신 모습을 보고 안심했습니다."

"무슨 소리를 하는 것이냐?"

동탁은 그가 횡설수설하자 수상히 여기며 혀를 찼다.

"일어나자마자 별 해괴한 소리를 다 듣는구나. 그런 흉몽을 일부러 전하러 오는 놈이 어디 있느냐?"

"송구합니다. 늘 태사의 건강을 염려하고 있는지라."

"거짓말 마라! 네 모습이 어딘지 수상하구나. 너의 그 어두운 눈빛은 무엇이냐? 안절부절못하는 그 꼴은 또 뭐고? 썩 물러가라!"

"예."

여포는 고개를 숙인 채 인사하고 풀이 죽어서 초라하게 물러났다.

그날, 일찌감치 집에 돌아온 여포의 안색이 좋지 않자 그의 아내가 걱정스러운 듯 물었다.

"혹시 태사의 기분이라도 상하게 하셨나요?"

그러자 여포는 아내에게 버럭 소리를 질렀다.

"시끄러워! 동 태사가 뭐라고! 아무리 동 태사라도 이 여포를 누를 수 있을 것 같아? 넌 그럴 수 있다고 생각해?"

||| 三 |||

그날 이후 여포는 눈에 띄게 달라졌다. 승상부에도 늦게 출근하거나 아예 나가지 않을 때도 있었고, 밤에는 술에 취하고 낮에는 미친 듯이 욕을 퍼부었다. 또 온종일 멍하니 몹시 우울한 모습으로 말 한마디 하지 않는 날도 있었다.

"어떻게 된 일이에요?"

아내가 물으면 "시끄러워!"라고만 할 뿐이었다.

침상을 구르며 울고, 우리 속의 맹수처럼 방 안을 혼자 어슬렁거리며 뺨을 눈물로 적시기도 했다.

그렇게 한 달 남짓의 시간이 흐르자 괴롭게만 보이던 후원의 봄 경치도 그 빛이 희미해지고 연푸른 나무에 초여름의 햇빛이 날이 갈수록 뜨거워질 때였다.

"일은 고사하고 요즘 문안도 드리지 않으니 큰 은혜를 입은 태사께 등을 돌렸다고 의심을 살까 두렵네요."

그의 아내는 끊임없이 충고했다.

최근 동 태사가 무거운 병은 아니지만, 병상에 있으니 등청할 것을 수시로 권했던 것이다.

"그래, 등청도 하지 않고 문안마저 가지 않으면 안 되지."

여포도 오랜만에 기분이 좋아진 듯 승상부로 갔다.

그리고 동탁의 병상을 찾아가니 본시 그의 무용을 사랑하여 그를 거의 양자처럼 여기던 동탁은 언젠가 화를 내며 쫓아버렸던 일은 이미 잊어버린 얼굴로 말했다.

"오오, 봉선이구나. 요즘 몸이 성치 않아서 쉬고 있다더니, 그래 몸은 좀 어떠냐?"

여포는 오히려 환자에게서 위로를 받았다.

"별거 아닙니다. 지난 며칠 술이 좀 과했나 봅니다."

여포는 씁쓸하게 웃었다.

그리고 문득 옆에 있는 초선이를 곁눈질해 보았더니 지난 보름여 동안 동탁의 머리맡을 떠나지 않고 허리띠건 옷자락이건 풀 새도 없이 성심으로 간호하느라 얼굴이 조금 여윈 것처럼 보이자 순간 질투심에 온몸의 피가 거꾸로 솟는 듯했다.

'처음엔 마음에도 없는 남자였어도, 시간이 흐르면서 어느새 몸도 마음도 빼앗겨버리는가 보구나.'

여포는 어디 하소연할 데도 없는 번민에 휩싸였다.

동탁이 기침을 했다.

그사이에 여포는 자신의 감정이 드러난 표정을 들키지 않으려고 병상 가까이에서 물러났다. 그리고 동탁의 등을 쓰다듬고 있는 초선의 새하얀 손을 뭔가에 홀린 사람처럼 바라보고 있었다.

그때 초선이 동탁의 귀에 얼굴을 바싹 대고 속삭였다.

"잠시 조용히 쉬시는 것이 좋겠어요……."

이불을 덮어주고, 자신도 가슴께까지 이불을 올렸다.

여포의 눈에서 불꽃이 튀었다. 그의 온몸은 돌처럼 움직일 줄 몰랐다. 초선은 병자의 눈을 피해 얼굴을 돌리고 소매로 눈물을 훔쳤다. ……하염없이 울고 있다.

'괴로워요, 너무 괴로워요. 사모하는 분과는 이야기조차 나누지 못하고 이렇게 언제까지나 마음에도 없는 사람과 한방에서 지내야 하다니. 당신은 정말 무정하시네요. 요즘엔 모습조차 보여주지 않으시고! 당신을 보는 것만으로도 저에겐 많은 위로가 되는 것을.'

물론 소리 내어 말할 수는 없지만, 그녀의 눈물과 젖은 속눈썹과 말 못 하는 입술의 떨림은 말 이상으로 사무치게 여포의 가슴에 그 마음을 이야기하고 있었다.

'……아아, 그럼 그대는.'

여포는 창자가 끊어지는 듯한 심정 속에서도 온몸의 피가 기쁨으로 끓어오르는 것을 참을 수 없었다. 무턱대고 그녀의 뒤로 다가갔다. 그리고 그 하얀 목덜미를 와락 끌어안으려고 했지만, 병풍 모서리에 검의 장식이 걸려 무심결에 몸을 웅크렸다.

"뭘 하는 것이냐?"

그 순간 병상의 동탁이 크게 소리치며 몸을 일으켰다.

||| 四 |||

여포는 몹시 당황해서 침상 끝으로 물러나며 말했다.

"아니, 별일 아닙니다."

"잠깐만."

동탁은 아픈 것도 잊고 이마에 핏대를 세웠다.

"지금 너는 내 눈을 속이고 초선이를 희롱하려고 했다. 내가 총애하는 아이에게 음탕한 짓을 하려고 했지?"

"아닙니다. 절대로 그런 짓은 하지 않았습니다."

"그럼 왜 병풍 안으로 들어오려고 했느냐? 언제까지 그런 곳에서 음탕한 표정으로 얼쩡거릴 거야?"

"……."

변명할 말이 없는 여포는 새파랗게 질려서 얼굴을 숙였다.

그는 말주변이 좋은 선비가 아니다. 또 기지를 발휘할 줄 아는 사람도 아니다. 그래서 이렇게 추궁을 당하면 어쩔 줄을 모르고 참담하게 입술만 씹을 뿐이었다.

"괘씸한 놈! 은총을 베풀었더니 제 분수도 모르고 머리끝까지 기어오르려고 하는구나! 앞으로 이 방에 한 발자국이라도 들여놓았다가는 용서치 않겠다! 아니, 내 명령이 있을 때까지 집에서 근신토록 하라. 썩 물러가라. 아무도 없느냐? 여포를 끌어내라."

동탁은 머리끝까지 화가 나서 온갖 욕을 퍼부었다.

침실 밖에서 무장과 호위무사 들이 우르르 몰려오는 발소리가 들렸다. 하지만 여포는 그들을 기다리지 않았다.

"다시는 오지 않겠습니다!"

이렇게 말하고 몸을 일으켜 순식간에 침실 밖으로 나가 버렸다. 그와 거의 엇갈려서 이유가 들어왔다.

"무슨 일입니까, 무슨 일이 일어났습니까?"

아직 화가 풀리지 않은 동탁은 여포가 이 병실에서 자신이 총애하는 여인을 희롱하려고 한 죄를, 그 못된 짓을 증오하면서 침을 튀기며 말했다.

"난처하게 됐군요."

이유는 냉정했다. 쓴웃음까지 지으며 듣고 있다가 말했다.

"과연 괘씸한 놈입니다. 하지만 태사, 천하를 호령하겠다는 대망을 갖고 계신다면 그런 소인배의 사사로운 죄는 웃고 용서하시는 관용도 베풀 줄 알아야 합니다."

"바보 같은 소리!"

동탁은 용납하지 않았다.

"그런 일을 용서했다간 기강이 흐트러질 텐데, 주종 간의 관계는 어떻게 되겠는가."

"하지만 지금 여포가 변심하여 태사에게서 도망이라도 치면 큰일을 이루기 어렵습니다."

"……."

동탁도 이유가 말하고 있는 사이에 다소 노여움이 가라앉았다. 아끼는 여인 한 명보다는 물론 천하가 중요했다. 아무리 초선을 아낀다 해도 그 야망을 전부 버릴 수는 없었다.

"그런데 이유, 여포가 오히려 오만방자하게 소리를 지르고 돌아가 버렸는데, 그럼 어떻게 하면 되겠는가?"

"거기까지 생각이 미치셨다면 걱정 없습니다. 여포는 단순한 자입니다. 내일 불러서 재물을 내리고 다정하게 타이르면 감격하여 앞으로는 반드시 조심할 것입니다."

동탁은 이유의 충언을 받아들여 이튿날 여포를 불렀다.

무슨 문책을 받을까 각오하고 와 보니 뜻밖에도 황금 열 근과 비단 스무 필을 내리며 동탁이 입을 열었다.

"어제는 아픈 탓인지 짜증이 나서 너를 꾸짖었지만, 나는 누구보다도 너를 굳게 믿고 있다. 나쁘게 생각하지 말고 전처럼 내 곁에 머물며 매일 이곳에도 얼굴을 보이도록 해라."

동탁이 위로하자 여포는 오히려 더 괴로워졌다. 그러나 주군의 따뜻한 말에 무릎을 꿇고 그 은혜를 감사한 후 그날은 말없이 물러났다.

갓끈을 끊은 연회

그 후 며칠이 지나 동탁의 병도 말끔히 나았다.

그는 또 그 비대하고 강건한 몸을 자랑하듯이 밤낮 초선과 어울리며 밭 너머의 어리석은 꿈에 지칠 줄을 몰랐다.

여포도 그 후로는 이전보다 약간 말수가 줄어들긴 했지만, 날마다 직무에 정진하며 출근도 거르지 않았다.

동탁이 조정에 나갈 때는 여포가 적토마를 타고 반드시 호위군의 선두에 섰고, 동탁이 전상殿上에 있을 때는 또 반드시 여포가 창을 들고 서서 그 아래에서 호위했다.

어느 날, 천자에게 정사에 대해 상주하기 위해 동탁이 대전에 들어가자 여포는 여느 때처럼 창을 들고 내문内門에 서 있었다.

피 끓는 대장부일수록 더 나른한 졸음을 느끼게 하는 날이다. 여포는 이리저리 날아다니는 나비를 보면서도 졸음이 쏟아지자 눈을 들어 여름에 가까운 태양 빛에 반짝이는 나무들의 푸른 잎사귀와 붉은 꽃을 바라보며 번뇌에 사로잡혀 있었다.

'초선이는 뭘 하고 있을까?'

문득 초선에게 생각이 미쳤다.

'오늘은 필시 동탁의 퇴궐이 늦을 거야. ……그래, 그사이에.'

갑자기 사모思慕의 불길이 치솟은 그는 활과 방패를 내던진 채 어디론가 뛰기 시작했다.

동탁이 없는 틈을 노려 혼자 승상부로 돌아간 것이다. 그리고 은밀히 별당으로 가서 목소리를 낮춰 초선이를 부르며 방에 들어가 발을 들췄다.

"초선아, 초선아."

"누구세요?"

초선은 창에 기대어 홀로 후원을 내다보고 있다가 여포를 보자 달려와서는 그의 품에 안겼다.

"아아. 아직 태사께서는 조정에서 돌아오시지 않았는데, 어떻게 당신만 돌아오셨어요?"

"초선아, 괴롭구나."

여포는 신음하듯이 말했다.

"이 괴로운 심정을 너는 모른단 말이냐? 실은 오늘 태사의 퇴궐이 늦을 것 같기에 잠시라도 널 보고 싶어서 나 혼자 몰래 이리로 달려온 것이다."

"그럼…… 그렇게까지 소녀를 생각하고 계셨단 말씀인가요? ……기뻐요."

초선은 그의 불같은 눈동자를 보다가 갑자기 겁이 났는지 말했다.

"여기 있다가 다른 사람의 눈에 띄면 큰일나요. 바로 뒤따라갈 테니 후원 안쪽에 있는 봉의정鳳儀亭에서 기다려주세요."

"꼭 올 거지?"

"왜 거짓말을 하겠어요?"

"좋아. 그럼 봉의정에 가서 기다리고 있을게."

여포는 정원으로 훌쩍 뛰어내렸다. 그리고 나무와 나무 사이를 달려가 후원의 후미진 곳에 있는 봉의정으로 가서 초선을 기다렸다.

초선은 그가 떠나자 서둘러 화장을 하고 아무도 모르게 봉의정 쪽으로 걸음을 옮겼다.

버드나무 잎은 푸르고, 꽃은 붉었다. 인적이 없는 비원은 무르익은 봄 향기에 흠뻑 젖어 있었다.

초선은 버드나무 가지 사이에서 가만히 봉의정 주위를 둘러보았다.

여포는 창을 세우고 봉의정의 휘어진 난간에 서 있었다.

‖‖ 二 ‖‖

난간 아래는 연못이었다.

봉의정으로 연결되는 붉은 다리 쪽으로 초선의 그림자가 다가왔다. 꽃 사이를 지나 버드나무 가지를 헤치며 나타난 그녀는 달의 궁전에서 내려온 선녀가 아닐까 의심이 들 정도로 정말 아름다웠다.

"여포 장군님."

"오……."

두 사람은 봉의정의 벽 쪽에 붙었다. 그리고 한동안 아무 말 없이 그대로 있었다. 여포는 몸에서 피가 타는 것 같았다. 꿈인지 생시인지도 몰랐다.

"초선아, 어떻게 된 일이냐?"

"……."

"아아, 초선아."

여포는 그녀의 어깨를 흔들었다. 그의 가슴에 얼굴을 묻고 있던 그녀가 갑자기 훌쩍훌쩍 울기 시작했기 때문이다.

"나와 이렇게 만난 것이 넌 기쁘지 않은 것이냐? 도대체 왜 이렇게 우느냐?"

"아니에요. 너무 기쁜 나머지 가슴이 벅차올라서 그래요. 들어보세요. 장군님, 소녀는 왕윤 님의 친딸이 아니에요. 외로운 고아였죠. 하지만 소녀를 친딸처럼 사랑해주시는 왕윤 님은 장차 반드시 늠름한 영걸을 골라 짝지어주겠다고 언제나 말씀하셨어요. 그래서 장군님을 초대한 그날 밤, 은근슬쩍 소녀와 장군님을 대면시켜주시기에 소녀는 장군님을 첫눈에 보고 이것으로 제 평생의 소원이 이루어졌구나 싶어 그날 밤부터 장군님을 꿈에서도 볼 만큼 행복해하고 있었답니다."

"음…… 음."

"그런데 그 후 동 태사로 인해 마음에 품고 있던 소원의 꽃송이가 무참히 짓밟히고 말았어요. 태사의 권력에 울면서 마음이 내키지 않는 밤을 보냈지요. 이제 이 몸은 이전의 순결한 몸이 아니에요. ……아무리 마음만은 전과 다름없다 해도 더럽혀진 몸으로는 장군님을 모실 수 없으니, 그 생각을 하면 무섭기도 하고 분하기도 해서……."

초선은 주위에 들릴 정도로 오열하며 그의 가슴에서 하염없이 울다가 갑자기 울부짖었다.

"장군님, 부디 소녀의 마음만은 측은히 여기시고 잊지 말아주세요."

그러더니 난간 쪽으로 달려가 연꽃이 피어 있는 연못에 몸을 던지려고 했다.

"무슨 짓이냐!"

여포는 깜짝 놀라서 그녀의 허리를 부둥켜안았다. 초선은 그의 손에서 빠져나가려고 있는 힘껏 발버둥치며 말했다.

"아니, 아니요. 죽게 내버려두세요. 살아 있어봐야 당신과는 이 세상에서 이제 인연이 없고, 그저 날마다 마음은 괴롭고 몸은 인정 없는 태사의 노리개가 되어 매일 밤 고역을 치러야 합니다. 차라리 후세에서의 인연을 바라며 저승에 가서 기다리고 있겠어요."

"어리석은 소리를 하는구나. 내세를 바라기보다는 이번 생을 즐겨야지. 초선아, 조만간 반드시 너의 바람에 부응하겠으니 죽겠다는 경솔한 생각은 하지 말거라."

"네? 정말인가요? 지금 진심으로 하신 말씀이세요?"

"사랑하는 여자를 이번 생에서 아내로 삼지도 못하는 자가 어찌 세상의 영웅으로 불릴 자격이 있단 말이냐!"

"장군님, 혹시 그 말이 진심이시라면 부디 지금 당장 소녀를 구해주세요. 지금은 하루가 1년보다 더 긴 것 같으니까요."

"때를 기다리자. 그리 오래지 않을 것이다. 또 오늘은 늙은 도적을 따라 궁에 들었다가 잠깐 짬을 내어 여기에 온 것이니 혹시 늙은 도적이 궁에서 나오면 즉시 내가 없어진 것을 알아챌 것이다. 조만간 또 기회를 만들어 보러 오마."

"벌써 돌아가시려고요?"

초선은 그의 소매를 잡고 놓지 않았다.

"장군님은 세상에 견줄 사람이 없는 영웅이라고 들었는데, 어째서 힘없는 늙은이를 그리도 두려워하며 그 밑에 있는 건가요?"

"그게, 그런 것이 아니다."

"소녀는 태사의 발소리만 들려도 온몸이 떨리기 시작해요. ……
아아, 영원히 이렇게 있고 싶어요."

초선은 더욱 매달리며 눈물을 비처럼 쏟았다. 그때 동탁이 조정
에서 돌아와 심상치 않은 낯빛으로 저쪽에서 걸어왔다.

||| 三 |||

'그런데 초선이는 보이지 않고, 여포는 또 어디로 간 거야?'

동탁의 눈은 시기와 의심으로 불타고 있었다. 그는 지금 막 조
정에서 나왔다. 여포의 적토마는 늘 있던 자리에 매여 있는데, 여
포가 보이지 않았다. 수상히 여기면서 마차를 타고 승상부로 돌아
와보니 초선이의 옷은 옷걸이에 걸려 있는데, 초선이가 보이지 않
았다.

'그렇다면.'

그는 시녀를 불러서 일단 초선의 행방을 물어보고 몸소 둘을 찾
아 후원으로 온 것이었다.

두 사람은 봉의정의 굽은 난간에 웅크리고 앉아 울고 있었다.
초선은 동탁의 모습이 저 멀리 보이자 당황하여 여포의 품에서 재
빨리 빠져나왔다.

"앗…… 왔어요."

"이런…… 어떡하지?"

여포도 놀라서 당황하고 있는 사이에 동탁이 벌써 달려와서 고
함을 쳤다.

"못된 놈, 이렇게 훤한 대낮에 그런 곳에서 뻔뻔하게 무슨 짓이냐?"

여포는 아무 말도 못 하고 봉의정의 붉은 다리에서 뛰어내려 연

못가로 달려갔다. 여포가 옆으로 스쳐 지나갈 때 동탁은 그의 창을 빼앗았다.

"이놈, 어딜 가려고!"

여포가 그의 팔뚝을 치자 동탁은 빼앗은 창을 떨어뜨렸다. 뚱뚱한 동탁은 몸을 굽혀 줍는 데도 몹시 굼떴다. 그사이에 여포는 벌써 50보나 도망쳐버렸다.

"괘씸한 놈!"

동탁은 거구의 몸으로 고꾸라지듯 쫓아가며 소리쳤다.

"서라, 이놈. 게 서지 못할까, 이 괘씸한 놈아!"

그때 맞은편에서 달려오던 이유가 실수로 동탁의 가슴을 들이받았다. 동탁은 술통처럼 땅바닥을 뒹굴었고, 화가 더 나서 꽥 소리를 질렀다.

"이유, 너까지 나를 들이받아서 저 괘씸한 놈을 도우려는 것이냐? 불의를 저지른 저놈을 왜 잡지 않는 것이냐?"

이유는 황급히 그의 몸을 부축해 일으키며 말했다.

"누가 불의를 저질렀단 말입니까? 지금 저는 후원에서 사람 목소리가 나기에 무슨 일인가 싶어 나왔다가 여포가 태사께서 미쳐서 죄도 없는 자기를 죽이려고 쫓아오시니 제발 도와달라고 하기에 놀라서 달려오는 길입니다만."

"무슨 바보 같은 소리를 하는 것이냐? 난 미치지 않았다. 내 눈을 피해 대낮에 초선이를 희롱하고 있는 것을 나한테 들켜서 당황한 나머지 그런 헛소리를 하고 도망친 것이다."

"그래서 평소와는 달리 여포가 핏기가 가신 얼굴로 허둥지둥하고 있었군요?"

"어서 붙잡아 와. 저놈의 목을 치겠다."

"예. 허나 그렇게 화내지 마시고 태사께서도 일단 좀 진정하십시오."

이유는 동탁의 신발을 주워와서 그의 발 앞에 가지런히 놓았다. 그리고 서재로 인도한 후 그의 발밑에 엎드려 재배하며 사죄했다.

"실수이긴 하지만 좀 전에 태사님의 몸을 들이받아 쓰러뜨린 죄, 죽어 마땅합니다."

동탁은 여전히 분이 가시지 않은 얼굴을 가로저으며 말했다.

"그런 일은 아무래도 상관없다. 빨리 여포나 잡아서 나에게 그놈의 머리를 가지고 와."

이유는 어디까지나 냉정했다. 동탁이 화내는 것을 마치 어린아이의 투정인 양 쓴웃음을 지으며 흘려듣고 간언했다.

"황공하오나 그것은 좋은 생각이 아닌 듯하옵니다. 여포의 머리를 베는 것은 자신의 목에 스스로 칼을 맞는 것과 같은 일입니다."

"무슨 말이야? 불의를 저지른 놈을 응징하는 것이 왜 좋지 않다는 거야?"

동탁은 그렇게 말하고 무슨 일이 있어도 여포를 잡아 참하라고 명령했지만, 이유가 다시 반대하며 말했다.

"상책이 아닙니다. 절대로 안 됩니다."

이유는 고집스럽게 그다운 이성을 잃지 않았다.

"태사의 분노는 사적인 노여움에 지나지 않습니다. 제가 말씀드리는 것은 사직社稷을 위해서입니다. ……옛날에 이런 이야기가 있었습니다."

이유는 옛날에 있었던 일을 예로 들어 이야기하기 시작했다.

초楚나라 장왕莊王 때의 일이다.

어느 날 장왕이 초성楚城 안에서 성대한 연회를 베풀어 무공을 세운 장수들을 위로했다. 그런데 연회 중간쯤에 갑자기 서늘한 바람이 불어와 연회장 안의 등불을 모두 꺼버렸다.

장왕이 빨리 불을 밝히라며 근처에 있는 신하들에게 재촉했지만, 좌중의 장수들은 오히려 덕분에 시원해졌다며 흥겹게 떠들어댔다.

그 와중에 장수들을 대접하기 위해 술을 따르던 장왕의 총희를 한 장수가 희롱하며 입술을 훔치는 일이 발생했다. 총희는 비명을 지르려다 꾹 참고, 그 무장의 갓끈을 잡아떼어 장왕 곁으로 도망쳤다. 그리고 장왕의 무릎에 엎드려 울음 섞인 목소리로, 그러나 자신이 정조를 지켰다는 걸 과장하듯 호소했다.

"이 안에서 누군가가 어두워진 틈을 타 음란하게 저를 희롱한 자가 있었습니다. 빨리 등불을 밝혀서 그자를 혼내주십시오. 갓끈이 떨어진 자가 그 장본인입니다."

그러자 장왕은 무슨 생각을 했는지 마침 등불을 밝히려는 근신을 제지하며 말했다.

"잠깐 멈추거라. 지금 나의 총희가 하찮은 일로 나에게 호소했는데, 오늘 밤은 애초에 나의 마음을 담아 제장의 무공을 위로할 생각이었다. 공들의 기쁨은 나의 기쁨, 술자리에서 흥이 오르면 지금 같은 일은 흔히 있게 마련. 오히려 공들이 오늘 밤의 연회를 그만큼 편한 마음으로 즐겨주었다니 나도 기쁘구나."

그러고는 이어서 명했다.

"지금부터는 더욱 지위 고하를 따지지 말고 밤을 새워 마시도록 하자. 자, 다들 갓끈을 떼도록 하라."

그렇게 모든 사람이 갓끈을 뗀 후에 등불을 다시 밝히게 하자 총희의 기지는 허무해지고 누가 여자의 입술을 훔친 장본인인지 모르게 되었다.

그 후 장왕은 진秦과의 대전에서 진나라 대군에 둘러싸여 겹겹이 포위된 가운데 꼼짝없이 죽게 되었을 때, 한 용사가 어지럽게 싸우고 있는 병사들을 헤치고 장왕 옆으로 달려와 마치 하늘에서 내려온 수호신인 양 죽기 살기로 싸워 적을 막아내며 온몸이 피투성이가 되면서도 장왕을 들쳐업고 결국 한쪽 혈로를 뚫고 장왕의 목숨을 구해냈다.

장왕은 심하게 부상 당한 그를 보고 물었다.

"안심하게. 이제 우리의 목숨은 안전해졌네. 그런데 대체 자네는 누구인가? 그리고 무슨 연유로 이처럼 대신 칼을 맞아가면서까지 나를 지켜주었는가?"

"예. 저는 지난해 초성에서 열린 연회에서 왕의 총희에게 갓끈을 뜯겼던 치한입니다."

중상을 입은 그는 빙그레 웃으며 이렇게 대답하고는 죽었다고 한다.

이유는 이야기를 맺으며 덧붙였다.

"말할 필요도 없이 그는 장왕의 큰 은혜에 보답한 것입니다. 세상에서는 이 미담을 절영지회絶纓之會라고 전하고 있습니다. ……태사께서도 아무쪼록 장왕의 넓고 큰 도량을 본받으시길 바랍니다."

동탁은 고개를 숙이고 듣고 있다가 깨달음을 얻고 이유의 간언을 받아들였다.

"알겠네. 여포를 살려두기로 하지. 더는 화내지 않겠네."

||| **五** |||

이유는 이미 여포가 동탁에게 어떤 불만을 품고 있는지 대충 헤아리고 있었기 때문에 곤란하게 됐다며 내심 초선에게 빠져 있는 동탁 때문에, 또 그런 동탁에게 분노를 품고 있는 여포 때문에 속을 끓이던 참이었다.

그래서 '절영지회'의 고사를 끌어들여 알아듣기 쉽게 간언한 것이었다.

"잊어버리자. 여포를 용서하자."

다행히 동탁도 어리석지만은 않았기 때문에 마음을 열고 깨달은 모습이어서 이것은 태사의 현명함에 의한 것이자 패업 만세의 근본이라고 생각하여 여포에게도 즉시 그 사실을 알리고 마음을 푹 놓고 있었다.

동탁은 이유를 물러가게 한 뒤 바로 별당으로 들어갔는데, 초선은 아직도 장막에 매달려 혼자 훌쩍훌쩍 울고 있었다.

"어찌 우느냐? 여자가 틈을 보이니까 남자가 희롱하려 드는 것이다. 너에게도 절반의 책임은 있다."

동탁이 평소와 다르게 꾸짖자 초선은 더욱 슬퍼하며 말했다.

"하지만 태사께서는 늘 여포는 내 자식과 마찬가지라고 말씀하시지 않았습니까? 그래서 소녀도 태사의 양아들이라고 생각하여 존중하고 있었습니다. 그런데 오늘은 무서운 얼굴로 창을 들이대며 소녀를 위협하여 억지로 봉의정으로 끌고 가서 그런 짓을……."

"아니, 곰곰이 생각해보니 나쁜 것은 너도 여포도 아니었다. 내가 어리석었어. 초선아, 내가 중매를 서서 너를 여포의 아내로 주겠다. 널 그토록 잊지 못하며 연모하고 있는 여포다. 너도 그를 사랑해줄 수 있겠지?"

동탁이 눈을 감고 말하자 초선은 몸을 던져 그의 무릎에 매달리며 말했다.

"무슨 말씀이세요? 태사에게 버려지고 그런 난폭한 종놈의 아내가 되라는 말씀인가요? 끔찍한 일입니다. 죽어도 그런 욕은 보지 않겠습니다."

그녀가 갑자기 동탁의 검을 뽑아 자신의 목을 찌르려고 하자 동탁은 화들짝 놀라 그녀의 손에서 검을 빼앗았다.

초선은 통곡하며 마루에 엎드렸다.

"……예, 이제 알겠습니다. 이건 분명 이유가 여포에게 부탁을 받고 태사께 그런 진언을 한 것이 틀림없습니다. 그 사람과 여포는 늘 태사께서 안 계실 때는 둘이서 뭔가를 숙덕거리고 있었으니까요. ……그렇네요. 태사께서는 이제 저보다도 이유나 여포를 더 사랑하시는군요. 저 같은 것은 이제……."

동탁은 갑자기 초선을 무릎 위로 안아 올리더니 눈물로 젖은 그녀의 볼과 입술에 자신의 얼굴을 비비면서 말했다.

"울지 마라. 울지 마라, 초선아. 지금 한 말은 농담이었다. 아무려면 널 여포 따위에게 주겠느냐? 내일 미오성으로 돌아가자. 미오성에는 30년 치의 군량과 수백만의 군사가 있다. 대업을 이루면 너를 귀비로 삼고, 이루지 못하더라도 부잣집 아내로서 오래도록 인생을 즐기자꾸나. ……싫으냐? 음, 싫을 리가 없지."

이튿날, 이유는 의관을 갖추고 동탁 앞에 나왔다. 어젯밤 여포의 사저에 방문하여 태사의 뜻을 전했더니 여포도 깊이 죄를 뉘우치고 있다고 보고하고 나서 말했다.

"오늘이 마침 길일이니 초선을 여포의 집에 보내심이 어떻겠습니까? 그는 단순하고 감격을 잘하는 인물입니다. 반드시 감격의 눈물을 흘리며 태사를 위해서는 죽음도 맹세할 것이 틀림없습니다."

그러자 동탁은 낯빛을 바꾸며 말했다.

"허튼소리는 집어치워라. 이유, 너는 네 아내를 여포에게 줄 수 있느냐?"

이유는 뜻밖의 말에 아연실색했다.

동탁은 급히 마차를 대령하라고 명하고는 마차가 당도하자 주렴이 늘어진 보대寶臺 안에 초선을 안아 앉히고 호종하는 병마 1만으로 하여금 앞뒤를 지키게 한 뒤 유유히 미오성을 향해 떠났다.

하늘의 폭풍

||| 一 |||

동 태사가 미오로 돌아간다는 소식에 장안의 큰길은 무릎을 꿇고 절하는 백성들과 전송하는 조정과 민간의 귀인들로 가득 찼다.

"뭐지?"

여포는 집에서 창문을 열고 거리의 하늘을 바라보고 있었다.

"오늘은 날이 길해서 이유가 초선이를 내게 보내주겠다고 약속했는데?"

마차의 삐걱거리는 소리와 말발굽 소리가 거리에서 들려왔다. 항간의 소문이 거짓이 아닌 듯했다.

"여봐라, 말을 내오너라. 어서."

여포는 마구간으로 달려가서 외쳤다.

그리고 펄쩍 뛰어 말에 오르자마자 호위무사도 거느리지 않고 혼자서 장안의 외곽으로 달려갔다. 그곳은 벌써 교외에 가까웠지만, 태사가 지나간다는 소식에 채소밭의 할멈도, 밭의 농부도, 왕래하는 행상이나 떠돌이 광대까지 모두 길가에 풀처럼 엎드려 있었다.

여포는 언덕 기슭에 말을 세우고 큰 나무 뒤로 숨었다. 그러는 사이에 마차 행렬이 구불구불 나타났다. 보니, 금으로 된 덮개에 주렴이 흔들리는 소리를 내는 마차가 삐걱거리며 지나간다. 사방을 푸른 비단으로 두르고 대나무를 짜서 만든 병풍 안쪽에 비쳐 보이는 그림 같은 사람이 바로 초선이었다. 초선은 상심한 듯 멍한 표정을 짓고 있었다.

언덕 기슭으로 문득 고개를 돌린 초선은 그곳에 서 있는 여포를 보았다. 여포는 이성을 잃고 당장이라도 달려 내려올 것 같은 표정이었다.

초선은 조용히 고개를 가로저었다. 그녀의 뺨이 눈물로 반짝이는 것처럼 보였다. 앞뒤의 병마가 흙먼지를 일으키며 잠깐 사이에 그녀를 저 멀리 데려가 버렸다.

"……."

여포는 망연한 표정으로 그들을 배웅했다. 그제야 이유의 말이 거짓이었다는 것을 알았다. 아니, 이유는 거짓말을 하지 않았지만, 동탁이 완강하게 초선을 떼어놓지 않은 것이라고 생각했다.

'……울고 있었어. 초선이가 울고 있었어. 미오성에는 어떤 심정으로 가고 있을까?'

그는 미칠 것 같았다. 길가의 농민과 행상, 나그네 등이 그 때문인지 흘끔흘끔 그를 돌아다본다. 여포의 눈에는 분명히 핏발이 서 있었다.

"아니, 장군. 어찌 이런 곳에서 넋을 놓고 계십니까?"

누군가 흰 나귀에서 내려 그의 뒤에서 어깨를 두드렸다. 여포는 공허한 눈을 뒤로 돌려 그의 얼굴을 보고는 비로소 정신을 차렸다.

"오오, 당신은 왕 사도가 아니오?"

왕윤은 미소를 지으며 말했다.

"뭘 그렇게 놀라십니까? 여기가 바로 제 별장인 죽리관竹裡館 앞인데."

"아, 그렇소?"

"동 태사가 미오로 돌아가신다기에 문 앞에 서서 전송하는 김에 한 바퀴 돌아보려고 나귀를 타고 나온 참입니다. 장군은 어쩐 일이십니까?"

"왕 사도, 어쩐 일이라니 너무 박정하군. 공이 내 고민을 모를 리 없을 텐데요?"

"글쎄요, 무슨 말씀이신지."

"벌써 잊었소? 언젠가 공이 이 여포에게 초선이를 주겠다고 약속하지 않았소?"

"물론 그랬습니다."

"그 초선이를 늙은 도적에게 빼앗긴 채 아직도 난 고뇌에 빠져 있단 말이오."

"……그 의미였습니까?"

왕윤은 갑자기 고개를 숙이더니 병자처럼 한숨을 내쉬었다.

"태사의 소행은 금수禽獸나 저지르는 짓입니다. 제 얼굴을 볼 때마다 가까운 시일 안에 여포에게 초선이를 보내겠다고 입버릇처럼 말하더니 아직도 실행에 옮기지 않으니."

"언어도단이오. 지금도 초선이는 마차 안에서 울면서 갔소."

"어쨌든 여긴 길가이니 괜찮으시면 가까운 제 별장까지 가십시다. 조용히 의논할 일도 있고."

왕윤은 여포를 위로하고 흰 나귀에 올라 앞장섰다.

장안 교외의 초목이 우거진 별장이었다.

여포는 왕윤을 따라 죽리관의 한 방으로 들어갔는데, 술잔이 나와도 풀리지 않는 분노로 고개를 푹 숙이고 있었다.

"한잔, 어떻습니까?"

"아니, 오늘은."

"그렇습니까? 그럼 억지로 권하지는 않겠습니다. 마음이 좋지 않을 때는 술을 마셔도 입에 쓰고 속만 탈 뿐이니까요."

"왕 사도."

"예."

"이해해주시오. ······태어나서 이렇게 분한 적은 처음이오."

"분하겠지요. 하지만 저도 장군 못지않게 괴롭습니다."

"공에게도 고민이 있소?"

"있는 정도가 아닙니다. 모처럼 장군 댁에 출가시키려던 저의 양녀가 동 태사에게 더럽혀지는 바람에 장군에 대한 신의를 잃었습니다. 또 세상 사람들은 장군을 지목하여 자기 여자를 빼앗긴 모자란 놈이라고 숨어서 비웃을 것을 생각하니, 제가 비난받는 것보다 더 괴로울 따름입니다."

"세상 사람들이 나를 비웃는다고?"

"동 태사도 세상의 웃음거리가 되겠지만, 그보다 더 세상 사람들로부터 비웃음을 받고 욕을 먹는 것은 신의를 잃은 저와 장군이겠지요. ······하지만 저야 이미 늙고 쇠한 몸이라 어쩔 도리가 없었겠지 하고 사람들도 이해하고 넘어가겠지만, 장군은 당대의 영웅이며 나이도 한창인데 왜 그렇게 무기력하냐며 입방아에 오르내릴 것이 자명합니다. ……부디 저의 죄를 용서해주십시오."

왕윤이 말했다.

"아니, 공의 죄가 아니오!"

여포는 화를 내며 마루를 박차고 일어나 말했다.

"왕 사도, 두고 보시오. 나는 맹세코 저 늙은 도적을 죽여 이 치욕을 씻고야 말겠소."

왕윤은 일부러 놀란 체하며 말했다.

"장군, 함부로 그런 말씀을 하시면 안 됩니다. 만일 그러한 일이 밖으로 새어 나가면 장군 한 분이 아니라 삼족이 몰살당합니다."

"아니, 이미 나의 인내심도 한계에 다다랐소. 대장부 된 자가 어찌 평생을 늙은 도적에게 고개를 숙이며 구차하게 살겠소?"

"아, 장군. 좀 전의 주제넘은 간언은 용서해주십시오. 장군은 역시 희대의 영웅이십니다. 평소 장군을 보면서 옛날 한신漢信 등보다 백배는 더 훌륭한 인물이라고 실례인 줄 알면서도 남몰래 흠모하고 있었습니다. 한신조차 왕으로 봉해졌는데, 장군께서도 언제까지나 구차하게 승상부의 깃발 아래에 계시리라고는 생각하지 않았습니다."

"음, 그러나……."

여포는 어금니를 악물고 신음했다.

"지금에 와서 후회하는 것은 늙은 도적의 감언에 속아 동탁과 양아버지와 양아들의 약속을 해버린 것이오. 그것만 아니면 당장이라도 일을 도모하겠지만, 적어도 양아버지라는 명칭이 붙어 있기에 나는 이 분노를 억누르고 있는 것이오."

"허허……. 장군은 그런 비난을 두려워하고 계셨습니까? 세상 사람들은 전혀 모르는 사실인데도요?"

"어째서요?"

"어째서라니요? 장군의 성은 여씨, 늙은 도적의 성은 동씨가 아닙니까? 들자 하니 봉의정에서 늙은 도적이 장군의 창을 빼앗아 던졌다고 하던데, 부자지간의 신뢰가 없는 것은 그것만 봐도 알 수 있습니다. 더구나 아직도 늙은 도적이 자신의 성을 장군이 쓰도록 허락하지 않은 것은 양부와 양자라는 관계에 장군의 무용을 묶어두려는 속셈밖에 없기 때문입니다."

"아아, 그런가? 난 참으로 바보 같은 자구나."

"아니, 늙은 도적 때문에 의리에 얽매여 있었기 때문입니다. 지금 천하가 미워하는 늙은 도적을 베고 한실을 도와 만백성에게 선정을 베푼다면, 장군의 이름은 역사에 불후의 충신으로 남을 겁니다."

"좋소! 하겠소. 내가 반드시 늙은 도적을 베어 보이겠소."

여포는 검을 뽑고 자신의 팔뚝을 찔러 뚝뚝 떨어지는 피로 왕윤에게 맹세했다.

||| 三 |||

집으로 돌아가는 여포를 문밖까지 배웅하면서 왕윤이 조용히 속삭였다.

"장군, 오늘 일은 두 사람만의 비밀입니다. 누구에게도 새어 나가서는 안 됩니다."

"물론이오. 하지만 대사는 두 사람만으로는 이룰 수 없는데."

"심복 정도에게는 밝혀도 괜찮을 것입니다. 이후의 일은 조만간 또 비밀리에 만나 상의하시죠."

여포는 적토마를 타고 돌아갔다. 왕윤은 그의 뒷모습을 보며 혼자 빙긋이 웃었다.

'생각대로 되어가는군.'

그날 밤 왕윤은 즉시 평소의 동지인 교위 황완黃琓과 복사사僕射士 손서孫瑞 두 사람을 불러 자신의 생각을 밝히고 의견을 구했다.

"여포의 손으로 동탁을 제거하는 계략인데, 그것을 성사시킬 수 있는 무슨 좋은 방법이 없겠나?"

"좋은 수가 있습니다."

손서가 말했다.

"천자께서 얼마 전부터 편찮으셨으나 최근에 겨우 쾌차하셨습니다. 그러니 천자의 명이라고 거짓 칙사를 미오성으로 보내 이렇게 전달하면 될 것입니다."

"뭐, 거짓 칙사를?"

"그 또한 천자를 위한 것이니 잘못은 아닐 것입니다."

"그래서 뭐라고 한단 말인가?"

"천자의 명령이라며 과인이 병약하여 제위를 동 태사에게 양보할 것이라고 조서를 내려 그를 불러들이는 것입니다. 동탁은 기뻐하며 바로 달려오겠지요."

"그건 굶주린 호랑이에게 살아 있는 미끼를 보여주자는 것이군. 바로 달려들겠지."

"금문에 힘센 무사를 여럿 숨겨두었다가 그가 타고 오는 마차를 에워싸서 불문곡직하고 죽여버리는 것입니다. 여포에게 그 일을 시키면 만에 하나라도 실패할 염려는 없을 것입니다."

"그럼, 거짓 칙사로는 누굴 보낼까?"

"이숙李肅이 적임입니다. 저와도 동향 사람이며 성품도 속속들이 알고 있으니 대사를 털어놓아도 걱정 없습니다."

"기도위騎都尉 이숙 말인가?"

"그렇습니다."

"그자는 이전에 동탁을 섬겼던 자가 아닌가?"

"아니, 최근에 동탁에게 질책을 받고 동탁을 떠나 저의 집에 몸을 의탁하고 있습니다. 동탁에게 뭔가 맺힌 것이 있는지 불만이 가득한 나날을 보내고 있으니 기꺼이 거들 것이며, 동탁도 이전에 총애하던 신하인 만큼 칙사로 왔다고 하면 틀림없이 마음을 열고 그의 말을 믿을 것입니다."

"그것참 잘됐군. 즉시 여포에게 기별하여 이숙과 대면시키도록 하세."

왕윤은 이튿날 밤 여포를 불러 계책을 얘기했다. 여포가 듣더니 말했다.

"이숙이라면 나도 잘 알고 있소. 그 옛날 적토마를 나에게 선물로 주고 양부 정건양丁建陽을 죽이게 한 것도 그였소. 만일 이숙이 싫다고 한다면 단칼에 베어버리겠소."

왕윤과 여포는 깊은 밤에 다른 사람 눈을 피해 손서의 집에 가서 그 집의 식객으로 지내고 있는 이숙을 만났다.

"이야, 오랜만이군."

여포가 먼저 말했다. 이숙은 뜻밖의 손님에 놀라 어리둥절한 모습이었다.

"이숙, 자네도 아직 기억하고 있겠지만, 오래전에 내가 양부 정원과 함께 동탁과 싸우고 있을 때 나에게 적토마와 재물을 보내

정원을 배반하고 그를 죽이게 한 것은 분명히 자네였네."

"이야 벌써 옛일이 되었군. 그런데 도대체 무슨 일인가? 이렇게 늦은 밤에 갑작스럽게 나를 찾아오고."

"그런 심부름을 한 번 더 부탁하려고 왔네. 그러나 이번엔 내가 동탁에게 보내는 사자야."

여포는 이숙 옆으로 바짝 다가갔다. 그리고 왕윤에게 자초지종을 설명하게 하고, 만일 이숙이 승낙하지 않으려는 기색을 보이면 그 자리에서 베어버리려고 몰래 검을 꽉 쥐고 있었다.

||| 四 |||

두 사람의 비밀모의를 듣더니 이숙은 손뼉을 치며 기뻐했다.

"잘 말해주었네. 나도 오랫동안 동탁을 없애려고 기회를 엿보고 있었네만, 좀처럼 속내를 털어놓을 만한 사람이 없어서 유감이던 참이었네. 좋아. 이것이야말로 하늘의 도움이라는 것이군."

그는 그 자리에서 동참하겠다고 맹세했다.

세 사람은 앞으로 진행될 일을 물샐틈없이 계획한 후, 그 다음다음 날 이숙이 스무 명가량의 병사들을 이끌고 미오성으로 가서 성문에 고했다.

"천자께서 이숙을 칙사로 보내셨소."

동탁은 무슨 일인가 싶어 바로 그를 들어오게 했다.

이숙은 공손하게 인사하고 나서 말했다.

"천자께서는 잦은 병환 때문에 결국 태사께 황제의 자리를 양위하기로 결심하셨습니다. 부디 천하를 위해 신속히 대통을 이어받아 천자의 자리에 오르시라고 오늘의 칙사는 그 어지를 전하러 온 것입니다."

그러고는 가만히 동탁의 얼굴을 보고 있자니 감출 수 없는 기쁨으로 그의 늙은 얼굴이 순식간에 붉어졌다.

"허. ……뜻밖의 어명이군. 그럼, 조신들의 의향은 어떻던가?"

"백관을 미앙전未央殿에 불러서 논의한 끝에 이구동성으로 만세를 불러 결정한 결과입니다."

동탁은 더욱 기뻐하며 물었다.

"사도 왕윤은 뭐라고 하던가?"

"왕 사도는 기쁨을 감추지 못하고 왕위를 받는 대臺를 쌓으며 벌써 태사의 즉위를 기다리고 있는 듯한 눈치였습니다."

"그렇게 빨리 일이 진행되고 있다니 놀랍군. 하하하. ……하긴 마음에 짚이는 게 있다."

"마음에 짚이는 것이라니, 무엇입니까?"

"지난번에 꿈을 꾸었네."

"꿈이요?"

"그래, 거대한 용이 구름을 일으키며 내려와서 이 몸을 휘감았을 때 잠에서 깼지."

"틀림없이 길한 징조입니다. 일각이라도 빨리 마차를 준비하시어 조정에 들어가셔서 칙명을 받드심이 좋을 듯합니다."

"내가 제위에 오르면 자네를 집금오執今吾에 임명토록 하겠네."

"충성을 맹세합니다."

이숙이 재배하고 있는 동안에 동탁은 신하들에게 마차와 말을 준비하라고 명했다. 그리고 허둥지둥 초선이 기거하는 방으로 가서 말했다.

"언젠가 너에게 말한 적이 있을 것이다. 내가 제위에 오르면 너를 귀비로 삼아 이 세상의 온갖 영화를 다 누리게 해주겠다고. 드디어 그날이 왔구나."

초선은 잠깐 눈을 반짝였지만, 곧장 순진한 표정으로 돌아와 뛸 듯이 기뻐했다.

"어머, 정말인가요?"

동탁은 또 별당으로 가서 어머니를 불러내 사정을 이야기했다. 아흔이 넘은 그의 어머니는 귀도 어둡고 눈도 침침했다.

"……뭐라고? 갑자기 어디로 간다고?"

"궁으로 가서 천자의 자리를 받습니다."

"누가?"

"어머니의 아들이지 누구겠습니까?"

"네가 말이냐?"

"어머니, 어머니도 훌륭한 아들을 둔 덕에 조만간 황태후로 존경받으며 살게 될 것입니다. 기쁘지 않으십니까?"

"아이구, 번거로운 일이겠구나."

아흔 살이 넘은 늙은 어머니는 윗입술을 떨면서 오히려 슬픈 듯이 천장을 올려다보았다.

동탁은 웃으면서 성큼성큼 방으로 들어가 화려하게 차려입고 마차에 올라 수천 명의 정병에게 앞뒤에서 호위하게 하고 미오산을 내려갔다.

인간 등불

||| 一 |||

구불구불 행렬이 길게 이어졌다. 깃발에 묻혀서 가는 마차 덮개, 금빛 안장에 백마를 탄 친위대, 번뜩이는 수천 개의 창 등 위풍은 길을 쓸고 그 아름다움은 눈을 어지럽혔다.

한 10리쯤 갔을 때 마차가 기우뚱하고 크게 요동치자 마차 안의 동탁이 소리쳤다.

"무슨 일이냐?"

"바퀴가 부서졌습니다."

근신이 황공해하며 보고했다.

"뭐, 바퀴가 부서졌다고?"

그는 기분이 조금 상해서 명했다.

"길가의 백성들이 청소를 게을리해서 잔돌을 남겨놓았기 때문일 것이다. 본보기로 촌장의 목을 쳐라."

그는 기울어진 마차에서 내려 소요옥면逍遙玉面이라는 다른 마차로 갈아탔다.

그리고 다시 6, 7리쯤 왔을 때 이번에는 말이 날뛰며 재갈을 물어 끊었다.

동탁은 금빛 주렴 속에서 이숙을 불러 이상히 여기면서 물었다.

"바퀴가 부서지더니 말이 재갈을 물어 끊었네. 이게 대체 무슨 일인가?"

"걱정하실 것 없습니다. 태사께서 제위에 오르시니 헌것을 버리고 새것을 취하라는 길조입니다."

"과연 명쾌한 해석이로다."

동탁은 다시 기분이 좋아졌다.

도중에 하룻밤 자고 이튿날은 도성인 장안에 도착했다. 그런데 그날은 평소와는 다르게 안개가 자욱하더니 행렬이 출발할 무렵부터는 광풍이 휘몰아치고 천지가 어두컴컴해졌다.

"이숙, 하늘의 이러한 모양은 무슨 징조인가?"

그는 일어나는 일마다 걱정했다.

이숙은 웃으며 해를 가리켰다.

"이것이야말로 붉은 태양, 자줏빛 안개의 축하가 아니겠습니까?"

주렴 너머로 구름을 바라보니 과연 그날의 태양에는 무지갯빛 햇무리가 어려 있었다.

이윽고 장안의 외성을 지나 시가지에 들어서니 백성들은 차양을 내리고 길가에 엎드려 꼼짝도 하지 않았다.

왕성문 밖에는 백관이 마중 나와 도열해 있었다.

왕윤, 순우경, 황완, 황보숭 등도 길가에서 엎드려 절했다.

"경하드리옵니다."

대신들은 예를 갖추어 인사했다. 동탁은 의기양양해져서 마부에게 명했다.

"상부로 가자."

그리고 승상부에 들어가자 말했다.

"궁에는 내일 들어가겠다. 조금 피곤하구나."

그날은 휴식을 취하며 아무도 만나지 않았지만, 왕윤만은 만나 하례를 받았다.

"부디 오늘 밤은 편히 심신을 쉬시고 내일은 목욕재계하신 후 황제의 자리를 물려받으시기 바랍니다."

왕윤은 이렇게 말하고 물러갔다.

"기분이 어떠십니까?"

그 후 누군가 장막을 들추며 물었다.

여포였다.

동탁은 그를 보자 마음이 든든해졌다.

"오오, 언제나 내 신변을 지켜주는구나."

"귀하신 분이기 때문입니다."

"내가 황제의 자리에 오르면 너에게는 무엇으로 보답하면 좋을까? 옳지, 병마의 총독으로 임명해주마."

"감사합니다."

여포는 평소와 다름없이 창을 들고 그의 방 밖에 서서 밤새도록 충실히 호위했다.

545

||| 二 |||

그날 밤은 천하의 동탁도 여인을 침실에 들이지 않고 몸을 정갈히 했다. 하지만 내일이면 황제의 자리에 오를 몸이라 생각하니 흥분되어 좀처럼 잠을 이루지 못하는 듯했다.

그때 침실 밖에서 누군가 뚜벅뚜벅 걸어오는 발소리가 들렸다.

"누구냐?"

동탁은 몸을 벌떡 일으키며 물었다.

장막 밖에서 아직 깨어 있던 이숙이 대답했다.

"여포가 돌아보고 있는 것입니다."

"여포인가……."

그 말을 듣고 그는 완전히 마음을 놓고 약하게 코를 골기 시작했지만, 금방 또 눈을 뜨더니 바깥 동정에 귀를 기울였다.

……멀리 한밤중의 거리에서 아이들이 부르는 노랫소리가 들렸다.

천리초千里草(천리초가)

하청청何青青(제아무리 푸르고 푸르러도)

십일하十日下(열흘을 못 넘기고)

유불생猶不生(죽고 말리라)

바람에 실려 들려오는 노랫소리는 밤의 침묵을 깨고 몹시 애절하게 들렸다.

"이숙."

그는 그 노래를 듣고 다시 이숙을 불렀다.

"예, 아직 깨어 계셨습니까?"

"저 동요는 무슨 뜻인가? 왠지 불길한 예감이 드는군."

"한실의 운명이 다했다는 것을 암시하고 있습니다. 여기는 도성인 장안, 내일부터는 황제가 바뀌니 천진난만한 동요에도 그런 징후가 나타나나 봅니다."

"그렇군……."

가엾게도 그는 고개를 끄덕이고 곧 깊은 잠에 빠졌다.

나중에 생각해보니 동요에 나오는 '천리초'는 '동董'이란 글자이며 '십일하'는 '탁卓'이란 글자였다.

거리의 노랫소리는 이미 그의 운명을 누군가가 비웃고 있다는 암시였지만, 천하의 간웅도 이숙의 말에 속아 그것을 자신의 운명이 아니라 한실의 운명이라고 생각했던 것이다.

아침 햇빛이 그의 베갯머리로 흘러들어왔다.

동탁은 목욕재계했다. 그리고 의장儀仗을 갖추고 어제보다 더 화려하게 행장을 꾸민 뒤 아침 안개가 옅게 흐르는 궁문을 향해 가고 있는데 한 폭의 흰 깃발을 들고 푸른 도포를 입은 도사가 홀연히 길모퉁이를 돌아 사라졌다.

그 흰 깃발에는 입 구口 자 두 개가 나란히 쓰여 있었다.

"저게 무엇인가?"

동탁이 이숙에게 물었다.

"정신 나간 주술사입니다."

입 구 자 두 개를 포개면 '여呂' 자가 된다. 동탁은 문득 여포가 떠올랐다. 봉의정에서 초선과 밀회하고 있는 그의 모습이 떠올라서 기분이 좋지 않았다.

그러나 이미 그때는 행렬의 선두가 궁중의 북액문北掖門에 접어들고 있었다.

금문의 법도에 따라 동탁은 병사들을 모두 북액문에 남겨두고 거기서부터는 스무 명의 무사에게 마차를 밀게 하여 궁중으로 들어갔다.

"앗?"

동탁이 마차 안에서 외쳤다.

보니, 왕윤과 황완 두 사람이 검을 들고 전문殿門 양쪽에 서 있는 것이 아닌가.

그는 뭔가 이상한 기운을 느끼고 돌연 이숙에게 소리쳤다.

"이숙, 이숙. 저들이 검을 뽑아 들고 서 있는 것은 무슨 까닭인가?"

그러자 이숙은 마차 뒤에서 큰 소리로 대답했다.

"그건 바로 염라대왕의 뜻에 따라 태사를 저승으로 보내려고 일찌감치 마중 나와 있는 것으로 알고 있소."

"뭐, 뭐라고?"

동탁이 기겁하여 몸을 일으키려고 하는 순간 이숙이 동탁의 목을 어서 베라고 재촉하듯 그의 마차를 앞으로 힘껏 밀었다.

"미오의 역적이 왔다. 병사들은 나와라!"

왕윤의 우렁찬 목소리를 신호로 어림군御林軍 100여 명이 저마다 고함을 지르며 우르르 몰려나와 마차를 에워싼 채 동탁을 마차안에서 질질 끌어냈다.

"도적의 수괴다!"

"이 간사한 놈아!"

"이놈!"

"천벌을 받아라!"

"네 죄를 알렸다!"

그의 몸에 집중된 무수한 창이 그의 가슴을, 어깨를, 머리를 닥치는 대로 찌르고 베었지만, 조심성이 많은 동탁은 칼날도 뚫지 못하는 갑옷과 속옷으로 몸을 감싸고 있었기 때문에 피는 조금 흘렸지만 치명상은 입지 않았다.

동탁은 거구를 땅에 굴리면서 부르짖었다.

"여포, 여포야. ……봉선이는 어디 있느냐! 아비를 도와다오."

그러자 여포가 대답했다.

"알겠습니다."

그러고는 큰 창을 휘두르며 동탁 앞으로 뛰어나와 외쳤다.

"칙명에 의해 역적 동탁을 죽이노라!"

여포는 동탁을 정면에서 내려쳤다.

검붉은 피가 안개처럼 뿜어져 오르며 햇빛을 가렸다.

"으, 으윽. ……네놈이."

창이 빗나가는 바람에 오른팔을 어깻죽지에서 잘라낸 것이 다였다.

동탁은 자신의 피에 뻘겋게 물들면서 여포를 매섭게 노려보며 또 뭐라고 외치려고 했다.

여포가 그의 멱살을 잡고 소리쳤다.

"악업의 대가다!"

그러고는 그의 목을 창으로 푹 찔렀다.

궁 안팎은 성난 파도와 같은 분위기에 휩싸였지만, 이윽고 동탁의 죽음이 알려졌다.

"만세!"

누군가가 외치기 시작하자 문무백관부터 마구간의 잡인과 위병에 이르기까지 모두 만세를 외치는데 그 우렁찬 소리가 한동안 멈출 줄을 몰랐다.

이숙은 달려가 동탁의 머리를 베어 칼끝에 꽂아 높이 들고, 여포는 미리 왕윤에게서 받은 조서를 펴들고 단상에 올라 큰 소리로 읽었다.

"성聖 천자의 칙명에 의해 역신 동탁을 참했다. 나머지는 죄가 없다. 모두 용서해준다."

동탁은 올해로 54세.

천고千古에 기록해야 할 그날은 바로 한나라 헌제 때인 초평 3년 (192) 임신壬申, 4월 22일의 한낮이었다.

||| 四 |||

대역적을 주살한 후 만세 소리는 금문 안에서부터 장안의 시가지까지 거센 파도처럼 퍼져 나갔다. 그러나 여전히 전전긍긍하며 불안해하는 사람들이 있었다.

"이 정도로 끝날 리가 없어."

"앞으로 어떻게 될까?"

여포가 말했다.

"지금까지 동탁의 곁을 떠나지 않고 항상 동탁의 악행을 도운 것은 이유라는 비서다. 그놈만은 살려둘 수 없다."

"맞소. 누가 승상부에 가서 이유를 끌고 오너라."

"제가 가겠습니다."

왕윤이 명하자 이숙이 대답하더니 즉시 군사들을 이끌고 승상부로 달려갔다. 그러나 승상부로 들어가기도 전에 승상부 안에서 한 무리의 군사들에게 포위되어 비명을 지르면서 끌려 나오는 자가 있었다. 이유였다.

승상부의 군사들이 호소했다.

"평소 온갖 못된 짓을 저지르던 놈이라 동탁이 죽었다는 소식에 이처럼 저희 손으로 잡아 금문에 바치러 가는 길이었습니다. 부디 저희에게는 죄를 묻지 마시고 용서해주십시오."

이숙은 아무 힘도 들이지 않고 이유를 생포하여 곧바로 끌고 가서 금문에 바쳤다.

왕윤은 즉시 이유의 머리를 베어 그것을 형리에게 주었다.

"길거리에 높이 매달아라."

그리고 말을 이었다.

"미오성에는 동탁의 일족과 평소에 양성해놓은 대군이 있소. 누가 나서서 그놈들을 소탕하겠소?"

그러자 그 말에 호응하여 맨 먼저 여포가 나섰다.

"내가 가리다."

모두들 여포가 나서자 안심했지만, 왕윤은 이숙과 황보숭에게도 군사를 주어 약 3만여 기가 미오성으로 진격했다.

미오에는 곽사郭汜와 장제張濟, 이각李傕 등의 장수가 1만여 명의 군사를 이끌고 수비하고 있었다.

"동 태사께서는 금정에서 끔찍한 최후를 맞이하셨다."

그러나 이런 비보가 전해지자 깜짝 놀라 우왕좌왕하다가 여포 등이 이끄는 도성의 토벌군이 닿기도 전에 모두 양주楊州 방면으로 달아나버렸다.

여포는 제일 먼저 미오성에 들어갔다. 그리고 다른 어떤 것에는 눈길 한 번 주지 않고 곧장 안으로 달려가 혈안이 되어 비원의 장막 안을 샅샅이 뒤지면서 초선을 찾았다.

"초선아, 초선아……."

초선은 별당의 한 방에 말없이 서 있었다.

"초선아, 기뻐해라."

여포는 달려가서 그녀를 꼭 끌어안으며 아무 말이 없는 그녀의 몸을 흔들었다.

"기쁘지 않으냐? 아니면 너무 기뻐서 말도 할 수 없는 거냐? 초선아, 내가 드디어 해냈다. 동탁을 죽였다고. 지금부터는 우리 둘도 떳떳이 즐길 수 있다. 자, 어디라도 다치면 큰일이니 장안으로 너를 데려가마."

여포는 그녀의 몸을 번쩍 안아 올리더니 별당에서 달려나갔다. 성안에는 벌써 황보숭과 이숙의 군사들이 들이닥쳐 아무 저항도 없는 사람들에게 살육과 폭행, 방화, 약탈 등 온갖 악행을 저지르고 있었다.

금은주옥과 곡물, 그 외의 재물에 눈이 먼 군사들이 여포에게는 어리석게만 보였다.

그는 초선을 꼭 안고 어지럽게 엉켜 있는 군사들 사이를 빠져나와 그녀를 자신의 금빛 안장에 앉히고 한달음에 장안으로 돌아갔다.

||| 五 |||

미오성에는 초선 외에도 양가의 여인 800여 명이 갇혀 살고 있었다.

저마다 아름다움을 뽐내며 화사하게 피어 있던 800여 송이의 꽃들은 폭풍처럼 들이닥친 군사들에게 짓밟혀 갈기갈기 찢어졌다.

황보숭은 부하들이 닥치는 대로 날뛰는 것을 지켜보다 덧붙여 명했다.

"동탁 일족은 남녀노소를 불문하고 한 명도 남기지 말고 베어 죽여라."

동탁의 노모로 아흔이 넘었다는 노파가 비틀비틀 나와서 살려 달라고 비명을 지르며 황보숭 앞에 엎드렸지만, 어느새 달려든 군사에게 목이 떨어지고 말았다.

불과 한나절 사이에 주살된 일족의 수가 남녀 1,500여 명에 달했다고 한다.

그리고 곳집을 열어 보니 열 동의 곳집 안에 황금 23만 근과 은 89만 근이 비축되어 있었다. 또 그 밖의 곳집에서도 금수릉라金繡綾羅, 주취진보珠翠珍寶 등을 내어 마치 산을 무너뜨려 옮기듯이 잇달아 성 밖으로 실어 날랐다.

왕윤은 모두 장안으로 옮기라고 명을 내리고, 이어서 곡물 창고에 쌓여 있던 곡식은 "반은 백성에게 주고 나머지 반은 나라의 곳간에 보관하라."라고 명령했다.

쌀과 좁쌀만도 800만 섬에 이르는 어마어마한 양이었다.

장안의 백성들은 활기에 넘쳤다.

동탁이 죽고 나서는 하늘의 경사스러운 징조인지 자연의 우연한 일치인지, 며칠 동안 계속되던 검은 안개가 말끔히 걷힌 것은 물론 바람이 멎고 땅에는 따스한 햇볕이 가득하여 오랜만에 밝은 태양을 볼 수 있었다.

"앞으로는 세상이 좋아지겠지?"

백성들은 철없이 기뻐했다.

성 안팎의 백성들은 남녀노소를 가리지 않고 축제를 즐기듯 술병을 따고 떡을 빚어 먹었다. 또 처마에 채색한 발을 달고 신에게 등불을 밝히고 거리에 나와 밤낮없이 춤추며 노래했다.

"평화가 왔다."

"선정善政이 펼쳐질 거야."

"앞으로는 밤에도 편히 잘 수 있겠군."

그런 의미의 가사를 붙여 노래를 만들어 부르고 징을 치며 돌아 다녔다. 또 그들은 거리에 버려진 동탁의 시체에 우르르 몰려가서 "동탁이다, 동탁이야."라며 흥분해서 떠들어댔다.

"우릴 잘도 괴롭혔겠다."

"찢어 죽여도 모자랄 놈."

그들은 동탁의 머리를 공놀이하듯 이리저리 차고 다녔고, 머리 없는 몸뚱이에는 배꼽에 심지를 박아 불을 켜놓고 손뼉을 치며 좋 아했다.

생전에 누구보다 뚱뚱했던 동탁이었으므로, 배에 낀 기름이 타 는지 배꼽의 등불은 밤새도록 타서 아침이 되어도 꺼지지 않았다 고 한다.

또 동탁의 아우인 동민과 조카인 동황 두 사람도 팔다리가 잘 린 채 거리에 내던져졌다. 동탁에겐 품속의 칼이었던 이유는 평소 누구보다도 미움을 받던 자였으므로, 그 최후 또한 누구보다도 더 비참했다.

이렇게 우선은 주멸이 일단락되자 왕윤은 도당都堂에 백관을 모아놓고 대연회를 베풀었다.

그러자 그 자리에 관원 한 명이 와서 보고했다.

"누군지 동탁의 썩은 시체를 안고 거리에서 한탄하는 사람이 있다고 합니다.”

즉시 잡아오라고 명했다. 이윽고 잡혀 온 자가 시중 채옹蔡邕이었기 때문에 사람들은 모두 놀랐다.

채옹은 충효를 겸비한 선비로 희대의 수재라 불리는 학자였다. 하지만 그도 한 가지 큰 실수를 저질렀는데, 바로 동탁을 주인으로 섬긴 것이었다.

사람들은 그의 인품을 아까워했지만, 왕윤은 그를 용서하지 않고 옥에 가두었다. 그러던 중 누군가의 손에 의해 옥중에서 목이 졸려 살해되었다. 채옹뿐 아니라 이처럼 죽이기엔 아까운 사람들이 또 얼마나 많이 희생되었는지 모른다.

||| 六 |||

도당의 축하연에 단 한 명 얼굴을 보이지 않은 사람이 있었다.

여포였다.

‘가벼운 병’ 때문이라며 참석하지 않았지만, 병 때문은 아닌 듯했다.

장안의 백성들이 이레 동안 밤낮없이 미친 듯이 춤추고 술독을 두드리며 동탁의 죽음을 축하하고 있을 때, 그는 문을 닫아걸고 혼자 통곡하고 있었다.

“초선아, 초선아…….”

여포가 자기 집 후원을 광기 어린 사람처럼 헤집고 다니며 부르는 소리였다. 그는 이내 작은 방으로 들어가 그곳에 누워 있는 초선의 싸늘한 몸을 끌어안고 왜 죽었느냐며 볼을 비벼댔다.

초선은 아무 대답이 없었다.

그녀는 미오성의 불길 속에서 여포에게 안겨 장안으로 온 뒤 여포의 집에 숨겨졌지만, 여포가 다시 싸움터에 나가자 혼자 후원의 작은 방에 들어가 보란 듯이 자결해버렸다.

'이제 초선이도 내 것이구나. 드디어 내 아내가 되었어.'

이윽고 돌아온 여포는 그러나 그때까지의 꿈이 산산이 깨져버렸다는 것을 알았다.

그녀가 왜 자살했는지는 도저히 이해할 수 없었다.

'초선이가 날 그토록 그리워하고 있었는데. 내 아내가 되는 것을 얼마나 좋아했는데.'

온갖 생각이 떠오르며 그를 괴롭혔다.

초선은 아무 말이 없었다. 그러나 죽은 그녀의 얼굴에는 어떠한 미련도 없는 듯했다. 아니, 해야 할 일을 마침내 마쳤다는 만족의 미소까지 입술 언저리에 남아 있는 듯 보였다.

그녀의 육체는 한때 짐승의 왕을 잡기 위한 희생물로 바쳐졌지만, 지금은 그녀 자신의 것으로 돌아와 있었다. 타고난 미모는 죽고 나서 더욱더 빛이 나고 있었다. 죽은 사람이라는 느낌이 전혀 없고 살아 있는 것처럼 아름다웠다.

여포는 끝없는 번뇌에서 깨어나지 못했다. 단순한 성격만큼 번뇌도 단순했다.

어제도 오늘 저녁에도 그는 죽 한 모금 넘기지 못했다. 밤에도 후원의 작은 방에서 잤다.

달빛이 흐리다. 늦봄의 꽃도 검다.

번뇌를 거듭하던 그는 어느새 초선의 가슴에 얼굴을 묻은 채 잠이 들었다. 그러다 한밤중에 문득 잠에서 깨어 보니 어두운 창으로 달빛이 쏟아지고 있었다.

"어? 뭐지?"

그는 초선의 몸속에 숨겨져 있던 거울 주머니를 발견하고는 아무 생각 없이 열어 보았다. 주머니 속에는 초선이 어릴 적부터 간직하고 있던 것으로 보이는 부적과 사향 따위가 들어 있었다. 그리고 시가 적힌 복숭아꽃 무늬의 종이가 조그맣게 접혀 있었다.

시가 적힌 종이는 사향 냄새가 흠뻑 배어 꽃봉오리가 벌어질 때와 같은 향기가 풍겼다. 초선의 필적으로 보이는 글씨는 참으로 아름다웠다. 여포는 시를 알지 못하지만 몇 번 읽는 사이에 그 의미는 알 수 있었다.

여자의 피부가 약하다지만

거울 대신 검을 잡으면

검은 정의로운 마음을 강하게 해준다

나는 기꺼이 가시밭에 들어가노니

부모보다 더한 은혜에 보답하기 위해

또 그것이 나라를 위해서라기에

악기를 버리고 춤추던 손에

비수를 숨기고 짐승의 왕에게 다가가

마침내 독배毒杯를 바치나니

좌우에 한 잔씩

그리고 마지막 한 잔으로 나를 쓰러뜨린다

들리는구나, 지금 죽어가는 내 귀에도

장안의 백성들이 부르는 평화의 환호성이

나를 부르는 하늘 위 가릉빈가迦陵頻伽의 소리가

※가릉빈가: 극락에 산다는 상상 속의 새

"아…… 앗, 그렇다면……?"

여포도 결국 깨달았다. 초선의 진짜 목적이 무엇이었는지.

그는 초선의 시체를 안고 갑자기 밖으로 뛰어나오더니 후원에 있는 오래된 우물 속에 던져버렸다. 그 뒤로 초선을 더는 생각하지 않았다. 천하의 권력을 쥐게 되면 초선 정도의 미인은 얼마든지 얻을 수 있다고 생각을 고쳐먹은 모습이었다.

전전하는 대권

엄청나게 많은 패잔병들이 서량西涼(감숙성 난주蘭州) 지방으로 흘러 들어갔다.

미오성에서 패주한 대군이었다. 동탁의 옛 신하이자 4대장이라 불렸던 이각과 장제, 곽사, 번조 등은 각자 연명連名한 뒤 장안으로 사자를 보내 순순히 복종하겠다는 뜻을 표했다.

"엎드려 용서를 구합니다."

그러나 왕윤은 사자를 쫓아 보내고 그날로 토벌령을 내렸다.

"절대로 용서할 수 없다."

서량의 패잔병들은 두려움에 떨었다.

그러자 모사로 알려진 가후賈詡가 말했다.

"동요해서는 안 되네. 똘똘 뭉쳐야 해. 만일 우리가 뿔뿔이 흩어진다면 시골 말단 관리의 힘으로도 우릴 쉽게 잡을 수 있을 걸세. 무슨 일이 있어도 굳게 단결하고 나서 섬서陝西 지방의 백성들까지 규합하여 장안으로 달려가야 하네. 잘 풀리면 동탁의 원수를 갚고 조정도 우리 손에 들어올 걸세. 실패하게 되면 그때 도망쳐도 늦지 않아."

"일리가 있군."

4대장은 그의 의견에 따랐다.

그 후 서량 일대에 "장안의 왕윤이 군사를 풀어 지방의 백성들까지 모두 죽이라는 명령을 내렸다."는 등의 갖가지 풍문이 돌자 서량주 백성들은 두려움에 떨었다.

4대장은 바로 이런 불안한 민심을 이용해서 선동했다.

"앉아서 죽음을 기다리기보다 우리 군과 함께 항전하자!"

모인 잡군까지 포함해서 14만이라는 대군이 되었다.

기세를 올리며 진격하는 도중에 동탁의 사위인 중랑장 우보牛輔도 패잔병 5,000명과 함께 합류했다.

군사들의 사기는 더욱더 올랐다. 그러나 이윽고 적과 가까이서 대치하게 되자 "이건 안 되겠어."라며 4대장의 군사들은 순식간에 기가 꺾이고 말았다.

그 유명한 여포가 와 있다는 것을 알게 되었기 때문이다. 그들은 여포에겐 상대가 안 된다며 싸워보지도 않고 포기했다.

그래서 한 번은 물러났지만, 모사 가후가 야습을 지시하자 한밤중에 갑자기 군사를 되돌려서 적진을 공격했다.

그런데 적이 의외로 약했다.

그들이 공격한 진영의 대장은 여포가 아니라 동탁을 죽일 때 미오성에 거짓 칙사로 왔던 이숙이었다.

방심하고 있던 이숙은 군사의 대부분을 잃고 30리나 패주하는 추태를 보였다.

"이 무슨 꼴인가."

후진에 있던 여포는 격노했다.

"적과의 첫 전투에서 전군의 사기를 꺾은 죄는 결코 가볍지 않다."

여포는 이숙을 그 자리에서 베어버렸다.

그리고 이숙의 머리를 군문에 매달고 자신이 진두에 서서 순식간에 우보 군을 격파했다.

우보는 도망치면서 심복인 호적아胡赤兒라는 자에게 새파랗게 질려서 속삭였다.

"여포가 나섰으니 도저히 승산이 없네. 차라리 재물을 훔쳐서 도망치는 것이 어떨까?"

"바로 그것입니다. 저도 도망칠 수 있을 때 도망쳐야 한다고 생각하던 참입니다."

그들은 네댓 명의 부하만 데리고 새벽 미명에 진지에서 탈주했다.

그러나 그 주군 밑에 그 부하라고, 호적아는 도중에 강가까지 오자 강을 건너고 있는 우보의 목을 갑자기 뒤에서 베어버렸다. 그리고 그 머리를 들고 여포의 진으로 달려가 항복을 청했다.

"우보의 머리를 바칠 테니 저를 거두어주십시오."

그러나 호적아의 동료 중 한 명이 호적아가 우보를 죽인 것은 재물에 눈이 어두워 그것을 빼앗기 위해서라고 자백했다.

"우보의 머리만으로는 부족하다. 네놈의 머리도 내놓아라."

여포는 호적아를 질타하고 그 자리에서 바로 목을 쳤다.

||| 二 |||

우보의 죽음이 전해졌다. 또 그를 죽인 호적아도 여포에게 죽었다는 소문이 들렸다.

"이렇게 된 이상, 죽느냐 사느냐의 결전이 있을 뿐이다."

4대장도 단단히 결의를 다졌다.

4대장 중 한 명인 이각은 여포와 정면으로 맞서는 것은 어차피 승산이 없다며 여포가 용맹하기만 하고 지모가 뛰어나지 않은 점에 착안하여 일부러 지는 척하다가 도망치고, 싸우는 체하다가 패주하여 여포 군을 산속으로 유인했다. 그리고 결전을 피하면서 싸움을 질질 끌며 여포를 진퇴양난에 빠뜨렸다.

그리고 그러는 사이에 장제와 번조 두 대장은 길을 우회하여 장안으로 진격했다.

"장안이 위험하다. 빨리 돌아와서 방어하라."

왕윤으로부터 몇 번이나 급사가 왔지만, 여포는 꼼짝할 수 없었다.

산골짜기의 좁은 곳을 빠져나와 군사를 돌리려고 하면 즉각 이각과 곽사의 군사가 늪과 봉우리, 계곡 같은 곳에서 불쑥불쑥 튀어나와 싸움을 걸어오기 때문이었다.

원치 않는 싸움이었지만 응전하지 않자니 궤멸당할 것 같고, 응전하자니 끝이 없었다.

결국 허무하게 나아가지도 물러나지도 못한 채 여러 날이 지나가고 말았다.

한편 장안으로 진격한 장제와 번조의 군사들은 갈수록 기세등등해졌다.

"동탁의 원수를 잡아라."

"조정을 우리 손으로 받들자."

밀물이 밀려드는 기세로 성시까지 육박해갔다.

그러나 그곳에는 철벽같은 외성이 있었다. 사람들은 어떠한 대군이 몰려와도 그곳에선 저지당한다고 생각하고 있었다. 하지만 누가 알았으랴. 수많은 옛 동탁파의 잔당들이 장안 시내에 숨어 목숨을 부지하고 있다는 것을.

"때가 왔다."

그들은 백주에 벌떼같이 일어나 각 성문을 안에서 모두 열어버렸다.

"하늘이 우리를 돕는다."

서량의 군사들은 기뻐 날뛰며 성안으로 몰려 들어갔다. 그것은 마치 터진 둑의 탁류 같았다.

잡군이 많은 난폭한 병사들이다. 장안 거리로 쏟아져 들어간 그들의 행패는 차마 눈 뜨고 볼 수 없을 정도로 잔혹했다.

바로 얼마 전까지만 해도 술독을 두드리면서 평화가 왔다고 노래하고 춤추며 축하하던 민가는 다시 한번 폭병의 홍수에 잠겨 소용돌이치는 검광을 피해 도망 다니는 아비규환의 생지옥으로 변했다.

이 얼마나 저주받은 백성들이란 말인가.

무정한 하늘은 검은 연기에 해를 감추고 달을 숨기며 그저 어두운 지상을 처참함에 맡겨놓고 있을 뿐이었다.

이 변고를 듣고 여포는 큰일이라며 간신히 산간의 작은 전투를 포기하고 돌아왔다. 그러나 때는 이미 늦었다.

그가 성 밖 10여 리쯤 되는 곳까지 달려와서 보니 장안의 밤하늘은 온통 시뻘겠다.

하늘로 솟아오르는 화염은 이제 그 아래에서 들끓는 적병의 절대적인 세력을 생각하게 했다.

"……당했다!"

여포는 신음했다.

불빛에 물든 하늘을 멍하니 바라본 채 잠시 망연자실해 있었다.

이젠 끝장이구나. 천하의 여포도 지금은 어쩔 도리가 없었다. 꼼짝달싹 못 하는 상황이 되었다.

'그래. 일단 원술에게 몸을 의탁하고 장래를 도모하자.'

그렇게 생각하고 군대를 해산시킨 후 불과 100여 명의 군사만 이끌고 갑자기 길을 바꾸어 밤길을 초연히 떠나갔다.

전에는 사랑하는 초선을 잃었고, 지금은 천하의 패권을 다툴 터전을 잃은 여포의 뒷모습에서는 평소의 늠름한 모습은 찾아볼 수 없었다.

의협심은 많지만 사려가 부족하다. 또 도덕적으로 부족한 부분이 많다. 하늘은 희대의 용장을 대체 어떤 말로로 이끌려는 것일까?

||| 三 |||

멀리서 소란스러운 소리가 난다. 밤에는 음산하게, 낮에는 요란하게.

궁중의 깊은 곳에서 헌제는 눈을 지그시 감은 채 새파랗게 질려 있었다.

장안 거리에서 날뛰는 불의 악마, 피의 악마가 그의 눈에 보이는 듯했을 것이다.

"황궁에 위기가 닥쳤습니다."

시종이 와서 말했다.

잠시 후 또 신하가 찾아와 알렸다.

"서량군이 금문 아래까지 밀물처럼 몰려왔습니다."

'이번에는 조정에 들이닥치는구나.'

헌제는 아예 체념한 듯 눈을 감은 채 고개만 끄덕일 뿐이었다.

"음. ……으음."

사실 조정의 신하들도 모두 이럴 때는 어떻게 해야 되는지 알지 못했다.

그때 시종 중 한 사람이 주청했다.

"그들도 황제의 자리가 중하다는 것은 잘 알고 있습니다. 이렇게 된 이상 천자께서 몸소 선평문宣平門의 누대에 오르셔서 난을 멈추라시면 진정될 것이라 사료되옵니다."

헌제는 걸음을 옮겨 선평문에 올랐다. 피에 취해 들끓던 성벽 아래의 광군狂軍들은 금문의 누대에 아름답게 펼쳐진 천자의 황금색 양산을 이내 알아챘다.

"천자다."

"천자께서 나오셨다."

그들은 그 아래로 우르르 몰려갔다.

"조용히 해! 진정해라!"

이각과 곽사 두 장수는 급히 자기편 수하들을 제지하고 필사적으로 폭병들을 진압한 후 자기들도 선평문 아래로 왔다.

헌제는 문 위에서 큰 소리로 힐문했다.

"너희들은 무엇 때문에 과인의 허락도 기다리지 않고 마음대로 장안에 난입했는가?"

그러자 이각은 헌제를 올려다보며 외쳤다.

"폐하, 죽은 동 태사는 폐하의 수족이며 사직의 공신이었습니다. 그런데 이유 없이 왕윤 일파에게 모살되어 그 시체가 길거리에서 능욕을 당했습니다. 그렇기에 동 태사께 은혜를 입은 옛 신하들이 복수에 나선 것입니다. 결코 모반이 아닙니다. 지금 폐하의 소맷자락에 숨어 있는 가증스런 왕윤을 저희에게 넘겨주신다면 저희는 즉시 금문에서 철수하겠습니다!"

그 소리를 듣자 전군은 부화뇌동하여 와 하고 소리를 지르며 헌제의 대답이야 어떻든 자신들의 요구를 관철시키겠다는 태도를 보였다.

헌제는 자신의 옆에 있는 왕윤을 보았다.

왕윤은 새파래진 입술을 깨물며 눈 아래의 대군을 노려보고 있다가 헌제의 시선이 자신에게 쏠린 것을 알자 벌떡 일어났다.

"이 몸뚱이가 무슨 대수라고!"

그러고는 이렇게 소리치며 문루에서 몸을 던져 뛰어내렸다.

그의 몸은 빽빽이 곧추서 있는 무수한 창들 위로 떨어졌다.

"바로 이놈이다."

"괴수."

"주공의 원수."

모여든 창과 검이 순식간에 왕윤의 몸을 갈기갈기 찢어버렸다.

흉포한 그들은 요구가 관철되었어도 여전히 물러나지 않았다. 이번 기회에 천자를 시해하고 일거에 대사를 도모해야 한다는 등의 흉측한 모의를 하고 있는 듯했다.

"허나 그런 무도한 짓을 저질렀다간 필시 백성들이 복종하지 않을 것이오. 서서히 천자의 세력을 약화시킨 뒤 일을 도모하는 쪽이 현명할 것이오."

번조와 장제의 의견에 군은 겨우 진정되는 듯했으나 여전히 물러나지 않자 황제는 다시 타일렀다.

"어서 군마를 돌려 돌아가거라."

그러자 성벽 아래의 흉포한 장병들은 관직을 요구했다.

"아닙니다. 황실에 공을 세운 저희 신하들에게 아직 훈작의 소식이 없기에 기다리고 있는 것입니다."

⫴ 四 ⫴

궁문에 군마를 늘어놓고 관직을 달라고 생떼를 쓰는 흉포한 신하들의 외침에 황제도 비열하다고 생각한 것이 틀림없지만, 그때는 황제로서도 어쩔 방법이 없었다.

결국 그들의 요구는 받아들여졌다.

그리하여 이각은 거기장군車騎將軍에, 곽사는 후장군後將軍에, 번조는 우장군右將軍에 임명되었다. 그리고 장제는 표기장군驃騎將軍이 되었다.

필부들이 모두 의관을 갖추고 일약 조정에 도열하게 된 것이다. 천하의 대권이 일개 동탁의 손아귀에서 이리저리 농락당하다가 이렇게 또 순식간에 네 사람의 손아귀로 넘어간 것이었다.

시기와 의심은 벼락출세한 자들의 특징이다. 그들은 헌제의 곁에까지 밀정을 심어놓았다.

이런 정부가 오랫동안 백성들에게 평화와 질서를 가져다줄 리가 없다.

과연 그로부터 얼마 후 서량 태수 마등馬騰과 병주 자사 한수韓遂가 10여만의 대군을 거느리고 장안으로 밀고 들어왔다.

"조정의 도적을 소탕하겠다."

이각 등 4대장은 어떻게 하면 좋을지 모사 가후에게 물었다.

가후는 소극 전술이라는 계책을 권했다.

장안 주위의 외성 수비를 견고히 하고, 보루 위에 보루를 쌓고, 도랑을 한층 더 깊이 파게 하여 공격군이 아무리 소리를 지르며 달려들어도 상대하지 않고 오직 수비만 군건히 할 뿐이었다.

100일쯤 지나자 공격군은 완전히 전의를 잃고 말았다. 군량미 부족과 장기간에 걸친 주둔으로 사기가 떨어진 데다 엎친 데 덮친 격으로 우기가 지나자 수많은 병자가 생긴 것이었다.

기회를 엿보고 있던 장안의 병사들은 일시에 사대문을 열고 나와 공격군을 짓밟았다. 대패한 서량군은 뿔뿔이 흩어져 도망쳤다.

한편 어지럽게 싸우고 있는 병사들 사이에서 병주의 한수는 우장군 번조에게 쫓겨 목숨이 위태로웠다.

한수는 궁지에 몰린 나머지 이전의 친분을 떠올리며 소리쳤다.

"번조, 번조. 귀공과 나는 동향 사람이 아닌가."

"여기는 전쟁터다. 국란國亂을 평정하기 위해서는 사사로운 의리와 정에 치우칠 수 없는 법."

"그렇긴 하지만 내가 싸움에 나선 것도 국가를 위해서네. 귀공이 국사國士라면, 국사의 마음 정도는 알 터. 나는 자네의 손에 죽어도 좋지만, 전군을 추격하는 것은 늦춰주게."

번조는 그의 호소에 그만 마음이 약해져서 군대를 돌리고 말았다.

이튿날 장안의 성안에서 승전을 축하하는 대연회가 열렸다. 그 석상에서 4대장 중 한 명인 이각이 번조의 뒤로 돌아가더니 느닷없이 "배신자!"라고 소리치며 그의 머리를 베었다.

동료인 장제는 너무 놀란 나머지 마루에 앉아 부들부들 떨었다. 이각은 그를 부축해 일으키며 말했다.

"자네에게는 아무 잘못이 없네. 번조는 어제 전장에서 적장 한 수를 고의로 도와주어서 주벌한 것이네."

번조를 밀고한 사람은 이각의 조카 이별李別이었다.

이별은 숙부를 대신해서 번조의 죄상을 그 자리에 있는 사람들에게 큰 소리로 알렸다.

마지막으로 이각은 다시 장제의 어깨를 두드리며 말했다.

"지금 조카가 말한 것과 같이 번조에게는 벌을 내렸지만, 자네는 나의 심복이니 자네에게는 어떠한 의심도 없네. 안심하게."

이각은 번조 군의 지휘권을 모두 장제의 손에 넘겨주었다.

가을비가 내릴 무렵

"요즘 연주兗州의 조조가 부지런히 현자들을 부르고 무사들을 모집하여 유능한 사람에게는 좋은 대우를 해준다고 하던데."

각지의 낭인들 사이에서는 온통 이런 소문뿐이었다.

이 소문을 전해 듣고 용사와 학자 들이 연주(산동성 서남부)로 몰려들었다.

한동안 조용하던 산동에 작년부터 도성인 장안이 혼란에 빠졌다는 소식이 종종 들려왔다.

"이번에는 이각과 곽사라는 자들이 병권과 정권을 좌우하고 있다더군."

"서량군은 산산조각이 날 정도로 패해서 재기불능이래."

"이각이라는 자도 조정을 쥐고 흔들 정도인 걸 보면 전에 있던 동탁 못지않은 재주가 있나봐."

따위로 워낙 땅덩어리가 넓다 보니 도성에서 난리가 일어나도 남의 일처럼 이야기하고 있었다.

그러던 중 청주 지방(제남의 동쪽)에서 또다시 황건적이 봉기하기 시작했다. 중앙이 혼란스러워지면 그에 호응하듯 초적草賊들이 바로 들고일어난다.

"황건적을 토벌하라!"

조정에서 조조에게 명이 내려왔다.

조조는 최근 조정에 들어앉아 병권과 정권을 쥐고 멋대로 휘두르는 새로운 조정의 신하들을 속으로는 인정하지 않았다.

하지만 조정이라는 이름 앞에서는 명에 복종할 수밖에 없었다. 또 어떤 기회라도 자신의 병마를 움직이는 것은 일보 전진이 된다고 생각했기에 명을 받들었다.

그의 정병은 즉시 지방의 초적들을 소탕했다. 조정은 그의 공을 치하하며 '진동장군鎭東將軍'에 임명했다. 그러나 그 봉작의 혜택보다 그가 얻은 실리 쪽이 훨씬 컸다.

100일간의 토벌전에서 항복한 적군 30만 명에, 그 지역 백성 중에서 힘이 세고 젊은 자를 뽑아 총 100만에 가까운 병사를 새롭게 충원했다. 물론 제북, 제남 지방은 땅이 비옥했기 때문에 병사와 말을 기를 식량과 목초, 재화도 남아돌 정도였다.

때는 초평 3년 11월이었다.

이리하여 그의 문하에는 각지에서 현명하고 재주 있는 자와 용맹한 무사들이 더 많이 모여들었다.

"자네는 나의 장자방張子房(한고조를 도와 천하를 통일한 인물)이네."

조조가 보자마자 인정한 순욱荀彧도 그때 얻은 인물이다.

당시 순욱은 불과 29세였다. 또 그의 조카 순유荀攸도 병법에 재주가 있다고 인정되어 행군교수行軍敎授에 임명되었고, 그 밖에 산중에서 초빙되어 온 정욱程昱이라든가, 초야에 숨어 지내던 대현인 곽가郭嘉 등에게도 모두 예를 갖춰 대우했기 때문에 조조의 주위에는 뛰어난 인재들이 밤하늘에 반짝이는 별처럼 모였다.

특히 진류陳留의 전위典韋는 손수 양성한 무사 수백 명을 이끌고 와서 벼슬을 원했다. 키는 1장에 가깝고 눈은 100번을 갈고 닦은 거울 같았다. 싸우면 항상 무게 80근의 쇠창을 양손에 들고, 사람을 베는 것이 풀을 베는 것과 같다고 호언장담하기를 꺼리지 않았다.

"허언일 것이다."

조조도 믿지 않았다.

"그러면 보여드리겠습니다."

전위는 말을 달려 호언한 대로 실연해 보였다. 또 마침 그때 거센 바람이 불어 연병장에 있던 커다란 깃발이 쓰러지려고 하자 수십 명의 병사가 몰려가서 깃대가 쓰러지지 않도록 붙잡았지만, 강풍의 힘에 당하지 못하고 쓰러진다며 소란을 떨고 있는 것을 보고 전위는 "모두 비켜라."라며 달려가서 한 손으로 그 깃대를 잡아 세웠을 뿐만 아니라, 깃발을 찢을 만큼 거센 바람이 아무리 불어도 양손을 쓰지 않았다.

"음. 옛날 악래惡來에게도 절대 뒤지지 않는 사내군."

조조도 혀를 내두르며 즉석에서 그를 부하로 삼고 백금란白金襴 전포戰袍와 명마를 내렸다.

악래는 옛날 은나라 주왕紂王의 신하로 힘이 세기로는 견줄 사람이 없었다. 조조가 전위를 악래보다도 뛰어나다고 한 것에서 이후 악래는 전위의 별명이 되었다.

||| 二 |||

조조는 어느 날 문득 고향에 있는 아버지를 떠올렸다.

'내가 지금까지 부모님께 참 많은 불효를 저질렀구나.'

그의 늙은 아버지는 그 무렵 이미 고향인 진류를 떠나 낭야琅琊라는 시골에 은거하고 있다는 소식을 전해 들었다.

산동 일대에 기반도 생기고 일신의 안정도 이루고 나니 조조는 늙은 아버지를 그렇게 두는 것이 죄송했다.

"나의 엄부嚴父를 모셔 오너라."

그는 태산泰山 태수 응소應劭를 사자로 삼아 급히 낭야로 보냈다. 사자를 맞이한 조조의 아버지 조숭은 뛸 듯이 기뻐하며 주위 사람들에게 아들 자랑을 한껏 늘어놓았다.

"그거 보라고. 그 애의 숙부는 물론 친척들도 그 애가 소년 시절에는 장래가 걱정되는 불량한 녀석이라고 이구동성으로 나쁘게 말했지만, 난 과감히 저놈은 싹수가 보인다고 인정했단 말일세. 역시 내 눈은 틀리지 않았다니까."

쇠락했어도 집안 식구가 40여 명에 하인도 100명이 넘었다. 조숭 일가는 100여 대의 수레에 가재도구를 싣고 서둘러 연주를 향해 출발했다.

때는 가을의 중반이었다.

〈풍림정거楓林停車〉(단풍 숲에 수레를 세우다)라는 남화南畵(산수화의 2대 화풍 가운데 하나)의 그림 제목을 그대로 떠올리게 하는 여행이었다. 늙은 아버지는 이따금 단풍잎 아래에 수레를 세우게 하고 자연을 만끽했다.

"이런 시를 지었는데 어떤가? 조조를 만나면 보여줘야지."

도중에 서주徐州(강소성 서주)에 당도하자 태수 도겸陶謙이 직접 군의 경계까지 마중 나와 있었다.

"오늘 밤은 성안에서 묵으시지요."

도겸은 서주성으로 맞이하여 이틀에 걸쳐 극진히 대접했다.

"한 지역의 태수가 늙은 나를 이렇게 대접하는 것은 다 조조 덕분이 아니고 뭐겠나? 난 정말 훌륭한 아들을 두었다니까."

조숭은 성안에 있는 동안에도 아들 자랑에 여념이 없었다.

사실 이곳의 태수 도겸은 평소부터 조조의 명성을 흠모하여 기회가 되면 조조와 연을 맺고 싶었지만 여의치 않았다. 그러던 차에 조조의 아버지가 일가를 이끌고 자신의 영내를 통과해 연주로 간다는 소식을 듣고 좋은 기회다 싶어서 몸소 마중을 나가 일행을 성안에 묵게 하고 최대한 극진히 대접한 것이다.

"도겸은 좋은 사람 같군."

조조의 늙은 아버지는 그의 인품에 크게 감복했다. 도겸이 온후한 군자인 것은 그뿐만 아니라 누구나 인정하고 있었다.

늙은 아버지의 일행은 은혜에 감사하고 사흘째 되는 날 아침에 서주를 출발했다. 도겸은 특별히 부하인 장개張闓에게 500명의 군사를 붙여주며 "안전하게 잘 모셔다 드려라."라고 명했다.

화비華費라는 산중에 오자 변덕스러운 가을 하늘이 갑자기 흐려지면서 온통 검은 구름으로 뒤덮였다. 그리고 푸른 번갯불이 번쩍이더니 갑자기 뚝뚝 굵은 빗방울이 떨어지기 시작했다. 나뭇잎은 폭풍에 휘날리고 봉우리와 골짜기는 안개에 휩싸인 채 날씨가 갑자기 험악해졌다.

"지나가는 비다. 어디 비를 피할 만한 곳이 없을까?"

"절이 있다. 산사의 문이 보여."

"그쪽으로 피하자."

말도 수레도 사람도 비를 맞으면서 절 문으로 피해 들어갔다.

그사이에 날이 저물었다.

"오늘 밤은 이 절에서 묵을 테니 본당을 빌려달라고 주지에게 말해보아라."

장개가 병졸에게 명했다.

그는 평소 부하들에게 신임을 잃은 터라 비에 젖은 생쥐 꼴이 된 병사들은 모두 뭔가 불만에 찬 표정을 짓고 있었다.

||| 三 |||

차가운 가을비는 한밤중까지 조용히, 그리고 쓸쓸하게 추적추적 내렸다.

어두운 복도에서 자고 있던 장개는 무슨 생각을 했는지 벌떡 일어나 병사의 오장伍長(군대에서 한 오伍의 우두머리를 이르던 말)을 사람이 없는 곳으로 불러내서 속삭였다.

"초저녁부터 병사들이 모두 불만스러운 얼굴을 하고 있는데, 왜 그러는지 아는가?"

"어쩔 수 없습니다. 평소 급여는 적고, 이런 시시한 일이나 맡아서 연주까지 저런 늙은이를 호송해봐야 아무 공적도 안 된다는 것을 알고 있으니까요."

오장은 시치미를 떼며 말했다.

"그래, 그렇구나. 무리도 아니지."

꾸짖을 것이라고 생각했는데 장개는 오히려 선동하듯 말했다.

"아무튼 우리는 원래 황건적 패거리에 들어가 자유를 만끽하며 제멋대로 살았으니까. 도겸에게 정벌당해 부득이하게 그 밑에 있지만, 시답지 않은 벼슬이라는 것이 박봉에 행동도 자유롭지 못하니 군사들이 불평하며 투덜대는 것도 당연해. ……이러고 사느니 차라리 다시 옛날처럼 누런 헝겊을 머리에 두르고 자유의 벌판으로 뛰쳐나가는 건 어떨까?"

"지금은 너무 늦지 않았습니까?"

"뭐, 돈만 있으면 되지 않을까? 마침 우리가 호위해온 늙은이 일족이 돈도 좀 있는 것 같고, 100대의 수레에 가재도구를 잔뜩 싣고 왔다. 그걸 빼앗아서 산채를 세우고 들어가자."

이런 못된 모의를 속삭이는 줄도 모르고 조숭은 뚱뚱한 애첩을 안고 절간의 한 방에서 곤히 자고 있었다.

삼경三更(23시~01시)에 가까운 깊은 밤, 갑자기 절 주위에서 함성이 치솟자 조숭의 옆방에서 자고 있던 조조의 아우 조덕曹德이 일어났다.

"무슨 일이냐?"

조덕이 잠옷 바람으로 복도로 뛰어나오는 것을 장개가 다짜고짜 검을 휘둘러 베어버렸다.

"으윽!"

비명이 여기저기서 들렸다.

"가, 강도다!"

조숭의 애첩이 절규하면서 한 길 높이의 담장을 넘어 도망치려고 했지만, 몸이 무거워 굴러떨어진 것을 장개의 부하가 창으로 찔러 죽였다.

호위병이 흉악한 비적으로 돌변해 잠깐 사이에 마음껏 살육을 저지르기 시작했다.

늙은 아버지 조숭도 뒷간에 숨었으나 이내 발각되어 갈기갈기

베여 죽었으며 그 밖의 가족과 하인 등 100여 명이 모두 피의 연못 속에 묻혔다.

조조가 아버지를 영접하라고 파견한 사자 응소는 이 흉변에 당황하여 허둥대다가 얼마 안 되는 시종과 함께 겨우 위기에서는 벗어났지만, 자기만 목숨을 부지한 것에 후환이 두려웠는지 조조에게 돌아가지 않고 그길로 원소에게 도망쳐버렸다.

잔혹한 밤이 밝았다.

아직 부슬부슬 내리고 있는 가을비 속에서 산사는 불에 타고 있었다. 그리고 흉적 장개 일당은 재물을 실은 100여 대의 수레와 함께 한 사람도 남지 않고 모두 사라져버렸다.

연주의 조조는 변고를 듣자 격노했다.

"늙은 아버지를 비롯해 우리 일가친척들을 모두 죽게 한 도겸이야말로 불구대천의 원수다!"

그는 불같이 화를 내며 말했다.

조조는 아버지의 죽음을 어디까지나 도겸의 죄로 생각하고 원한을 품었다.

젊은 시절, 자신의 오해로 아버지의 친구 일가를 모두 살해하고도 태연하던 조조였지만, 그와 유사한 사건이 지금 자신에게 일어나자 그 잔인함을 증오하지 않을 수 없었다. 그 참혹한 소식을 듣고 통곡하지 않을 수 없었다.

"서주를 토벌한다."

그날 조조는 대군을 동원하라는 군령을 내렸다. 군사들의 머리 위에는 '보수설한報讐雪恨(원수를 갚고 한을 씻는다)'이라고 쓴 깃발이 펄럭였다.

||| 四 |||

조조가 복수하기 위해 대군을 일으켜 서주를 공격한다는 소문이 각 주에 퍼지기를 전후해서 조조의 진문으로 찾아온 사람이 있었다.

"꼭 만나게 해주시오."

바로 진궁陳宮이었다.

진궁은 일찍이 조조가 도성에서 탈출할 때 함께 흉금을 털어놓고 장래를 맹세했지만 얼마 후 조조의 됨됨이를 알고 '이 사람은 왕도王道에 따라 진정으로 나라를 걱정하는 영웅이 아니라 오히려 어지러운 나라를 더욱더 난리 속으로 몰아넣을 패도의 간웅이다.'라고 두려워하며 도중에 여관에서 그를 버리고 행방을 감춰버린 사내다.

"자네는 지금 뭘 하고 있나?"

조조가 묻자 진궁은 다소 난감한 듯 대답했다.

"동군東郡의 종사從事라는 말단 관리로 일하고 있습니다."

그러자 조조는 빈정거리는 듯한 미소를 띠며 이미 상대가 찾아온 이유를 알고 있다는 듯 말했다.

"그럼 서주의 도겸과는 친한 사이이겠군. 자넨 아마 그 친구를 위해 나를 달래러 온 모양이네만, 자네의 간원으로도 이 조조의 원한과 분기를 푸는 것은 불가능할 걸세. 기왕 왔으니 놀다가 가게."

"지금 말씀하신 대로 그 목적으로 왔습니다. 소생이 아는 도겸은 세상에 드문 인자仁者이자 군자입니다. 춘부장께서 처참한 화를 당하신 것은 도겸의 죄가 아니고 장개의 소행입니다. 소생은 이유 없는 전란으로 어진 군자가 고통을 당하고 동시에 장군의 명성과 인망에 흠이 갈까 봐 염려가 되어 견딜 수 없습니다."

"바보 같은 소리."

조조는 지금까지의 미소를 호통으로 바꾸어 쏘아붙였다.

"아버지와 동생의 원한을 씻는 것이 어째서 우리의 명성과 인망을 실추시키는 일이란 말인가! 자네는 애당초 힘든 시절의 나를 버리고 달아난 자가 아닌가. 나에게 그런 말을 할 자격이 있다고 생각하는가?"

진궁은 얼굴을 붉히며 그 자리를 떠났지만, 자신의 실패를 도겸에게 보고할 용기가 없어서 그길로 곧장 진류 태수 장막張邈에게로 달아나버렸다.

이리하여 '보수설한'의 큰 깃발은 조조의 분노를 앞세운 채 도겸의 간을 도려내고 살을 씹고야 말겠다는 기세로 서주성을 향해 출격했다.

이 사나운 군대는 진격하면서 백성들의 분묘를 파헤치거나, 적과 내통할 우려가 있는 자들을 가차 없이 베며 통과했기 때문에 백성들의 공포는 극에 달했다.

서주의 늙은 태수 도겸은 장수들을 모아놓고 말했다.

"조조 군에는 도저히 맞설 수 없네. 그의 원한을 산 것은 다 내가 부덕한 탓이니 나는 오라를 받고 기꺼이 그의 칼에 이 머리를 내줄 생각이네. 그리고 백성과 군사 들의 목숨만은 구명해달라고 애원해보겠네."

그러나 장수들 대부분이 반대하며 말했다.

"그럴 수 없습니다. 태수를 죽게 내버려두고 어찌 저희만 목숨을 구걸할 수 있겠습니까?"

그들은 대책을 논의하고 북해北海(산동성 수광현壽光縣)에 급사를 보내 공자의 20대 손자로 태산의 도위인 공주孔宙의 아들 공융孔融에게 원군을 청했다.

때마침 또 황건의 잔당이 집결하여 각지에서 소동을 일으키기 시작했다. 북평의 공손찬도 황건적을 토벌하러 국경에 나가 있었는데, 그 휘하에 있던 유현덕은 갑작스러운 서주의 변고를 듣고 의義를 위해 어진 군자라고 소문 난 도겸을 도우러 가고 싶다고 공손찬에게 말해보았다.

그러나 공손찬은 오히려 반대하며 말렸다.

"그만두는 게 어떤가? 자네가 조조에게 원한이 있는 것도 아니고, 도겸에게 갚을 은혜가 있는 것도 아니지 않나?"

하지만 유비는 의가 무너진 지금이야말로 의를 보여야 할 때라고 생각했다. 억지로 허락을 받고 또 막료인 조운趙雲을 빌려, 총군 5,000명을 인솔해서 조조의 포위망을 뚫고 마침내 서주에 입성했다.

태수 도겸은 유비를 맞이하여 손을 잡고 눈물을 흘렸다.

"지금 세상에도 귀공 같은 의인이 있었구려."

생사의 갈림길

||| 一 |||

성안에 있는 병사들의 사기는 되살아났다.

고립무원 속에서 힘겹게 싸우고 있던 성안의 병사들은 생각지도 않은 유현덕의 원병을 맞이하게 되자 몇 번이나 환호성을 올렸다.

"저 소리가 들리시오?"

늙은 태수 도겸은 기쁨에 떨면서 유비를 윗자리에 앉히더니 즉시 태수의 인끈을 풀고 말했다.

"오늘부터는 이 도겸을 대신해서 귀공이 서주의 태수로서 성주의 자리에 앉아주시오."

"당치도 않은 말씀입니다."

유비는 화들짝 놀라며 극구 사양했다.

"아니요. 공의 선조는 한나라의 종친이라고 들었소. 귀공은 정통 한실의 피를 이어받았소. 혼란에 빠진 천하를 안정시키고 문란해진 왕권의 질서를 바로잡아 사직을 도우며 만백성 위에 군림할 수 있는 자질을 지니셨지요. 나 같은 늙은이는 이제 능력도 말라버렸소. 쓸데없이 태수의 자리에 연연해하는 것은 다음에 올 시대의 여명만 늦출 뿐이오. 나는 지금의 이 자리에서 물러나고 싶소. 이 자리를 안심하고 물려줄 인물도 귀공 외에는 찾을 수 없어요.

부디 나의 진심을 헤아려 승낙해주시오."

도겸의 말에는 진심이 담겨 있었다. 소문으로 듣던 대로 사심이 없는 사람이었다. 세상을 걱정하고 백성을 사랑하는 어진 사람이었다.

하지만 유비는 여전히 한사코 사양하며 받아들이지 않았다.

"저는 태수를 도우러 온 사람입니다. 젊은이의 힘은 있어도 아직 태수와 같은 덕망은 없습니다. 덕이 낮은 사람을 태수로 앉히는 것은 백성에게 불행한 일입니다. 난리의 근원입니다."

장비와 관우 두 사람은 답답하다는 표정으로 그의 뒤에 서 있었다.

'왜 저렇게 자꾸 사양만 하는 거야? 아무래도 큰형님은 의리를 너무 중시한단 말이야. 요즘 사람이 되긴 글렀어. ……그냥 좋습니다, 하고 받아들이면 안 되나?'

늙은 태수의 열망과 유비의 겸양이 맞부딪치며 끝이 날 것 같지 않자 옆에 있던 가신 미축麋竺이 말했다.

"나중에 다시 말씀을 나누시는 것이 어떻겠습니까? 여하튼 지금 성벽 아래는 적으로 들끓고 있으니 말입니다."

"그렇구나."

두 사람은 고개를 끄덕이고 즉각 회의를 열어 군비軍備 상황을 점검한 뒤 일단 외교책을 써서 해결하는 것도 하나의 방법이라는 결론이 나자 유현덕이 조조에게 사자를 보내 정전停戰을 권고하는 서신을 전했다.

조조는 유비의 서신을 보고 나서 말했다.

"뭐? ……내 원수를 갚는 일은 뒤로 미루고 국난을 먼저 바로잡자고? ……유비 같은 놈의 설법을 듣지 않아도 나에게는 큰 뜻이 있다. 불손한 놈 같으니."

조조는 서신을 갈기갈기 찢고 한마디로 물리쳤다.

"사자 따위는 베어버려라."

마침 그때 그의 본거지인 연주에서 잇달아 파발마가 달려와서 차례차례 보고했다.

"큰일났습니다. 장군이 성을 비운 사이에 여포가 연주를 기습했습니다."

여포가 어째서 조조가 없는 틈을 노려 그의 근거지를 기습했을까?

여포도 도성에서 밀려난 사람 중 한 명이다. 이각, 곽사 등의 무리에게 중앙의 대군을 빼앗기고 장안을 떠난 그는 한때 원술에게 몸을 의탁하고 있었으나 그 후 또 여러 지역을 유랑하다 진류의 장막에게 몸을 의탁하여 오랫동안 그곳에 머물러 있었다.

그러던 어느 날, 그가 정원에서 말을 타고 성 밖으로 바람을 쐬러 나가려고 할 때였다.

"아아, 요즘엔 천하의 명마도 공연히 살만 찌고 있습니다."

여포의 얼굴 바로 앞까지 와서 일부러 짓궂게 빈정거리는 사내가 있었다.

||| 二 |||

'이상한 말을 하는 놈이군.'

여포는 의심스러운 표정으로 그를 말없이 바라보고 있었다.

진궁이었다.

지난번 도겸의 부탁을 받고 조조의 침략을 말리려고 갔다가 실패로 끝난 것이 부끄러워 서주로 돌아가지 않고 장막에게 몸을 의탁한 그였다.

"어째서 내 말이 공연히 살만 찌고 있다고 한탄하는 것인가? 쓸데없이 오지랖 떨지 마라."

여포가 말했다.

"아니, 안타까워서 드린 말씀입니다."

진궁이 말을 바꿨다.

"말은 천하의 명마인 적토마, 말 주인은 세 살짜리 아이도 그 이름을 다 안다는 영걸인데 하는 일 없이 남의 집에 몸을 의탁한 채 천하가 나뉘어 무너지고 군웅이 서로 다투고 있는 이때, 허무하게 채찍만 놀리고 있는 것이 너무도 안타까워서 말입니다."

"그렇게 말하는 자넨 도대체 누구인가?"

"진궁이라는 무명의 떠돌이입니다."

"진궁? ……그럼 일전에 중모현의 관문을 지키다가 조조가 도성을 떠났을 때 그를 돕기 위해 관직을 버리고 도망친 현령이 아닌가?"

"그렇습니다."

"아아, 몰라봤군. 그런데 지금 자네가 나에게 수수께끼 같은 말을 했는데, 그 진의는 무엇인가?"

"장군은 이 명마를 끌고 평생 식객이나 방랑객에 만족하실 생각이십니까? 그 답을 먼저 듣고 싶습니다."

"그렇지 않네. 나에게도 뜻이 있지만, 아직 때가 되지 않아서."

"때는 눈앞에 와 있지 않습니까? 지금 조조는 서주를 공략하기 위해 출정하여 연주에는 소수의 수비병만 있을 뿐입니다. 이럴 때 연주로 번개같이 들이치면 주인 없는 벌판을 차지하듯 일약 방대한 영토가 장군의 것이 될 것입니다."

여포의 얼굴에 혈색이 돌았다.

"그, 그렇겠군. 잘 말해주었네. 자네의 말이 나의 나태함을 깨워주었어. 당장 실행에 옮기겠네."

그런 일이 있고 나서였다.

연주는 병란에 휩싸였고, 허를 찔러 침입한 여포의 군대는 조조의 본거지를 점령하더니 더욱 기세를 올려 복양濮陽(하북성 개주開州) 방면까지 병란을 확대시켰다.

"내 불찰이다!"

조조는 입술을 깨물며 후회했지만 이미 늦었다. 그는 서주를 공략하는 진중에서 그 급보를 받자 진퇴양난에 빠진 듯 한동안 망연자실했다.

"어떻게 한단 말인가."

하지만 그는 영민했다. 그리고 배짱도 두둑했다. 한때의 당혹감에서 벗어나자, 곧 날카로운 기지가 발동되어 평소의 얼굴로 돌아왔다.

"아까 성안에서 온 유비의 사자를 아직 참하지 않았겠지? 죽여서는 안 된다. 어서 이리 데리고 오너라."

그리고 그는 유비의 사자에게 손바닥 뒤집듯 태도를 싹 바꿔서 말했다.

"깊이 생각해보니 그 서신의 취지에 일리가 있더군. 조언에 따라 깨끗이 철병을 단행하겠네. 모쪼록 내 말을 잘 전해주게."

조조는 사자를 정중히 성안으로 돌려보내고, 동시에 큰물이 빠지듯이 즉시 연주로 돌아가 버렸다.

우연이지만 유비의 글이 신통한 효력을 발휘하자 성안의 병사들이 기뻐한 것은 말할 필요도 없었다. 또 늙은 태수 도겸은 다시 한번 유비에게 간청했다.

"부디 나를 대신해서 서주의 태수를 맡아주시오. 나에게는 아들이 있지만 유약하여 국가의 막중한 책임을 견디지 못할 것이오."

그러나 유비는 도저히 받아들일 수 없었다. 그래서 겨우 근교의 소패小沛라는 마을 하나를 받고 일단 성문을 나와 그곳에서 군사를 기르며 멀리서나마 서주 땅을 지켰다.

||| 三 |||

급히 말을 달렸다.

조조는 대군을 이끌고 연주로 돌아갔다. 그는 어려운 상황에 처하면 처할수록 장렬한 의기로 점점 더 강인해지는 성격이었다.

'여포가 별거냐.'

그는 이미 상대를 파악하고 빼앗긴 연주를 탈환하는 것쯤은 며칠이면 된다고 손에 침을 뱉으면서 앞으로 나아갔다.

군을 둘로 나누어 휘하의 조인에게 연주를 포위하게 하고 자신은 복양으로 돌진했다. 적장 여포가 복양을 점령하고 그곳의 성에 있다고 보았기 때문이다.

"쉬어라."

복양에 도착하자 그는 병마를 쉬게 하고 새빨간 석양이 서쪽으로 질 때까지 움직이지 않았다.

일전에 휘하의 조인이 그에게 주의를 준 말이 갑자기 생각났다.

"여포의 용맹함은 이 근방에서 당할 사람이 없습니다. 게다가 최근 그의 곁에는 언제나 진궁이 수행하고 있고, 그 밑에는 문원文遠, 선고宣高, 학맹郝萌 등과 같은 맹장들이 있다고 합니다. 충분히 주의하지 않으면 의외로 고배를 마실지도 모릅니다."

조조는 그 말을 지금 가슴에 되새겨보았지만, 별로 두렵지는 않았다. 여포가 용맹할지 모르지만, 그에게는 지려智慮가 없다. 책사 진궁 같은 자는 생각이 뻔한 떠돌이, 게다가 자기를 배반하고 떠난 비겁자다. 뜨거운 맛을 보여주겠다는 생각뿐이었다.

한편, 여포는 조조가 공격해오는 것을 알고 등현藤縣에서 태산의 험준한 길을 넘어 되돌아왔다.

"조조 따위가 감히."

그 역시 같은 의기로 진궁의 간언도 듣지 않고 총군 500여 기를 이끌고 대치했다.

조조는 자신의 날카로운 통찰력으로 여포의 서쪽 진채야말로 수비가 허술하다고 보고 이전과 조홍, 우금, 전위 등을 이끌고 어두운 밤에 산길을 넘어 기습을 감행했다.

여포는 그날 정면의 들판 전투에서 조조 군에 대승을 거둔 터라 서쪽 진채가 위험하다는 진궁의 주의에도 불구하고 승전에 우쭐해져서 그다지 개의치 않고 자고 있었다.

복양의 성안은 대혼란에 빠졌다. 서쪽 진채는 순식간에 함락되어 조조 군이 깃발을 꽂았다. 그러나 잠에서 깬 여포가 지휘를 맡자 사정이 달라졌다.

"진채는 나 혼자서라도 탈환하겠다. 너희들은 쳐들어온 적들을 한 놈도 살려 보내지 마라."

여포 휘하의 병사들이 순식간에 질서를 되찾고 북을 치며 포위망을 좁혀갔다.

험한 산길을 넘어 깊숙이 비집고 들어간 기습군은 원래부터 대군도 아니고 지리에도 어두웠다. 일단 점령한 진채는 조조 군에게 오히려 위험한 곳이 되었다.

병사들이 뒤엉켜 싸우는 동안 날이 하얗게 밝아오고 있었다. 주위를 둘러보니 부하들은 거의 다 흩어지거나 전사하고 말았다.

"당했다!"

조조는 자신이 사지死地에 있다는 걸 깨닫고, 즉시 진채를 버리고 도망쳤다. 그리고 남쪽으로 달려가니 남쪽 벌판에도 온통 적군. 동쪽으로 빠져나가려고 하자 동쪽 숲속에도 적병들이 버글거렸다.

"가망이 없구나."

그는 말 머리를 어디로 돌려야 할지 갈피를 잡지 못했다. 다시 간밤에 넘어온 북쪽 산길로 달릴 수밖에 없었다.

"야, 조조가 저쪽으로 도망친다."

여포 군이 쫓아왔다. 물론 여포도 그 사이에 있었다.

조조는 도망 다니다 성안 네거리에서 길을 잃었다. 채찍도 부러져서 말의 배를 차며 도망 다녔다. 그때 또다시 전방에 모여 있던 적군 속에서 딱딱딱 하고 딱따기 소리가 높이 울리는가 싶더니 조조를 향해 사방팔방에서 화살이 질풍처럼 날아왔다.

"끝이구나! 나를 구해다오. 아군은 아무도 없느냐?"

천하의 조조도 자기도 모르게 비명을 지르면서 날아오는 화살을 칼로 쳐냈다.

그때 저쪽에서 누군가 "이얍!" 하고 맹수가 짖는 듯한 목소리가 들렸다. 양손에 무게 80근은 되어 보이는 창을 들고 적을 베며 적진의 한복판을 뚫고 달려오는 자가 보였다. 말도 사람도 붉은 피를 뒤집어쓰고 있어서 마치 불덩이가 날아오는 것 같았다.

"주공, 주공! 말에서 내리십시오. 그리고 땅바닥에 엎드려서 잠시 적의 화살을 피하십시오."

그는 화살 공격에 꼼짝 못 하고 있는 조조를 향해 다가오며 큰소리로 주의를 주었다. 누군가 했더니 얼마 전에 수하로 받아들인 악래, 전위였다.

"오오, 악래인가."

조조는 얼른 말에서 뛰어내려 그의 말대로 땅바닥에 엎드렸다.

악래도 말에서 내려 양손에 든 창을 풍차처럼 돌리며 화살을 막았다. 그리고 적군을 향해 당당하게 나아가면서 큰 소리로 외쳤다.

"그런 비실비실한 화살로 이 악래의 몸을 꿰뚫을 수 있겠느냐!"

"건방진 놈. 쳐 죽여라!"

50기 정도의 적이 한 무리가 되어 달려왔다.

악래는 선전하며 적의 단검만 열 자루나 빼앗았다. 그의 창은 이미 톱처럼 이가 빠져 있었기 때문에 그것을 던져버리고 단검 열 자루를 몸에 지니고 조조 쪽을 돌아보았다.

"모두 흩어져 도망쳤습니다. 지금입니다. 어서 일어나십시오."

그는 조조의 말고삐를 잡고 또 뛰었다. 두세 명의 부하도 그의 뒤를 따랐다. 그러나 화살은 여전히 조조 일행을 목표로 비처럼 날아왔다. 악래는 투구의 목 가리개를 기울여 그 아래로 목을 깊숙이 넣고 맨 앞에서 돌진하다가 또다시 한 무리의 적군이 다가오는 것을 보고 뒤에 있는 부하에게 소리쳤다.

"어이, 이봐. 난 이렇게 하고 있을 테니까 적군이 10보 앞까지 접근하거든 알려라."

그리고 쏟아지는 화살의 한가운데에 서서 잠자는 오리처럼 얼굴을 투구의 목 가리개로 가리고 있었다.

"10보입니다."

뒤에서 부하가 소리쳤다.

그 순간 악래는 "왔구나!" 하고 손에 쥐고 있던 단검 한 자루를 던졌다.

말을 타고 자신만만하게 달려오던 적병이 안장에서 거꾸로 굴러떨어졌다.

"10보입니다."

다시 뒤에서 부하의 목소리가 들렸다.

"옳지!"

단검이 바람을 가르며 날아갔다. 적병이 또다시 말에서 보기 좋게 굴러떨어졌다.

"10보."

다시 단검이 날치처럼 빛을 번뜩이며 날아갔다.

그렇게 해서 열 개의 단검이 열 명의 적을 죽이자 적군은 겁을 먹었는지 흙먼지 속으로 말 엉덩이를 보이며 달아나버렸다.

"가소로운 놈들!"

악래는 다시 조조의 말고삐를 잡고 도망치는 적군 속으로 밀고 들어갔다. 그리고 적의 무기를 빼앗아 적을 난도질하면서 겨우 한

쪽에 혈로를 뚫었다.

산기슭까지 오자 수십 명의 부하와 함께 도망쳐온 하후돈을 만났다. 아군의 부상자와 사상자는 전군의 절반 이상에 달했다.

참담한 패전이다. 아니, 조조가 목숨을 보전한 것이 오히려 기적이라 할 수 있었다.

"자네가 없었다면 천에 하나도 내 목숨은 없었을 것이네."

조조가 악래에게 말했다.

밤이 되자 큰비가 내렸다. 산길을 넘어가는데 폭포나 급류를 뚫고 가는 것 같았다.

돌아간 뒤 악래 전위는 그날의 공로로 영군도위領軍都尉로 승급되었다.

||| **五** |||

여포는 연전연승이었다.

실의에 빠져 유랑을 이어가던 일개 떠돌이 무사는 또 순식간에 복양성의 주인이 되었다. 앞서 조조를 단단히 혼내준 터라 성안 병사들의 사기는 하늘을 찔렀다.

"이 고장에 전田씨라는 오래된 가문이 있습니다. 아십니까?"

모사 진궁이 뜬금없이 말했다. 여포도 최근에는 그의 지모를 깊이 신뢰하고 있었으므로, 또 무슨 묘책이 있나 싶어서 말했다.

"전씨라면 이름난 부자가 아닌가? 부리는 하인만 해도 수백에 이른다고 들었네만."

"그렇습니다. 그 전씨를 지금 은밀히 부르십시오."

"군자금 때문인가?"

"그런 하찮은 일이 아닙니다. 영내의 부자들에게서 돈을 짜내는 것은 저축해놓은 돈을 성급히 빼먹는 것과 다름없습니다. 대사만 이뤄지면 황금재보黃金財寶는 저들이 알아서 들고 올 것입니다."

"그럼 전씨를 불러 무얼 할 생각인가?"

"조조의 목숨을 취하는 일입니다."

진궁은 목소리를 낮춰 뭔가 소곤소곤 여포에게 설명했다.

그러고 나서 며칠 후.

한 농부가 삶은 닭을 짚으로 싸서 대나무 장대 끝에 매달아 어깨에 메고는 조조의 진문 근처를 서성이고 있었다.

"수상한 놈이다."

병사들이 그를 붙잡자 농부는 엎드려 절하며 말했다.

"이것을 대장님께 바치고 싶습니다."

"밀정일 것이다."

병사들은 더 묻지 않고 곧장 조조 앞으로 끌고 갔다. 그러자 그는 태도를 바꾸며 말했다.

"주위를 물리쳐주십시오. 짐작하셨듯이 저는 밀사입니다. 그러나 장군께 해가 될 사자는 아닙니다."

근신만을 남기고 사졸들은 내보냈다. 농부는 닭 꾸러미를 매어놓은 대나무를 쪼개 그 안에서 한 장의 밀서를 꺼내 조조의 손에 바쳤다.

밀서는 성안에서 가장 오래된 가문이자 부호로 알려진 전씨가 보낸 것이었다. 여포의 잔인무도함에 대한 성안 백성들의 원망이 줄지어 쓰여 있었다. 이런 인물이 성주가 된다면 우리는 다른 곳으로 뿔뿔이 흩어져 도망갈 수밖에 없다는 말도 적혀 있었다.

어쨌든 밀서의 요점은 이렇다.

　지금 복양성에는 파수병밖에 없습니다. 여포가 여양黎陽에
가 있기 때문입니다. 각하의 군사를 즉각 움직여주십시오 저
희는 기회를 봐서 내응하여 성안을 교란시키겠습니다. 의義라
고 크게 쓴 백기를 성벽 위에 세우겠으니, 그것을 신호로 복양
의 군사들을 일거에 섬멸하시기 바랍니다. 지금이야말로 기회
입니다.

조조는 활짝 웃으며 기뻐했다.
"하늘이 나에게 지난날의 치욕을 씻을 기회를 주시는구나. 복양
은 이제 내 손안에 있다."
사자를 후히 대접하고 수락하는 답장을 들려서 보냈다.
"위험합니다."
책사 유엽劉曄이 말했다.
"만약을 위해 군사를 셋으로 나눠서 한 부대만 먼저 보내보십시
오 여포는 지모가 없는 사내입니다만, 진궁은 방심할 수 없습니다."
조조도 그 의견에 동의하여 군을 셋으로 나눠서 서서히 적의 성
벽 아래로 진격했다.
"오오, 보인다."
조조는 만족스러운 미소를 지었다.
아니나다를까 크고 작은 적의 깃발들이 펄럭이고 있는 성벽 위
의 한 귀퉁이, 서문 위 근처에 흰 깃발이 하나 꽂혀 있었다. 손그늘
을 만들어 볼 것도 없이 그 깃발에는 분명히 '의義'라는 글자가 크

게 새겨져 있었다.

"이미 절반은 성공한 것이나 다름없다."

조조는 양옆의 부하들에게 말하면서도 경계를 늦추지 않았다.

"하지만 밤이 될 때까지는 숨을 죽인 채 작은 싸움 정도만 하고, 적이 유인해도 깊이 들어가지 마라."

성시의 상점들은 모두 문을 닫아걸었고 백성들은 이미 도망간 후여서 거리는 대낮인데도 한밤중처럼 고요했다. 조조의 군마는 곳곳에 무리 지어 진을 치고 음식과 식수를 찾아다니거나 밤에 있을 총공격을 준비하고 있었다.

예상대로 성안의 병사들이 기습해왔다. 거리마다 적은 수의 군사들이 충돌하여 일진일퇴를 거듭하고 있는 사이에 해가 완전히 저물었다.

저물녘의 혼잡한 틈을 타서 토착민 한 명이 조조가 있는 본진으로 뛰어들었다. 잡아서 물어보니 밀서를 내보이며 말했다.

"전씨가 보낸 사자입니다."

조조는 그 말을 듣자마자 밀서를 받아 펼쳐 보았다. 전씨의 필적이 분명했다.

초경初更의 별이 빛날 무렵 성 위에서 징 소리가 울릴 것이니 기회를 놓치지 마시고 즉각 전진하십시오

백성들은 귀군의 말발굽과 창을 기다린 지 오래이니 안에서 즉각 철문을 열어 성을 고스란히 각하께 바치겠습니다.

594

삼국지 1

"좋아, 때가 무르익었다."

조조는 밀서에 적혀 있는 계책에 따라 곧바로 병사들을 배치하기 시작했다.

하후돈과 조인의 두 부대는 성시의 문에 머무르게 하고, 선봉에 하후연과 이전, 악진을 배치했다. 그리고 중간에는 전위 등 네 장수로 에워싸게 하고, 자신은 그 한가운데에서 대장기를 휘날리며 지휘를 맡아 튼튼하고 치밀하게 진형을 짠 뒤 서서히 내성의 정면을 향해 나아갔다.

그러나 이전은 성안에 뭔가 이상한 정적이 흐르고 있는 것을 느끼고 조조에게 충언했다.

"일단 저희가 먼저 성문에 부딪혀 상황을 파악해보겠으니 주공께서는 잠시 진군을 멈춰주십시오."

조조는 못마땅한 표정을 지으며 말했다.

"병기兵機라 함은 한 번 기회를 놓치면 순식간에 승기를 잃는 것이다. 전씨의 신호에 맞추지 않으면 전선全線이 뒤죽박죽이 돼."

조조는 충고를 듣지 않았을 뿐만 아니라 더욱 조바심을 내며 자신이 앞장서서 가기 시작했다.

달은 아직 뜨지 않았지만, 하늘에 가득한 별들은 초저녁인데도 요란스럽게 반짝이고 있었다. 조조의 뒤를 따르는 군마가 성문에 접근했을 때쯤 서문 근처에서 음산하게 소라고둥을 부는 소리가 꼬리를 끌며 길게 울렸다.

"앗, 무슨 소리지?"

공격군의 장수들은 머뭇거렸지만, 조조는 벌써 해자에 걸린 현수교를 말을 타고 건너면서 돌아보며 소리쳤다.

"전씨의 신호다. 무얼 꾸물대고 있느냐! 이 기회에 돌파하라!"

순간, 정면의 성문이 안쪽에서 여덟 팔자로 열리기 시작했다. 그렇다면 전씨의 밀서는 거짓이 아니라는 증거라며 장수들도 용기를 내어 성문 안으로 우르르 밀고 들어갔다.

그런데 그때 어둠 속에서 함성이 들렸다. 적인지 아군인지도 알 수 없었고, 마치 거센 파도처럼 돌진하고 있었기 때문에 갑자기 말을 세우고 살펴볼 상황도 아니었다.

그리고 어디선가 돌이 비처럼 쏟아지기 시작했다. 동시에 돌담과 건물 뒤에서 무수한 횃불이 빛나기 시작했는데 그 수가 몇천인지 몰랐다.

"아아, 이런!"

의심하는 사이에 횃불이 날아왔다. 군마 위에, 땅에, 투구에, 소매에 불의 비가 쏟아져 내렸다. 조조는 깜짝 놀라 목이 터져라 후미를 향해 소리쳤다.

"멈춰라! 적의 계략에 걸려들었다. 퇴각하라!"

||| 七 |||

적의 계교에 빠진 것을 깨닫고 조조가 말 머리를 돌린 순간 한 발의 뇌포雷砲가 어딘가에서 "쾅!" 하고 울렸다.

그를 뒤따라 돌진해오던 전군은 즉각 큰 혼란에 빠졌다. 말들은 날뛰고 병사들은 방향을 잃고 우왕좌왕하고 있는데 후속 부대는 뒤에서 자꾸 밀고 들어왔다.

"왜 이래?"

"빨리 가!"

"퇴각이야."

"물러나, 물러나라."

혼란은 쉽게 가라앉을 것 같지 않았다.

비처럼 쏟아지는 돌과 횃불이 멎는가 싶더니 성의 사대문이 일제히 활짝 열리며 안에서 여포의 군사가 쏟아져 나와 동서에서 협공했다.

"공격군을 한 놈도 살려 보내지 마라."

당황한 조조의 병사들은 그물에 걸린 물고기처럼 무력하게 섬멸되었다. 죽임을 당한 자, 생포된 자의 수가 셀 수 없을 정도로 많았다.

"불찰이다, 내 불찰이야."

천하의 조조도 당황했다. 분해서 입술을 깨물며 북문으로 도망치려고 했지만, 거기에도 적군이 들끓고 있었다. 남문으로 도망치려고 보니 남문은 불바다였다. 서문으로 내빼려고 했더니 서문 양쪽에서 복병이 나타나 앞다투어 자기 쪽으로 달려온다.

"주공, 주공. 혈로가 열렸습니다. 어서 이쪽으로 오십시오."

그를 부른 것은 악래 전위였다. 전위는 이를 악물고 눈을 부릅뜬 채 적병을 걷어차며 조조를 위해 현수교의 길을 열었다.

조조는 쏜살같이 빠져나가 성시의 마을로 달렸다. 뒤에 남아 싸우던 악래도 곧 뒤를 쫓아왔지만 이미 조조의 모습은 어디에도 없었다.

"아아…… 주공."

악래가 찾고 있는데 아군으로 보이는 자가 말을 타고 달려왔다.

"전위가 아닌가."

"오, 이전인가. 주공은 보지 못했나?"

"나도 걱정되어 찾고 있는 중이네."

"어디로 피신하셨을까?"

두 사람은 군사를 풀어 구석구석 수색해보았지만, 도무지 찾을 수 없었다.

어디를 봐도 불과 검은 연기와 적병뿐이었다. 조조 자신조차 남쪽으로 달리고 있는지 서쪽으로 향하고 있는지 알 수 없었다. 그저 끝날 줄 모르고 포위해오는 적군과 불길이 만들어내는 미로를 헤매는 기분이었다. 그 속에서 도저히 빠져나올 수 없을 것처럼 머릿속은 극도로 혼란스러웠다.

그때 저편 어둠 속에서 한 무리의 횃불이 시뻘겋게 밤안개를 물들이면서 구불거리며 다가왔다.

가까이 가서 볼 것도 없이 적이 틀림없었다.

'큰일났다!'

조조는 당황했지만 여기서 돌아섰다간 오히려 의심을 사게 된다. 담대하게 그대로 지나가려고 했다.

그러나 누가 알았으랴. 부하들의 횃불에 둘러싸여 뚜벅뚜벅 걸어온 것은 적장 여포였다. 오른손에는 무시무시한 방천극을 비껴들고 왼손에는 적토마의 고삐를 쥐고 유유히 다가오는 그의 모습이 조조의 눈에 가득 들어왔다.

소스라치게 놀랐지만 이미 늦었다. 조조는 얼굴을 돌리고 그 얼굴을 손으로 가리면서 아무렇지 않은 척 스쳐 지나갔다.

그러자 여포가 무슨 생각을 했는지 창끝으로 조조의 투구 꼭지를 가볍게 툭 쳤다. 그리고 아마도 자신의 아군 장수쯤으로 생각했는지 이렇게 물었다.

"이봐. 조조가 어느 쪽으로 도망쳤는지 모르느냐? 적장, 조조 말이다!"

"예."

조조는 거짓으로 목소리를 꾸며내 말했다.

"저도 그를 추적하고 있는 중입니다. 황색 준마를 탄 누군가가 저쪽으로 달아났다고 합니다."

조조는 손가락으로 한쪽 방향을 가리키자마자 그쪽으로 쏜살같이 도망쳤다.

||| 八 |||

"저놈, 수상한데?"

뒷모습을 보면서 여포가 알아챘을 때는 이미 조조의 그림자는 마을의 자욱한 연기 속으로 사라져 보이지 않았다.

"아아, 위험했다."

조조는 정신없이 도망치다가 잠시 말을 세우고 중얼거렸다. 실로 호랑이 굴에서 벗어났다는 것이 이런 기분이겠구나 싶었다.

하지만 도대체 여기가 어디인지. 서쪽인지, 동쪽인지. 앞으로 갈 길도 여전히 오리무중이었다.

그렇게 헤매고 있는 사이에 자신을 찾고 있는 악래를 겨우 만났다. 그리고 악래의 호위를 받으며 곳곳에서 혈로를 뚫고 동쪽의 큰길로 나가는 성 밖의 문까지 도망쳐왔다.

"아아, 여기도 틀렸구나!"

조조는 저도 모르게 탄성을 질렀다. 말도 땅을 발굽으로 찰 뿐 더는 앞으로 나아가려 하지 않았다.

그도 그럴 것이 큰길로 나가는 성문이 지금 불길에 휩싸여 있었다. 긴 성벽은 화염의 홈통이 되었고 그 열기는 천지도 태울 듯했다.

"히힝, 히힝……."

열풍이 무서워서 말이 미쳐 날뛰었다. 안장과 투구에도 불똥이 탁탁 튀었다.

조조는 절망에 빠져서 뒤를 돌아보며 말했다.

"악래, 되돌아갈 수밖에 없겠지?"

악래는 불보다 붉은 얼굴로 눈꼬리를 추켜올리며 말했다.

"돌아갈 길은 없습니다. 이 문이 이승과 저승의 경계입니다. 제가 먼저 빠져나가겠으니 곧 뒤를 따르십시오."

이중으로 된 문은 온통 화염에 싸여 있었다. 성벽 위에는 많은 땔나무와 잡목에 불이 옮겨붙어 있었다. 그야말로 지옥문이었다. 그 아래를 빠져나간다는 것은 구사일생을 거는 곡예보다 더 위험할 것이 틀림없었다.

그러나 살길은 여기밖에 없었다.

악래는 타고 있는 말의 엉덩이를 힘껏 때렸다. 그 순간 그는 말과 함께 화염의 동굴 입구를 향해 내달렸다. 그것을 보자마자 조조도 창으로 불티를 헤치면서 화염 속으로 과감히 뛰어들었다.

잠깐 숨이 막혔다. 눈썹도, 귓구멍의 털까지도 다 타버렸다고 생각한 순간 조조의 가슴팍이 성문 건너편으로 용케 빠져나가고 있었다.

그러나 그 순간 문루의 한 모퉁이가 불에 타서 내려앉았다. 이 무슨 참변인가. 불에 싸인 거대한 대들보가 번갯불처럼 떨어져 내리면서 조조가 타고 있는 말의 엉덩이를 때렸고 말은 다리를 접질려서 땅바닥에 곤두박질치며 조조를 내던졌는데 하필 조조 쪽으로 그 대들보가 굴러오는 것이었다.

"앗!"

조조는 위를 보고 쓰러지면서 손으로 불이 붙은 그 대들보를 막아냈다. 당연히 손바닥과 팔뚝은 큰 화상을 입었고 몸 전체에서 타는 냄새와 함께 연기가 피어올랐다.

"……끄응!"

그는 손발로 버티며 몸을 뒤로 젖힌 채 화염 아래에서 실신하고 말았다.

이때 누군가가 계속해서 조조를 부르고 있었다.

얼마나 시간이 흘렀을까? 어쨌든 희미하게 의식을 차렸을 때 그는 누군가의 말 등에 엎드려 있었다.

"악래, 악래인가?"

"그렇습니다. 이제 안심하셔도 됩니다. 적지에서도 멀어졌으니까요."

"내가 살았는가?"

"하늘의 별이 보이십니까?"

"보이네……."

"생명에는 이상 없습니다. 부상도 화상 정도니까 곧 아물 것입니다."

"아아…… 별들이 자꾸만 뒤로 흘러가는구나."

"뒤에서 우릴 따라 달려오는 사람은 아군의 하후연이니 걱정할 것 없습니다."

"그런가……."

조조는 고개를 끄덕이면서 갑자기 고통스러워하기 시작했다. 마음이 놓이자 화상을 입은 상처에서 심한 고통이 느껴졌기 때문이다.

||| **九** |||

밤이 환하게 밝았다. 뿔뿔이 흩어졌던 장졸들은 아군 진영으로 속속 돌아왔다. 어느 누구나 참담한 패배의 피와 진흙으로 범벅이 된 모습이었다. 게다가 살아 돌아온 것은 전군의 절반도 되지 않았다.

그 와중에 총사령관인 조조가 악래와 하후연의 부축을 받으며 말에 실려 돌아왔으니 전군의 사기는 묘지처럼 푹 가라앉아버렸고, 패색이 짙게 드리운 진영은 깃발마저 아침이슬이 무거운 듯 축 늘어져 있었다.

"뭐, 장군께서 전투 중에 다치셨다고?"

"중상이신가?"

"용태는 어떠하신가?"

소식을 전해 들은 장수들이 조조가 누워 있는 진막 안으로 우르르 몰려왔다.

"쉿!"

"조용히 하시오."

진막 안에 있던 사람들에게 제지당하고 뭔지 모를 오싹한 느낌을 받은 장수들은 표정이 엄숙해지면서 말없이 서 있었다.

치료하러 와 있던 전의가 조용히 물러갔다. 전의의 얼굴에도 근심이 가득했다. 그것을 본 것만으로도 장수들은 가슴이 아팠다.

그때 돌연 장막 안에서 조조의 웃음소리가 났다.

"으하하하, 아하하하."

게다가 평소보다도 쾌활한 목소리였다.

모두가 놀라 그가 누워 있는 침상을 둘러싸고 상태를 살폈다.

오른쪽 팔뚝부터 어깨, 넓적다리까지 온몸의 절반이 심한 화상으로 짓무른 듯 붕대로 완전히 감겨 있었다. 얼굴의 반도 약을 발라 흰 복면을 쓴 것처럼 한쪽 눈만 내놓고 있었다. 머리털도 그슬려서 옥수수염처럼 말려 있었다.

"이젠 괜찮아. 걱정하지 말게."

한쪽 눈으로 막료들을 둘러보면서 조조가 말했다.

"생각해보니 적이 강해서가 아니야. 나는 불에 졌을 뿐이네. 불에는 당할 수 없지. ……안 그런가?"

조조는 억지로 웃음을 지어 보이고 말을 이었다.

"그리고 조금 경솔했었네. 비록 실수라고 해도 필부인 여포 같은 자의 계교에 넘어가다니 정말 면목이 없네. 그래서 나 역시 그에게 계교로 되갚아줄 생각이네. 다들 두고 봐."

몸을 조금 비틀려고 했지만, 몸이 움직여지지 않았다. 억지로 목만 움직여서 말했다.

"하후연."

"예."

"자네에게 내 장의를 명하네. 장의의 지휘를 맡게."

"그게 무슨 불길한 말씀입니까?"

"아니, 어디까지나 계책이네. 오늘 새벽, 조조가 결국 죽었다고 발상發喪하게. 여포는 그 소식을 듣자마자 이때다 하고 성을 나와 공격해올 것이 틀림없네. 가매장을 한다고 소문을 퍼뜨리고 나의 가짜 관을 마릉산馬陵山에 묻게."

"예……."

"마릉산에 동서로 군사를 매복시키고 적을 끌어내 원형의 진 한 가운데로 몰아넣어 섬멸해버리는 것이네. 알겠나?"

"알겠습니다."

"제군들 어떤가?"

"훌륭한 계책입니다."

막료들은 그 자리에서 모두 상장喪章을 달았다. 그리고 장군기의 깃대 꼭대기에도 조장弔章을 붙였다.

조조가 죽었다는 소문이 퍼졌다. 이 소문은 복양에도 그럴싸하게 전해졌다. 여포는 소문을 듣고 무릎을 쳤다.

'됐어. 나의 강적이 이것으로 제거되었다.'

만약을 위해 염탐꾼을 보내 확인해보니, 상중喪中인 적진은 초목이 시든 벌판처럼 적막한 것이 아무 소리도 들리지 않는다는 것이었다.

여포는 마릉산에서 장례를 치르는 날을 노려 복양성을 나와서 적을 단박에 묻어버리려고 했다. 그러나 어찌 알았으랴. 그것이 여포를 꾀어내어 저승으로 보내려는 거짓 장례 행렬이라는 것을.

높고 낮은 구릉 일대에서 갑자기 북과 징이 울리더니 여포 군은 순식간에 박살나버렸다.

겨우 목숨만 건진 여포는 1만에 가까운 희생자와 체면을 마릉산에 버린 채 도망쳤다. 이후 여포는 넌더리가 나서 복양성을 굳게 지키며 좀처럼 성에서 나오지 않았다.

소와 메뚜기

||| 一 |||

굴 밖으로 나오지 않는 호랑이는 사냥할 수 없다.

"더는 그 계책에 넘어가지 않겠다."

조조는 온갖 계책을 동원해 여포를 도발했지만, 그는 쉽사리 복양성에서 나오지 않았다.

그 와중에도 전선과 전선에서는 정찰병과 소부대 들이 밤낮을 가리지 않고 날마다 작은 전투를 되풀이했지만, 전투다운 전투는 없었다. 그렇다고 이 지방이 평온해진 것도 아니었다.

아니, 어지러운 세상의 흉한 몰골은 비단 이 지방에서만 볼 수 있는 것이 아니었다. 흙이 있는 곳, 인간이 사는 곳은 피비린내 나는 바람에 휩싸여 있었다.

이런 상황에서 또다시 전쟁 이상으로 백성들을 고통스럽게 하는 사건이 일어났다.

어느 날 구름 한 점 없이 맑게 갠 하늘의 먼 서쪽에서 검은 솜 같은 것이 흘러왔다. 이윽고 그것이 질풍 구름처럼 하늘 전체로 퍼지자 백성들은 술렁거리기 시작했다.

"메뚜기다, 메뚜기 떼다!"

메뚜기 떼의 습격이 전해지자 백성들은 망연자실하여 울면서 괭이와 부삽도 내던지고 땅벌 집 같은 흙 오두막으로 도망쳤다.

"아아, 어쩔 수 없구나."

그들은 부들부들 떨면서 절망과 체념의 신음만 토할 뿐이었다.

메뚜기 떼는 몽골 바람에 섞여 날아오는 누런 모래 알갱이보다 더 많이 날아왔다. 하늘을 덮은 큰 구름으로 착각하게 하는 요망한 벌레 떼의 그림자에 밝은 대낮인데도 순식간에 어두워졌다.

땅 위도 메뚜기의 홍수였다. 삽시간에 벼 이삭을 먹어 치우고, 한 톨의 벼도 남지 않으면 요망한 벌레의 광풍은 차례차례 다른 고을로 옮겨갔다.

나중에 오는 메뚜기는 먹을 벼가 없어 굶주리다 못해 서로를 물어뜯어 몇만, 몇억인지 모를 벌레의 시체가 푸른 이삭 하나 없는 지상을 처참하게 뒤덮었다.

하지만 그런 비참한 광경은 벌레의 사회에서만 일어나는 일이 아니었다. 마침내 인간도 서로 물어뜯기 시작했다.

"먹을 것이 없다!"

"살 수가 없어!"

비탄에 빠진 유랑민은 먹을 것을 찾아 동과 서로 떠났다. 양식과 그것을 만드는 백성을 잃은 군대는 더 이상 군대로서의 기능을 할 수 없게 되어버렸다.

군대도 '먹을 것'을 구하기 위해 바쁘게 뛰어다녀야 했다. 게다가 산동의 각 지방에서는 그해 메뚜기 떼의 재앙 때문에 물가는 폭등에 폭등을 거듭해 쌀 한 섬에 돈 100관을 줘도 좀처럼 구할 수 없었다.

"이젠 끝이구나!"

조조도 이 일만큼은 계책도 없고 손 쓸 여지도 없었다.

전쟁은커녕 군사들을 먹일 수조차 없었다. 부득이 그는 진지를 거두고 당분간은 다른 지방으로 가서 먹을 것과 입을 것을 절약하라 명하고 이 대기근을 견디며 후일을 기약할 수밖에 없다고 단념했다.

마찬가지로 복양의 여포라고 이 재해를 피할 방법이 있는 것은 아니었다.

"조조 군도 결국 포위를 풀고 돌아갔습니다."

그런 보고를 듣고도 그의 근심에 잠긴 미간은 펴지지 않았다.

"음, 그런가."

그 역시 군량미를 절약하라고 엄명을 내렸다.

"절약하여 오래도록 먹도록 하라."

자연스럽게 쌍방의 전쟁은 중단되었다. 메뚜기가 인간의 전쟁을 중지시켜버린 셈이다. 그렇다 해도 또 봄은 온다. 여름이 돌아온다. 대지는 푸른 곡식과 벼 이삭을 탐스럽게 키워줄 것이다. 메뚜기는 해마다 덮쳐오지 않지만, 인간끼리의 전쟁은 결국 땅이 곡식을 여물게 하는 힘이 있는 한 영원히 끊길 것 같지 않았다.

||| 二 |||

이때 서주 태수 도겸은 누구에게 영지를 물려주고 죽어야 할지 병상에서 날마다 고민이 깊었다.

'역시 유현덕 외에는 마땅한 인물이 없구나.'

그는 이미 나이 일흔을 바라보고 있었다. 게다가 이번엔 병이 깊었다. 살날이 얼마 남지 않았다는 것을 스스로도 느끼고 있었다. 하지만 서주의 장래가 걱정되어 어떻게 해야 할지 고민이 이

만저만이 아니었다.

"자네들은 어떻게 생각하는가?"

머리맡에 서 있는 중신 미축과 진등 두 사람에게 힘없는 눈을 들어 물었다.

"올해는 메뚜기 떼의 재난 때문에 조조도 군사를 돌렸지만, 내 년 봄이 되면 다시 흙먼지를 날리며 공격해올 게야. 그때 또다시 여포가 그의 배후를 치는 하늘의 도움이 있어준다면 살 수 있겠지 만, 그렇게 늘 기적이 따라준다는 보장은 없네. 내 천명도 이 상태 로는 언제가 될지 모르니 지금 모쪼록 후계자를 확실히 정해두고 싶네."

"지당하십니다."

미축은 늙은 태수의 의중을 헤아리고 있었기 때문에 먼저 말을 꺼냈다.

"한 번 더 유현덕 공을 불러 간곡히 그 마음을 호소해보심이 어 떨까 하옵니다."

도겸은 중신들의 동의를 얻어 조금 힘을 얻은 듯 말했다.

"조속히 사자를 보내게."

사자의 이야기를 들은 유비는 소패에서 부리나케 달려와 우선 태수의 병문안을 했다.

도겸은 바짝 마른 나뭇가지 같은 손을 뻗어 유비의 손을 잡고 말했다.

"공이 승낙해주기 전에는 나는 안심하고 죽을 수가 없소. 제발 세상을 위해, 또 한나라 왕조의 성지城地를 지키기 위해 이 서주 땅을 받아 태수가 되어주시오."

"안 됩니다. 부디 제 뜻도 헤아려주십시오."

유비는 한사코 거절했다. 그리고 '태수께는 두 분의 아드님이 계신데' 하고 이유를 말하려다가 그렇게 말했다간 또 위중한 환자가 못난 불초의 아들이라며 흥분하여 말하기 시작하면 안 되겠기에 그저 완강히 고개만 흔들었다.

"저는 그럴 만한 그릇이 못 됩니다."

그러는 사이에 도겸이 마침내 숨을 거두었다.

서주는 장례를 치렀다. 성시의 백성도 성의 관리도 모두 상복을 입고 명복을 빌었다. 그리고 장례가 끝나자 유비는 소패로 돌아갔지만, 곧 미축과 진등 등이 대표가 되어 그를 찾아와 거듭 간청했다.

"태수의 유지이니 부디 마음을 돌려 영주가 되어주시길 바랍니다."

그리고 또 다음 날 소패 관아의 문밖에 폭동이라도 일어난 듯 시끌벅적하게 백성들이 모여들었다. 무슨 일인가 싶어 유비가 관우와 장비를 따르게 하고 나와 보니 수백 명의 백성들이 그를 보고 "아, 유비 님이다!"라며 일제히 땅바닥에 앉아 입을 모아 호소했다.

"저희 백성들은 해마다 전쟁에 시달리고 올해는 메뚜기 떼의 재앙까지 덮쳐 이제 마지막 소망이라면 훌륭한 영주님이 납시어 어진 정치를 베풀어주시는 것밖에 없습니다. 만일 유비 님이 아니라 다른 사람이 태수가 될 것 같으면, 저희는 어두운 밤에서 어두운 밤으로 방황해야 합니다. 목을 매 죽는 사람이 숱하게 나올지도 모릅니다."

그중에는 통곡하는 사람도 있었다. 굶주림에 시달리는 그 가련한 백성들을 보자 유비도 결국 마음을 굳혔다. 그리하여 태수의 패인牌印을 받고 소패에서 서주로 옮겼다.

||| 三 |||

유현덕은 이때 처음으로 한 주州의 태수라는 자리에 올랐다. 그 자리도 무명의 난폭한 군사나 악랄한 계책을 이용하여 하늘을 거역해가며 억지로 빼앗은 것이 아니라, 지극히 자연스럽게 돌아오는 운명 아래에서 받은 것이라 할 수 있었다.

탁현이라는 가난하고 외진 마을에서 몸을 일으켜 오늘에 이르기까지도 충분히 절의를 지키고, 풍운에 임해서도 공을 서두르지 않고, 악명을 떨치지 않아 항상 관우나 장비에게 "우리 형님은 지금과 같은 세상에는 적합하지 않아."라는 말을 듣던 것이 지금 와서 보면 멀리 길을 돌아온 것 같지만 실은 오히려 가까운 정도正道였던 것이다.

한편 그는 서주 태수가 되자 제일 먼저 앞선 군주 도겸의 혼백에 제사를 지내고 황하의 벌판에서 성대한 장례식을 거행했다. 그리고 도겸의 덕행과 유업을 소상히 적어 조정에 상주했다. 또 미축이라든가 손건孫乾, 진등 등의 옛 신하들을 등용하여 크게 선정을 폈다.

이렇게 해서 '메뚜기 기근'과 전쟁이라는 난리 통에 풀의 싹조차 말라버린 영토에서 백성들의 살림살이 회복을 꾀했기 때문에 백성들의 눈동자에도 생생하게 희망이 되살아나기 시작했다.

그런데 백성들이 노래로 전하는 그의 명성을 듣고 참으로 의외라는 듯 경멸의 말을 내뱉은 것은 조조였다.

"뭐, 유현덕이 서주를 차지했다고? 그 현덕이 서주의 태수가 되었다고?"

그는 이 새로운 사실을 알자 의외라고 생각했을 뿐만 아니라 불같이 화를 내며 말했다.

"죽은 도겸이 돌아가신 아버님의 원수라는 것은 유비도 분명히 알 것이다. 그 원수도 아직 갚지 못했는데, 유비가 화살 반 개만큼의 공도 없는 필부인 주제에 서주의 태수 자리를 차지했다는 것은 언어도단이다."

조조는 자기 것으로 점찍어두었던 영지에 생각지도 못한 인간이 선정을 베풀며 들어앉자 계획이 틀어졌을 뿐만 아니라 감정상으로도 매우 언짢았다.

"나와 서주의 관계를 알면서도 서주의 태수가 된 이상 이 조조에게 묵은 원한을 산다는 것은 그도 각오하고 있을 터. 이렇게 된 이상 유현덕을 죽이고 도겸의 시체를 파헤쳐서 돌아가신 아버님의 원한을 풀겠다."

조조는 즉시 군사를 준비하라고 명했다.

그러자 그에 대해 조조가 "그대는 나의 장자방이네."라며 처음에 수하로 받아들일 때부터 총애하던 순욱이 간하고 나섰다.

"지금 계시는 이곳은 천하의 요충지로 주공께는 소중한 근거지입니다. 연주성은 이미 여포에게 빼앗기고 없지 않습니까? 그 연주를 포위하면 서주로 향하는 군사는 부족합니다. 하물며 서주로 총동원했다가는 연주에 있는 적의 지반만 공고해질 뿐입니다. 서주도 함락하지 못하고 연주도 탈환하지 못한다면 주공은 어디로 가실 생각이십니까?"

"허나 식량도 없는 기근의 땅에 눌러앉아 있는 것도 좋은 계책은 아니지 않은가?"

"떠나면 됩니다. 동쪽의 여남汝南(하남성 여남)을 비롯해 연주 일대에서 병마를 양성해두는 것입니다. 그곳에는 여전히 황건의 잔당들이 들끓고 있습니다만, 그 좀도둑들을 토벌하여 적의 양식을 빼앗아 아군 병사를 키우면 조정에서의 평판도 좋아질 것이고 백성들도 환영할 것입니다. 이것이야말로 일석이조一石二鳥가 아니고 뭐겠습니까?"

"좋다. 여남으로 가자."

조조는 결단이 빠른 사람이다. 다른 사람의 의견이 옳다는 판단이 서면 즉시 수용하여 실행에 옮기는 것이 그의 특징이라고 할 수 있다.

그의 병마는 동쪽으로 이동하기 시작했다.

||| 四 |||

그해 12월, 조조의 원정군은 우선 진陳나라로 쳐들어가 여남(하남성), 영천潁川 지방(하남성 허창許昌)을 속속 함락했다.

"조조가 온다."

"조조가 쳐들어온다."

그의 이름은 겨울바람처럼 산과 들에 울려 퍼졌다.

이곳에서 황건의 잔당인 하의何儀와 황소黃邵라는 두 두목은 양산羊山을 중심으로 다년간 백성들의 고혈을 짜내고 있었다.

"뭐, 조조가 쳐들어왔다고? 조조에게는 연주라는 지반이 있다. 가짜일 거야. 박살내버리자!"

그들은 양산의 기슭으로 몰려가 준비하고 기다리고 있었다.

조조는 싸우기 전에 악래에게 명했다.

"악래, 정탐하고 오너라."

"예."

전위 악래는 즉각 정탐을 나갔다가 이내 돌아와서 이렇게 보고했다.

"대충 10만은 되어 보입니다. 그러나 여우나 개의 무리 같은 자들로 규율도 대오도 갖추고 있지 않았습니다. 정면에서 강궁으로 잠깐 화살 비를 퍼부어주십시오. 제가 기회를 보아 우익에서 몰아붙여 흩어놓겠습니다."

전투 결과는 악래의 말대로 되었다. 도적 군은 무수한 시체를 남긴 채 팔방으로 도망쳐 흩어지기도 하고 떼를 지어 항복하는 등 지리멸렬되었다.

"아무리 새 없는 마을의 박쥐라도 10만이나 되면 한 마리쯤은 반항하는 박쥐가 있기도 한데."

조조를 둘러싼 맹장들은 양산 위에 서서 웃었다.

그런데 이튿날 표범 같은 부대를 이끌고 진영 앞에 나타난 거한 巨漢이 있었다. 그는 말도 타지 않고 7척이 넘는 키에 쇠몽둥이를 비껴들고 두 눈을 부라리면서, 칠흑 같은 수염을 산바람에 거꾸로 나부끼면서 외쳤다.

"어이, 내가 누군 줄 아느냐? 내가 바로 절천야차截天夜叉(하늘을 끊는 악귀) 하만何蠻이다. 조조는 어디 있느냐? 진짜 조조라면 이리 나와 한번 붙어보자!"

조조는 어이가 없어서 웃으며 지시했다.

"누가 나가 봐라."

"예, 소장이 나가겠습니다."

직속 부하인 이전이 나가려고 하자 조홍이 자신에게 양보하라며 앞으로 나서더니 일부러 말에서 내려 칼을 들고 하만에게 다가 갔다.

"진짜 조 장군은 너 따위 벌판의 멧돼지 같은 놈과는 겨루지 않는다. 각오해라."

조홍이 도발하자 하만은 노하여 큰 칼을 머리 위로 치켜들고 달려왔다. 꽤 사나운 기세에 처음에는 조홍이 위험해 보였지만, 그는 도망치는 척하다가 갑자기 무릎을 꿇고 뒤로 후려쳐서 보기 좋게 하만의 몸통을 베어 죽였다.

그러는 동안 이전은 말을 달려 도적의 대장 황소를 말 위에서 생포했다. 이제 남은 한 명의 적장 하의는 200~300명의 부하를 데리고 덩굴 언덕의 둑으로 쏜살같이 도망쳤다.

그때 갑자기 한쪽 산간에서 깃발이고 뭐고 아무것도 없는 이상한 부대가 함성을 지르며 우르르 나왔다. 그 선두에 선 한 장부가 다짜고짜 길을 막고 하의의 말을 발로 차서 그를 떨어뜨렸다.

"네놈은 누구냐?"

말에서 떨어진 하의는 한 바퀴 구르며 창을 바로 잡았지만, 재빨리 덮친 장부에게 포박당하고 말았다.

하의의 수하들은 무서워서 벌벌 떨며 모두 장부의 발 앞에 항복을 맹세했다. 장부는 자신의 부하와 항복한 적병을 합쳐서 의기양양하게 좀 전에 나왔던 산간으로 돌아가려고 했다.

이런 상황을 알지 못한 채 하의를 뒤쫓아온 악래 전위는 그것을 보고 장부에게 외쳤다.

"멈춰라, 멈춰. 적장 하의를 어디로 끌고 가느냐? 이리로 넘겨라."

하지만 장부가 그의 말을 듣지 않자 곧 양웅 사이에 용호상박의 일대일 승부가 벌어졌다.

'이자가 대체 누구지?'

악래 전위는 싸우면서 문득 생각했다.

도적의 우두머리를 생포하여 어딘가로 끌고 가려는 모습을 보면 도적은 아니다. 그렇다고 해서 자신에게 칼날을 겨눈 이상 아군은 더더욱 아니다.

"잠깐만 멈춰라."

악래는 창을 거두고 외쳤다.

"무익한 싸움은 그만둬야 하지 않겠는가? 너는 황건적의 잔당도 아닌 것 같은데, 적장 하의를 우리 대장 조조 님께 바쳐라. 그러면 목숨은 살려주겠다."

그러자 장부는 껄껄 웃으며 말했다.

"조조가 누구냐? 네놈들에겐 대장일지 모르지만, 우리에게는 아무런 은혜도 베풀지 않은 남이 아닌가. 모처럼 내 손으로 생포한 하의를 아무 관계도 없는 조조에게 바칠 이유가 없다."

"넌 대체 어디의 누구냐?"

"나는 초현譙縣의 허저許褚다."

"도적인가, 낭인인가?"

"천하의 농민이다."

"이놈, 농사꾼 나부랭이 주제에."

"내가 생포한 하의를 그렇게 원한다면, 내 손에 있는 이 보검을 빼앗아보아라. 그러면 하의를 넘겨주마."

악래 전위는 허저에게 오히려 우롱당하자 불같이 화를 냈다. 악래는 양손에 각각 한 자루씩 창을 들고 윙윙 휘두르면서 다시 덤벼들었다. 그러나 허저의 검은 그것을 척척 막아낼 뿐만 아니라 반대로 악래를 쩔쩔매게 할 정도로 여유와 날카로움이 있었다.

하지만 악래는 지금까지 자신을 두려움에 떨게 할 정도로 강한 적을 만난 적이 없었기 때문에 '이놈, 제법이군.' 하고 처음에는 가볍게 생각하고 허저를 얕보았다.

그런데 시간이 흐를수록 형세는 악래 쪽이 불리해졌다. 악래가 지친 기색을 보이자 허저가 갑자기 기세를 올렸다.

'이게 뭐지?'

악래도 그제야 진지해져서 생전 처음 비지땀을 흘리며 싸웠다. 그러나 허저는 눈곱만큼도 흔들리지 않았다. 허저는 더욱 크게 함성을 지르며 칼을 휘둘렀다. 그 검광은 몇 번이나 악래의 귀밑털을 스치고 지나갔다.

이렇게 두 사람의 싸움은 진시辰時(07시~09시)부터 오시午時(11시~13시)까지 이어지고도 여전히 승부가 나지 않았을 뿐만 아니라 결국엔 말들이 지쳐버려서 일몰과 함께 무승부로 갈라서게 되었다.

나중에 와서 둘의 승부를 높은 곳에서 바라보던 조조는 악래가 돌아오자 말했다.

"내일은 일부러 패한 척하고 도망치도록 해라."

다음 날의 결투에서는 조조가 말한 대로 악래는 30합 정도 겨룬 뒤 갑자기 허저에게 뒤를 보이며 도망쳤다. 조조도 일부러 군을 5리 쯤 물렸다. 그렇게 상대의 기를 살려준 뒤 그다음 날 다시 악래를 진두에 내세웠다.

"도망의 달인인 비겁자야! 부끄러운 줄도 모르고 또 나왔느냐!"

허저는 그를 보자 말을 몰아 공격해왔다.

악래는 당황한 척하면서 아군에게는 공격하라고 명령하고 자신은 맨 먼저 도망쳤다.

"이놈, 오늘은 놓치지 않겠다!"

허저는 조조의 술수에 감쪽같이 속고 말았다. 약 1리쯤 쫓아간 그는 미리 조조가 파놓은 구덩이에 말과 함께 굴러떨어졌다.

그 순간 사방에서 달려온 복병이 구덩이 주위에 둘러서서 허저의 몸을 목표로 갈퀴와 갈고리 등을 마구 찔러댔다.

덫에 걸린 허저는 순식간에 조조 앞으로 끌려왔다.

||| 六 |||

마치 나무나 멧돼지를 끌고 오듯이 군사들이 왁자지껄 떠들며 갈퀴와 갈고리로 허저를 질질 끌고 오자 조조는 호되게 꾸짖었다.

"못난 놈들. 결박당한 사람 한 명 끌고 오면서 이 무슨 소란이냐!"

그리고 또 부장과 병사들에게 뜻밖의 말을 했다.

"너희들에게는 사람을 보는 눈이 없구나. 또 무인을 예우할 줄도 모르는 놈들이다. 당장 결박을 풀어라."

그도 그럴 것이 조조는 허저와 악래가 불꽃을 튀기며 해질녘까지 싸우던 그제의 모습을 보고 마음속으로 '훌륭한 장부를 찾았구나.'라고 생각하며 이미 자신의 부하로 삼을 속셈이었기 때문이다.

조조에게 적으로 찍히면 살아남지 못하지만, 반대로 그에게 쓸 모가 있는 사람이라고 인정받으면 그 특별 대우는 여느 장수 못지 않았다.

그는 인재를 사랑할 줄도 알지만, 미워하기 시작하면 그 미움도 남보다 갑절이나 강했다. 허저의 경우는 처음 보았을 때부터 쓸 만한 녀석이라고 마음에 들어 하며 '죽이기에는 아깝다. 무슨 수를 써서라도 수하로 삼고 싶다.'고 생각했던 것이다.

"그에게 자리를 내주어라."

조조는 끌고 온 부하에게 명하고 자신이 직접 허저에게 다가가 결박을 풀어주었다.

생각지도 않은 은혜에 허저는 감동하면서 조조의 얼굴을 바라보았다. 조조는 그의 신원을 정식으로 물었다.

"초현 태생으로 허저라고 하며 자는 중강仲康입니다. 지금까지 사람들에게 내세울 만한 이렇다 할 경력은 아무것도 없습니다. 산채에 사는 이유는 이 지방의 도적들에게 피해를 당해 마음 편히 농사를 지을 수 없을 뿐만 아니라 식량도 빼앗기고 늘 생명의 위협을 받고 있었기 때문입니다. 그래서 결국 마을의 노인과 어린아이와 일족을 거느리고 산에 들어와 요새를 짓고 도적들에게 맞서고 있었던 것입니다."

허저는 그렇게 고하고 나서 그간에 있었던 일을 이야기했다.

도적떼의 습격을 받아도 자신이 데리고 있는 수하들은 선량한 농부들이라 도적들과 같이 무기도 없다. 그래서 항상 요새 안에 돌을 쌓아놓고 도적이 습격해오면 돌을 던져서 막는다. 자랑은 아니지만, 자신이 던진 돌은 백발백중이어서 도적들도 요즘에는 두려운지 별로 쳐들어오지 않게 되었다.

또 언젠가는 요새 안에 쌀이 떨어져서 어떻게든 쌀을 손에 넣고 싶었는데, 다행히 두 마리의 소가 있기에 도적에게 쌀과 맞바꾸자고 제안했다. 그러자 도적 쪽에서는 곧 승낙하고 쌀을 보내왔기에 그 자리에서 소를 건네주었지만, 도적의 부하가 소를 끌고 돌아가려고 해도 소가 좀처럼 가려고 하지 않았을 뿐만 아니라 도중에 날뛰며 우리 요새로 돌아와버렸다.

그래서 큰 소 두 마리의 꼬리를 양손으로 잡고 날뛰는 소를 뒤에 가게 하여 도적들이 사는 진채 근처까지 갖다 주었다. 그러자 도적들은 몹시 놀라서 그 소를 받지도 않고 다음 날은 산기슭의 진채까지 거두어 어디론가 떠나버렸다…….

"아하하하하, 어쩌다 제 자랑을 하게 됐습니다만, 아 그래서 오늘까지 마을 사람들의 목숨을 어쨌든 무사히 지켜왔습니다. 하지만 귀군貴軍의 힘으로 도적을 소탕해주신다면 앞으로는 나 같은 파수꾼을 잃어도 마을 사람들은 논밭으로 돌아가 괭이를 잡게 될 것입니다. 더 이상 미련은 없습니다. 장군, 어서 제 목을 치십시오."

허저는 주눅이 드는 기색도 없이 줄곧 웃는 얼굴로 말을 이었다. 조조는 목을 베는 대신 은혜를 베풀었다. 물론 허저도 기뻐하며 그날부터 그의 수하가 되었다.

어리석은 형과 현명한 아우

||| 一 |||

객지에서 군량을 확보해야 하는 원정군은 바람 따라 움직인다. 메뚜기처럼 이동한다.

최근 들려오는 소문에 따르면 조조의 옛 터전인 연주는 여포의 부하 설란薛蘭과 이봉李封이라는 두 장수가 지키고 있는데, 군기가 매우 문란하여 병사들은 성시에서 약탈과 악행을 일삼고 있고 성 안의 장수들은 백성들에게서 가혹하게 세금을 거두며 향락에 빠져 있다고 한다.

'지금이라면 연주를 되찾을 수 있다.'

조조는 직감하고 군대의 방향을 돌리자마자 검을 들어 연주를 가리켰다.

"우리의 고향으로 돌아가자!"

군사들은 목적지인 연주로 폭풍처럼 몰려갔다.

이봉과 설란 두 장수는 '설마?' 하고 방심하고 있던 차에 조조 군을 보자 깜짝 놀라서 허둥지둥 말을 준비하여 맞서기 위해 나왔다.

신참인 허저가 조조 앞으로 나왔다.

"장군의 부하가 된 후 첫 출전이니 저 두 적장을 잡아 장군께 바치겠습니다."

달려나간 허저는 설란과 이봉 두 사람에게 싸움을 걸었다. 그리고 귀찮다는 듯 이봉을 단칼에 베어버렸다. 그 모습에 기가 죽어서 설란이 도망치자 조조의 진영 뒤에서 여건呂虔이 화살을 쏘았다. 화살은 정확히 날아가 그의 목덜미를 꿰뚫었고, 허저가 손쓸 필요도 없이 설란도 말에서 굴러떨어졌다.

이렇게 해서 연주성은 조조의 손에 돌아왔다.

"이 기세로 복양성까지 함락시켜라."

조조는 여세를 몰아 여포의 근거지를 공격하라고 명령했다.

"나가면 불리합니다."

여포의 모신 진궁은 농성을 권했다.

"바보 같은 소리 하지 마라!"

또 천성이 나왔다. 무예는 뛰어나나 지혜가 부족한 여포다. 게다가 조조의 속셈도 대충 알고 있다. 단숨에 격퇴하고 연주도 바로 되찾지 않으면 백년대계를 그르치는 일이라고 성안의 군사들을 총동원하여 전력을 다해 맞섰다.

여포의 용맹은 여전히 조금도 녹슬지 않았다. 오히려 나이를 먹음에 따라 말을 타고 싸우는 기술은 신의 경지에 올라 글자 그대로 만 명이 덤벼도 당해낼 수가 없었다. 오직 전쟁을 위해서 만들어진 불사신 같은 인간이었다.

"오, 나에게 어울리는 호적수를 찾았군."

허저는 여포를 보더니 자기 역시 대단한 영웅이 된 기분이었다.

"내가 저 적장의 목을 베겠다!"

그는 여포를 향해 돌진했다. 그러나 여포는 허저 따위는 접근조차 하지 못하게 했다. 허저는 이를 갈며 그의 앞으로 끈질기게 돌아 들어갔다. 그리고 창을 맞부딪쳤지만 승부가 나지 않았다.

"나도 거들지."

악래 전위가 가세하여 협공을 펼쳤지만, 여포의 창에는 아직 여유가 있었다.

그러자 또 하후돈을 위시한 조조의 용장 여섯 명도 이 싸움에 합세했다. 이번에야말로 반드시 여포를 사로잡고야 말겠다는 듯. 하지만 여포는 위험을 깨달았는지, 한쪽을 물리치자마자 적토마에 채찍질을 해 도망쳐버렸다.

아군의 성문 앞까지 돌아온 여포는 그러나 "앗!" 하고 말을 세우며 주춤했다.

'이게 대체 어떻게 된 일이지?'

성문에 달려 있는 다리가 올라가 있는 것이 아닌가. 누가 명을 내린 거야? 그는 화를 내며 큰 소리로 해자를 향해 고함쳤다.

"문 열어라. 다리를 내려라! 멍청한 놈들."

그러자 성벽 위에 몸집이 작은 사내가 불쑥 나타났다. 지난번에 여포를 위해 조조의 진영에 반간反間의 거짓 밀서를 보내 조조 군에 치명적인 피해를 준 복양성의 부호 전씨였다.

"여 장군, 안 됩니다."

전씨는 이를 드러내며 성벽 위에서 조소를 보냈다.

"어제의 친구도 오늘의 적. 나는 처음부터 이익이 있는 쪽에 붙겠다고 분명히 말했소. 애초에 무사도 뭐도 아닌 몸이기에 오늘부터는 조 장군의 편이 되기로 했소이다. 아무래도 저쪽 깃발의 색이 더 좋아 보여서요. ……헤헤헤헤."

여포는 이를 갈며 온갖 욕설을 퍼부었다.

"어서 열어라, 성문을 열지 못하겠느냐? 이놈, 이 찢어 죽일 놈 아! 어디 두고 보자."

그러나 어떻게 할 방법이 없었다. 그뿐만 아니라 성벽 위의 전 씨는 더욱 심하게 조롱을 퍼부었다.

"이제 이 성은 네 것이 아니다. 조조 님께 바친 것이니 괜히 성질 부리지 말고 해지기 전에 어디로든 떠나라. 정말 불쌍하게 됐군."

이利를 좇아 아군이 된 자는 또 언제든 이를 좇아 적이 되기도 한다. 소인배를 이용해서 이룬 공은 소인배에게 배신당해 순식간 에 사라져버린다.

여포는 온갖 욕을 퍼붓고 있었지만, 거기에 있어봐야 결국 조조 군에 포위당하고 말 것이다. 그는 하는 수 없이 우선 정도定陶(산동 성 정도)로 물러났다.

이 소식을 듣고 진궁은 자책했다.

"전씨에게 일을 맡기고 그를 믿었던 것은 내 잘못이기도 하다."

그는 급히 성의 동문으로 달려가서 전씨와 교섭하여 여포의 가 족을 빼내 여포의 뒤를 쫓아갔다.

성을 잃자 당장 따르는 군사도 눈에 띄게 줄어들었다.

이 대장을 따라가 봐야 별수 없다는 생각에 사방으로 뿔뿔이 흩 어져버린 것이다. 전씨뿐만이 아니다. 전씨 같은 자가 무수히 이 합집산하는 것이 지금의 세상이었다.

하지만 일단 패배를 당해 이리저리 떠도는 유랑군으로 전락하 면 대장이나 막료로서는 오히려 병사들이 군대를 떠나주는 편이 더 편하다. 몇십만이라는 대군을 먹이기가 어렵기 때문이다. 아무리 약탈하고 다녀도 한 마을에 1,000명에서 2,000명의 병사들만 몰려가도 마을의 곡물 창고는 순식간에 메뚜기 떼가 지나간 뒤처럼 되어버린다.

여포는 우선 정도까지 도망쳤지만, 그곳에서도 오래 머물러 있을 수 없어서 진궁과 상의했다.

"이렇게 된 이상 원소를 의지해서 기주로 가보는 것은 어떨까?"

진궁은 "글쎄요?" 하고 고개를 갸웃하며 바로 찬성하지 않았다. 어느 곳에서나 여포의 인기가 그다지 좋지 않다는 것을 알고 있었기 때문이다.

그래서 일단 먼저 사람을 보내 원소의 마음을 넌지시 떠보고 있는 사이에 원소가 그것을 전해 듣고 모사 심배審配에게 의견을 물었다.

심배는 솔직하게 대답했다.

"그를 받아들여서는 안 됩니다. 여포는 천하의 용장이지만, 반면에 천성이 승냥이 같습니다. 만약 그가 세력을 회복하여 연주를 다시 빼앗는다면 다음에는 이 기주를 노리지 않는다고도 보장할 수 없습니다. 오히려 조조와 힘을 합쳐 여포 같은 난적을 제거하는 것이 기주의 안녕을 위하는 길입니다."

"흠, 과연 그렇겠군."

원소는 즉시 부하 안량에게 5만여 군사를 내주며 조조 군에 협력하게 하고 조조에게 친선의 뜻을 담은 편지를 보냈다.

여포는 당황했다. 역경에 처한 유랑군은 정처 없이 떠돌았다.

"그래. 최근에 도겸의 뒤를 이어 새롭게 서주 태수가 된 유현덕을 찾아가자. ……어떻겠나, 진궁?"

"그렇군요. 서주의 신임 태수는 사람들 사이에 평판이 좋은 듯합니다. 저쪽에서 우리를 받아주기만 한다면, 지금 상황에서 서주에 의지하는 것보다 더 좋은 것은 없습니다."

그래서 여포는 유비에게 사자를 보냈다.

유비는 자신의 영지에 여포 일족이 와서 자비를 청한다는 말을 듣고 "딱하기도 하지. 그도 당대의 영웅인데."라며 관우와 장비를 이끌고 몸소 맞이하러 나가려고 했다.

"당치도 않은 일입니다."

가신 미축이 길을 막고 한사코 말렸다.

||| 三 |||

미축이 말했다.

"여포의 인품은 이미 알고 계실 것입니다. 원소조차 받아주지 않은 인물이지 않습니까? 서주는 지금 태수께서 오신 뒤로 아래위가 모두 일치단결하여 평온하게 힘을 기르고 있는 중입니다. 뭐가 좋아서 굶주린 승냥이 같은 여포를 맞아들이려는 것입니까?"

곁에 있던 관우와 장비도 '옳은 의견이오.'라고 말하듯이 고개를 끄덕였다.

유비도 수긍은 했지만 이렇게 말하면서 듣지 않았다.

"정말로 여포의 됨됨이는 좋지 않소. 하지만 지난번에 만약 그가 조조의 허를 찔러 연주를 공격하지 않았다면, 그때 서주는 완전히 조조에게 격파되고 말았을 것이오. 물론 여포가 의식적으로 서주에 베푼 은혜는 아니지만, 나는 하늘의 도움에 감사하오. 오늘 여포가 궁지에 몰린 새가 되어 나에게 인애仁愛를 구하는 것도 하늘의 뜻이 아닌가 싶소. 궁지에 몰린 새를 나 몰라라 하는 것은 내 양심상 할 수 없는 일이오."

"예. 그렇게 말씀하신다면 더는 드릴 말씀이 없습니다만……"

미축도 입을 다물었다.

"아무래도 곤란하게 된 것 같수. 우리 형님은 사람이 너무 좋아서 탈이란 말이야. 교활한 놈은 그 약점을 이용할 거요. ……하물며 여포 같은 놈을 마중까지 나가서 맞이하다니."

장비는 관우를 돌아보며 말하고 나서 마지못해하며 유비를 따라나섰다.

유비는 마차를 타고 성 밖 30리까지 일부러 여포를 맞이하러 갔다.

떠돌이 장수에 대한 예의치고는 너무나 정중했기 때문에 여포도 황송한 마음에 유비가 마차에서 내리는 것을 보자 황급히 말에서 내려 말했다.

"어째서 나 같은 사람을 이토록 따뜻하게 맞아주시는 것이오? 그 호의에 어찌 반응해야 할지 모르겠소."

유비가 대답했다.

"저는 장군의 무용을 존경할 뿐입니다. 뜻을 이루지도 못하고 떠도는 신세가 되었다는 말에 안타까움을 금할 수 없었습니다."

여포는 그의 겸손 앞에 금방 기분이 좋아져서 가슴을 폈다.

"내 말 좀 들어주시오. 천하의 누구도 어찌지 못하던 간악한 동탁을 제거했으나 다시 이각 일파의 난에 의해 내가 한 황실에 바친 충성도 수포가 되고 말았소. 부득이 지방으로 나와 여러 주에서 군사를 기르려고 했으나 기개와 도량이 작은 제후들이 받아주지 않아서 아직도 보시는 바와 같이 뜻을 이룰 수 있는 곳을 찾아 이렇게 천지를 떠돌고 있는 형편이오."

여포는 자조하면서 손을 내밀어 유비의 손을 잡고 덧붙였다.

"어떻소? 앞으로 귀하의 힘이 되고, 또 나의 힘이 되어주시어 함께 큰일을 이루는 것이……."

여포가 친밀감을 보이자 유비는 그 말에는 대답하지 않고 소맷자락 속에서 지난번 도겸에게 받은 '서주의 패인'을 꺼내 그의 앞에 내밀었다.

"장군, 이것을 양도합니다. 도 태수가 돌아가신 뒤 이 땅을 다스릴 사람이 없기에 부득이 제가 대리하고 있었습니다만, 장군이 맡아주신다면 이보다 더 좋은 일은 없을 것입니다."

"예? 나에게 그 패인을 준다는 말이오?"

여포는 의외라는 표정을 지으면서 무의식중에 그 큰 손을 내밀더니 "그렇다면 사양하지 않고……."라며 당장이라도 받을 기세였다. 그러다 문득 유비의 뒤에 서 있는 사람들이 형형한 눈빛으로 자신의 얼굴을 똑바로 노려보고 있는 것을 보고 아무렇지도 않게 웃으며 내밀었던 손을 옆으로 흔들었다.

"하하하하. 뭔가 했더니 서주 땅을 양보하시겠다니 너무 기대 이상이어서 대답할 말이 없소이다. 나는 본래 군사 일밖에 모르며 주州의 업무를 주관하는 일 같은 건 천성적으로 재주가 없소. 어서 패인을 넣으시지요."

여포가 얼버무리자 옆에 있던 그의 신하 진궁도 그를 거들어 받을 수 없다고 했다.

유비는 앞장서서 여포 일행을 국빈으로서 성안으로 맞아들이고 밤이 되자 성대한 연회를 열어 극진히 대접했다.

여포는 이튿날 그 답례로 자신의 객사에 유비를 초대하고 싶다고 사자를 보내왔다.

관우와 장비 두 사람은 번갈아가며 유비에게 말했다.

"가실 생각이십니까?"

"갈까 하는데. 모처럼의 호의를 물리쳐서야 쓰나."

"뭐가 호의입니까? 여포의 뱃속에 이 서주를 빼앗으려는 흑심이 가득 들어차 있는 것이 뻔히 보입니다. 거절하는 게 상책입니다."

"아니네. 나는 어디까지나 진심으로 사람을 대하고 싶네."

"그 진심이 통하는 상대라면야 괜찮겠지요."

"통하고 통하지 않고는 사람에 따라 다르니까 어쩔 수 없지. 나는 단지 내 진심에 따를 뿐이네."

유비는 마차를 준비하라고 명했다. 관우와 장비도 할 수 없이 유비를 따라 여포의 객사로 갔다. 물론 여포는 매우 기뻐하며 달려나와 환대했다.

"유랑하는 처지라 차린 것이 변변치 않습니다."

여포는 사과하고 즉시 별당의 연회석으로 안내했는데, 평소 워낙 검소한 유비로서는 그 화려함과 사치스러움이 그저 놀라울 뿐이었다.

연회가 시작되고 어느 정도 시간이 흐르자 여포가 자신의 부인이라는 여인을 불러 유비에게 소개했다.

"다가와 인사하시오."

부인은 자태가 고운 미인이었다. 손님에게 재배한 후 얌전히 남편 곁으로 돌아갔다.

여포는 또 기분이 좋아져서 이렇게 말했다.

"내가 이번엔 역경에 처한 몸으로 산동을 떠돌면서 세상의 매정함을 뼈저리게 느꼈지만, 어제오늘은 참으로 유쾌하오. 귀공의 따뜻함에 깊이 감동했소. 일전에 이곳 서주가 조조의 대군에 포위되어 위기에 빠졌을 때 내가 그 배후인 연주를 공격하여 단박에 서주가 적의 포위에서 벗어날 수 있었소. 그때 이 여포가 만일 연주를 치지 않았다면 서주의 오늘은 없었을 것이오. 내 입으로 말하면 생색내는 것 같지만, 귀공이 그때 일을 잊지 않고 있다니 참으로 기쁘오. 역시 좋은 일은 해놓고 볼 일이군."

유비는 미소를 머금고 그저 고개만 끄덕이고 있었다. 그러자 이번에는 여포가 그의 손을 잡고 말했다.

"생각지도 않게 이 서주에 의지하여 현명한 아우의 신세를 지게 되다니 이것도 인연인 모양이오."

취기가 오름에 따라 여포는 점점 더 허물없이 말했다. 처음부터 끝까지 못마땅한 얼굴로 묵묵히 술을 마시고 있던 장비가 갑자기 술잔을 바닥에 내던지며 칼을 잡고 벌떡 일어났다.

"뭐라고? 한 번 더 지껄여봐라."

무엇이 장비를 화나게 했는지 짐작도 가지 않았지만, 그의 서슬에 놀란 여 부인 등은 비명을 지르며 남편 뒤에 숨었다.

"이놈 여포야! 네놈이 지금 우리의 큰형님이자 주공인 분께 감히 아우라고 불렀다만, 이분은 적어도 한실 황제의 혈통을 이어받은 금지옥엽金枝玉葉이시다. 네놈은 일개 필부로서 남의 집 종에 불과한 자가 아니냐. 무례한 놈! 문밖으로 나와라, 당장 문밖으로 나와!"

취한 장비가 이처럼 거칠게 말하는 것은 마치 노래를 부르는 것처럼 자연스러운 일이었다. 하지만 그의 손이 동시에 칼을 뽑아들었기 때문에 익숙하지 않은 사람들은 소스라치게 놀라서 낯빛이 하얗게 질렸다.

||| **五** |||

"이게 무슨 짓이냐!"

유비가 큰 소리로 장비를 꾸짖었다.

관우도 당황하여 "그만두지 못할까! 장소를 가려야지."라고 장비를 끌어안고 말리며 벽 쪽으로 밀어붙였다.

하지만 장비는 멈추려고 하지 않았다.

"바보도 알 수 있소. 장소가 장소이기에 납득할 수 없는 것이오. 어디서 굴러먹던 개뼈다귀인지도 모르는 놈이 우리 주공인 형님께 감히 아우라고 부르며 아랫사람 취급하는데 내가 참아야 되겠소?"

"알았네, 알았어."

"그뿐만이 아니오. 아까부터 잠자코 듣자니까, 여포 이놈이 자신의 야망으로 연주를 공격한 것까지 생색내며 지껄이는 꼴이라니. 우리가 겸손하게 구니까 겁대가리 없이 기어오르거나 하고."

"그만두라니까! 이러니 네가 진심으로 하는 일도 항상 술김에 한다는 말을 듣는 것이 아니냐."

"술김이 아니오."

"그럼 다물고 있어."

"이런 우라질."

장비는 화가 머리끝까지 나서 자리로 돌아왔지만, 도저히 화가 풀리지 않는지 혼자서 계속 큰 잔에 술을 따라 들이켰다.

유비는 당혹스러운 얼굴로 말했다.

"이거참, 모처럼 초대해주셨는데 추태나 보여드리고, 용서해주십시오. 제 아우 장비는 대쪽 같은 성질이라 술만 한잔 들어가면 기운이 너무 넘쳐서. ……하하하."

유비는 어색한 분위기를 웃음으로 얼버무리며 사과했다.

여포는 창백하게 질려 있다가 유비의 웃는 얼굴에 마음이 놓여 억지로 쾌활한 척하면서 말했다.

"아니요, 정말 아무렇지도 않소. 술김에 한 말이지 않습니까?"

그 말을 듣고 장비가 또 "뭐라고?"라며 여포에게 험악한 눈빛을 날렸지만, 유비의 얼굴을 보자 혀를 차고는 입을 다물었다.

연회 분위기는 엉망이 되어버렸다. 여포의 아내도 무서워하더니 언제 사라졌는지 보이지 않았다.

"밤도 깊었으니 이만 가보겠습니다."

유비는 적당히 예의를 차리고 문밖으로 나왔다. 손님을 배웅하기 위해 여포도 따라 나왔다. 그러자 한발 앞서 문밖에 나와 있던 장비가 말 위에서 창을 비껴들고 갑자기 여포 앞으로 나서며 외쳤다.

"자, 별빛 아래에서 나와 300합만 승부를 겨루자. 300합까지 창을 맞부딪쳐도 승부가 나지 않으면 목숨은 살려주겠다!"

유비는 놀라서 그의 난폭한 행동을 호되게 꾸짖었다. 관우도 날뛰는 말의 고삐를 움켜쥐고 적당히 하라며 필사적으로 뜯어말리면서 무턱대고 왔던 길로 끌고 갔다.

이튿날 여포는 다소 의기소침해져서 성으로 유비를 찾아와 말했다.

"귀공이 보여주신 두터운 정은 충분히 감사하나 귀공의 아우들은 나를 못마땅하게 여기는 것 같소. 아무래도 인연이 아닌 듯하오. 그래서 다른 곳으로 떠날 생각으로 오늘은 작별 인사를 하러 온 것이오."

"그러시면 제 마음이 편치 않습니다. ……정말이지 이대로 헤어지는 건 마음이 불편해서 안 되겠습니다. 아우의 무례는 제가 대신 사과드리겠습니다. 부디 잠시 더 머무시며 여유를 갖고 병마를 키우시지요. 비좁은 땅이지만 소패는 물도 좋고 양식도 비축되어 있으니까요."

유비는 완강하게 붙잡았다. 그리고 자신이 전에 있던 소패의 사택을 그에게 제공했다. 그것도 어디까지나 간곡한 권유였다. 여포도 어차피 갈 곳이 없는 신세였기 때문에 그의 호의를 받아들여 일족과 병마를 데리고 소패에 머물기로 했다.

독과 독

||| 一 |||

엽전 한 닢을 훔치면 도둑이라는 말을 듣지만, 한 나라를 빼앗으면 영웅이라며 떠받든다.

당시 장안의 중앙 정부가 엉터리였던 것도 틀림없었지만, 세상 사람들의 훼예포폄毀譽褒貶(칭찬하고 비방하는 말과 행동) 역시 비정상적이었다.

조조는 자신의 근거지였던 연주를 잃은 데다가 메뚜기 떼의 재앙까지 덮쳐 어쩔 수 없이 여남과 영천潁川 방면까지 원정하여 지방의 도적들을 상대로 이른바 토벌과 약탈로 어려움을 견디고 있었는데, 그 소식이 도성인 장안까지 전해지자 조정에서 상을 내린다는 소식을 받았다.

도적들을 진압함으로써 지방의 평화에 힘쓴 공로를 인정하여 건덕장군建德將軍 비정후費亭侯에 봉한다.

그래서 조조는 다시 지방에서 세력을 회복하고 그 이름을 안팎으로 떨치게 되었지만, 중앙 조정의 정책은 여전히 눈앞에 닥친 일을 처리하기에 급급할 뿐이었다.

대도시 장안은 지난해 혁명의 불길로 인해 대부분이 불에 탔고, 당시의 포악했던 재상 동탁은 죽임을 당해 완전히 새로운 면모로 일신하는가 싶었다. 하지만 그 후에 또 이각과 곽사 등이 들어서서 여전히 정사를 사사로이 행하며 사리사욕을 채우고 악정만 거듭할 뿐 자숙하는 모습은 전혀 보이지 않았기 때문에 백성들의 원성이 자자했다.

"한 명의 동탁이 죽었는가 싶었더니 어느새 두 명의 동탁이 조정에 생겼어."

하지만 아무도 그것을 대놓고 말하는 사람은 없었다. 사마 이각, 대장군 곽사의 권력은 백관을 복종시키는 절대적인 것이었다.

조정 대신 중에 태위 양표楊彪라는 사람이 있었다. 어느 날 주준朱儁과 함께 헌제에게 가서 은밀히 아뢨다.

"이대로 가다가는 국가의 장래가 심히 걱정됩니다. 소문에 듣기로 조조는 지금 지방에서 20여만의 군사를 거느리고 있으며 그 막하에는 별처럼 많은 명장과 모신謀臣(모사謀事에 뛰어난 신하)이 있다고 합니다. 그를 이용하여 사직에 둥지를 튼 간사한 무리를 소탕하는 것이 어떻겠사옵니까? ……신들과 같이 나라를 걱정하는 신하들은 물론 백성들 모두 지금의 악정에 분개하고 있사옵니다."

은밀히 두 간신을 제거하자고 황제에게 주청한 것이었다. 헌제는 눈물을 흘리며 말했다.

"경들이 말할 필요도 없이 과인이 그들 두 도적 때문에 고통을 당하고 있는 것은 참으로 오래된 일이오. 날마다 과인은 인내와 인욕의 날을 보내고 있소. ……만일 그 두 도적을 없앨 수만 있다면 천하의 백성과 더불어 과인의 가슴속도 참으로 후련해질 것이오. 하지만 유감스럽게도 그런 계책이 없지 않소?"

"아니, 결코 없지는 않사옵니다. 폐하의 어심만 정해진다면 말이옵니다."

"어떻게 할 생각이오?"

"진작부터 신의 가슴속에는 한 가지 계책이 준비되어 있었사옵니다. 곽사와 이각은 서로 대등한 관계이므로 계략을 써서 두 도적을 으르렁거리게 반목시킨 후 조조에게 밀지를 내려 주멸시키는 것이옵니다."

"그렇게 되겠소?"

"자신 있습니다. 곽사의 아내는 질투가 심하기로 유명하니 그것을 이용하면 되옵니다. 우선 그의 집에서부터 반간反間의 계計를 쓸 생각이옵니다. 아마 실패는 없을 것이옵니다."

황제의 속마음을 확인한 양표는 비책을 되새기면서 자신의 집으로 돌아오자마자 아내의 방에 들어가 말했다.

"부인, 요즘 곽사의 부인과도 가끔 만나시오? ……부인들끼리만 여러 모임이 있다고 들었소만."

양표는 아내의 어깨에 양손을 얹으면서 평소와 다르게 자상한 남편이 되어 말했다.

||| 二 |||

양표의 아내는 이상하게 생각하며 남편에게 물었다.

"당신, 오늘 대체 무슨 일이죠?"

"무슨 말이오?"

"평소에는 이렇게 제 기분을 맞춰주는 분이 아니잖아요?"

"아하하하."

"오히려 기분이 나쁘네요."

"그렇소?"

"저한테 뭐 부탁할 게 있는 거죠? 분명해요."

"과연 내 아내군. 실은 당신의 힘을 빌려 해결하고 싶은 일이 있소."

"무슨 일인데요?"

"곽사의 부인이 당신 못지않게 질투가 심하다고 들었소만."

"어머나, 제가 언제 질투를 했다는 거예요?"

"그러니까 당신이 아니라 곽사의 부인이라고 하지 않았소?"

"그렇게 질투가 심한 여편네와 같은 취급을 당하니까 참을 수가 없잖아요."

"당신은 어진 아내요. 늘 감사하고 있소."

"거짓말도 잘하시네요."

"농담은 그만하고. ……곽사의 부인을 찾아가 당신이 그녀의 질투심에 불을 확 지펴주지 않겠소?"

"남의 집 부인에게 질투를 일으키는 게 무엇에 도움이 되는데요?"

"나라에 도움이 되지요."

"또 농담을 하시네요."

"정말이오. 나아가서는 한실漢室을 위하는 일이고, 작게는 당신의 남편 양표인 나를 위하는 일도 된다오."

"잘 모르겠네요. 어째서 그런 시시한 일이 조정과 당신을 위하는 일인지."

"잠깐 귀 좀……."

양표는 목소리를 낮춰 황제와 나눴던 말과 마음속의 비책을 아내에게 털어놓았다. 양표의 아내는 눈이 동그래져서 처음에는 주저했지만, 남편의 눈을 바라보니 굳고 무서운 결의가 나타나 있자 대답했다.

"예, 해볼게요."

양표는 다짐을 두듯 당부했다.

"해보겠다는 그런 미온적인 태도로는 안 돼요. 실수하면 우리 일족의 파멸로도 이어지는 일이오. 악독한 여자가 되었다는 생각으로 잘 처리해야 할 것이오."

이튿날 양표의 아내는 옷을 잘 차려입고 화려한 가마를 타고 대장군 곽사의 부인을 찾아갔다.

"어머나, 늘 이렇게 귀한 선물을 주시고."

곽사의 부인은 우선 선물에 대해 사례하고, 손님의 옷차림과 화장을 칭찬했다.

"옷이 참 아름답군요."

"그럼 뭐 한답니까, 우리 집 양반은 옷 따위에는 전혀 관심이 없는걸요. 그보다 부인의 머릿결은 관리가 잘 됐는지 정말 아름다우세요. 언제 봐도 진심으로 아름답다는 생각이 드는 분은, 괜히 기분 좋으시라고 드리는 말씀이 아니라 여간해선 없지요. ……그런데도 남자들이란."

"어머, 갑자기 왜 내 얼굴을 보면서 울죠?"

"아뇨, 아무것도 아니에요……."

"하지만 좀 이상하잖아요. 무슨 이유가 있는 거죠? 숨기지 말고 말해보세요. 나에게 말 못 할 일인가요?"

"……나도 모르게 눈물이나 흘리고, 부인 용서해주세요."

"대체 무슨 일이에요?"

"그럼 말씀드리겠지만, 정말 비밀로 해주셔야 돼요."

"그러죠. 아무한테도 말하지 않겠어요."

"실은 저…… 부인의 얼굴을 보고 있는데 아무것도 모르시는 것 같아 가여운 생각이 들어서 그만."

"뭐라고요? 내가 가엾다고요? 대체 무슨 이유로. ……네? 뭐죠?"

곽 부인은 이제 안달이 나서 양표의 아내에게 다음 말을 재촉했다.

||| 二 |||

양표의 아내는 짐짓 가엾어서 못 견디겠다는 표정으로 무서운 일이라도 말하듯 목소리를 낮췄다.

"정말 부인은 아무것도 모르시나요?"

곽사의 부인은 이미 그녀의 혀가 만든 덫에 걸려들었다.

"아무것도 몰라요. 혹시 우리 집 양반에 관한 일인가요?"

"예, 맞아요. ……부인, 제발 마음속에만 간직해두세요. ……저기, 아름답기로 유명한 이 사마의 젊은 부인을 아시죠?"

"이곽 사마와 남편은 문경지우인지라 나도 그 부인과는 친하게 지내고 있어요."

"그러니까 사람들이 뒤에서 부인을 두고 사람이 너무 좋다며 안타까워하는 거예요. 그 이 부인과 댁의 곽 장군이 이미 예전부터…… 아주…… 친밀한 사이래요."

"네? 우리 집 양반과 이 부인이?"

곽사의 아내는 낯빛이 확 바뀌더니 부르르 떨었다.

"정, 정말인가요?"

양표의 아내는 바싹 다가앉으며 위로했다.

"부인, 사내들은 다들 그러니까 절대로 부군을 원망하지 마세요. 다만 저는 이 부인이 미울 뿐이에요. 부인이 있는 것을 알면서도 그러는 걸 보면 이해가 가지 않아요."

"어쩐지 요즘 남편이 이상하다 싶었어요. 자주 밤늦게 들어오고, 나를 보면 언짢은 얼굴을 하고……."

곽사의 부인은 하염없이 울었다.

양표의 아내가 돌아가자 그녀는 병자처럼 방에 틀어박혔다. 그녀의 남편은 그날 밤에도 밤이 깊어서야 술에 취해 들어왔다.

"무슨 일 있소? 부인, 얼굴이 왜 이리 창백한 거요?"

"몰라요! 그냥 내버려두세요."

"또 지병이 도졌나? 하하하하."

"……."

부인은 등을 돌리고 훌쩍훌쩍 울기만 했다.

4, 5일 후 사마 이각의 집에서 연회를 연다며 곽사를 초대했다. 곽사의 부인은 나가려는 남편을 가로막고 안색을 바꾸며 말했다.

"가지 마세요. 그런 곳에는."

"왜 어때서요? 친한 벗이 베푸는 주연 자리에 가는 데 왜 말리는 것이오?"

"이 사마도 속으로는 당신을 원망하고 있을 것이 틀림없어요."

"무슨 이유로?"

"이유라니요?"

"정말 모를 말만 하는군."

"곧 알게 되겠죠. 옛 성인도 말씀하셨어요. 같은 하늘 아래에 두 태양이 있을 수 없다고요. 제 마음속에도 께름칙한 것이 있고요. 만일 당신이 주연 자리에서 독살이라도 당하면 우리는 어쩌죠?"

"하하하하, 당신이 뭔가 단단히 오해하고 있는 것 같군."

"아무래도 좋으니 오늘 밤엔 가지 마세요. 네? 여보. 부탁이에요."

결국에는 가슴에 매달려 울고불고 사정하자 곽사도 뿌리치고 갈 수가 없어서 그날 밤의 주연에는 빠지고 말았다.

그러자 이튿날, 이각의 집에서 인편으로 음식과 선물을 보내왔다. 그것들을 부엌에서 받은 곽사의 아내는 그중 한 음식에 독을 타서 남편에게 가지고 갔다.

"맛있어 보이는군."

곽사가 무심코 젓가락을 집어 들자 부인은 그 손을 막으며 말했다.

"귀하신 분께서 남의 집에서 온 음식에 독이 들었는지도 확인하지 않고 드시려 하다니 당치도 않아요."

그러고는 젓가락을 빼앗아 음식 한 점을 들고 마당에 집어 던지자 거기에 있던 개가 달려와 날름 먹어치웠다.

"……어?"

곽사는 소스라치게 놀랐다. 음식을 먹은 개가 잠시 팽이처럼 제자리에서 맴을 돌더니 외마디 비명을 지르며 피를 토하고 죽어버린 것이다.

||| 四 |||

"어머나! 섬뜩해라."

곽 부인은 남편에게 매달려 야단스럽게 몸을 떨면서 말했다.

"그것 보세요. 제가 말했잖아요. 보신 것처럼 이 사마가 보낸 요리에 독이 들어 있잖아요. 그 사람의 마음도 이와 같을 거예요."

"음……."

곽사도 신음하며 눈앞의 사실에 그저 망연할 뿐이었다.

이런 일도 있고 해서 곽사의 마음에는 점차 이각에 대한 의심이 싹트고 있었다.

'혹시, 저자가?'

전과 달리 이각의 모든 행동을 왜곡해서 보게 된 것이다.

그로부터 한 달쯤 지난 후, 퇴청하여 집으로 돌아가려는데 이각이 반강제로 권하는 바람에 곽사는 마지못해 그의 집에 들렀다.

"오늘은 조금 축하할 일이 있는 날이니 실컷 마시세."

이각은 여느 때와 마찬가지로 상다리가 부러져라 진수성찬을 차려놓고 미희 둘까지 불러 그를 접대했다.

곽사는 무심코 허리띠를 풀고 먹고 마시다가 만취하여 집으로 돌아가려고 이각의 집을 나섰다.

그런데 돌아가는 도중에 취기가 조금 가시면서 술이 어설프게 깼을 때 곧잘 나타나는 의심병에 그의 신경이 예민해졌다.

'설마 오늘 밤 먹은 음식에도 독이 들어 있진 않았겠지?'

그는 언젠가 독을 먹고 죽은 개의 외마디 비명이 떠올랐다.

'……괜찮을까?'

그렇게 신경 쓰기 시작하자 뭔가가 가슴속에 확 퍼지는 것 같았다. 뭔지 모를 께름칙한 것이 명치 부근까지 치밀어 올랐다.

"아, 이거 안 되겠다."

그는 이마의 땀을 닦으며 수레를 끄는 시종에게 명령했다.

"서둘러라, 서둘러."

그는 집에 돌아오자마자 급히 아내를 불러 침상에 쓰러지면서 말했다.

"해독할 만한 게 뭐 없겠소?"

부인은 자초지종을 듣더니 이때다 싶어서 약 대신 똥물을 마시게 하고 남편의 등을 쓸어주었다. 그렇지 않아도 신경이 예민해져 있던 곽사는 똥물을 허겁지겁 마시고는 곧바로 침상 아래에 뱃속에 있는 것을 모조리 토해냈다.

"오오, 용케도 약효가 바로 나타났네요. 이제 좀 속이 편해지셨어요?"

"아아, 죽는 줄 알았소."

"이제 생명에는 지장이 없어요."

"……정말 큰일날 뻔했군."

"당신도 참 어지간하네요. 제가 그렇게 주의를 주었건만, 아랑곳하지 않고 이 사마를 믿으니 이런 꼴을 당하지요."

"이젠 알았소, 나도. 내가 너무 어리석었소. 좋아, 이 사마가 그런 마음이라면 나도 달리 생각할 수밖에."

그는 창백해진 이마를 자신의 주먹으로 두세 번 때리더니 갑자기 밖으로 뛰쳐나가 날이 밝기 전에 군사를 모아서는 이 사마의 집을 급습했다.

이각에게도 발 빠르게 이 소식을 전한 자가 있었다.

'날 제거하고 자기 혼자 권력을 독차지하려는 속셈이겠지. 오기만 해봐, 나에게도 다 생각이 있다.'

이각 쪽도 이미 충분한 대비가 되어 있었던 터라 양군은 거리를 사이에 두고 다음 날도 그다음 날도 아수라장을 만들며 혈전을 거듭했다.

양군의 군사는 날이 갈수록 늘어나서 장안의 성시에는 다시 큰 난리가 일어났다. 그런 혼란 중에 이 사마의 조카 이섬李暹이라는 자가 생각했다.

'옳지. ……천자를 이곳으로.'

그리고 재빨리 용좌龍座로 달려가서 천자와 황후를 이유도, 준비도 없이 가마에 태워 모사 가후와 부장 좌령左靈 두 사람을 감시로 붙이고 울며불며 뒤따르는 내시와 궁내관 등에게는 눈길도 주지 않고 후재문後宰門에서 화살이 어지럽게 날아다니는 거리로 끌고 갔다.

||| 五 |||

"이 사마의 조카가 천자를 가마에 태워서 어디론가 납치해 가고 있습니다."

부하의 급보를 받은 곽사는 몹시 당황했다.

"아아, 방심했구나. 천자를 빼앗기면 큰일이다. 어서 막아라."

급히 후재문 밖으로 병사들을 보냈지만 이미 늦었다.

거친 말과 사나운 병사들에게 끌려가는 용거龍車는 누런 먼지를 일으키며 미오郿塢 가도 쪽으로 내달리고 있었다.

"저거다, 저거야!"

곽사의 병사들이 소리를 지르며 화살을 쏘기 시작했다. 그러나 적의 후미에서 응사하는 화살에 오히려 엄청난 부상자만 내고 말았다.

"이렇게 당하다니. 젠장, 통분할 일이구나."

곽사는 자신의 불찰에 분통이 터져서 군사를 이끌고 궁궐에 침입하여 평소 마음에 들지 않았던 조정의 대신들을 베어 죽이거나 후궁의 미희와 궁녀 들을 포로로 잡아 자신의 진지로 끌고 왔다.

그뿐만 아니라 이미 황제도 없고, 정무도 보지 않는 궁전에 불을 지르고 헛되이 쾌재를 불렀다.

"이렇게 된 이상, 끝까지 싸우겠다."

한편 황제와 황후를 납치하다시피 해서 이 사마의 군영으로 끌고 온 이섬은 황제와 황후를 그대로 군영에 두기에는 불안해서 이각과 상의 끝에 전에 동 상국의 별장이자 견고한 성이기도 한 미오성으로 이들을 옮기기로 했다.

그 후 헌제와 황후는 미오성의 깊은 방에 감금된 채 10여 일을 보냈다. 황제는 자신의 의지대로 할 수 있는 것이 아무것도 없었고, 조금의 자유도 허락되지 않았다.

식사로 나온 음식도 얼마나 형편없는지 밥상이 들어오면 항상 썩은 내가 날 정도였다.

황제는 젓가락을 들지 않았다. 근신들은 억지로 자신의 입에 넣어보았지만, 한결같이 구역질을 참으면서 눈물만 글썽일 뿐이었다.

"시종들이 아귀처럼 야위어가는 모습을 보고 있자니 과인의 마음이 아프구나. 바라건대 과인에게 덕을 베푸는 마음으로 저들에게 연민을 베풀어주게."

헌제는 이렇게 말하며 이각에게 사람을 보내 한 자루의 쌀과 소고기 한 덩이를 요구했다. 그러자 이각이 와서 황제를 향해 신하로서는 있을 수 없는 치욕을 안겼다.

"지금은 천자의 어전에 큰 난리가 일어난 비상시국이오. 아침저녁으로 병사를 시켜 식사를 바치고 있는데, 이 이상 뭘 더 사치를 부리겠다는 거요?"

그리고 황제 옆에서 뭐라고 말하고 있는 시종을 두들겨 팬 후 그 자리를 떠났는데, 그래도 나중에는 꺼림칙했는지 저녁 수라상에 약간의 쌀밥과 썩은 소고기가 몇 점 올라왔다.

"아, 이것이 그의 양심이란 말인가."

시종들은 썩은 고기의 악취에 얼굴을 돌렸다.

화가 머리끝까지 난 황제는 곤룡포의 소매로 눈물을 훔치며 몸을 떨었다.

"저놈이 이렇게까지 과인을 업신여기는구나."

근신들 중에는 양표도 있었다. 그는 창자가 끊어지는 심정이었다.

자신의 아내에게 반간의 계를 쓰게 하여 오늘의 난리를 일으킨 사람이 바로 양표였다.

계략이 들어맞아 곽사와 이각이 서로 시기하고 의심하여 피비린내 나는 각축을 벌이게 된 것은 분명히 그가 노린 바였지만, 황제와 황후의 몸에 이런 고통과 고난이 닥치리라고는 꿈에도 생각하지 못했다.

"폐하, 용서해주시옵소서. 그리고 이각의 잔인한 처사를 조금만 더 참아주십시오. 조만간 반드시……."

이렇게 말했을 때 방 밖에서 쿵쾅쿵쾅 군사들이 달려가는 발소리가 들렸다. 그리고 무슨 일인지 성안에서 일시에 "와아!" 하고 함성이 일었다.

||| 六 |||

때가 때인 만큼 황제는 낯빛이 바뀌어 주위를 돌아보았다.

"무슨 일인가?"

"살피고 오겠습니다."

근신 중 한 명이 급히 달려나갔다. 그리고 바로 돌아와서 보고했다.

"큰일났습니다. 곽사의 군사들이 성문으로 몰려와서 황제의 옥체를 넘기라며 함성을 지르고 북을 울리고 있습니다."

황제는 상심할 정도로 놀라며 통곡했다.

"앞문에는 호랑이, 뒷문에는 승냥이. 두 도적이 과인의 몸을 서로 차지하려고 발톱과 이빨을 갈고 있구나. 나가면 귀신, 여기 있어도 지옥. 과인은 대체 어디에 몸을 둬야 한단 말인가."

시중랑侍中郎 양기楊琦는 눈물을 닦으면서 황제를 위로했다.

"이각은 원래가 변방의 오랑캐로 성장해 아까처럼 예의를 모르고 말투도 천한 자입니다만, 진심으로 뉘우치는 빛이 보이지 않는 것도 아니옵니다. 조만간 불충의 죄를 참회하고 옥좌의 안녕과 태평을 도모할 것이옵니다. 아무튼 지금은 조용히 상황을 지켜보시는 것이 좋을 듯하옵니다."

그러는 사이에 성문 밖에서는 한바탕 싸움이 끝났는지 화살이 날아다니는 소리와 함성이 그쳤다. 그리고 공격군 속에서 한 대장이 고함을 치며 말을 타고 달려왔다.

"역적 이각에게 고하노라. 천자는 천하의 주인이시다. 무슨 까닭으로 사사로이 황제를 위협하여 옥좌를 멋대로 이쪽으로 옮긴 것인가? 나 곽사가 만백성을 대신하여 네놈의 죄를 묻겠다. 할 말이 있느냐?"

그러자 성안에서 이각이 득달같이 말을 몰고 나와 말했다.

"웃기지 마라. 너희 도적놈들을 피해 황제께서 친히 이리로 용가

龍駕를 달리셨기에 나 이각이 옥좌를 수호하고 있는 것이다. 이놈들, 어찌하여 아직도 용가를 공격하고 천자께 활을 당기는 것이냐!"

"닥쳐라. 수호하는 것이 아니라 천자를 억지로 감금한 대역죄를 누가 모를 줄 아느냐! 당장 황제의 옥체를 넘기지 않으면 네놈의 그 머리를 하늘 높이 날려버리겠다."

"뭐라고? 건방진 놈!"

"황제를 넘기겠느냐, 목숨을 버리겠느냐?"

"대꾸할 가치도 없다!"

이각은 창을 휘두르며 돌진했다.

곽사는 큰 검을 뽑아 들고 입술을 깨물었다. 두 사람의 말은 거품을 물고 뒤섞였다. 위로 아래로 검과 창이 번쩍이는 가운데 말은 흙먼지를 일으켰고, 안장 위의 두 사람은 연신 기합을 넣었다. 승부는 좀처럼 날 것 같지 않았다.

"멈추시오. 두 장군은 잠시 멈추시오."

그때 성안에서 말을 타고 달려나와 두 사람을 갈라놓은 사람은 조금 전에 황제의 곁에서 사라진 태위 양표였다. 양표는 위험을 무릅쓰고 두 사람을 향해 세찬 물처럼 말을 쏟아냈다.

"일단 여기서 싸움을 멈추고 쌍방은 진을 물리시오. 황제의 어명이오. 어명에 거역하는 자야말로 역적이라고 해도 할 말이 없을 것이오."

그 한마디에 쌍방은 군사를 거두고 결국 물러났다.

양표는 이튿날 조정의 대신 이하 군신群臣 60여 명을 이끌고 곽사의 진중으로 향했다. 그리고 하루라도 빨리 이각과 화친하는 것이 어떠냐고 권해보았다.

아직 아무도 눈치채지 못했지만 원래 이 전란에 불을 지핀 것은 양표였다. 그런데 약효가 너무 좋은 나머지 그도 당황한 것일까? 아니면 일부러 중재역을 맡아 가면 위에 가면을 덧쓰고 온 것일까? 그 역시 복잡한 인간 중 한 명이었다.

(2권으로 이어집니다)

《삼국지》한자성어 사전

가도멸괵 假途滅虢
'길을 빌려 괵나라를 멸한다는 것'을 이르는 말. 일찍부터 괵나라와 우나라를 정복하려는 야심을 가졌던 진나라가 우나라에게 길을 빌려달라는 핑계로 괵나라를 무너뜨린 뒤 우나라까지 쳐들어가 멸망시켰다는 고사에서 유래한 말이다. 군사 계획의 의도를 숨기기 위한 구체적 수단으로 쓰이는 계책이다. 빌릴 가假, 길 도途, 멸망할 멸滅, 나라 이름 괵虢.

간뇌도지 肝腦塗地
'간과 뇌수가 땅에 쏟아지는 것처럼 비참하고 끔찍하고 참혹하게 죽은 모습'을 이르며 나라를 위해 자신의 목숨을 돌보지 않고 힘을 다하는 것을 비유적으로 표현한 말이다. 간 간肝, 뇌수 뇌腦, 칠할 도塗, 땅 지地.

간담상조 肝膽相照
'간과 쓸개를 내놓고 서로에게 내보인다'는 뜻으로 서로 마음을 터놓고 격의 없이 사귐, 또는 마음이 잘 맞는 절친한 사이를 말한다. 간 간肝, 쓸개 담膽, 서로 상相, 비칠 조照.

강노지말 強弩之末
'강한 활로 쏜 화살도 마지막에는 힘이 떨어져 비단조차 뚫지 못한다'는 뜻으로 아무리 강한 힘도 마지막에는 결국 쇠퇴하고 만다는 말이다. 강할 강強, 궁 노弩, 어조사 지之, 끝 말末.

건곤일척乾坤一擲

'하늘이냐 땅이냐를 한 번 던져서 결정한다'는 뜻으로 승패와 흥망을 걸고 마지막으로 결행하는 단판 승부를 비유한 말이다. 하늘 건乾, 땅 곤坤, 한 일一, 던질 척擲.

견마지로犬馬之勞

'개나 말 정도의 하찮은 힘 또는 수고'라는 뜻으로 임금이나 나라를 위해 바치는 자신의 노력을 겸손하게 이르거나, 또는 주인이나 나라를 위해 충성을 다하는 것을 비유한 말이다. 개 견犬, 말 마馬, 어조사 지之, 힘쓸 로勞.

곡학아세曲學阿世

'학문을 굽히어 세상에 아첨한다'는 뜻으로 정도를 벗어난 학문으로 세상 사람에게 아첨함을 이르는 말이다. 굽을 곡曲, 배울 학學, 아첨할 아阿, 인간 세世.

권토중래捲土重來

'흙먼지를 날리며 다시 온다'는 뜻으로 한번 싸움에 패했다가 다시 힘을 길러 쳐들어오는 일, 또는 어떤 일에 실패한 뒤 다시 힘을 쌓아 그 일에 재차 착수하는 일을 비유하는 말이다. 말 권捲, 흙 토土, 거듭 중重, 올 래來.

금성탕지金城湯池

'쇠로 만든 성과 끓는 물을 채운 못'이라는 뜻으로 방비가 빈틈없이 견고하고 접근하기 어려워 함락시키기 어려운 곳을 말한다. 쇠 금金, 성 성城, 끓일 탕湯, 못 지池.

금슬상화琴瑟相和

'거문고와 비파가 서로 조화'를 이루는 화음처럼 부부 사이가 정답고 화목한 것을 이르는 말이다. 거문고 금琴, 비파 슬瑟, 서로 상相, 화할 화和.

급전직하急轉直下

'갑자기 전환하여 곧장 떨어진다'는 뜻으로 어떤 일이나 형세가 걷잡을 수 없을 만큼 급작스럽게 전개된다는 말이다. 급할 급急, 구를 전轉, 곧을 직直, 아래 하下.

기각지세掎角之勢

'달아나는 사슴을 잡을 때 뒷발을 잡고 뿔을 잡는다'는 뜻으로 앞뒤에서 적을 동시에 몰아치는 것을 비유하는 말이다. 끌 기掎, 뿔 각角, 어조사 지之, 형세 세勢.

기호지세騎虎之勢

'호랑이를 타고 가다가 도중에 내리게 되면 잡아먹히고 만다'는 뜻으로 일을 계획하고 시작한 이상 도중에 중단해서는 안 되며 또 그만둘 수도 없는 상태를 말한다. 탈 기騎, 범 호虎, 어조사 지之, 형세 세勢.

누란지위累卵之危

'여러 개의 알을 쌓아놓은 것처럼 위태로운 형편'이라는 뜻으로 몹시 아슬아슬한 위기를 비유적으로 이르는 말이다. 포갤 누累, 알 란卵, 어조사 지之, 위태할 위危.

다사제제多士濟濟

'선비가 많고 성하다'는 뜻으로 인재가 많다는 말이다. 많을 다多, 선비 사士, 건널 제濟.

단사호장簞食壺漿

'도시락에 담은 밥과 병에 담은 음료수'라는 뜻으로 백성들이 간소한 음식을 마련하여 군대를 환영함을 이르는 말이다. 도시락 단簞, 밥 사食, 병호壺, 미음 장漿.

당랑거철 螳螂拒轍

'사마귀가 수레바퀴를 막아선다'는 뜻으로 자기 분수를 모르고 상대가 되지 않는 사람이나 사물과 대적한다는 말이다. 사마귀 당螳, 사마귀 랑螂, 막을 거拒, 바퀴 자국 철轍.

도수공권 徒手空拳

맨손과 맨주먹을 강조하여 이르는 말이다. 헛될 도徒, 손 수手, 빌 공空, 주먹 권拳.

맹귀부목 盲龜浮木

'눈먼 거북이가 물에 뜬 나무를 만난다'는 뜻으로 좀처럼 만나기 어려운 행운을 만나는 것을 말한다. 눈멀 맹盲, 거북 귀龜, 뜰 부浮, 나무 목木.

문경지교 刎頸之交

'서로를 위해서라면 목이 잘린다 해도 후회하지 않을 정도의 사이'라는 뜻으로 생사를 같이할 수 있는 아주 가까운 사이, 또는 그런 친구를 이르는 말이다. 목 벨 문刎, 목 경頸, 어조사 지之, 사귈 교交.

방약무인 傍若無人

'곁에 아무도 없는 것처럼 여긴다'는 뜻으로, 주위에 있는 다른 사람을 전혀 의식하지 않고 제멋대로 행동하는 것을 이르는 말이다. 곁 방傍, 같을 약若, 없을 무無, 사람 인人.

분골쇄신 粉骨碎身

'뼈가 가루가 되고 몸이 부서진다'는 뜻으로 어떤 일에 온 힘을 다해 노력하는 것을 말한다. 가루 분粉, 뼈 골骨, 부술 쇄碎, 몸 신身.

비육지탄 髀肉之嘆

'넓적다리에 살이 찌는 것을 한탄한다'는 뜻으로 자기의 뜻을 펴지 못하고 허송세월하는 것을 한탄한다는 말이다. 넓적다리 비髀, 고기 육肉, 어조사 지之, 탄식할 탄嘆.

산자수명 山紫水明

'산빛이 곱고 물이 맑다'는 뜻으로 산수의 경치가 아름다움을 이르는 말이다. 뫼 산山, 자줏빛 자紫, 물 수水, 밝을 명明.

삼고지례 三顧之禮

'세 번 찾아가서 예의를 다한다'는 뜻으로, 인재를 진심으로 예를 갖추어 맞이하는 것을 비유하는 말이다. 석 삼三, 돌아볼 고顧, 어조사 지之, 예도 례禮.

순망치한 脣亡齒寒

'입술이 없어지면 이가 시리다'는 뜻으로 서로 지극히 친밀하고 의지하여 어느 한쪽이 망하거나 불행해지면 다른 한쪽도 곧 그렇게 된다는 말이다. 입술 순脣, 잃을 망亡, 이 치齒, 찰 한寒.

악인악과 惡因惡果

'악한 원인에서 악한 결과가 생긴다'는 뜻으로 나쁜 짓을 하면 반드시 앙갚음이 되돌아온다는 말이다. 악할 악惡, 인할 인因, 악할 악惡, 실과 과果.

안거포륜 安車蒲輪

'수레바퀴를 부들 풀로 싸서 편안하게 탈 수 있게 만든 수레'라는 뜻으로 귀빈이나 인재가 도중에 불편을 느끼지 않도록 푹신한 쿠션을 넣어 편안하게 모셔온다는 말이다. 편안할 안安, 수레 거車, 부들 포蒲, 수레바퀴 륜輪.

앙앙불락怏怏不樂

'마음에 차지 않아 불쾌해한다'는 뜻으로 불만스러워 즐겁지 않은 모습을 이르는 말이다. 원망할 앙怏, 아닐 불不, 즐거울 락樂.

언어도단言語道斷

'말과 길이 끊겼다'는 뜻으로 말문이 막히는 것, 도저히 말로 나타낼 수 없을 정도로 기가 막힌 상황이라는 말이다. 말씀 언言, 말씀 어語, 길 도道, 끊을 단斷.

와신상담臥薪嘗膽

'섶에 누워 쓸개를 맛본다'는 뜻으로 원수를 갚거나 어떤 목적을 이루기 위해 괴로움이나 고통을 참고 견딤을 비유적으로 이르는 말이다. 누울 와臥, 섶나무 신薪, 맛볼 상嘗, 쓸개 담膽.

의심암귀疑心暗鬼

'의심이 생기면 귀신이 생긴다'는 뜻으로 의심하는 마음이 있으면 대수롭지 않은 일까지 두려워서 불안해한다는 말이다. 의심할 의疑, 마음 심心, 어두울 암暗, 귀신 귀鬼.

인생감의기人生感意氣

'사람의 생은 의지와 용기에 감동한다'는 뜻으로 사람은 남과 의기투합하면 감격하여 목숨까지도 희생하기를 아끼지 않는다는 말이다. 사람 인人, 날 생生, 느낄 감感, 뜻 의意, 기운 기氣.

일련탁생一蓮托生

'죽은 뒤에 극락정토極樂淨土에서 같은 연꽃 위에 다시 태어난다'는 뜻으로 사물의 선악이나 결과의 선악에 관계없이 행동이나 운명을 함께함을 이르는 말이다. 한 일一, 연꽃 연蓮, 밀 탁托, 날 생生.

일양내복 一陽來復

'동지를 끝으로 음기가 사라지고 양기가 온다'는 뜻으로 나쁜 일이나 괴로운 일이 계속되다가 다시 좋은 일이 온다는 말이다. 한 일一, 볕 양陽, 올 래來, 회복할 복復.

자승자박 自繩自縛

'자기가 꼰 새끼로 자기를 묶는다'는 뜻으로 자기가 한 말과 행동에 자신이 구속되어 어려움을 겪는 것을 이르는 말이다. 스스로 자自, 줄 승繩, 스스로 자自, 묶을 박縛.

절치액완 切齒扼腕

'이를 갈고, 팔을 걷어올리고, 주먹을 쥔다'는 뜻으로, 매우 분慎하여 벼르는 모습을 이르는 말이다. 끊을 절切, 이 치齒, 잡을 액扼, 팔뚝 완腕.

중과부적 衆寡不敵

'무리가 적으면 대적할 수 없다'는 뜻으로 적은 수로는 많은 적을 대적하지 못한다는 말이다. 무리 중衆, 적을 과寡, 아니 불不, 원수 적敵.

즐풍목우 櫛風沐雨

'머리카락을 바람으로 빗질하고 몸은 빗물로 목욕한다'는 뜻으로 오랜 세월을 객지에서 방랑하며 온갖 고생을 다 한다는 말이다. 빗질할 즐櫛, 바람 풍風, 목욕할 목沐, 비 우雨.

지리멸렬 支離滅裂

'일이 어수선하게 엉켜버려 뜻한 대로 잘 풀리지 않는다'는 뜻으로 한 세력이 여러 갈래로 분산돼 힘을 발휘할 수 없다는 말이다. 가를 지支, 떼어놓을 리離, 멸할 멸滅, 찢을 렬裂.

질풍신뢰 疾風迅雷

'사납게 부는 바람과 빠른 번개'라는 뜻으로, 행동이 날쌔고 과격함이나 사태가 급변함을 비유해 이르는 말이다. 빠를 질疾, 바람 풍風, 빠를 신迅, 우레 뢰雷.

천려일실 千慮一失

'천 가지 생각 가운데 한 가지 실책'이라는 뜻으로 지혜로운 사람이라도 많은 생각을 하다 보면 하나쯤은 실수가 있을 수 있다는 말이다. 일천 천千, 생각할 려慮, 한 일一, 잃을 실失.

천재일우 千載一遇

'천 년 동안 단 한 번 만난다'는 뜻으로, 좀처럼 만나기 어려운 좋은 기회를 이르는 말이다. 일천 천千, 해 재載, 한 일一, 만날 우遇.

치란흥망 治亂興亡

나라가 잘 다스려짐과 어지러움과 흥함과 망함. 다스릴 치治, 어지러울 란亂, 흥할 흥興, 망할 망亡.

파죽지세 破竹之勢

'대나무를 쪼개는 듯한 기세'라는 뜻으로 거침없이 맹렬하게 나아가는 모습을 비유적으로 이르는 말이다. 깨뜨릴 파破, 대나무 죽竹, 어조사 지之, 기세 세勢.

호각지세 互角之勢

'호각은 두 뿔이 길이나 굵기에서 큰 차이가 없다'는 뜻으로 우열을 가리기 힘든 형국, 서로 비슷비슷한 위세를 이르는 말이다. 서로 호互, 뿔 각角,

어조사 지之, 기세 세勢.

호방뇌락豪放磊落

'기개가 장하고 도량이 넓고 크다'는 뜻으로 마음이 활달하여 작은 일에 거리끼거나 구애하지 않는다는 말이다. 호걸 호豪, 놓을 방放, 돌무더기 뇌磊, 떨어질 락落.

호연지기浩然之氣

'하늘과 땅 사이에 가득 찬 넓고 큰 원기'라는 뜻으로 거침없이 넓고 큰 기개를 말한다. 넓을 호浩, 그럴 연然, 어조사 지之, 기운 기氣.

훼예포폄毀譽褒貶

칭찬하고 비방하는 말과 행동을 말한다. 헐 훼毀, 기릴 예譽, 기릴 포褒, 깎아내릴 폄貶.

《삼국지》관직 사전

거기장군車騎將軍

전한 이후의 관직명으로써 군을 이끄는 장군 중 하나다. 차기장군이라 부르기도 하나 거기장군이 맞는 독법이다. 전통적으로 한나라에서는 외척이 이 지위에 많이 취임했다.

공경公卿

처음에는 삼공과 구경을 합쳐 이르는 말이었는데, 후세에는 높은 관원들을 가리키는 상용어로 변했다.

관내후關內侯

한나라 때의 20등급 작위 중 19급으로 열후에 버금가는 두 번째 작위였다. 규정에 따르면 수도 일대에 거주하고, 칭호만 가질 뿐 식읍이 없어 정해준 호수戶數에 따라 세금을 받았다.

교위校尉

중국 한나라 때 무관직. 사례司隸·성문城門·중루中壘·둔기屯騎·보병步兵·월기越騎·장수長水·호기胡騎·사성射聲·호분虎賁 등이 있었다. 이 중 사례교위는 B.C. 89년 무제武帝 때 설치되어 중앙 각 관서와 수도 주변의 군郡을 감찰·탄핵하는 임무를 수행했다. 성문교위는 수도 성문의 경비병, 중루교위는 서역西域, 호분교위는 경차輕車, 둔기교위는 기사騎士를 관장하였으며, 대부분 무제 때 설치되었다. 또 서역 나라를 진무鎭撫하기 위한 무기戊己교위도 있었다. 후한後漢 때도 둔기 · 월기 · 보병 · 장수 · 사성의 다섯 교위가 설치되어 각각 영營을 거느렸다.

구경九卿

고대 중국의 아홉 가지 고관을 일컫는 명칭. 후한의 구경은 대체로 제사를 맡은 태상太常, 궁궐 문을 지키고 황궁 보호를 맡은 광록훈光祿勳, 궁문의 경호군사를 거느리는 위위衛尉, 황제의 말과 수레를 맡은 태복太僕, 송사를 맡은 정위廷尉(지금의 법무부 장관 격), 제후의 관원과 다른 민족의 손님 접대를 맡은 대홍려大鴻臚, 황실의 종친을 관리하는 종정宗正, 재정을 맡은 대사농大司農(재경부 장관 격), 황궁에서 쓰는 물자들을 맡은 소부少府인데, 이 아홉만 구경으로 확정된 것은 아니었고 집금오 같은 벼슬도 구경에 낄 때가 있었다.

군사軍師

1세기 후한 초의 군벌 외효隗囂가 방망方望이라는 사람을 청하면서 스승처럼 모신다는 뜻으로 '군사'라는 칭호를 주었는데 그 후 군사라는 이름의 벼슬이 늘어나 군사중랑장, 군사장군 등이 생겼다. 소설《삼국지》와 후세의 군담소설에서는 흔히 참모장 역할을 하는 모사謀士를 가리킨다.

군사중랑장軍師中郞將

유비가 형주 시절 제갈량과 방통에게 내린 벼슬. 소설에서는 방통이 부군사중랑장이다. 유비가 촉으로 들어간 뒤 제갈량은 군사장군으로 승진했다.

궁수弓手

도적을 잡고 시장을 순찰하며 지방 치안을 유지했다. 흔히 중상층 집안에서 건장한 사람을 골라 썼고 현위가 거느렸다.

낭郎

황제를 모시고 호위하는 일을 맡은 시종관侍從官을 아울러 이르는 말.

낭중郎中

후한에서는 낭의 하나로 궁궐 문을 지키고 수레와 말을 담당하며 평소에는 시위 노릇을 하다가 전쟁이 일어나면 참전했다.

도독都督

군사를 거느리는 장수나 지방의 군정을 맡은 장관. 그 지위는 경우에 따라 차이가 큰데 후한 시대 오나라에서는 한때 장수의 보좌관도 도독이라 불렸다.

도위都尉

진나라는 전국을 36개 군郡으로 나누고 각 군마다 군위郡尉를 두어 군수郡守를 보좌하게 하는 동시에 전군全郡의 군사 업무를 맡아 보게 했다. 서한西漢 경제景帝 때에 와서 군위를 도위로 개칭했다.

독우督郵

군의 장관인 태수의 눈과 귀가 되는 중요한 직책으로 태수를 대신해 소속 현과 향을 돌면서 정사를 본다. 태수의 명령을 전달하고, 관원들의 치적을 평가하며 그들의 행위를 감독한다. 또 사회 치안과 법률의 집행 상황도 살피고 세금을 독촉하며 군사를 점검하기도 한다.

목牧

후한 시대 한 주州를 다스리는 수장. 주의 관원들을 감독하는 감찰관일 뿐 아니라 주 전체를 다스리는 수장으로서 한 주의 군사력과 인력, 재력을 한 손에 거머쥐게 되어 후한의 분열을 가속화시켰다.

문학연文學掾

후한 시대 군과 국에 설치된 학교에 '문학'이라고 부르던 유학을 가르치는 문학연과 문학사文學史가 있었다. 문학연이 정관正官이었다.

사공司空

후한 시대에는 사도, 태위와 더불어 삼공의 하나로 나라의 공사工事를 맡아보았다. 전국의 성 쌓기, 도랑 파기, 무덤 만들기 따위의 일을 살펴 연말이 되면 제일 우수한 자와 제일 떨어지는 자를 골라 황제에게 아뢰어 상벌을 내렸다.

사도司徒

중국 고대의 관직명이다. 호구戶口 · 전토田土 · 재화財貨 · 교육에 관한 일을 맡아보았다. 조조의 봉국인 위나라에는 처음에 승상을 두었다가 상국으로 바꾸었는데 조비가 황제에 오른 220년에 상국을 다시 사도로 이름을 고쳤다. 제1품으로 태위, 사공과 함께 삼공이었으나 조정의 정사에는 참여하지 않는 명예직이었다.

사마司馬

나라의 군정을 맡은 벼슬로 주나라 때는 육경六卿의 하나, 한나라 때는 삼공의 하나였다.

상相

후한과 위나라 때 왕국과 후국에서 실제 정사를 맡아보는 직책으로 군과 맞먹는 왕국의 상은 군의 태수에 상당하고, 현과 같은 후국의 상은 현령이나 현장과 같았다.

상국相國

승상과 같은 뜻으로 백관을 거느리는 우두머리. 재상의 다른 말.

상서랑尙書郞

후한 시대 조정의 실무를 보는 상서대의 상서령, 상서복야, 상서, 좌우승左右丞 아래의 벼슬로 상서에 속한 관원은 처음에 낭중이 되었다가 1년이 지나면 상서랑이 되었다.

상서尙書

진시황 때 설치하여 천자와 조신朝臣 사이에 왕래하는 문서에 관한 일을 맡아보던 벼슬이었다. 후한 시대에는 조정의 실무를 보던 상서대의 관원으로 실권은 꽤 있으나 품계는 600석에 그치는 중등 관원이었다.

승상丞相

진나라 때부터 중앙 정부의 최고 행정관이었다. 우리나라의 정승政丞과 같고, 전한 초년에 이름을 상국으로 바꿨다가 얼마 지나지 않아 승상으로 회복했다. 전한 시대에는 삼공의 하나로서 큰 권력을 잡아 정사를 보았는데 후한 초기에 이름을 사도로 고쳐 태위, 사공과 더불어 삼공이 되었다. 위나라의 사도와 상국은 그 제도와 맡은 자에 따라 실권을 갖거나 잃거나 했다. 촉나라는 장무章武 원년(221)에 승상을 설치했고, 오나라도 220년대 초반에 승상을 설치했다.

승丞

진나라 때부터 군수의 보좌관을 말하는 이름이었는데 한나라 때는 현령과 현장의 보좌관도 승이라 불렀다. 군승과 현승은 군수와 현령을 보좌해 정사를 보며, 장관이 없을 때는 그 직무를 대행하기도 했다.

시중侍中

전한의 시중은 원래의 벼슬 외에 더해주는 칭호였으나 후한의 시중은 실제 직무로 변해 황제를 가까이에서 모시고 궁전을 드나들면서 물음에 대답했다. 황제의 고문 노릇을 하는 관원들 가운데 품계가 가장 높았는데 흔히 공신의 자제나 선비, 대신이 맡았다.

연사掾史
후한과 삼국 시대의 하급 실무직으로 중앙과 지방의 주, 현에 다 있었는데 부문에 따라 각종 사무를 처리했다.

영令
장관, 관아의 우두머리.

왕王
전한, 후한과 삼국 시대에 황제가 친척이나 대신에게 봉하는 최고의 직위였다.

위尉
현에서 현령이나 현장을 보좌해 치안을 맡은 벼슬로 큰 현의 현위는 품계가 400석이고 작은 현은 품계가 200석으로 낮은 벼슬이었다.

의랑議郎
후한 시대 광록훈에 소속된 낭관의 하나로 임금의 물음에 대답하는 고문관인데, 일정하게 맡은 일은 없고 의논에 참여할 뿐이었다.

자사刺史
한나라의 조정에서 상설한 벼슬로 각 주 안에 있는 군郡의 태수들을 감찰하는 직위였다. 군 통솔권은 태수들만이 가지고 있었으나 후한 때 자사에게 그 주의 군 통솔권을 부여하면서 권한이 막강해졌다. 결국 후한 말기 여러 군의 군사를 이끌고 전쟁에 출전하여 세력을 늘리며 그의 밑에 있는 여러 군의 태수들을 굴복시켜 독립적인 세력을 이루었다. 후한 말기의 주 자사들은 이처럼 많은 군사를 이끌고 자신들끼리 전 중국의 통일을 두고 여러 번 다투었으나 결국에는 처음에 연주 자사와 동군 태수를 겸했던 위나라의 조조와 서주 자사와 예주 자사를 겸했던 촉한의 유비와 장강의 양주자사와 회계 태수를 겸했던 동오의 손권이 삼국을 정립해 최후의 승자로 군림하고 삼국 시대를 열었다. 그러나 위나라의 조조, 촉한의 유비, 동오의 손권이 삼국을 정립하자 그들의 밑에서 후한의 13개 주를 다스리던 주 자사들은 마음 놓고 군대를 장악하지 못했다.

장사長史

후한과 삼국 시대의 장사는 두 가지 경우가 있었다. 승상, 태위, 사도, 사공, 장군 부에 있는 장사는 막료의 장으로 부의 일을 맡아보았고, 군대에 있는 장사는 군사를 맡은 보좌관이었다. 군벌들이 스스로 임명한 장사는 제일 높은 보좌관으로 인정한다는 뜻을 나타낼 뿐이었다.

정위廷尉

진나라 때 처음 설치된 형옥을 관장하는 벼슬의 이름.

정장亭長

정亭의 우두머리로 한고조 유방이 처음으로 했다는 벼슬이다. 당시 유방은 패현 관할하의 사상泗上이라는 곳의 정장이었다. 정이란 '10리에 1정'이라하여 10개 리에 하나의 정을 두었다. 정은 고대에도 그 명칭이 있었는데, 그것을 지방 제도의 한 연결축으로 활용한 것이 바로 진의 시황제였다. 정은 숙박 시설이기도 했다. 공용 여행을 하는 관리의 숙사로, 간단히 말해 관에서 설치한 주막과 같은 곳이었다.

제주祭酒

후한과 삼국 시대 조정의 학술 고문인 박사들 가운데 총명하고 위엄 있는 자를 골라 박사의 우두머리로 삼고 제주라 했다.

종사從事

후한 시대 삼공과 주·군의 장관이 임명한 수하의 많은 벼슬. 주를 다스리는 자사나 목의 부하들인 별가·치중도 모두 여기에 속한다. 주 아래의 군과 국에도 문서를 담당하고 불법행위를 감독하는 종사가 있었다. 또 장군의 수하에도 종사로 불리는 참모들이 있었다. 종사관이라고도 부른다.

주부主簿

현재의 비서와 같은 직책으로 조정이나 장군, 혹은 지방장관의 아래에서 문서를 맡고 일상의 사무를 처리했다.

중대부中大夫

진나라와 전한 초기에 있었던 황제의 물음에 대답하는 고문. 삼국 시대 오나라에서 이 벼슬을 설치했다.

중랑장中郎將

후한 시대 중랑장은 몇 가지 경우가 있었다. 조정에는 광록훈 아래에 오관·좌·우의 세 중랑서가 있었는데, 이 부서들에서 중랑·시랑·낭중을 거느리는 장관들이 오관중랑장·좌중랑장·우중랑장이었다. 역시 광록훈 아래에 호분중랑장이 있어 호분 무사들을 거느렸다. 궁정의 호위, 시종을 맡은 벼슬들로 줄여서 중랑이라고도 불렀다. 이 밖에 후한 말년과 삼국 시대에 잡다한 중랑장 벼슬이 있었다. 군벌들이 사사로이 임명한 중랑장은 듣기 좋은 칭호에 지나지 않았다.

집금오執金吾

후한 시대 수도의 치안과 수해, 화재의 방비를 맡고 무기창고도 관리하는 벼슬로 한 달에 세 번씩 황궁 밖을 돌며 순시했다.

태복太僕

황실의 가마와 말을 관리하는 직책.

태부太傅

후한 시대 태부는 어린 황제를 이끌어주는 일을 맡았는데, 삼공보다 지위가 높은 상공上公이었다. 어린 황제가 즉위하면서 태부를 임명할 때 상서 일을 도맡는 명의를 주기는 했으나 실권은 별로 없었다.

태사太師

천자(황제)의 스승을 가리킨다. 천자의 국정을 자문하고, 육경의 으뜸이었다.

태사령太史令

후한 시대 천문을 살피고 역서를 만들어 연말에 바치는 일을 맡았다. 제사, 장례, 혼사가 있으면 좋은 날짜와 피해야 할 날짜를 아뢰고 상서로운 징조와 이상한 재난이 생기면 적는 일도 담당했다. 따라서 역사도 기록하게 되었다.

태사승太史丞

태사령 아래의 보좌관이었다.

태위太尉

삼공의 하나로 전한기에는 태위太尉, 후한 시기에는 사마司馬라 불렸다. 사도司徒, 사공司空과 함께 국가의 대사를 결정하는 관직으로서 주로 군사 방면을 담당했다. 녹봉은 4,200석이었다가 후한 말기에 대사마大司馬로 명칭이 바뀌고 나서 1만 석으로 올랐고 실질적인 승상의 예우를 받았다. 태위로 유명한 인물은 양수의 아버지 양표가 있으며, 이각이 황제를 겁박해 대사마의 자리를 얻었다. 가후, 만총과 사마의, 등애도 태위였다.

태중대부太中大夫

후한 시대 광록훈 아래에서 조정의 정사를 의논하고 황제의 물음에 대답하는 고문이었다.

표기장군驃騎將軍

중국 서한(전한) 이후의 관직명이다. 군대를 이끄는 장군의 하나로 표기장군票騎將軍이라 표기하기도 한다. 서열로는 대장군에 이어 거기장군·위장군衛將軍의 상위에 해당한다.

후侯

작위의 이름으로 주나라의 공·후·백·자·남 다섯 등급 작위에서는 두 번째 자리를 차지했고, 진나라와 한나라의 20등급 작위에서는 최고 열후와 버금가는 관내후였다. 삼국 시대에도 한나라와 마찬가지로 후작이 있었는데, 현후·향후·정후로 나누었다. 후한 시대에 후의 봉국이 제일 커서 1개 현이었다.

삼국지 | 1 | 도원 · 군성

한국어판 ⓒ 도서출판 잇북 2023

1판 1쇄 인쇄 2023년 2월 10일
1판 1쇄 발행 2023년 2월 15일

평역 | 요시카와 에이지
옮긴이 | 김대환
펴낸이 | 김대환
펴낸곳 | 도서출판 잇북

디자인 | 한나영

주소 | (10893) 경기도 파주시 소리천로 39, 파크뷰테라스 1325호
전화 | 031)948-4284
팩스 | 031)624-8875
이메일 | itbook1@gmail.com
블로그 | http://blog.naver.com/ousama99
등록 | 2008. 2. 26 제406-2008-000012호

ISBN 979-11-85370-54-5 04830
ISBN 979-11-85370-53-8(세트)